I0615703

HILOS COLOR ROJO

MAXIMILIANO SALAMONE

Hilos color rojo / Maximiliano Alejandro Salamone Castro.
- 1a ed. - Ciudad Autónoma de Buenos Aires, 2018.
Libro digital, Amazon Kindle

Archivo Digital: descarga y online
ISBN 978-987-42-8382-5

1. Narrativa Argentina. 2. Literatura Fantástica. I. Título.
CDD A863

A la humanidad,

que nunca deja

de sorprenderme.

PARTE 1: EL REENCUENTRO PACTADO

Nada más extraño que el viento que soplaba esa noche. Las copas de los árboles se movían a un ritmo desigual, bizarro, antinatural. Solo una figura recortaba el viento frío. Al costado del camino de piedra, sobre la colina, una figura humanoide se encontraba encorvada, sentada sobre una roca, jugando con un hermoso bastón de madera que llevaba entre las manos. Miraba paciente el cielo estrellado y la Luna en cuarto menguante, con una expresión en el rostro imposible de definir con exactitud, con arrugas leves a los costados de los ojos que denotaban experiencia, y una barba cuidadosamente recortada. Llevaba puesta ropa que daba la apariencia de haber sido sacada directamente del siglo XIX, aunque absolutamente impoluta. Un broche de oro colgaba dignamente de su corbata, y una fina galera coronaba sus sienes, terminando de cerrar un aire de majestuosidad muy difícil de encontrar en otra persona. Visto a través de la oscuridad del velo nocturno, se trataba de un caballero a la antigua, sin igual.

Bajó la vista unos segundos, mientras continuaba entretenido con el bastón, decorado con una cabeza de dragón finamente tallada.

_ Parece que llegas tarde, Kad.

Lejos, por el camino de piedra, una segunda figura se acercaba caminando lentamente. Era un hombre de gran porte, anchos hombros, vestido elegantemente con un traje y un pesado sobretodo negro de peculiar textura, misma que podía notarse en sus zapatos, y toda su extraña imitación de ropa real. En éstas no llevaba ninguna insignia ni etiqueta, así como tampoco ninguna cadena, anillo o decoración de ningún tipo. La luz de la luna destellaba apagada sobre su corta cabellera rubia y sus ojos de un color cambiante. Se aproximaba tranquilamente, sin variar el ritmo. Por sus movimientos, su paso al caminar, era imposible no notar su aura radiante de confianza, de haber transitado y atestiguado. Su rostro expresaba una jovialidad artificial.

_ Mis disculpas, romano. Me distraje en el camino hacia aquí.

_ Es tolerable, no te preocupes. La última vez te retrasaste tres días, que sea tan sólo uno es una gran mejoría.

Kad sonrió, como siempre lo hacía. Su semblante parecía amable y lleno de vitalidad, al menos en la superficie. Saber lo que se ocultaba detrás de esa máscara social tan bien armada, resultaba más complicado que intentar ver el fondo del océano parado desde la orilla.

_ ¿Cómo has estado, Perius? Veo que no has cambiado tus gustos en la moda.

El caballero rió para sí, mientras invitaba con un gesto a que su extraño invitado se sentara.

_ Ya me conoces, me gusta lo clásico. No me llevo bien con los cambios inútiles.

_ No lo sé, en mi opinión, has exagerado con eso. - Dijo Kad, mientras se sentaba sobre una roca a pocos metros, sin dejar de sonreír y sosteniendo una repentina mirada de fuego.

_ ¿Qué tal tú? ¿Alguna aventura digna de tu renombre durante estos cincuenta años? –apaciguó el caballero.

_ Nada extraordinario. He estado recorriendo América, poniéndome al día. Sé a qué te refieres, y no. Al menos no he hecho explotar nada...

_ Es una pena, pues esperaba justamente eso. - Ambos sonrieron, distendidos.

Perius continuó. _ ¿Y que ha sido de tu famosa lista de las mil cosas divertidas para hacer? Me la mencionaste una vez.

_ La completé, por supuesto. -Contestó mientras llevaba las manos a los bolsillos de simulada tela- Algunas cosas las repetí porque me resultaron muy entretenidas. Otras las cambié, y agregue algunas nuevas, así que quedó en algo así como mil quinientas.

_ ¿Recuerdas cuando volaste las columnas del Palacio Fenris? ¿Esa estaba incluida, verdad?

Kad soltó una breve carcajada, seguida por su interlocutor.

_ Sí, la había puesto como número uno de hecho. Esa noche fue genial. Debería hacerlo de nuevo, lástima que ya no me invitan a las reuniones del Consejo...

_Yo no esperaría menos, se fastidiaron mucho esa vez. -Perius rió, para cambiar a un tono serio paulatinamente- Los que son como *nosotros*...no podemos tener amigos, eso es sabido. Pero aun así, te considero como un gran compañero. En el camino aquí venía pensando, ¿hace cuánto nos conocemos?

_No lo sé, soy terrible con las fechas. -Kad se encogió de hombros.

_ ¿Serán...cuatro o cinco centurias más o menos? No recuerdo la primera vez que nos cruzamos. La más antigua que llevo en la memoria en este momento es del viaje en barco a Toulón que hicimos juntos. No debiste hundirlo, por cierto.

Ambos rieron nuevamente, con pocas ganas.

_No puedes negar que fue divertido, compañero Per. -Dijo Kad con una sonrisa cómplice.

_No, la verdad que no. La cara del capitán cuando encontró el agujero del tamaño de un barril en el casco sin duda no tiene precio.

Durante unos instantes, se quedaron en silencio, observando el manto oscuro del cielo, moteado de perlas brillantes sobre sus cabezas. La expresión risueña se borró del rostro del caballero, bajó su mirada y siguió jugando apaciblemente con el bastón tallado. _Han sido buenos tiempos, ¿eh?

_Así es, pero ahora parece muy distinto. -La atmósfera entre ellos se ensombreció notablemente.

_Te has enterado, ¿verdad? -Dijo tranquilo, mientras levantaba nuevamente la mirada, buscando los ojos llameantes de Kad.

_He escuchado rumores, me imagino que son reales.

_Oh si, son muy reales. Cáucaso ha muerto, y hace falta un sucesor.

Kad suspiró y siguió con la vista en el cielo, como si pudiese observar algo que resultase invisible al ojo humano normal. _Ya sabes que no me interesa la política entre los *nuestros*, me resulta aburrida al extremo. Ellos también lo saben, no es ninguna novedad. Francament-

_Lo sé Kad -interrumpió su compañero- te conozco. Pero no dejas de ser el más antiguo con vida. En mi....humilde opinión...vendrán a buscarte. Ambas facciones. -La voz del caballero se hizo extrañamente dura.

Kad miró fijamente a Perius, sin cambiar su actitud calma. _¿A qué te refieres con ambas facciones?

Perius acomodó el bastón sobre sus rodillas. _He estado haciendo alguna que otra indagación al respecto. Me resulta muy extraña la muerte de Cáucaso. -Kad asintió con la cabeza- Hay una gran confusión en todo esto, y las corrientes están divididas. Algunos piensan que hay que recomponer de inmediato el Mando, y nombrar a León en su lugar, aunque sea el principal sospechoso. Los otros creen que hay que seguir las costumbres ante todo, y nombrar al siguiente en antigüedad mientras se investiga la muerte del Mandatario, y sobre todo al mismo León.

Kad se cruzó de brazos. _Y el siguiente resulto ser yo. Que conveniente...

_Así es. Tienen forma de ubicarte. -Perius miró de reojo a su compañero- Ambos bandos la tienen. -remarcó de nuevo.

Se quedaron en silencio nuevamente, por unos segundos que parecieron eternos.

_Bueno, pues me importa un bledo el Mando, León y todo el asunto. Lo único que me da curiosidad es como se las arreglaron para matar a Cáucaso. –Habló Kad, con un dejo de tristeza.

_Era un tipo muy habilidoso, e inteligente. No se me ocurre como lo hicieron.

_Existen miles de formas de matar a uno de los *nuestros*. –Contó Kad con una mueca irónica– Pero para cargarse a uno de su nivel, las cuento con los dedos de una mano. Y hasta donde afirman los rumores, no lo hizo él mismo.

Perius lo miró seriamente, sin decir palabra por un minuto. _Creo que deberías considerarlo...

El hombre esbozó una grotesca mueca, con unos ojos rojo mate inexpresivos, que apuntó hacia el caballero, ladeando la cabeza. _No lo haré. No me interesa.

El viento continuó soplando anormalmente, arremolinando las hojas muertas de otoño sobre el suelo en un patrón errático.

_ ¿Recuerdas que dije que haría cuando terminara mi lista de las mil cosas divertidas? –acotó Kad.

Perius bajó la mirada, con una expresión que era una mezcla inconclusa entre tristeza e impotencia sobre un tapiz de calma absoluta. _Si, dijiste que terminarías con todo.

_No he cambiado de opinión. Este mundo me aburre, *comitem*. –El uso puntual del latín no pareció al azar.– He hecho todo lo que he querido, y más. He visto más de lo que me hacía falta, y lo que sucede me importa cada vez menos. Puedo hundir todos los barcos que se me antojen y derrumbar todos los palacios, pero no deja de ser una sensación vieja en el fondo de mi memoria.

Perius tardó en contestar, temiendo quizás la respuesta. _... ¿Y qué te queda por hacer?

Kad puso sus manos sobre la roca, estiro las piernas, y tiró su cabeza hacia atrás, observando detenidamente el cielo. Se tomó unos instantes para hablar. _Esperar al amanecer. No lo he visto como se debe desde hace unos cuantos años. Quedar incinerado. –Se tomó algunos segundos más.– Me parece un final digno a mi larga vida.

El rostro de Perius se mantuvo impasible, como una estatua de mármol. _Un final doloroso. Y Una lástima, camarada.

Kad sonrió amablemente, como siempre solía hacer. _Vas a extrañarme, ¿eh?

_La verdad que sí. –Perius carraspeó, algo realmente inusual, haciendo una pausa que parecía no programada. – ¿De verdad no te queda nada por hacer?

_Bueno, dentro de las limitaciones, he hecho todo lo que he podido y querido. -soltó, con algo semejante a una genuina opinión.

_Entiendo. Además de las limitaciones de la imaginación, por supuesto.

_Claro. -Respondió Kad riendo- Muchas de mis andadas fueron sugerencia tuya...

La ensombrecida apariencia de Perius tomó de pronto un color más risueño. _Quizás encuentre algo que aún no has hecho, y que te resulte divertido.

Kad hizo una mueca, con ligero sarcasmo. _Soy todo oídos.

El caballero se puso de pie, dio unos pasos mirando hacia el horizonte, y se apoyó pesadamente sobre el bastón. _ ¿Has sido un Dios, alguna vez? -Preguntó, mientras volteaba sutilmente la cabeza, y hacía un ademán con el puño.

Debajo de la tranquila máscara de calma del rostro de Kad, surgió el extraño destello de algo similar a la curiosidad legítima. En el pasado había nombrado a Perius como un hombre inteligente, por lo que era merecedor de su respeto. Cruzó una pierna sobre la otra, antes de hablar. _He sido rey, príncipe...médico brujo, y algunos hasta me han adorado y adulado inútilmente, si a eso te refieres...

Perius se dio la vuelta, mientras caminaba nuevamente hacia donde estaba su compañero, con aire de misterio. _No, me refiero a algo más profundo, a ser una Deidad.

_No puedo dividir las aguas, ni hacer llover ranas. -Respondió con una ademán, ésta vez claramente mordaz.

_Entonces no lo has hecho, y es un desafío digno para ti. -Perius lo apuntó teatralmente con el dedo índice.

_Muy bien, tienes mi atención. ¿Cómo lo hago?

_Es simple. -Continuó Perius.- Convertirte en un Dios, uno qu-

_Uno que responda de verdad. -Lo interrumpió Kad.

Un observador casual hubiese jurado que el caballero estaba más animado, aunque meterse en su mente resulte imposible. _De eso se trata. Podrías....elegir un humano para empezar. Cumplir sus ruegos, o algo así. Luego necesitas tener más seguidores.

_ ¿Y a quién elijo? -En la voz de Kad se pudo notar un nuevo matiz de moderado interés.

_ Ni idea, a quien quieras. Supongo que alguno que haya perdido su fe. Eso queda a tu gusto.

_Puede resultar interesante, sí. Estoy pensando en las estupideces que puede llegar a pedir una persona, y en lo fáciles que son de cumplir. Y jugaría con ese...hasta que me canse.

_Si eres tan amable, por favor tárdate al menos cincuenta años en aburrirte de eso. Así llegarás a tiempo a nuestra siguiente reunión. –Dijo Perius con una leve sonrisa, entre sarcástica y cómplice.

_ Lo pensaré. Quizás te mande una nota también. –Contestó con una expresión similar.– Si sigo entre los vivos, ¿dónde nos encontraremos la próxima vez?

Perius se puso serio de nuevo. _Estaba pensando en Londres, es una ciudad que muy posiblemente continúe existiendo y es interesante para visitar. Como siempre, el día diez del mes diez, del año que termine con doble cero o cincuenta.

_Así que año 2100 en Londres. Me parece bien. ¿Dónde iras ahora? –Preguntó Kad, inquisitivamente, tapado por su calmada y vacía sonrisa.

Perius miró fijamente a Kad, como leyendo una intención oculta bajo tan inocente pregunta. _Aún no lo tengo decidido, supongo que iré a Roma, hablaré con El Cardenal, y veré si sabe algo del tema de Cáucaso, aunque probablemente sepa tanto como nosotros.

_El Cardenal tiene muchos contactos, sin duda parece un buen lugar donde seguir.

_Y tú, ¿tienes decidido donde irás? –Perius no dejaba de atravesar con sus ojos los de Kad.

_No. Quizás me pasee por la costa, mientras busco el lugar último donde me siente a esperar al Sol.

El caballero metió una mano en su bolsillo, y extrajo una pipa de madera, cuidadosamente tallada, y con un elegante diseño, junto con un atado de tabaco.

_Espero que elijas bien el lugar, pero por favor ten en cuenta mis palabras. –Dijo mientras preparaba su pipa.

_Las tendré en cuenta, compañero. Será hasta la próxima oportunidad, entonces. –Kad se puso de pie– Mis disculpas por no tener novedades, prometo hacer estallar algo grande antes de venir, así podremos charlar más tiempo. –Acotó con una sonrisa inocente.

_Ésta ha resultado una reunión corta, pero como siempre, es un placer charlar contigo Kad. –Hizo una breve pausa antes de continuar, ayudado por un gesto con la mano.- _Algo me dice que nos cruzaremos antes de lo acordado.

_Pensé que esa sensación era solo mía. –Kad inclinó cordialmente la cabeza- _Adiós, Per.

Comenzó a alejarse por el camino, mientras clavaba su habitual sonrisa amable en su boca.

Perius devolvió el saludo, y tomo asiento nuevamente sobre la roca. Cruzó sus piernas, y encendió la pipa con un fósforo. El humo subía lento mientras daba bocanadas, muy pausadas. Pasó varios minutos sentado, siguiendo con la vista la figura de Kad, hasta que ya no pudo distinguirlo en la negrura de la noche. Llevó su vista a las copas de los árboles, que comenzaban a agitarse a un ritmo ahora natural, mientras continuaba dando bocanadas de humo.

Una sección del camino de piedra empezó a cambiar de formas y a levantarse. Las piedras se encimaban, semi-liquidas, colocándose de manera espectral una sobre las otras, hasta que adoptaron la estructura de un humanoide. Los rasgos de su cara se acentuaron, esculpiendo unos ojos sagaces, una boca de labios finos y una quijada cuadrada. Su piel pedrusca se tornó continua y de artificial bronceado, dibujándose un ropaje lentamente sobre ésta, cambiando la consistencia de la piel en un duro cuero negro cuarteado. Cabello azabache comenzó a surgir de su cabeza, deteniéndose en algunos centímetros de largo. Tardó unos segundos más en parecer una persona entera, cuando sus vestimentas también quedaron completas, asemejando a unos pantalones, una camisa y una chaqueta negra, todas de una textura que semejaban tela sin costura. Perius observó la escena apacible, mientras tiraba el tabaco quemado y ponía nuevo. _ ¿Crees que te haya notado?

El hombre terminó de ajustar los últimos detalles de su falsa ropa con las manos. Luego peinó hacia atrás el pelo sin demasiado cuidado, y dio unos pasos hacia el caballero. _Lo dudo. No conozco a nadie que sea capaz de detectarme.

Perius miró al hombre de reojo, mientras encendía la pipa de nuevo. _Kad no es ningún tonto. -Su rostro mostró una ligera sensación de preocupación- No tengo forma de saber si sospecha algo o no.

_Voy a seguirlo. Lo necesitamos con vida.

Perius dio otra bocanada. _Si decide quitarse la vida, no hay nada que podamos hacer. Es realmente una pena, disfruto nuestros encuentros...y también los destrozos que provoca. -Sonrió levemente.

_ ¿Crees que siga tu idea, la de ser una deidad? Me pareció sacada de la manga.

_Pues sí, la saqué de la manga. De verdad lo considero un compañero valioso, me entristecería que muera. Pero al ritmo actual de las cosas, si no lo hace el mismo, vendrán por él y lo intentarán ellos. Todavía no entiendo como lo hacen, pero evidentemente son capaces. El mundo está cambiando y no sé qué va a pasar.

El misterioso hombre se mantuvo completamente serio. En su mirada y forma de actuar, solo podía notarse una constante búsqueda de la perfección, en no dejar librado al azar ni un movimiento, en perseguir la meta eficiente y brutalmente. _Supongamos que se atiene a tu idea ¿Qué tipo de individuo crees que escoja?

Se tomó unos segundos en contestar, sentado sobre la roca. _Supongo que alguno que le inspire lástima, y que él piense que estaría dispuesto a tenerlo a él como a su nuevo salvador. Alguno que haya tocado fondo.

_Comprendo. Me aseguraré de encontrar un individuo de esas características, una vez que sepa qué busca, y así continuar con el plan.

Perius retiró la pipa de su boca para reír para sus adentros. _Evidentemente, mi buen Lykaios, no lo comprendes...Kad es... caótico. Podría hacer cualquier cosa. Si le parece divertido arrasar con una ciudad lo hará, o si decide que es entretenido ver subir al poder a un indigente, lo hará. Es capaz de cualquier cosa. También es paciente, así que se pasa décadas jugando con algo, o con alguien.

El hombre levantó una ceja en verdadera confusión. _Si realmente es así, ¿Por qué se me ordenó seguirlo? ¿Qué uso tiene? Parece un pésimo líder.

El caballero lo observó con picardía, la que tendría un anciano que ha vivido, frente a la inexperiencia de un joven. _Porque así como lo ves con su actitud serena, Kad puede contra la mitad de los *nuestros* si lo deseara. Y queremos que sea la mitad contraria. Luego de él, elegiremos un Mandatario que siga las costumbres y la línea de Cáucaso, que aunque haya sido... discutible, sin duda es mejor que la que tiene León. –Sonrió bajando la vista.– Kad no es un líder, es un caballito de batalla.

El silencio se apoderó de la escena, ni los grillos cantaban. Tan sólo el viento se atrevía a perturbarla.

El ex hombre de piedra se dio la vuelta, y se alejó a paso firme por el camino. _Proseguiré con la misión, entonces.

Perius continuó fumando, dando bocanadas de humo. Dirigió su mirada hacia las luces lejanas de la ciudad, y dio un suspiro.

PARTE 2: DESDE LAS SOMBRAS

No le fue difícil a Lykaios seguir a Kad en su viaje a España, haciendo una larga escala en Barcelona. Durante la primera semana, dividió su tiempo entre vigilar sus movimientos, y conseguir un lugar que sirviera como base de operaciones, que fuese modesto, de fácil acceso para él, y sobre todo, que contara con un sótano. La segunda noche de se dedicó a las tareas de espionaje, como siempre, mientras capturaba algunos humanos de la calle, aquellos que no fuesen importantes para la sociedad y que nadie reclamara, para dejarlos encadenados y dopados en el sótano de su nueva guarida, absorbiendo la suficiente sangre como para que no mueran. Y en caso de requerir extra, se comería sus carnes. Le servirían para no perder el tiempo teniendo que cazar de ahí en adelante. Se aseguró de conseguir tres, ya que tenía que cubrir una demanda energética elevada fruto de sus constantes transformaciones en objetos inanimados, los que menos llamasen la atención.

Para esa altura de su misión, ya había logrado trazar un esbozo del perfil psicológico de su presa. Incluso dentro del caos, existe un patrón de orden, y él creyó haberlo hallado, gracias a la observación directa y meticulosa, y por supuesto de rumores de otros como *ellos*. Sabía que pasaba de tres a cuatro meses en una ciudad que hacía tiempo no visitaba, para recorrerla por completo en sus paseos nocturnos, y que si era de su agrado o encontraba algo (o alguien) con que jugar, se quedaba más tiempo, hasta diez años o más.

Sin embargo notó que estaba "apagado" en cuanto a su accionar presente. De todas las cosas que le habían contado sobre Kad, éste no parecía interesado en repetir ninguna. Quizás lo que escuchó de la conversación entre él y Perius era cierto. Estaba aburrido del mundo y sólo le restaba desaparecer. No podía permitirlo o fallaría en su asignación. Afortunadamente, nadie más había intentado acercarse a su blanco. El bando de León no había hecho ningún movimiento, cosa que le resultaba sospechosa.

En paralelo, se dedicó a hacer una investigación extensiva de un sujeto que le sirviera como fiel seguidor a Kad en el rebuscado plan de Perius, que muy a su pesar, era el único que tenía disponible. Detestaba no contar con un plan alternativo por si fallaba el primero, y no tenía más elección que preparar el "A" lo mejor posible y que no haya errores. Hizo una lista de veinte candidatos posibles, con los que se topó durante sus investigaciones, en la que incluía los cambios necesarios que debía introducir en sus existencias para hacerlas lo más miserables posibles, y así hacerlas encajar con su patrón predicho, el que resultaría más atractivo para Kad. De éstas seleccionó las diez que mayores probabilidades tenía, y comenzó a introducir pequeñas variaciones en sus vidas. Alguna de esas diez, debía de funcionar.

Descubrió una predilección de su presa principal por cierta playa, la que visitó cuatro veces, entre las tantas por las que caminó en sus paseos nocturnos. Era probable que se haya decidido por esa como su lugar final, pero necesitaba confirmarlo. Debía empujarlo a un encuentro, cuestión para nada sencilla.

Entre las personas con las que Kad habló (de los que eran como *ellos*), se encontraba una gitana. Era relativamente joven, menos de un centenar de años, pero que tenía talento para visualizar eventos en el futuro, o eso afirmaba al menos. Era un buen punto por el que comenzar.

Se dedicó dos noches a seguirla, para trazar un perfil de ella. La tarea en general le resultó infinitamente más fácil que la otra. A la tercera noche de la segunda semana se dispuso a contactarla. Era el momento de hacer su apuesta.

_Tu eres Crista, ¿verdad? –La detuvo, con autoridad.

La joven gitana miró con evidente sorpresa a la figura que de la nada había aparecido frente a ella. _ ¿Quién pregunta?

El callejón en el que ambos estaban se hallaba vacío, exceptuando algunas bolsas con residuos, y un par de alimañas arrastrándose por el suelo. Crista llevaba puesto un atuendo común en su comunidad, con una pollera larga de algodón que llegaba hasta los tobillos, sandalias, un abrigo de varios colores y un pañuelo decorado con perlas de metal dorado atado en la cabeza, que contrastaba con su pálida piel. Un manojo de pulseras decoraba ambas muñecas. El callejón era uno de los lugares donde ella cazaba, generalmente hombres desafortunados con demasiada lujuria en sus mentes.

_Mi nombre no tiene importancia, pero puedes llamarme Sombra.

Crista lo observó de pies a cabeza, rápidamente, intentando sacar en menos de un segundo la mayor cantidad de información que le era posible. El atuendo de él era el mismo uniforme que se había creado con anterioridad, pero su rostro era ligeramente diferente, la forma de la nariz era más puntiaguda, las cejas más distanciadas. Su cabello en esta oportunidad era largo, llegándole casi hasta los hombros, manteniendo su color oscuro.

_Mire, señor Sombra, no tengo ningún asunto con usted, así que si me permite, voy a retirarme.

El hombre no movió un musculo, hasta que habló de nuevo. _Soy parte de los Cresta. Te he seguido estos días, sé que no tienes afinidad por León ni los temas de las altas esferas, pero quizás pueda interesarte en un pequeño trabajo con una buena ganancia.

La situación la puso tensa. _Así es, pero prefiero mantenerme neutral en todo el asunto. –Crista continuó observando al extraño hombre, con artificial calma, mientras se acomodaba los cabellos castaños que habían caído suavemente sobre su frente.

_Me imagino. Incluso así, estoy en capacidad de ofrecerte un trato, en el que obtendrás..."beneficios".

Los ojos celestes de la muchacha relampaguearon fugazmente, cuando los faros de un automóvil pasaron por la calle lateral. _Muy bien. Explícate, nunca se tienen suficientes "beneficios".

_Podemos ofrecerte una suma considerable de dinero, veinte mil euros, un coto de caza exclusivo por el término de dos años protegido por nosotros.

Crista arqueó una ceja. _Parece una paga demasiado buena, el trabajo debe de ser riesgoso... no estoy interesada en exponer el pellejo en el medio de una guerra civil. Lo siento.

_De hecho no es peligroso, pero si...importante. Necesitamos que empujes a cierto hombre a un encuentro, que lo mantendrá con vida el suficiente tiempo como para que nos sea útil.

La joven quedó intrigada ante la curiosa oferta. _ ¿Un hombre? ¿De quién se trata?

Sombra se cruzó de brazos, y apoyo la espalda en una de las paredes. _Aquí se presenta como Carlos, pero es más conocido como el Akkadio entre los *nuestros*. Has cruzado con él unas palabras el jueves pasado. Llevaba un sobretodo negro, pelo oscuro y barba.

Crista mantuvo la compostura. _Sí, sé quién es. ¿Y qué se supone que tendría que hacer con él, en caso de que me interese?

_ Es muy sencillo. Te encontrarás con él nuevamente, como si fuese casual, en el lugar y momento que yo te indique. Ahí le dirás que soñaste con él, o que tuviste una visión, lo que prefieras, y que en ella lo viste en la playa que siempre visita, y que debe ir ahí nuevamente esa misma noche, porque debe hablar con alguien.

Una expresión de sospecha se cerró sobre el rostro de Crista. Se tardó unos largos segundos en hablar nuevamente. _Y.... ¿eso es todo?

El hombre acomodó la espalda en la pared. _Eso es todo.

La muchacha juntó sus manos tocando su amplia pollera, y se mordió sutilmente el labio inferior. Finalmente cortó el silencio. _Me parece demasiado sencillo para los "beneficios" que ofrece, señor...Sombra. Es obvio que hay algo oculto en todo el asunto. Estoy arriesgando el cuello.

Lykaios se separó de la pared, y metió sus manos en los bolsillos. _La oferta sigue en pie, y no es negociable. Si te parece conveniente, nos encontraremos aquí mismo mañana, a esta hora. Aunque tu respuesta sea negativa, por favor preséntate. Tengo mis trucos para sacarte de tu escondite, así que ahorrémonos las dificultades.

No esperó a la respuesta de ella, y se marchó caminando por la salida del callejón. Crista en cambio, se quedó parada en el lugar, con la mirada moviéndose nerviosamente sin fijarse en ningún lugar en particular. Luego recordó que aún tenía hambre, y mucho tiempo hasta contestar la extraña oferta.

Crista se apareció nuevamente a la noche siguiente, ésta vez vestida con una pollera carmesí, una camisa blanca y un abrigo de lana del mismo color. En la cabeza llevaba el mismo pañuelo, que era como su amuleto de la suerte. Durante el día, en su encierro, había tirado las cartas, y no le habían advertido de ningún peligro, ni cambio importante en su vida, lo que resultaba ambiguo. Ella pensaba en pedir que doblen la oferta, ya que resultaba "tan importante", pero quizás no funcione de esa manera a su favor. Tener la exclusividad de caza en un poblado o de una zona en una ciudad era un gran alivio a su hambruna, podría incluso vender alguna de sus presas y obtener rédito. Era prometedor, y la tarea no la veía difícil en lo absoluto. Recordó la charla ligera que había tenido con "Carlos", que no se le antojó nada extraño, tan sólo un tipo muy amable y apuesto que admiraba su don tan especial. Claro que en ese momento no sabía nada sobre él. Un llamado a un conocido la dejó en alerta sobre esa persona. No era lo que parecía.

Aun así, aceptaría la oferta, estaba lista para darle un giro a su existencia que consideraba patética, incluso si las cartas se la ocultaban. Y allí estaba, esperando a que el tal Sombra apareciera. Hasta que lo hizo, solo que no pudo ver desde dónde lo había hecho, simplemente apareció a sus espaldas.

_Muy bien, ¿Qué has decidido?

Crista se dio vuelta lo más rápido que pudo, sorprendida al extremo. _¡Hey! No te vi llegar.

Sombra se la quedó mirando, esperando una respuesta a su pregunta. Ella respiró y exhaló varias veces hasta normalizarse, y continuar. _No lo sé, no me convence la situación. Realmente es un asunto arriesgado. Me presenté porque eres una persona habilidosa, que puede hacerme pasar un mal rato si así lo desea...en realid–

_Gitana, no soy bueno para regatear. -La interrumpió sin ningún tipo de tacto social– La oferta sigue siendo tal cual te la ofrecí anoche. -Le extendió un papel, y ella lo tomó.

Crista miró el papel, un cheque, y la suma que sobre éste estaba escrita. No sabía mucho de cheques porque ya nadie los usaba, pero sabía que podía convencer a cualquier humano a ir al banco y salir con el dinero sin siquiera transpirar una gota. Hizo tal esfuerzo para mantener el rostro inmóvil, que un jugador de póker la hubiera aplaudido.

_Entonces...se trata de esta cantidad, más un coto de caza de mi elección, ¿verdad?

El hombre negó con la cabeza. _No, nosotros te asignaremos cual, una vez que termines con tu tarea.

Crista ya no pudo contener la leve sonrisa que se iba dibujando en sus labios, color rojo intenso. _Está bien, acepto. Dame los detalles de lo que tengo que hacer.

Ambas partes del plan de Lykaios estaban en marcha. Por un lado, le restaba asegurarse que la mujer cumpliera con su trato, y que lo hiciera bien. Luego ya no estaba en su poder, pero tenía confianza en que sería exitoso. Por el otro, ya había descartado a la mitad de los diez humanos elegidos, y de los restantes, había seleccionado dos como los más probables. Tenía que seleccionar uno de ambos en menos de dos días, cuando se desarrollaría la parte de la gitana. Se puso en acción. Para el Caso número 1, se encargó de que se quedara sin hogar, como último paso en una serie de miserias que cayeron sobre el sujeto en pocos días, todas ellas manipuladas. Para el Caso número 2, su última movida había sido eliminar a su único familiar directo de forma que pareciera un accidente.

El Caso número 1 se quitó la vida a la noche siguiente, auto descartándose. El Caso número 2 en cambio causó destrozos en el lugar donde vivía, destruyendo particularmente las imágenes religiosas que tenía en su poder. Vigiló de cerca al Caso número 2 hasta casi el amanecer cerrando los detalles finales y plantando el gatillo adecuado en su inconsciente. Finalmente se retiró a su guarida. La víctima estaba lista.

PARTE 3: COMO ARCILLA EN MANOS DE UN ARTESANO

Amelia se despertó con los ojos irritados. Había estado llorando toda la noche y la mitad de la mañana. Su vida era un asco en general, y en la última semana se había convertido en un infierno insoportable. Su padre había fallecido. Un accidente, le dijeron en el hospital. Una porción enorme de balcón le cayó encima mientras caminaba.

No se llevaban del todo bien, pero era la única familia que tenía, y aunque nunca se lo dijo, lo amaba. Ese hecho le rompía el corazón, pues nunca más podría escucharlo, sin importar que tan fuerte grite, o patalee. Él no escucharía. En realidad...él nunca escuchaba, pero ésta vez, no tenía la culpa.

Se levantó de la cama sin ganas, para quedarse sentada mientras se restregaba los ojos, aún con lágrimas secas sobre sus mejillas. Echó un vistazo a su alrededor, su habitación parecía un basurero, olía como uno, y no se oía ni un sonido detrás de la aislación de las paredes. El departamento parecía una tumba abierta, en la que ella habitaba como ama y señora. En las paredes colgaban algunos posters de bandas de rock, a medio arrancar por el ataque de ira de la noche anterior, en el piso había libros, algunos muñecos desgarrados, una estatua de la Virgen hecha trizas, una cadena partida con una cruz, trozos de revistas, y las otras mitades de los posters que no se habían resistido a la gravedad. Por la ventana entraba una tenue luz, que se le antojo enfermiza. No quería ver la luz. No quería nada.

Se le volvió a cruzar por la cabeza suicidarse, pero era muy cobarde para hacerlo, no se imaginaba intentándolo de verdad. Cuando se decidía, su cuerpo simplemente no respondía, y se quedaba inmóvil. Se odiaba por ello, junto con otro millar de cosas. Al pensamiento fatalista, le sobrevino un torrente de momentos en los que podría haber actuado diferente, y no lo hizo, sea por timidez, cobardía, o lisa y plana estupidez. Aquella vez que podría haber hablado con el muchacho que le gustaba de la escuela, aquella que declinó la beca para estudiar en el extranjero, la vez que no quiso ir al parque con su padre, la vez que se peleó con su mejor amiga por una nimiedad.

Luego recordó todas las desgracias que habían ocurrido recientemente. Cuando la expulsaron injustamente de la facultad por una amenaza a un profesor que ella no hizo, como perdió su trabajo como secretaria cuando la oficina cerró por deudas (ni siquiera estaba al tanto de los problemas financieros de la empresa), como sus supuestas amistades le dieron la espalda una a una, en la mayor parte sin que entendiera la razón, y finalmente una muerte. Era demasiado para ella, más de lo que una persona pudiera aguantar. Pero, ¿qué podía hacer? Rezar de nuevo, no era una opción. Si había un Dios allí arriba, evidentemente no quería saber nada de su mísera vida.

Se paró, y se quedó de pie, ahí donde estaba, durante varios minutos, incapaz de moverse, sumida en los pensamientos negativos que la invadían. Nada por hacer, nadie a quien pedir ayuda. Simplemente un abismo, en el que pronto, muy pronto, caería.

Se pasó el mediodía y toda la tarde sentada en el suelo, recogiendo algunos de los objetos rotos, cambiando de lugar las prendas que estaban sobre la cama o sobre las sillas, ojeando algunas partes de los libros que habían caído, sin leerlos realmente porque era incapaz de enfocar sobre algo con los ojos humedecidos. Se dio la vuelta, secándose la nariz, y vio un poster que no recordaba. Se veía una bahía con mucha luz, y gente bañándose, como si fuese el mismísimo paraíso, debajo de éste decía en letras gigantes, "Playa Sirena, Barcelona. Verano 2050". Sintió un impulso imparable, el de ir a contemplar el mar, que estaba a pocos minutos de ahí. Quizás el aire fresco se lleve alguno de los pensamientos horribles que habitaban su cabeza. Dejó el póster en el piso, se puso un par de zapatos y salió, sin poder detenerse.

Caminó lentamente por la calle, con la mirada y el paso perdidos, con rumbo al océano. Dos veces recibió bocinazos de los motociclistas al cruzar las calles. Amelia a penas se dio cuenta de ello, sólo siguió caminando.

Llegó a la playa, y enfiló hacia el sur, caminando por la arena, con los zapatos en una mano, y un pañuelo en la otra. En el horizonte, a lo lejos en el mar, podía ver como el Sol se ocultaba por el oeste, dejando a las penumbras ganar el cielo minuto a minuto. La noche estaba algo nublada, por lo que las únicas luces disponibles eran los faros de la ciudad, y los edificios cercanos.

Dejó de caminar, y se sentó sobre la arena, el murmullo del mar la tranquilizó. Del ritmo frenético de pensamientos agolpados en su mente, pasó a un tranquilo vacío, mientras pasaban los minutos y el Sol desaparecía por completo. Miró a su alrededor, no había nadie. Notó que se trataba de una noche especialmente fría, así que se quedó abrazada a sí misma, intentando mantener el calor corporal. Perdió la noción del tiempo, entre el vaivén de las olas. La tristeza se apoderó de ella, y no pudo más que llorar de nuevo, mirando al cielo nublado, culpando al destino de sus males.

No lejos de allí, Crista se sentó en los escalones de una casa, en la esquina de las calles que le había indicado ese tipo raro que se hacía llamar Sombra. Intentaba mantenerse tranquila, pero impulsivamente se mordía el labio inferior, como era habitual en ella cada vez que se ponía nerviosa. Se decía todo el tiempo hacia sus adentros que debía estar relajada, que era un trabajo muy fácil, que sólo tardaría unos pocos minutos, y luego iría a extraer los fondos con el cheque tal como había averiguado. Probablemente a la noche siguiente, se mudaría a su exclusivo coto. Ese pensamiento dibujó una sonrisa sobre sus labios tersos, esta vez sin ningún color en particular. Mientras movía la vista de aquí para allá, se detuvo a oler su perfume, que tanto le había gustado cuando lo compró. Ese pensamiento quedó inconcluso, cuando vio a lo lejos acercarse al motivo de su encomienda. A unos cientos de metros pudo divisar entre la gente al supuesto Carlos del que le habían comentado, que llevaba el mismo sobretodo negro de hacía unos días atrás. Caminaba lentamente, paseando y mirando de reojo todo a su alrededor, con una calma envidiable.

Crista no había vivido en calma nunca, ni siquiera cuando *cambió* y dejo de ser humana, para pasar a ser *esa otra cosa*. Pensó que sería genial ser inmortal, que al fin no debería preocuparse por nada, que el nuevo poder que tendría sería suficiente para llevarse al mundo por delante. Y no fue así, en lo más mínimo. Descubrió que todo ese poder venía con experiencia durante el paso de muchos años, y que había en el mundo verdaderos horrores que la precedían en rango y en capacidad. Descubrió también que ya no podía salir a disfrutar del día sin sentir como la luz y el calor la acosaban con ardor, y que la comida ya no la llenaba. Se sintió muy inútil, ésta vez en un nuevo mundo, tan rancio como el anterior. Y ahora, tenía a unos pocos metros a uno de esos horrores. Él no era distinto a ella, pero tan hábil que podría deshacerla en segundos, sin importar la resistencia que pusiera. Ese pensamiento desfiguró su agraciado rostro, mientras intentaba desesperadamente mantener la compostura y terminar lo que debía hacer, para salir corriendo en búsqueda de seguridad, tal como cuando era una niña.

Se puso de pie, y se tomó unos largos segundos para recomponerse, antes de iniciar la marcha en su encuentro. Hora de brillar, Crista.

Kad la siguió con la vista mientras la muchacha caminaba hacia él, que simulaba como si no lo hubiese visto, hasta que a unos pocos pasos se cruzaron. Él llevaba ésta vez el cabello negro, un poco de barba, como si estuviese prolijamente desordenada, con la quijada ligeramente más rectangular, pero conservando su frente amplia, y la misma confianza del mundo sobre sus anchos hombros. El color de los ojos también era diferente, tenuemente grises. A Crista le hubiese atraído, si no fuera que le provocaba pánico saber de lo que era capaz.

_Hola, Señor Carlos, que coincidencia encontrarnos por aquí.

Kad hizo un ademán con la cabeza, mientras esbozaba su característica sonrisa y la miraba fijamente.

_Es sin duda, una gran coincidencia. –Respondió él, en perfecto español.

_ ¡Qué hermosa noche!, me gusta el frío. Y que esté nublado invita a la cacería.

Kad se metió las manos en los bolsillos, que poseían una extraña textura similar al cuero, al igual que toda su ficticia ropa.

_En realidad hace mucho tiempo que no me dedico a la cacería. Cuando uno ha caminado lo suficiente, se aburre de la misma rutina.

Esa respuesta tomó a Crista por sorpresa, en ese momento no se imaginó como uno de los *suyos* podría pasarse el tiempo sin cazar.

_Ah....b-bueno –tartamudeó, perdiendo el equilibrio. El terror se iba apoderando de su pecho. Su corazón no dejaba de bombear desesperadamente, buscando un miligramo extra de adrenalina que le permita correr más rápido que él.- No me imagino cómo hace usted eso, Señor Carlos, creo que es usted una persona maravillosa. –Se regañó a si misma por una respuesta tan estúpida.

Kad rió para sus adentros. _Eso me han dicho alguna vez. Y cómo has estado... –parecía esforzarse para recordar su nombre.

_Me llamo Crista. –Sonrió falsamente.

_Ah, por supuesto. Crista. Bien, ¿cómo has estado?

_Espectacular Señor Carlos, de hecho es muy bueno que me cruce con usted, ya que tengo algo que contarle. -Se mordió el labio inferior, con mucha fuerza.

_ ¿De qué se trata? -El tono de voz de Kad se asemejó al de un adulto conversando con un pequeño que recién aprende a dibujar con crayones.

_ Es que....he tenido una visión unas noches atrás. En ella lo veía a usted visitando una playa, y ahí encontraba una persona. Esa persona parecía importante para usted señor.

_Que interesante, Crista. Y... ¿qué playa sería esa?

La muchacha dudó un momento. _Parecía ser una que a usted le gusta mucho, y que la visita a menudo. Playa Sirena. -pronto entendió que ese detalle no debió haberlo soltado.

_Oh, entiendo. Muchas gracias, Crista. Lo has hecho muy bien. - Kad posó su mano derecha sobre la cabeza de la gitana, en un gesto cuasi paternal, y prosiguió lentamente su marcha.

Crista sólo pudo quedarse con los ojos abiertos de par en par, mirando hacia el final de la calle en la misma posición en la que había quedado, totalmente quieta. No estaba segura de que la había aterrado más, si fue la forma en que dijo esa última frase, o el gesto cariñoso que tendría un ángel con un alma que ha sido condenada a una eternidad de sufrimiento. Lentamente, una pequeña voz dentro de su cabeza fue elevándose, le gritaba que se fuera de allí de inmediato, que cobre el dinero que se le había dado, y que espere a Sombra donde le habían dicho. Cuando la voz ocupó toda su mente, pudo destrabar sus piernas y se echó a correr calle abajo, lo más lejos que pudo, lo más rápido que pudo. Corrió hasta que sus pulmones y sus piernas no pudieron continuar.

Sobre una terraza cercana, una columna gris cambió de forma, dispuesta a desplazarse para seguir a su presa. A la ex columna le preocupaba cada vez más la eficacia de sus métodos, ¿acaso resultaban evidentes para una presa de este calibre? El Akkadio lo excedía en más de tres milenios de antigüedad, y probablemente había aprendido cosas que él ignoraba por completo. Por un momento envidió toda esa experiencia y habilidad. Él llegaría a ser mejor y en mucho menos tiempo, porque era aplicado y no dejaba nada por la mitad. Oh si, sin duda lo superaría muy pronto. Ese pensamiento quedó flotando en su mente, mientras saltaba rápidamente entre los techos en dirección al oeste.

Kad llegó a la playa que había estado frecuentando. Parecía que le gustaba mucho, aunque no hay forma de saber el porqué. Quizás sea parecido al lugar que imaginó durante mucho tiempo como su final digno, tener ahí su experiencia final, presenciar el amanecer, absorber tanta energía del Astro Rey hasta que su cuerpo no la tolere y comience a desintegrarse, mientras cada célula, rebosando de poder, llega a su máxima expresión para luego morir.

La playa estaba vacía, excepto por una figura que se encontraba sentada sobre la arena, intentando ocupar la menor cantidad de espacio posible. Una de las cejas de Kad se arqueó infinitesimalmente. Levantó la cabeza, tal como si la luna, detrás de las nubes, estuviese brillando solo para él. Y comenzó a andar.

PARTE 4: ARENA Y SAL

Kad se quedó de pie, de cara al mar, junto a la muchacha que yacía en el mismo sitio donde había estado durante horas. Ella simplemente lo siguió con la mirada, todavía húmeda por las lágrimas.

Por unos instantes, medió el sonido suave y distante de las olas golpeando contra el muelle. Algunas pocas gotas saladas saltaban sobre ellos, mezcladas con el rocío de la noche, que caían a destiempo, tan bizarro como el viento que se arremolinaba, que simplemente no era normal.

_El océano es hermoso, ¿verdad? Dijo Kad, desquebrajando la omnipotente afonía que los rodeaba.

Amelia se aclaró la garganta repetidas veces antes de poder hablar. _Sí, es lindo.

La voz del extraño tenía un efecto hipnótico sobre ella, y su corazón comenzó a trabajar más deprisa.

_ ¿Te molesta si me siento?

_N-no...para nada. -Ni había completado esa corta frase, que Kad se hallaba sentado sobre la arena, con las manos juntas sobre sus piernas.

_Conozco ambos lados del mar, pero desde éste me parece mejor. Este lugar me agrada, algún día, cuando se terminen mis aventuras, quizás me siente aquí mismo, y con el océano a mis espaldas, seré bendecido por última vez por los rayos del Sol. –La frase fue perdiendo volumen a medida que la decía.

Amelia lo miró hacia arriba, ya que le sacaba al menos una cabeza de alto, mientras se secaba la nariz con el pañuelo y se sacudía la sorpresa de encima. Dejó salir las únicas palabras que habían logrado acumularse en su lengua. _Estás... ¿enfermo de algo?

_Digamos que no, pero todo debe tener un fin, ¿no es así?

Ella asintió desganada con la cabeza.

_ ¿Cuál es tu historia? –inquirió Kad.

Amelia se tomó varios segundos, y respondió. _Mi vida apesta, tan sólo eso... –respiró hondo– me han sucedido un montón de cosas y no sé qué hacer.

_Estoy seguro que todo tiene solución.

_No, no la tiene. De pronto me... –carraspeó de nuevo.– me encuentro sola, sin empleo, sin estudios, y mi padre ha fallecido recientemente. –Un velo espeso de sombra cayó suavemente sobre sus ojos– No hay solución.

Kad clavó la mirada en el horizonte, en la espuma que iba y venía sobre el agua. _Casi todo, entonces.

Amelia intentó ocupar incluso menos espacio, empezándose a sentir incomoda de la conversación. Ella no confiaba nunca en los extraños, en los noticieros aparecen historias todas las semanas sobre chicas que debieron correr y no lo hicieron. Sin embargo se sentía anclada a su lugar, no llegaba a deducir la razón.

Kad aspiró profundamente, y de forma forzada. _Si te parece bien -prosiguió- puedo solucionar tus problemas, siempre que estén a mi alcance, claro.

Ella frunció el ceño, en gesto de sospecha. De verdad debía comenzar a tirar pronto del ancla, y huir. _ ¿Y por qué harías eso por mí? No nos conocemos siquiera.

_Resulta que alguna...fuerza misteriosa... -soltó con ironía evidente- nos ha reunido, y me da curiosidad el saber quién fue, y para qué. Además...estoy en la posibilidad de ayudar, y me parece entretenido.

Sumado al ceño fruncido, se agregó una mueca con la boca. _No entiendo, ¿a qué te refieres?

_Digamos que soy un Dios. Bueno, casi un Dios...puedo hacer muchas cosas, y otras no.

Quizás podía hacer tiempo con sus palabras mientras terminaba de tirar del ancla. El sujeto se le antojó un tanto loco, pero posiblemente no un peligro. Por otra parte era muy atractivo. Se distrajo un segundo en el hecho de que no podía determinar su edad, parecía joven y viejo al mismo tiempo. Amelia aflojó sus duras facciones, para dar paso a una expresión punzante. _ ¿Eres algo así como un genio? ¿Tengo tres deseos?

_No lo había pensado pero parece buena idea. Sí, concedo deseos, y a partir de ahora tienes tres. El tono suave de voz de Kad era inquebrantable.

Amelia sonrió al tiempo que negaba con la cabeza. _Está usted muy loco señor. –Pensó que definitivamente le había tocado la suerte de toparse con un tipo al que le faltaban algunas tuercas en el motor. Ahora le preocupaba la peligrosidad del sujeto. Decidió ser más cortés, eso funcionaría por el momento– ¿Tiene nombre al menos?

Kad estiró las piernas sobre la arena, apoyó su cabeza en el suelo, con sus manos detrás de ésta. _Tuve nombre hace mucho tiempo atrás. Para ser franco, me lo he olvidado. Pero no importa, puedes llamarme como quieras.

Ella rió esta vez. El desconocido sin nombre al menos la había distraído unos momentos de sus tinieblas internas, y hasta la hizo sonreír, después de tantos días sin hacerlo, no parecía tan malo. _No sé cómo pueda llamarte... ¿Cómo te dicen tus amigos?

_La persona más cercana a lo que podría considerar un "amigo", me dice Kad.

Amelia le tendió una mano, como si estuviese intentando trabar amistad con un pequeño niño hiperactivo. _Mucho gusto, me llamo Amelia.

Kad aceptó el saludo, sin dejar de lado su amable y calma sonrisa. _El placer es mío, señorita. Entonces, ¿Cuál es tu primer deseo?

Al soltar la mano de Kad, comenzó a ponerse de pie, mientras se sacudía la arena y la sal del cuerpo. ¡Finalmente lo había logrado! Para cuando levantó la vista, él ya estaba parado de cara a ella, y para su sorpresa sin un sólo grano de arena entre sus pesadas ropas de extraña textura. Su rostro se expresó adecuadamente.

_C–cómo estás tan limpio...

_Estoy dispuesto a esperar...para que lo pienses bien, pues sólo serán tres deseos. Volveré a verte mañana por la noche.

_Lo siento señor Kad, pero no estoy segura de si voy a volver aquí mañana. No quiero decepcionarlo. –La mente de Amelia era un hervidero de cosas que iban y venían.

_No pretendía que vuelvas a este lugar, es mejor que me acerque a donde estés.

Amelia esta vez lanzó una carcajada, una respuesta que combinaba de manera no del todo fiel el aglomerado de pensamientos que recorrían su cabeza. _No voy a decirte donde vivo...

41

Kad se encogió de hombros, mientras llevaba sus manos a los bolsillos. _No hace falta, señorita Amelia. Amelia - Repitió, como si buscara alguna manera de no olvidar un nombre, aunque sea por una vez.- Será hasta mañana.

Y se evaporó en el aire, dejando una estela roja que era llevada por el viento. Y tras eso, no quedó un sólo rastro visible de él. El rostro de Amelia se contorsionó en repentino terror ante la desaparición de su interlocutor. Cuando la sensación inicial concluyó, comenzó una lluvia de preguntas que caían sobre su ya atormentada mente. ¿Qué fue eso? ¿Quién era ese tipo? ¿Cómo desapareció? ¿De verdad será un genio o algo así?.... ¡¿Sabe cómo encontrarme?!

Al pasar varios minutos sin encontrar respuesta de ninguna clase, recogió sus zapatos del piso, y se dirigió trotando en dirección a su departamento. Tardó sin embargo algún tiempo más en recomponer su respiración y una expresión más normal.

El viento antinatural cesó de soplar, así como la caída de las finas gotas de agua de mar se regularizó. Una piedra del muelle se levantó súbitamente, tomando lenta pero constantemente una forma antropomorfa. La visión surrealista se coronó con la conformación consumada de un ser, vestido de eterno negro, uno que se mueve constantemente entre las sombras del mundo, cuya misión seguía en marcha. El hecho de que su presa sospechara lo seguía llenando de dudas. No era posible que lo detectara, sin embargo, el mensaje estaba dirigido hacia él, hacia la "fuerza misteriosa" que estaba digitando todo tras bambalinas. Alejó rápidamente las preguntas de su cabeza, ya que debía de continuar con su misión. Debía informar a la líder de Cresta, Eylem, de las novedades, además de ponerse al tanto de los movimientos de León y su bando. La guerra hasta el momento no había pasado a la acción directa, pero estaba al borde. Hasta podía haberse iniciado ya mientras él se encontraba ahí, ultimando los detalles de su ropa.

Se puso en movimiento. Tal como la costumbre dictaba, los encuentros debían realizarse personalmente. Las nuevas tecnologías eran susceptibles de fallas o de intrusiones y no eran su especialidad, pero si la de León y su grupo, por lo que no confiaba en su uso. Viajando de incógnito tardaría unas cuantas horas más de lo normal en llegar al cuartel de los Cresta en Marsella, debía apurarse antes de la salida del Sol que haría la cuestión más difícil.

Como primer paso volvió a su guarida temporal, a comer y matar a los humanos que no utilizó, recoger sus efectos personales, que cabían en un bolso de mano. Una Sombra de su rango no podía permitirse jamás llevar demasiados artefactos consigo, tan sólo los exclusivamente necesarios: Un arma, municiones perforantes, dos navajas, un mapa, un anotador, lapicera, cuerda, tarjetas de crédito, dinero en efectivo y un anticuado teléfono móvil, el único que no le inspiraba seguridad y menos uso le daba. Dejó el lugar totalmente limpio, quitó todos los plásticos del suelo manchados de sangre y los incineró, y luego de transportar los cuerpos dentro del baúl de un coche robado, los arrojó al mar en la zona más oscura que encontró. Dejó el coche en una calle poco transitada, y eligió otro para robar, el que usaría para viajar hasta la frontera con Francia, donde se desharía de él para conseguir otro. Emprendió el camino, quedaban pocas horas para el amanecer. Le produjo malestar dejar inconcluso su trato con la joven gitana, pero su asignación tenía mayor prioridad y no había tiempo que perder.

PARTE 5: EN ESTA TIERRA SANTA

_Saludos, Sacerdote Filippo. –Dijo Perius en correcto italiano, al tiempo que hacía una leve reverencia.

_Bendecido seas, Hermano Perius. –Contestó.

Unas pocas palomas revoloteaban cerca de la majestuosa fuente en el pequeño patio, bajo los aposentos del Cardenal en el Vaticano. Enmarcada por altas columnas blancas, la plaza interna relucía hermosa bajo la luz de los faroles, un jardín perfectamente cuidado, lleno de vida.

Ambos hombres avanzaron caminando bajo cubierto, mientras conversaban en voz baja. Perius, quizás por causa mayor, había dejado de lado sus ropas antiguas, vistiendo en su lugar un traje moderno, de fina confección pero muy modesto, una camisa blanca y una corbata gris. Sus zapatos mostraban un lustre casi perfecto. El bastón en cambio, brillaba por su ausencia. A su lado, Filippo vestía una amplia sotana negra, y una camisa blanca bordada que asomaba por debajo. El cabello castaño oscuro del religioso estaba cuidadosamente cortado y peinado. Un par de lentes coronaban su aire de solemne seriedad, sobre un rostro sensiblemente agotado, pálido y de facciones consumidas.

Filippo continuó. _Hace algún tiempo no pasas por aquí. ¿Te has confesado últimamente?

Perius sonrió ampliamente. _No, Padre. No lo he hecho. Estuve ocupado, con todo el asunto que ha surgido.

_Oh si, un episodio lamentable. Realmente lamentable. - Filippo bajó la mirada con una expresión de genuina preocupación, mientras restregaba una mano contra la otra nerviosamente.

_Sin duda, es por eso que he pedido una audiencia con El Cardenal, necesito averiguar algunas cosas.

_Por supuesto, Hermano. Y desde ya te pido disculpas por haber tardado en ofrecerte una cita, pero la agenda del Cardenal está agolpada últimamente. Ya se le comunicó tu llegada, así que está esperándote en sus habitaciones.

_Muchísimas gracias, Filippo, y no es problema, aunque hoy llevo prisa.

Se detuvieron frente a unas puertas dobles de roble, decoradas con gusto y gracia, con apliques de oro en forma de rombos. Los pomos de ambas puertas estaban exquisitamente trabajados, simulando ser dos ángeles que acercaban sus manos el uno con el otro para unirse, pero que irónicamente, jamás lo conseguirían. Filippo tocó dos veces la aldaba de oro, que tenía el rostro de una persona alada, entre cuyos puños se encontraba el aro.

Entre el silencio nocturno, se oyeron pasos. El cerrojo hizo un ruido metálico, y una de las puertas se abrió pesadamente. Filippo se asomó gentilmente, y susurró unas palabras, para luego alejarse.

_Puedes pasar, Hermano.

_Gracias nuevamente. -Contestó Perius en voz baja, que se hallaba a unos pasos de distancia.

El sacerdote lo detuvo con la mano antes de que entre.
_Si eres tan amable, ¿podríamos cruzar unas palabras cuando termines tu diálogo con El Cardenal?

El caballero entornó los ojos, con suspicacia. _Si, por supuesto.

Filippo hizo un cortés además con la cabeza, y le permitió el paso, abriendo más la puerta.

Perius dio apenas unos pasos dentro, cuando se giró a saludar nuevamente. _Buenas noches, Hermana.

La religiosa tan sólo contestó el saludo con una levísima inclinación, pero sin mencionar una palabra. Luego le hizo una seña con la mano, para que pase a la siguiente habitación.

Tanto el primer como el segundo cuarto estaban esplendorosamente decorados, con tonalidades de madera y oro. Las paredes estaban empapeladas con un color morado apagado, con una agradable y suave textura al tacto. El alfombrado tenía una coloración similar, pero más intensa, al igual que las cortinas. El segundo cuarto contaba con un enorme escritorio de roble, tallado y detallado hasta su más mínima expresión. Varios platos de fina cerámica con restos de alimentos desencajaban de la escena. Por detrás del monumental escritorio, se puso de pie un hombre delgado y de pequeña estatura, vestido con una sotana blanca con apliques de pequeñas perlas, con una estola morada que colgaba sobre los hombros. Tenía la misma expresión consumida y agotada que Filippo, pero más arrugado, que se notaba especialmente en el dorso de sus manos.

Dio la vuelta alrededor del enorme escritorio, con un gesto trabajadamente afectuoso. _ ¡Perius! Qué honor tenerte aquí. Por favor, toma asiento. –La voz era notablemente ronca y apagada.

_Giuliano, gracias por aceptar mi presencia. –Contestó Perius, con igual pomposidad, mientras tomaba asiento cómodamente en uno de los sillones, también de roble y ampliamente detallado.

Giuliano volvió a tomar asiento. Miro fijamente a su invitado a través de sus ojos vidriosos, color gris claro cuyos bordes estaban indefinidos, y se entremezclaban con el blanco de la esclerótica.

_ ¿Por casualidad has mejorado de la vista, Cardenal?

_ Sí, he mejorado, pero no demasiado. -Remarcó cada palabra, mientras daba vueltas el enorme anillo que llevaba en el dedo.

_Oh, entiendo. Es algo que lleva su tiempo, debes ser persistente.

Giuliano se tomó varios segundos, manteniendo la mirada baja, y jugando con su anillo. _Bien sabes...que me transformé en...*esto*...fruto del miedo a quedar sumido en la oscuridad. -Abrió su boca para continuar, solo que no salió ningún sonido- La idea de quedarme ciego, casi me hace perder la fe. Ni la medicina ni la Iglesia me proporcionaron una solución conveniente en ese momento. -Perius asintió con la cabeza.- Y me topé con esta otra *realidad*...pero se hace tan difícil, Perius...tan difícil.

_Bueno, nadie dijo que fuese fácil, y las contras son muchas al comienzo, como podrás darte cuenta.

_En esta tierra Santa, se me tiene como una persona de hábitos extraños, y sólo se me respeta por mi rango. Jamás llegaré a ser Papa, eso lo tengo muy en claro. Y todavía más, en unos años deberé abandonar este lugar, y trasladarme a otro donde no levante sospechas por mi edad. Pero todo sea por mi deber sagrado, ¿verdad?

Perius se mantuvo callado. Giuliano continuó. _Pido perdón cada mañana, por no poder salir a recibir la bendición de la luz. Pido perdón por mi condición, que ha sido decisión mía.

El caballero hizo una mueca y cerró los ojos momentáneamente antes de hablar. _Mi buen amigo, es complicado amalgamar *esto* con el credo. A lo largo de mi vida he creído en muchas cosas, y dejado de creer también para ser franco. Ahora, sólo dejo que las cosas ocurran, no me preocupo por si existe o no un plan Divino, o si hay un castigo por mis actos, sino en lo que puedo hacer y dejar de hacer. –Remarcó estas últimas palabras con seriedad.- Espero no ofenderte, no soy una persona religiosa.

El Cardenal lo observó con la mirada triste, y a la vez, vacía. _No es ofensa, Perius. Quizás no lo sepas pero...por muchos años pedí se me devolviera mi humanidad, pero mis plegarias indudablemente no fueron respondidas. Parece ser...realmente irreversible.

Perius miró de reojo al religioso antes de responderle. _Oh...no...no conozco ningún caso fehaciente en que haya podido revertirse, no. –Hizo una pausa– ¿Cuánto llevas *así*?

_Son dos cientos noventa y tres años ya.

_En ese período, has hecho cosas buenas, Cardenal. Y conocido mucha gente.

_También he viajado, y estudiado. –Habló con aún mayor tristeza.

_Y más importante aún, te has formado un renombre entre los *nuestros* incluso en ese breve tiempo. Incluso te has sentado a la diestra de Cáucaso como el Virtuoso de la Lealtad, ni más ni menos. –Sacó un reloj con cadena de su bolsillo, para mirar la hora.– Atravesamos momentos duros, y todos te necesitamos.

_Si, por supuesto. –Giuliano se apoyó sobre el respaldo, y entrelazó las manos sobre su regazo.

_Lo lamento muchísimo pero parece que cuento con poco tiempo, por eso pido disculpas si voy directo al asunto. Se me ha dicho –comenzó- que conoces las circunstancias de la muerte de Cáucaso...eras muy cercano a él, su favorito diría. –Inquirió, metiendo el reloj nuevamente en su lugar, y tanteando la empuñadura de su puñal, que mantenía oculto y listo para la acción.

El Cardenal rascó lentamente su ceja. _Su favorito... -Repitió silenciosamente, con una amarga sonrisa.- Me ha llegado una versión. Más de una, claramente.

La monja pasó silenciosamente, y comenzó a retirar los platos del escritorio. Perius miró al Cardenal, esperando la señal. _No se preocupe, puede hablar con confianza. No sabía que estabas tan interesado en el Mandato y el Consejo. Me sorprende, en realidad.

_ Por supuesto que lo estoy, nos afecta a todos. Si no es inconveniente, ¿puedo consultarle algo?

Perius continuó, mientras sus ojos ardían y su mano reposaba tensa pues el barco se había topado con aguas turbulentas. _Primeramente, tengo una pregunta: ¿Cómo es que hay tan poco confirmado en una cuestión de semejante peso?

_Sucede que...no ha quedado un cuerpo. Tampoco se ha visto a su supuesto asesino. Los intentos de Buscarlo, o contactarlo, han fracasado. –La voz del religioso se había vuelto dura.

_Hasta donde se sabe, Cáucaso no era diestro en las artes del ocultamiento ¿Dónde se lo ha visto por última vez? –Perius dejó atrás su tono amable, que se volvió súbitamente amenazante.

_En el Palacio Aegis. Se había retirado a descansar durante el día, pero al caer la tarde, ya no se lo encontró. Tampoco se hallaron signos de lucha, o alguna nota.

_Enigmatico... –Perius cruzo brazos y piernas, con una expresión pensativa– ¿Hay alguna palabra oficial del Consejo?

_Ninguna. No tenemos una sola evidencia, sólo reportan los consecuentes fracasos por ubicarlo. Y pelean inútilmente, y se calumnian. Gracias al Señor aún no comienzan las hostilidades...

_Oh, pero me temo que lo harán pronto. Estoy seguro de que León hará su siguiente injuria antes de que hayamos podido hacer justicia.

El Cardenal volvió a jugar nerviosamente con su anillo de oro y diamantes. _La actitud de León es sospechosa, supongo que no es completamente erróneo desconfiar de él. Quien sea que esté detrás de esto, ¿cuál crees que sea su siguiente movimiento?

Perius se enfocó fijamente sobre los débiles ojos del Cardenal. _En mi humilde opinión, usarán el mismo truco, sea cual fuese, para eliminar al Akkadio, que le sucedería como Mandatario, a pesar de que no le interesa en lo más mínimo. Pero una vez fuera de juego, los seguidores de Cresta se reducirán, probablemente divididos en dos.

_Bueno, aún queda uno más en antigüedad antes que León...

_Sí, lo admito. El desaparecido Garim, pero no se sabe de él hace ya muchos siglos. A diferencia de Cáucaso y cualquiera de nosotros, él sí era un maestro del ocultamiento, por eso se estima que sigue con vida, en algún sitio. Pero no se puede contar con él.

_Por supuesto. –Hizo un gran esfuerzo por incorporarse, se dirigió caminando hacia una de las ventanas, corrió un poco las cortinas, y con las manos detrás de la espalda, se quedó mirando hacia fuera. Finalmente habló. _Tal parece que, la situación más beneficiosa, y me apena terriblemente decirlo ya que es un Virtuoso también, sería que León desapareciera... –Llevó su mano derecha a su frente, y se persignó.

Perius dejó escapar una risa socarrona, mientras aflojaba sus dedos de la empuñadura. _Puedo decir que estoy de acuerdo con eso. Seguramente apaciguaría las aguas. Pero se encuentra escondido, si no escuche mal.

_Oh si, de eso se ha hablado mucho. Desde la última reunión del Consejo a la que acudió, hace unos dos meses atrás, sólo manda comunicados. La buscadora más hábil dice que no puede hallarlo.

_¿La tal Beatrix? –Interrumpió Perius, con educación.

_Exacto, pero sabemos que trabaja para él. O es más bien su prisionera en este momento, asi que miente. Consultamos otra, de las filas de Cresta, llamada Ginebra Annet. Cresta tiene la motivación de conocer su paradero, pero dijo que no pudo hallarlo, obtiene lecturas confusas cuando lo intenta. Eso o se está moviendo todo el tiempo. –Giuliano dio la vuelta, y se acercó al escritorio.

_Lo que no sería completamente extraño...

_Posiblemente. Y...ha habido otro rumor.

Perius levantó una ceja, empujado quizás por el aire de misterio que había cobrado súbitamente El Cardenal.

_Me llegó una información, de un nuevo grupo armado bajo tutela de León, o de alguien de su facción - prosiguió-. No se sabe casi nada, sólo conjeturas. En Cresta los llaman "la Amenaza", y están muy inquietos.

El caballero hizo un gesto negativo con la mano mientras descruzaba sus piernas. _Si es tan nuevo, ¿es realmente motivo de preocupación?

_Esperemos que no, Perius. Esperemos que no.

El caballero se incorporó levemente. _Giuliano mi amigo, haz sido extremadamente servicial. No tomaré más de tu tiempo.

_Eres bienvenido cuando lo desees. Lamento no poder brindarte más información que resulte de valor.

_No es necesario disculparse, por favor. Espero volver a visitarte pronto en una ocación más feliz. Ha sido un placer de todas formas, Cardenal.

Giuliano se dispuso a darle un apretón de manos, pero luego recordó que es contrario a la costumbre el contacto físico entre los que son como *ellos* al dar un saludo, así que se frenó. _El placer ha sido mío, bendito seas Hermano Perius.

Perius salió por la puerta, acompañado por la misma mujer que lo había dejado entrar, y al igual que la vez anterior, no soltó ni una palabra. Afuera esperaba Filippo.

_ ¿Cómo ha resultado la reunión?

_Muy pintoresca. –El caballero contestó– ¿Qué querías decirme?

El sacerdote notó su actitud diligente, así que se dispuso a ir al grano. _Me preocupa la situación del Cardenal. El hambre lo acosa constantemente. Nos acosa. –Se corrigió rápidamente.– Pero ese tema es secundario, nuestra fe nos permite continuar así, por ahora. La cuestión pasa por su vista. El hecho de no poder curarse de ese mal por sí mismo lo está haciendo tambalear, y temo que termine por....afectarlo, y caiga presa de sus instintos más primitivos. –Se persignó dos veces mientras completaba la frase.– Él comenzó este...viaje para encontrar una cura, y todavía lo evade, tras todos estos años.

Perius se mantuvo en silencio, y sin variar su expresión.

_Mi pregunta es: ¿Es realmente tan difícil la regeneración? Hemos estado estudiando biologí–.

_Sin duda no es un asunto sencillo, Hermano. –Interrumpió, sensiblemente apurado ahora.– Estudiar el cuerpo ayuda, pero el conocimiento verdadero se obtiene con las vivencias, recibir heridas y sanar. Y el proceso es lento. Muy lento. Me temo que en su situación actual tarde aún más, ya que esta relegado a una vida pacífica, y evidentemente no tiene talento para este arte tan complejo. La ciencia tendría una respuesta más adecuada para sus males, estimo yo.

Filippo bajó la vista, dejando escapar un suspiro. _Entiendo. Muchas gracias por el consejo, Hermano. Y...algo más si me permite.

_¿Sí?

_Le agradezco que...haya entendido nuestra posición en el asunto. Nos mantenemos leales al Consejo y sabemos que Cresta vela por sus intereses. Siempre leales. –Filippo Bajó la vista hacía las manos del caballero.

Perius lo observó de arriba a abajo, mientras tanteaba su filo oculto disimuladamente. Retomó rápidamente su aire cortés y servicial. _No hace falta agradecer, todos estamos del mismo lado, les deseo muchos éxitos con su emprendimiento. Será hasta otra oportunidad.- Hizo un saludo con la mano, para luego alejarse.

_Vaya con Dios.-Se persignó dos veces más, mientras daba una bendición en voz baja al recién partido.

Ya en camino al aeropuerto en un auto alquilado, Perius tomó su asistente personal del bolsillo, que vibraba incesantemente.

_¡Aló!

_Señor Perius, tengo la información que me pidió. Se la envié hace un minuto. -Anunció una voz extrañamente monótona.

_Excelentes noticias, me fijaré ahora mismo. Haz hecho muy bien.

_Gracias señor. Estoy para servir. -proclamó Thomas Hicks, el Secretario de Seguridad de Estados Unidos.

PARTE 6: UN MONSTRUO

Amelia subió a su departamento, intentando dejar en el pasado su fugaz encuentro con el hombre que se evapora en el aire, quitándose la arena que se resistía aún en sus suelas. Se convenció que debe tratarse de un loco. Un loco que sabe trucos de magia, claro. Después de todo, tenía muchos problemas como para preocuparse por ello. Problemas sin solución, el peor tipo. Al entrar se sintió presionada en primer lugar por la soledad, que había estado habitando ese lugar hasta su llegada, y se negaba a retirarse. En segundo lugar, por la atmósfera espesa, pero tenía más que ver con su estado de ánimo que por el entorno. Su habitación estaba tal cual la había dejado unas horas atrás, desordenada y llena de cosas rotas. El sueño se fue haciendo paso, por lo que limpió rápidamente su cama, dejando las cosas en el suelo, y se acostó. No tardó demasiado en caer dormida.

Se despertó sobresaltada con la llegada de la tarde, pero no supo identificar el porqué, y extrañamente vital. Buscó en los alrededores alguna pista de ese súbito cambio. Sólo encontró su reloj de pared que indicaba que eran las 18 horas del día 23 de octubre, un día como cualquier otro. En el fondo de su mente sintió que había hecho algo bien, a pesar que no sabía qué. Se quedó con esa sensación, que se la imaginó como una perla flotando sobre el barro. Decidió comenzar diferente, desde un nuevo ángulo. Luego de asearse y vestirse, visitó un periódico digital. ¿Qué tan difícil podía resultar conseguir empleo? Lo hizo una vez, seguramente podía hacerlo dos.

Se dedicó a revisar de pies a cabeza la sección de clasificados. Remarcó los que mejor encajaban y parecían interesantes. Actualizó su currícula, y la envió por correo desde su diminuta computadora. Intentó ordenar el desastre que tenía a su alrededor, pero le resulto especialmente dificultoso. La mayor parte de las cosas que había roto tenían un valor sentimental, y simplemente no podía tirarlas. Se deshizo de la estatuilla, de los posters, y hasta de la ropa que tuvo puesta el día anterior. Dudó sobre si tirar o no la cadena con la cruz. Era un regalo de su madre de muchos años atrás, cuando vivía. Decidió meterla en un cajón, sólo por respeto a ella.

Una vez terminada la tarea de limpieza horas después, se sintió aliviada. Conservaba su empuje interno, con un poco de ayuda podría hacerlo florecer nuevamente. Una pequeña voz en su cabeza le recordó que sólo estaba barriendo las tinieblas debajo de la alfombra, pero la calló rápidamente. No era momento de pensar sino actuar. Se preguntó si podría hacer un llamado a alguna de sus amigas con las que se había peleado recientemente. Se quedó sentada con el teléfono en sus manos, revisando una y otra vez la lista de contactos, pero sólo encontró un ejército de dudas, y desistió de hacerlo. Afuera, visto por la ventana, el Sol caía pintando los edificios cercanos de tonalidades anaranjadas, y se reflejaba intensamente sobre los vidrios. Recordó que hacía muchas horas no comía nada, así que se preparó algo rápido para ir a dormir. Con un poco de suerte, esa que la había esquivado con gracia estos días, la llamarían para una entrevista. Necesitaba un trabajo pronto, las cuentas no se pagan solas, y los ahorros estaban alarmantemente bajos.

Se acostó, dispuesta a dormir, cuando la asaltaron nuevamente todos los eventos desgraciados con los que había convivido. Se paralizó, a propósito, para no soltar más lágrimas. Estaba enfrascada en esa lucha interna, cuando el ruido de sus ventanas apartándose violentamente la distrajo.

No podría haber abierto más los ojos ni aunque hubiese querido. Cómo única reacción de defensa, apretó sus sábanas contra su pecho y lanzó un grito ahogado.

Kad se asomó dentro, con la misma calma que de costumbre. Esta vez llevaba un traje color gris oscuro y una camisa desabrochada del mismo tono debajo de su enorme sobretodo. Su cabello había vuelto a ser claro, la forma de la nariz y los pómulos eran ligeramente distintos, así como la tonalidad de la piel un tanto más oscura. No llevaba barba, pero si el peinado alborotado.

_Buenas noches, ¿interrumpo algo? - Preguntó, con cordialidad y un dejo de sarcasmo.

Amelia comenzó a soltar una serie de monosílabos durante unos segundos, antes de recuperar su capacidad de emitir oraciones completas. _ ¿Qué estás haciendo aquí? ¿Cómo me encontraste? -Intentó hacer una tercera pregunta, pero no supo cuál.

_Te seguí, por supuesto.

Finalmente encontró una nueva pregunta que hacer, mientras se concentraba en recordar algún objeto que le sirviera como arma para defenderse, que fuese lo suficientemente contundente, y sobre todo, que estuviese al alcance de su brazo. _ ¿Qué quieres de mí?

_Bueno, esperaba que me digas cuál es tu primer deseo.

Descartó una decena de cosas que no servían para blandirlas sobre la cabeza del desconocido: ropa, una almohada, una pieza del armazón de la cama, una chinche que se encontraba clavada en la pared, un oso de peluche, una zapatilla, entre otras. _ ¡Deseo que te vayas!

_No, eso es muy fácil de hacer, y no te sirve para nada. - Dijo, mientras acomodaba una silla para sentarse.- Quizás debas tranquilizarte un poco antes...

La miró fijamente a los ojos, que llamearon intensamente. _De verdad, creo que debes tranquilizarte, ¿no estás de acuerdo?

Una extraña sensación de calma invadió el cuerpo de Amelia, mientras escuchaba cada palabra en cámara lenta, haciendo eco ida y vuelta por cada rincón de su mente. _S-sí, estoy de acuerdo. -La respuesta se escapó de su boca, apenas con control sobre ella.

_Mucho mejor. -Kad pareció dudar unos breves instantes.- Me disculpo por la entrada abrupta, la próxima vez me aseguraré de tocar primero.

_N-no hay problema. -Amelia no podía dejar de mirar los exóticos ojos de Kad, todo lo demás estaba en segundo plano.

_Empecemos, pues. -Golpeó con el puño la puerta de plástico del armario. El sonido llegó a los oídos de la muchacha como un estallido lejano, que la despabiló de su fase hipnótica.

_Espero que ya hayas pensado en qué es lo que deseas. -Continuó.

_N-no, en realidad no lo pensé. -Amelia simplemente decidió que el estado de shock había triunfado, y se dejó arrastrar por la corriente.

Kad recogió un libro y comenzó a hojearlo. _Que pena...

_ ¿Quién eres en realidad?

_Es...una buena pregunta, pero la respuesta es muy larga en verdad. Digamos que soy una persona que ha vivido mucho, mucho tiempo, y sabe algunas cosas interesantes. Lo demás son detalles. -Habló lentamente, mientras seguía pasando las páginas.

_ ¿Cómo fue que desapareciste anoche? ¿Es un truco de magia?

_No, no es magia. Me hice humo, y me trasladé rápidamente fuera de tu vista. -Continuó pasando hojas.

Amelia se tomó unos segundos, mientras respiraba con lentitud. _ ¿Podrías...hacerlo de nuevo? -"Hacia fuera, y no volver" pensó para sus adentros.

Kad dejó el libro en el suelo, y allí mismo, donde estaba sentado, una nube de finas gotas color rojo reemplazó su cabeza, hombros y luego el resto del cuerpo. Las gotas se enlazaban y desenlazaban todo el tiempo sin llegar nunca a estar desconectadas, danzando a un ritmo antinatural. Se trasladaron velozmente hasta la otra punta de la habitación, cayendo contra el suelo, para conformar un cuerpo sólido nuevamente desde las patas de una criatura bípeda, en una visión grotesca e irreal. Falso ropaje se formó sobre el cuerpo mientras este adoptaba una forma humanoide. Kad, restaurado en una forma sólida, quedó de pie, vestido ahora con la misma ropa negra que había usado la noche de su encuentro con Perius. Abrió su sobretodo, y miró su traje. Paulatinamente y en áreas, empezó a aclararse, hasta formar una tonalidad gris, similar a la que tenía previamente. _Mmm...había olvidado esa parte.

Amelia se quedó simplemente anonadada. Había presenciado un evento de los que cambian la vida. No obstante no en un mal sentido. Quedó genuinamente impresionada, despertando dentro de ella una curiosidad imparable, tal como cuando si estuviese intentando adivinar los trucos de un ilusionista. _Eso fue...-no supo cómo describirlo- fantástico... ¿Cómo....no, de verdad, qué eres? ¿Eso era sangre, o qué?

_Entre otras cosas, sí. –Caminó hasta la misma silla de donde salió, y se sentó con las piernas cruzadas y las manos sobre su regazo. Su figura, tan imponente, ya no le provocaba temor y no entendió por qué- Puedo recorrer distancias cortas así, o dejarme llevar por el viento si es favorable. En cuanto a mi naturaleza...a los *míos*...nos han llamado muchas cosas a través de la historia. Ángeles, demonios, vampiros, espectros, muertos-vivientes, druidas, brujos...*monstruos*...y un montón de cosas más. Han contado millones de historias sobre lo que hacemos o dejamos de hacer, más de la mitad inventadas.

Amelia no sabía si continuar la charla o intentar alejar al monstruo con la inocente cruz que tenía en su cajón. Procuró volver a tomar control de su rostro, y retornarlo a la normalidad. Sin duda era lo más extraño que le haya pasado jamás, pero no sentía peligro. _ ¿Hay más como tú entonces?

_Si, montones...y en este momento se están peleando entre sí. -Hizo un gesto de burla con la mano.- A mí no me interesa el asunto.

_Todos pueden.... ¿hacer eso del humo rojo? -Ayudó a la expresión con un ademán circular con una mano, mientras que llevó la otra, casi sin saber lo que hacía, hacia el cajón que se encontraba a su lado.

_Oh no, sólo algunos. Un puñado apenas. -Levantó la mirada levemente, hacia el techo, con un aire de tristeza.- La mayor parte se la pasa arrastrándose por las ciudades, matando gente.

_¿Par....para qué los matan? -Esa respuesta de Kad la dejó atónita, no esperaba que de verdad haya miles de criaturas como *ésta* sueltas por ahí, al tiempo que apretaba fuerte la cruz entre sus manos. Ahora no sabía si la sacó para sentirse protegida por su madre, o para ver si funcionaba como en las historias de vampiros que conocía.

_Para alimentarse. Pero suficiente charla, esto se torna aburrido. -El hombre de negro y gris movía su pie impacientemente. - ¿Vas a pedir ese deseo o no?

_Es decir que....si yo te muestro esta cruz, ¿nada va a pasarte? -Levantó el objeto de metal hacia Kad, como si estuviese en una película de exorcismos. Se sintió bastante tonta mientras lo hacía, y se reprochó por lo bajo.

Él sonrió ampliamente, y esperó unos instantes antes de hablar. _No, nada. ¿Es un regalo para mí?

_Mmmm...¿Sí?

Se puso de pie, caminó hacia ella, y tomó de sus manos la cruz. La observó unos segundos mientras la tenía en la palma, para luego guardarla en uno de sus bolsillos. _Gracias. –Contestó en tono irónico.- ¿Y bien?

La muchacha se tomó varios segundos para contestar, ahora algo contrariada de que había entregado su cruz sin pensarlo. Si tanto insistía con el tema del deseo, quizás realmente ese monstruo estaba dispuesto a cumplirlo. ¿Qué era lo que más necesitaba en ese momento, además de encontrarse a cinco mil kilómetros de ahí? _Muy bien, deseo encontrar un empleo. No -se corrigió rápidamente- es decir, tener mucho dinero. Ser millonaria.

_Encontrar empleo y tener millones entonces. Eso resultará fácil. Verás cómo soy un Dios que sí cumple sus promesas. –La sonrisa de Kad se volvió maliciosa. _ ¿En qué lugar te gustaría trabajar?

Recordó algunos de los lugares donde había mandado correos esa misma tarde, y aquel que anheló realmente que la tomaran por sobre los demás. _En...Sinolta, es una empresa d–

_No importa, ¿dónde está? –No la dejó terminar la frase.

_Sobre Avenida La Guardia, a ocho calles de aquí. Es el edificio que tiene la cúpula triangular.

_Eso será todo por ahora, mañana temprano preséntate por tu nombre. Por la noche volveré por el tema de tus millones. Hasta pronto. –Se acercó a la ventana, poniendo uno de sus pies en el marco de ésta, dispuesto a saltar.

_Pero no te dije mi apellido.

_No hace falta. –Señaló la cubierta del libro sobre el asiento, que rezaba "Propiedad de: Amelia Alba". Saltó al vacío, y desapareció tan rápido como llegó.

PARTE 7: LAS SOMBRAS DE LA CRESTA

El viaje de Lykaios hasta la frontera no había tenido inconvenientes, excepto haber tenido que desviarse para evitar lo que él creyó era uno de los *suyos*. Se deshizo del automóvil tal como planeó, dejándolo al costado de un camino entre el denso follaje. Caminó un par de kilómetros, hasta un hotel en las afueras de Marsella. Se lamentó en no haber podido llegar a tiempo para recorrer todo el trayecto en la misma noche, detenerse así durante tanto tiempo era exasperante. Pero si algo ocurría durante el día en su viaje estaría en clara desventaja en un día soleado, no había opción. Durmió unas horas, y pasó el resto puliendo sus habilidades metamórficas. No pasan sólo por la capacidad de cambiar de aspecto, sino de textura, y color. Pero sobre todo, hacerlo rápido. Cambiar de un estado a otro requiere una gran concentración, práctica, energía y un enorme conocimiento de sí mismo. No dejaba pasar un sólo día sin practicar alguna de sus artes.

Por detrás de su mente consciente, seguía preocupándose por las sospechas de su presa, que lo hacían dudar de sus capacidades propias. Pero no era lo único. En Marsella, probablemente se cruce con Anzhelika Petrova. Él la odiaba y admiraba al mismo tiempo. Desde que la conoció, hacía siglos atrás, ella siempre le llevó la delantera. Su talento y habilidad como Sombra simplemente eran superiores, incluso siendo tan "jóvenes". Solía decirse y repetirse que la superaría algún día, cuando la distancia generacional se acorte y el tiempo pase.

Lo que más lo enfurecía era que ella se tomaba su rivalidad como si fuese un juego, algo gracioso con que divertirse, mientras que él la tuvo como modelo a seguir y sobrepasar en la última mitad de su existencia. Y lo peor, es que nunca lo vio como hombre. A pesar de que al aprender a cambiar de forma la apariencia se vuelve algo sin valor, su imagen mental sobre Anzhelika siempre era de radiante belleza, envuelta en una frialdad que no sintió en ninguna otra persona. Era una en un trillón. Y nunca sería de él.

Con la caída de la tarde, se movilizó nuevamente. Al salir del hotel, cambió el aspecto de su rostro, agregó algo cabello facial y la tonalidad de su piel, aunque dejó el resto igual, especialmente su clásico uniforme negro. Tomó un taxi con conductor –una reliquia que se resistía a caer en el olvido– , con el que viajó hasta unas pocas calles de distancia de su destino. Dudó sobre si pagarle o alimentarse con el taxista, pero recordó que éste ya le había brindado un servicio, así que le entregó la suma que indicaba el reloj y se marchó a pie. Llegó hasta una vieja y descolorida casona, con un jardín descuidado y árboles muertos. Algunas de las columnas de la que supo ser un gran caserón estaban rotas y partidas al medio, las baldosas rajadas por doquier, al igual que las paredes, donde apenas quedaba rastro de pintura. Abrió las rejas de hierro, que rechinaron horriblemente, y se adentró hasta la puerta principal. Allí se detuvo, y tocó cuatro veces. Una voz penetrante se oyó del otro lado, hablando en francés.

_Váyase, no hay nada que ver aquí.

_Eso haré en cuanto pueda llevarme las flores. – respondió con las palabras clave.

El antiguo cerrojo de hierro hizo un sordo ruido metálico, y la pesada y envejecida puerta se abrió. Detrás de ésta se hallaba un hombre corpulento, de rasgos duros, vestido con un jean y una remera ajustada sin interesarle la baja temperatura. De su cuello colgaba un pequeño medallón, con la figura de un ala cuyas plumas tenían filo, el emblema de Cresta. _Bienvenido, señor Lykaios.

A único modo de saludo, concretó un contacto visual con el hombre, para continuar su marcha al interior del caserón, mientras a sus espaldas la puerta volvía a cerrarse. Adentro la oscuridad era casi total, apenas unas pocas lámparas iluminaban la enorme sala. Se dirigió hacia la cocina, donde dos hombres más estaban sentados en una mesa, jugando con naipes. Colgando de sus cuellos tenían el mismo medallón alado, que indicaban a un Iniciado. Lykaios hacía ya mucho tiempo podía prescindir de él. Se dieron vuelta para examinar exhaustivamente y con poco decoro al recién llegado, para luego continuar con su partida. Se agachó y tiró de un enorme aro de metal oxidado, que abrió la entrada al sótano. Desde dentro podía verse que estaba mucho mejor iluminado que el resto del lugar. Bajó por la angosta escalera, cerrando la pequeña puerta tras de sí.

El sótano no sólo estaba mejor iluminado, sino que infinitamente mejor conservado. Las paredes de cemento eran recientes. Sobre éstas colgaban tubos de luz neón, y por debajo de éstos enormes armarios color verde militar. El lugar estaba dividido en cuatro compartimientos, la entrada, dos a los costados y uno central. Él se dirigía al del medio. Unos pasos antes de llegar a la puerta, una voz femenina sonó desde el interior. _Adelante.

Abrió la puerta, y entró. La habitación subterránea, aunque pequeña, estaba atestada de objetos. Sobre la pared norte había una biblioteca que iba del techo al piso, repleta de libros. La pared sur tenía una repisa, tan alta como la biblioteca, con objetos de todas formas y tamaños. Objetos por los que un coleccionista pagaría hasta con su familia. Éstos estaban amontonados, sin demasiado cuidado, para dar lugar a otra serie de objetos que habían sido ubicados más recientemente: municiones, de varios calibres. En la pared este había un cuadro gigante, con el retrato de Cáucaso con sus facciones más conocidas por todos. Debajo de éste, en el suelo, amontonadas varias cajas también con municiones. En el medio había un modesto escritorio de madera, con una silla. En ella estaba sentada Eylem, líder y fundadora de la facción Cresta. Su aspecto delgado y de relativa baja estatura contrastaba con su personalidad enérgica, mientras que la forma suave y redondeada de su nariz traicionaba su carácter punzante. Su cabello corto y lacio brillaba bajo la luz de las luces de neón del techo. Siempre había mantenido un cuerpo pequeño y ágil, y su aspecto no le interesaba en lo más mínimo desde hacía demasiado. En Cresta la juzgaban por sus dotes de liderazgo, poder e inteligencia, y no por otra cosa. Así les había enseñado a sus discípulos.

Clavó una mirada severa sobre su invitado. _Lykaios, estamos pasando por momentos difíciles, podemos dejar de lado los resúmenes presenciales hasta que se normalice la situación... –Dejó salir un corto suspiro– ¿qué noticias traes?

Lykaios se mantuvo de pie frente a su interpeladora. _Tal como se me ordenó, seguí a Perius en su encuentro programado con el Akkadio. Ambos se presentaron a la cita, y presencié su conversación. Desde ese hecho, he seguido al Akkadio hasta Barcelona, España. Allí los parámetros de mi misión cambiaron, ya que me vi obligado a fabricar un encuentro con una mujer humana que le sirva de juguete, hasta ganar suficiente tiempo.

73

_Típico de él. -Eylem hizo una mueca, mientras se apoyaba en el respaldo de su asiento.

_Hasta donde pude observar, la improvisación tuvo éxito. Como estaba previsto, se niega a participar de una forma u otra en el conflicto. Solo parece interesado en dejarse morir.

La mujer se cruzó de brazos, mientras hacía girar una lapicera en su mano. _Perius me advirtió de eso. El desgraciado no podría ser más inútil...en el estado de las cosas eligió la peor opción.

_ ¿Crees que se deje asesinar, llegado el caso?

_No, por supuesto que no. El Akkadio es una máquina de guerra, si alguien peligroso le hace frente, disfrutará hacerlo pedazos. El problema es que quizás ésta vez no gane.

Lykaios esperó unos instantes antes de preguntar. _ ¿Debo de seguir con mi asignación?

Eylem se llevó la mano al mentón, en un gesto pensativo. _Sí, síguelo. Tu misión será también la de desarmar cualquier intento de Amenaza de contactarlo, si aún no ha ocurrido. Lo único que nos falta es que lo convenzan de que nos diezme...Estás autorizado a matar al contacto, siempre que estés en posibilidad de hacerlo silenciosamente. En caso contrario mandaremos a alguien más calificado. Y en cualquier caso, comunícate por teléfono directamente conmigo. Deberás aprender a ser más flexible. Los aparatos con los que contamos son seguros.

Esas palabras hirieron especialmente a Lykaios, pero se mantuvo impasible, sin reaccionar en lo absoluto.

_ ¿Alguna pregunta?

_No, señora. Ha quedado perfectamente claro.

_Excelente, puedes retirarte.

La Sombra salió del habitáculo, y una vez fuera de la vista de su líder, dejó escapar el enojo lo más sigiloso que pudo. De nuevo sintió que todo su trabajo no era recibido como merecía. Él respetaba profundamente a Eylem, era la voz del orden dentro de la anarquía que reinaba. Cresta era una organización muy reciente, apenas unas centurias, pero él estaba apegado a ella. Sus partidarios seguían fielmente las costumbres, que habían mantenido la paz y el equilibrio por milenios, tal como había sido durante el prolongado mandato de Cáucaso. Ahora todo eso tambaleaba desde sus cimientos, por un certero golpe. Y él, haría todo lo que estuviera en su poder para evitar la caída. Sí tan solo reconocieran sus méritos...

Subió nuevamente por la escalerilla, y de nuevo los hombres que jugaban a los naipes lo examinaron. Mientras continuaba por la sala principal, notó una nueva presencia. Algún objeto, entre los presentes, era una

Sombra, y una no demasiado hábil. Le costó unos diez segundos identificarlo. Miró con un marcado desdén hacia una caja de madera, con un aspecto extrañamente disparejo, que se encontraba bajo una vieja mesa. No reconoció al autor de tan evidente engaño, pero no le hizo falta. Le enfadó que ese tuviese el mismo rango que él.

El hombre corpulento le abrió nuevamente la puerta, ésta vez sin mediar palabra.

Mientras trazaba con un mapa mental un plan de viaje para volver a retomar su asignación, una voz interrumpió sus pensamientos. _ ¿Qué? ¿Acaso pensabas irte sin saludar, pequeño?

Se giró alarmado hacia ambos costados, pero no encontró nada. Ahora estaba más enfadado, realmente imaginó que había logrado zafarse de ella, pero no. Y había entrado a su juego sin notar nada por enésima vez. _Lika, que...gusto verte. –El tono de su voz resultó una mezcla entre impotencia y desgano.

_Eso dirás tú, ni siquiera sabes dónde estoy escondida.

De un árbol a pocos pasos de él, la corteza comenzó a moldearse en una figura humana. Se completó acentuadamente más rápido que lo que tarda típicamente él en hacerlo. Anzhelika se rehízo en una mujer esbelta, alta, de cabello negro lacio, que caía ondulado sobre su rostro de finos rasgos y fabricada belleza. Se creó un uniforme también negro, ajustado al cuerpo, con la misma extraña e indescriptible textura similar al cuero que las de él. El aura fría a su alrededor era prácticamente palpable, mientras que el tono de sus palabras era burlón e hiriente.

_Te ves bien, lobito.

_Muchas gracias. Sigues tan hábil como siempre.

_Las misiones que se me asignan son cada vez más complicadas, me mantienen afilada.

_No pareces muy preocupada por ello. Si estás en medio de una, ¿no deberías irte?

_Así es, pero mi vuelo sale mañana, debo esperar hasta entonces.

_Oh, entiendo. Yo en cambio debo ponerme en marcha ahora mismo.

_ ¿Sigues espiando al Akkadio? –Por única respuesta sólo obtuvo una mirada fulminante.– Suena monótono...excepto que te descubra, en cuyo caso seguramente terminarás hecho ceniza.– Cerró la frase con una sonrisa llena de sorna, al tiempo que chasqueó los dedos, simulando una explosión.

_No me descubrirá. –La curiosidad terminó por ganarle al deseo de salir rápidamente de ahí– ¿Puedes hablar de tu misión, o es un secreto?

_Es un secreto, pero no interesa si te la cuento, lobito. – Anzhelika se acomodó el cabello, para luego comenzar a trenzarlo.- Me voy a Berlín, a investigar la nueva célula combativa de Amenaza. -dijo, mencionando el nombre clave de la organización armada de León, de la que poco se conocía.

_... ¿Qué tiene de especial?

_No lo sabemos, por eso voy a investigarla. Pero Eylem piensa que es muy importante.

_Te deseo mucha suerte entonces. -Cerró tajante.

_Igualmente, pequeño. - Guiñó un ojo, al tiempo que sonreía socarronamente.

Lykaios continuó hacia la salida con paso firme y un mal humor evidente. Entre todas las cosas que detestaba, la mayor era que lo hagan perder su carácter imperturbable y profesional. Caminó varias calles, hasta que puso en orden su cabeza y recobró el balance. Se tomó un taxi para que lo lleve hacia las afueras donde repetiría el mismo plan, pero pasando por rutas diferentes. La próxima vez usaría el teléfono que le fue asignado, aprendió su lección.

Quedó flotando en su cabeza el tema de Amenaza, y como se las arreglaría para preguntar sutilmente sobre ello cuando volviera.

PARTE 8: EL GENIO EN LA BOTELLA

Amelia se despertó muy temprano esa mañana. Los eventos de la noche anterior le resultaron tan locos que eran más parecidos a un sueño que a la realidad. Como si estuviese en piloto automático, se aseó, maquilló y vistió formalmente con una falda, una blusa y un saco negro. Dudaba de las palabras de Kad, pero, ¿qué daño podía hacer si se presentaba de todas formas? En caso de que no supiesen nada de ella (que era lo más probable) podía simular que dejaba una currícula en papel y se retiraría. Era un plan raro y se sentía veinte años en el pasado (¿quién usaba papel hoy en día?), pero era mejor que quedar como una tonta. Terminó con los últimos detalles, que irónicamente le llevaron más tiempo que lo anterior, y salió.

Caminó las pocas calles que la separaban de la empresa destino, y antes de llegar se armó de fuerzas. El edificio de Sinolta era ultramoderno. En el medio del salón de recepción había una estatua asimétrica hecha de metal, iluminada por un círculo de spots que proyectaban diferentes hologramas. El piso estaba íntegramente alfombrado con ese nuevo material auto limpiante, y sobre las paredes colgaban cuadros con arte surrealista, o con paisajes de lugares hermosos e inexistentes. Dos mujeres se encontraban detrás de un mostrador muy elegante, atendiendo llamadas. Se acercó, una vez que encontró un cartel de "Informes" delante de ellas.

_Buenos días...Mi nombre es Amelia Alba. -dudó un breve instante mientras se preguntaba si de verdad iba a decir lo siguiente- ¿es posible que se me haya pedido una entrevista para hoy?

Una de las secretarias dejó el teléfono, una tablilla cristalina con pantalla transparente, apoyado sobre su cuello para contestarle. _Un momento por favor. -Tecleó en su computadora, pero por su expresión, no encontró lo que buscaba.- ¿Alba me dijo?

_Sí. -Ya había empezado a pensar una frase lo suficientemente creíble como para salir de ahí con dignidad.

La secretaria dejó la llamada en espera, para realizar otra. _¿Señor Ruberte? Hay una persona, Amelia Alba, dice que tiene u...si, muy bien, ya se lo comunico.- se giró hacia ella- Si, tiene una cita con el gerente de recursos humanos, es en el tercer piso, por el ascensor de allá. - señaló con su índice a su izquierda.

_Muchas gracias. -La expresión atónita de Amelia no pasó desapercibida.

Se dirigió al ascensor, entró y subió, ésta vez bastante más nerviosa. Tocó la puerta y fue atendida por otra mujer, que le indicó amablemente que espere. No pasaron más de veinte segundos, cuando escuchó su nombre.
_Señorita Alba, pase por favor.

Ahora estaba muy, muy nerviosa. No sabía qué demonios había hecho Kad, pero de pronto tenía una entrevista *de verdad* con el gerente. ¿Qué se supone que debía decirle? "hola que tal, anoche quizás habló con usted un tipo que se ve normal, pero que puede hacerse humo y cambiar el color de su ropa". Demasiado tarde, ya estaba dentro.

La oficina tenía un aspecto similar al del resto del edificio, refinado, moderno, con mucho dinero invertido. Detrás del escritorio estaba sentada una persona de aspecto rechoncho, cabellos canosos, y llegando a sus cincuenta. Se veía sin embargo elegante, con un traje gris a rayas y una exuberante corbata roja fosforescente. Al llegar su mirada se cruzó con la de ella. Notó algo extraño, como si ambos ojos fuesen hechos de vidrio, prácticamente inexpresivos. Como una marioneta.

_Pase señorita, ¡al fin nos conocemos!

_Mmm...si, gracias. –Amelia no supo en realidad que responder a eso, sólo atinó a sentarse y escuchar.

_Bueno bueno...estoy muy contento de verla. –Comenzó a revolver maniacamente entre los archivos que había en la computadora– Aquí...¡aquí! –con un gesto trasladó el archivo a una pantalla delgada como un papel.- Este es su contrato señorita, a partir de este momento es mi asistente personal, mi....otra asistente... le ayudará con el resto. -Le extendió dicho contrato, con una vacía sonrisa en sus labios.

Amelia ya no pudo contener su cara de desconcierto, que simplemente brotó hacia afuera.

_Léalo detenidamente, puede preguntarle a Roxana cualquier duda que tenga. -¡Bienvenida a bordo! -Le extendió una mano.

Aceptó el apretón de manos con la misma expresión de antes, y salió caminando lento. Por detrás pudo escuchar al hombre hablando en voz baja para sí mismo, repitiendo una y otra vez: "esta ha sido una buena idea, oh sí, una muy buena idea, muy buena".

Se dirigió hacia la mujer que la había atendido anteriormente.

_ ¿Usted es Roxana?

_Si, no hacen falta las formalidades, toma asiento por favor.

Roxana era una muchacha de su edad, delgada, de rostro redondo, cabello corto y pelirrojo, adornado con un moño. _Bueno, esa entrevista sí que fue rápida. -Se dio vuelta para buscar en su pantalla.

Amelia perdió ante su curiosidad. _Perdón por la pregunta pero... ¿el señor Ruberte es siempre....así?

Roxana volteó la cabeza, pero tardó un largo segundo en contestar. _No, desde ésta mañana está rarísimo. Me mencionó tres veces que iba a venir alguien importante.

Se dio un tiempo para leer el contrato detenidamente. Las condiciones laborales le parecieron muy buenas, y el sueldo excelente. Durante todo el proceso una pequeña voz la distraía constantemente, diciéndole que no podía creer lo que estaba sucediendo, mientras otra le respondía que sí, que tenía razón. Finalmente firmó.

_Eso ha sido todo, comenzarás mañana mismo, en ésta oficina. Temprano voy a llevarte en un pequeño recorrido, así podrás familiarizarte con el lugar. Bueno, bienvenida Amelia. -Se saludaron con un rápido apretón de manos.

Ya afuera emprendió marcha hacia su hogar. Todo eso la superaba. No pudo creer que hubiese sido tan fácil. Se pellizcó la mejilla cómicamente, mientras sonreía de oreja a oreja.

Se pasó la tarde limpiando su departamento íntegramente, excepto por la habitación de su padre, que prefirió dejar para más adelante. Un abogado la había contactado horas atrás para asistirla en cuanto al juicio por el accidente y a la herencia familiar, que no era mucho más que el lugar donde vivía, y algunos pocos bienes, pero sirvió para hacerla recordar lo sola que había quedado en el mundo. Al menos...una parte de ella se había recompuesto, gracias al extraño hombre-humo.

Antes de que cayera el Sol, se descubrió a si misma arreglándose para cuando llegara Kad. No estaba segura si le gustaba o no, pero la voz de la razón anunció que un sujeto así no era aceptable, así que desistió. Las horas pasaban, y nadie aparecía ni tocaba el timbre. Se preparó la cena y comió. Al terminar escuchó varios golpecitos en la ventana, y luego uno estridente. El viento repentino entró y llegó hasta ella. Una voz se escuchó desde su habitación. _¿Hey, donde te metiste?

Salió corriendo, con repentina alarma. Lo encontró curioseando las cosas que estaban sobre su repisa.

Kad continuó mirando la repisa como si nada hubiese pasado. Llevaba su habitual sobretodo, el traje de la vez anterior aunque más oscuro, y sus cejas ligeramente más pobladas. _Llegaste ¿Qué tal te ha ido?

_Hola Kad... –La misma sensación de temor que había tenido anoche volvió como un maremoto sobre su cabeza.

Él se dio la vuelta para mirarla. _ ¿Te asusté de nuevo? Ésta vez toqué antes de entrar.

_Un poco, sí. -Hizo un enorme esfuerzo por calmarse, y decidió comenzar por algún lado. - Gracias por lo del trabajo, me han tomado. Empiezo mañana de hecho.

_Felicitaciones. -Kad tomó un libro de la repisa, y se puso a hojearlo.

_ ¿Cómo lo hiciste? ¿Tienes algún amigo ahí?

Se sentó en la misma silla que la noche anterior. _No, no tengo amigos ahí. Sólo pregunte amablemente la dirección del gerente, fui hasta ahí y hablé con él. Estuvimos de acuerdo que sería *muy buena idea* que te tomaran para trabajar, y luego me marché -Levantó la vista para mirarla y sonreír hipócritamente.- ¿Qué fácil, no?

Amelia arqueó una ceja. _ ¿Eso fue todo? ¿Lo amenazaste de algo?

_No, tuvimos una charla muy cordial. Puedo ser convincente cuando quiero.

_ ¿Cómo....cómo lo haces? ¿Es hipnosis?

_Exacto. -Kad dejó el libro en el suelo y tomó otro.

Amelia en realidad no esperaba esa respuesta. Sumó un truco más al extraño y amable monstruo que entraba por la ventana cuando se le antojaba. Se le ocurrieron una docena de preguntas, pero sabía que sólo podría hacer una o dos antes de que él perdiera la paciencia y cambiara de tema. _ ¿Es...difícil de hacer?

_No cuando sabes cómo. –Dejó ese libro sobre el otro, para tomar un tercero– Tardé mucho tiempo en aprender, pero resulta útil.

Esto resultaba problemático, no le gustaba la idea de que pudiera venir cualquiera y jugar con su cabeza, pero si él dijo que puede aprenderse ella también podría, ¿verdad? Se cruzó de brazos y entornó los ojos, mientras tomaba aire para soltar la pregunta. _Y... ¿podrías enseñarme cómo se hace, o cómo defenderme para que no puedan usarlo contra mí?

Kad respondió con una mirada calma pero llameante. _Podría... ¿Es ese tu segundo deseo?

Deliberó para sí misma durante unos instantes. _No estoy segura, en realidad me gustaría aprender a influir en las personas.

Kad cerró el libro con fuerza, lo dejó apilado con los demás, y posó sus manos sobre los brazos de la silla. _Debes tener en cuenta que no llegarás al mismo nivel que tengo, te harían falta algún, no...*mucho* tiempo de práctica. Pero, si resulta que tienes talento y practicas todos los días, llegarás a ser buena. –se levantó para mirar en la repisa nuevamente– Sería un deseo raro, depende más de ti que de mí.

_No lo sé, pero suena muy interesante. –Una pequeña duda cayó suave como una masa de hierro en su mente- Un momento... ¿usaste eso en mi alguna vez?

_Sí, dos veces.

Se quedó perpleja, porque no pudo determinar cómo, ni cuándo.

_Una cuando estabas en la playa y la otra anoche para calmarte. – continuó poniéndose de pie para dirigirse a la ventana- Bien, si quieres aprender de qué se trata, tienes que empezar por algo básico. Consigue un espejo y ponlo en un lugar cómodo. Lo que vas a hacer es mirarte en él, y convencerte de una mentira no demasiado obvia, hasta que creas que es verdad. Presta atención a la forma en que lo haces y en qué piensas al respecto. Puedes anotar en algún lado si te ayuda. Por ello se empieza, aprender a auto engañarse y saber en qué momento ésto sucede. Volveré en unos días, y continuaremos...pero sería mejor que pensaras en alguna otra cosa para pedirme –Cerró la frase mirándola de reojo.

_B-bien, eso haré. Gracias...

_Ah, casi me olvido. –Kad sacó de su bolsillo un papel, y se lo entregó.- Me he tomado la molestia de gestionar tu cuenta bancaria, no preguntes cómo. Esta transferencia se hizo hace unas horas, ahora eres dueña de un plazo fijo, y está a tu nombre. El señor gerente ha sido muy amable en este aspecto. Si revisas, encontrarás que va sumando capital mes a mes. No eres millonaria ahora, pero lo serás en dos años. Con esto está cumplido tu primer deseo. - Sonrió ampliamente, mostrando los dientes.- Hasta pronto.

En un santiamén volvió a formarse la nube rojo sangre, la cual se escabulló velozmente hacia afuera.

Amelia miró los números que estaban impresos sobre el papel que tenía en su mano. Tardó algún tiempo en entender lo que significaba lo que estaba leyendo. Hizo un cálculo rápido con el porcentaje anual que allí figuraba. Abrió grandes los ojos, hasta que le dolieron.

PARTE 9: LA CAJA DE PANDORA

Kad volvió al estado sólido sobre la terraza del edificio de Amelia, y se quedó de pie con las manos en los bolsillos. _Y bien, ¿cuándo vas a salir?

Sobre la azotea contigua, una figura hizo aparición. Salió de detrás de un pequeño cuarto, portando un elegante smoking, zapatos relucientes y un moño en su cuello. Se trataba de un hombre alto y fornido, peinado cuidadosamente hacia atrás. Llevaba sus manos una sobre la otra delante de él, y se mostraba relajado, observando a Kad hacia el piso de abajo.

_Buenas noches, espero no ser inconveniente, pero tengo unas palabras que cruzar con usted.

Al no ver ninguna reacción, continuó. _ ¿Puedo tomar unos minutos de su tiempo?

Kad seguía mirando hacia arriba, con calma y con un delicado aunque poco sutil tono burlón. _Sí, claro. Acércate.

El hombre de smoking se acercó al borde de la azotea y saltó para caer a pocos metros de Kad, que continuó observándolo sin inmutarse.

_Me presento, mi nombre es Pierre Chambeaux, es un gran placer conocerlo personalmente señor Akkadio. Su reputación me resulta admirable. -Extendió su mano, en un gesto rígido y protocolar, muy alejado de la tradición.

Kad bajó brevemente la vista para observar el inusual saludo, y luego clavarla despiadadamente sobre los ojos de Pierre. _ ¿A qué vienes?

_Se me ha enviado para hacerle una petición, apelando a su consabida generosidad. -dijo, retirando rápidamente su mano- El Consejo lo necesita, señor. Queremos que se presente como nuevo Mandatario y que, si no desea permanecer en el cargo, renuncie a éste. De ésta forma evitaremos un conflicto mayor entre los *nuestros*, la transición se hará pacíficamente sin lamentar ninguna víctima.

_Que plan tan bonito, ¿quién te envía Pierre?

_El señor León, por supuesto. Estamos muy interesados en mantener la paz, al contrario de la facción que se autodenomina Cresta, que lamentablemente pretende una escalada de violencia, con un fin nada bueno.

_Que malvados son esos de Cresta, ¿eh? Pero hay un problema en todo esto, Pierre. No me interesan los jueguitos políticos. Si quieres diles que te confié a ti el Mandato, me da igual.

_Me temo que eso no es posible. Ninguna de las partes aceptará...- Se detuvo un momento- mi palabra en lugar de la suya. Deberá ser presencial, en el Palacio Aegis.

_No tengo ganas de ir ahí. Quizás algún día se me dé por hacer una visita sorpresa.

Chambeaux apretó levemente la mandíbula, mientras se veía sensiblemente pensativo. _No hace falta responder hoy a mi petición, señor. Cabe la posibilidad que me responda mañana, cuando lo haya pensado bien. En el lugar que mejor le parezca.

_No hay necesidad, puedes llevarte mi resp-

_Por favor, señor -Interrumpió con celeridad- Si me da su respuesta mañana, le prometo que nunca jamás volveré a molestarlo en ningún sentido, ¿qué le parece?

_De eso podría haberme encargado yo mismo, pero acabar con un diplomático es de lo más insulso. -Kad se encogió de hombros.

_Excelente, ¿qué le parece encontrarnos en este mismo lugar?

Sus ojos de llama se encendieron súbitamente, mientras se tornaba serio. _No. Es preferible en aquella azotea. -

Señaló con el mentón hacia un edificio cercano, unos cuantos pisos más alto.

_Estamos de acuerdo entonces. Que tenga un buen descanso durante el día. -Se retiró caminando hacia la escalera, la que bajó a paso firme.

Llegar a Barcelona le fue sencillo a Lykaios. Casi le preocupaba que nadie haya siquiera intentado seguirlo de alguna forma. Dudó si su estadía allí justificaba cazar varios humanos como la vez anterior, o si era más eficiente hacerlo uno a uno a medida que los necesitara, así que se dedicó a conseguir un lugar de similares características al de antes, con el infaltable sótano. Encontró uno donde vivía una sola persona, la cual sirvió como primer y fácil víctima. Se aseguró de recordar su rostro, para imitarla en caso de urgencia. Acondicionó uno de los cuartos tapando sus ventanas y aberturas de forma que no pase la luz, y se marchó cuando terminó. Tenía que encontrar nuevamente a su presa. Recorrió los lugares donde más probabilidades tenía de hallarlo, pero sin éxito. Preguntó por movimientos "no habituales" a los *suyos* que nada tenían que ver con ambos bandos, procurando ser lo más sutil posible y pagando la cantidad justa. Tal como él podía preguntar por alguien más, alguien más podía preguntar por él. También consultó por la mujer gitana, pero nadie la había visto. Notó que había cometido un error, estaba perdiendo demasiado tiempo siguiendo rastros que ya había logrado. Un exceso de prudencia lo llevó a poner en riesgo la misión. Eylem tenía razón, debió usar el teléfono, pero simplemente no confiaba en la seguridad de la comunicación. La noche ya terminaba, por lo que debía retirarse. Internamente se sintió un poco desorientado y defraudado por no haber podido encontrar a Kad, pero retomó fuerzas al convencerse que lo lograría la noche siguiente.

Durante el día, además de descansar el cuerpo, trazó un recorrido de los puntos donde más probable era encontrarlo. Sí no tenía resultados para la medianoche, se vería forzado a llamar por teléfono y pedir que un buscador lo localice. Los buscadores eran gente extraña, podían ubicar a cualquiera que conocieran, algunos tan sólo necesitaban una prenda o un objeto personal. La mayor parte eran charlatanes, pero un puñado de ellos eran excelsos. Pero esa opción le desagradaba por completo, y era una burla a sus habilidades de rastreador. Se dedicó a la práctica con navajas hasta que fue hora de salir nuevamente.

Con la caída de la noche del día 25 salió a recorrer algunos de los sitios que más cerca tenia de su nueva guarida, y luego fue hacia el departamento de su Caso número 2, su víctima hecha a medida. Desde las sombras, divisó algo. Había un hombre de pie, no demasiado escondido, sobre una de las azoteas cercanas. Ese debía ser el contacto de León, tal como él y Eylem sospechaban que aparecería para contactar al Akkadio. Debía evitarlo a toda costa. Se acercó sigilosamente saltando entre las penumbras, asegurándose de tener listas para su uso la pistola cargada en la chaqueta y las navajas en los bolsillos.

Estando ya cerca, descubrió que había sido temerario en sus movimientos. Había alguien más observando, agazapado en la noche, y lo había visto. El hombre, advertido, se giró furiosamente hacia Lykaios, para luego echarse a correr velozmente hacia su izquierda, saltando hacia el edificio contiguo. Ya no había vuelta atrás, debía perseguirlo lo más rápido posible, y luego dar caza al observador. Hizo unos disparos mientras corría, y dos de ellos impactaron en el hombre de smoking, que se vio claramente afectado por el dolor. Éste saltó un edificio más con gran agilidad. Continuó disparando otra ráfaga, ésta vez sin acertarle. Saltó a gran velocidad hacia la terraza donde había quedado el misterioso hombre, y lo vio agachado sacando algo de abajo de una lona y buscando refugio de una nueva ráfaga. Pudo ver su rostro cubierto de transpiración, mientras le apuntó con ese objeto oculto. Se trataba de un enorme rifle. Los disparos sonaron como truenos al tiempo que intentaba escabullirse detrás de una columna. Entendió en una fracción de segundo que se trataban de municiones explosivas. Si alguna lo alcanzaba lo dejaría fuera de combate hasta que pueda rearmarse. Se agachó instintivamente cuando escucho otra serie de disparos. La segunda figura que se hallaba escondida estaba disparando desde algún sitio. Había perdido la iniciativa nuevamente, tenía que salir de ahí. La diferencia de potencia de fuego era gigante, y dudaba del daño que podía hacer con su arma. Su única posibilidad era acercarse y así duplicar su efectividad. Pestañeó con pesadez, y dejó escapar un suspiro.

Cambió el cargador de la pistola, y luego de arrojar una de sus navajas contra una pared a un costado a modo de distracción, se lanzó hacia el hombre de smoking avanzando en zig zag con la celeridad de un puma, rodeado del polvo de cemento que provocaban los tiros. Escucho un primer disparo que impactaba lejos de él. Realizó tres disparos contra el hombre de smoking, y se giró para realizar otros tres a modo de fuego supresivo contra el tirador oculto. Un segundo disparo pasó silbando al costado de su oído, y finalmente un tercero. No pudo escucharlo, sólo sintió una molestia en el vientre, mientras miraba cara a cara a su enemigo a escasos dos metros. Con su cabeza hiperacelerada atinó a dispararle una vez más antes que la carga finalmente explotara. Un dolor horripilante lo dominó por completo. Cayó de rodillas al suelo, intentando tapar con una mano el agujero que de pronto traía consigo, tan sólo para recibir otras dos cargas explosivas, esta vez en el tórax y en sus costillas. Los sentidos le fallaron, y se precipitó completo hacia abajo, acostado sobre un charco de sangre. Con sus últimas fuerzas, intentó recoger con el brazo la mayor cantidad de su carne y sangre para reabsorberla, pero el sangrado era demasiado. Al borde de la muerte su oído sólo escuchaba ecos. Sonaron fuertes varios pasos tambaleantes acercándose. Era el fin.

Comenzaron a desfilar imágenes de su adolescencia como flashes a destiempo, cuando era humano y vivía sumido en la pobreza en la isla de Creta y juró que algún día a través de su esfuerzo conseguiría ser alguien en el mundo. Recordó el día en que conoció a Eylem, la persona que lo convirtió en lo que era. Recordó a su odiado rival y amor imposible, Lika, y las contadas veces en que le sonrió con menos frialdad que de costumbre. Y ese fue el último pensamiento que quedó columpiándose en su mente, cuando un disparo final llegó hasta él.

Chambeaux cayó de rodillas sobre la sangre de su reciente víctima, apoyándose en el enorme rifle que todavía soltaba humo por su extremo. Estaba totalmente exhausto, y las heridas le provocaban un dolor punzante. Su habilidad de sanación era muy pobre, y consumido por los nervios como estaba en ese momento, no podía concentrarse. Se secó la transpiración de la frente, mientras recordaba el intensivo entrenamiento en supervivencia en la base *Prima-Gestalt* que le podría salvar la vida, siempre que pueda comenzar a cerrar esas heridas.

_ ¿Estás bien? –Una voz en francés se oyó desde sus espaldas.

Se giró repentinamente hacia la voz, y le costó unos instantes darse cuenta de la fuente. Entre jadeos pudo hilar una respuesta. _No...me cuesta....concentrarme.

_Si no lo haces pronto, vas a morir desangrado. Supongo que con esto...hemos abierto la caja de Pandora. Este tipo de aquí debe ser una Sombra -dijo señalando el cuerpo de Lykaios.- y dudo que esté solo. Deben tener un informante en la ciudad, y aunque así no sea, cuando éste no se reporte sabrán que sufrió un pequeño accidente.

_Yo no...esperaba esto...Soleil.- El rostro de Pierre se contorsionaba constantemente por las punzadas.

Soleil se quedó de pie con un rifle similar en sus manos, observando los alrededores. Era una mujer de apariencia joven, pelo largo peinado hacia atrás con una cola de caballo, de mirada fría y tosca, como si desconfiara de absolutamente todo lo que pudiera moverse. Estaba vestida con un uniforme azul oscuro, pesadas botas, una boina del mismo color sobre la cabeza y gafas de seguridad que protegían sus ojos, su don más preciado. Su habilidad de detectar trazos del aura de las personas fue la razón por la que fue reclutada en *Prima-Gestalt* en primer lugar. Allí le dieron un entrenamiento militar, especialmente en telecomunicaciones y detección a distancia. En ese momento se sentía ansiosa ¿y feliz? por el caos que se aproximaba.

_Sí esperabas esto. Le dijiste al Akkadio que lo verías hoy, para darle tiempo a *Speerspitze* de llegar a la ciudad.

Ahora debemos avisar del fracaso de esta misión, para que se inicie la siguiente, y salir de aquí lo antes posible.

_No, Soleil...no llames...por favor. -Pierre dejó caer la pesada arma, para quedar sentado en el suelo.- Todavía....todavía es posible.

Soleil rió con algo de malignidad. _No Chambeaux mírate, esto ya está decidido. -se distrajo sacudiendo algo de polvo sobre su pantalón.- Por otra parte a este mundo corrupto no le vendrá mal un poco de acción.- Sacó un teléfono satelital de su cinturón, y marcó un número.

_No...aún hay tiempo....podré convencer al Akkadio....por favor, no llam- Se detuvo por un repentino ataque de tos, en el que escupió algunas gotas de sangre.

_Guarda silencio ¿quieres?, vaya que eres imbé-

Soleil iba a decir algo más, mientras sostenía el teléfono contra su oído, pero no pudo. Sintió un escalofrío recorriendo toda su espina, y unas gotas de sudor en sus sienes. Algo horrible había llegado.

_Se han estado divirtiendo, pequeños. -La voz de Kad sonó a espaldas de ambos, que se hallaba tranquilamente de pie y con las manos en los bolsillos.

Los ojos de Soleil se inyectaron lentamente con lágrimas de terror, mientras volteaba a mirar la figura imponente de Kad, su aura salvaje y arrolladora, sus intenciones negras. Apenas podía moverse. Sus oídos se taparon por la presión. Desde el teléfono una voz esperaba alerta.

_Por favor, señor...deténgala, que no se comunique... -La respiración de Pierre era cada vez más forzada.- Por....favor.

Kad se volteó para quedar de frente a la joven. _¿No vas a soltar eso eh? -Con un rápido movimiento del brazo, éste se estiró antinaturalmente serpenteando en círculos como si fuese un látigo, en cuya punta su mano se había endurecido como el hueso, y afilado como una espada. Cercenó limpiamente la mano de Soleil que sostenía el teléfono, cayendo al suelo. Un fuerte grito desgarró el velo nocturno.

Las intenciones de ese monstruo eran claras. No iba a dejarla con vida. Odió con todas sus fuerzas al comandante que le había encomendado esta misión, al idiota de Chambeaux y sus ilusiones de mantener la paz, y al horror que estaba por matarla. No era el fin que imaginaba, para nada. Levantó el arma para disparar, pero el monstruo ya se había puesto detrás de ella y la sostenía por el cuello. Apretó el gatillo con fuerza, y algunas municiones se clavaron en los pies de Kad provocando un estallido sordo y una nube de polvo y de sangre, pero ningún daño real. El martillo golpeó varias veces más antes que comprendiera que ya no quedaba nada en el cartucho, pero su dedo seguía agarrotado sobre el gatillo. Ya no había nada que pudiera hacer, pero quizás pueda darle un último regalo al traicionero mundo que tanto le repugnaba. Entre lágrimas y dolor, observó que la comunicación seguía abierta. Miró de reojo a la aberración y supo que debía gritar y hacerlo rápido. _ ¡Misión fallida! ¡Mis-!- -Fue lo único que pudo decir antes que Kad la ahorcara.

El diplomático hizo un enorme esfuerzo para comprobar si el teléfono satelital seguía en funcionamiento, y se desalentó enormemente al descubrir que sí, con una voz del otro lado dando una confirmación verbal. Había estado muy confiado en sí mismo cuando se le fue asignada la misión, sabía que si tenía éxito significaría su entrada por la puerta principal al nuevo Consejo de León, donde comenzaría a forjar un nuevo orden para los *suyos* y para la humanidad. Y ahora todo estaba acabado. Hasta sus propias energías le habían traicionado.

Continuó tosiendo cada vez más cantidad de sangre, la misma que brotaba de sus heridas sin cesar. _Ya...es tarde....ahora vendrán por usted...y comenzará la guerra.

Kad observó con condescendencia al joven diplomático, mientras continuaba sosteniendo por la garganta a Soleil que se agitaba de dolor y falta de oxígeno. _Viejo, de verdad eres un apasionado por la paz...pero no podrás conseguirla muriendo en el proceso. Aguanta.

Pierre se desplomó por completo en el suelo, al costado de Lykaios. Intentó formular palabras, pero éstas simplemente no salían de su boca. Junto con sus esperanzas de salvarlos a todos, había perdido la voluntad de luchar contra la vida que se escapaba por sus arterias abiertas. Se quedó ahí, mientras se acercaba latido a latido a lo desconocido.

Kad destruyó de un pisotón el aparato, y soltó del cuello a la muchacha, que cayó al suelo. Le encajó una mirada impetuosa. _Habla, ¿quiénes se suponen que son los que vendrán por mi?

Soleil tosió varias veces hasta que pudo recuperarse. Su muñeca había dejado ya de sangrar, y la herida comenzaba a cerrarse. _Los que mataron a Cáucaso, están cerca. -Tosió nuevamente- No podrás con ellos. -Dejó escapar una sonrisa llena de venganza entre las lágrimas de terror.

Kad se agachó para quedar cara a cara con ella. _Bien, bien. Esperaba que aparecieran de una vez. -Le devolvió una expresión similar, y levantó una mano de forma amenazadora. Se quedó así durante dos segundos que parecieron una eternidad, como si dudara del valor real de una vida. Finalmente se puso de pie, miró el cuerpo inerte de la Sombra, el del moribundo Pierre, los ojos horrorizados de la joven. Esbozó una extraña mueca, y se desvaneció con el viento.

PARTE 10: PUNTA DE LANZA

Apenas las ruedas del avión tocaron la pista del aeropuerto Schönefeld de Berlín, Anzhelika se puso en marcha. Disfrazada como estaba de una mujer de avanzada edad, avanzó a paso firme hacia el baño ignorando las advertencias de las azafatas. Una vez adentro, transformó su mano en un duro cono de hueso y su brazo en una enorme masa muscular. Perforó un agujero en el fuselaje, y se escabulló casi líquida por él hacia abajo, llevando un pequeño bolso negro. Ella llevaba incluso menos que cualquier otra Sombra, sólo un teléfono móvil, todo lo demás lo acarreaba en su memoria o lo suplía con su propia habilidad. Eso le daba mayor capacidad para transformarse rápidamente en lo que haga falta, y dejar poco atrás que la delate. Nuevamente con forma humana se echó a correr envuelta en la oscuridad, apenas rota por las luces de las torres cercanas. La nieve caía lentamente sobre todo el paraje, como si el mundo entero se hubiese desacelerado, dando la sensación de una fantasía más que de la realidad. Saltó un frío alambrado, cambió de forma a la una voluptuosa mujer joven con escasa ropa, y esperó al costado de ruta. Un automovilista se detuvo a su señal, sonriéndole e invitándola a subir. Anzhelika quebró su cuello, y lo ocultó detrás de la arboleda a pocos metros de ahí. Hacerse de un vehículo siempre le resultó fácil. Manejó en automático adoptando el rostro del recientemente difunto para pasar desapercibida a los demás automóviles, que de otra forma alertarían de un coche manual. Ya estaba cerca.

Dejó el coche estacionado con la batería desconectada para que no enviara señales de ubicación, y comenzó a caminar, conocía bien los trucos de la profesión. La instalación a la que se dirigía estaba alejada de la ciudad, en el lugar exacto donde le habían informado. De la ruta principal salía un camino de tierra, adentrándose en un campo alambrado y con varios carteles de "propiedad privada". Un centenar de metros adelante el camino estaba asfaltado desembocando en un complejo de varios edificios bajos, rodeando una playa de maniobras donde se encontraban parados algunos camiones de carga. Soldados con uniformes árticos camuflados y ametralladoras vigilaban la descarga de varias cajas desde uno de los camiones. Se tomó unos minutos para planificar su entrada mientras la llenaba la fragancia de la savia de los árboles a su alrededor. Dejó oculto su pequeño bolso en un montículo de nieve detrás de una pared baja, adoptó la forma de un soldado y se dirigió caminando distraídamente hacia la edificación más cercana. Pasó cerca de uno de los soldados que vigilaba la entrada, con el que intercambió unas palabras. Notó que había sido recientemente transformado. Era algo fácil de saber: los nuevos suelen estar eufóricos, ávidos de experimentar su flamante estado en cuanta cosa se les ocurra. Luego descubren que es exactamente lo mismo que antes, sólo que ahora tienen mucho, mucho más tiempo para hacerlo. Todo excepto por la comida claro, que día a día sirve menos para quitar el hambre atroz. Ser nuevo claramente apesta.

Lo convenció para que la acompañara a vigilar lejos de ahí, a lo que el uniformado no pudo resistirse. Una vez alejados, lo asesinó, adoptó su rostro, enterró rápidamente el cuerpo en la nieve luego de quitarle el arma y la identificación. Pan comido. Primer sospecha: ningún aparato volador de seguridad en el cielo. Extraño.

Volvió sobre sus pasos y se metió finalmente. Ese edificio en particular tenía dos pisos, unos cincuenta metros de largo por treinta de ancho y era de construcción muy reciente. Era el más alto de las construcciones del lugar, y el único que no parecía simplemente un hangar de vehículos. Adentro parecía un hospital, o un centro médico de alguna especie provisto de tecnología de punta, toda la que la cantidad astronómica de dinero que León y su grupo podían comprar. Unas personas vistiendo guardapolvos blancos y escribiendo sobre sus pantallas táctiles caminaban por los pasillos. Dos que pasaron frente a ella la miraron de reojo. Supuso que era extraño que uno de los soldados se metiera dentro de la instalación, por lo que debía cambiar de forma nuevamente. Y no sólo eso. Ambos eran humanos, pero tenían una expresión perdida como si alguien hubiese estando hurgando en sus mentes a un nivel profundo durante un tiempo prolongado. Supuso que era necesario para que no corrieran espantados de los *suyos* a la hora de la cena.

Los siguió sigilosamente hasta que se separaron y eligió a uno para acechar. Era un hombre gordo, con barba y cabellos grises con muchas canas, llevaba su infaltable bata blanca. Esperó a que entre en una de las oficinas, cosa que hizo, pero solo luego de pasar una tarjeta, ingresar un código y ser aprobado por un escáner retinal. El hombre regordete parecía tener acceso a lugares interesantes. Bingo. Como un rayo se metió detrás de él, y lo empujo con tal fuerza que quedó tirado en el suelo. La oficina era relativamente chica y estaba separada en dos partes por un vidrio espejado. En una había varios monitores y computadoras de última generación, la otra en cambio estaba vacía, para observación de algo o alguien indudablemente. Contra la pared opuesta a la puerta, un archivero desencajaba del ambiente de tecnología de punta del lugar, acompañado por un dispensador de agua de reluciente aluminio. El hombre gordo se quedó balbuceando en el lugar, claramente nervioso por la situación.

Anzhelika clavó una mirada siniestra sobre él mientras se aseguraba que nadie venía, y cerraba la puerta. _Silencio.

El hombre intentó gritar, pero ningún sonido salía de su garganta por más que lo intentase.

_Vas a permanecer muy quieto y muy callado mientras escuchas mi voz. Muy quieto. Muy callado.

El efecto fue inmediato, el hombre fue incapaz de moverse o hacer ningún ruido, solo permaneció tirado en el suelo con la misma expresión que tendría un ciervo herido.

_Quiero que me digas que lugar es este y que hacen aquí.

Luego de unos segundos, obtuvo una respuesta. _*Prima-Gestalt*. Entrenamos a los nuevos.

_ ¿Cuál es tu clave personal?

_...34692001.

_¿Es el mismo que da acceso a las computadoras?

_ ...No.

_¿Cuál es?

_M mayúscula, g, g, h, guión, 431212.

Ingresó en la computadora usando el nombre de la identificación y la clave. Comenzó a revisar entre los archivos con el hombre aún intentando mover sus músculos sin éxito. Copió los que más le interesó aprovechando una memoria que encontró sobre el escritorio.

_Te molesta que espié tus correos? Espero que no porque ya estoy haciéndolo. –Dijo socarronamente mientras entraba a la sección de correos del usuario.

Se topó con algo interesante: Un discurso sobre la necesidad de la instalación en nuevo esquema que sería pionero en el mundo. Se volteó para ver a su rehén y luego de verificar que no iría a ningún lado, se sentó cómodamente. Se sentía a gusto haciendo pasar por idiotas a sus enemigos. Lo que leyó le sorprendió bastante.

A resumidas cuentas *Prima-Gestalt* era un prototipo de establecimiento para la transformación de humanos con "talentos especiales" en lo que ellos llaman *neomensch*. Básicamente, pensó, un nombre *más* para referirse a los *suyos*, nada especial por cierto. Ahí se los entrena en diversas disciplinas dependiendo de su desarrollo, además de estudiar su comportamiento. Han creado dos ramas, una militar y una científica, que a su vez se dividen en militar convencional y no-convencional, mientras que la otra en varias secciones, la mayor parte bastante regulares excepto por la de *neomenschgenetik*, que implicaba el desarrollo a partir de embriones creados usando ingeniería genética. No encontró más al respecto entre los otros archivos, debía de buscar entre los de otra persona. Copió todo, cerró la sesión, y salió para encontrar un escondite adecuado. Lo encontró dos puertas a la derecha, un pequeño cuarto donde se almacenaban cajas con miles de papeles, probablemente copias de respaldo en caso de un apagón prolongado. Volvió donde estaba el científico. Aún estaba paralizado e indefenso por una mezcla de miedo e hipnosis superficial, que le resultó patético. Le quebró el cuello, y cuando se aseguró de que nadie caminaba por el pasillo, cargó con el cuerpo y lo llevo al cuarto del papeleo. Estaba más pesado de lo que pensó, y olía a falta de higiene. Antes de irse y dejarlo ahí, recordó que iba a necesitar una ayuda extra. Extendió una uña hasta que quedó filosa y resistente. Le extrajo el ojo derecho y se lo metió en un bolsillo mientras adoptaba la forma del difunto. La sangre ya bañaba las ropas del desdichado, así que se cuidó de no pisarla. Se metió el ojo en la cuenca, que vació especialmente para alojarlo. Se sentía raro, la próxima vez inventaría un método mejor.

Cerró la puerta y prosiguió su misión. Ahora que había dejado un cuerpo en un lugar no del todo escondido, no contaba con mucho tiempo. Revisó rápidamente su entorno, y guiada por su instinto, siguió por un pasillo con cámaras de seguridad. En el final del pasillo había otra máquina lectora, así que pasó el ojo prestado, la tarjeta e introdujo el código. Del otro lado había un largo pasillo con más cámaras de seguridad. Quizás no era conveniente que la vieran pasando por ahí. Si alguien descubría el cuerpo y chequeaba las cámaras de seguridad sabría qué había pasado por allí y sólo había una ruta de escape.

Le divirtió preguntarse qué hubiese hecho Lykaios en esa situación. Probablemente hubiera tomado la forma de una caja y se hubiera movido lentamente rezando para que no lo vean. Cuando vuelva iba a jugarle alguna broma pesada al buen lobito. Tiró la identificación, la memoria y el ojo rodando por el piso, se transfiguró con la forma de los lisos azulejos blancos de la pared, y comenzó a moverse sin pausa por el zócalo hasta llegar detrás de la línea de visión de los aparatos. Pasó nuevamente por otra puerta, que ésta vez sólo le pidió la identificación magnética. Evidentemente el edificio y la seguridad no habían sido destinadas a detener a alguien como ella, grave error, y segunda sospecha. No es que León no supiera lo que una Sombra bien entrenada puede hacer. Adentro de la oficina había varios servidores que hacían un ruido bestial. La luz era tenue y de coloración azulada. Una sola persona estaba sentada frente a uno de los monitores, que se sorprendió al verla llegar. Era un hombre humano de más de cuarenta años, delgado, llevaba un par de anteojos con bastante aumento, cejas pobladas y bigotes, todos teñidos de negro recientemente. Por supuesto estaba vestido con una bata blanca.

_Hahn, ¿qué haces aquí a esta hora? –Le inquirió en alemán mientras se volteaba.

_Vine a hacerte unas preguntas, y vas a contestarlas todas mientras te quedas sentado y muy tranquilo en tu lugar. – Nuevamente su víctima fue incapaz de reusar las órdenes.

Anzhelika, disfrazada del corpulento Hahn, lo tomó por el cuello e inquirió de forma amenazadora.- ¿Cómo te llamas?

_M-Manfred.

_ ¿Qué haces aquí?

_...llevo registro de...actividades.

_ ¿De todas las de este lugar?

_...Si.

_ Dime lo que sepas sobre la sección de *neomenschgenetik*.

_...es una sección...que...se encarga de...cosas -La respuesta cada vez tardaba más en llegar, sin dudas tenía más fuerza de voluntad que el gordito.

_No te resistas Manfred, ¿qué hacen ahí?

_...crean *neomensch* con talentos...y los entrenan.

_ ¿Para qué los entrenan?

_P-para las divisiones. -Manfred hacia un esfuerzo enorme por resistir el conjuro que ahora lo poseía.

Lika frunció el ceño. Debía hacer preguntas más específicas si quería ganar en el extraño juego mental que había creado.

_ ¿Alguna de esas divisiones son parte de la milicia no-convencional?

_...sí.

_ ¿Alguna de esas divisiones tuvo que ver en la muerte de Cáucaso?

Manfred cerró los ojos con fuerza, intentando que dejen de escapar pensamientos de su cabeza. _Sí.

_ ¿Cuál? ¿Cómo se llama?

_*Speerspitze.*

_ ¿Cómo está compuesta?

Esta vez Manfred no contestó, se había mordido la lengua y brotaba un poco de sangre por la comisura. Anzhelika hizo una mueca, sensiblemente fastidiada. _Quédate absolutamente inmóvil, bastardo.

Se sentó frente a una de las computadoras, y con el usuario de Hahn buscó sobre *Speerspitze*, pero el sistema denegó los resultados.

Leyó el nombre completo de Manfred de la identificación que colgaba de su bata, y la ingresó en el sistema. _ ¿Cuál es tu clave?

_...53...16...a...d... –Balbuceó, escupiendo un poco de sangre.

_Sigue.

_...19...p...p...numeral.

Intentó nuevamente, esta vez con éxito. Mientras copiaba todo el contenido en el pequeño dispositivo de memoria robada, se dedicó a husmear.

Speerspitze –del alemán: Punta de Lanza– era el resultado de años de investigación del genoma humano, concretamente sobre efectos considerados "paranormales" por la ciencia convencional. Se crearon embriones *neomensch* con ciertas características, para que funcionen en conjunto con una táctica específica de combate y para que resistan y alienten desde corta edad los efectos del contagio. No le gustó nada que llamen "contagio" a lo que ella *era*. Continuó leyendo. Los trillizos que componen *Speerspitze* fueron catalogados como los más eficientes de un conjunto de diez y ocho tríos una vez todos cumplieron la edad de seis años, cuando pasaron a disponibilidad para continuar con el entrenamiento específico, mientras que los demás fueron descartados del proyecto o pasados a unidades alternativas. El orden y catalogado de los archivos era impecable, excelente para casos de espionaje con poco tiempo.

El primer individuo del trío es un varón cuyo nombre clave es "Fender". Además de contar con un nivel intelectual y físico que sobrepasaba el promedio con creces, había desarrollado una alta capacidad para regenerar, tanto su propio cuerpo como el de sus hermanas, ya que cuentan con una estructura genética idéntica. Se salteó todo un conjunto de tablas y gráficos que demostraban los resultados de las pruebas realizadas sobre él. Había más de doscientos videos que registraban el "entrenamiento" que sufrió. Abrió sólo uno al azar, "Test_97", salteando rápidamente entre varias escenas donde uniformados de negro torturaban a un pequeño con elementos cortantes, fuego, disparos, entre otras cosas peores. Una forma horrible de que aprenda a sanar rápido desde muy pequeño. Continuó.

La segunda es una mujer bajo el nombre clave de "Konnex". Sus capacidades físicas son similares a las de su hermano, con la diferencia de que es una émpata extraordinaria siendo capaz de comunicar instantáneamente sensaciones a cualquier persona, o comprender las de los individuos que la rodean. Adjunto al informe había una veintena de resonancias magnéticas que he habían hecho en el cerebro, y un video resaltado con ella haciendo caer de tristeza a un grupo de simios con sólo acercárseles. Se preguntó que ventaja tenía la empatía versus la hipnosis. Cerró los archivos y continuó.

La tercera del grupo es otra mujer conocida como "Lohe". Físicamente demuestra características únicas, que figuran como clasificadas. Se la sometió durante toda su vida a dosis prolongadas de luz diurna. Si bien no es capaz de metabolizarla, tal como pasa en todos *ellos*, puede resistir y acumular potencial para luego disponer de ella, gracias al entrenamiento en artes marciales y al manejo de la energía corporal como si se tratase de un capacitor. Había una mención especial a su obediencia. El primer video de cientos era una corta filmación de un hombre en bata blanca hablando, y luego de una niña en una habitación blindada rompiendo media docena de bloques de cemento con sólo tocarlo con las manos desnudas. Intrigante.

Siguió al próximo punto. Manfred continuaba observando con los ojos bien abiertos, y ahora soltaba sonidos guturales mientras forzaba lentamente sus brazos a moverse. Llegó a una parte donde enumeraba las misiones que habían sido asignadas a *Speerspitze,* las salteó rápidamente para llegar a las últimas. La sexta resultó ser el asesinato de Cáucaso, marcada como "Cumplida". Nombraba una séptima, cuyo objetivo era el Akkadio, y estaba "En progreso". Ya estaban en camino...debía avisar urgentemente a Eylem.

Empezó a levantarse cuando algo más llamó su atención. Había un acceso directo para ver las misiones que estaban en marcha en ese mismo instante.

Además de *Speerspitze* había un grupo de operaciones asignado a esa misma misión como soporte, con el nombre de *Iluminieren.* Dos grupos militares convencionales *Alfa* y *Gamma* estaban en marcha para una invasión del Palacio Aegis, y dos divisiones de demolición *Meteor* tenían como objetivo la destrucción del viejo Palacio de Atenas y la Sala de los Notables en Austria.

¡La guerra ha comenzado! Perdió la concentración por un instante, y porciones de su disfraz de Hahn se deformaron. Cualquiera de los ítems resultaba información vital para Cresta, y no sabía por cual empezar. Pero no pudo decidir absolutamente nada, ya que los monitores se apagaron de pronto. Unas escandalosas luces rojas se encendieron y comenzaron a girar pintándolo todo de emergencia. Evidentemente habían hallado alguno de los cuerpos, debía salir de allí cuanto antes. Se volteó para mirar de cerca el rostro angustiado de Manfred mientras se aseguraba de llevar la información copiada en su bolsillo, y velozmente calcó sus facciones para sorpresa del inmóvil hombre. Le guiñó un ojo antes de salir corriendo, cerrando la puerta tras de sí.

Por los altoparlantes sonaba continuamente la alerta de intruso, taladrando sus oídos mientras avanzaba. Una docena de militares armados estaban llevando a todos los científicos a una enorme sala, donde le pareció que estaban interrogándolos. Si caía allí tendría muchos problemas. Se aseguró de que nadie la viera entrar en una oficina llena de escritorios, computadoras y microscopios que ahora estaba vacía, y tomó la apariencia de un soldado. Salió de allí y se puso a caminar a paso firme hacia la salida. Más soldados entraban por la única puerta al exterior complicando severamente su escape. Decidió hacer una movida arriesgada, aprovechando que la textura de su disfraz resultaba difícil de ver bajo las luces rojas. De verdad no habían pensado bien en el asunto. Se acercó trotando a quien parecía el sargento a cargo. _Señor, el personal civil ya se encuentra contenido y está siendo interrogado. Todavía no hay rastros del intruso, señor.

_Bien, que continúe la búsqueda.

El sargento y sus hombres renovaron su marcha, y ella se quedó de pie a un costado, intentando ocultar una sonrisa que quería salir a flote. Salió del edificio con cautela, y se dirigió hacia la oscuridad de la noche. Un jeep detuvo su marcha a unos cientos de metros, giró y la emprendió de nuevo, esta vez en su dirección. Alzhelika se percató de ello, y redobló el paso para luego echar a correr. El jeep aumentó la velocidad en su persecución disparando con una enorme ametralladora, que relampagueaba iluminando todo a su alrededor.

Llegó de un salto y con algunos disparos encima detrás de la pared baja donde estaba oculto su teléfono, el que tomó rápidamente para salir corriendo de nuevo.

Entre los árboles y la oscuridad, se arrojó al suelo y se tiño de blanco como la nieve a su alrededor mientras procuraba cerrar las heridas recientemente propinadas. Ahora más jeeps estaban buscándola, pero habían perdido el rastro. Marcó el número de Eylem una vez se aseguró de que no había nadie cerca, y esperó.

_ ¿Hola?

_Campanas de bronce.

_Repórtate.

_Partieron unidades hostiles hacia Aegis, al antiguo Palacio de Atenas y a la Sala de Notables, y el mismo grupo que asesinó a Cáucaso ya se encuentra tras el Akkadio. -Del otro lado del teléfono hubo un silencio sepulcral.- ¿Eylem?

_Ya contaba con lo de Aegis, he mandado suficientes elementos como para defenderlo...pero no me esperaba el ataque a los otros dos blancos. Si se apoderan de Aegis y destruyen los antiguos centros de poder político, ya no habrá forma de evitar que el Consejo lo nombre Mandatario... ¿qué estoy diciendo? Ni siquiera va a importar el Consejo, podrán hacer lo que se les antoje.

_ ¿Cómo te enteraste de la invasión a Aegis?

Eylem esperó unos segundos antes de contestar. _Supuse que sería el siguiente blanco de León una vez que algún miembro de cualquiera de los bandos cayera. Comandé a Lykaios para que se comunique conmigo...y no lo ha hecho. -El rostro de Anzhelika que continuaba blanco como la nieve que no cesaba de caer, se quedó paralizado. Por unos instantes su mente quedó vacía, mientras el aire congelado le lastimaba sus fosas nasales.- Hace una hora le pedí a un buscador que lo encontrara, y no pudo hacerlo. Ahora que la tropa de choque está en camino, sé que él ha muerto.

Si Anzhelika se hubiese tomado la molestia de recrear lagrimales funcionales en sus ojos, hubiera soltado una lágrima. Sentía algo especial por Lykaios, como si fuese su pequeño hermano menor, tal como el que tuvo muchos siglos atrás y que al igual que él, había muerto. Los que son como *ella* raramente se sienten cercanos a alguien, (y mucho menos son capaces de amar) pero él le despertaba un instinto protector que ni sabía que tenía.

_No podemos hacer nada por el Akkadio, el sabe defenderse mejor de lo que podríamos hacerlo nosotros. –Continuó Eylem.– Lo único que resta es no dejar caer el Palacio. Hiciste bien Lika, vuelve a Marsella...por favor. – Y cortó la comunicación.

Anzhelika se quedó con el teléfono en sus manos, dejando que el frío se colara gradualmente en ella, tumbada sobre la nieve y la oscuridad. La atormentaban los recuerdos que afloraban como un torrente demoníaco, memorias de la muerte de su hermano de sangre, y de su hermanito postizo al que no volvería a tener cerca. Ya no hay nada que hacer. Se sintió impotente, tal como entonces.

Juntó fuerzas para levantarse y echar a correr nuevamente. Llegó al vehículo con el que había viajado con anterioridad, lo puso en condiciones, y se dirigió al aeropuerto cuando estuvo segura de que no la seguían. Una acción arriesgada, pero no le importó. En cuanto llegara cambiaría de forma y ya no podrían hallarla. Mientras que huir de un ejército o de la policía podía ser fácil para ella, escapar de los recuerdos era imposible.

PARTE 11: DE DIOSES Y DE HOMBRES

A un océano de distancia, un aburrido guardia levantó la vista de la pantalla de su asistente personal, una pequeña placa de acrílico ahumada rellena de nanotubos de oro y carbono, sólo para encontrar una enorme comitiva de uniformados de su propia base rodeando a un hombre desconocido de traje. El General Fisher recibía visitas constantemente, pero ninguna tan guarnicionada. Carraspeó antes de hablar.

_Buenas noches, señores...

Uno de los soldados de la comitiva que llenaba el lobby se adelantó y le contestó en un monótono difícil de ignorar y con la mirada ligeramente extraviada. _El señor Perius...viene a ver...al General Fisher....avísele...que ya está aquí.

El guardia se quedó quieto, dudando sobre qué hacer, sintiendo un ejército de ojos que lo juzgaban en silencio. Hasta cierto punto intentó resistirse, pero fue infructífero. Tocó la puerta, y entró. Asfixiado como estaba por la situación, respiró hondo antes de dirigirse a la secretaria. _Afuera hay una guarnición escoltando a un tal Perius.

No sé de dónde viene, parece que tiene una cita con el General, ¿es posible?

La secretaria era una mujer joven uniformada que evidentemente no estaba hecha para el campo de batalla, quizás siquiera para el trabajo de oficina, o el trabajo en sí. Levantó la vista con una mezcla de hastío y necesidad de justificar que tenía muchas cosas pendientes para hacer aunque no fuese cierto, y dejó salir un leve suspiro. Activó su agenda y volteó unas páginas. _No Peyton, no tengo ninguna cita para esta hora.

Peyton hizo una mueca mientras pensaba una excusa rápida que decir que apacigüe a la docena y media de soldados que venían acompañando al tipo de traje, y largó unos cuantos insultos hacia sus adentros.

Salió y cerró la puerta detrás de sí. _Lo siento señor, el general Fisher no tiene ninguna cita agendada.

La comitiva armada pareció confundida, y voltearon a mirar a Perius. Peyton notó que todos se movían de un modo singular, pero no pudo identificar exactamente por qué. Perius ladeó levemente la cabeza, como si estuviese cansado de continuar con la misma rutina. Le tendió una mano para saludarlo, y cuando tuvo la del soldado en la suya, la apretó con fuerza. _Buen día joven, dime tu nombre por favor. –habló con cortesía y jovialidad.

Los ojos del extraño lo incineraron de adentro hacia fuera, lo abrasaban casi literalmente. La mano derecha estaba siendo compactada y el impulso de dolor llegó rápidamente a un cerebro descoordinado. Corrió la cara como quien queda expuesto al fuego. _C-cabo Luis Peyton.

_Gusto en conocerte, cabo Luis Peyton. Es muy, muy importante que hable con el general Fisher. Está claro que me debe permitir pasar, ya que es un tema muy importante y debe tratarse urgentemente. Es urgente Peyton. Muy urgente.

La mente del soldado quedó totalmente convulsionada. Lo único que sonaba de forma clara dentro de semejante confusión era una garrafal sirena que lo alertaba que debía actuar de inmediato para permitirle el paso al extraño y de pronto extremadamente trascendental sujeto que estaba delante de él. Quedó libre, y una mano en su hombro lo empujó hacia adentro con unas palmaditas.

La secretaria lo miró con un gesto similar al anterior. _ ¿Qué es toda esa gen-?

_El señor Perius...debe pasar de inmediato, por favor avísele al general. -Interrumpió Peyton de mala manera ante la sorpresa de ella.

Levantó el teléfono lentamente, pero se detuvo antes de marcar. _¿Qué se supone que debo decirle?

_Que el... -se tardó un largo segundo en acomodar la frase- señor Perius viene por un asunto...muy importante y muy urgente.

Trastornada, la joven marcó el interno correspondiente. _Señor, perdón que lo moleste, aquí afu-

_ ¿Qué sucede Christina? Estoy ocupado ahora.

_Hay un montón de hombres afuera, vienen escoltando al señor Perius y viene por un tema que parece ser urgente. Son hombres de la base señor ¿Señor? ¿Está ahí? -Colgó despacio, algo desconcertada- Dígale que puede pasar.

Peyton asintió levemente y salió, abriendo mecánicamente la puerta de par en par.

Perius entró en la pequeña sala, saludó gallardamente a la señorita y siguió adelante. Los tacos de sus zapatos emitían un sonido espectral contra el piso de madera mientras avanzaba hasta la oficina, el mismo tiempo se movía de manera anormal a su paso. La oficina del General era austera, pero decorada con atino. Los muebles de caoba se veían pulidos recientemente, y relucían bajo el efecto de los químicos con los que eran tratados todas las mañanas. Sobre las paredes colgaba un cuadro de un militar con un centenar de condecoraciones y algunos diplomas. Sobre una de las esquinas había un mástil con la bandera de los Estados Unidos que brillaba con sus apliques dorados. Y detrás del escritorio se encontraba el General Carl Fisher. Era un hombre de piel morena, corpulento pero en estado, perfectamente afeitado y con un peinado impoluto. Las líneas en su rostro mostraban tanto edad como experiencia. En toda la escena sólo resultaba chocante el aire de inquietud profunda que rodeaba al General, ante la figura que acababa de entrar para dominarlo todo con su mera presencia.

_Tenga usted muy buenas noches Carl, espero que no le incomode mi visita sorpresa.

Fisher se encontraba fuera de su elemento. _¿Exactamente quién es usted?

Perius rió afable y levemente. _Imaginé que ya lo sabría, oh bien. Lo importante aquí...es que tengo una propuesta que hacerle, Carl. Y no, no me diga que no le interesa antes de escucharla.

Fisher respiraba lentamente, mientras aferraba sus manos a los costados de su sillón, bajo algún extraño influjo.

_Quizás esté al tanto o no de que puedo convencerlo de lo que a mí se me antoje, jugar con su mente a mi gusto, hacerle creer que es una margarita en el jardín si así lo deseo, pero no es el punto. Eso no dura por mucho tiempo, al menos no el suficiente. Antes de venir hacia aquí, le hice una visita primero al Secretario de Seguridad Thomas Hicks y luego al Almirante Longcastle, los dos muy amablemente me han ayudado en todo lo que les pedí. Me he tomado muchas molestias para verlos a los tres, me embarque especialmente desde Roma para ello, es una cuestión que debía hacerla en persona.

Fisher abrió grandes los ojos. Sospechó inmediatamente a qué venía este tal Perius y cuál podía ser su naturaleza, un demonio encarnizado de los que durante muchos años pensó que eran tan sólo un mito, folclore, estupideces. Y ahora aquí estaba. _Creo saber de qué se trata y no me interesa. Retírese por favor.

Perius chasqueó los labios varias veces, desaprobando la actitud del militar, y llevó sus manos detrás de la espalda sosteniendo con ambas su entrañable bastón de dragón, para quedarse observando por la ventana algunas tropas corriendo y vehículos andando, mientras las nubes anaranjadas se tornaban rápidamente azules, y las azules negras. _Bueno, no resulta muy difícil de adivinar el porqué de mi visita, pero no me retiraré aún.

El General en un brusco cambio de actitud, se mostró sereno, aflojando sus facciones y entrelazando los dedos de su mano sobre el escritorio, sobre el que se hallaban algunos legajos, una fotografía enmarcada de una sonriente mujer con una niña en brazos, y carpetas amarillas con la inscripción de "Clasificado", en papel, como a él le gustaba. _Estimo saber cuáles son sus capacidades, sus intenciones también, lo que no entiendo es porqué se toma la molestia de conversar conmigo. Me niego a ayudarle. Si tiene alguna forma de convencerme úsela y márchese.

Perius se dio vuelta, al tiempo que extraía su pipa del bolsillo, y que transformaba lentamente su ilusorio traje moderno en su exquisito pero antiguo atuendo, fabricado de su propia piel modificada al momento y a su voluntad.
_ ¿Le molesta si fumo?

_Adelante. -Alcanzó a decir luego de sacudirse la sorpresa inicial.

_Gracias. -dijo al tiempo que encendía la pipa y comenzaba a largar humo- Iré al grano ya que no me gusta robar el tiempo de mis anfitriones. Ya se dio cuenta de que lo que busco es algo de magnitud. Acceso al arsenal nuclear de esta nación. - Si Fisher pudiera arrojar rayos por los ojos, ese hubiera sido el momento que más cerca estuvo de hacerlo.- Lo que quizás no sepa es que lo tengo prácticamente en mis manos, gracias a algo de astucia, información, y bueno...trabajo honesto y duro.

Fisher hizo un gran esfuerzo por mantenerse impasible, mientras revisaba en su cabeza 101 formas de escapar de esta peligrosa situación. _Impresionante, pero no responde la cuestión de fondo.

Una bocanada de humo permaneció flotando en el aire. Afuera la oscuridad iba ganando rápidamente la batalla de cada noche contra la luz.

Perius continuó. _Carl, ¿ve lo que hay ahí afuera? Es un nuevo mundo. Uno que no me gusta, y a usted tampoco si no me equivoco. -Fisher levantó una ceja- Ha ocurrido un hecho que no ha trascendido y nunca lo hará. Dudo que esté informado de cierta...organización...que se ha encargado de mantener el orden en este bendito mundo desde antes de ser mundo. -No hubo ningún tipo de respuesta de su interlocutor. Continuó- Para bien o para mal esta organización está atravesando una severa crisis, luego del deceso de su antiguo líder. Ahora hay dos bandos disputándose las migajas de lo que fue su poder, uno que ha ido en franca decadencia los últimos siglos. Las grandes decisiones dejaron de pasar por ahí hace mucho, *ellos* no quieren verlo. -pareció lamentarse al respecto- Pero, ésto provee también de una oportunidad que no debe desperdiciarse. -se dio la vuelta para arrojar el tabaco quemado en el cesto, para luego llenar la pipa nuevamente- Lo que quiero hacer es volver las cosas a su estado natural.

Fisher se mojó los labios para hablar. _Desconozco de lo que me habla.

_No se haga el tonto, Carlitos. -gesticuló con su dedo índice, desaprobando nuevamente.- Voy a explicarle para qué necesito acceso al arma que con los que los hombres juegan a ser dioses. En aproximadamente diez y seis horas habrá una batalla que decidirá el destino de esta organización de la que le hablo. Y ninguno de los bandos debe resultar victorioso. Ambos deben salir perdiendo, con creces. Un ataque con una de estas divinas atrocidades no sólo logrará perdidas desastrosas, sino que iniciaría una Nueva Era. -Fisher puso toda su atención sobre las palabras de Perius, no dando crédito a sus oídos ni a lo que estaba sucediendo en esta bizarra reunión.

_Para hacer esto como podrá adivinar, no necesito su ayuda. Me alcanza con saber el último tercio del código y saber quién es el operador a quien dictárselo. En cambio necesito de usted, amigo Carl, para lo que vendrá después.

Fijó su mirada sobre el militar para terminar esa frase, para luego bajarla hacia su fósforo. Una leve sonrisa triunfal asomaba en su boca. En la oficina se renovó el aroma a fino tabaco. _Luego del ataque, debe difundirse que se trató de un ataque terrorista por parte de un grupo totalmente desconocido, poderoso y ampliamente extendido, que tiene acceso a muchas de estas armas devastadoras. Eso provocará una oleada de miedo, si. Es una pena pero es también parte fundamental del plan. Es menester que toda la operación permanezca secreta, bajo siete llaves. ¿Me sigue hasta aquí, verdad?

Fisher observaba anonadado, como quien escucha las demencias de un dictador con demasiado poder. _ ¡Eso es una locura!

_No, joven. Hay un motivo para todo. Piénselo... ¿qué efecto tendría en el mundo si se concreta mi plan?

El General bajó la vista nerviosamente mientras se exigía pensar a toda máquina lo más brillante que haya salido jamás de su cabeza, un hilo de palabras que convenza quizás de detenerse al monstruo que estaba enfrente suyo.
_Eso... -se tomó los segundos probablemente más desagradables de su vida- cambiaría las reglas del juego, las naciones reaccionarían inmediatamente reforzando sus fronteras, alteraría las alianzas. Las libertades personales civiles se perderían por al menos una década, el comercio internacional se vendría a pique. Una crisis desoladora.

_Es una visión correcta pero un tanto negativa, Carl. Falta que vea lo que hay más allá. ¿Quién tomará las riendas de ese convulsionado y temeroso mundo? -Perius lo apuntó con el índice- Usted y yo. Convertiremos esta nación en el estándar que las demás deberán seguir para estar seguros, en la nación líder una vez más.

El militar se secó el sudor de la frente con un pañuelo. Esto se escapaba de sus manos a una velocidad astronómica. _No entiendo, ¿para.....para qué? ¿Por qué?

_Carl, lo conozco más de lo que usted cree. Sé qué tipo de persona es. Añora los tiempos dorados, cuando los valores estaban en pie y las cosas marchaban por el rumbo correcto. Yo también lo hago, la diferencia es que estoy en capacidad de devolverlos a donde deben, y voy a hacerlo. -se paró erguido, observando a través de la ventana- Veo este mundo corrompido por el dinero, guerreando por estupideces, grandes países cayendo de rodillas ante embarcaciones repletas de productos de mala calidad que inundan sus débiles mercados. ¿En qué se han convertido? ¡En basura! Eso es, en basura. -se giró de pronto- ¡Mírese, Fisher! Doblegado ante la tecnología. Sé que en algún momento temió ser reemplazado por una máquina, una que trace mejores estrategias que usted, que sea más rápida, mejor, que nunca se canse. -Fisher entornó sus ojos al sentir tocada una fibra sensible- La ciencia avanzando desenfrenadamente, crea bestialidades, cosas inútiles y sin sentido, es la barbarie. Todo está teñido de corrupción...todo.

Perius continuó. _ Los lazos se han debilitado, el mundo entero está a la deriva. -hizo un ademán violento con una mano- Se ha vuelto tan pequeño que se lo puede recorrer en menos de una vida humana...y es por eso que pierde su riqueza, ya nadie respeta este planeta -dejó salir un suspiro- Yo soy un aventurero, amigo Carl, por eso me duele especialmente a dónde van las cosas. Quiero corregirlo, volver a aventurarme en el mundo de antaño. Piénselo, ¿le preocupa acaso los que mueran en el ataque? Son como *yo*, nadie va a lamentarlos. De ahí en más no hace falta sacrificar a nadie, no se pierden más vidas.

Fisher no podía despegar la vista del piso. _Sigo pensando que es una locura. Es...es exponer demasiado.

_Dígame la verdad, ¿no quisiera devolver las cosas a como estaban antes?

_Yo...sí. Supongo que sí, pero no de esta forma.

_ ¿Cree que podría no funcionar?

Finalmente pudo alzar la mirada, intentando enfocarla sobre los del ancestral monstruo de tan refinados modales. No era impracticable si lo que pensaba de Perius era real y dada la evidencia que había atestiguado hasta el momento, era *muy real.* La verdad nunca saldría a la luz. _Con usted detrás de todo, es probable que sí. Es lo que me temo.

_Excelente. No pretendo que coopere inmediatamente, seguramente le tomará su tiempo entender las implicaciones y sus beneficios, tanto para usted como para el país al que sirve. Hace falta un líder, Carl Fisher. Las gentes requieren que se les marque el camino. –cruzó una pierna sobre la otra luego de tomar asiento. La puesta teatral parecía estar finalmente concluida– Pero por ahora...hay que cumplir el primer paso.

Fisher hizo una mueca de profundo desagrado ante una situación que no llamó, una operación que no quería cumplir, la improbabilidad de rehusarse, y el hecho de que su mente quede alterada por ese...individuo tan despreciable y a la vez tan carismático. Evaluó sus opciones, y habló con un tono salido de la ultratumba. _Dígame las otras dos partes del código, me encargaré de cumplir con la destrucción del objetivo. ¿Cuáles son las coordenadas?

Perius sacó de un bolsillo interno de su saco un papel, y lo leyó

_44° 31 minutos, 10 segundos Norte, 9° 3 minutos, 55 segundos Este.

_Eso debe ser...al norte de Italia.

_Así es. Se trata de un palacio elegante pero marchito, en una región llamada Montoggio a las afueras de Génova. - le extendió el papel- Estas son las otras dos partes del código.

Fisher ojeó el papel que llegó a sus transpiradas manos. Tenía escrito a pulso las coordenadas que le dictó anteriormente, y dos series de caracteres con números y letras. Levantó el teléfono con celeridad, pero dudó a la hora de marcar. Finalmente lo hizo. _Rogers, habla el General Carl Arthur Fisher, páseme con Hendrich. -y tras unos segundos- Hendrich, tengo órdenes para usted, preste mucha atención. Es un asunto de seguridad nacional, no es un simulacro...

PARTE 12: EL TRONO DEL TITIRITERO

Los pasos sonaban secos entre los pasillos vacíos. Las sombras, largas y enigmáticas, bailaban bajo la influencia de las velas. Una figura avanzaba calmadamente causando docenas de ecos, que se extendían en todas direcciones. El Palacio Aegis, escondido en Montoggio, siempre había parecido una monumental tumba, digna de un faraón, pero esa noche estaba especialmente fantasmagórico. El estilo del lugar recordaba fuertemente al clásico griego, con sus enormes columnas blancas talladas, sus pisos de pálido reluciente mármol, sus paredes cubiertas de pinturas de grandes artistas de todos los tiempos, sus cúpulas finamente decoradas, sus innumerables pasajes y salas, todas atestiguando el paso de los años en sus grietas. Aegis era la corona del mundo sin rey, el poder sin rostro, el trono donde el titiritero tiraba de los hilos, y lo había sido durante casi un milenio. Su simbología tuvo y tiene una fuerza inimaginable. La joya personal de Cáucaso, ahora codiciada por todos. Desde una sala al fondo del pasillo, una serie de gritos y risas se estrellaban violentamente contra la sobria majestuosidad del lugar. La figura continuó avanzando hacia la sala. Los gritos desgarraban el aire, las risas perforaban el silencio como proyectiles. El eco de los pasos se fue perdiendo gradualmente entre el mar de gritos de espanto, y las risas. Las horripilantes risas.

_Bueno bueno, miren quién ha llegado.

Un apuesto joven estaba sentado al costado de la imponente puerta de la sala, con un pie descansando sobre una mesa frente a él repleta de botellas alcohólicas de todo tipo. De sus labios colgaba un cigarro apagado, y bajo su nariz se podían ver claros rastros de cocaína. Sobre su torso desnudo estaban tatuadas algunas calaveras aladas con enredaderas de espinas, y algunas frases en latín. Pantalones y botas de cuero eran todo su vestuario, sin contar una perforación de metal que brillaba en su ceja derecha.

_Deios, que...placer volvernos a ver. –la figura que acababa de llegar gesticuló amablemente. Llevaba un fino saco blanco sobre una camisa de lino, unos pantalones de gris muy claro y zapatos blancos de piel de reptil. Un sombrero del mismo color que su saco pendía de su cabeza cubierta de cabellos dorados que llegaban hasta la base del cuello. Sus facciones estaban bien proporcionadas, sus gestos llenos de confianza, falsa armonía y hospitalidad, cada uno de sus dedos adornados con gruesos anillos de oro. El palidez de su piel hacía juego con sus atavíos– ¿Llegaron hace mucho?

134

_La mayoría llegó anoche, MacOwen y Chandresh llegaron hoy. También otro tipo que no sé quién es.

El hombre de blanco levantó una ceja con indudable sorpresa. _Si esos dos llegaron juntos, sería el evento más extraño del siglo.

Deios rió levemente mientras buscaba un encendedor entre sus bolsillos. _No, no. Llegaron por separado. ¡Te imaginas...cada cosa! -Su tono de voz era errático y eufórico.

_Además, si oye que no te diriges a él como "señor" va a enfadarse.

_ ¡Oh, tienes razón! No quiero pelearme con él, esta noche es para festejar. Con un poco de suerte vendrán los Leones y podremos matar a un par. En un rato brindaremos por el Señor Chandresh y por la maldita ramera que lo parió hace.... ¿mmm qué edad tiene?

_No lo sé, pero deben ser más de medio milenio. -Dijo mientras revisaba las copas sucias de cristal que tenía frente a él.

_No importa, brindaremos de todos modos. ¡A su salud!

_Salud. -levantó una improvisada copa- Abe debe haber venido contigo, ¿verdad?

Deios miró hacia el fondo de la sala, donde habían varios como *él*, charlaban y reían en voz alta tanto de pie como en el suelo o sentados. En la sala contigua se divisaba a otros que tenían sexo, y de una tercera era de donde provenían los gritos de intenso dolor. Unas pisadas cubiertas de sangre entraban y salían de ella, junto a una nauseabunda sensación a muerte y crueldad. Señaló con el dedo índice a ésta última. _Debe estar ahí. Trajeron algunas mujeres del pueblo y se están divirtiendo con ellas.

_Supuse que Abe se divertiría más con hombres...

Deios sonrió con sadismo. _Donde haya sangre está contento. Lo primero es que esté contento, ¿o no?

_Por supuesto. Si no te molesta, iré a saludar a MacOwen.

_¡De ninguna forma Vogel! Sírvete una copa en el camino. De seguro está en la otra punta del Palacio, al bastardo no le gusta pasar el tiempo con sus colegas.

Vogel saludó quitándose cortésmente el sombrero y dio la vuelta. Le disgustaba todo eso aunque en algún momento, un centenar de años atrás, hacía cosas parecidas o incluso peores. Cuando se creía dueño de la noche, amo y señor de las pestes humanas. Hasta que conoció a uno de los verdaderos dueños del mundo, una entidad aterradora que había deambulado la tierra desde siempre. Le abrió un nuevo universo de juegos políticos, de extensas y profundas redes de poder. Ella le mostró el Palacio, el Consejo y al gran Cáucaso. Fue un golpe duro que lo llenó de debida humildad y de un nuevo sentido. Trepar. Trepar tan alto como se pueda, y sortear cualquier obstáculo en su camino. Y permanecería con Eylem como su aliada, por el momento al menos. Se deshizo de la copa, procurando no hacer ningún ruido.

Siguió caminando por los pasillos sepulcrales de Aegis, con algunos gritos todavía llenando sus oídos, y recuerdos flotando en su mente. Reconoció que sentir que esa etapa salvaje de su vida estaba superada le servía para proteger su ego. En el fondo todavía quería beber sangre de las carnes abiertas de una desafortunada mujer, pero no podía permitírselo. Él era ahora mejor que eso.

Al llegar a la sala principal, notó una tenue luz que provenía desde unos de los pasillos del piso superior. Subió por las fastuosas escaleras de mármol y bronce y se dirigió por ahí. Algunas notas musicales parpadeaban sutilmente, tapando de a poco los alaridos que se hacían más tenues. Las puertas de la enorme sala estaban abiertas. Dentro, una bella araña con varias decenas de velas eléctricas pendía esplendorosamente del techo. Un antiguo piano de madera blanca adornado delicadamente se encontraba en uno de los rincones, y detrás de éste un cuadro de gran tamaño representando a un hombre viejo en harapos rojos en un oscuro cuarto, escribiendo sobre un escritorio, junto a una calavera incompleta.

Sentada al piano había una mujer de cabello corto negro como el azabache y ataviada con el mismo color, concentrada en su tarea. Ni se inmutó ante la llegada de Vogel.

_Buenas noches, bella dama.

Esperó unos segundos y ante la falta de respuesta, continuó algo confuso a la habitación lindante de donde se escuchaban voces. Tocó a la puerta de sólida madera y entró cuando le permitieron.

_Bienvenido, ¿recién llegado? –Lo saludó un hombre calvo y con gafas, de facciones duras. Algunas arrugas asomaban en su frente y los costados de sus hundidos ojos.

_Así es, no creo que nos conozcamos, caballero. –a Vogel le desconcertó toparse con extraños aquí. Miró hacia la persona que estaba a su lado. Era MacOwen, un hombre delgado pero fibroso, de cabello corto castaño y expresión tranquila. Llevaba un poco de barba debajo del mentón. Vestía una camisa de cuero marrón tachonado y hombreras del mismo material. Daba toda la apariencia de que había saltado desde una ventana que daba al siglo XV. Se lo conocía por ser un hombre de paz la mayor parte del tiempo. La otra parte la ocupaba siendo un fanático religioso. Se hacía difícil mantener un diálogo trascendental con él si se anda con miedo de perder literalmente la cabeza. Más allá de eso era versado en varias ciencias y artes. Una inclusión pintoresca a las líneas de Cresta.

_Bienvenido Drescher. -saludó secamente MacOwen, mientras señalaba al hombre calvo con su mano enguantada- Él es Charles Dipson, mi compañero de viaje desde hace algunos años.

_Mucho gusto. -Vogel hizo una leve reverencia.

_Igualmente, ¿desea tomar asiento?

_No, muchas gracias. Tengo curiosidad, ¿quién es la mujer del piano?

_Dijo llamarse Syra, pero no quiso dar ningún tipo de detalles. Es una Sombra, a esa gente no le gusta socializar ni se interesan más que por el arte de la guerra.

_Oh, entiendo. ¿Alguna novedad?

_No, ninguna de importancia. -respondió MacOwen- Seguimos a la espera de un movimiento por parte de los hombres de León.

_Esperar, por ahora. Se puede sentir la calma antes de la tormenta. -secundó Dipson.

_Y estar preparados. Estaba buscando al señor Chandresh, ¿lo han visto?

MacOwen observó al recién llegado de arriba abajo, con cierta indignación. El hombre calvo en cambio se quitó sus lentes para limpiarlos, intentando ocultar su súbito malestar. _No, no lo hemos visto.

_Tengo una pregunta que hacerle, aprovechando que estamos reunidos. No me atrevería a hablar con él en otra circunstancia, es una persona despreciable.

Ambos hombres aflojaron sus expresiones. _Es probable que esté afuera.

_Gracias, y hasta luego caballeros. –Drescher se despidió haciendo una elegante reverencia con su blanco sombrero en una mano. Antes de salir de la habitación, una espada enfundada de generosas proporciones le llamó la atención. Pudo reconocer un antiguo símbolo en la empuñadura que ya había visto en otra parte.

Al pasar nuevamente por la sala del piano, se quedó un minuto escuchando las tristes melodías que surgían de éste. Simuló gran gusto por lo que escuchaba. _Toca usted encantadoramente, señorita Syra...

Nuevamente no hubo respuesta de ningún tipo.

_ ¿Nos acompañará en la batalla? –la pregunta quedó congelada en el aire unos instantes– Bueno, me presumo que sí, será un honor estar de su lado en ese caso. Mi nombre es Vogel Drescher, no lo olvide.

La sombra continuó en su tarea sin devolver siquiera una mirada. Vogel se encogió de hombros, se calzó el sombrero sobre su cabeza y salió de allí. No estaba seguro de si la antisocial pianista sobreviviría o no, pero con eso debería alcanzar en caso de que lo hiciera. Ahora debía concentrarse en encontrar a Chandresh y salir de inmediato del Palacio. Bajó las escaleras al trote, cuando recordó que el lugar podía estar atestado de sombras escondidas sin él notarlo. Hizo una mueca de desagrado ante la necesidad de cambiar de planes. Se acomodó el saco y se dirigió a la salida. Detección y ocultamiento definitivamente no eran su fuerte, pero decidió probar suerte.

_ ¡Hola! ¿Alguien por ahí? Estoy buscando al señor Chandresh... -el vapor de su respiración se dispersaba lentamente mientras esperaba la respuesta de algo que no debiera estar ahí.

Una voz respondió desde el piso superior, pero no pudo determinar la fuente. _Está en la arboleda posterior. -la misteriosa voz sonó masculina y con un grado importante de hostilidad.

Le produjo escalofrío saber que definitivamente había sombras. Hasta puede que alguna lo haya incluso convencido de que no estaba allí con un extraño truco, ¿cómo saberlo? Agradeció a su invisible interlocutor y continuó camino hacia la arboleda por un estrecho y poco iluminado camino que bordeaba el Palacio. Por fuera se veía bastante deslucido, para llamar la atención lo menos posible a pesar de su tamaño. Varias columnas estaban rajadas e invadidas con vegetación. La arboleda posterior era difícil de definir, ya que el follaje era frondoso en cualquier dirección. El rocío nocturno estaba congelado por las bajas temperaturas y cubría la hierba que combatía aún la helada muerte. Las flores y las hojas de las copas habían perdido hace tiempo la lucha contra el invierno, quedando bajo su suave y cruel conjuro, hasta que la primavera las devuelva a la vida.

No le hizo falta buscar demasiado, una enorme presencia se encontraba sentada contra el tronco de un árbol, donde apenas daba la luz de los faroles del Palacio. Se acercó calmadamente, como costumbre.

_Buenas noches, señor Chandresh, espero no molestarlo con mi visita.

El enorme hombretón levantó la vista un breve instante, y continuó con su faena. En sus manos tenía una navaja y un trozo de madera, al que le estaba dando la forma de algún animal cuadrúpedo. La tonalidad de su piel era extrañamente tunecina, algo atípico entre los *suyos*, pero común en el subcontinente indio, de donde era originario. Estaba además cubierto de cicatrices de todos tamaños y formas, más que seguro como manera de fanfarronear de la cantidad de batallas en las que había estado y salido con vida. Todos sabían de sus envidiables capacidades regenerativas y de manejo de su biomasa. Estaba vestido con un pantalón ajustado y una camiseta de texturas extrañas, la constante de todos los que cambian su fisonomía a voluntad. En su cuello lucía un largo collar de cuentas de madera talladas, cada una representando la cabeza de alguna fiera. Más famoso era quizás por su personalidad y su forma de enfrentarse a los desafíos de la vida. Con violencia, y mucha. Emprendía como una bestia, una criatura de otro mundo, una forma bastante poco ortodoxa de manejarse en una lucha, repulsiva para la mayoría.

_Recién llego de viaje y estaba pasando dándoles mis saludos a todos mis hermanos, en esta cruda empresa que nos espera en breve.

Por respuesta sólo recibió un gruñido por lo bajo. Pequeños fragmentos de madera caían al suelo a medida que la navaja daba forma a la figurilla.

_...bien, creo que lo dejaré sólo. Adiós.

Ninguno de los *suyos* mantenía un vínculo con la vida social como solían tener antes de la *conversión*, pero esto ya era demasiado. Sintió enfado al ver el lado negro de lo que él *era*, o fue. Lo distrajo el frío del ambiente que ya comenzaba a incomodarle, decidió ir adentro. Tenía que estar entre los primeros en recibir noticia si las fuerzas de León aparecían para tomar el Palacio. Levantó la mirada hacia las pocas nubes que sobresalían del mosaico de estrellas celestial, parecía imposible que en una noche tan tranquila suceda algo...tan atroz. La Luna, casi llena, pendía majestuosa, bañando de mortecina luz el paraje.

Pero así le había advertido Isabella. Luego de la orden de Eylem de defender el Palacio con la mitad de los elementos de Cresta, le consultó sobre su suerte. Vogel había aprendido a confiar en todas las visiones de la hermosa joven, puesto que la mayor parte se cumplían con una exactitud pavorosa. Era la clarividente más talentosa que hubiera conocido jamás, por eso la mantenía oculta lo mejor que podía con...artimañas poco benignas, para que permaneciera a su cuidado en este mundo tan feroz en el que habitaban. No era sabio dejarla ir, semejante herramienta debía de permanecer con él. Además, le proveía todo lo que ella necesitaba. Incluso de un temor infundado por la gente extraña, uno muy saludable.

Y la visión que tuvo fue especialmente aterradora. Vio el Palacio envuelto en un sudario de fuego, quemando a todos los que se hallaban en su interior. Muerte. Muerte por doquier. Pero lamentablemente ningún detalle de como ocurriría. Eso probablemente significaba que las tropas de León atacarían con fuerza total, y que él debía estar lejos, muy lejos cuando eso ocurra. El problema era que los sobrevivientes contarían los detalles del combate, y se sabría que él no estuvo ahí, perdiendo automáticamente el respaldo de Eylem, y toda Cresta. Era un precio muy alto que pagar por la seguridad. En cambio recurrió a una solución alternativa. Acudir y asegurarse de presentarse ante aquellos que consideraba con más chances de sobrevivir y dejar asentada su presencia. Y en cuanto comience el episodio, huir entre la confusión. Con tantas sombras presentes debía asegurarse de que éstos estén muy ocupados antes de hacerse humo. Tenía que medir el momento exacto con precisión para no terminar bajo la flamígera amenaza, sea lo que sea.

Caminó nuevamente a la entrada del Aegis, intentando ver algún signo que delate una sombra encubierta, pero no pudo lograrlo. Realmente no tenía talento para ello. Rogó tener el suficiente para correr cuando haga falta. Estaba calentándose las manos cuando llegó a sus oídos un raro y persistente zumbido. Una estatua y una columna rota cercanas cambiaron de forma hasta adoptar una humanoide para su asombro. Ambas corrieron hasta el exterior, y volvieron a los pocos segundos a toda velocidad. _ ¡Ha comenzado! ¡Es un ataque aéreo!

PARTE 13: *COUPE DE GRÂCE*

A kilómetros de allí, la tarde guardaba ya sus últimos rayos del imponente astro irradiando una vez más sus partículas de vida, tal como lo ha hecho durante eones. La lujosa mansión barcelonesa se preparaba para entrar en un temporal universo de tinieblas, que caería en escasos minutos cuando el Sol se oculte por el horizonte. Dentro, solo una persona la recorría. Kad había estado usándola a modo de pequeño castillo hacía unos pocos días, desde que convenciera a su dueño de que era un excelente momento para salir de viaje con su familia mientras él protegía la propiedad. La inocente treta duraría solamente hasta que éste se percatara de lo ilógica de su decisión y volviera, probablemente con fuerzas policíacas. Por supuesto Kad ya no sería encontrado allí, y aunque lo hicieran no podrían detenerlo.

El caserón era antiguo por fuera pero adecuado a los tiempos modernos en su interior. Un hermoso jardín delantero servía de escenario para media docena de leones de piedra al costado de un corto camino de piedras. A Kad le atrajo esta decoración, probablemente como una suerte de burla si resultaba atacado por León o quien fuese que estuviera detrás de la muerte de Cáucaso, o quizás porque era poco luminoso de día con sus cortinas cerradas. La sala principal estaba generosamente decorada con tonalidades pastel, una enorme (y seguramente costosa) alfombra persa, una seductora réplica en tamaño real de la Venus del Nilo, y elegantes molduras doradas a la hoja. Un televisor gigante ocupaba casi la totalidad de una de las paredes y frente a éste, un cómodo sillón de cuatro plazas. Cerca, otro sillón de una sola plaza se encontraba al lado de un equipo de música de alta gama y una repisa repleta de discos de varias generaciones tecnológicas y de géneros variados. La casa entera transpiraba riqueza material y la paz, también material, que ésta brinda. Kad detuvo sus pasos frente a un cuadro de impecable marco que colgaba de la pared contraria al televisor. Mostraba a un hombre en harapos y de rodillas rogándole a una mujer con finas prendas, el "Pastor y Princesa" de Dirck van Baburen. Se quedó observándolo unos instantes, quizás admirando el estilo barroco, acaso porque evocaba alguna memoria de su propio pasado. Se detuvo luego frente al equipo de música y lo encendió. Comenzó a sonar desde los poderosos parlantes The Peacocks, una melancólica balada de jazz compuesta por Jimmie Rowles. Kad se quedó en silencio escuchándola de pie, mientras echaba un vistazo a la fortuna musical que estaba frente a él. Sacó luego algunos discos de la repisa, apartó algunos dejándolos sobre una pequeña mesa redonda a un costado, mientras que arrojaba el resto descuidadamente al suelo por sobre su hombro. De los que había apartado,

147

eligió uno luego de una breve deliberación. Abrió la bandeja y lo introdujo. Ésta vez el Preludio de Tristán e Isolda de Wagner se apoderó del salón. Se sentó plácidamente en uno de los sillones, con una singular sonrisa plantada en sus labios y su cabeza echada hacia atrás, al tiempo que acompañaba los compases con un dedo.

Un diminuto haz de luz, casi horizontal, se colaba por una de las ventanas cerradas. Kad llevó su mano hacia la luz, hasta que el haz se enfocó de lleno sobre su palma. Una pequeña mancha de piel quemada aparecía, se borraba para luego reaparecer mientras combatía con la renovación celular, dejando una fantasmal estela de humo gris que subía con ligereza.

_Ya casi es hora.

Afuera, dos camionetas completamente negras aparcaron una detrás de la otra. El metal de la chapa centelleaba bajo los moribundos rayos del astro como una mortaja de cuero. Las puertas traseras de una de las camionetas se abrió de par en par y de ella descendieron cuatro figuras con celeridad y sincronía. Los cuatro llevaban atuendos negros que los cubrían por completo, mayormente opaco excepto por porciones de aleación lustrosa en los cascos, máscara, pecho y hombreras. Un cinturón repleto de cargadores con munición explosiva completaba el atuendo. Entre sus manos llevaban armas peculiares. Eran de un diseño tosco y rectangular, llevando debajo de su cañón de alto calibre una sección cuadrada y voluminosa, como si el arma en sí hubiese sido estructurada alrededor de esa caja. En bajo relieve, la palabra *Lichtbogen II* estaba grabada en el costado.

El cuarteto *Illuminieren* se deslizó rápidamente con un silencio lapidario alrededor de la mansión, cruzando el hermoso jardín y dejando a su paso flores pisoteadas, las primeras víctimas de la jornada. A una señal del líder de la operación, dos de ellos se apostaron a los costados de la entrada principal, uno en la trasera, y el restante trepó el balcón de la planta alta con la agilidad de un felino. El líder tomó de uno de los bolsillos un pequeño dispositivo que deslizó suavemente por debajo de la puerta. Un monitor miniatura colocado en la cara interna de su antebrazo registró las imágenes obtenidas del interior de la mansión, confirmando el blanco. Retiró el dispositivo e hizo una nueva señal con su mano al tiempo que daba una breve orden por radio que daba comienzo a la segunda fase de la operación. Con una coordinación impecable todos ellos colocaron explosivos plásticos en las principales aberturas del caserón, quedando agazapados en sus lugares. El techo y ventanas de la segunda camioneta se abrieron. Estaba compartimentada en tres partes, la cabina del conductor, una segunda que permanecía sellada y la posterior, donde se hallaba una persona.

Se trataba de una mujer joven, de expresión tranquila y rasgos delicados que contrastaban con su torso, hombros y brazos de músculos fibrosos y delineados. La mitad superior de su delicado cuerpo estaba desnudo, mientras que la inferior estaba cubierta por pantalones de combate negros y pesadas botas. Sus rubios y cortos cabellos lanzaron breves destellos color oro al recibir los cálidos rayos de Sol que se colaban hacia el interior. Con movimientos pausados, se puso de pie y extendió sus brazos y manos hacia arriba, quedando por completo a merced de la estrella. Pequeñas manchas aparecieron moteando en su tersa piel, extendiéndose a medida que los segundos pasaban. El rostro impasible de la joven se fue tornando en uno de profundo dolor, a medida que la parte superior de su cuerpo ardía nuevamente, tal como lo había hecho todos los días de su vida. Sus rodillas se quedaron sin fuerzas, temblando hasta tambalear y finalmente caer. Puertas y ventanas se cerraron con velocidad y de forma automática, al tiempo que la segunda sección sellada se abrió. En su interior habían estado alojadas dos personas más, ataviadas de la misma forma que el primer escuadrón. Una de ellas se quitó sus guantes y ayudó a la muchacha rubia a reincorporarse. Donde posaba sus manos las quemaduras desaparecían como si nunca hubiesen existido. Al finalizar la milagrosa sanación, se quedó observándola detrás de su oscuro visor. Ella abrió sus azules ojos, para hacer luego un ademán con la cabeza. Se calzó el resto de sus vestiduras y equipamiento en pocos segundos con firme programación, tal como había sido entrenada. Ajustó las correas de su casco y bajó el visor. Lohe estaba lista.

La triada de Punta de Lanza descendió de la camioneta y se dirigió frente a la puerta, vigilada aún por el líder de *Iluminieren* y su escolta. El líder levantó su mano izquierda por sobre su cabeza, y la detuvo en ese lugar por unos dramáticos segundos en los que ni el viento se atrevió a soplar. Al bajarla, se desató la furia de todos los explosivos al mismo tiempo. El polvo aún no alcanzaba a llenar el espacio cuando fueron lanzadas granadas luminarias al interior, llenándolo de luz y bruma. Exactamente un segundo después ambos grupos se abalanzaron al interior. Cada miembro de *Iluminieren* resguardaba uno de los huecos en posición, mientras el trío se adentraba sobre los escombros.

Adentro aguardaba Kad, en el mismo sillón al costado del equipo de música, mientras El Preludio continuaba sonando a todo volumen. Su silueta recortaba contra el fondo de polvo del ambiente. Kad intentó pararse, pero una ráfaga de munición explosiva se lo impidió. Las balas estallaban contra las paredes de la mansión con violencia y estruendo, al tiempo que se manchaban con la sangre y carne del Akkadio.

Se hizo una breve pausa, en la que los siete combatientes dejaron de disparar para poder evaluar la situación. Kad estaba ahora en pie, sin signos de daño aparente, una cordial sonrisa en sus labios y las manos en sus bolsillos.

Lohe arrojó su arma, y se puso en postura de combate, Fender y Konnex se situaron detrás de ella en formación triangular, mientras corrían una pequeña perilla en sus armas que habilitaba la función principal de los rifles. La cuarta y última fase de la embestida había comenzado. El grupo de *Iluminieren* cercó a su blanco y se aproximó a distancia óptima en cuestión de instantes.

El hasta el momento inmóvil Kad finalmente levantó la quijada, y observó a sus alrededores. La situación parecía divertirle, quizás era algo que venía esperando desde que se enteró de que existía algo capaz de eliminar a alguien de su talla, y ahora estaba desarrollándose frente a él. Era el momento oportuno de desatar el horror.

Una nueva ráfaga de explosiones atravesó su figura, una que ya no era humana. Irreales prolongaciones tentaculares ahora llenaban el lugar donde Kad había estado, cubriendo pronto paredes, piso y techo en cantidades abrumadoras, goteando sangre de heridas que cerraban casi instantáneamente. La visión entre la bruma era lo más parecido a algo sacado de las pesadillas de un psicótico. Los dos miembros más cercanos de *Iluminieren* dudaron por sus vidas, hasta que su entrenamiento militar se hizo cargo de la situación. Avanzaron con sus rifles en alto, ésta vez utilizando en su función real. Debajo del caño, desde una protuberancia de la caja angosta, surgieron arcos eléctricos en forma de abanico, que se extendían casi dos metros hacia el frente electrocutando e incinerando todo a su paso. Ambos hicieron su mejor esfuerzo por contener a la bestia desde los flancos por el tiempo suficiente, pero fracasaron. La pesadilla tentacular fue mucho más veloz, rebanándolos como si se tratasen de barras de pan. El olor a sangre y a quemado había tapado hacía tiempo el del polvo de cemento. Los miembros restantes del comando abrieron fuego mientras se reubicaban ocupando el lugar de los caídos, manteniendo en la medida de lo posible al monstruo alejado. Debían ganar el tiempo suficiente. Tan sólo el tiempo suficiente. Pero no era posible mantenerlo a raya. Avanzó zigzagueando de forma inconcebible y en tiempos que a simple vista no podrían ser posibles, haciendo retroceder a todos. Sólo Konnex permaneció en su lugar, intentando atacar desde otro ángulo completamente diferente. Desde que entró al caserón había estado intentando perforar las barreras mentales de Kad, hasta el momento sin éxito. Su mente era un laberinto de dunas desérticas en las que no encontraba punto de conexión. Se estaba empujando al límite y el tiempo se agotaba.

Fender gritó una orden, y el filo de la lanza entró en acción. Lohe embistió contra la masa terrorífica con una velocidad increíble. Sus movimientos relampagueantes eran imposibles de seguir mientras saltaba esquivando los filosos tentáculos, los arcos voltaicos y las balas que surcaban el aire sin pausa. Sin embargo pocos de sus golpes llegaban a destino, y si lo hacía no tenían efecto. Cuando un tentáculo quedaba destruido, éste se licuaba rápidamente y volvía a la masa principal, que cambiaba de forma en todo momento.

Una enorme masa biológica salió disparada hacia una de las esquinas del techo, y bajó como una lluvia de largos huesos filosos y tendones sobre los restantes miembros del comando de apoyo, decapitando en el acto a uno y llenando de huecos el cuerpo del otro comando y el de Fender. De esta forma cruel, el preparado grupo de orgullosos soldados de *Illuminieren* quedaba eliminado, dejando tras de sí solamente gruñidos de dolor y muerte. Fender se puso de pie. Su uniforme tenía agujeros por todos lados, pero por debajo su cuerpo estaba intacto, cortesía de su super regeneración celular. Dentro de su cabeza la cuestión era distinta, ya que desfilaban decenas de planes, desechados uno tras otro al comprobar la potencia del Akkadio. Era superior. Extremadamente superior. Quedaba tan sólo una táctica disponible que no sea la de huir. ¿Era posible acaso emprender la huida? El Akkadio claramente no pretendía escapar, hasta podía estar divirtiéndose. Todo dependía ahora de Konnex y su maravillosa capacidad de doblegar a quien fuese.

La batalla se había vuelto prácticamente un duelo entre Lohe y Kad, por un lado un rayo con una agilidad y empuje omnipotentes, y del otro lado una bestia que no podía ser destruida y que dañaba a cada movimiento.

Lohe estaba llena de cortes superficiales y algunos profundos en sus extremidades.

Pero en algún lugar recóndito, una pantalla cayó, una barrera se rompió, dejando al descubierto una mente receptiva por primera vez desde hacía probablemente milenios. Konnex había logrado su cometido con un esfuerzo atroz, consiguiendo implantar una idea en la profundidad de su psiquis. Tan sólo un sentimiento, pero uno que lo cambiaba todo: Desesperanza.

Desesperanza.

Desesperanza.

Desesperanza.

La masa tentacular dejó de moverse por un instante, para luego ir paulatinamente recuperando una forma relativamente humana mientras retrocedía rendido. Un rostro surgió del conjunto, uno infinitamente cansado. La sonrisa de Kad se había evaporado. Fender gritó otra orden a Lohe, que volvió hacia él. Tardó un breve momento en curar todas sus heridas de la misma forma milagrosa de antes.

Lohe se puso en guardia nuevamente, trazó un círculo amplio con sus brazos, llevó su mano derecha por detrás, su puño pegado a su cintura. Se detuvo, mientras concentraba toda su fuerza vital en un punto minúsculo, todo el esfuerzo científico y toda su vida de desalmado entrenamiento. Debía ser ese y no habría más chance. Debía concentrarla toda, aunque desfallezca. Se impulsó con redoblada celeridad hacia su inmóvil blanco. Y golpeó.

Un estallido irrumpió en toda la mansión, haciendo vibrar hasta los cimientos. Partes del techo del entrepiso que habían permanecido durante la batalla se desmoronaron, el polvo del aire se dispersó en una fracción de tiempo.

Lohe cayó al piso, totalmente exhausta. Le dolía cada músculo y articulación de su cuerpo, y el casco le impedía respirar. Hizo un gran esfuerzo quitarlo y levantar la vista, hasta que lo logró. Kad ya no estaba, y El Preludio ya no sonaba. En su lugar sólo había un compendio diseminado de órganos extraños, sangre y piedras. Finalmente estaba hecho.

PARTE 14: DETRÁS DE UNA CORTINA DE HUMO

Carl Fisher se encontraba confundido y cabizbajo. Tiró suavemente la cabeza hacia atrás mientras dejaba salir el humo del habano por la boca, formando figuras en el aire frente a él. Sentarse a fumar uno de sus *Cohiba Pirámide* en la oscuridad lo ayudaba a relajarse y pensar. No había dormido en toda la noche meditando sobre lo que había sucedido desde la llegada de Perius a su oficina. Esa oficina que ahora le repugnaba, lugar donde fue obligado a bajar la cabeza en primer lugar, y por eso se había mudado temporalmente al subsuelo de la comandancia. Su nueva e improvisada oficina sin ventanas era ideal para poder sentarse a pensar en la penumbra en algo que lo saque del embrollo en que se había metido. Apenas una lámpara en un rincón y la punta de su cigarro emitían luz en ese sitio. Un ligero zumbido se oía desde la pared a sus espaldas, del otro lado varias decenas de computadoras controlaban el tráfico de la base. Ese zumbido era un recordatorio firme de lo pronto que avanzaban las cosas, de cómo el miedo a sentirse superfluo le pisaba ferozmente los talones. En realidad sabía que nunca prescindirían de quien esté en el puesto de comandante, pero hay una enorme diferencia entre quien decide que hacer, y quien sólo firma debajo de una hoja entregada por una máquina. Y la operación que tenía ahora entre sus manos era curiosamente similar. Ésta vez no tuvo más opción que firmar debajo, pero la hoja venía de la mano de un ser increíblemente peligroso.

Ya estaba todo en marcha. Por un momento odió la parte de sí mismo que planificaba a favor del monstruo en lugar de rebelarse, pero ya era tarde y sabía que no tenía alternativa. Un submarino nuclear esperaba sus órdenes, e Inteligencia ya estaba trazando un plan para servir como cortina de humo a la operación. Y hasta ahí llegaba su rol, y no pensaba mover un dedo más.

Apretó los puños mientras se reprendía por mentirse a sí mismo. Tenía claro que esto no terminaría ahí, era solamente el inicio de las calamidades. No veía escape. Si desaparecía de escena debería de pasar a la clandestinidad total, pero tendría a la mitad del ejército buscándolo para juzgarlo. Si daba un paso al costado, alguien más descubriría la farsa y sería condenado. La única salida estaba al frente, en la boca del abismo. A menos que se rebelara, y se convierta en el héroe de la historia.

El hilo de sus pensamientos quedó cortado por el sonido penetrante del teléfono. Casi agradeció ese evento que lo sacó del horrible lugar que era ahora su cabeza.

_Fisher aquí.

_General, la presentación está lista. El señor Perius ya está presente.

_...Voy enseguida.

Apagó con desgano el habano sobre un modesto cenicero de vidrio, tomó su gorra de arriba del escritorio y se puso de pie para salir. Afuera del habitáculo dos soldados de mirada perdida aguardaban. Se dieron vuelta a un ritmo inusual y casi torpe, saludando.

_¿Señor, desea que lo escoltemos?

_No, gracias soldado.

_Pero señor...el Señor Perius nos ha ordenado que lo acompañemos en todo momento.

Fisher se estaba hartando de ese jueguito. _Dígame...Bobland, ese Perius ¿tiene rango militar?

_N-no, no que yo sepa señor.

_¿Es el Presidente?

_No lo es.

_ ¿Puede entonces darle órdenes? -El soldado Bobland se quedó mudo, totalmente enroscado en su confusión interna.

_Yo soy su General, y le ordeno que se quede aquí junto con su compañero guardando mi oficina. ¿Entendido?

159

Ninguno de ambos dijo una palabra mientras Fisher dio la vuelta para marcharse. No alcanzó a dar tres pasos que escuchó que lo éstos lo seguían. Es inútil, pensó. De verdad no pueden resistirse. Y continuó la marcha con su obligada escolta.

Un centenar de metros más adelante sobre el mismo subsuelo, Inteligencia se encontraba revolucionada por la finalización de los últimos detalles del plan. Una veintena de hombres iban y venían con carpetas de fotografías y tabletas digitales, tecleando en sus computadoras o haciendo llamadas telefónicas. En el medio del salón una enorme mesa ovalada dominaba la escena, conjuntamente a una pantalla de gran tamaño que colgaba frente a ella, similar pero mayor a otra que se encontraba empotrada en la mesa. En una de sus puntas, un calmado caballero a la antigua estaba sentado con su pipa entre los dedos, mientras sostenía suavemente su fino y hermosamente decorado bastón. Detrás de él cuatro soldados bien armados aguardaban con la mente en blanco, dispuestos a cumplir los deseos del importante Señor, pero más que nada como ligera demostración de poder ante el General que acababa de llegar.

Algunos oficiales, los más cercanos a la puerta saludaron firmes a Fisher, mientras él y su escolta atravesaban el salón.

Un hombre se adelantó, y le extendió su mano luego del saludo reglamentario. _General Fisher, un placer tenerlo aquí. Tome asiento por favor.- Hendrich le señaló un cómodo sillón tapizado en cuero negro en la punta contraria a la de Perius.

A Carl Fisher le llamó poderosamente la atención que Thomas Hendrich hablaba y actuaba con normalidad mientras todo el resto de la base estaba influenciada por la bestia. El Jefe de Inteligencia Hendrich era un hombre alto, moreno, de rasgos cuadrados y mentón sobresaliente. Tenía en el costado del cuello una pequeña cicatriz, provocada por algún elemento cortante. Sus ojos negros inspiraban tranquilidad debajo de sus finas cejas. Su personalidad era enérgica, e irradiaba vitalidad e inteligencia.

_Gracias Hendrich... ¿se siente bien?

_Perfectamente señor.

_En ese caso después de la presentación quisiera cruzar unas palabras con usted.- Fisher lo apuntó con su dedo índice.

_Seguramente, no hay problema.- Replicó, con un inalterable aire de profesionalismo.

Hendrich gritó unas órdenes y se sentó en su lugar a la derecha del General. Una docena de oficiales dejaron sus informes sobre la mesa ovalada para tomar asiento inmediatamente después.

El Jefe de Inteligencia de la base hizo un leve gesto con la mano, y las luces del salón bajaron de intensidad. Ambas pantallas se encendieron, mostrando un mapa de Italia y la otra uno de la isla de Manhattan.

_Bien General, caballeros presentes, Señor Perius, sean bienvenidos a Inteligencia. Hemos trabajado a contratiempo dadas las circunstancias pero a buen ritmo. Desde ya presento mis felicitaciones al personal a mi cargo. La operación *Bullseye* –Diana– está catalogada como Clase S y es altamente confidencial, da comienzo hoy mismo, 26 de octubre. Solamente las personas presentes, el Almirante Sherman Longcastle y el Secretario Thomas Hicks que han dado su consentimiento expreso, representamos los únicos con acceso total a la misma. Sin mayores introducciones comenzaré. *Bullseye* estará compuesta en tres fases. La primera ya se encuentra en marcha. El USS *Poseidon* se encuentra armado y listo para ejecutar, con soporte visual desde el satélite *Compass III*. El *Poseidon* lanzará una ojiva nuclear táctica sobre 44° 31' 10" Norte, 9° 3' 55" Este. El número de víctimas humanas por impacto directo será de cero, mientras que dentro del área afectada por la radiación residual el número calculado de humanos afectados será aproximadamente dos mil hasta que las tareas de evacuación se completen. Víctimas mortales dentro de las afectadas por radiación se estiman menores a las trecientas siempre que la evacuación se inicie de inmediato. -la voz de Hendrich no se inmutó al mencionar los números- Se desconoce la cantidad de blancos no-humanos en la zona, pero es de esperarse que superen las mil quinientas, con una tasa de supervivencia menor al 1%. -sobre el monitor empotrado en la mesa, el gráfico de un área enrojecida se propagaba sobre una porción del mapa, mientras que otra zona de coloración verde mostraba los efectos esperados del viento llevando la radiación- Finalizado el ataque, se da comienzo a la segunda fase. Dickson, si es tan amable. -se dirigió a un hombre calvo sentado frente a él, que se puso de pie. El militar parecía una bola de nervios. Sus pómulos saltones, normalmente colorados, estaban pálidos. Sus manos no dejaban de temblar mientras sujetaban a duras penas un manojo de notas. Su mirada, vacía de contenido, no lograba fijarse en ningún sitio en particular. _Caballeros...la segunda fase ha sido bautizada *Decoy* -Señuelo-.

El tono de su voz revelaba algo anormal, al igual que las pausas imperceptibles entre palabra y palabra. _Durante esta fase que comenzará a las 0600 horas de mañana...ya se encuentra afectada la...unidad del Sargento Pérez y sus hombres para tomar posición en la zona cero en cuanto la mayor cantidad de radiación se disipe. Llevarán consigo muestras de uranio enriquecido proveniente de...Erongo, Namibia. -leía cuidadosamente las anotaciones en su mano-...donde tienen órdenes de plantarla como

163

evidencia para...desligar el ataque con misil de la marina norteamericana. Los registros del uranio...ya han sido borrados para que no puedan ser relacionados de alguna forma con nosotros. –se tomó una pausa larga para continuar, mientras ojeaba sus notas– Pérez ha sido instruido además para acordonar la zona, impedir el paso de civiles y militares, e impedir análisis por parte de la Unión Europea durante catorce días. Suponemos que...podremos reemplazar su unidad una vez que se autorice el envío de masivo tropas en alrededor en dos semanas más. Al mismo tiempo una unidad especializada será enviada a la isla de Manhattan, donde hallarán en estas coordenadas... –Ambas pantallas intercambiaron contenido. El mapa de la isla quedó presente sobre la mesa, con un pequeño punto azul sobre este.–...una célula de *Al-Qaeda* de baja prioridad. El...día 31 se eliminarán a los blancos que allí habiten, y se plantará un contenedor con uranio de la misma procedencia que el anterior, conjuntamente con...planos e información digitalizada para la operación de arsenal nuclear. – Dickson dio vuelta la hoja con lentitud– Cinco horas posteriores al ataque, se informará a la prensa a través de una conferencia en Casa Blanca sobre la desactivación exitosa de...una operación terrorista que procuraba la destrucción de una vasta porción de la ciudad por parte de... –Respiró pesadamente un par de veces– una nueva organización ampliamente extendida por el mundo entero. Los detalles sobre esta nueva organización serán vagos a propósito, liberando infor...mación al respecto con el correr de los meses. Primeramente solo...se mencionará que se trata de un grupo con fuerte financiamiento de extremistas religiosos, que buscan el fin del modo de vida occidental a través de...tácticas de terror y el uso de armas de destrucción masiva, bajo el nombre de *"Al-Jannatu"*, cuya traducción aproximada es..."El Paraíso". –dio vuelta otra hoja, y se quedó mirándola con atención en silencio–

_Dickson, continúe por favor. –apuró Hendrich.

_Sí... *Al-Jannatu* será clasificado como Peligrosidad Máxima, y servirá como chivo expiatorio para realizar maniobras militares en cualquier sitio del globo. A partir de la fecha hasta...el período de un año, se fabricarán tres desactivaciones de células que se darán a conocer al público, y en adelante el ritmo de aparición de células será esporádico y dependerá de... –se detuvo a leer las palabras exactas.– la necesidad política del momento.

Fisher ya no pudo quedarse sentado y quieto. _Este plan hace agua por todos lados, es demasiado osado, ¡deja muchos cabos sueltos! ¿Cómo puede construirse de la nada una organización falsa como esa, de la cual Estados Unidos jamás mencionó nada al respecto a la comunidad internacional? Es casi idiota.

Hendrich dejó los papeles que tenía en su mano y carraspeó antes de hablar. _En realidad no proviene de la "nada", General. Estamos basando el comportamiento y composición de esta nueva organización en *Al-Qaeda*, renombrándola y dándole más atribuciones, quizás, pero no está surgida del aire, si a eso se refiere. Le aseguro que los profesionales que me han acompañado en el armado de este plan son de los más capaces y mejor entrenados del mundo. El plan es sólido. Y en caso de que se encuentre alguna falla menor, será resuelta con celeridad.

_Veamos entonces, Hendrich. ¿De dónde obtienen fondos? ¿Dónde estuvieron escondidos de la mirada de las principales potencias todo este tiempo? ¿Por qué no siguen atacando blancos en otros sitios?

_Por partes, por favor. Diremos que la principal entrada de capital proviene de la venta ilegal de armamento en África central y el sudeste asiático. No hay forma de debatir ese punto ya que no existe registro indiscutible sobre tráfico de armas, sólo conjeturas. Sobre lo siguiente, estuvieron ocultos bajo el paraguas de gobiernos no alineados y mejor aún, escondiéndose como si fuesen parte de otras organizaciones terroristas. De allí su peligrosidad, pueden estar en cualquier parte en cualquier momento. Sobre la última cuestión, no siguen atacando porque los hemos descubierto e infiltrado, es por ello que se encuentran detenidos hasta determinar qué sucedió. Es probable que necesitemos dejar pasar otro ataque para reforzar la idea de su poderío.

_Ya habla como si existiesen de verdad.

_A efectos prácticos, existen. Provocan terror. A efectos teóricos, son una herramienta.

Fisher dejó salir el aire que conservaba en sus pulmones, y con él su deseo de seguir cuestionando.

_Es probable que se pregunte qué medidas tomaremos contra ellos. Ya tenemos eso cubierto. Ashton, adelante por favor.

Ésta vez Ashton se puso de pie para hablarles a todos. Ashton era joven para su cargo, pero su capacidad analítica (y algunos favores políticos) le valieron para llegar a ser la mano derecha de Hendrich. No se notaba nada inusual en él, al igual que con su jefe directo. Fisher levantó fuertes sospechas. Hay aristas de la situación de las que no conocía nada y que merecían su preocupación inmediata. Sin dudas debía hablar con Hendrich e intentar sacarle la mayor cantidad de información a ese zorro.

Henry Ashton, de tez amarillenta, ojos marrones y miembros largos, se frenó antes de comenzar, al notar que Dickson continuaba parado en su sitio sin moverse. Hendrich intervino. _Dickson, tome asiento para que Ashton pueda empezar.

Una voz grave, llena de poder, se escuchó desde una de las puntas de la mesa. _¿Hay algo más que quieras decirnos, Roy? –Perius se dirigió hacia Dickson que de pronto reaccionó.

_Sí, yo...no me gusta este plan. No me...g-gusta.

_No te preocupes Roy, todo saldrá bien. Toma asiento si eres tan amable. Henry, continúa por favor. –Dickson se sentó inmediatamente, y Ashton comenzó.

_Señores, la última fase de la operación fue denominada *Liberty Wings* –Alas de libertad–, y será la base de la política exterior norteamericana en el próximo cuarto de siglo si todo es como esperamos. En primer lugar haremos un llamado a una reunión extraordinaria de OTAN –Organización del Tratado del Atlántico Norte– más NPV –Nuevo Pacto de Varsovia– en vista de la nueva amenaza. En ella plantearemos el nuevo esquema para detectar y destruir a *Al-Jannatu*, una tarea que requerirá un comando firme y decidido de las fuerzas unificadas de todos los aliados, bajo órdenes del ejército de Estados Unidos, la fuerza más preparada y en capacidad de hacerlo. –Ashton se aclaró la garganta– Los nuevos lineamientos incluirán un aumento en el presupuesto militar, destinado a la modernización del equipamiento ordinario y del de inteligencia. Plantearemos las bondades de nuestro sistema recientemente desarrollado, el OPTER 12, para ser el estándar de ambas organizaciones. Dudamos que Reino Unido acate al 12 ya que tienen uno similar en potencia y prestaciones, más que nada e–

_Ashton, esos detalles no son vitales en este momento. –Interrumpió Hendrich.

_Por supuesto, mis disculpas señor. –pasó con el dedo un par de páginas en su tableta, y prosiguió– Se espera que los aliados adquieran nuestra tecnología, lo que ayudará a la financiación de los gastos fruto de la operación. Se exigirá también el cumplimiento de las siguientes medidas: Cierre por ciento veinte días de aeropuertos internacionales, duplicar el personal fronterizo en cada país, pasar puertos y aeropuertos a jurisdicción militar inmediatamente, por tiempo indeterminado. Esas tres medidas deberán ser acatadas en su totalidad. A su vez, interinamente, incrementaremos el personal actual para el control de la frontera con México y Canadá, y pasarán ambas a jurisdicción puramente militar en el lapso de doce meses. Se pedirá al Congreso el aumento de personal para bases europeas en un 100% como objetivo primario, y en un 50% en Medio Oriente y Asia.

Fisher, que había estado tamborileando los dedos contra la mesa, levantó la voz, mirando fijamente a Ashton.
_¿Entiende que pretende militarizar un continente entero con nuestras tropas, verdad?

_Yo...sí, así es.

_ ¿De dónde saldrán los fondos para semejante aumento de presupuesto?

Ashton bajó la vista. _Probablemente haga falta la creación de un impuesto especial y reasignación a Seguridad Nacional. Dado el escenario planteado no debía ser difícil presionar al Congreso para eso.

_Esas son patrañas, no hay forma de sostener ese gasto en el tiempo previsto. Simplemente no se puede, se hundirá bajo su propio peso. –Habló con cansancio en su voz, mientras se quitaba la traspiración de su frente.

Hendrich miró de reojo a Perius, que seguía en su asiento, con las piernas cruzadas y escuchando con atención. Éste le devolvió la mirada, y con una sonrisa contestó su tácita pregunta. _Thomas, puedes explicarle al General como obtendremos los fondos.

Hendrich miró de soslayo a todas las personas presentes, y declaró. _El final de la operación *Bullseye*...se extiende más allá de lo que se ha mencionado hasta el momento. Pretendemos que Europa, América y Cercano Oriente, queden bajo protección norteamericana, y que sus asuntos económicos, políticos y de seguridad pasen por Washington. En definitiva, la operación a futuro se solventará con dinero proveniente de nuestros protegidos.

_No lo puedo creer, quiere chantajear al mundo. –se lamentó Fisher– Está loco, Perius.

Perius rió por lo bajo. _De nuevo le repito, ¿piensa que no podré lograrlo?

_Todo el plan está comprometido, corre peligro de ser descubierto a cada momento. Incluso los... *suyos* sabrán que es mentira.

_Pues cada dificultad que haya, me encargaré de resolverla. Carl, he venido con soluciones, no problemas. Me gusta el plan que han pensado, muchachos. –dijo dirigiéndose a todos– Los felicito. Personalmente cambiaría algunos detalles, pero habrá tiempo para ello. Estoy ansioso por comenzar, ¿cuál es la situación Thomas?

_Fuerzas armadas de origen desconocido se acercan a las coordenadas. –echó un vistazo a su reloj, cuyo cronómetro corría– Tiempo estimado de arribo en tres minutos.

_Excelente, entonces está todo preparado. –cerró la frase con una amplia sonrisa, mientras jugaba con su bastón– Carl, ¿estás dispuesto a continuar entonces? Se necesita tu orden.

Fisher pareció reducirse de tamaño encajado en su ahora enorme sillón. Estaba acorralado, era el momento de decidir su futuro inmediato, si acaso decidía seguir al monstruo y que pese en su conciencia para siempre, o si rebelarse y terminar con su cerebro lavado. Le sorprendió que su instinto de conservación quedase en segundo plano ante la idea de que quizás sufrieran su esposa y su hija. No, el camino era uno sólo. Siempre fue uno sólo.

_Autorización concedida, puede ejecutar *Bullseye*. –Las gotas de transpiración no dejaban de caer sobre su cara.

Hendrich asintió con la cabeza, y un operario a pocos metros de la mesa de reuniones tecleó el código completo encriptado hacia el *Poseidon*.

PARTE 15: EN UN CASTILLO DE NAIPES

Vogel Drescher levantó la mirada lleno de súbito pánico. No podía estar pasando, él había sido advertido, él era más listo que los demás. ¿Cómo había fallado su mano de cuatro ases? Salió corriendo a los tropezones por los escalones de frío mármol hacia el interior, buscando desesperadamente más tiempo para pensar. Adentro, el Palacio parecía un hormiguero pateado por un infante. Decenas de sombras se apostaban en sus sitios, no del todo preparados para un ataque con apoyo aéreo. Una mujer de negro empujó a Drescher con fuerza hacia un costado, y le lanzó varios insultos antes de continuar su apresurado camino hacia afuera. Un enorme estallido se oyó peligrosamente cerca, haciendo volar los cristales de las ventanas por todos lados. Algunos cayeron sobre él, provocándole una herida superficial en la mano izquierda. Observó una solitaria gota carmesí brotar y caer al suelo en silencio. Otra explosión ensordecedora lo devolvió a la realidad. Se volteó para observar hacia el frente del Palacio. No le gustó lo que vio. Algunas tropas de "Amenaza" -como se referían a las tropas de León-, uniformadas de azul, negro y enormes armas de aleación habían entrado. En el fondo, algunos helicópteros revoloteaban, disparando plomo encendido hacia el piso superior. Los Leones alados habían llegado.

Si siquiera una ráfaga lo alcanzaba, sería el fin. Su boca seca y la transpiración que le corría por la espalda lo incomodaban terriblemente, luchaba consigo mismo para mantenerse concentrado. Tenía que ponerse a salvo de alguna forma. Comenzó a indagar frenéticamente a su alrededor para encontrar una idea salvadora, pero lo único que llamó su atención era una escalera hacia un piso inferior que terminaba en un oscuro pasillo. Se aseguró de que no hubiese ningún atacante tras él, y se deslizó torpemente hacia allá. El pasillo le pareció el Limbo en comparación, carente de movimiento y penurias. Evidentemente no tenía importancia táctica para nadie, al menos por el momento. Vio una pequeña ventana semi destruida a un costado, ligeramente por encima de la línea de su cabeza. Analizó las posibilidades de seguir por su camino, salir por la pequeña apertura, intentar ir al piso superior o la de quedarse ahí. Necesitaba alguna certeza, aunque sea mínima. Se fijó nuevamente en la ventana para ver si cabía, y se trepó para observar. Cualquier dato que pudiese tener es mejor que la ignorancia, se decía para convencerse. La negrura del bosque nevado se entrecortaba por el movimiento de tropas que descendía de los helicópteros, procurando rodear todo el edificio. La ruta del bosque era la mejor que tenía y era peligrosa.

Algo capturó su atención. Había algo más, esperando agazapado en el follaje. Un espanto grisáceo se desplazó de pronto a gran velocidad hacia la columna de soldados. Las armas de fuego gritaron al unísono, sin lograr contenerlo. El gigante espectro se movía entre los árboles arrancando madera y carne por igual a su paso. Las centelleantes luces de las bombas revelaban de a instantes su cruel naturaleza. Era una bestia de seis extremidades, cada una con tres o más articulaciones, con lo que parecía ser una poderosa coraza de escamas cubriéndolo por completo. En su cabeza brillaban cuatro ojos y al menos un centenar de dientes dentro de sus enormes y fantasmales fauces. Drescher nunca había visto al Señor Chandresh tan enfocado en sus instintos primordiales como para destapar una criatura así desde los confines de su mente y su cuerpo. Su estómago no resistió demasiado tiempo la matanza frente a sus ojos, así que saltó de nuevo al suelo. La última escena le dio esperanza sin embargo. Chandresh había hecho caer uno de los helicópteros de un zarpazo y dispersado a los sobrevivientes, por lo que al menos la parte posterior del Palacio no sería un infierno de tropas cuando llegara ahí, ¡era el lugar hacia donde escapar!

Continuó trotando por el antiguo pasaje de lustrosas piedras, atacado continuamente por los sonidos de la guerra y los alaridos desgarradores. El pasillo doblaba, y terminaba en un salón con enigmáticos pisos de cerámicas negras y blancas, columnas descomunales, una penumbral belleza de refinado gusto. Ni un alma a la vista en ninguna parte...no podía ser tan sencillo. Se dejó engañar por una sensación de vacía victoria. ¿Y si simplemente echaba a correr a toda velocidad por la parte posterior? ¿Quién se fijaría en él, un sólo hombre escapando lejos del conflicto? Aceleró, ésta vez con una amplia sonrisa en la boca, mientras sujetaba su sombrero. Levantó con esfuerzo la tabla de madera que aseguraba las anchas puertas dobles de roble y hierro, y la arrojó a un lado. Abrió una de las puertas haciendo mucho ruido, y asomó su cabeza hacia afuera. Lo recibieron una corriente de aire helado contra sus sienes, la oscuridad de la noche y unos inmaculados copos de nieve.

Jadeó un par de veces, más convencido aún de su suerte e ingenio. Dio apenas un paso cuando un dolor punzante le apretó su brazo derecho, al momento en que lo aturdía un eco sordo. Un torrente de sangre manchó sus ropas y se precipitó hacia abajo. Se observó la herida, y entendió instantáneamente que había sido una munición explosiva. La confusión sublimó con velocidad. Un segundo proyectil impactó contra la puerta a centímetros de su cabeza, mandando esquirlas en todas direcciones y su fiel sombrero lejos de la salvación. Saltó hacia atrás cayendo al piso, sintiéndose traicionado por su austera suerte, sintiendo el ardor de sus nuevas heridas en la frente. Se revisó el brazo lastimado con el tacto, que estaba en malas condiciones, pero unido a él por lo pronto. En medio de la cruel angustia, recordó fugazmente el rostro de Isabella, sus labios eternamente rosas, sus profundos e inocentes ojos miel. Deseó intensamente estar de nuevo en su cálido refugio, desnudar y abrazar a su querida Isabella. Ese pensamiento fue interrumpido por un gran amasijo de emociones, ¿sentía algo *real* por ella? Se sorprendió mucho a sí mismo. Afuera, en el frío invernal, se escuchaban voces cada vez más cercanas. Los tiradores iban a entrar en breve. No había tiempo para estupideces. Se puso de pie envuelto en dolor, y corrió inclinado por otro pasillo, hacia el interior del castillo de naipes una vez más.

Charles Dipson y MacOwen se pusieron de pie inmediatamente al escuchar la alarma proveniente de la planta inferior. Se miraron sin decir una palabra, y se dispusieron a recoger sus pertenencias lo antes posible. Salieron de la habitación, para encontrarse con la silenciosa sombra aún entonando una triste melodía en el piano. Afuera, las primeras explosiones sacudían la melancólica atmósfera.

_Señorita Syra, el enemigo está a nuestras puertas, debemos hacerle frente. –Anticipó Dipson con urgencia.

_Está en trance, no escucha. No podemos darnos el lujo de perder el tiempo aquí, hay que salir a enfrentar la Amenaza. –Secundó MacOwen, mientras alistaba su opacada espada.

Atravesaron el cuarto, pero interrumpieron su marcha al escuchar una nota horrible y desafinada del piano. Voltearon, para encontrar a Syra totalmente inmóvil. Por primera vez posó sus ojos sobre ellos. _ ¡Hay que huir! ¡Todos vamos a morir aquí!

_ ¿De qué está hablando, se ha- Dipson no pudo completar la frase.

_Finalmente puedo ver a través del velo -soltó con relativa calma- seremos atacados con un arma terrible, y debemos escapar. No contamos con más de dos o tres minutos.

_¿Un arma terrible? ¿No podemos hacerle frente? - MacOwen se resistía a la idea de abandonar la lucha.

_De ninguna forma. -expresó la sombra mientras saltaba por arriba del mobiliario- Pretendo ponerme a salvo en las catacumbas del Palacio, es la única chance si es que cuento con una.

MacOwen se asomó para observar qué ocurría abajo. _No estamos pudiendo repelerlos por lo visto, si vamos a las catacumbas tendremos que ir juntos. Yo iré al frente. En otras circunstancias no hubiese pretendido ponerla en peligro, señorita Syra, pero entiendo que su habilidad nos puede sacar del apuro. Usted irá detrás. Charles, síguenos a una distancia segura, pero no nos pierdas el ritmo, quizás no podamos volver.

_Estoy de acuerdo. –soltó Syra.

Dipson resumió su aceptación asintiendo con la cabeza, al tiempo que se persignaba.

_Ahora. –MacOwen cargó con celeridad hacia afuera, persignándose con una mano y sosteniendo su arma con la otra, mientras bajaban las majestuosas escalinatas.

Por uno de los costados, media docena de soldados ganaban territorio al interior del Palacio. En el suelo yacían montones de escombros, vidrios y restos biológicos indescifrables. Se distrajeron momentáneamente ante la aparición de una sombra que había permanecido escondida simulando ser una porción del techo. Se precipitó hacia los guerreros con un machete en cada mano, cercenando las cabezas de dos de ellos y la pierna de un tercero. Los restantes abrieron fuego, fallando cada descarga. La sombra se había convertido en un charco de espesa sangre, para retomar forma humanoide detrás del soldado que permanecía doblado de dolor por la pérdida de un miembro.

MacOwen a su vez saltó por detrás de uno de ellos, enterrando su acero en el torso de un desafortunado recluta, al tiempo que Syra se deslizaba en forma casi liquida a espaldas de los otros dos, dándoles muerte enterrando sus afiladas y anormalmente largas uñas en sus gargantas. La misteriosa sombra recreó sus piernas completas y continuó marcha hacia el exterior, donde las

179

explosiones se repetían sin cesar, y otro grupo de Amenaza, más numeroso, enfilaba en su dirección.

_Continuemos. –dijo Syra dirigiéndose por un ancho pasillo. Los dos hombres la siguieron. Desembocaron en un amplio salón con grandes ventanales y columnas al estilo griego antiguo.

_Parece no haber resistencia por esta ala. –acotó Dipson jadeando pesadamente.

_No te confíes, Charles. Ojos siempre abiertos.

Echaron a correr hasta que Syra los sorprendió con un grito repentino. _¡Alto! ¡Al suelo! –Echó una mirada hacia el exterior mientras se arrojaba al piso y se achataba de forma casi imposible. El murmullo incesante de turbinas y aspas se incrementó bruscamente, anunciando la llegada de un imponente helicóptero de combate. Éste maniobró bajo y dio media vuelta, desparramando municiones a diestra y siniestra, demoliendo concreto y vidrio por igual. Varias municiones se clavaron en el pecho de MacOwen que había dado un valiente paso al frente, despidiéndolo contra la pared y dejando una estela roja y viscosa en su camino. El helicóptero completó el círculo, y emprendió vuelo hacia arriba nuevamente, para intentar esquivar a un dúo de sombras que habían saltado sobre éste. Por unos instantes, sólo el polvo de piedra, el olor a sangre quemada y el rugido de los motores perturbó la cruenta escena

Syra observó los desechos de MacOwen, imperturbable.
_Es lamentable, pero debemos continuar. –ordenó.

_Momento, por favor, ¡necesita tiempo para reponerse! –
Pidió Dipson.

El aturdido irlandés recobró el conocimiento mientras sus
heridas cerraban milagrosamente, dejando a sus ropas
como únicos presentes del ataque recibido. _Ya
estoy...casi listo. –MacOwen habló con dificultad mientras
se paraba lentamente y recobraba su espada. Atravesaron
el salón para internarse en un angosto pasillo. Se
detuvieron nuevamente, ésta vez al escuchar fuertes e
irregulares pasos. MacOwen hizo un gesto de silencio con
el dedo, y esperaron mientras los pasos se hacían más
cercanos. De la otra punta del pasillo emergió una figura,
vestida de blanco y manchada de sangre. Drescher miró al
trío como quien es testigo de una aparición y lanzó un
corto grito.

_¡Drescher! ¿Cómo llegó aquí? –preguntó genuinamente
sorprendido Dipson, desde atrás.

_Yo...estuve en la pelea, recibí un disparo. –se detuvo a
recuperar el aliento– Luego me perdí, no puedo volver
allá, ¡estoy muy herido!

_No perdamos más tiempo, quizás tengamos segundos. –
apresuró Syra.

_ ¿Dónde se dirigen? ¿Puedo acompañarlos?

_A las catacumbas. Quédate con Charles y no te separes de él. -el tono imperativo de MacOwen se tornaba urgente.

Corrieron por otro pasillo, plagado de puertas a izquierda y derecha. Syra abrió de un portazo las últimas tres antes de dar con la correcta. _Aquí.

Entraron en una pequeña habitación de servicio. El cuarto estaba completamente a oscuras, la leve luz revelaba poco de su interior. En el centro, apenas se dejaba ver una puerta trampa de vieja madera. _No sé a qué parte da esta entrada, pero no podemos buscar otra. -Explicó la sombra, mientras levantaba la tapa, que protestó con un chirrido.

Dipson y Drescher bajaron primero por una corroída escalerilla de hierro, seguidos de Syra y MacOwen, que cerró tras de sí. Una huraña bombilla eléctrica brillaba en el medio del gris sótano, activada por un antiguo interruptor en la entrada. Unas pobres estanterías con cajas viejas poblaban las descoloridas paredes. Al fondo, una pesada puerta de metal permanecía imperturbable entre el baile de luces y sombras que la bombilla, colgando de su cable, provocaba a su alrededor. La percepción del tiempo parecía diferente debajo de la tierra, los segundos se estiraban como goma elástica. Syra permaneció inmóvil de cara a la puerta, nuevamente en trance, mientras los demás revisaban el lugar. Pasaron unos instantes que se sintieron eternos, antes de que hablara. _No es seguro aquí tampoco, hay que seguir.

_ ¿Qué es lo que ve? No entiendo. - espetó Drescher.

_Veo fuego...abrasador.

La respuesta disgustó enormemente a Drescher._ ¿Tiene salida esa puerta? Hay que revisar.

Dipson se acercó a la oxidada puerta, y luego de dos intentos logró abrirla. Un nuevo pasillo se presentó ante ellos, en sentido descendente hacia la negrura total. Solamente el primer tramo estaba cubierto por adoquín, mientras que el resto estaba conformado por la roca desnuda. Cuatro antorchas colgaban de las paredes, tres de las cuales tenían su madera podrida, deshaciéndose al tomarlas. Solamente una, en su precariedad, estaba en condiciones de usarse. Dipson extrajo un paquete de fósforos de su bolso, cortó su manga para atarla en un extremo y la encendió con cuidado. Un sinfín de roca marrón los esperaba debajo.

_Avancemos, pero no bajen la guardia. –advirtió MacOwen.

En la superficie, la lucha era encarnizada, decenas y decenas de cuerpos yacían inertes en el suelo. Los invasores continuaban avanzando sobre los despojos, hacia el interior del Palacio, mientras los sobrevivientes de

Cresta se acuartelaban lo mejor posible ante el arrollador ataque. No muy lejos de ahí, el voraz océano se abría. Las olas chocaban incesantemente contra las paredes del navío iluminadas por la luz selenita, sin perturbarlo en absoluto. Una compuerta mecánica se desplegó, y el fuego y el humo flotaron momentáneamente sobre las aguas.

Así, el Martillo de los Dioses ascendió en todo su esplendor, surgido de las profundidades del mar, dejando detrás de sí una estela de grandeza y marchita corrupción. Surcó los cielos negros con velocidad y certeza, sobrevolando cielo y tierra. Formó un arco perfecto, para descender sobre Aegis, el Palacio de la Decadencia Eterna.

Durante un breve instante, el silencio se hizo emperador absoluto, dejando como su heredero el caos, en su expresión más pura y elemental. La tierra, arrasada, ardió como nunca antes, convirtiéndose en segundos en un páramo horripilante, coronado por un imponente hongo nuclear que negó toda vida a sus pies.

PARTE 16: EL REGALO

El polvo se iba asentando lentamente sobre el destruido mobiliario en la desafortunada mansión barcelonesa, improvisado campo de batalla de la más difícil misión de *Speerspitze*. Afuera, en el jardín, los sonidos de la noche usurpaban de a poco el lugar. Fender se quitó su casco y lo tiró a su lado, cansado física y mentalmente. Tenía los ojos azules y fatigados, cabello rubio muy corto y transpirado que rodeaba su redondeada cabeza, su boca, ancha y sin matiz, era coronada por una nariz recta de proporciones casi perfectas, prácticamente idénticas a las de sus hermanas. Hizo un rápido paneo a sus alrededores. La negrura de la noche ya había colmado la casona, y en el interior se veía sólo por la reflexión de las luces de la ciudad y las luminarias del parque. Su sentido del olfato estaba totalmente saturado por el olor a muerte que lo permeaba todo. Deseó salir de allí cuanto antes. Restaban solamente dos cosas, evaluar el estado del grupo, confirmar el deceso del blanco y podría largarse. Exhaló el siniestro aire que quedaba en sus pulmones mientras caminaba rabiosamente de aquí para allá, cerró los ojos y se recompensó a sí mismo con diez segundos para relajarse y para que su cuerpo reabsorba los torrentes de adrenalina que su ahora deshecho traje blindado había liberado en su sangre. Se colgó el rifle al hombro, e intentó aflojar sus nudillos, que se afirmaban a la empuñadura como las mandíbulas de un cocodrilo a su presa. Inhaló un par de veces cerca del destruido ventanal, recogiendo el suave aroma de las flores pisoteadas, y volvió al interior. Tenía cosas de las que ocuparse. Caminó hasta el lugar donde el Akkadio había estado hasta hace un momento, intentó encender la luz pero sin lograrlo, por lo que apuntó con su linterna y chequeó los restos. Trozos indistinguibles de hueso, carne y líquido rojo atestaban el piso, las paredes y lo que quedaba de los muebles. Todo estaba cubierto por una fina capa de polvo y pequeños trozos de cemento y ladrillo. El golpe realmente había sido fatal. Sintió una mezcla de alivio y orgullo por su hermana. Por ambas en realidad, y por el también, todo el equipo. Se volvió sobre sus pasos, linterna en mano. La siguiente prioridad era evaluar el estado de *Speerspitze* y de *Iluminieren*, y salir cuanto antes. Comenzó por Konnex, que se encontraba en posición fetal contra un rincón, afectada aún por el estrés mental de haber taladrado el subconsciente del Akkadio. Le quitó el casco con cuidado. Las lágrimas caían sin cesar sobre sus mejillas suaves y coloreadas, y sus labios, finos y tersos, susurraban la palabra "desesperanza" una y otra vez. No iba a salir del shock por al menos varios minutos más. Le daría dos minutos, no más, luego le aplicaría una inyección calmante si fuese necesario. Acarició sus cortos cabellos cubiertos de sudor antes de seguir. Se fijó en Lohe, que todavía intentaba recobrar su aliento arrodillada en el piso. Los músculos de su brazo derecho estaban retorcidos y desgarrados por la tremenda fuerza aplicada en su último golpe. Se arrodilló junto a ella y sanó nuevamente sus heridas.

_¿Estás bien pequeña? –preguntó Fender en voz baja, en alemán.

_Si...si...dame un momento. –la respiración de Lohe era pesada y pausada.

_Voy a ver a nuestros compañeros, no creo vuelva con buenas noticias.

Pasó de largo al lado del desdichado sin cabeza, y revisó el pulso de otro. Nada. Avanzó unos metros más, hasta donde estaban los últimos dos. Los cuerpos de ambos estaban en un estado lamentable, ningún esfuerzo los devolvería entre los vivos. Tomó su radio del cinturón e informó la situación a los conductores de las camionetas que estaban esperando afuera.

_Aquí Fender, misión cumplida, cuatro bajas. Llamar al equipo de limpieza. Extracción de *Speerspitze* en ciento veinte segundos.

Escuchó confirmación del otro lado y volvió con Konnex.

_¿Estás mejor hermanita?

_Fue horrible, Fen...no puedo explicarlo en palabras, estuve por rendirme muchas veces. –Hizo una pausa– Pero seguí, por nosotros.

_Lo sé, estuviste fantástica. Te llevaste las palmas en esta misión. -la ayudó a sentarse- Lohe está bien, los demás no lo lograron. Debemos partir, noventa segundos máximo. ¿Puedes ponerte de pie?

_Creo que sí. -tambaleó y se hubiese caído de no ser por la ayuda de su hermano- Me tiemblan las piernas.

_Sujétate de la pared, ya vengo.

Fue hasta Lohe y la asistió para levantarse, alzando su brazo por sobre sus hombros.

_La extracción nos... ¿qué es eso? -Fender se dio vuelta, aterrado por lo que oyó.

Algo se movía, escondido en los confines de la mansión. Los trillizos se quedaron inmóviles, enfocando toda su atención en sus oídos. Se escuchó de nuevo, y una vez más después. Ese *algo* estaba reptando entre los escombros.

_DEBO DECIR QUE ESTOY SORPRENDIDO, Y GRATAMENTE. TIENES MUCHO POTENCIAL. -las voces, monstruosas, provenían de tres, cuatro, quizás más lugares a la vez.

_¿Dónde estás? ¡Muéstrate! -Fender gritó con todas sus fuerzas, aún levantando a Lohe con sus hombros y asistiendo a Konnex con una mano, mientras su mente se hundía más y más en la confusión. ¿Acaso el Akkadio estaba vivo? Era imposible, tenía que ser otro. ¿Quién más podía haber entrado sin ser visto? Apuntó su linterna en todas direcciones, sin poder iluminar ninguna respuesta.

_ESE TALENTO...SI TAN SÓLO PUDIESES USARLO A TU GUSTO, LAS COSAS SERÍAN TAN DIFERENTES ¿VERDAD? -Escupieron las voces. Varios entes continuaban reptando por las esquinas en el interior oscuro del semidestruido caserón.

_ ¿Quiénes son?, ¿quiénes son? -Konnex, aún no del todo repuesta, había entrado en evidente pánico.

_EN ALGUNOS CIENTOS DE AÑOS...PODRÍAS SER LA PRÓXIMA LEYENDA. ¿NOTASTE CÓMO TE SOLTASTE TOTALMENTE...CUANDO TE LO ORDENARON? -Las sádicas voces sonaban ahora en lugares diferentes a los anteriores, lejos, cerca, de cinco, seis, siete fuentes distintas, provocando una vibración que retumbaba en lo que quedaba de los cristales. Estaban en todos lados, estaban en ninguno- **¿SENTISTE LA LIBERTAD...EL PODER DE LAS CADENAS ROTAS?**

_¿Qu-qué quieren? -Fender comenzó inconscientemente a retroceder paso a paso, tirando de sus hermanas. Volteó la cabeza rápidamente, el jardín en el exterior se veía como el paraíso de la seguridad, iluminado por los faroles e inundado del olor de las rosas destruidas. Al frente en cambio, el demonio en persona parecía haber ascendido desde el infierno para reclamar la mansión entera.

_VOY A HACERTE UN REGALO. –dijo el tono grave e inhumano, a izquierda y derecha, adelante y atrás– ALGÚN DÍA...GRACIAS A MI REGALO...SERÁS LIBRE DE QUIENES TE APRESAN.

Fender empujó a Konnex intentando ponerla lo más cerca posible del jardín del Edén y salvarla, pero las piernas de ella fallaron, y cayó al piso. _¡Levantate! ¡Corre, Lohe! –Sus ojos estaban totalmente desencajados, inyectados en sangre y terror. Lohe dio unos pobres saltos, exhausta aún.

_¡Arriba! ¡Hay que escap–

Fender dejó su frase incompleta. Una fuerza tentacular le arrancó limpiamente la cabeza y la arrastró por el aire hacia dentro del Averno. Lohe y el cuerpo inerte de su hermano cayeron lentamente al suelo. El silencio era tan denso que podía cortarse con cuchillo.

_No, no por favor, por favor...–sonó el grito ahogado de Konnex. Sus sollozos terminaron de pronto, sufriendo la misma suerte. Su cabeza separada de su cuello, se alzó levemente para desaparecer en la oscuridad formando un camino pendular de gotas de sangre, donde entidades invisibles continuaban serpenteando por doquier.

Lohe observó con horror y los ojos borrosos por las lágrimas las cáscaras inanimadas de sus seres más queridos en todo el mundo, sumida en el pánico total y tragando su llanto varias veces.

_Ahora, ¡huye! Quizás nos crucemos nuevamente, niña. -sugirió la amable voz de Kad.

Las piernas de Lohe respondieron a medias, pero lo suficiente para incorporarse e intentar correr. Cada paso la alejaba un poco más de la pesadilla. Cruzó el jardín lo más rápido que pudo y golpeó dos veces la chapa de una de las camionetas negras con el puño. La puerta posterior se abrió y se arrojó adentro, absolutamente derrotada y sin poder contener las lágrimas. En su confusión no notó sino hasta varios minutos después que las camionetas ya habían arrancado y que estaba volviendo a la base.

Kad salió de la mansión asegurándose de no dañar el césped del jardín cubierto por trozos de vidrios y escombros. Su estatura estaba sensiblemente reducida, cuerpo ahora enflaquecido, raquítico. Ya no contaba con su habitual sobretodo negro hecho de biomasa comprimida, en cambio sólo formó una improvisada remera ajustada y pantalones de color indefinido. Trasformó lentamente la piel desnuda de sus pies en unos burdos zapatos mientras caminaba, y brillaron con un sutil tono negro unos segundos más tarde. Observó el cielo, cubierto de nubes, con cierta amargura en su expresión. Se alejó unos metros de su temporal hogar, antes de detenerse de pronto y volver unos pasos. Observó la mansión, ahora poco más que bellas ruinas, aún con sus leones cuidando el parque. Pareció dudar unos momentos, luego caminó hacia una de las paredes que la bordeaban, y extendió su dedo índice cubierto de firme y afilado hueso.

Trazó la palabra *"PERDÓN"* en la pared, esbozó su mejor sonrisa, y se marchó pasando entre los pocos vecinos curiosos que se habían acercado a observar.

PARTE 17: PATRIOTA

Fisher jugaba nerviosamente con una lapicera entre sus manos, mirando de reojo a Hendrich y a Ashton, pero sin atreverse a posar siquiera la vista sobre el alienígena. La espera lo estaba asfixiando, de a poco sentía como los muros del búnker se cerraban sobre él. Todos ahí actuaban tan extraño...con esa serenidad artificial e impura con que habían sido infundidos. Sus oídos todavía no se acostumbraban al suave e invasivo zumbido de las computadoras que lo rodeaban. Aniquiló por enésima vez el impulso de levantarse y salir corriendo, en cada escenario se veía tumbado en el suelo con mayor o menor violencia. La lapicera se doblaba al límite de lo que la resistencia del plástico podía otorgar, siendo atormentada bajo sus inquietos dedos. De pronto sucedió.

_Tenemos confirmación visual de *Compass III*, ataque exitoso, el blanco fue destruido a las 0502. –la monótona voz de un operario punzó la quietud de la Sala de Inteligencia.

Hendrich se apresuró a aplaudir, seguido del resto de los presentes, con las excepciones de Fisher y Dickson que permanecía sin moverse.

Perius levantó ambas manos, mostrándose satisfecho. _Excelente. Caballeros, estamos inaugurando una nueva era mundial, deben sentirse gozosos de haber estado aquí presentes, en éste momento histórico, y ser parte fundamental en ella. Mi aplauso es para ustedes.

Hendrich estaba especialmente eufórico al respecto. _Quiero extenderles mi agradecimiento por su apoyo. A las 2000 horas mis asistentes tendrán listo el informe y podrán leerlo después de la cena. Mañana a primera hora cerraremos los detalles de *Decoy*, pero para ese entonces nuestros hombres ya estarán en camino. Pueden retirarse.

Fisher contó lentamente hasta diez, mientras los zombis presentes recogían sus cosas y se largaban de ahí. Una minúscula esquirla de plástico salió volando desde la lapicera, que se quebró al terminar la cuenta. _Hendrich, no olvide nuestra charla, ¿en qué momento podremos reunirnos?

_Si me da media hora estaré a su disposición, General ¿Le parece en mi oficina? –le contestó, mientras embalaba en su portafolio una pila de informes.

_Si no le incomoda, necesito un poco de sol en mi piel, estar bajo tierra ya no es para mí.

_¿Qué sugiere?

_Nada extraño, afuera de su oficina, frente a las barracas A3.

_Bien, de acuerdo. En treinta minutos. –Hendrich se despidió con un cordial aunque acartonado saludo.

El Jefe de Inteligencia salió con un escolta, seguido de su lacayo, Ashton. Ese, ese seguiría luego, en cuanto termine con el zorro de Hendrich. Fisher estaba seguro de que Perius no les había hecho ningún truco, sin embargo ellos dos eran los más cooperativos de la base. Imaginó varias preguntas y varias respuestas en su cabeza, conversaciones enteras que podría tener con Hendrich, porque sabía que tenía que ser muy cauto en su cuestionario, para sacar la mayor información dando a cambio la menor posible, y dilucidar su agenda secreta.

Pero antes, un pequeño paso para un hombre. Recuperar su propia oficina. La luz diurna seguramente le ayudará a retomarla y dejar su derrota en el pasado. Se disponía a salir, cuando dos soldados lo flanquearon.

_¿Qué pretenden?

_Escoltarlo, señor.

_¡Bah! –Soltó, perceptiblemente menos enojado que hace unas horas atrás. Ahora tenía un plan, o como mínimo, el comienzo de uno.

Antes de abandonar la Sala, no pudo evitar echar un ojo al demonio. Perius lo seguía con la mirada, con el aplomo de quien ya ha leído el guión de teatro y conoce el final de la obra.

Llegó a su oficina, pero le costó un momento cruzar el portal de la misma. Se veía diferente ahora, iluminada por la divina luz solar. Dio dos pasos dentro, reclamando su dominio nuevamente. Llamó a su fiel secretaria Christina y le pidió un café mientras esperaba el momento de su reunión. La cafeína siempre lograba activarlo, incluso en las jornadas más largas. Repasó una y otra vez las preguntas que haría, el orden correcto y el tono de cada una, para cubrir lo mejor posible sus baches de conocimiento de un tirón. Su café llegó y lo apuró de unos pocos sorbos.

_Christina, voy a las barracas, si alguien pregunta estoy haciendo una revisión sorpresa, volveré en aproximadamente una hora. -salió de ahí con paso decidido, mientras se ponía su saco.

_Ustedes dos –dijo a su obligada escolta– Me dirijo a hablar con Hendrich, pueden acompañarme pero cuando lleguemos ahí me esperarán a una distancia prudencial. Bajo ningún motivo están autorizados a escuchar o participar de la conversación. ¿De acuerdo? Es una conversación privada. Es una orden soldados.

Supuso que mientras no sea una orden que vaya en contra de la programación, sería efectiva. Ambos asintieron, y el trío se puso en marcha.

Afuera reinaba el frío de la mañana. Un pelotón corría alrededor de las barracas al ritmo del sargento, expulsando vapor al unísono por sus exhaustas bocas.

Llegaron al sitio, y esperaron. Pocos minutos más tarde, se vio la figura de Hendrich saliendo de sus oficinas.

_Quédense aquí. -ésta vez los soldados obedecieron.

Fisher se acercó y ambos se saludaron.

_Muy bien, ¿de qué quería hablarme? -la voz de Hendrich sonaba calma. Llevaba un macizo saco negro, un chaleco y una corbata del mismo color. Una insignia con el logo de la base colgaba de su cuello.

_Hendrich, no me gusta andar con rodeos así que esta será una reunión corta e intensa. Sé que está colaborando a voluntad con ese tal Perius, usted y su asesor. También sé que ese monstruo tiene bajo control a la mitad de la base o más, incluyendo a Dickson. Lo que quiero saber es por qué le está ayudando.

_Dudo que al Señor Perius le agrade que se dirijan a él como a un monstruo, yo diría que se trata de una persona con muchos recursos.

_Da igual, no responde la pregunta.

Hendrich dejó escapar una leve sonrisa socarrona. _¿Usted sabe Fisher, qué *es* Perius?

Fisher se acomodó su gorra. Se estaba salteando las preguntas pero ese tema también le interesaba. Procuró no dar más información que la esencial. _Pues tengo una leve noción. Sé que hubo en algún momento un proyecto que involucraba seres cuasi mitológicos para formar supercomandos o algo similar, que se me antojó ridículo y algo disparatado. Hasta que uno se metió en mi oficina ayer.

_No, Perius no es un supercomando, ni un proyecto disparatado. Le confiaré esta información. Existe en este mismo momento -hizo una pausa- una cantidad desconocida de entidades que no se las puede considerar humanas, a las que denominamos en Inteligencia, justamente, no-humanos. No es un capricho. Estas entidades tienen capacidades muy diferentes a las nuestras, entre las que cuentan algunas propiedades que les son adversas, pero también la de modificar su estructura física a gusto, entre otras cosas sorprendentes. Pero el dato más importante, es que han estado acompañando el desarrollo de la humanidad desde tiempos ancestrales, y que eso les ha permitido formar estructuras de poder político y económico tan profundas que a fines prácticos, dominan el planeta. -Fisher intentó mantener la compostura mientras escuchaba.

_¿Me está diciendo acaso que las naciones están controladas por cosas como *esa*? -Dijo, apuntando incrédulamente con su dedo índice a su interlocutor. La respuesta anterior había sacudido su guión. Hendrich sabía más del tema de lo que había imaginado.

_Si, pero no sólo eso. Empresas multinacionales también, logias secretas, y organizaciones de las que incluso no tengo idea. Habrá notado que no tienen dificultad en dominar, incluso con la mera palabra.

¿Estaba acaso Hendrich intentando jugar con él? No detectó sin embargo que estuviera mintiendo, al menos algo de verdad había en todo eso, con mayor o menor grado. Pero con sus palabras indicaba que estas *cosas* estaban más inmiscuidas en los asuntos mundiales de lo que creyó originalmente.

_Si están en control de los Estados Unidos, ¿con que motivo venir aquí personalmente? La orden de atacar bien se podría haber dado desde arriba, sin contratiempos.

_No puedo dar demasiados detalles, lamentablemente, pero tengo entendido que actualmente hay un pequeño revuelo en la comandancia de estos entes, con dos bandos enfrentados.

_Ya veo ¿Y cuál bando nos han obligado a adoptar?

_Esa Fisher, es la mejor noticia. Ninguno. ¿No lo entiende? Por primera vez, uno de *ellos,* uno de alto rango, se ha acercado por el interés genuino en ésta nación, en lugar de mediar por sus luchas de poder interno. –Hendrich acentuaba sus palabras con un ademán de su mano– *Bullseye* ha asestado un duro golpe a estos bandos, y sí, por primera vez en... ¡cientos de años! Estados Unidos es libre de sus influencias. –el tono de Hendrich estaba encendido– Sus estructuras de poder están tambaleantes, es tiempo de pisar fuerte y adoptar nuestro verdadero lugar en la historia. Perius nos va a ayudar en esto.

Fisher lo miró con cierta condescendencia. _¿De verdad cree que puede confiar en él?

_Si, así lo creo. Sepa algo, he tenido que lidiar con estas entidades en varias oportunidades, y siempre llevan una agenda que favorece a sus intereses partidarios. Pero Perius...es un agente libre, no tiene un bando ni nada que lo ate. Hace lo que hace para ver transformado el mundo y traer verdadero orden. Y nos ha elegido para ser los guardianes y hacedores del cambio. –el ceño fruncido de Hendrich se mantenía estático.

_¿De dónde surgieron estos seres? –Fisher intentó desviar el foco.

_De ningún lado. De nosotros mismos, más bien. –se corrigió– Si acaso pregunta, no son extraterrestres ni nada por el estilo. No tengo autoridad para informarle con detalles técnicos, pero, puede pedirlos obviamente. Con su rango no le debería resultar difícil.

La finta le disgustó enormemente a Fisher. _No lo tome a mal Hendrich, pero creo que usted se cree un patriota cuando en realidad es un estúpido, y que todo esto va a pesarle a nuestro país durante generaciones.

_Creo fervientemente que no será así, y que luego de meditarlo comprenderá mis razones y cooperará con el Señor Perius. ¿Por qué no habla con él personalmente de este tema? Seguramente estará en capacidad de evacuar sus dudas mejor que yo. -el tono profesional de Hendrich permanecía intacto.

Fisher se encontraba cansado de la situación, y el momento era oportuno para dar media vuelta y dar por finalizado el cuestionario. Y así lo hizo. Se llevaba pocas certezas. Se disponía a irse, pero antes tenía que soltar su última y más importante pregunta. _¿Hace cuánto sabe de estos entes, y de Perius?

A Hendrich le sorprendió más el tono que la pregunta propiamente dicha, pero le respondió de todas formas. _De los no-humanos, hace tiempo. De Perius...relativamente poco, unos tres años.

_Debo asumir que la primera vez que él lo contactó fue en ese entonces, ¿no es así? -arriesgó- Y que este plan no es una novedad para usted, lo conoce hace rato.

Hendrich lo miró fijamente a los ojos, antes de soltar palabra. _Que tenga un buen día, General.- Hizo el saludo de rigor, y se marchó hacia sus oficinas subterráneas.

Fisher se quedó de pie, viendo cómo se alejaba el Jefe de Inteligencia. El asco de *Bullseye* se venía cocinando desde hace mucho, bajo las narices de todos. ¿Cuántos más estaban de acuerdo con ésto, desde el comienzo? ¿Cómo preguntarles a Longcastle y a Hicks sin quedar al descubierto? Su escolta se arrimó nuevamente, y permanecieron de pie a su lado.

Los observó a ambos con ojos cansados. _¿Otra vez usted, Bobland? Y...Suárez, el dúo dinámico. –Fisher sentía ganas de hacer daño, aunque sea sólo armado con sus palabras– ¿Sabían acaso que Perius es un monstruo? Me lo acaba de confirmar Hendrich.

_¡No, señor! –contestaron.

_Bien, pues es un monstruo, y nos tiene en sus garras.

PARTE 18: SIN HOGAR

_Ya basta Akkadio, tu maldita roca no está, ¿Por qué no nos vamos ya? –dijo Argosio, muy molesto - Aquí correrá sangre de nuevo en breve y no quiero estar cuando pase. Las guerras no me interesan, prefiero pasarme las noches con mujeres y bebida, no enterrando mi espada en el pecho de tipos que no conozco y arriesgando el mío.

Argosio era un hombre robusto parecido a un oso levemente lampiño, de cabeza calva y cicatrices en el rostro. Llevaba un poco de barba despareja, y un intenso desgano en su mirada. Estaba vestido con un arnés de cuero tachonado y sandalias del mismo material. De su cinturón pendía una espada corta que había visto mejores años, dentro de su derruida funda. En el suelo, cerca, reposaba un escudo de bronce lleno de agujeros. Arriba, el cielo estaba despejado, sólo las estrellas iluminaban la noche en aquellas tierras sin nombre.

_Te digo, estoy por irme de aquí y te dejaré solo, ¿eh? ¡Akkadio!

Kad levantó la vista con furia hacia su compañero. Su rostro se veía muy diferente en ese entonces, una época diferente, muchas centurias atrás. Tenía la nariz más curvada y corta, su cabello castaño le cubría parte del rostro, largo hasta los hombros y sucio. Llevaba una camisola rota y con manchas de lodo, una improvisada soga haciendo de cinto, de donde colgaba una descolorida bolsa con monedas. Uno de sus pies estaba desnudo y lleno de callosidades, mientras que en el otro llevaba una sandalia de cuero, aunque no en el mejor estado. Tenía además, la parte baja de su rostro y sus manos cubiertas de sangre que no era suya, al igual que el hombre a su lado.

_Argo, ¡cállate de una vez! No te pedí que me ayudaras, viniste porque quisiste, porque te aburrías en la taberna. Ahórrame tus quejas.

_Viejo, tu desgraciada piedra ya no está aquí. Mira, ¿ves? –Argosio apuntó hacia las paredes de la que solía ser la ciudad de Ficana, desde donde enormes columnas de humo subían sin cesar– Las usaron todas para tirarlas contra la ciudadela. Estuvieron lloviendo todo el día, si hasta tiraron con mulas muertas cuando se quedaron sin roca.

Kad se incorporó y llevó ambas manos a la cintura. Miró con nostalgia la cual fuera una hermosa ciudadela, un rubí sobre la verde pradera, ahora convertida en escombros sin forma. Negó varias veces con la cabeza. _Todavía no lo puedo creer.

_Las cosas son así, Akko. Tampoco estoy contento ¿eh? La bodega de ahí me gustaba, servían buen vino. –se encogió de hombros– Tengo una idea, ¿qué te parece si vamos y hacemos una pequeña pasada? Recogemos algunas cosas de valor y nos vamos a Roma. También veremos si te consigo algo para tus pies mugrosos. –señaló burlón los pies de Kad.- Ya sé que no te agrada Roma, pero está cerca y la gente es mansa.

Kad dejó salir un suspiro. Argosio se volvía insoportable a veces, pero era buen compañero de viaje, diestro con la espada y el escudo, y no se acobardaba frente a un combate. Le había enseñado además a reparar armas en la forja, lo que resultaba útil si acampaban en un lugar por el tiempo suficiente. Le tenía aprecio, aunque no se lo dijera nunca.

_Es que no hay nada allí, sólo campesinos...bah, está bien, vamos. No se me ocurre algo mejor que hacer.

Dio una última mirada a su alrededor. Un par de cuerpos yacían en el suelo, muertos hacía horas y canibalizados, al costado de varias marcas de ruedas de las máquinas de asedio que habían estado allí todo el día. Cargaron sus escasas pertenencias y marcharon.

Caminaron en dirección a la ciudadela. El andar de Kad era muy diferente al presente: enérgico, marcado, listo para saltar a la acción ante el peligro, incluso ahora que estaba acercándose de a poco a las ruinas de su poblado favorito. Algunas llamas se resistían a ser apagadas sobre los techos de paja de las construcciones, por las calles corrían algunos soldados, terminando las vidas de ancianos, niños y mujeres que había sobrevivido al ataque inicial. Los gritos llenaban la cruel escena.

Ya se encontraban a una legua cuando se detuvieron.

_¿Estás seguro de esto Argo? Pensé que no estabas de humor para la lucha.

_Haremos lo usual, en cuanto veamos a un grupo reducido con algún botín, se los sacamos y escapamos antes de que nos vean. Acerquémonos por aquel lado. - dijo, refiriéndose a una porción de pared aún en pie. La pared estaba hecha de frías piedras amontonadas, y había recibido unos claros golpes recientemente, encontrándose desparramada en todas direcciones.

Agazapados, corrieron hasta la pared, sin llamar la atención. Las tropas que se encontraban dentro de la ciudad estaban demasiado ocupadas incendiando, destruyendo y robando como para prestar atención a un par de sombras que se movían.

Kad, asomado por una hendidura en la pared, observó la escena con amargura. Ficana era más que una simple ciudadela. Era el lugar al que había llamado hogar durante más de doscientos años. Todas sus aventuras, inconscientemente, comenzaban y terminaban allí. Los viajes más largos, a los confines del mundo conocido, eran para volver a Ficana, descansar, y emprender el siguiente. Era el lugar donde podía cerrar los ojos en paz, respirar hondo y sólo permanecer. Nadie hacía preguntas incomodas, ni se metían en su vida. Los encontraba amables, incluso. La había visto crecer, estancarse, caer y crecer de nuevo. Había visto las modas ir y venir, las edificaciones construirse, envejecer y ser derrumbadas para usar los materiales en otras diferentes. A veces creía que era su proyecto personal mantenerla siempre igual, siempre radiante y vital. Las riquezas que ganaba (si es que volvía con alguna) solía usarlas para mantener funcionando sus sitios preferidos, la Taberna de La Pica, cerca de la entrada principal, la Posada del Viajero, donde había pasado tantas veces oculto durante el día, el mercado al costado del río, donde siempre encontraba quien comprara sus trofeos y obtener unas monedas a cambio. Y Ficana nunca se quedaba sin rufianes, de esos a los que a nadie le interesaban, y que él podía cazar sin que nadie viera ni sospechara. Le encantaba volver ahí.

Montó por sobre su vista un recuerdo, perdido por ahí, de su momento más feliz en este lugar. Una noche festiva llena de luces, de niños bailando en las calles, de parejas coqueteando en la oscuridad, de risas y vino en cada esquina. Pero nada dura para siempre. Y ya no llamaría "hogar" a ningún otro lugar. Se había cansado de perder una y otra vez ese lugar tan preciado al que uno vuelve, instintivamente, para sanar las heridas del alma. Ese puerto donde poder anclar en el mar convulsionado. Ya había tenido muchas moradas a las que llamó hogar, pequeños poblados incluso, todos perdidos en el tiempo. Se atrevió a llamar hogar a una persona, a una familia, a una compañía. Pero ninguno sobrevivió con él. Por último, se atrevió a llamar hogar a una ciudad entera...para acabar igual. Se tomó unos breves instantes para darle la despedida a su Ficana y a sus recuerdos, que reposarían en paz en los confines de su mente.

Un toque fuerte en su hombro lo despabiló.

_Ahí, esos dos. El alto y el enano. Hoy en día cualquiera es mercenario, ¿eh? ¿Recibirá media paga? –Argosio rió con fuerza, hasta darse cuenta de que debía permanecer en silencio si quería asestar un golpe limpio. Aclaró la garganta– Llevan un saco interesante, creo que quiero echarle un vistazo, ¿qué opinas?

_Si, será ese nuestro botín y luego nos iremos. No quiero permanecer aquí ni un nudo más. –la seriedad de Kad era total.

Se acercaron lo más posible, hasta estar a unos treinta pasos de su blanco, dos hombres que cargaban objetos brillantes dentro de un saco. Ambos tenían una camisa de cuero marrón sobre sus torsos y un casco de bronce en sus cabezas. A sus pies, dos espadas con buen lustre dormían esperando la renovación de las hostilidades. El alto estaba de espaldas, con la cabeza metida dentro de una ventana llena de hollín y sacaba con una mano copas de madera, cobre y plomo, que se las pasaba a su diminuto compañero, que las guardaba luego de una breve revisión dentro del saco. Argosio tomó una piedra y la arrojó detrás de la espalda del enano, que dio la vuelta alertado.

_¡Hey! ¿Quién anda ahí?

Se agachó para recoger su arma del suelo, pero fue su último movimiento. Kad le había atravesado la garganta de lado a lado. El alto sacó su torso y cabeza de adentro de la edificación, para encontrarse sorprendido por la escena. Quiso gritar pero el filo del arma de Argosio se lo impidió.

_Estos tipos se olvidan de prestar atención, por eso mueren jóvenes ¿eh? –rió por lo bajo Argosio. Los dos hombres tomaron el saco y lo apartaron a un lugar oscuro. Revisaron en poco tiempo su contenido, sacaron fuera lo de menor valor y mayor peso, dejando sólo lo que era más fácil de vender.

Argosio colgó su espada en la cintura, y cargó el saco sobre su hombro. _El tipo alto tiene unas lindas sandalias, ¿no te gustan?

Kad volvió sobre sus pasos, observó el calzado del difunto y el suyo propio, incompleto. Con movimientos rápidos, extrajo sus nuevos botines y se los ató con fuerza. Dio un par de saltos para probarlos. _Me sirven. En marcha, ¿Argosio, no llevas tu escudo?

_¡Bah! Ya no sirve para nada, tiene más agujeros que una red.

Corrieron por el costado de la pared, buscando distancia de la ciudadela. Ya alejados, Argosio se volteó a mirar. _¿Qué vista, eh? Qué pena que no pueda cargar con un barril de cerveza. Perro akkadio, ¿no quieres voltear y saludar por última vez a Ficana?

Kad no contestó y solo atinó a seguir caminando. El hombretón dibujó una mueca en su boca. _No lo tomes así, me caía bien la gente de aquí, lindas mujeres para la región. –caminaron en silencio durante un rato, y secundó– Nunca me dijiste para qué querías esa roca tuya, ¿era de la suerte o algo así?

Kad se tomó un momento para responder. _No. Cada diez años, o cuando podía, hacía una marca en esa roca, contando los años que llevo vivo. Ahora no sé exactamente cuántos tengo, novecientos...setenta...y unos pocos.

Argosio largó una carcajada. _¿Es sólo eso? Pero te acuerdas más o menos cuántos son. ¿Qué diferencia hace que sean dos de más, o dos de menos?

Kad volteó para mirar a Argosio, con ojos indignados y cansados. _Es cierto, en realidad no interesa tener ni cien más o cien menos... ¿de qué me sirve llevar la cuenta? Si mi existencia es un continuo gris, como un río afluente que nunca se detiene.

_¡El perro akkadio sabe de poesía! –largó un par de risotadas más– No estés triste, compañero. Y no te canses mucho, que no pienso llevar este saco más de diez leguas, ¡luego te toca cargarlo, haragán!

PARTE 19: LA SEMILLA DE UN IMPERIO

Kad miró hacia la distancia, y por un momento dudó de estar en la ruta correcta. _¿Esa es Roma? -Preguntó retóricamente.

_No lo sé, nunca visité esta ciudad. -contestó la mujer que lo acompañaba.

Ambos montaban a caballo, ella al frente y el detrás, bajo el lucero de la Luna por un sendero de tierra apisonada. A lo lejos, algunos atalayas se erguían, cada una coronada por una llama, y en el medio de ellas un bello arco haciendo de portal. Treinta años atrás, cuando Kad pasó por última vez con su perdido compañero Argosio, era un pueblo sin brillo de campesinos donde apenas habían hecho una moneda de sus pertenencias robadas. Ahora tenía muros altos e imponentes. No es que hubiesen peleado con su viejo camarada, simplemente eligieron rumbos distintos, algo recurrente en los viajeros centenarios. Por el momento tenía mejor compañía. Más voluptuosa al menos.

_Esto solía ser un pueblucho hasta hace poco. -se sorprendió Kad.

Continuaron avanzando. Ambos montaban un caballo lusitano, moteado de gris, blanco y negro, de finas extremidades. Detrás de ellos, sostenido por una cuerda, avanzaba apaciblemente un segundo caballo, de la misma raza, blanco salpicado con motas grises. Cargaba varios bultos y bolsas en su lomo.

Kad se veía contento. Llevaba el cabello largo hasta los hombros de brillante color cobre, atado en una cola. Vestía un atuendo de lino bien confeccionado, decorado con algunos hilos de oro y una banda roja rodeando el cuello, además de un cinturón de grueso cuero marrón del que pendía una flamante espada en su vaina. Una pesada manta marrón de lana con capucha lo cubría. En sus pies traía sandalias altas de cuero hasta debajo de la rodilla, pintada con figuras negras y algunos apliques de metal. Su compañera vestía un mantón de lana blanco con capucha, sandalias cubiertas de lana del mismo color, un carcaj repleto de flechas colgado de un hombro, y un arco corto del otro. Era morena, con cabello largo color azabache, de rasgos finos, delicados y sensuales. Tenía los labios curiosamente brillantes, con una tonalidad carmesí, y rebosantes de alegría. Un encantador lunar reposaba por debajo de su labio inferior, y parecía moverse por sus propios medios cada vez que hablaba. Debajo de su mantón, una túnica marfil cubría su torneada figura, y de su cintura colgaban dos bolsas con metales, monedas y piedras preciosas.

_Podríamos pasar unos días más, y ver que tanto ha crecido. Nunca me contaste por qué le tienes tanto cariño a esta región, Jano. –Dijo, usando el nombre inusual con el que ella lo apodaba a falta de uno propio.

_Es largo de contar Circe, además bastante triste. –contestó Kad.

Un guardia ataviado con una armadura de cuero y armado con una lanza les salió al paso cuando estuvieron cerca de la entrada. _Alto viajeros, ¿son comerciantes?

_Sólo vamos de paso, pero sí, vamos a vender algunas de nuestras pertenencias si es posible, y comprar otras si nos agradan. –dijo Kad.

_En ese caso deberás pagar por la entrada, son cinco sestercios o un denario. La dama no paga entrada.

Kad y Circe se sorprendieron. _¿A qué se debe esa política favoreciendo las mujeres, amable guardia?

_Lo verán cuando entren, hay pocas mujeres actualmente en la ciudad. Los reyes piensan que de esa forma vendrán más por su propia voluntad. –contestó, siguiendo el discurso al pie de la letra.

Circe sacó un denario de una de las bolsas y se lo entregó. El guardia se cercioró de que era verdadero, y les dejó el paso.

La mayoría de las edificaciones eran nuevas, se veían resistentes y hechas con buen criterio. Los sorprendió que avanzada ya la noche algunos comerciantes siguieran vendiendo sus productos y chucherías. El centro de comercio de la entrada estaba lleno de vida, los compradores iban y venían revolviendo los cajones con mercaderías, discutiendo el precio "justo", exponiendo las bondades de tal o cual objeto místico.

_¡Esto es grandioso! –exclamó Circe– ¿Te molesta si hecho un vistazo?

_Para nada, tómate tu tiempo. Voy a alguna taberna a escuchar las nuevas y alquilar una cama.

Circe le entregó a Kad una de las bolsas con monedas y lo despidió con un beso en la mejilla. Se bajó del caballo con gracia y agilidad, y rápidamente se perdió en la multitud.

Kad la despidió sonriente. Sólo esperaba que volviera con suficientes monedas para pagar su residencia. Cabalgó sin rumbo por las calles, poniendo sus recuerdos al día. Roma había cambiado mucho y en poco tiempo. Instintivamente llevó un recuento de todos los guardias que ahora recorrían los muros y las calles, y que tal como les dijo el sujeto en la entrada, la proporción de hombres a mujeres era de seis a una. Se alejó de la zona más comercial y entró en una residencial. Unas pocas antorchas en las esquinas arrojaban luz sobre los callejones, donde algunos bribones se agolpaban lejos de los ojos de la autoridad. Consultó a un par de hombres sentados en una de las esquinas por un lugar donde parar, y le indicaron varias opciones para pasar la noche a cambio de una moneda. Se decidió por una y cabalgó hasta allí.

La Posada del Hombre Hambriento no le pareció especialmente prometedora, pero de las disponibles era la más cercana, y la recomendación de buen vino pesaba para su seca garganta. Más tarde vería si estaba con ganas de cazar algún truhán de escasa reputación. En una esquina un triste trovador le cantaba a las penas y al dolor, y una pequeña multitud lo escuchaba, pidiéndole poemas para que los componga y recite en el momento.

Unos pasos más cerca y con bastante menos público, un titiritero al que le faltaba una pierna, sentado en una triste litera en el suelo, hacía danzar a dos muñecos maltrechos tirando de unos hilos color rojo. Uno de los muñecos, fabricado de palo, andrajos y poca imaginación, se movió actuando asombro ante la atención de Kad, e hizo una gran y pomposa reverencia moviendo su atada mano. El titiritero sonrió mostrando unos dientes negros, esperando una moneda. Kad se acuclilló y depositó un sestercio en el sucio saco frente al hombre, y de cara al muñeco, no pudo sino sentir una amarga sensación detrás de la garganta. Casi podía sentir sus propios hilos que han, desde siempre, tirado de él. Decidió alejarse.

Amarró ambos caballos, y le extendió una propina generosa al hombre bajo y huesudo que se encontraba sentado frente a la posada. Caminó resuelto a la mesada para sentarse y pidió el mejor vino de la casa, pagado por adelantado. La taberna estaba en penumbra, unas pocas y tristes velas de cebo arrojaban la luz necesaria para poder ver dentro. Algunos sujetos en el fondo estaban arrojando tabas y haciendo apuestas mientras se emborrachaban. Alcanzó a dar un buen trago cuando un grito lo aturdió.
_¡No puede ser!

Era una voz conocida, pero no pudo inmediatamente identificar de quién. Kad volteó la cabeza, para ver un hombre enorme que se acercaba a él.

_¿Argosio?

El hombretón le dio un fuerte abrazo, un extraño saludo para dos seres como *ellos*. Tenía puesto una armadura de cuero igual a la del resto de los soldados, pero con un distintivo rojo en su pecho y espalda.

_¡Por las barbas de los dioses de antaño, pero si es el desgraciado akkadio! ¿Qué haces en Roma?

_No puedo creer que te encuentro aquí, ¿qué no puedo hacer yo las preguntas siquiera una vez?

Rieron sinceramente, olvidando las amarguras de sus vidas y bebiendo más vino. Intentaron ponerse al día lo mejor posible.

_A ver si entendí bien, ¿eres un condenado guardia? -preguntó Kad.

_No no no, soy el Jefe de la Guardia, que es muy distinto -se defendió Argosio.

_A mí me parece lo mismo. ¿Y quién es el jefe del jefe?

_Los jefes, dirás. -respondió, apurando su trago- ¿No te sorprende que Roma haya crecido tanto? Fueron dos de los *nuestros*, hace décadas que están atrayendo gente y construyendo. Pagan bien y se han acercado algunos constructores destacados. Yo no sé quiénes son esos fulanos pero obran de maravillas.

_¿A nadie le sorprende que no salgan de día? -Preguntó Kad, ya algo afectado por el alcohol.

_Nah, nadie hace preguntas. Lo que a la gente le encanta, es extender rumores. Ahora se dice que son hermanos y que descienden de un dios, o que los criaron los lobos. Todos saben que nacieron de puerca hedionda. -dijo riendo- Es como un concurso para extender la historia más disparatada.

Ambos rieron nuevamente, y pidieron una nueva ronda.

_No me digas que has venido sólo, Akko.

_No, de hecho viajo con una compañera, Circe. Es hermosa como una perla.

Argosio exclamó fuerte, con su copa en la mano. _Eso es lo que quería escuchar. ¿Es buena entre las sábanas?

Kad sonrió con picardía. _La mejor. -dijo, mientras recibía un amistoso codazo en las costillas.

_¡Brindemos por las mujeres! Oh, un momento... ¿es común, o *porta la sangre* como *nosotros*?

_Lleva *la sangre*. No me atrevería a viajar con una común. Las veces que lo he hecho...no les ha resultado beneficioso. -hizo una pausa, pensativo- ¿Sabes cómo me llama ella? Jano. Dice que es porque me parezco a un sujeto que se llamaba así.

_¡Es un pésimo nombre!...Jano -Argosio rió a carcajadas- Si toda la gente se pusiera de acuerdo y te recordaran como "perro akkadio" sería más fácil. -recibió un fuerte puñetazo en el hombro por parte de su camarada- Anda, no te enojes perro. Es más, tengo una propuesta que hacerte. ¿Por qué no vas a hablar con los reyes? Quizás tengan algo interesante que decir.

_¿Qué podría ser? -preguntó, llenando las copas con más vino.

_No lo sé, pero son tipos muy convincentes. Me hicieron una buena propuesta y la acepté. Como te dije, hace quince inviernos que los paso aquí y me gusta lo que están haciendo en la ciudad. Ha sido un buen cambio a nuestra vida de aventureros ¿eh?

_¿Y seré bienvenido aquí?

_¡Claro hombre! Fuiste mi compañero así que eres más que bienvenido, tú y tu mujer.

_Hablando de eso, ¿por qué hay tan pocas mujeres, se las han comido?

_No es que haya pocas, hay las mismas de siempre. Lo que hay es más hombres. Está mal que se lo confiese a un recién llegado, pero al cuerno, estoy algo borracho. -mencionó en voz baja y acercándose lentamente- La verdad es que estamos organizando ciertas "maniobras" para solucionar eso. Bueno, básicamente hemos estado saqueando pueblos vecinos y trayendo algunas hacia aquí. -resaltó con un dedo contra la mesa- La gente lo sabe o sospecha, pero no dicen nada porque saben que hacen falta esclavas.

_¿Están robando mujeres? ¿Cómo es que Roma no está incendiada a estas alturas?

_Gracias a mí, claro. Los sabinos y los ecuos nos odian y han intentado rescatarlas en algunas ocasiones. Pero mantengo a mis muchachos bien entrenados, y cada una de esas incursiones les ha salido muy cara. Por eso están callados por el momento. Sé que están tramando recuperarlas y clavar mi trasero en una pica, pero no van a lograrlo.

_Parece una situación delicada, y que les vendría bien una mano.

Argosio extendió sus palmas hacia arriba, haciendo entender que ese era su punto. –Exacto, lo que estamos necesitando es un tipo habilidoso y guapo que se meta sin sospechas en los poblados vecinos y vea qué provecho saca. –afirmó apuntándolo con su gordo dedo índice.

_Está bien, que me lleve un espectro si no puedo ayudar a un compañero en apuros. Les daré una visita a tus jefes.

_¡Reyes, perro, reyes!

_¡Lo que sea, cabeza hueca! Iré a buscar a Circe, y mañana por la noche me llevas al palacio ¿de acuerdo?

_Es un plan. Nos encontramos aquí. –Argosio pagó las numerosas jarras de vino y se separaron.

A la noche siguiente Kad y Argosio se encontraron nuevamente, y cabalgaron hasta el palacio. Fueron recibidos con disciplina y gentileza, aunque con cierta frialdad. Argosio era respetado y temido entre sus hombres, y pocos se atrevían a comentar sobre sus actividades. Por supuesto se dedicaban al deporte favorito local: esparcir rumores. El palacio de los reyes era grande, elegante, pero muy práctico y mínimamente decorado. El arquitecto tenía en mente evidentemente ampliarlo en un futuro, pero en sus planes había cosas más urgentes que trazar y obrar, cosa que no molestó a sus moradores. Piedra sobre piedra era un lugar bello para vivir, trabajar y prosperar.

Los pisos estaban cubiertos de alfombrados y pieles sobre las baldosas bien pulidas. Las habitaciones, espaciosas y con asientos cómodos a disponibilidad. Un guardia con dos plumas moradas en la cabeza declaró el arribo de los recién llegados, y les pidió que esperasen.

_Podrías contarme algo de estos fulanos, ¿no Argo? – inquirió Kad, sentándose.

_Claro que sí. Uno se hace llamar Remo, según se cuenta viene de un lugar llamado Troya, una ciudad que cayó en desgracia muchos años atrás. Es más bien callado pero de buen carácter. El otro se hace llamar Romano desde que llegó, pero antes se lo conoció como Rómulas, y antes que eso como Cáucaso. Hay versiones encontradas sobre de dónde vienen o no vienen, pero ambos tienen más años que tú, así que probablemente pasaron por todos ellos.

_Interesante, hacía tiempo no me cruzaba con alguien más viejo. –Kad miró en silencio sus alrededores, le gustaba el sitio.

_Grande ¿eh? Y todavía no has visto el cuartel, te encantará. –dijo Argosio mientras se acomodaba en su silla.

_Muy bonito. Ya tendré uno así, quizás más grande.

_Si, con prostitutas y barriles en cada rincón.

_Y circenses a tiempo completo.

_Y algún comediante para arrojarle comida podrida.

_ O algún juglar desafinado, ¡nunca se tienen suficientes!

La apertura de la enorme puerta frente a ellos interrumpió sus desvaríos. Un hombre ataviado con una túnica blanca con mangas violetas les indicó que podían entrar.

Pasaron por la puerta. No esperaban realmente lo que vieron. Dos hombres se encontraban metidos en una gran piscina de agua caliente. El vapor del agua llenaba la sala. Algunas esbeltas mujeres, desnudas, llevaban y traían frutas, copas de líquido rojo, y cortes de carne que no podrían haber pertenecido a un animal.

_Mis reyes. –saludó Argosio, con una elaborada reverencia– Él es la persona de la que les hablé, el famoso Akkadio.

_ ¡Bienvenidos sean! –saludó cortésmente uno de ellos– ¿Quisieran acompañarnos? El agua está deliciosa.

Kad miró a su compañero extrañado, pero éste ya estaba dejando sus objetos y ropa sobre un banco, así que hizo lo propio. Se metieron a la piscina, y dejaron que el agua los cubra.

_Así que el Akkadio. –sostuvo el otro hombre– He escuchado muchas cosas sobre ti. Fuiste señor y vagabundo, soldado y agricultor. ¿Hoy a qué te dedicas?

Kad no sabía bien qué esperar del encuentro. En caso de emergencia, siempre podría escapar a espada limpia, rescatar sus cosas, a Circe, y marcharse rápido. La cuestión era que podía sacar de utilidad. Notó lo caliente que estaba el agua y lo incómodo que lo ponía.

_Me dedico a aventurarme por el mundo, conocer sus bondades y desgracias. Caminar hasta el fin del mundo ida y vuelta.

_Excelente, como habrás escuchado nosotros también somos aventureros. Mi nombre es Remo, y él es mi fiel compañero Romano. –Remo era alto, fornido, de bellas y masculinas facciones. Su quijada era cuadrada, y la tenía cubierta de una prolija barba negra, al igual que el cabello corto sobre su cabeza.

_Encantado de conocerte, Akkadio. Dinos, ¿Argosio te ha comentado de nuestro suplicio? –Cáucaso tenía el rostro muy diferente en ese entonces, sus cejas rectas y pobladas, penetrante mirada. Su mentón sobresalía señorilmente, y sus afeites eran impecables. Era ligeramente más alto qué Remo, aunque menos corpulento. Llevaba la cabeza rapada al estilo militar, una única mecha colgaba de su nuca hasta la línea del hombro.

_Brevemente. –observó a su costado. Argosio no estaba pasándola bien sumergido en el agua caliente. El tampoco. Se sorprendió de lo bien que lo soportaban los dos reyes. ¿Acaso no llevaban *la sangre*? ¿Eran marionetas puestas para él? Podría aguantar unos minutos más, pero su cuerpo ya estaba absorbiendo el exceso de calor.

_Entonces te pondremos al tanto. –anunció Cáucaso– Lo que ves a tu alrededor, la bella Roma, no es más que una semilla germinando, la semilla de un Imperio. Pronto Roma será el centro del mundo. –miró de reojo a Remo, que observaba atento. Se puso de pie, escurriendo agua caliente. Su piel no estaba enrojecida por el esfuerzo, sino que se veía normal– Lo que estamos construyendo, mis buenos amigos, es un imperio que durará un milenio. Que digo, durará la eternidad misma. –agregó teatralmente, mientras caminaba lento, formando oleaje– Nuestro anhelo es unir a todos los pueblos de la tierra bajo nuestro reinado, una amalgama perfecta, un concierto de almas. Cada hombre aportará su mejor esfuerzo y habilidad, y conseguirá a cambio justicia, prosperidad y respeto. Con cimientos tan fuertes, es imposible que caiga. –hizo una pausa perfecta– Sin importar que tan vil sea el enemigo que nos enfrente, que poderosa la tempestad que nos golpee, que tan grande el mundo y sus peligros. Roma subsistirá, eterna y hermosa. -Cáucaso sacudió espectacularmente sus puños en el aire- Son tiempos diferentes los que vivimos, ahora podemos adentrarnos en el mar y adueñarnos de sus tesoros. Adentrarnos entre los salvajes y civilizarlos. Adentrarnos en el mismo Hades y conquistarlo. ¿Quién, acaso, está en condiciones de detenernos, si ni siquiera la muerte es capaz de alcanzarnos?

Kad escuchaba con atención, pero plagado de preguntas. Tuvo que hacerlas a un lado, ya que la escena aparentemente pedía su intervención. Se decidió por una salida sarcástica. _El imperio milenario...Gilgamesh ya lo intentó eones atrás y fracasó, ¿por qué ésta vez tendría éxito? ¿Porque son dos? -mencionó señalándolos.

Cáucaso sonrió, pero dejó que contestara su colega. _Gilgamesh era un loco. Pidió que lo matasen con sus políticas restrictivas. ¿Cómo se puede gobernar con un pueblo de ignorantes que pide tu cabeza a gritos? La clave, señores, es muy sencilla. Mantén al pueblo trabajando y conforme. Siempre que se siga esa regla de oro, no fallaremos como se ha hecho en el pasado.

_Suena lógico. -Kad se tomó una pausa anormalmente larga para continuar. Algo extraño pasaba. Mucha, mucha gente durante cientos de años había querido convencerlo de cosas diferentes, pero no como ahora. Estaba teniendo demasiado efecto. Se sentía inmediatamente comprometido con la causa romana, lo que prendió una alarma en su mente. ¿Qué estaba pasando?– Me interesa, quisiera escuchar más. –decidió finalmente acotar. La piel le estaba quemando y quería salir de ahí como sea.

_Muy bien. –continuó Cáucaso. Hizo una señal, y varias mujeres desnudas acudieron con túnicas para los reyes y sus invitados, y finalmente todos salieron de la piscina. Cuando las mujeres procedieron a retirarse, Remo les indicó a dos de ellas que debían quedarse. Eran las perdedoras de la jornada, pensó Kad.

_Quisiera invitarlos a otra sala, donde estarán acaso más a gusto aún.

Argosio se puso de pie de un salto, se quitó la túnica y resoplando comenzó a ponerse de nuevo sus atavíos. Kad en cambio se quedó con la prenda, y sólo atinó a acomodársela de mejor manera y llevar su ropa bajo el brazo. ¿Más a gusto? ¿En qué trampa estaba cayendo sin notarlo? No pudo dejar de pensar que, contrario a la costumbre, no le habían ofrecido nada de comer o beber. Por un breve momento se sintió indigno, pero no pudo determinar exactamente de qué.

Los cuatro avanzaron hasta una sala contigua, de cuyas paredes pendían más antorchas encendidas que lo necesario. Ésta contaba con anchas columnas, decoradas en tonos celestes y azules. Pieles de varias fieras se encontraban tendidas, y resultaban confortables a los pies de Kad.

Sobre uno de los rincones, cuatro bancos de piedra circundaban una mesa baja tallada del mismo material. Todas las piezas estaban recubiertas de finas telas color violeta. Los reyes les pidieron que se sentaran. Parece que tenían la intención de pasar a negociaciones más íntimas, y cerrar el acuerdo, sea cual sea.

_Majestades, ¿en que podría ser de utilidad a la ciudad entonces? -quiso saber Kad, mientras continuaba su lucha interna.

_En muchas cosas -acotó Cáucaso- Quizás estás enterado de ciertos...imbéciles...que no están permitiendo nuestro desarrollo. Los sabinos han estado resistiéndose a formar parte de la Gran Roma. Los ecuos nos desprecian por nuestra grandeza...los etruscos nos ignoran, y aún no tenemos respuesta oficial de ningún samnita. Todo eso debe cambiar. Todos deben integrar Roma, de la forma que fuese. Por la fuerza, por la palabra, por la amistad. Eso quedaría a tu propia elección.

_Te proponemos trabajar por la bonanza de Roma, durante un lustro. -secundó Remo- Si la tarea es de tu agrado, renovaremos el trato por otro lustro más. A cambio tendrás un lugar permanente en la ciudad, riquezas, tierras, sirvientes, animales, tu propio hogar. -eso ultimó desagradó a Kad, y pugnó por no demostrarlo.

_¿Es posible que les entregue mi respuesta mañana?

227

_Por supuesto, aunque realmente esperamos que sea una positiva. Si te parece mañana cerraremos los detalles por pulir. Hasta entonces. -Cáucaso le sonrió misteriosamente. Hizo una señal, y un hombre los acompañó gentilmente a la salida.

Argosio y Kad avanzaron varios pasos fuera del palacio, antes de emitir palabra. Todo terminó muy rápido, y se sentía deseoso de comenzar la tarea. Definitivamente no era normal, pero desistió de dar una respuesta negativa. Algo que nadie dijo, ni vio o sintió, fue lo que más llamó su atención.

_Viejo, ¿qué fue todo eso? -preguntó Kad.

_No sé, pero me siento un poco aturdido. -la piel enrojecida de Argosio ya se había recuperado- Aún así, pudiste comprobar que son dos tipos geniales ¿eh?

_No puedo dejar de pensar en algo. -observó a un lado y al otro, precavido de que nadie los siguiera mientras volvían por sus caballos- No pude darme cuenta en ningún momento si estaban mintiendo, o diciendo la verdad. No pude leerlos en lo más mínimo. ¿Cómo lo hacen?

_Ah, lo notaste. No tengo idea Akko, no tengo idea.

_Quisiera aprender a hacer eso.

PARTE 20: EL SECRETO DE LA ORDEN

_¡Me duele! –se lamentó Vogel Drescher, sentado contra un costado de un túnel sin final aparente, bajo el páramo radiactivo de lo que ayer solía ser el Palacio Aegis. Su hombro sangraba un poco todavía luego del ataque recibido, manchando su saco de rojo, sobre el ya marrón del barro.

_Lo sé señor Drescher, en cuanto pueda ver nuevamente lo revisaré. Seguramente podré ayudarlo en algo. No se preocupe, no morirá por eso. –le respondió Charles Dipson, que estaba sentado frente a él en la oscuridad total. MacOwen y Syra se habían llevado la única antorcha con la que contaban mientras exploraban el sinfín de pasadizos subterráneos en búsqueda de una salida.

Drescher estaba agitado y no podía calmar sus nervios. _¿Y si muero aquí? Nunca fui hábil para cerrar heridas...bueno, tampoco para pelear...siendo honesto. ¿Por qué habré de ser tan valiente?– jadeó varias veces antes de completar la frase.

_Si le sirve de consuelo, yo tampoco. Por eso he aprendido a mantenerme en mi sitio, y dejar actuar a los que saben. Un sabio consejo, si me pregunta.

El suave murmullo de una corriente de agua salpicaba sus oídos constantemente, fluyendo de algún sitio a otro, dentro de la oscura inmensidad bajo tierra. Arriba de sus cabezas, el túnel por el que habían bajado se encontraba fuera de su alcance. El calor que emanaba de ahí era sofocante, por lo que debieron bajar una gran distancia hasta estar frescos. Ahora estaban rodeados de fría roca en todas direcciones, con pasajes que iban y venían al norte, al sur y al este, en horizontal y hacia abajo. Algunos estaban tallados, otros eran naturales, pero ninguno tenía una marca o indicativo o cartel, excepto por el primero que intentaron recorrer, sin suerte, por lo que había recibido una burda cruz con una piedra en un costado.

_Charles, ¿puedo llamarlo Charles? ¿Es usted médico o algo por el estilo?

_Algo así, he aprendido medicina desde hace muchos años, con muchos maestros también. Lamentablemente el arte que busco está todavía lejos de mí. ¡Ah! Si, puede llamarme Charles. Si no le molesta, me dirigiré a usted como Vogel.

_No, no es molestia. Y... ¿Cuál arte es ese que busca? ¿Neurocirugía?

Dipson rió amablemente. _No no, verá Vogel, desde hace medio siglo me dedico a...bueno, intentar en realidad, curar. Tal como lo hacían los sanadores de antaño, con sus manos desnudas y su convicción como su única medicina. Pero es un camino duro y difícil que hoy en día me sigue siendo elusivo.

_No creo comprender, ¿curar a alguien sin nada?

_Si, así es. Poder curar a otra persona, sin ningún elemento.

_Nunca había escuchado eso, excepto de las bocas de farsantes, claro.

Dipson extravió un suspiro. _Es un arte perdido, me temo. Pero sé que es posible, he encontrado documentación que así lo acredita, a pesar de que esté muy basado en la fe de quien escribía en su momento.

_No se ofenda Charles, pero... –Drescher se acomodó contra la pared– Tengo entendido que no es algo posible. Sepa que soy un hombre de mundo, visité muchos lugares a lo largo de mi vida, he conocido auténticos genios de la medicina, y me han explicado que nadie puede regenerar a otro, porque para eso debería conocer a la perfección la estructura de la otra persona, me refiero, a nivel inconsciente y obligar con...cómo explicarlo...con su propia vitalidad...¿o voluntad?, a recuperar la de quien se encuentra herido.

_Eso es verdad, si. Le han informado correctamente. Pero hete aquí que he encontrado una forma... -la voz de Dipson se había tornado profunda y misteriosa- Una forma de pasar mi voluntad, a través de mis células, a las de las células de otra persona.

_Wow, suena....complicado. ¿Entonces puede curar?

_No, todavía no. He logrado pequeños efectos. Cortar la circulación de una vena, abrir tejido muscular. Y mi mayor logro, por el cual estoy orgulloso, el de comenzar una purificación.

_¿Una qué?

_Ese es el nombre que le he dado. Lo que hago es "ordenar", digamos, a las células del paciente a aniquilar cuerpos extraños. Activo su respuesta autoinmune, y puedo direccionar los leucocitos en el proceso, efectivamente combatiendo una infección.

_¡Eso es excelente, lo felicito Charles! ¿Cómo lo hace?

_Usando agua. Lleno de mis propios linfocitos el agua, y la vierto en la herida. Reabsorbo esa agua, y entonces mi cuerpo aprende a combatir la infección. Luego vierto mi sangre en la herida, y el proceso comienza. Paralelamente, me sirve para destruir bacterias en el agua y potabilizarla, si no cuento con que hervirla.

_Me deja usted sorprendido, es sin duda un hombre de un talento increíble. -Drescher sonrió. Le alegraba pasar el tiempo con gente extraordinaria, era uno de sus pasatiempos favoritos. La mejor parte era coleccionar anécdotas para contar luego y convertirse en el alma de la fiesta. De pronto le llegó un súbito pensamiento.- Que tonto soy, tengo mi asistente en el bolsillo. Con tanto que ha pasado me olvidé de él. -extrajo con el brazo sano un aparato pequeño, ovalado y translúcido. Al encenderse iluminó con intensidad toda la caverna- No tiene señal...pero funciona.

_Será mejor que no gastemos la batería inútilmente, mire, parece que vuelven.

Al final de uno de los túneles, una luz centelleaba, acompañada de dos figuras. El irlandés y la callada sombra se acercaban a paso lento. Al parecer no traían buenas noticias.

_¿Alguna novedad? Preguntó impaciente Drescher, mientras cubría sus ojos de la flama.

_Encontramos lo que parece una salida, pero al acercarnos descubrimos que el agua que cae de esa dirección está caliente, y probablemente radioactiva. Si hemos de salir por allí, posiblemente moriremos en poco tiempo. Debemos encontrar otra que esté más alejada. - Dijo MacOwen, con voz cansada.

Syra estaba de pie un metro detrás de él, con la misma expresión neutral de siempre. Sin duda la circunstancia en la que estaba le desagradaba por completo.

_Opino que deberíamos movernos, pero antes debemos tratar el hombre de Drescher. No podía ayudarlo sin luz, y no nos queda mucha. -Dipson miraba la antorcha, que se consumía sin parar- Afortunadamente Vogel tiene su teléfono con algo de batería, nos será muy útil.

_¿Por qué no mencionaste antes que tenías eso? -escupió Syra.

_Lo siento, se me olvidó por completo.

_¿No puede esperar? necesitamos seguir buscando una salida. -se impacientó MacOwen.

_No, ¡no! No puede esperar, me duele mucho y ¡probablemente se infecte y pierda el brazo! -exageró Drescher.

Syra se dio vuelta, exasperada, y puso los brazos en jarra.
_Es un inútil...

_¡Hey! Esto me llevo por querer ayudar a mis compañeros, a pesar de mi...no adecuada experiencia de combate. -Dipson ya se encontraba sobre Drescher observando la herida.

_No está tan mal, no tardaré mucho. -Dipson sacó un pequeño vaso de plástico de su bolso, y recogió un poco de agua que caía por la pared. Se cortó un costado del dedo, del cual brotó una gota de sangre que cayó dentro del vaso. Vertió el contenido sobre el hombro de Drescher y esperó unos instantes. Pasó el dedo cortado por la herida, absorbiendo el agua lentamente. Apretó el puño, lo llevó sobre su cabeza unos segundos, y volvió sobre el hombro. Esta vez brotó de su dedo suficiente agua y sangre como para cubrir la herida por completo.

_Casi termino, paciencia. Quítese la ropa, por favor.

Extrajo de su bolso unas vendas, y las usó para envolver bien la zona afectada. Por último ayudó a Drescher a ponerse de nuevo su sucia camisa, y a levantarse.

_Me sigue doliendo, ¿es normal?

_Nadie dijo que fuese analgésico, sólo antibiótico.

_Muchas gracias, Charles.- Drescher agradeció con una leve mueca.

_De nada ¿Me permite luz?

A la luz del aparato, Dipson puso tela nueva en lo que quedaba de antorcha y la encendió de nuevo. Los cuatro se pusieron en marcha, y eligieron al azar otro de los pasajes, luego de marcar con una cruz el que no les servía. El recorrido se hacía monótono, enterrados bajo la roca, siempre avanzando para encontrar cantidades mayores de gris, negro y marrón.

_Vogel, ¿no te preocupa no saber cómo defenderte? - Preguntó MacOwen, con verdadera preocupación.

A Drescher le sorprendió la pregunta y la confianza repentina. _No...digo, no soy un talentoso para las artes de la violencia. En cambio he sido dotado para la diplomacia. Prefiero negociar antes de pelear, siempre he sido así.

_Pero no todos los conflictos pueden resolverse hablando, holandés. Sin ir más lejos, acabamos de salir de uno donde las palabras no sirvieron de nada. ¿Acaso te hubieras quedado a hablar con alguno de los invasores de Amenaza, a compartir un trago?

_No sé qué decirte, el momento de las palabras quizás ya había pasado, pero sin dudas lo hubo. Un diplomático perspicaz hubiese evitado todo ese embrollo. No conozco tu nombre de pila, MacOwen.

Las sombras desfilaban bajo la antorcha sostenida por el viejo irlandés. _Liam. Mi nombre es Liam MacOwen. Sin duda entenderá que si vuelve a quedar atrapado en otro de esos momentos donde las palabras ya no sirven, podría perecer.

Drescher se quedó en silencio mientras caminaban. El túnel hizo una curva hacia abajo, por lo que bajaron con un poco de dificultad. _Si, comprendo. -apretó su rostro con dolor- Simplemente no está en mi.

El túnel se puso horizontal de nuevo, y se separaba en dos. Un rápido paso por una de las separaciones reveló solo una pared, por lo que siguieron por el otro.

Siguieron caminando para encontrar una sección tallada y con arcos de ladrillos de adobe. Sobre las paredes, había pequeños nichos, llenos de huesos y calaveras. Extrañamente, ninguna inscripción sobre ellas.

_¿Quiénes serán? –espetó Dipson.

A falta de respuesta, Syra expuso. _No tienen nombre, por lo que pueden ser sombras. No sabía que usaban este lugar como sitio de descanso final.

_¿Por qué les niegan el nombre a las sombras? – MacOwen se dirigió a Syra, con el ceño fruncido.

_Nadie nos niega nada, los nombres son sólo una herramienta que usamos. Cuando comenzamos el entrenamiento con Eylem, descartamos cualquier orgullo o calamidad atado a nuestro pasado para empezar de cero. Es entonces cuando ganamos verdadero poder.

_Dejar atrás el dolor del pasado suena interesante, pero diluye también a la persona. ¿Cómo mantener la palabra dada sin un renombre?

_¿Las promesas? –Syra dibujó una minúscula sonrisa en sus pálidos labios– También son herramientas, en mi opinión. Aunque no todos piensan lo mismo.

_La palabra y el honor lo son todo para un hombre. Ni me atrevería a mirar a mi rival a los ojos si mi nombre está manchado. –el tono de voz de MacOwen era severo.

_No hay necesidad de ponerse de acuerdo, cada uno elige como ser y cómo sobrevivir. Sigamos.

El heterogéneo grupo se puso nuevamente en camino. MacOwen tenía problemas para contenerse. _Entiendo la supervivencia, pero no hace falta recurrir a sucias tretas para lograrlo. Ser valiente, ir de frente y con altura siempre ha sido mi forma de vivir.

_¿Y eso dice un templario?

MacOwen se detuvo de pronto, obligando a todos a interrumpir el paso. Miró fijo a Syra con enfado, a la que le llevaba más de una cabeza de altura. _Ninguna sombra sin palabra va a cuestionar mis actos y los de mis hermanos en armas.

_¡Damas y caballeros! Por favor, no hay que encender las pasiones. Todavía queda un largo trecho hasta salir de aquí. –Vogel se había puesto entre ellos, intentando apaciguar las aguas.

_¿Qué sabes de los Templarios? No tienes idea de lo que pasamos.

_Se lo suficiente. Sé que tienen que vivir con cautela luego de haberse rendido y sometido, a riesgo de perder el cuello si hacen enojar a quien no deben.

_MacOwen, cálmate por favor. –pidió Dipson– prométeme que no usarás tu arma contra ninguno de los presentes hasta que salgamos. Me debes una, recuerda.

MacOwen dio la vuelta hacia Dipson, y resopló. Charles continuó. _Y usted también, señorita. Preferiría que no usemos la violencia hasta que no salgamos de esta tumba de granito.

_Estoy de acuerdo, no me motiva pelear en tan horrible lugar.

Continuaron a paso firme, pronto dejaron los nichos detrás. A Drescher sin embargo lo consumía la curiosidad.

_Liam...diablos.-sonrió nervioso sin poder controlar su curiosidad- espero no meter la pata pero, quisiera saber más de los Templarios. Nunca me había cruzado con uno. ¿Cuál es su historia?

MacOwen lo fulminó con la mirada, pero rápidamente se calmó al entender la avidez de conocimiento de su obligado compañero. _Yo soy de la segunda generación de Templarios, luego de la Gran Caída. A los primeros se los juzgó como traidores, y se los cazó como si fuesen animales salvajes. De la primera generación, sólo quedan dos. De la segunda, apenas siete. Hay una tercera, pero no tienen renombre, y francamente no sé cuántos son.

_¿Pero, por qué se los consideró traidores?

_Durante cientos de años guardamos un secreto, y quienes no lo conocían nos acusaron de blasfemos.

_Y ese secreto...¿puede saberse?

MacOwen giró para ver la expresión de Dipson, pero éste no le devolvió ninguna en particular.

_Se dice -comenzó- que hubo una vez una persona, un hombre, que era como *nosotros*, pero por la divina intervención de Dios, se le devolvió su humanidad. Y no sólo eso, sino que su sangre podía convertir a los *nuestros* nuevamente en personas normales, y permitirles caminar bajo el Sol y morir en tiempo y forma, rodeados de sus familias. Era además un sanador y un profeta. Nos dejó como legado, luego de su asesinato, una copa con su sangre. Esa copa convirtió a muchos, incluso centenares de años después, hasta que perdió gradualmente su efecto. Guardamos ese grial celosamente por milenios.

Drescher levantó una ceja y dejó caer su quijada, sumido en la sorpresa. _No es posible...¿de verdad? Es la primera vez que escucho algo así. Yo no tengo nada a favor ni en contra de la religión, pero ¿alguien capaz de quitar...*esto*? Me parece muy difícil de creer.

_Lamentablemente no llegué a ver ese milagro con mis propios ojos, puesto que la copa perdió su poder mucho antes de que naciera. Pero creo en mis hermanos que han vivido en ese momento y en sus dichos, puesto que son hombres de palabra y honor. -remarcó esas palabras mientras miraba de reojo a la sombra, que hizo caso omiso de la situación.

El final del túnel daba a una recámara, y ésta a un río subterráneo que se alejaba en dirección al sur.

Descendieron hasta este, y con el agua hasta las rodillas, prosiguieron. El tiempo pasaba lentamente, mientras chapoteaban paso tras paso, y la tela de la antorcha se consumía más y más.

_Liam, ¿puedo pedirle un favor cuando podamos salir de esta cueva? Quisiera aprender a defenderme, algo básico, si es posible.

El irlandés se volteó hacia Vogel, que lo miraba con cierta súplica y una pizca de apreciación. _Está bien, por qué no. Ya estoy enseñándole algo a Charles, no me daña tener otro aprendiz.

Drescher sonrió ampliamente. _Estoy agradecido, entonces.

PARTE 21: UNA TREGUA

El ascensor llegó al piso treinta y se detuvo con la suavidad de una pluma. Las puertas de lustroso acero se abrieron, dando acceso a la suite del lujoso Cynatech Tower, centro del emporio comercial de la multinacional de fármacos más importante del mundo. Un hombre de traje caminó con pasos lentos hacia el interior, se quitó la corbata y la depositó cuidadosamente sobre un sillón. Su mirada era totalmente neutra, que fue lo único que se mantuvo estático, mientras que toda su apariencia cambiaba. Su estatura varió haciéndolo aumentar unos centímetros, sus rasgos faciales se modificaron severamente. Un bigote cuidadosamente elaborado se brotó debajo de su nariz, sus pómulos retrocedieron, al igual que las órbitas de sus ojos. La tonalidad de su cabello se hizo más oscura, las orejas cambiaron de forma y posición a los costados. La apariencia más conocida de León acomodó un poco sus ropas, y tomó asiento pesadamente frente a una hermosa mesa de reuniones que gobernaba la sala.

La suite era amplia, iluminada difusamente por lámparas que variaban su intensidad, haciéndose más intensas si alguien estaba cerca, y más oscuras cuando no había nadie. Primaba el negro y el color plateado, mezclados con delicado gusto estético. Sobre una de las paredes, colgaba un moderno Vitromarco gigante, que pasaba continuamente imágenes de obras de arte, siendo por momentos La Mona Lisa, y dos minutos después, La tentación de San Antonio, todas con una calidad de reproducción inigualable, mejores que los originales en algunos aspectos. La habitación además rebosaba de vida, cada columna de mármol, plata y luz difusa estaba acompañada por tres delicadas macetas con helechos, que flotaban en el aire por el efecto de electroimanes, dando un conjunto de exquisitez y tecnología aplicada. El centro de la sala estaba dominada por una enorme mesa de reuniones en negro mate y patas plateadas, cuya altura se regulaba automáticamente dependiendo de la estatura promedio de los presentes y la cantidad, una inclusión exótica al conjunto. Un gesto de la mano sobre su superficie encendió la interfaz holográfica. Junto a su agenda de pendientes, informes de balance y registros varios, una ventana esperaba su confirmación para iniciar la conferencia. León respiró profundo, se acomodó en su sillón, y aceptó. Inmediatamente, tres paneles etéreos adoptaron posiciones frente a él, cada una con la imagen de una persona. La reunión había comenzado.

_Buenas   noches,   caballeros.   –saludó   León solemnemente, con una voz profunda y rica en matices.

Las tres personas saludaron educadamente. Ninguno de ellos estaba demasiado feliz. Eran las tres garras de León, que manejaban los asuntos *de verdad*, y la tapadera que había sido el surgimiento y crecimiento exponencial de Cynatech. Se miraban las caras digitales entre sí, con un notable nerviosismo de fondo. El rostro más a la izquierda era el asesor financiero y director ejecutivo de Cynatech, conocido formalmente (en la actualidad) como Luca Di Gennaro, y entre *ellos*, simplemente como el Genovés. En la etérea pantalla del medio el asesor militar y Comandante de la rama bélica clandestina, Matthias Weissman, quien aún mantenía, por orgullo, su nombre de nacimiento. A la derecha se veía la imagen de Budem Edelstein, asesor científico, y la mente detrás de la gran mayoría de la tecnología que había puesto a la farmacéutica a la cabeza de la industria, y la que había hecho realidad las unidades *neomensch* que pronto revolucionarían la guerra.

_No hace falta introducciones, todos conocemos la situación actual tras los hechos de ayer, así que me concentraré en las novedades. –continuó León, de forma calmada.– Acabo de tener una amable charla con Eylem. Ha quedado claro que ni ellos ni nosotros sabemos quién o quienes atacaron el Palacio, aunque el motivo esté bastante claro, darnos un golpe certero. Conocía los riesgos cuando envié a todas esas valientes personas, sabía que habría una posibilidad de que muchos de ellos no vuelvan, pero con la adecuada estrategia e inteligencia detrás, eso no ocurriría. Lamentablemente los planes no resultaron.

León hizo una pausa para mirar fijamente la versión holográfica de su Comandante. _Weissman, no te culpo por lo ocurrido. Manejaste la operación con tu máxima capacidad operativa, he estado monitoreándola y ha superado mis expectativas, sin contar con el resultado final, que no ha podido ser previsto.- el tono de voz no revelaba absolutamente nada.

Matthias Weissman era un militar consagrado, y lo había sido durante toda su vida humana, cuando las circunstancias cambiaron y se vio movilizado por el torbellino imparable que era León y su *nueva existencia*. Su mirada era penetrante, mostrando un nivel de compromiso y astucia elevados, digno de ser el Comandante. Se sabía extrañamente joven en relación a quienes lo rodeaban, a pesar de su siglo y medio de experiencia militar. Tenía sus labios fuertemente apretados, escuchando a su líder. Llevaba un poco de pelo en su angosta barbilla y las mejillas hundidas. Ese pequeño comentario, casi al pasar, lo había calmado a medias. Quizás León todavía confiaba en él y en su capacidad, a pesar de la derrota. Pero sabía que no sería gratis. La ansiedad de las novedades que estaba por escuchar le mantenía los pelos de la nuca rígidos como alambres. Tenía una pregunta en la punta de la lengua, pero no se atrevía a soltarla, esperando el momento oportuno. Sólo hizo un leve gesto con la cabeza.

_La jornada ha sido sin duda una complicación. -acotó el Genovés, con una actitud algo trabajada, que hacía pensar que había anticipado los acontecimientos años atrás.- De todas formas debo decir que no ha sido la ruina total. La información obtenida de *Speerspitze* es valiosa, y estoy seguro de que Edelstein ya está maquinando en una versión revisada. Soy optimista, dentro de las circunstancias.

Edelstein no dijo una palabra. Apenas movió los labios hacia un costado. Era un hombre extremadamente delgado, inmutable en muchos aspectos, detrás de su halo de completa confianza en su inteligencia. Usaba lentes de lectura por dos motivos, porque no había sido capaz de sanar por sus propios medios, y porque pensaba que la cirugía requería precioso tiempo que no podía tomarse. Se encontraba en este momento extrañamente distraído en su atención a la conversación.

León observó unos instantes la imagen de Edelstein, antes de continuar. _Coincido en eso. Debemos planificar los pasos a futuro. La tregua es firme, pero sólo por el momento. No hay forma de saber por cuanto se extenderá, y es ese tiempo el que tenemos para reestructurarnos. Inicialmente está el asunto de *Prima-Gestalt.* -Weissman tragó con fuerza, sintiendo las miradas de los presentes sobre su reflejo- Encuentro francamente...imperdonable una brecha de seguridad de tal magnitud. Entiendo Weissman que el General Krupp es el encargado de la seguridad de la base, un hombre de tu confianza.

Weissman optó por una ofensiva como mejor método defensivo. _El General Krupp es efectivamente un hombre de mi entera confianza, sin embargo no llevó a cabo las mejoras de seguridad que le recomendé. Hasta hace dos días cuando se produjo la brecha, estas mejoras estaban implementadas al sesenta porciento, pero evidentemente no fueron suficientes. Aún ahora confío plenamente en él, ya que con una semana extra para trabajar estoy seguro de que las mejoras hubiesen sido completadas en su totalidad. -la pregunta que quería hacer casi se le escapa de la boca. Pero ahora vio que la situación era de suma cero. Krupp fue su colega allegado por casi cincuenta años, y le hubiese confiado sus hijos si los tuviera. Tenía que salvarlo, pero no podía. Le pidió disculpas en silencio por su siguiente frase, pues ya no preguntaría si Krupp podía ser perdonado- No puedo responder por él, ya que el cronograma exigía acelerar los trabajos, cosa que fue postergada. No está en mis manos, pero como su superior, recomendaría una sanción disciplinaria.

León escuchaba con atención, con su mano en el mentón, meciéndose en su cómoda silla. _¿Una sanción? Sin duda. Pero Matthias... -Weissman, al escuchar su nombre de pila, se preparó para una noticia nefasta- Comprometer la seguridad de nuestra base más importante, se trata de un hito en nuestra organización. Temo que en este caso, habrá que aplicar una sanción ejemplar. Una alta responsabilidad -León hizo un paneo con la vista a todos los presentes virtuales- conlleva un alto riesgo. Creo ser muy sensato en plantear la desvinculación de Krupp a su cargo, sin honores. Y darle un cierre a su historia. -León calcinó a Weissman con la mirada-

Weissman entendió perfectamente la indirecta. Quería a Krupp muerto, en silencio y sin testigos. Y el encargado de esa tarea era él mismo. Uno de sus compañeros más queridos. Contestó en modo automático. _Así será, señor.

León continuó, en perfecta calma. _Resuelto ese asunto, pasemos al siguiente. Estoy muy complacido con los logros de *Speerspitze*, incluso en la derrota. No tengo forma de saber por qué el Akkadio dejó con vida al componente Lohe, probablemente por alguno de sus sádicos caprichos. Pero no deja de ser afortunado. Una vez que esté operativa voy a reasignarla a la base *Grüne Wiese*. Me interesa que la siguiente generación se nutra de su experiencia de combate. Sospecho que nadie mejor que la antigua Lohe para formar a las nuevas.

El Genovés asintió con la cabeza, mientras que Weissman permaneció con la mirada baja, y Edelstein continuaba sospechosamente en silencio, mirando de reojo. Ante el repentino silencio, Di Gennaro acotó. _Más que a nadie me gusta la idea de una división completa de *neomesch* como ella y sus gemelos, pero hasta el momento considero que debemos reclutar más tropas convencionales, dada la frágil paz que hemos conseguido con nuestro enemigo declarado, y que aún no tenemos información sob–

_¿Sucede algo, Edelstein? –interrumpió León, súbitamente.

Edelstein fijó su vista en León, pero no emitió sonido durante varios segundos. Luego levantó la vista unos instantes, y finalmente habló, detrás de sus anteojos empañados. _Un minuto, por favor.

La transmisión desde el lado del científico se cortó, dejando una frase de espera. Weissman y Di Gennaro se observaron con curiosidad, mientras que León esperó paciente. Un poco menos de un minuto después, la trasmisión se renovó. El hombre ya no llevaba sus anteojos.

_Perdón por la demora, León. No sucede nada extraño, los eventos de la pasada fecha me han dado muchas cosas para pensar, eso es todo.

_Ya veo, ¿y qué opinas al respecto? –espetó el líder.

_Coincido con mi colega, hemos de reforzar nuestras líneas lo antes posible. Quisiera hacer foco en otra cuestión, si me permiten caballeros.

Nadie dijo nada, invitando a continuar. _No me ha quedado del todo clara las circunstancias que llevaron al rompimiento en hostilidades con Cresta, cuando aún no teníamos confirmación de la respuesta del Akkadio, las mejoras de seguridad ya discutidas no habían sido completadas, y que en definitiva aceleró los eventos que conocemos. Deseo saber con exactitud qué sucedió.

_Ya hemos hablado de este tema, Budem. La operación fue fallida y un agente de Cresta murió en combate. -respondió el Genovés- No creo qu-

_¿A qué quieres llegar? -interrumpió nuevamente León, ésta vez dejando atónito a su asesor.

_Las personas a cargo de esa operación también deben ser sancionadas. ¿Quiénes son? No sé sus nombres.

_Pierre Chambeaux que ha fallecido y está más allá de cualquier represión, y la Sargento Antoinette Soleil que está volviendo a Alemania, habiendo cumplido sus órdenes. -León se quedó perforando con la mirada a Edelstein- No es materia de preocupación por el momento. Esos fueron los temas más importantes, tengo algunos asuntos personales que requieren mi atención, así que me despido. Aproximadamente a esta hora del día de mañana continuaremos, hay trabajo por hacer. Buenas noches, caballeros.

_Buenas noches. -Contestaron los tres asesores.

La trasmisión se cerró. Lo último que vio Edelstein antes de cerrar la sesión fueron los ojos de magma con los que León lo perseguía. Respiró profundamente, y exhaló, relajándose en su sillón. La habitación estaba casi en penumbra, de no ser por la luz de la pantalla, y un par de focos cerca del balcón. Hizo un esfuerzo consciente para soltar las manos agarrotadas de los apoyabrazos. Tamborileó los dedos sobre el escritorio unos segundos, antes de darse vuelta y ponerse de pie. A apenas un metro, tendido sobre el suelo, yacía el cuerpo inerte de Budem Edelstein. El Edelstein de pie se acercó, mientras cambiaba de forma radicalmente. Un breve escalofrío recorrió el cuerpo de Anzhelika, mientras terminaba su transformación a su figura más habitual y recogía su cabello en una cola de caballo. Con los brazos en jarra, hizo un rápido paneo a su alrededor, para asegurarse de que nada estuviese fuera de lugar antes de partir. Media docena de tristes cuadros colgaban de las paredes, sobre el piso de madera ahora manchado casi por completo por toda la sangre que brotaba de la yugular abierta. De pronto a sus espaldas, la pantalla se reactivó. Un pedido de conferencia, esta vez de uno a uno. León estaba llamando.

Lika se sorprendió, ya que no esperaba esa acción de su parte. Dudó un rato sobre qué hacer. Eylem probablemente estaría furiosa cuando regrese a la base de Cresta. Lo de la tregua también había sido sorpresa, lo que ella consideraba una entrada y salida limpia de territorio enemigo, era ahora una ruptura clara del cese al fuego. Y era su culpa. No sólo eso, sino que lo que estaba haciendo se había convertido de pronto en tan sólo una cruzada personal, una para vengar la memoria de su querido hermanito postizo Lykaios. El sonido de llamada continuaba, esperando su respuesta.

Actuó con lo que le pareció la menos peor de sus opciones. Adoptó nuevamente el rostro del recientemente difunto científico. Levantó la vista hacia un espejo en la pared, para cerrar los detalles de su personificación. Carraspeó y repitió un par de veces el nombre de Edelstein, hasta que el timbre de voz le pareció lo más fiel posible. Se sentó, y contestó.

_Si, aquí estoy, ¿pasó algo?

León no abrió la boca, se quedó inmóvil, mientras la escaneaba de arriba abajo. _¿Quién eres? –dijo finalmente, con autoridad.

Lika cortó la trasmisión. Su engaño había sido descubierto, aunque al menos su identidad seguía oculta. Se fue rápido corriendo por el pasillo, cambiando de forma en el trayecto al de una inocente anciana. Llegó finalmente a la calle y cerró tras de sí. ¿Qué haría ahora?

¿Era una agente libre o seguía con Cresta? Eso dependía de si Eylem se enteraba o no de su última aventura, y la respuesta más probable era que sí. Por otra parte ella no podía darse el lujo después del fiasco del Palacio, de dejar de lado a uno de sus mejores elementos, pero sin duda estaría hecha una furia digna de una epopeya épica. Lo peor de todo, es que ahora tenía un blanco nuevo que perseguir antes de volver. Antoinette Soleil era la única persona que estaba entre ella y la venganza. Sólo una vida, y volvería para continuar su impecable trayectoria como sombra. ¿Podía permitirse ir tras ella?

Mientras caminaba por las tranquilas calles, volvió a invadirla el mismo sentimiento de impotencia que antes, pero ¿por qué? No era la misma persona que fue hace unos siglos atrás, las cosas habían cambiado. Tal vez, sólo tal vez, podría perdonarse a sí misma no ser perfecta, perdonarse no poder estar en todos lados y salvar a todos los que ella estimaba. Pero sin duda no podría con el alma de Lykaios sobre los hombros.

Esperó un autobús envuelta en la fría noche, y se subió con fingida dificultad. Eligió un asiento solitario, y reemprendió su plan. Sacó de su falso bolsillo el asistente móvil de Edelstein, lo desbloqueó usando el dedo cortado de su víctima y revisó entre sus contactos, buscando cual se veía más prometedor.

En otro lugar, no demasiado lejos, un militar cerraba a su vez la reciente transmisión. Weissman se paró y se sirvió un trago rebosante de whisky, que quedó por la mitad de un solo trago. Chasqueó los labios y se quedó jugando con el cristal en sus manos. Sin dudas lo que estaba por hacer pondría su carrera entera, y quizás su vida, entre la espada y la pared. De pronto su moderno departamento le provocó asco, rodeado de tantas comodidades modernas. Extrañó su carpa de campaña, un trozo práctico de tela que le daba seguridad y descanso. Era lo único que un hombre de verdad necesitaba. Arrojó su vaso aún medio lleno hacia un costado, haciendo un ruido estridente. Se quedó un momento en silencio contemplando el suelo, mientras ordenaba su revuelta cabeza. Finalmente no se había atrevido a preguntar. ¿Cómo es posible que nadie hubiese visto ese desenlace? León contaba con una vidente finlandesa llamada Beatrix Virtanen de renombrado talento, que Weissman conocía muy bien, con la que había hasta el momento sorteado todo tipo de peligros gracias a sus visiones del futuro cercano. ¿Y qué sucedió en este caso? ¿Cómo no vislumbro lo del Palacio? ¿Ni siquiera una advertencia? Algo no cuadraba. En cuanto solucionara (si realmente podía solucionarse) su problema más inmediato, se encargaría de averiguar con Beatrix en persona. Pero primero lo primero.

_Llamar a...Alex Krupp, línea segura. –dijo, y su computadora obedeció. Se inició, ésta vez sólo como transmisión de voz.

_Matthias, esperaba tu llamado. ¿Qué ha dicho?

_Viejo, son malas noticias. León te quiere muerto. Y que lo haga yo mismo.

_Es terrible....no sé qué decir. ¿Pero por qué? He hecho tal cual me pidió.

_¿Qué quieres decir?

_Seguí el cronograma de actualización al pie de la letra, ¡no estaba atrasado! No tengo aquí el archivo pero debes creerme Matthias.

_Te creo Alex, pero eso no cambia el hecho...debemos...debemos fingir tu muerte. Ahora no se me ocurre nada, pero tenía que contártelo enseguida. Lo mejor es que desaparezcas y te ocultes.

_Si, sí. Estoy de acuerdo, sí. -el General hizo una pausa.- Gracias, de verdad amigo. -ambos sabían que desaparecer de un buscador que te conoce es extremadamente difícil, por lo que ocultarse era improbable- Te llamaré en una hora, ¿de acuerdo?

Weissman se aclaró la nariz y contestó. _Si, de acuerdo, hasta pronto. -y cortó con un gesto de su mano.

Exhaló todo el aire que le quedaba en los pulmones, con amargura. Caminó hacia los vidrios rotos del vaso, pero se detuvo. Levantó la cabeza, con la mirada en el techo. ¿Se jugaría su cabeza o la de él?

_Era verdad lo que dicen...¿cómo se puede tener amigos entre los *nuestros*?

PARTE 22: ALAS DE LIBERTAD

Lohe despertó sobresaltada, y tardó unos instantes en comprender qué había a su alrededor. Estaba en un bunker oculto en algún lugar de España. La rodeaban muros de concreto del techo al suelo, con tenues líneas que simulaban la separación de ladrillos. Estaba acostada sobre una litera no demasiado agradable ni demasiado limpia, todavía con su atuendo negro puesto. A los costados, unas suaves luces oficiaban como la única iluminación del lugar. El resto estaban apagadas, al igual que las señales rojas de emergencia. Indicaban que afuera era probablemente de día, pero ella no lo sabía. Se incorporó, con algo de dolor en las piernas y la cabeza aturdida. Revisó en uno de los armarios de metal que estaban empotrados contra la pared, donde encontró equipamiento, un rifle *Lichtbogen II*, una pistola, botas y un casco. Chequeó su reloj para orientarse. Era el día siguiente al horror, no habían pasado aún ni quince horas desde que perdiera a sus hermanos, para siempre. Dejó el sofisticado reloj en el armario, y recorrió la habitación entre cansada, afligida y nerviosa. La conocía, había estado ahí el día anterior mientras se preparaban para dar el golpe, junto con sus hermanos y el grupo de apoyo, que también había caído en combate. Suspiró con fuerza, como si pudiese echar así los malos recuerdos. En uno de los rincones había un lavabo con un espejo. Éste estaba en mejores condiciones que la litera y con elementos de higiene recientemente repuestos. Se lavó un poco y observó que imagen le devolvía el cruel espejo. Tenía sendas ojeras debajo de los ojos, su corto cabello todo enmarañado y sucio. Sus ojos eran una mezcla entre el azul iris y el rojizo de la sangre. Se sentía fatal, el descanso lejos de servirle la fatigó más aún.

Dio la vuelta, bastante disgustada y buscó en los otros armarios. Había un uniforme camuflado urbano, algo de ropa civil y otro traje negro, todos de su talle. Tomó algo de ropa y abrió la puerta, caminando agotada por el pasillo. La iluminación ahí era más intensa, y le hacía arder los castigados ojos. Siguió hasta la otra punta del bunker, sin cruzarse con nadie. Se quitó el traje negro, notando que cada pieza tenía enormes agujeros y cortes, sin embargo debajo su piel estaba intacta. El último acto de Fender, quien la había sanado antes de perecer. Se metió en las duchas, y dejó que el agua que caía sobre su esbelto cuerpo se lleve todas las frustraciones y la tristeza. Terminó de asearse y se cambió la ropa. Botas nuevas, una remera blanca y el pantalón camuflado servirían por el momento.

No podía detener, ni conscientemente, todos los eventos de su última misión pasando por su mente, como si fuese una película que se repite sin parar. A veces ella era la villana, por haber sobrevivido, a veces el Akkadio por ser el terror encarnizado, a veces León por enviarlos a su muerte. Miró a sus alrededores buscando en qué distraerse, pero no encontró nada. Salió de las duchas todavía secándose el cabello con una toalla con el vapor a sus espaldas. Algo se paró frente a ella y no pudo seguir avanzando.

_Que fracaso, ¿eh?

Lohe levantó la vista, sin un ápice de buen humor. La mujer que estaba frente a ella tenía la piel extremadamente pálida y llevaba un uniforme azul oscuro, el que usan los agentes de la milicia regular cuando están en misión especial, una boina sobre su cabello oscuro y lentes color morado.

_No tengo deseos de hablar ahora, Soleil.

_Me imagino. –Antoinette Soleil la miró de arriba abajo, de forma despectiva. Ella, la estrellita de *Speerspitze* (y probablemente de todo el ejército de León) había demostrado no ser más que un fracaso, una mentira, lisa y llana –Debe ser difícil lidiar con ese asco de misión.

Lohe se abrió paso a la fuerza, y empujó a Soleil a un costado, con pésimo tacto.

_Que carácter...espera, tengo algo que informar. –siguió Soleil– Tenemos nuevo comando. Parece que algunas cabezas rodaron después de lo de ayer. Krupp fue destituido y ahora estamos bajo el mando directo de

Weissman hasta que se lo reemplace. Tampoco vamos a volver a *Prima-Gestalt*, sino a la base *Grüne Wiese*.

Lohe terminó con la toalla y la dejó sobre un hombro, detuvo su paso y se volvió. Habían pasado unas cuantas cosas y a su pesar, debía enterarse.

_¿Por qué no a *Prima-Gestalt*?

Soleil se cruzó de brazos. Su mano perdida había sido recuperada por completo. _Parece que están desmantelando la base, pero todavía no sé por qué. Lo sabré cuando volvamos a Alemania. Que por cierto -miró su reloj- partimos en cuatro horas y veinte minutos.

Lohe cerró los ojos con disgusto. _¿Un vuelo, sólo nosotras dos?

_Si, un vuelo. Pero vienen también todos los agentes estacionados en España.

_¿Cómo que todos? -algún detalle estaba faltando- ¿Qué sucedió?

Soleil levantó una ceja, luego recordó que la estrellita había estado durmiendo todo este rato. _¿Todavía no...? -sacudió la cabeza- No hay sobrevivientes del ataque al Palacio, ni uno. Así que de un plumazo hemos perdido dos quintos del ejército. Parece que la orden de arriba es reagruparse y ocultarnos hasta reforzar nuestros números.

Lohe bajó la vista. No sabía qué pensar. _Voy a...descansar hasta entonces.

_No te retrases, o te dejaremos atrás. –Soleil quiso ser hiriente, pero su víctima ya parecía lo suficientemente derrotada como para eso, así que su tono de voz la traicionó. Se acomodó sus lentes y se dirigió a su gris cuarto.

Lohe hizo lo propio. Tiró las botas al otro lado del habitáculo, ajustó la alarma, se acostó y procuró inútilmente dormir. ¿Qué pasará ahora? El ejército estaba medio destruido, el golpe maestro del que tanto se hablaba, que se había planificado durante años, había fallado catastróficamente. De pronto la asaltó una sensación nefasta. ¿Qué es lo que haría *ella*? Años de entrenamiento y educación experimental habían bloqueado su individualidad. Desde temprana edad se había movido como una unidad, ella y sus gemelos, todos apuntando al mismo lugar y cumpliendo exactamente lo que se les pedía. Pero la unidad ya no estaba. Instintivamente tocó ambos costados de la litera, como para constatar que efectivamente estaba más sola que nunca. Se sintió extraña ahora que no tenía rumbo ni acompañantes. ¿Realmente no tenía nada que hacer? Se acordó de la voz de su hermana justo antes de ser silenciada, y soltó un par de lágrimas que no pudo dominar. Sentía el estómago hecho un nudo y su alma hecha pedazos. Se quedó quieta, apenas moviéndose para respirar y sollozar. ¿Quién era el villano de la historia?

¿Quién? ¿Si hubiese azotado mejor, más fuerte, más certero, sus gemelos estarían con vida? ¿Si León no fuese un megalómano desquiciado, su unidad se hubiese salvado? ¿Si el Akkadio no fuese un demonio salido del mismísimo infierno, podrían haber triunfado? Se odió a sí misma. Odió a Krupp, a Weissman, a León, a Edelstein, al Akkadio, a los infelices de Cresta, a Eylem. A todos. Detestó con pasión las amargas lágrimas que cubrían ahora sus mejillas y que se colaban por las comisuras de sus labios, lágrimas que no podía detener. Maldijo su suerte, por haberle dado una vida de sufrimientos y penurias. Y finalmente, sintió mucho miedo, por saberse pequeña y sin destino. Luchó con esas hordas de pensamientos negativos, hasta que el cansancio obligó a un intervalo, y cayó en un profundo sueño.

Nuevamente despertó sobresaltada. La alarma indicaba que faltaba poco para abandonar el bunker. Había estado soñando, pero esas memorias desaparecieron rápidamente y no pudo hacer eje en nada. Se cambió sin ganas, ésta vez con el traje negro. Se aseguró de llevar todo lo útil para el viaje, cargó el rifle y mochila al hombro, la pistola en el cinto, y su casco debajo del brazo. En uno de los estantes encontró unas jeringas con Proteplasm, un líquido espeso e incoloro que tenía todo lo necesario para alimentarse en campaña. Se inyectó una en el brazo, metió dos en un bolsillo, y se puso en marcha. Agradeció que su lucha interna todavía no se reanude.

Salió del cuarto y siguió por el pasillo, hacia las escaleras. Subió un piso y se acercó a la salida, donde todos esperaban. Había siete agentes sentados, acomodando sus mochilas y conversando por lo bajo, todos vestidos de negro. Sólo reconoció a Soleil y a los dos conductores que habían manejado las camionetas de su unidad y la de *Iluminieren* la noche anterior. Uno de ellos la saludó y le informó que el helicóptero llegaría en unos minutos. Se quedó sentada, revisando su inventario. Notó que Soleil la miraba de reojo. Luego de unos incómodos segundos, tuvo que preguntar.

_¿Por qué me observas?

Soleil le contestó con seriedad. _Estás diferente.

Lohe la miró con las palmas hacia arriba, sin entender el punto. _No sé a qué te refieres.

Se señaló un ojo con el dedo. _Puedo ver cosas, ¿sabes? Tu aura es diferente.

Lohe hizo caso omiso y cortó unilateralmente la charla.

El helicóptero no tardó en aparecer. Hizo un gran escándalo antes de aterrizar. Los ocho se pusieron sus cascos y salieron. El Sol todavía no quería entregar su reino a las tinieblas por el momento, y caía suavemente sobre el horizonte. Todos los agentes subieron y el artefacto despegó de inmediato. El ruido del motor fue un alivio para Lohe, que quería evitar conversar con cualquiera de los presentes. Afortunadamente ninguno hizo esfuerzos por entablar ninguna charla. El helicóptero continuó volando, pasando la frontera hacia Francia.

Ahora estaba acompañada tan solo por ella misma, era momento de resolver su dilema. Las horas de descanso le habían ayudado, y sentía la mente más clara. Su "nueva" individualidad dejó de desagradarle, pero no podía dejar de sentir que pisaba territorio nuevo. Arriba, la luna bautizaba con su pálido rostro la vegetación a las márgenes del río Moselle. Le gustó la imagen, se veía hermoso, sin dudas. Los árboles más altos estaban cubiertos de una fina capa de nieve que brillaba con mayor intensidad que el resto, más opaco. Volvió su atención hacia adentro de la nave. Siete figuras negras la rodeaban, en silencio, sosteniéndose de sus asientos. Parecían espectros sin vida. Se miró las manos, y el arma que llevaba entre ellas. Se sentía enfermizamente inquieta, ¿qué significaba todo eso? ¿Por qué no podía quedarse en calma y esperar? Quizás Soleil tenía razón y había cambiado.

Se preguntó nuevamente quien era el villano. León lo era, por creerse el nuevo amo del mundo, solamente por haberla enviado a ella a terminar al anterior. El Akkadio lo era a su modo, a pesar de que la guerra golpeó a su puerta y no al revés. ¿Era culpable de querer defenderse? No, pero aún así no podía perdonarlo por ser el ejecutor de sus seres amados. Finalmente ella misma. Sin duda también era la malvada de la historia. La diferencia es...que podía hacer algo por remediarlo.

Levantó la vista. ¿Realmente estaba dispuesta a hacerlo? Esperó, buscando una pizca de sabiduría que la ayudara. No pudo creerlo en un principio, pero si, realmente estaba lista. Miró hacia un costado. Su respiración se hizo más acelerada. El helicóptero sobrevolaba bosques y colinas con velocidad. Sus dedos se movieron prácticamente contra su voluntad. ¿Qué estoy haciendo? Se preguntó sin poder ofrecerse una respuesta convincente. Desató su cinturón de seguridad y se puso de pie. Todas las miradas se dirigieron hacia ella. Sintió una mano aferrarse a su brazo, y unos gritos que le indicaban que debía volver a su asiento. Vio la oportunidad, y se arrojó. El suelo se acercaba a ella en cámara lenta, cuadro por cuadro. El sonido del rugiente motor se hacía cada vez más leve. Estaba volando, hacia abajo. Hasta podía distinguir ya el verde deslucido de los pastos, de muy cerca. Muy, muy cerca. De pronto, el golpe.

Cayó rodando por la colina a gran velocidad, pero el salto había sido medianamente bien ejecutado. Cuando se detuvo luego de un sinfín de vueltas, ya no tenía su rifle y su codo derecho la estaba matando del dolor. Miró al cielo estrellado y vio cómo el helicóptero daba la vuelta para seguirla. Buscó rápidamente su arma pero no lo halló cerca y debió correr pronto. Corrió con todas las fuerzas de sus piernas hacia los árboles, y cuando estuvo segura de que no podía ser vista desde el aire, se quitó el reloj y lo hizo pedazos con un apretón de su mano. Que intenten seguirla ahora. Las poderosas luminarias del helicóptero se hicieron cada vez más lejanas, a medida que su rastro se hacía más difícil de seguir, hasta que ya no lo hicieron.

Esperó casi dos horas en un improvisado escondite, jadeando y sintiendo como el corazón casi se le salía del pecho y que el dolor del codo se hacía más intenso. No había nadie, en ningún lado. Gigantes de madera adelante y atrás, y la negrura de la noche que todo lo tapaba. Comenzó a reír de los nervios, algo asombroso en ella. ¿Desde cuándo se ponía nerviosa? Ya no se reconocía. Iba a remediarlo todo.

Y estaba feliz. Tan feliz que pudo ignorar que no tenía ni siquiera una pequeña idea de por dónde comenzar. Pero ahora tenía tiempo de pensar y decidir, tenía todo el tiempo del mundo. Se sentía libre, increíblemente libre.

PARTE 23: UNA TUMBA PERFECTA

_¿Realmente crees en lo que dijo?

_¿Si creo en que cosa?

_En lo del secreto de la orden de los Templarios.

Syra miró a Drescher con profundo desdén. Tenía ahora dos pares de ojos, uno debajo del otro, con las pupilas hiper dilatadas para ayudarla a percibir mejor en la oscuridad total, sólo perforada por la suave luz de la pantalla del asistente de Vogel, que amenazaba con quedar pronto sin batería a causa del continuado uso. Habían estado caminando hace horas ya, buscando el esquivo final del túnel. Todo iba bien, hasta que al holandés se le ocurrió que el silencio debía romperse.

_No, no creo una sola palabra de lo que dijo. -respondió la sombra- A todos ellos los borraron del mapa por alguna buena razón, sin duda, pero no creo nada de esas estupideces. Quizás por abrir la boca de más. -remarcó con maldad, especialmente dirigido a su obligado compañero.

_Cuando nos reunamos voy a preguntarle más al respecto. Debo admitir que es una historia atrapante. –terminó de decir eso y chocó con una pared sobresaliente.

_Mejor nos enfocamos en lo que hay que hacer, encontrar la salida.

Drescher decidió callar lo que pensaba de la falta de tacto de la dama, y siguió apuntando con su asistente hacia adelante. El túnel parecía infinito. _¿Hace cuánto tiempo que estamos atrapados?

Los cuatro ojos se enfocaron nuevamente en él, y luego en su sofisticado aparato con impaciencia.

Drescher echó a reír, nervioso. La situación, entre el techo eterno de roca y la mujer que lo acompañaba, probablemente también de roca, lo estaba empujando al límite. Él se creía un aventurero, pero no de este tipo de aventuras. Sólo de aquellas donde terminara con la ropa limpia. Miró el reloj y el calendario, e hizo un cálculo rápido.

_Deben ser unas...cuarenta horas, o un poco más.

Ambos sintieron de pronto la presión del hambre desde el interior, a pesar de no decirlo. Afortunadamente, un evento los distrajo.

_Eso, ahí hay algo. –indicó Syra.

El lúgubre túnel subía repentinamente, y la luz rebotaba diferente en el extremo. Subieron un centenar de metros, hasta el final. O casi.

_¡Otra caverna! Debe ser una broma. –protestó Vogel.

El túnel por donde iban desembocaba a un enorme vacío de piedra caliza, desgastada por milenios de goteo constante. El techo estaba cubierto de estalactitas, pero no se llegaba a ver el fondo, sólo el brillo ocasional de la luz sobre el agua atrapada en charcos. Pero, quizás el dato más importante, del otro lado podía distinguirse una enorme boca que continuaba subiendo, a sólo un pequeño salto de quinientos metros.

_¿No es extraño que no haya ninguna criatura por aquí? Además de los insectos, claro está. –la sombra seguía ignorándolo.

Syra se puso de cuclillas y más seria que de costumbre, mientras evaluaba las posibilidades. _El fondo debe estar a unos trescientos o cuatrocientos metros para abajo. Es posible que bajemos y exploremos el otro lado, se ve prometedor. Pero tardaremos mucho tiempo en hacerlo, y existe la posibilidad de que no nos sirva. Es mejor que volvamos y avisemos antes de proseguir. –levantó la vista hacia Drescher, con su cara de sufrimiento y su brazo lastimado, como quien tiene que lidiar a regañadientes con un anciano artrítico– Dipson tiene una cuerda, no vas a quedarte atrapado.

_¿Volvemos?

Syra estaba arrepentida de haberlo elegido como acompañante cuando se dividieron para investigar. Dipson habla de más, y probablemente hubiera tenido una pelea con MacOwen, pero ambos eran infinitamente más útiles que este mequetrefe. Dio la vuelta, y observó el interminable pasillo rocoso por el que habían venido, superada por la situación y por el hambre que no dejaba de atacar.

_¡Uf! -resopló Vogel cómicamente, intentando aliviar la negra situación- ¿Se hace difícil eh? Quizás...si grito y los otros dos resultan estar cerca, nos escucharan y nos ahorraremos el viaje.

_No seas ridi-

_¡Hola! ¡Hola! -Interrumpió a los gritos, haciendo eco por todas partes.

_Drescher, ¿es usted? -se escuchó en la lejanía, de algún lugar indeterminado por el constante eco. Pero era sin duda la voz de Dipson.

_¡Sí! ¿Dónde están? -respondió con un grito.

_Parece que en el mismo lugar, pero más abajo. -retumbó la contestación.

El alegre Drescher y la sorprendida Syra buscaron en la inmensidad oscura hasta que vieron, sobre la misma margen, a su izquierda y bastante más abajo, la ínfima luz de una antorcha haciendo señas.

_Nos hemos ahorrado varias horas de trayecto, señorita. ¿Cómo llegamos hasta ellos?

_Saltando.

_Yo...¡no lo creo conveniente!

Syra lo miró con claro hartazgo _No, de verdad, ¿cuántos años tienes?

_No sé cómo ese dato es pertinente en nuestra situación...este año cumpliré trescientos ochenta.

_¿Y en todo ese tiempo qué demonios has estado haciendo? –siguió Syra, ahora indignada.

_Viajando por el mundo, conociendo culturas. Haciéndome más sabio, espero. –contestó Vogel, enojado al ver su estilo de vida criticado.

_Nada útil si no crees que puedas soportar una caída de cuatrocientos metros. No me explico cómo pudiste sobrevivir tanto, ¿nunca te apuñalaron o intentaron envenenarte? Incluso un accidente doméstico pudo haberte liquidado. –hizo un gesto hacia el hombro herido de Drescher– No pudiste ni controlar una infección.

_¡Eso no es cierto! –Ya se encontraba molesto por la dirección que había adoptado la discusión. Nadie había objetado sus decisiones desde hacía más de tres siglos. Más precisamente cuando vivía con su madre. ¿Qué tenía de malo perseguir el lujo y la buena vida?- Tú has seguido un camino de hostilidad y yo no, ¿por qué el tuyo habría de ser mejor? Y para tu información, sí, me han apuñalado en más de una oportunidad y aquí estoy. Debes estar convencida de que soy alguna clase de inútil, pero no es así. La violencia no resuelve nada, yo...yo he vivido lo suficiente como para saber eso. Si, seguramente te quites de encima a un enemigo matándolo, pero otro más aparecerá para vengarse. No es una solución a largo plazo de ninguna manera.

Los cuatro ojos de la sombra lo atravesaron ferozmente.
_¿A qué viniste al Palacio entonces? ¿A dialogar con los de Amenaza?

_Yo...a... –dudó unos segundos más de los recomendados, y perdió el momentum adecuado para continuar la mentira. Estaba exhausto física y mentalmente, y el hambre le pisaba fuerte- La verdad vine porque... –carraspeó- soy leal a las viejas costumbres y a Eylem, pero... –exhaló haciendo mucho ruido, no creyendo lo que estaba por decir- Pensaba escapar en cuanto llegaran los problemas, porque no se pelear ¿de acuerdo?

Por primera vez desde que se conocieron, Syra rió, aunque brevemente, para asombro de Drescher.

_¡Además eres un cobarde! Bueno, al menos no eres un mentiroso. –Chasqueó los labios– no uno crónico, eso es.

Los distrajo una voz que sonaba directamente debajo de ellos, era la de MacOwen. _¿Tienen problemas para bajar?

Drescher miró acongojado a la sombra, pero ante la duda de ella, preguntó. _¿Vas a dejarme aquí, no? ¿Por qué no saltas?

_No, no voy a dejarte. Sólo porque me hiciste reír, hacía tiempo no me tomaban por sorpresa con una estupidez como la de recién. Que no se te haga costumbre pues la próxima estarás por ti mismo. Ilumina la pared con tu cosa mientras bajo.

En lugar de saltar hacia el piso de la cueva, se deslizó por la pared ayudándose de varias salientes con agilidad sobrehumana, hasta que estuvo cerca de los hombres debajo. Le indicó a Dipson que requería la soga y este se la arrojó. Volvió a subir, con celeridad envidiable, y ató un extremo de la soga en una roca firme, de forma que pueda soltarse luego. Finalmente saltó.

_¡Esto me sirve, muchas gracias señorita Syra! –gritó Drescher, mientras bajaba con esfuerzo ayudándose de la cuerda, procurando no lastimar más su hombro.

Después de unos minutos de lento descenso, los cuatro estuvieron reunidos de nuevo en el piso de la amplia cueva.

_Todo este conjunto de cuevas y cavernas es enorme, no sabía que existían debajo del Palacio, ¿cómo es que nadie las exploró? -inquirió Drescher, recomponiéndose del esfuerzo.

_Quizás algunos de los esqueletos que vimos fueron de exploradores desafortunados. -comentó Dipson acomodando la soga dentro de su bolso- Ya sabes la política hermetista que rige en Aegis. Regía. -se corrigió.

_Esa abertura -interrumpió Syra- pudimos ver que continua subiendo, es posible que lleve a la superficie.

_La hemos observado y estamos de acuerdo, propongo que vayamos hasta ahí e intentemos. -secundó Charles Dipson, ocupado atando un trozo de tela nuevo a la antorcha- Aunque no hay murciélagos, lo cual es sospechoso.

Drescher rió burlonamente. _¡Si, ya lo había notado! Aunque puede ser que se hayan escapado tras la explosión. -añadió luego, pensativo-

_Quisiéramos tu opinión sobre algo Vogel. -dijo MacOwen, mientras caminaban en dirección a la abertura- ¿Eres versado en armamento moderno?

_Sí, me gusta estar enterado de novedades de ese tipo.

_Discutíamos con Charles sobre la batalla que hemos presenciado, y a ambos nos llamó la atención las armas que usaba la infantería.

_Si, entiendo. No sé exactamente el modelo de arma, pero utilizaban munición explosiva y tienen precisión a larga distancia también.

_Lo extraño no es eso, sino que el helicóptero que me embistió –continuó Liam MacOwen– utilizaba en cambio munición...normal, digamos.

_Calibre 50.

_¿Sabes porque uso hoy en día una espada, Vogel?

Drescher apuntó su asistente para iluminar la espada que pendía del cinturón del irlandés. _¿Tradición?

_No. Las balas no hacen suficiente daño a los *nuestros*. Cualquiera medianamente ilustrado en el combate se recupera de un disparo rápidamente. En cambio, cercenar un miembro provoca un gran daño en la mayoría de los casos, que podría tardar días en recuperarse. Generar más daño del que puede soportar el oponente es la clave.

_Eylem se recuperaría totalmente en menos de dos segundos. –acotó al paso Syra.

_Si, las habilidades de Eylem son un caso particular. Dudo incluso poder asestar un golpe contra ella. Pero incluso así, una anticuada espada me da una ventaja que no se lograría con armas de fuego convencionales.

_Me resulta extraño ahora que lo pienso... –continuó Drescher.- ¿Por qué utilizar munición que no resulta efectiva? ¿Una distracción? ¿Para reducir el daño provocado? No tiene sentido.

_Es justamente a lo queríamos llegar. –se sumó Dipson- Si querían conservar la estructura, no hubieran utilizado bombas, cosa que hicieron. Y para eliminar a los elementos de Cresta más peligrosos, hubiera sido conveniente usar las municiones mejoradas. En vista de que usaron al menos una decena de esas naves mal equipadas, llegamos a la conclusión de que procuraron reducir de alguna manera el daño provocado. No pudo tratarse de un error.

Drescher alzó ambas cejas en genuina estupefacción. _Es cierto...pero no se me ocurre la razón. ¿Algún pacto previo? León no tiene precisamente problemas de recursos y no dejaría un detalle así al azar.

_¡Silencio! –gritó Syra, deteniendo la marcha del grupo. Cruzó la mirada con MacOwen, que repentinamente había desenfundado

_¡Hay alguien aquí, todos en guardia! –Liam abrió los brazos procurando establecer una posición defensiva con él al frente. Pasaron varios segundos de intensidad, pero nada se revelaba.

La luz de la antorcha y del asistente móvil hacían danzar las sombras, que pasaban de aquí a allá entre las estalagmitas del suelo, y provocando espejismos fugaces con el brillo del agua y la humedad de la roca desnuda. Pasaron algunos segundos más, y la tensión no se cortaba.

_No bajen la guardia, hay alguien más aquí. -ordenó MacOwen.- ¡Muéstrate!

_No hace falta que se alarmen tanto, compañeros. -sonó una voz macabra desde algún punto a sus espaldas.

_Imposible... ¿Chandresh? -Se sorprendió enormemente MacOwen.

_Señor Chandresh. ¿Extrañado de tenerme con ustedes? -la figura se acercaba a ellos caminando despacio, pero cambiando de dirección súbitamente para pasar por detrás de las espectrales formaciones rocosas.

_No te acerques, ¡te lo advierto! -gritó MacOwen, poniendo al grupo detrás de él.

_¡Señor Chandresh! Es un...milagro que haya sobrevivido. -Drescher hizo un intento desesperado por descomprimir la situación- Lo vi peleando ferozmente en el bosque, ¿cómo logró llegar hasta aquí abajo?

Chandresh detuvo el paso, apoyando una de sus manos sobre el costado de una estalagmita. Ahora que ambas fuentes luminarias se enfocaban en él, se notaba que había perdido una gran cantidad de masa corporal. Se lo veía minúsculo, enflaquecido, pero aún así conservaba su piel llena de sus características cicatrices, y su despiadada mirada. _El holandés, si no me equivoco. Sí, es verdad. Luché valientemente contra el invasor. Luché hasta que intuí el peligro. Procuré mi escape, pero no hay escape de ese ataque. Así que cavé, cavé con todas mis fuerzas, a través de la tierra, a través de la piedra hasta llegar a las catacumbas. Tuve que dejar atrás mucho de mí, para que se salve lo esencial, lo que ven aquí frente a ustedes.

_¡Eso es increíble! –respondió con superficial amabilidad Drescher, que sudaba intensamente.

_Sin duda, la última vez que lo vi debía pesar más de media tonelada, y ahora no es más que una fracción de eso. –indicó Dipson.

_Lo que a mí me sorprende es que esté tan verborrágico. ¿Qué quieres? –cortó MacOwen.

_Lo mismo que ustedes, salir de ésta tumba perfecta. – contestó, haciendo extraños sonidos guturales– Pero estoy sufriendo y no sé si pueda continuar. –reemprendió la marcha hacia ellos, lentamente– Me ataca un hambre voraz. –La voz cambiaba de tono esporádicamente.

_Todos tenemos hambre pero no hay nada que hacer, cuando salgamos procuraremos...algo. –MacOwen retrocedió unos pasos, obligando a los demás a hacer lo mismo.

_Pero si, si hay algo que hacer. Aquí hay comida suficiente. –Chandresh continuaba acercándose. Mezclaba las palabras con sonidos y siseos.

MacOwen hizo un paneo rápido con la vista. _En este lugar no hay nada. Y tampoco puedes comernos, no te servimos para nada.

_¿Crees que no podría digerirlos? –el enflaquecido Chandresh remarcó las palabras con perversidad.

_Por supuesto que no, es sabido. –respondió MacOwen, y al terminar la frase, Chandresh se había perdido de vista. El grupo se puso en guardia, sobresaltado.

_¡Ah! Pero...el Señor Chandresh...¡Puede digerir lo que sea! –dijo en un tono de voz totalmente inhumano, saltando de izquierda a derecha con repentina velocidad, provocando una herida cortante en el costado de la cabeza del irlandés, tomándolo por sorpresa y obligándolo a tirar la antorcha.

_¡Muevanse! Dipson, Drescher corran a la abertura. Syra, ¡cúbreme la espalda!

Syra no pudo responder. Estaba tendida en el suelo con una criatura enorme parecida a una mantis religiosa de color negro opaco y varias extremidades, con sus filosas garras delanteras intentando cortar su garganta. Cuando MacOwen se percató, asestó un espadazo a la espalda de la bestia, que se retiró a velocidad abismal hacia la oscuridad.

Syra se incorporó y procuró restaurar su cuello que colgaba en grotescos trozos de carne y músculos a los costados. _Está debilitado, pero tiene la ventaja en este lugar. Hay que buscar terreno alto donde no pueda ocultarse. -mencionó una vez recuperó su capacidad de hablar.

MacOwen la tomó del brazo y ambos corrieron detrás de Drescher y Dipson. Algo siseó a sus espaldas, pero cuando estuvieron listos para defenderse, la bestia asaltó a MacOwen, que perdió el balance y cayó al suelo. Un segundo ataque relámpago cortó de lleno la pierna derecha por encima de la rodilla del guerrero, desparramando sangre por todo el lugar. MacOwen contuvo un grito con todas sus fuerzas, tratando de recuperar el miembro perdido de forma urgente.

Syra se alejó de él dando grandes zancadas, avanzando hacia la abertura. Pudo ver que Dipson y Drescher ya habían comenzado a trepar, cuando una figura negra se aproximó por detrás de ellos. Con un rápido movimiento cortó la mano de Vogel por la mitad, con la que sostenía la única fuente de luz que quedaba en la escena. El holandés no pudo, en cambio, contener un grito lastimoso mientras caía al suelo, derrotado. Un placaje fuerte hizo caer también al inglés Dipson, que acabó rodando por el piso con heridas filosas en su cintura.

Syra quiso aprovechar la situación para contraatacar, pero Chandresh había saltado nuevamente hacia las sombras, que se extendían en todas direcciones.

_¡Hay que terminar con esto! –gritó MacOwen, rengueando hacia ellos con su pierna soldada a medias al resto del cuerpo. Vogel estaba en estado de shock, palpando lleno de terror el lugar donde hacía instantes estaban sus dedos. Charles por su lado fracasó en sus intentos por ponerse de pie, por lo que fue arrastrándose para tomar posesión de la fuente lumínica. Cuando llegó a ella la esgrimió en todas direcciones, como si se tratase de la salvación materializada.

_Charles, apágala. - ordenó MacOwen- Se está guiando por el oído y el instinto. Nosotros por la vista y estamos perdiendo.

Syra, agitada y alerta, se ubicó a sus espaldas. Dipson dudó un par de segundos, hasta que de pronto la luz se extinguió bajo su pulgar, y la oscuridad reinó sin oposición. Sólo se escucharon los espasmos y jadeos de Drescher durante un momento que pareció la eternidad. Las gotas de transpiración no paraban de caer, haciendo un escándalo cada vez que tocaban el suelo. De pronto, un peculiar siseo, parecido al que harían dos capas de escamas una contra la otra, se acentuó aproximándose por un costado. MacOwen le dio una palmada en el hombro a Syra, que saltó con gran velocidad, y clavó al insectoide con sus uñas atravesándolo por completo. _¡Ahora! -

ordenó, intentando sostenerlo quieto el suficiente tiempo. MacOwen se precipitó sobre ellos, y de un solo golpe cortó el cuerpo de Chandresh en diagonal, los brazos de Syra y la roca que estaba junto a ellos.

La mitad descabezada de la bestia se estremeció y convulsionó hasta quedar sin energía ni guía. La otra parte se arrastró como pudo para encontrar una seguridad inexistente. El irlandés corrió hacia él, blandiendo su acero.

_¡MacOwen! – alcanzó a gritar, estirando horriblemente la última consonante, desafiante, hasta que una nueva arremetida de su espada terminó al espanto.

PARTE 24: LA FUERZA DE ORIENTE

Una risotada jocosa y repentina se escuchó tras la puerta de deslucida madera, única entrada al refugio. Dicho refugio, en realidad, no era más que un departamento ordinario, con cortinas pesadas y que permanecían cerradas todo el tiempo. La decoración era mínima y con poco sentido estético. Un pequeño y obligatorio cuadro de Yasser Arafat, ya desteñido y con el marco ligeramente ajado, un aburrido y solitario banderín de Al–Bireh, el equipo de fútbol local favorito, y un par de lámparas de pie color gris eran los únicos objetos que cortaban el blanco grisáceo de las paredes. Una mesa baja y corta estaba situada en el centro, y sobre ella descansaban un par de revistas viejas, y el diario (en papel) del día. El titular rezaba "Caos en Europa" en grandes caracteres árabes. Un par de sillones morados a las claras adquiridos de ocasión en alguna tienda de muebles desvencijados de segunda mano completaban la sala de estar, sobre el deteriorado piso de madera flotante, tal como había marcado tendencia unas seis décadas antes. Nadie sospecharía nada de ese particular departamento.

Sentado en el sillón más cercano a la ventana, y con una vieja laptop sobre sus piernas, estaba un hombre fornido, de rasgos duros, tupida barba de color negro sobre su piel tunecina. Llevaba un chaleco verde oscuro, pantalones del mismo color, una remera blanca y zapatos marrones. El hombre estaba de muy buen humor, y tecleaba una respuesta a las noticias que recibió por correo de su contacto infiltrado en *Prima-Gestalt* con una amplia sonrisa en su boca.

_Hassan, ¡no vas a creer esto! –pasó impaciente el texto por el encriptador, y lo envió riendo– ¡Hassan!

De la habitación contigua se asomó un hombre alto, casi tan fornido como su compañero, de tez oscura, una cuidada barba y rasgos casi perfectos. Llevaba una camiseta un tanto ajustada, pantalones de vestir, un par de lustrosos zapatos negros. Traía un elegante cinturón en su mano, que pasaba por las tiras mientras caminaba. Hassan tenía la parsimonia de un milenio de angustias y alegrías, y su rostro reveló muy poco sobre su opinión de las buenas nuevas.

_¿Noticias?

_Son de König, ¿no quieres verlas?

_Hazme un resumen por favor.

_No creo que puedan resumirse, es oro puro. –el hombre de la antigua laptop comenzó a leer mientras frotaba sus palmas y sonreía.

_Compañero Lemir –empezó a leer– la base está convulsionada...bla bla...están evacuando al personal a Alemania...hubo una brecha en la seguridad...probablemente agente de Cresta...el atacante del Palacio Aegis sigue siendo un misterio. En realidad no –acotó divertido. Hassan asintió con la cabeza– Akkadio sigue con vida...unidad especial fue eliminada...y aquí viene la mejor parte. –señaló la pantalla con un dedo– Se estableció una tregua entre Cresta y Amenaza...quebrada de inmediato por el asesinato de un asesor personal de León. ¡Es una locura!

Hassan esbozó una leve sonrisa mientras se abrochaba una camisa blanca. _Es difícil de creer ¿verdad?

Lemir cerró la computadora con cuidado y la dejó a un costado. _No puedo creer que haya sido tan fácil, uno prepara planes durante años y luego el enemigo viene y se aniquila a sí mismo. ¡No es justo!

_Eso pasa cuando siembras vientos, cosechas tempestades. Cáucaso sembró traiciones desde que aprendió a respirar. Se tardó, pero finalmente sus actos fueron por él.

_Sin duda hermano, ¿pero lo demás? Sus herederos se destruyeron, ahora son hienas sin dientes.

Hassan se quedó en silencio unos momentos, mientras se ponía un saco negro, largo hasta casi las rodillas, y bordado en hilos de oro, la moda que se había impuesto en la alta sociedad en oriente.

_¿Dónde vas tan elegante hermano? –preguntó Lemir, mientras buscaba un encendedor para prender su cigarrillo.- ¿A festejar la victoria?

_Iba a una cena, pero parece que iré a otro lado.

Lemir hizo un gesto de desconcierto, exhalando una bocanada de humo y admirando su encendedor de acero cromado.

_Voy a tomar un vuelo, a Francia. –contestó Hassan, sin agregar detalles.

Volvió sus pasos hacia la habitación, y buscó en uno de los cajones del armario. Extrajo de ella una placa de plástico transparente, con una foto de su rostro actual y un nombre falso. Se observó de pasada en el espejo, y corrigió la separación de sus cejas para acomodarla al que figuraba en el pasaporte.

_¿Qué harás en Francia? ¿No irás detrás de Eylem?

_Sí, eso haré. Es una gran oportunidad de hacerla volver en razón y que se sume a nuestras filas. Es una mujer muy sagaz.

_Hassan, hermano, siempre respeto tus pensamientos pero creo que no es momento para hacerlo. En última instancia, si ella quiere unirse nos encontrará con los brazos abiertos. No es necesario ni digno ir a pedirle su ayuda como si no pudiéramos por nuestros propios medios, justamente ahora que tenemos allanado el camino.

_No es eso Lemir. En este momento debe encontrarse sola, sin aliados de confianza, sin soldados en sus filas, y con una guerra que no puede terminar. König no dijo nada al respecto, pero el que mató al asistente debe ser alguna de sus sombras, pero una que actuó por sus medios. La conozco, hablaré con ella, lo pensará y habremos sumado un valioso elemento a la causa.

_No lo sé, no me gusta la idea. –la sonrisa en el rostro de Lemir ya no estaba. Se puso de pie y se asomó a la ventana, corriendo levemente la cortina. Las luces de la ciudad atacaron sus ojos, y el escándalo de las bocinas sus oídos. La ciudad de Ramala rebosaba de automóviles por todos lados, la mayor parte de ellos aún con motores de combustión interna. El cielo estaba cubierto por completo de negras nubes, iluminadas por momentos por los reflectores de los casinos, que habían explotado en cantidad apenas diez años antes y se habían dispersado por toda la ciudad. Lemir dejó escapar una de sus últimas bocanadas con bastante tristeza.

_El futuro se ve promisorio. –continuó Lemir luego de una pausa– Sólo tenemos que encargarnos de pisar la cabeza de León definitivamente y Occidente caerá rendido. Terminar con Perius antes de que se vuelva un problema, también.

_Y pronto. No sé qué busca y no me interesa saber.

_Por último está el asunto de Xin-Zu, pero una vez que nos convirtamos en la fuerza dominante, probablemente nos pida de rodillas que lo dejemos en paz. Sus aliados se cansarán de su debilidad y vendrán a nosotros. Será su fin, sin siquiera tener que pelear. –dio la vuelta de pronto– Momento, ¿qué pasa si el Akkadio se pone difícil con nosotros?

_Es un buen punto. –Hassan se detuvo un momento mirando fijo el pequeño cuadro del fallecido líder palestino– Entonces tendré que hacer otro cambio en los planes. Tengo que pedirte un favor, hermano. Contacta a Nasser, dile que él vendrá conmigo, lo necesito. Y también avísale de la situación a Yomir. Que sepa que voy a hacer y porqué, y dile que esté listo para marchar con los suyos a España, será nuestra primer parada. Cuando termine con ese asunto pasaremos a Alemania, quiero todo listo para el siguiente paso.

Lemir puso cara de pocos amigos al mencionar a Yomir. Era la mano derecha de Hassan y él le tenía reconocida envidia, y muy justificada. Era un hombre mucho más capaz y conocía a Hassan desde hacía mucho más tiempo, varios cientos de años. Quizás algún día, se decía. Todo cambia. Apagó su cigarrillo en cámara lenta contra un sucio cenicero de aluminio.

_Lo haré, sin duda. ¿Sospechas de algo como para ir acompañado?

_Es mejor ser precavido. En Occidente no conocen a Nasser y sus talentos me son útiles. –contestó el hombre fuerte de oriente, poniéndose un enorme saco y alistando una corbata azul alrededor de su cuello.

Nasser en cambio le caía bastante mejor a Lemir. Era un hombre muy callado, pero siempre dispuesto a hacer lo que se le pida. Incluso ir por víveres cuando escaseaban, o hacer limpieza en los muchos refugios en los que permanecían ocultos del ahora derrumbado poderío de Cáucaso. Nasser hacía lo que se le pedía y punto, sin protestas. Además, contaba con un sexto sentido a prueba de todo, y había mostrado ser imprescindible en muchas ocasiones.

Lemir asintió, ahora un tanto amargado. _Y luego...irás a Francia...me parece mejor plan. –algo le preocupaba de la situación, pero no sabía qué. –¿Puedo hacerte una pregunta muy personal, Hassan?

Hassan se detuvo frente a la puerta entreabierta, y se volteó para escuchar.

_¿Qué es lo que sucede entre Eylem y tú? –preguntó Lemir, con una mezcla de entendimiento y desazón, apuntando al pecho de Hassan con el índice.

Hassan se quedó mirándolo a los ojos unos instantes. Cerró la puerta detrás de él, y se marchó.

PARTE 25: HASSAN, EL VIRTUOSO DE LA LEALTAD

Hassan observaba desde lo alto de un muro hacia abajo, donde una enorme pira funeraria ardía vigorosamente, como alimentada por la ira de Nusku. Alrededor, decenas de soldados iban y venían presas del caos, provocado por la súbita acefalia. El pesado portón de madera chilló al abrirse, dejando paso a una docena de hombres a caballo que volvían de patrullar, para encontrarse con la ciudad revuelta por completo.

La fisonomía de Hassan era en ese entonces, dos milenios atrás, radicalmente distinta a la actual: tenía la nariz aguileña, una hendidura en su enmarañada barbilla y dos cicatrices paralelas recorrían su mejilla derecha. Tenía la piel trigueña a pesar de no haber estado bajo los rayos de Elagabal –Dios Sol– hacía ya dos siglos. Su cabello era negro, y estaba perdiendo la batalla contra una avanzada calvicie. Sus ojos estaban permanentemente cansados detrás de sus gruesos párpados, y aún no se había ganado su nuevo apodo con el que luego sería conocido. Llevaba una túnica gris recientemente tejida, y debajo de ella un arnés de cuero tachonado que llevaba inscripto el nombre de Nin-Karrak, la Protectora. Una espada corta de bronce opaco pendía de su cinto, y un sólido arco compuesto a su espalda, acompañado de un bello carcaj decorado con imágenes de soldados empuñando en alto sus arcos. Se paseaba impaciente, observando el tumulto debajo, desde las aberturas que se abrían en el muro. Éste había sido ampliado, destruido y reparado en incontables ocasiones, resultando en un amontonamiento desordenado de todos tamaños y formas, sin más diseño ni planificación que la supervivencia día tras día. Así había sido Mari, la alguna vez gran metrópoli riverena, sobre las márgenes del Éufrates, ciudad cosmopolita como pocas y refugio obligado de los navegantes que comerciaban por el río, ahora apenas una sombra de su antigua gloria.

_ ¿Nervioso? –escuchó una voz a sus espaldas. Se trataba de Alid-Hur, uno de los compañeros de armas de Hassan, y discípulo, junto con él, del difunto que ahora se incineraba en la pira. Era un hombre delgado, de movimientos rápidos, cabello largo y sucio hasta los hombros, ojos saltones y violencia en el habla. Llevaba también una túnica gris, pero suelta y sólo sujeta por su cinto, dejando su torso desnudo. En su espalda llevaba un tatuaje de Nergal, el león alado. Llevaba una espada corta similar, pero de sensiblemente mejor manufactura – ¿Acaso sabes algo que yo no, sobre la muerte del maestro, Oh gran Aslín? –preguntó, llamándolo por su nombre de nacimiento.

Hassan lo miró de reojo. Alid le hablaba en arameo, obviamente para contrariarlo. Deseaba fervientemente clavarle una flecha en su corazón y que dejara de hablar. Ya se había cansado de su tono de voz, de su peste a sudor y de sus maquinaciones. _¿De nuevo con eso? No sé nada, lo han envenenado y atacado por la espalda. Por Assur mataré al hombre que lo haya hecho. Por otra parte, te dije incontables veces que te comuniques ante mí en sumerio, y no en el idioma de los inferiores.

_Ah se me olvidó. Es una pena porque está en boga, bien te podrías ir acostumbrando. -Alid-Hur no le quitaba la vista de encima. Dejó caer un hombro contra la pared, tomó su espada y jugó lentamente con su filo - No vine a molestarte, Aslín, escuché algún que otro rumor y quer-

_No me interesan tus rumores en este momento. -interrumpió bruscamente- Si no tienes algo importante que decir es mejor que te vayas. -Hassan volvió la vista a la pira donde yacía su maestro, el Sumo Sacerdote Mecantro. Era una figura de gran renombre quien había devuelto a Mari al mapa, haciendo un excelente trabajo reconvirtiéndola en la ciudad mercante y próspera de antaño, y era quien en definitiva tiraba de los hilos en toda la región. Además, fue quien los convirtió a Alid-Hur y a él en *espantos inmortales*, pero sobre todo, les enseñó a sobrellevar la carga que eso implicaba.

_Que pena que no quieras conversar, porque son rumores muy interesantes. ¿Dices que matarás al hombre que le quitó la vida al maestro? ¿Qué harías con él?

Hassan giró la cabeza con rapidez. A las claras estaba haciendo tiempo, ¿pero para qué? Se encontraba sin embargo relajado. No parecía dispuesto a atacarlo, ¿habría dispuesto una trampa? La situación tenía a todos perturbados y esperaba un ataque en cualquier momento. Instintivamente comenzó a planificar un combate en su cabeza entre ambos. Alid era diestro en el combate cuerpo a cuerpo, pero con una flecha certera desangrándolo lograría dominarlo.

_Personalmente, le rebanaría el pescuezo. -continuó, haciendo una mímica con su espada alrededor de un contrincante imaginario. Miró hacia afuera. Un soldado echaba más paja y trozos de madera al fuego, pero se detuvo a contener una riña entre otros dos. Los ánimos estaban sensiblemente caldeados- Sólo falta que se desaten algunos demonios y estaremos completos aquí. -anunció con pena. Miró a lo lejos, hacia la punta de una torre donde un soldado le hizo una señal sacudiendo una antorcha- Bien, ya que no quieres conversar, me retiro. Pero antes... -añadió, apuntándole con la espada.- te diré que dicen las voces en los muros. Dicen que quien mató al maestro lo hizo para ganarse el favor de Sargón en persona. Y no sólo eso, se dice también que Sargón mandó a asesinar a uno de sus consejeros, por temor a una traición, y que por ello buscará en breve alguien para ocupar su puesto. Un Virtuoso de la Lealtad, ni más ni menos. –Miró de soslayo a Hassan, remarcando las palabras– Sería una ironía digna de una comedia barata que el nuevo Virtuoso sea un traidor, ¿no crees? Ningún Dios se apiadaría de su vil alma.

Como respuesta, solo recibió una mirada fría y llena de odio. Una voz de alarma sonó en la lejanía. Las columnas de humo indicaban que algo se había incendiado en la zona sur de la ciudad, y los pobladores corrían a aprovisionarse de agua a la orilla del Éufrates. Mari estaba cayendo nuevamente, como había hecho muchas veces atrás con el correr de los siglos, pero ésta vez nunca se recuperaría del duro golpe.

_No quisiera verte entre los consejeros de Sargón, camarada. Porque si lo hago, te mataré. –amenazó Alid-Hur.

_¿No deberías estar encargándote de devolver el orden? ¿No fue eso lo que te encargó el maestro?

_Sí, eso fue lo último que me dijo, hace unas noches atrás. Se podría decir que me dejó a cargo de su herencia. Y por el fuego de Gibil, cumpliré con mi papel, o que su cólera me consuma.

Hassan decidió calmarse y no adelantar una pelea que no estaba seguro de ganar, y arrojar el asunto hacia otra vertiente. _¿Pasarías por encima de Jerro, entonces? -

Disparó, refiriéndose al *espanto,* mayor que ellos, encargado temporal en nombre de Mecantro.

_Jerro ni siquiera es de la familia, era apenas un aliado del maestro. No me cae bien y sé que a ti tampoco. Me retiro, tengo muchas cosas que hacer antes de que amanezca. Y te recomendaría que te quedes a procurar el orden, estaré vigilándote. –pronunció, aunque permaneció unos momentos más clavando la vista en los ojos de Hassan, con el ímpetu de la ira encendido. Finalmente envainó su filo, y se retiró a paso firme bajando las desparejas escaleras.

Hassan respiró profundo y se relajó apenas. ¿Cuánto había sacrificado ya? ¿Cuánto más hacía falta? Jerro se enteraría de las nuevas pronto, y sabiendo de su astucia hasta puede que intente reclamar la autoría del asesinato de Mecantro y congraciarse. Era mejor entonces hacer un viaje, uno largo, hacia Nínive. Algo de esta magnitud debía tratarse personalmente. Descendió por las crudas escaleras y se dirigió hacia la salida norte. En la caballeriza pidió por el caballo más robusto disponible, y le fue entregado uno. Cabalgó apenas unos minutos, hasta llegar al sitio de encuentro que le habían indicado en el mensaje que le había llegado unas semanas atrás, y desmontó. No había nadie. ¿Qué sucedía? ¿Otra trampa? ¿Una dificultad imprevista? El olor a humo de la ciudad le inundó, sacudiendo sus oscuros pensamientos. Si el enviado no aparecía, el plan estaba en peligro. Planificó enseguida alternativas, mientras observaba y tanteaba el suelo en busca de marcas frescas. No había pisadas recientes. ¿Él mismo debía llevar la noticia a la capital? Apretó fuerte los ojos, pidiendo ayuda divina que lo guiase a cumplir su Juramento. Finalmente, un jinete en el horizonte. Era un solo hombre a caballo, muy posiblemente el enviado. Esperó a que llegara con él y lo saludó.

_Yo soy Aslín, General de Mari, dime tu nombre y a que has venido viajero.

El jinete se detuvo frente a él. Estaba agotado al igual que su bestia por el largo viaje. Llevaba una túnica blanca hasta las rodillas, una pesada capucha sobre su cabeza y una daga a la cintura. _Soy Kamek, y vengo de parte de Sargón. Se me ha dicho que tienes noticias para mi Señor, y a su vez tengo un mensaje que comunicarte.

_Así es. Mecantro ha muerto, tal como se me pidió. Ya nada ni nadie contrariará a Sargón, permanezco fiel a su causa. Le entrego Mari como señal de buena fé.

_Excelentes noticias -mencionó, observando las nuevas columnas de humo negro que subían hacia el cielo desde detrás de los muros- En ese caso, he aquí el mensaje. Aslín de Mari, ya que has cumplido la condición impuesta, afirmado entre los mortales e inmortales, frente a los Dioses, te convertirás en el Virtuoso de la Lealtad.

Hassan evitó lo mejor posible esbozar una sonrisa, no hubiese sido apropiado.

_Si lo deseas, puedes acompañarme a Nínive para congraciarte con el gran Sargón Señor de Assur.

_Sí, eso deseo. -respondió Hassan- Temo que Jerro use su lengua envenenada para mentir sobre la situación en Mari y quiera apropiarse de algo que no es suyo.

_De acuerdo. Primero debo confirmar la muerte del traidor Mecantro, descansaré a mi caballo por esta noche y partiremos por la mañana.

Hassan se mostró confundido. _Me temo que no será posible, no puedo transitar de día. - dudó antes de continuar- Soy un *espanto*.

Kamek lo miró de arriba abajo, juzgando al asesino frente a él. _Yo soy un *inmortal* también, pero Elagabal no es inconveniente para mí, ni para los servidores de Sargón. Sargón es el elegido por los Dioses, y nada puede oponérsele. Tomaremos otro caballo y partiremos inmediatamente en ese caso. Cuanto antes, mejor.

_Estoy agradecido. -respondió Hassan, acongojado súbitamente. ¿Los rumores eran ciertos entonces? Había tomado la decisión correcta, pensó. Sin dudas Sargón era el elegido por los Dioses. El hecho de que ni siquiera el Dios Sol le oponía resistencia, lo llenaba de fé en su postura. Y ahora era un elegido del Elegido. Montó su caballo y lo siguió.

PARTE 26: LA FÉ PARTIDA

Hassan estaba eufórico y no podía dormir. Había llegado luego de un arduo viaje a Nínive la noche anterior y ahora, apenas entrada la mañana, esperaba el momento de su audición con Sargón, el Rey Verdadero de Assur, el elegido y bendecido por los Dioses. Sacrificios enormes habían sido su puente al lugar que le pertenecía como uno de sus consejeros más cercanos, el Virtuoso de la Lealtad. Le remordía la conciencia haber traicionado a su antiguo maestro, pero era obviamente por el bien mayor, por la voluntad divina, por su Juramento eterno. Pidió disculpas a su alma, la encomendó a Alatu –Diosa de la Muerte– y le pidió que sea compasiva.

Recordó, con nostalgia, el momento cumbre de su vida, cuando se sometió al ritual que lo convirtió en *espanto inmortal.* Más de ciento cincuenta años atrás, alrededor de una fogata alimentada con troncos de madera santa, con Mecantro frente a él, bajo la negra noche sin Luna, pasándole *la sangre,* cayendo sobre la herida de su mano derecha como hilos color rojo y entonando las palabras sagradas, mismas que se habían repetido por milenios. Cuando terminó, vendó su mano y fue dirigido hacia el fuego, y allí, quemándose por unos instantes que parecieron interminables, quedó finalmente encadenado a su nueva vida como *espanto inmortal*. Juramentó allí mismo, frente a todos los Dioses y sus compañeros de armas, que serviría fielmente hasta su muerte al Bendecido, al Rey del Mundo, la Mano Ejecutora de los Dioses sobre la Tierra.

Recordó, con tristeza infinita, el día que entendió que el Sumo Sacerdote no era el hombre perfecto que creía, sino sólo un *espanto* más, uno lleno de defectos, indigno de ser la Mano Ejecutora. Recordó también, ahora con alegría, el primer momento en que se enteró de la existencia de Sargón, el verdadero gobernante de Nínive, sus milagros, su sabiduría sin paragón. El momento exacto cuando en su corazón sintió que Él sí debía de ser el Rey que buscaba servir, a quien *necesitaba* para cumplir su Juramento.

Se paseaba erráticamente por las habitaciones que lo alojaban, como siempre hacía cuando se encontraba nervioso, practicando su discurso para el momento en que lo tuviera frente a frente. Reparó en su entorno. Estaba en una habitación doble, dos cuartos separados por una puerta enrejada de madera de intrincado diseño, el interior pulcramente decorado por decenas de cortinas de géneros finos y coloridos que generaban pliegues de encantadoras texturas. Los pisos estaban cubiertos de pieles y almohadones de plumas. Algunos muebles blancos rectangulares con pinturas doradas en los bordes posaban en las esquinas. Delicados yesos decoraban los techos. Debajo, en algún lugar del Palacio donde se hallaba, podía escucharse música, panderetas, algunas risas. Algarabía. El aire olía a incienso y especias. Donde sea que posaba la vista se sentía a gusto. Excepto por las ventanas. Habían sido tapiadas especialmente para su visita de forma que no se abrieran por error o por un viento fuerte, pero sin verdadero esmero. Se sintió de pronto indigno de estar al lado del Rey, y envidioso de las huestes de *inmortales* de Sargón, que deambulaban libremente bajo la luz del día sin dificultad. Se acercó a una de las ventanas y tiró de una de las tablas hasta hacer un hueco. Una pizca de luz se filtró hacia adentro. Observó el haz de luz que tocaba el suelo y, luego de elevar un sincero rezo a Elagabal Dios del Sol, interpuso su mano. Ésta comenzó a quemarse, arrojando una fina estela de humo y un olor horrible, teniendo que apartarla. Indigno sin dudas. No pudo aceptar lo que él *era*.

Se alejó de la ventana mientras se frotaba la mano y su orgullo heridos. Unos golpes en la puerta principal lo distrajeron. Dos golpes, una pausa, dos golpes más. Tal como le había pedido a su obligado compañero de viaje Kamek que se anuncie si tenía novedades. Las precauciones nunca sobran en tierra extraña.

_Adelante Kamek. –algo de luz se filtró por detrás al abrir la puerta, por lo que Hassan se cubrió tras un cortinado. El recién llegado entró y cerró la puerta lentamente a propósito, desconfiado de la absurda debilidad de ese hombre.

_Aslín, futuro Virtuoso, te tengo noticias. -dijo con un tono de voz cáustico, mientras se quitaba su sombrero blanco con cuentas y anillos metálicos y se lo ponía debajo del brazo. Tenía un atuendo similar al que usó días antes, excepto por unos botines en punta y un cinto nuevo, ambos dorados- Primero, quiero saludarte y darte la bienvenida nuevamente a la ciudad. Segundo, quiero decirte que tenías razón, la persona que previste que llegaría, se ha anunciado durante la noche.

_Jerro... -Hassan entornó los ojos, con profundo desprecio.

_Ese fue el nombre que usó para presentarse. Afirma que es él quien debe ser merecedor del título de Virtuoso en tu lugar, tal como habías predicho que haría. Está enterado además de tu llegada y ha pedido que el mismísimo Rey aclare la situación. -se acomodó el cinto que llevaba antes de continuar, bajando la mirada- Es posible que pida un juicio por duelo, para que los Dioses decidan.

_Lo suponía, me...sorprende que haya llegado tan velozmente. -Hassan comenzó a caminar por el cuarto mientras hablaba. Estaba nervioso y enfadado. Sobre todo enfadado- Eso quiere decir que ya estaba en camino -levantó su dedo de modo acusativo- o...previó la caída de Mecantro, pero...no sé me ocurre como... -Hassan estaba genuinamente sorprendido, cruzaba la mirada de aquí para allá sin poder posarla en ningún lugar útil. Su boca se puso de pronto pastosa.

_El problema es el tiempo. –El tono de voz de Kamek era parecido al que tendría un sanador al descubrir que ya no se puede hacer nada por su paciente.– Llegó pocos nudos luego que nosotros, contando certeramente que ocurrió en Mari. Si hubiese sido mañana, o días luego, hubiese sido fácil declarar que es un impostor. Ahora sólo veo una salida posible.

Hassan levantó la vista hacia su visitante. ¿Cómo se había enterado tan rápido de lo que pasó en Mari? ¿Alid-Hur tenía algo que ver? ¿Esa señal con la antorcha era para él? Clavó sus ojos en el asirio. No le gustó la entonación que usó del término "futuro", cuando antes le había anunciado con tanta seguridad su nuevo título. Tampoco la mirada que le devolvía, de desconfianza. _Kamek, – apuntó con su dedo índice en tono acusador– tú también dudas de mí. Y has viajado a mi lado y comprobado que yo sí estaba en Mari. Y que Jerro no.

_En realidad no, Aslín, General de Mari. Lo que pude comprobar fue que el Sumo Sacerdote efectivamente había muerto, más no el autor de ese asesinato. No vi a Jerro en ese lugar, pero bien podría haber obrado y huido. Cuando mi Rey pida mi testimonio, es mi deber hablar con la verdad.

_Kamek, no puedes hacerme esto, ¡debes confiar en mí!

302

Kamek soltó una risa apagada. _¿Qué sucede Aslín?, ¿a qué temes? El Rey es justo, al igual que los Dioses. Si has dicho la verdad entonces se te recompensará. Y quien haya mentido, llevará su cabeza colgada de un muro. La justicia se sirve para todos.

Dio la vuelta y abrió la puerta, cuya cerradura crujió metalicamente. Nuevamente, Hassan se echó hacia atrás unos pasos.

_Y con esto, Aslín, ex General de Mari y seguidor de Mecantro, he cumplido mi palabra de mantenerte informado de tu rival. Nos veremos a la noche, en la audición. -dijo con tono angustiado, y cerró tras él. Una rápida mano se lo impidió.

_¡Espera, por favor! ¡Debes ayudarme Kamek! -gritó Hassan de pronto desesperado.

El visitante lo miró impasible a través del fino hueco que dejaba la puerta contra el marco. _Entiende, -habló con el tono de voz más neutral que le fue posible- no te debo nada. Mi deber es hacia mi Rey.

_¡Lo sé! -gritó amargado Hassan, con su cabeza apoyada contra la madera. Su plan se estaba derrumbando. Su sacrificio estaba siendo robado frente a sus narices. Su lugar, enajenado. Sintió su ser entero cayendo lejos de la gracia divina- Te pido lo siguiente, es un favor muy pequeño. -continuó luego de entender lo que sucedía-

Consígueme una espada. Quiero practicar y estar preparado por si se da un duelo. Tan sólo eso.

Esto era obviamente, pensó, un castigo de los Dioses por haber traicionado a su maestro. Debía de ganarse su lugar y el perdón exponiendo su vida. El duelo era la forma que habían elegido para probar su valor.

Kamek volvió a entrar y se paró frente al malogrado Hassan. Luego de pensárselo por un momento, sacó su espada del cinto y se la entregó. Era corta, hecha de hierro, con una empuñadura de madera y pomo redondo–La única condición que pediré, es que no uses esta arma si hay un duelo. La dejarás aquí antes de ser llamado.

Hassan asintió con la cabeza, cabizbajo. Kamek no dijo más nada y se marchó a buen paso.

La hora de la audiencia había llegado. Hassan, flanqueado por un guardia y Kamek, caminó por el ancho pasillo que daba al salón del trono. Entre las columnas salmón se colaba el frío aire nocturno, y sentía su rigor cada vez que quedaba fuera del aura de calor de las antorchas. Antes de llegar al final, unas puertas dobles doradas se abrieron majestuosamente. El salón del trono era enorme, fabuloso, lleno de columnas blancas y salmón a los costados, finísimos géneros colgando en las paredes, y oro. Oro en las esculturas, en los altorrelieves, en las joyas. Oro por doquier. Hassan estaba aturdido. Sólo veía ráfagas de luces y reflejos dorados, figuras amenazantes a izquierda y derecha. Estaba listo para encomendar su propia alma a Alatu para que sea misericordiosa. Cuando se detuvieron se encontraban a treinta pasos del trono real, tapado por múltiples velos. Unas figuras femeninas danzaban detrás. Una figura, de pie en el centro, levantó una mano y éstas dejaron de bailar. Cuatro bellas jóvenes salieron, corrieron los velos al compás de la música proveniente de instrumentos lustrosos de viento y cuerda.

La figura central era un hombre muy joven, delgado, moreno, de rasgos suaves aunque con su nariz rectangular. Su barbilla era redondeada como una bola. Debajo de su incipiente barba asomaba escondida una importante inflamación. Hassan miró el cuello de ese hombre, y lo primero que pensó era que estaba enfermo. Ya había visto antes eso. Llevaba una corona reluciente, rebosante de joyas y piedras preciosas, un chaleco corto púrpura y dorado sobre una túnica blanca impecable, y un cinto de oro macizo. Estaba descalzo, y sus pies parecían jamás haber pisado la arena.

Un hombre vestido con un chaleco púrpura, amplios pantalones blancos y botines en punta dorados se paró frente a los recién llegados y anunció en voz alta.

_Se encuentran frente al Gran Sargón II, representante del gobernante de Nínive, Rey de todos los hombres, conquistador del cielo y la tierra. Sea su nombre y legado eternos –Todos los presentes hicieron una reverencia, incluyendo a Kamek. Hassan se sintió confundido con la situación, pero optó por imitarlos... ¿cómo que Sargón II?

_Recién llegado, preséntate –continuó.

Hassan miró a Kamek, intentando obtener información sin hablar. Al verlo dudar, Kamek se adelantó un paso y habló señalándolo. _He aquí Aslín, ex General de Mari, para reclamar su puesto como Virtuoso de la Lealtad. – Hassan, convulsionado, se dedicó a mirar a su alrededor para centrarse. ¿Ese hombre era el Gran Sargón? Imposible. Y no era el único presente con la mandíbula inflamada, varios guardias cercanos también lo estaban. De hecho a pocos pasos de él, uno de esos guardias estaba terriblemente enflaquecido, y su vientre estaba inflamado. Podía ver dolor reprimido en su rostro. No podían ser *inmortales*, debía tratarse de gente ordinaria.

_¿Qué mérito posee para reclamar tal título?

Hassan finalmente decidió hablar.– _Yo...vengo a reclamar el título de Virtuoso por el mérito de entregar la ciudad de Mari a su dueño legítimo, el Gran Rey Sargón, y de eliminar al –dudó un momento.– impostor...el Sumo Sacerdote Mecantro.

_Excelente. –el hombre se quedó de pie mirando hacia la entrada, que era atravesada por tres personas. Dos guardias más entraron, vestidos con pecheras de cuero con tachas, capas blancas y picas en sus manos, y frente a éstos un hombre alto, trigueño, de torso y hombros anchos, músculos fibrosos. Ojos negros y sagaces, cabello corto y barba de algunos días distinguían su cabeza, tan ancha como su cuello. Llevaba una túnica gris como la de Hassan, con un grabado de Adad, Dios de las Tempestades. De su cinto, pendía una vaina vacía.

_Recién llegado, preséntate -dijo protocolarmente la mano derecha de Sargón II.

Uno de los guardias que acompañaban al hombre anunció: _He aquí Jerro, ex Protector de Mari, para reclamar su puesto como Virtuoso de la Lealtad.

_¿Qué mérito-

_Soy el legítimo Virtuoso del Rey Sargón, porque así me lo he ganado. -interrumpió Jerro alzando la voz- Ese hombre de ahí -señalando a Hassan- pretende usurpar mis logros, y pido que el Rey en persona determine su falsedad, restaurando el lugar que me corresponde.

_Extranjero, estás frente al Rey Sargón II, reverénciate y habla con el respeto que su persona exige. -el hombre y el joven rey a su lado se mostraron sensiblemente irritados.

_Sólo reverenciaré frente al verdadero Sargón, y no a su títere. -escupió desafiante.

Sargón II volteó para decirle algo a su mano derecha en el oído. Este habló nuevamente. _El Gran Sargón no se presentará a esta audición, ha dejado a cargo a su persona de confianza.

_¿Y quién eres, que te paras frente a *mí* –remarcó agresivamente– con supuesta autoridad?

La mano derecha iba a hablar, pero el rey lo interrumpió. _Soy Amterié, sobrino del Gran Rettla el Virtuoso de la Generosidad, y reino en lugar del Gran Sargón. Llevo el nombre de Sargón II porque así Él lo ha elegido. -las palabras salían con dificultad, orgullo y enojo de su enferma garganta.

_¿Sobrino del Virtuoso? ¿Te das cuenta que en cuanto me deshaga de este farsante tendré más jerarquía que tú? Exijo ver al Rey –soltó Jerro irrespetuosamente.

Ciertamente un Virtuoso tenía más relevancia en el reinado que un hombre ordinario. Sargón II se quedó de pie, furioso, pero sin emitir un sonido. Jerro había tocado una cuerda ruidosa en el arpa de Assur. Los segundos pasaban y la situación se ponía incomoda. Un guardia de nariz prominente se le acercó desde detrás y le habló al oído, éste le contestó algo. El hombre de chaleco púrpura se acercó también y le habló al oído.

_Ese joven –dijo Kamek en voz baja, acercándose a Hassan– fue puesto allí por su tío, un favor político. Rettla es el más rico del reino, hizo un aporte enorme a su

Eminencia en momentos de necesidad. En este caso el título le valió para colocarlo como subrogante. Uno con poca preparación, por cierto. El guardia que está parado a su lado se llama Serencal, es uno de los favoritos del Rey Sargón. Te conviene estar en buenos términos con él. - Hassan asintió.

_El Gran Rey Sargón ya ha declarado al respecto. - exclamó Amterié.- Ambos se batirán en duelo frente a los Dioses, quienes determinarán quién es el merecedor justo. El combate será ahora mismo, en la Arena del Palacio.

Jerro no solo no protestó, sino que miró a Hassan con desdén, antes de dar media vuelta y seguir a sus escoltas que le indicaban que saliera. Desde un primer momento Sargón había decidido el duelo. Por supuesto, pensó Hassan, ya que seguía el designio divino y la costumbre.

Avanzó hacia afuera siguiendo a sus escoltas, con su mente ocupada trazando diferentes tácticas. Jerro lo aventajaba en experiencia de combate, y cuerpo a cuerpo no era su fuerte. Su única chance era esperar a que cometa un error, posiblemente dejando a propósito su cuello indefenso y aprovechando la oportunidad para atacar. Sí, conociendo a Jerro posiblemente intente ganar de un solo golpe cercenando su cabeza, pues no tendría forma de estar seguro si un filo contra su corazón sería totalmente efectivo. De hecho, ni él mismo sabía si lo resistiría o no. Había sido cortado y apuñalado infinidad de veces pero nunca en el corazón propiamente dicho.

_¿Qué harás, Aslín? –preguntó Kamek, simulando estar preocupado.

_Rezar a Nin–Karrak. –respondió, posando su mano sobre su pecho, lugar donde llevaba el grabado de la Diosa– Ella velará por mi bienestar.

_Quizás debas hacer algo más concreto. He notado que esa persona, Jerro, parece fuerte y bien entrenado. Tendrás un duro momento en su contra. –Hassan asintió, mirando al frente– También he notado que es arrojado y temerario con sus palabras. Eso le puede jugar en contra.

Hassan se volteó hacia Kamek, con pronta suspicacia.
_¿A qué te refieres exactamente?

Kamek se acercó y lo tomó del brazo.- _Que no sé lo que dijeron allá, pero entiendo que algo se tramaban. Ya tienen un favorito. –le susurró.

_¿Ese sería yo?

_Quizás.

Al final del pasillo, bajo las escalinatas, se veía la Arena. Estaba ubicada en la parte posterior del jardín del Palacio, lleno de vegetación de todo tipo, flores aromáticas y altas palmeras. A lo lejos, en el centro del amplio jardín, se veía una estatua de Tammuz, Dios de la primavera y las plantas, cercada de flores y diversas ofrendas para ganarse su favor.

La Arena era un simple círculo con tierra yerma no mayor a doce pasos, entre baldosas de piedra gris, rodeado de ocho pilares de piedra y madera con antorchas. Cuatro largos asientos semicirculares de piedra la rodeaban, para que los concurrentes puedan ver cómodamente como dos hombres pelean hasta morir. Dos guardias comenzaron a encender las antorchas y a ubicarlas cuidadosamente en los pilares, dándole un tinte dramático al lugar.

Uno de los guardias que acompañaban a Jerro le explicó donde debía ubicarse. Éste se plantó en el borde sur del círculo. Kamek y Hassan caminaron hasta el borde norte rodeándola sin pisar la tierra, como si hubiese una barrera invisible protegiéndolo.

_A cada uno le será entregada una espada. -le explicó Kamek- Sólo puede llevarse un arma. Una vez comenzado el encuentro, si alguien escapa del círculo, será marcado como cobarde y sentenciado a muerte. Sin embargo si el rival te empuja fuera puedes volver. -volteó a mirar hacia atrás e hizo un gesto con la cabeza- Mira eso, Aslín.

El séquito de Sargón II había llegado y comenzaba a acomodarse en los asientos de piedra. Los guardias se ubicaron estratégicamente adelante para mantener contenidos a los duelistas. Amterié, sentado ya en la ubicación más privilegiada, daba órdenes en voz baja al mismo guardia narigón, Serencal, que anteriormente había aparecido a apoyarlo. Cerca, la mano derecha escuchaba la conversación y asentía.

_¿Alguna idea de que hablan? –preguntó Hassan.

_No. Pero en tu lugar prestaría mucha atención.

Serencal se acercó a Jerro y le entregó una espada, mientras un guardia bajo y algo excedido de peso caminaba hacia el centro de la Arena. Éste anunció, luego de carraspear varias veces y hacer una reverencia hacia Sargón II. _Aquí se presentan a duelo, frente a los Dioses, Aslín, General de Mari, y Jerro, Protector de Mari. Ambos recibirán una espada, que será su pluma. Ambos entrarán a la Arena, que será su papiro. Sólo uno podrá escribir su Justicia, el otro perecerá en el intento.

Serencal se acercó a Hassan y le entregó una espada. Llevaba puesto un uniforme regular, pero tenía un medallón de plata colgando de su arrugado cuello. Sus ojos estaban hundidos, y su ojo derecho ligeramente grisáceo. Dio un paso y volteó sutilmente. _Te conviene no soltar ese filo por nada en el mundo, o lo lamentarás. –le confió. El costado derecho de su boca estaba paralizado.

Hassan lo siguió con la mirada, y volteó hacia Kamek que se había alejado para que dé comienzo el evento. Éste le devolvió una mirada aprobadora.

_Que los contendientes entren a la Arena. –anunció el guardia gordo. Una vez Jerro y Hassan dieron un paso al frente, salió al trote hacia un costado.

Hassan miró hacia adelante. Jerro estaba ahí, a diez pasos de él, blandiendo su filo con enorme confianza. Amterié levantó su mano, y luego de una pausa, gritó. _¡Que dé comienzo el duelo!

Jerro embistió gritando con fuerza. Había optado por no medir a su rival y pasar directamente a la ofensiva haciendo abuso de la diferencia entre potencias. Hassan esquivó saltando hacia atrás, y luego trotó hacia un costado poniendo distancia. Él sí estaba interesado en entender los movimientos del rival, y tenía confianza en su capacidad defensiva. Jerro embistió de nuevo, fallando.

Hassan se movía rápido. Un tercer ataque, fue detenido tomándolo por el brazo y empujándolo hacia su flanco. Jerro lo tomó por las ropas y le hizo perder el equilibrio, trastabillando a pocos pasos de distancia. El fornido hombre hizo surcar su filo por el aire verticalmente contra la cabeza de Hassan, obligando a este a rodar hacia atrás muy cerca del borde.

_¿Cuánto tiempo más vas a estar corriendo Aslín? Enfréntame o ríndete, pero hazlo ya.

Hassan no respondió, se dedicó a recuperar su balance. Decidió poner en marcha su táctica, dejando a propósito su espada abajo.

_Pagarás por haber querido robar mi gloria, desgraciada basura. –insultó Jerro corriendo hacia él y blandiendo su arma en diagonal hacia su cabeza. Hassan corrió su torso hacia atrás y se defendió chocando arma con arma.

Para su sorpresa, un trozo de metal salió volando hacia arriba, formando un amplio arco y finalmente cayendo con un sonido sordo contra el suelo. El arma de Jerro se había roto con el impacto. Éste observó sorprendido e indignado su empuñadura. No por mucho tiempo, ya que fue distraído por un filo perforando su pecho, entre las costillas. Jerro cayó pesadamente con una rodilla. El tirón del arma hacia afuera lo obligó a apoyar las manos en el piso. Un profuso chorro de sangre se precipitó hacia abajo. Levantó la cabeza y vio frente a él a su verdugo. Hassan dio un fuerte pisotón mientras cortaba con todas sus fuerzas el cuello de su enemigo sin perder un instante.

Se puso de pie. El duelo había terminado. Escuchó exclamaciones de todo tipo a su alrededor, la mayor parte quejándose del corto espectáculo. Se quedó ahí en el medio de la Arena sin entender muy bien que había sucedido. Levantó la vista para mirar a su alrededor. Amterié se había levantado de su asiento y se preparaba para hablar.

Él. Amterié había preparado esto. Le dio una espada defectuosa a Jerro y éste cayó redondo en la trampa. Sin duda le daba lo mismo quien ganase, pero el recientemente difunto le había faltado el respeto frente a todos y eso no podía perdonárselo. Volteó hacia Kamek. No se lo veía sorprendido en lo absoluto.

_Los Dioses se han proclamado. La Justicia está del lado de Aslín, flamante Virtuoso de la Lealtad. –Anunció Amterié, haciendo una reverencia, seguido de los presentes.

Cansado como estaba, Hassan durmió medio día. Despertó nuevamente cuando la tarde ya estaba cayendo. Estaba en el mismo cuarto en que se había alojado con anterioridad. Tomó una tinaja de agua que lo aguardaba sobre un mueble, se aseó y se secó con una tela que olía a jazmines.

Finalmente, lo había logrado. Se había ganado su lugar en el mundo. Sonrió tímidamente sosteniendo la tela entre sus manos. Con algo de ayuda, quizás. Pero se lo había ganado.

La Justicia estaba de su lado. Jamás olvidaría eso.

Se cambió de ropas, una túnica blanca y púrpura, un cinto redondo con apliques de plata y oro, botines en punta.

Dejó de lado una diadema y un brazalete con joyas que lo esperaban en un cajón. No los necesitaba.

Escuchó un par de golpes en la puerta, seguido de otros dos.

_Adelante, amigo Kamek. –dio la bienvenida de muy buen talante mientras su invitado entraba.

_Felicitaciones Virtuoso. Has escrito bien tu justicia y obtenido tu recompensa. –cerró Kamek, con una reverencia.

_Gracias. Para ser una persona que desconfiaba de mí, me has ayudado mucho.

_Yo lo llamaría cautela más que desconfianza. –dijo usando un tono entre amistoso y satírico.

Hassan rió para sus adentros, conforme. Estaba feliz. _Estoy impaciente por hablar con su Majestad.

_Sin dudas, Virtuoso. Solo he venido a presentarte mis respetos, y felicitarte por tu victoria. –mencionó disculpándose– no robaré tu tiempo.

_Para nada Kamek. –lo detuvo amablemente– De hecho, quisiera preguntarte algo importante. Ese soldado, Serencal. ¿Es uno de los *inmortales* de Sargón?

_Por supuesto.

Hassan comenzó a pasearse por el lugar. _Lo noté envejecido, demasiado. Está mal de un ojo. Si mi experiencia no me falla, es por parásitos.

_¿Tiene algo de extraordinario?

_Mucho. Nosotros, los *espantos*, no nos enfermamos. Y los parásitos no prosperan en el cuerpo. -Kamek lo seguía con la vista, en silencio.- ¿Qué hay de Amterié, es un *inmortal*?

_Sí. Al igual que su padre, y su tío. Todo el linaje de Sargón. De hecho Amterié es mi primo segundo por parte de mi madre.

Hassan se detuvo en seco. ¿El linaje de Sargón? ¿Cómo podían tener descendencia? _Estoy...anonadado. Yo no puedo tener descendencia... ¿tienes familia? -inquirió de forma afectuosa.

_No, no hemos sido bendecidos con un hijo todavía. El linaje real es fuerte, pero escaso.

_Vaya, son tan diferentes a mí. Aun así son superiores en todo, exceptuando quizás la resistencia física.

_No te aflijas Aslín. Serás una incorporación valiosa al reino.

Hassan sonrió con algo de tristeza. _Gracias amigo Kamek. Tus palabras me dan aliento.

_¿Hay algo más que pueda hacer por ti?

_Cuéntame sobre su Majestad, ¿qué clase de hombre es?

_¡Un ser grandioso! –Kamek frotaba sus palmas, mirando hacia arriba pensando todas las bondades de su Señor, para ponerlas en palabras– Es incomparable...

Tres días después, Hassan finalmente había sido llamado. Kamek esperaba a su lado, en un cuarto bastante oscuro, con apenas dos lámparas de aceite iluminando y relativamente pequeño. Pronto tendría una audiencia con el Rey, el Elegido.

Sentado en una silla de madera, Hassan mantenía la vista clavada en el suelo, sus manos apretaban fuertemente sus rodillas.

_Tranquilo Aslín, enfócate en hacer tu mejor esfuerzo en servir a tu Señor. Su Majestad el Rey, en su vasta sabiduría, sabrá apreciar tu trabajo hecho de buena fe hacia los Dioses.

Hassan no respondió, solo sonrió nervioso. ¡Esto estaba pasando! Pronto estaría al lado del Gran Sargón. Una de las puertas se abrió, y un guardia les habló. _Aslín, Virtuoso de la Lealtad, ya puedes pasar.

_Adelante, ten confianza. –lo tranquilizó Kamek.

Hassan asintió, y avanzó. Caminó por un corto pasillo hasta una puerta robusta de cobre reluciente. Estaba grabada con la figura de Assur, un disco alado, irradiando su poder y benevolencia sobre todos los hombres. El guardia abrió con dificultad la puerta y esperó afuera.

El cuarto al que entró no era más grande que sus habitaciones. Las paredes estaban decoradas con frescos, pero no había géneros ni telas de ningún tipo. En el suelo no había alfombras, sólo la piedra pulida. Varias lámparas de aceite colgaban de las columnas, dando una sensación enigmática. El aroma del incienso tapaba otro, putrefacto. Un largo velo colgaba del techo, detrás se adivinaba una cama enorme. Dos figuras se movían a los costados. Una se acercó a Hassan. Era una joven muy hermosa, vestida de blanco y púrpura. Tenía ojos de cansancio profundo, y llevaba boca y nariz tapadas. Le indicó que pase con una reverencia.

Hassan corrió el velo con vacilación y temor. Se quedó parado al pie de la cama. Sobre esta, descansaba un viejo decrépito, de aspecto lamentable, cubierto por una sábana de un material que Hassan no reconoció, pero era lustroso y brillante. El viejo no llevaba ropas, solo telas que vendaban sus enflaquecidos brazos, manos y torso. En su frente y mejillas asomaban unos pocos pelos, pero no había ningún otro en el resto de su cabeza, siquiera en sus cejas o pestañas. Atroces venas verde malaquita asomaban en su cuello. Hassan no entendía que tenía frente a él. No daba crédito a sus ojos.

La joven se acercó a su oído. _Virtuoso, acérquese a su Majestad si es tan amable. Por favor use este pañuelo para tapar su boca cuando hable.

Hassan avanzó lentamente a un costado de la cama, y se sentó en una silla. Iba a hablar, pero decidió llevarse antes el pañuelo a la boca. _¿Es...usted Sargón? –preguntó con estupefacción y respeto.

El viejo volteó hacia él, pero no fijó sus ojos en él. Estaba ciego. _Aslín, mi nuevo Virtuoso. –dijo, con un hilo de voz– Bienvenido seas, confío en que te desempeñarás con honestidad y esmero.

El hedor se hizo más fuerte ahora que estaba cerca. Olor a muerte, a podredumbre, una que ni todos los cuidados del mundo podrían quitar. _Si, Majestad.

_Así sea. Sigue las órdenes de Serencal. Él te dirá que hacer. –suspiró profundamente, y al inhalar, hizo un ruido desagradable– Confía en Serencal, es un hombre valioso. Espero que puedas mostrar también tu valor. –inhaló haciendo ruido y volteó nuevamente. Quedó espectando el vacío sobre él, respirando con silbidos.

_S–sí, Majestad. –alcanzó a contestar varios instantes después.

Se puso de pie, y se retiró caminando despacio. Tocó a la puerta de cobre y el guardia le abrió. Afuera lo saludó Kamek.

—¿Y bien?

Hassan se quedó de pie frente a Kamek, sin poder emitir palabra. El pañuelo se cayó de su mano.

—¿Qué sucede?

—Sargón. Está enfermo. Está muy mal.

—Eso es irrespetuoso, Aslín. El Rey no está enfermo, ha vivido diez vidas, gobernado Assur por quinientos años. Está envejecido, sin dudas, pero su llama no se ha extinguido.

Hassan se derrumbó por dentro. El olor a muerte se había quedado pegado en sus ropas, podía aún sentirlo invadiendo su pecho, su mente, su alma. Su propio maestro había vivido el doble de eso y se encontraba vital como el primer día. Y él le dio muerte cobardemente.

Sargón no podía ser ningún elegido. Era un farsante. Una desgracia. Un ser inferior.

Como farsante que era, no podía servirle. Los Dioses le habían concedido su favor, pero, ¿para qué? Se preguntó si realmente había alguien a quien servir. ¿Y si en realidad la Mano Ejecutora era él mismo? La Justicia estaba de su lado. No habría ningún elegido a quien seguir. Sólo seguir el designio divino. ¡No! ¡Era imposible! El Juramento, él debía de servir al Elegido de los Dioses.

321

Rezó, ahí, de pie de frente a la duda que lo devoraba todo con sus fauces demoníacas. Pidió por una señal con todas sus fuerzas, mientras su fe se partía en mil pedazos.

_¿Por qué yo, Kamek? –preguntó retóricamente.

_¿Por qué fuiste elegido?

_...Sí. –suspiró sin esperar realmente una respuesta.

_Te contaré algo, ya que te veo mal. Cuatro años atrás, el Oráculo le confió al Gran Sargón que uno de sus Virtuosos lo traicionaría, y que sería su sirviente más fiel. Su Majestad desconfió entonces de su sirviente, tu antecesor en la Lealtad, un hombre llamado Jánico. Lo espió durante años, hasta que finalmente encontró una razón para justificar su sospecha. Envió a que le den muerte. Consultó nuevamente al Oráculo, quien le recomendó que su nuevo Virtuoso sea una persona que se gane su título mediante un duelo limpio frente a los Dioses. –Kamek posó su mano sobre el hombro de Hassan– Dos llegaron reclamando el título, uno ganó en duelo. Esa persona eres tú. No dudes más Aslín. –le dio unas palmadas, y le sonrió.

Claro que no iba a dudarlo. Claro que no había ganado limpiamente el duelo sino con trampa. Claro que era lo que había sido vaticinado. Agradeció a los Dioses por darle una señal tan rápida. Una profecía que pedía a gritos ser cumplida.

322

PARTE 27: LA BÚSQUEDA DE LA VERDAD

_Johnny Johnny querido Johnny, te prometo que te devolveré dos favores, de los grandes. Pero me tienes que ayudar en esta. -suplicó Fisher.

_Gordo, me estoy jugando el cuello. -se escucharon algunos lamentos del otro lado de la línea- Ya te entregué el material que tenía, ¿qué más puedo hacer?

_Si lo sé, pero es material en crudo, y la mitad son fórmulas que no comprendo. Si juntamos nuestras cabezas sacaremos más en claro, ¿verdad?

Fisher se encontraba en el rincón, de pié y con vestimenta civil, en un bar que no frecuentaba a algunos kilómetros de la base. La música era ligera, y en la penumbra de la pobre iluminación los pocos clientes del lugar se podían sentir cuán solos quisieran. Algunos jugaban en el fondo al "billar botella" una versión del juego que se había popularizado, que consistía en dejar una botella vacía en la mesa y quien la toque con alguna de las bolas, debe pagar la siguiente ronda. El juego debía estar emocionante porque algunos alaridos se lanzaban al aire esporádicamente, para pesar de Fisher. En su mano tenía su austero asistente, un modelo algo anticuado pero que le servía perfectamente. En la pantalla de éste, destellaba el rostro de su viejo amigo de conscripción, el General John Aaron McCarthy. Era un hombre regordete, con la nariz levemente inclinada hacia la derecha, cejas anchas cerca de la cuenca del ojo, pero casi inexistentes a los costados. Algunas mechas de cabello caían sobre su frente, brillantes y recientemente tratadas con algún producto anti calvicie.

_No he podido conseguir otra cosa Carl, la mayor parte del material fue destruido. Sé que en un momento hubo un informe detallado porque lo leí, pero nadie lo tiene o sabe qué fue de él.

_Si y estoy muy agradecido, pero te pido este último favor. Mira, estoy en *Grant's,* sobre la avenida Washington, ¿sabes cuál es? ¿Por qué no vienes y me das un empujón? Te pagaré una cerveza además, ¿qué tal?

McCarthy refunfuñó fuertemente y se rascó la frente. _Si, sé cual es...está bien, ¡está bien! Le diré a mi esposa que salgo, no creo que tarde más de veinte o veinticinco minutos en llegar. Hasta pronto, y más te vale que...nada, ya te lo diré.

_¡Gracias Johnny! Te espero aquí.

Cerró la comunicación y se sentó de nuevo en su silla. Las sillas no eran realmente confortables, o estaban diseñadas para una persona mucho más delgada que él. Se lamentó por no poder perder esos molestos kilos de más, pero realmente, de verdad ésta vez, no tenía tiempo para eso. Miró al frente y corrió su bolso de mano a un costado. Al menos la mesa estaba limpia. Pidió una cerveza de su marca favorita al hombre de larga melena y mirada tranquila que estaba detrás de la barra, y desenrolló una hoja electrónica. Ésta se encendió y mostró la última página que había estado leyendo, una digitalización de reportes en crudo, fotografías y tablas de datos, de 1965 a 1981.

En realidad había leído el informe que le pasó su camarada varias veces, pero había detalles que le interesaban especialmente y no estaba seguro de las conclusiones a las que había llegado a través de los datos. Para cuando se dio cuenta, su vaso estaba vacío, y alguien se había sentado frente a él. Era bajo, vestía una camisa a cuadros naranja, y sobre ésta una campera forrada con piel y pelaje artificiales. Debajo, unos pantalones de tiro extremadamente bajo, y un par de zapatos deslucidos. Fisher pudo jurar que llevaba medias de distinto color. McCarthy siempre tuvo un pésimo gusto para la moda. Afortunadamente el ejército lo vistió por años, y aún lo hace.

_¡Llegaste justo a tiempo! –tomó su mano con el saludo que siempre hacían cuando estaban en confianza, tomándolo fuerte del codo y chocando su puño al final.

_Vamos a hacerlo corto o mi esposa me matará antes que los del cuartel. Bien, ¿Qué tienes ahí? ¿Dónde está mi cerveza? –dijo, enérgico y apurado, mientras se reacomodaba en el asiento. Rápidamente notó que la silla no estaba hecha para alguien de su corpulencia.

Fisher pidió dos jarras grandes extra y le extendió la hoja electrónica. McCarthy ojeó rápidamente varias páginas, y resopló. _Ahora que lo tengo aquí, la verdad es que me acuerdo muy poco. Leí el informe sin mucho esmero hace muchos años. ¿Química? Menos que menos.

_Me imaginé que así sería, así que vamos por partes. –se acercó más a la mesa, listo para la acción y hambriento de saber– Entiendo que estos tipos no son humanos, pero lo que los afecta no es un virus, bacteria o contaminación –señaló la hoja, picándola con su dedo. ¿Entonces...qué diablos son?

_Eso si me acuerdo, pero no es tan fácil de explicar. El informe decía que...un ser humano corriente lleva en su ADN gran cantidad de código "basura", que es un término feo para un montón de cosas que los científicos todavía no comprenden del todo para qué sirve. Ese código permanece desactivado, pero aún así se transmite a la siguiente generación, de hecho llevamos ADN de bacterias y muchas cosas más que no son estrictamente...eh...nosotros. Los no-humanos tienen bastante de ese código basura activado, por eso sus cuerpos se comportan tan diferente.

_Bien bien, era más o menos lo que...no se me había ocurrido. Me sorprende. –se quedó leyendo la página con atención– Es decir que...cualquiera podría convertirse en uno. –Una joven de cabello corto, muslos anchos y una miríada de pecas les entregó las jarras. Ambos amigos dieron un trago.

_¡Ah, está muy buena! –expresó con alivio McCarthy– Si, hace falta eh...contagiar con código activo de un tejido a uno no activo. Había otro requisito, pero lamentablemente no lo recuerdo. Pero en teoría sí. Tú, yo o cualquiera podría serlo. Oh, momento... –se dio unas palmadas en la barriga– En animales no funcionaba. El código permanecía activo pero no se manifestaba. Creo que también podía pasar eso en humanos, en algunos casos.

Fisher dio vuelta varias páginas, revisando sus propias anotaciones que había puesto sobre los datos originales. _Si leí algo de eso, no entendí por qué incluyeron un gato en esta parte.

_Déjame ver. –se quedó un largo minuto hojeando la información– Este gato, tuvo cría. Las crías hembras tienen activo el código, los machos no. Igualmente no se hicieron manifiestos los efectos en ninguno.

_Hablando de eso, ¿no hay reproducción sexual? Eso leí en la página doscientos cuatro. -indicó Fisher.

_Parece que...no. Una vez avanzados en su...eh...no-humanismo, ya no pueden concebir ni fertilizar.

_Esto es muy interesante, ¿cómo es que nunca me contaste nada del asunto?

McCarthy miró a su amigo a través del vidrio de su jarra al beber, con impaciencia. _Porque era ultra secreto. Además, ¡nunca me preguntaste!

Fisher sonrió de costado. _Es verdad, es verdad. Otra cosa que no entiendo, aquí hemos hecho experimentos, por lo que se ve...muchos. ¿Todos fracasos?

_Hipotéticos experimentos. -Señaló rápidamente y de forma socarrona. -los geniecitos del equipo de investigación pensaron que era algo así como la Piedra Rosetta para construir el súper soldado. Hicieron las mil y un pruebas pero fallaron. Lo único que les daban a los voluntarios eran desventajas. Hicieron que dependieran de un suero especial para vivir, y que debían alejarse de cualquier fuente de alta energía. ¿El fuego? Mortal. ¿Un accidente eléctrico? Mortal. ¿Un día soleado? Mortal. -hizo una pausa para comer maní, y dar otro trago- Algunos de esos pobres diablos soportaron una hora bajo el sol radiante y luego murieron. Los que peor la pasaron se incineraron lentamente. A la sombra y con suficiente ropa lo llevaban mejor, pero el resultado era más o menos el mismo. Cuanto más avanzado estaba su estado, más vulnerables se volvían. Era un efecto gradual.

_¿Cómo se las arreglan para sobrevivir el día a día? Parecen más inútiles de lo que aparentan.

_¡Ah! El truco es que con el correr del tiempo se vuelven mejores. Lamentablemente había que esperar un demasiado para ver resultados útiles en combate, hablo de no sé...cientos de años, una locura. Lo único a favor es que generaban mayor resistencia a las infecciones, y cerraban heridas un poco más rápido que lo normal. Los de la comandancia decidieron que no querían esperar tanto tiempo y metieron todo en un cajón. Luego alguien presionó para destruir los datos...y según me cuentas sabes quién fue.

_Si no fue ese tal Perius, fue alguno de los que están con él. Me temo que tienen una red extendida con acceso a los altos mandos en el país. Sólo Dios sabe hasta donde no llegan si están hace tanto tiempo... ¿qué tanto viven?

_No lo sé. Yo sospecho que no mueren, al menos de viejos. Creo haber leído en alguna parte que no había envejecimiento, o que era muy leve. No estoy seguro.

Fisher se quedó mirando por la ventana. Afuera, en la carretera pocos vehículos transitaban. Se preguntó hacía cuánto tiempo están ahí, tramando, conspirando...

_¿Qué hay de la hipnosis? Tiene a más de la mitad de los hombres corriendo como tarados de aquí para allá. Bah, imagino que se trata de eso y no un extraño hechizo de magia.

McCarthy dudo un instante. _No sé, gordo. No se hicieron pruebas sobre hipnosis, al menos no relacionadas. Antes de que preguntes, no tengo nada sobre experimentaciones en ese campo. A propósito, ¿cómo te zafaste?

_No lo hice, no intentó nada conmigo. Creo que quiere convencerme por las buenas. -echó una risa en tono de burla- Como si fuese a caer.

_La cosa se está poniendo difícil, Carl. Lo único que escuché ayer fueron preguntas de acá, preguntas de allá. Nadie sabe nada, y lo peor es que intentan ardientemente ocultarlo. "Por supuesto que sabemos lo que hacemos, pero si saben algo llámennos". -imitó McCarthy ridiculizando , ayudándose con un gesto con sus dedos- Son unos infelices. ¿Y escuchaste el discurso de esta tarde? Parece que hemos vuelto cincuenta años para atrás...maldita sea.

Fisher le dio un buen trago a su jarra, y se acomodó como pudo en su estrecho asiento. _Algo no me cierra. Estuve espiando los movimientos de ese tipo. No lo he visto comer, solo beber champaña y fumar tabaco del caro.

McCarthy hubiese preferido cambiar de tema para poder criticar a los peces gordos de la política, pero esa noche le sería complicado. _Si la memoria no me falla, pueden sobrevivir con comida normal, mientras sea en cantidades. Y no pueden metabolizar nada que venga de otro no-humano. ¿Extraño no?

_¿Alimentaron a los voluntarios con carne de otros voluntarios?

_Hipotéticos. ¿Lo ves? Por eso no te conté nunca nada. Es desagradable.

_Quizás Perius encontró la forma de comer comida normal, pero tampoco lo vi haciéndolo. Prestaré más atención. Pero yendo al grano, ¿cómo los mato?

_Yo probaría con un lanzallamas. -bromeó McCarthy con el buche lleno de maní- Hasta donde sabemos una pistola también sirve. Una vez muertos ya no caminan nunca más. Digo, siempre estoy hablando de los voluntarios. Hipotéticos voluntarios. -se corrigió.

_Temo que si pruebo con una pistola no podré probar más nada. ¿Qué me aconsejas que haga?

McCarthy resopló, dejó su jarra en la mesa y entrelazó los dedos de las manos bajo su mentón. _Excelente pregunta. Si tiene el control como dices, el único curso de acción es que intervengamos la base. Pero como en el caso anterior, puede que sea lo último que probemos. No sé qué conexiones políticas tiene, ni si hay más gente detrás de Perius.

_Que es probable. –acotó Fisher.

_En cuyo caso deberíamos consultar por lo bajo en Defensa. Tengo un amigo ahí, puedo preguntarle sin levantar sospechas.

_Genial. Todavía tengo un montón de preguntas sobre esto. –dijo, sacudiendo la hoja electrónica– ¿Otra ronda?

McCarthy rió. _Te agradezco pero ya voy partiendo. Además, llegué al límite. No tengo más datos jugosos que te sirvan, y no entiendo las anotaciones. Pero...si estás tan curioso, tengo alguien para pasarte. Es un conocido mío que trabaja en Alemania. Hasta donde me confirmaron fuentes no oficiales, investigaría algo similar allá. –buscó en su asistente, y le mostró la pantalla– Cópiate este contacto, y dile que eres amigo mío.

_¿Estará dispuesto?

_Está muy lejos como para estar complotado en este asunto, al menos tiene eso. –el corpulento General se puso de pie, haciendo chillar la silla contra el suelo– Bueno gordo, me retiro. Me alegra que estés tan jovial. Mándale un saludo a tu familia de mi parte y no te rindas. Cuentas conmigo.

_Si, mañana por la mañana volveré a casa a pasar tiempo con ellas. Ésta noche tengo que trabajar. –apartó rápidamente el recuerdo de su mujer e hija– Gracias viejo. Y gracias por venir, te debo una.

_¡Eran dos!

Se despidieron con un abrazo, y McCarthy salió por la puerta. Fisher lo siguió con la vista hasta que lo perdió detrás de una pared. Se encontraba animado, al menos estaba más informado que hace una hora, su búsqueda de la verdad avanzaba. Chequeó el estado de su nuevo contacto. Estaba disponible. Se le ocurrió muy profesional de su parte. Preparó mentalmente sus preguntas, y le envió un mensaje.

_Buenas noches, espero no incomodarlo. Soy Carl Fisher, mi amigo John McCarthy me dio su contacto, esperaba hacerle algunas preguntas si es posible.

Esperó respuesta del otro lado. Finalmente la comunicación se abrió, y en la pantalla se mostró un hombre. Era delgado, de tez muy clara, mejillas hundidas y angosta barbilla. Le sorprendió que esté tan pálido, pero no estaba al tanto de los últimos hábitos europeos. Y además, esa intensa mirada...

_Buenas noches, no sé en qué podré ayudarlo, pero John es un colega al que aprecio. ¿En qué puedo serle útil?– preguntó amable Matthias Weissman.

PARTE 28: DETRÁS DE BAMBALINAS

Perius entró triunfante al enorme salón. Pocas luces iluminaban la mesa central, y otras pocas echaban luz sobre algunos cuadros de personalidades importantes del último siglo, insignificantes para quienes han transitado milenios. Las puertas se cerraron detrás de él, con su numerosa guardia armada afuera. Se encontraba radiante, vestido a su manera favorita, con su traje negro clásico, una elegante galera lustrosa, su delicado bastón de dragón y una bufanda al cuello de seda carmesí. Llevaba un bigote magistral bajo su nariz, fabricado por él mismo hacía apenas segundos y retocado frente a un espejo con una pequeña tijera.

Apoyó sus manos, inclinándose levemente, en la enorme mesa que dominaba el salón, hecha en vidrio, cristal líquido y acero. A su alrededor, diseminados sin un orden aparente, cinco personas se encontraban sentadas a la espera.

_Caballeros, ¡caballeros! Me alegra tanto que estén aquí presentes. Les agradezco de corazón haber aceptado mi humilde invitación, espero que se encuentren cómodos y a su agrado. Si no les perturba, tomaré asiento con ustedes y podremos comenzar. -anunció en inglés, respetando la localidad, como era costumbre.

La persona más cercana hizo un ademán cordial con su mano, para invitarlo formalmente a que comience la reunión que él mismo había pensado y ejecutado. Nadie estaba ahí por gusto, sino dominados por las circunstancias.

_Me regocija particularmente que haya podido usted arribar a tiempo, León. Entiendo que es un hombre ocupado y que apartó muchas responsabilidades para poder presentarse en persona. Sepa que lo tengo muy en cuenta -continuó, ahora dirigiéndose a todos- Caballeros, no quiero prolongarme en demasía ya que estaría robándoles su valioso tiempo. Debo entonces pecar de poco cordial, para ir directamente al problema que nos aqueja, y que debe ser resuelto de la manera más expeditiva.

Perius se tomó un instante y medio más para ver a su alrededor, agregando mayor dramatismo a la escena. León se encontraba en la punta más alejada de la entrada, vestido con un traje extremadamente formal, con una corbata que brillaba en la oscuridad, tal como dictaba la última moda norteamericana. Estaba cruzado de piernas y jugando con una lapicera entre sus dedos, a pesar de no tener ningún medio en el cual hacer notas. Llevaba una cabellera rubia impecablemente peinada hacia atrás, y un Inteli-Aro en su oreja derecha, con el cual manejaba el flujo de datos a su computadora personal. A unos pasos de él, se encontraba El Genovés, con una apariencia taciturna, como si no estuviese del todo convencido de encontrarse en el lugar adecuado en el momento adecuado. Llevaba un traje informal, con una falsa camisa blanca desabotonada, su corto cabello negro ligeramente enmarañado. Estaba sentado agachado, con las manos juntas debajo de la mesa, golpeando de modo aleatorio un encendedor contra el vidrio, cortando desconsideradamente el pesado silencio que gobernaba el lugar.

Frente a ellos se encontraba El Cardenal, con su apariencia decaída y apagada que había llevado durante siglos. Llevaba una sencilla túnica blanca de algodón, con una cruz de plata al cuello y su grueso anillo como únicos decorativos, cerrando correctamente su personalidad austera. Se encontraba tranquilo por fuera, pero mantenía un torbellino de miedo en su interior. De los presentes, tenía por lejos la posición más débil, y sabía a ciencia cierta que sólo el respeto a las costumbres (quizás obsoletas a ésta altura) era la única razón por la cual había sido invitado a esta reunión.

Alejado de El Cardenal por varios asientos vacíos, se encontraba un hombre robusto, calvo, de nariz cuadrada y rasgos duros. Su actitud era una mezcla entre la jovialidad y la severidad, de un ser implacable y extremadamente astuto. Sus ropas eran reales, llevaba un traje modesto color marrón, un abrigo sobre sus piernas, lustrosos zapatos, y varios artículos de oro que poblaban su cuello y dedos. Nadie conocía su verdadero nombre y tampoco importaba, como era el caso de casi todos los presentes. Su única constante era su nombre de pila, que se creía era el suyo de nacimiento, mientras que sus apellidos habían sido incontables, hasta donde su imaginación llegara. Por eso era conocido simplemente como George.

Finalmente, el más cercano a la puerta y sensiblemente alejado del resto era un hombre delgado, de apariencia extremadamente joven y de rasgos asiáticos. Minamoto había llevado la misma apariencia desde hacía siglos y siglos, y exceptuando algunas heridas reparadas de guerra, había sido una constante a través del tiempo, al igual que su nombre y linaje, que eran motivo de orgullo. Su impecable cabello negro azabache, sus ojos profundos y su aire marcial no revelaban jamás más de lo que él quería, dando la apariencia de ser un eterno jugador de ajedrez, siempre diez movimientos por delante de su adversario. En este caso, y desde hacía más de doscientos años, ese rival había sido el mismo: George, quien por el momento ganaba la partida. Estaba arropado por una sencilla camisa, pantalón y zapatos de su propia piel modificada.

El Consejo de Cáucaso estaba completo, con una estructura heredada desde tiempos inmemoriales, cinco virtuosos que acompañaban al líder. Nadie de los presentes se había atrevido a faltar a la invitación de Perius, el único que no contaba con la gracia del fallecido líder, pero que de pronto se había vuelto un actor de gran relevancia en el turbulento momento que vivían. Probablemente, del resultado de esta reunión, saldría un nuevo orden mundial, sea por acuerdo o desacuerdo de las partes. Había dos faltantes importantes, pero ellos jamás hubiesen aceptado acercarse. Quien contaba con el control de China y muchos países del sudeste asiático, Xin-Zu, y el mandamás de Oriente Medio, Hassan, duros rivales a la hegemonía casi total de Occidente.

_Quizás se pregunten los motivos de mis últimas acciones, y es mi profundo deseo que sepan que no llevo en mi interior más que las mejores intenciones. –dijo Perius mientras se acomodaba en el asiento a la cabecera, y se acompañaba con gestos grandilocuentes– Es por ello q-

_Perius, por favor, ahórranos el palabrerío. Es sabido de tu predilección por el teatro, pero no lo considero adecuado al momento, y estimo que hablo por todos. -interrumpió George, aunque de forma amable. - Hay algo que quiero saber, ¿por qué ahora? Nunca demostraste ambiciones políticas. Por tus capacidades y experiencia bien podrías haber estado a la derecha de Cáucaso, pero elegiste otro rumbo. ¿Acaso esperabas a que él desapareciera del tablero? –inquirió, con firmeza.

_No puedo decir que estuve totalmente a gusto con la manera en que Cáucaso manejaba los hilos del mundo, y estoy más que seguro que todos los presentes tenían una o dos críticas que hacer al respecto. –respondió con calma y soltura, no dejando jamás el personaje– Lo cierto es que su liderazgo ya no existe, y algo debe hacerse para evitar las tinieblas. –acotó, subiendo el tono de voz. El ruido del encendedor en manos de El Genovés continuaba taladrando el ambiente– Lo que tenemos que preguntarnos es, ¿qué buscamos de este nuevo panorama que se abre ante nuestros ojos? Les diré cuál es mi visión: Un mundo unificado, ordenado, que respete las tradiciones. Señores, no más conflictos que no llevan a ningún lugar. Debemos enfocarnos en el mañana.

_Debo recordarles caballeros, que aquí hay algunas piezas faltantes que harán eso imposible. –indicó El Genovés con poco tacto. Algunas miradas complejas se intercambiaron entre los presentes.

_Tengo entendido que tanto Hassan como Xin han sido invitados a participar, y se han negado o no han respondido, ¿es así? –Preguntó George.

_Así es –habló Perius– Lamentablemente mis palabras solo han encontrado oídos sordos tanto de uno como el otro. Pero el resultado de esta reunión les afectará de igual manera. Estoy seguro que prontamente entrarán en razón y olvidarán las viejas diferencias que se interponen.

Minamoto levantó su mano, forzando a un extraño y repentino vacío. Se tomó algunos segundos antes de hablar. _Quisiera apartarlos por un momento de la cuestión, para resolver antes un tema de fondo de igual o mayor relevancia. Me han llegado innumerables rumores...sobre la muerte de Cáucaso, y quisiera saber que fuente tiene el dato acertado. -nadie se atrevió a contestar. Minamoto continuó- El más fuerte y perturbador de estos rumores, que espero no sea real, indica que alguno de los presentes estuvo detrás de su desaparición física. -Las miradas se concentraron en su persona, escudriñándolo de arriba a abajo- Otra, más descabellada, indica que Cáucaso no ha muerto, sino que se encuentra oculto en alguna locación, con un motivo desconocido.

El Genovés y George comenzaron a lanzar preguntas agresivamente, antes de ser detenidos por Perius. _¡Por favor caballeros! Continuemos en calma. ¿Es posible saber qué evidencias tanto de una como de la otra versión existen?

_Por el momento, no puedo presentar ninguna, pero puedo prepararlas para la siguiente reunión, si así lo desean. -cinco pares de ojos incineraron al japonés, Virtuoso de la Sabiduría-

_¿Qué sentido tiene acercarse a este recinto a lanzar acusaciones y locuras a mansalva? -gritó George-

_No soy la persona que debe ser sentada en el banquillo de los acusados, George. -se defendió Minamoto- Pero quizás alguien aquí si deba estarlo.

_Si me permiten caballeros, creo que estamos desenfocados de la temática principal. –inyectó El Cardenal, Virtuoso de la Lealtad, con calma y prudencia– Soy el primero en querer conocer el destino final de mi señor, pero lo que más aturde mis pensamientos es que será del mundo bajo mis pies el día de mañana. Este caos generalizado debe terminar. ¿Cuántas muertes deberemos tener para zanjar el tema?

_Estoy de acuerdo con El cardenal. –se precipitó Minamoto– Las acciones de León y Eylem han sido salvajes. –se giró para quedar de frente a Perius– Pero más salvajes me parecieron aún las suyas, Perius.

_Drásticas, más que salvajes –acotó al paso George, Virtuoso de la Generosidad, mientras se tiraba hacia atrás en su asiento.

_Bárbaras, diría yo. –contestó León, que había permanecido en silencio– He perdido muchos hombres bajo tu mano Perius, mientras intentaba pacificar las circunstancias y mantener controlada a Eylem y sus ambiciones de poder. No obstante decidí hacerme presente ante tu invitación, ya que tu cordialidad y reputación como hombre de razón y palabra van por delante de ti. Con Eylem no se puede razonar. Haber estado bajo el puño de Cáucaso tanto tiempo la ha trastornado, y ahora que encuentra un ápice de libertad, decide que es momento de tomarlo todo, sin detenerse a pensar. –nadie se atrevió a interrumpir a León– Pero lo

341

hecho, hecho está. La amenaza de Eylem se encuentra desactivada por el momento, luego de los hechos acontecidos en el Palacio. Propongo, tal como El Cardenal sabiamente ha planteado, que zanjemos primeramente la situación a futuro, y luego nos centremos en los demás temas. –hizo una pausa, esperando al resto.

_Concuerdo con León.- dijo George, mirando de reojo a Perius, que parecía distraído por los finos detalles de su bastón.

Minamoto y El Genovés asintieron levemente, como única respuesta.

_¿Qué propones entonces Perius? –preguntó El Cardenal.

Perius levantó la vista. Era nuevamente su turno de brillar. _Señores, lo que propongo es terminar con este sistema obsoleto. ¿Seguiremos peleando por el trono vacío, o nos concentramos en progresar? Cáucaso mismo inventó la regla de "el más antiguo debe gobernar", en caso de que él ya no se encuentre entre nosotros. Pero bien sabemos que fue una regla que nadie pensaba cumplir, porque nadie imaginó un mundo sin el Gran Cáucaso. Él mismo no se imaginó fallecido.

George lanzó una disonante risotada. _Oh, eso es verdad. Y cuanto drama ha provocado.

Perius continuó. _Sabemos también, que si se respeta esa regla, el siguiente en ocupar el trono debería ser El Akkadio, quien no tiene el menor interés en ocupar esa posición.

_Es por eso que yo debo ser el siguiente. –cortó León, Virtuoso de la Astucia, con autoridad.

_Me temo que no es tan sencillo, León.–siguió Perius. Dígame, con honestidad. ¿Cuánto tiempo podrías durar en el trono sin el apoyo de los presentes? ¿Cuánto tiempo resistirías los embistes de Oriente?

_No puedo responder eso Perius, porque ¿Qué razón habría para que mis colegas no me apoyen? –León se tomó el tiempo suficiente para entablar contacto visual con sus cinco interlocutores.

_O podríamos preguntarnos todo lo contrario.– Intercedió Minamoto, con ya no tanta amabilidad–

_Estoy más que seguro que El Genovés, persona pensante y de bien, entiende la situación mejor que ninguno, y que cuento con su apoyo, ¿no es así? –dijo León, mirando a su secreto socio.

_De hecho, así es. Mi visión de un mundo ordenado es siguiendo la costumbre, la regla de Cáucaso y el sentido común. Si el que tiene la antigüedad y la capacidad de gobernar es León, entonces cuenta con mi apoyo. – secundó el militar, Virtuoso de la Fuerza.

El Cardenal buscó con la mirada la aprobación del japonés antes de abrir la boca. Cuando estuvo seguro de tenerla, se lanzó. _No puedo...decir que estoy a favor de esa postura. En mi escaso pero firme conocimiento, y obligado por mi lealtad a Cáucaso, no puedo dejar que León tome el poder a la ligera.

Tanto León como El Genovés se giraron hacia el nuevo bloque surgido del poder eclesiástico y del gigante económico de Asia. _¿Qué razones esgrimes? -inquirió El Genovés.

El Cardenal se rascó una ceja, haciendo una incómoda pausa. _Me temo que debo manejarme con supuestos, por lo que estoy terriblemente apenado. Pero, supongamos que León hereda el trono. ¿Qué ocurrirá desde Oriente? Mi interés es abogar por la paz, y es de mí entender que ambos frentes orientales no sólo no cooperarán, sino que se ubicarán aún más en las antípodas, recrudeciendo la violencia. Como argumento, podría asegurar que dirán que León no es el heredero legítimo mientras exista El Akkadio, o incluso Garim, y se negarán a negociar nuevamente, como tantas veces se han negado en el pasado.

_Garim no cuenta, no se le ha visto en siglos, por lo que la solución sería eliminar al Akkadio, ¿no es así León? -Preguntó, con cierta malicia, Minamoto.- Pero si no me han contado mal, eso ya se ha intentado, y ha fracasado.

León dejó la lapicera sobre la mesa, y tiró el cuerpo hacia adelante. Parecía levemente colérico. _El Akkadio es una amenaza constante al orden. Lo ha sido desde los tiempos romanos y lo seguirá siendo mientras continúe con vida. Es verdad, he intentado arrancar de raíz esa problemática, pero no he cosechado una victoria.

Perius observaba el escenario con una sonrisa en los labios, mientras continuaba aparentemente perdido admirando la pipa que extrajo de uno de sus bolsillos.

_¿Y no será, acaso, esos mismos medios que usaste contra El Akkadio, los que podrían, hipotéticamente, haber sido usados contra Cáucaso? -Lanzó Minamoto, sin un dejo de amabilidad.

León levantó la vista hacia el asiático, con calma y templanza.- Minamoto, ¿me estás acusando de ese crimen?

_No me atrevería, pero es sin duda una pregunta válida León. -se defendió.

_Nos estamos yendo nuevamente a cuestiones secundarias.- acotó George- Aunque estoy de acuerdo en la hipótesis de El Cardenal. No se podrá pacificar Oriente con facilidad. Si me permiten, me pondré de pie.- dijo, mientras daba comienzo al segundo acto- Estoy de acuerdo con que el trono es un lugar difícil de llenar, pero no tiene por qué ser así. Aquí se encuentran las mentes más brillantes del mundo, elegidas por el líder más grande que haya pisado esta tierra. Estoy más que convencido que sólo lo mejor puede surgir de esta reunión. -la animosidad parecía descender- Ya que somos el Consejo de Cáucaso, actuemos como tal. Llevemos adelante su visión del mundo, todos juntos.

_¿Qué propones George? -preguntó El Genovés.

_¡Un trono quíntuple, por supuesto! Un gobierno de consensos. Todas las voces serán oídas. Los conflictos, resueltos como los caballeros que somos. Cada cual podrá crecer y ser libre en este nuevo paradigma, mientras respete a sus vecinos y se mantenga la cordialidad. Es un modelo de mundo que incluye, antes que excluir, a Oriente.

_Es interesante, pero difícil de implementar. -sinceró El Cardenal.

_Para nada, compañeros. -mencionó Perius- De hecho, es palabras más o palabras menos mi propuesta. Me alegra haberla oído en boca de una eminencia como George.

_En primera instancia, parece menos conflictiva que la otra alternativa, pero también me preocupa la implementación. Muchos rechazarán este planteo, para quedar libres de hacer lo que les plazca sin responder a un poder superior. Hasta puede que usen los mismos argumentos que Oriente para rebelarse. -indicó Minamoto.

_Quizás parezca un capricho, pero no me parece un modelo viable. -disparó León- Este mundo sólo sabe ser conducido por una mano firme, no una multitud de pacifistas. Por otra parte -hizo una pausa, desafiante- no soy estúpido, entiendo que ocurre aquí. Sin duda dificultarán mi misión de orden hasta hacerla imposible.

_Son duras palabras que no encuentro justificadas, amable señor.- calmó Perius- Este modelo de mundo no podría jamás estar completo sin usted, un engranaje vital. Nadie de los presentes se atrevería nunca a dejarlo fuera, o en posición indigna.

León pareció dudar, al menos una décima de segundo. Perius continuó. _Aún no me he explayado en mi postura. Antes que nada, quiero pedirles disculpas por mis acciones, quizás un tanto desmesuradas, aunque bien intencionadas. Lo que pretendía era sacudir a este mundo perdido de un cachetazo, para lograr justamente esto, una reunión con las personalidades más destacadas, y reparar en poco tiempo todo el daño causado por la falta de liderazgo. Y no sólo eso, lo que pretendo es hacer permanente este espacio de diálogo. Que todos los presentes podamos debatir y solucionar, estar abiertos a más voces si hacen falta, y corregir el rumbo.

El Genovés y León compartieron miradas, antes de enfocarse en Perius. _Supongamos que esto es posible, este...espacio de diálogo. Y que es duradero en el tiempo.

¿Qué sucede ahora? –preguntó León.– ¿Qué medidas concretas adoptaremos? El mundo sigue revolucionado.

Perius se levantó, al tiempo que George se sentaba nuevamente. El tercer acto comenzaba. _Es muy sencillo. En este momento el comercio se encuentra restringido, al igual que el transporte. Propongo que esto se mantenga. Dañará las economías regionales, pero eso tiene un motivo. La estructura de países interdependientes está agotada, sólo causa colapsos difíciles de solucionar, ya que una pieza arrastra con ella al resto. En dos décadas podemos tener un modelo fuerte de países autosuficientes, cada cual gobernado por una mano firme, pensante y capaz. –hizo un gesto, indicando a todos los presentes– No necesitamos la interdependencia para mantener a raya la codicia humana, estamos nosotros para guiar sus destinos. Y si un conflicto surge, se resolverá rápidamente en este espacio.

_Es interesante.– dijo Minamoto, aparentemente pensativo.

_Me gusta la idea.– secundó George.

_Lo encuentro posible.– terció El Cardenal.

Tras una leve pausa, León habló. _No puedo decir que estoy en contra, la idea de piezas fuertes y libres me satisface. Mi gente está preparada para resistir una crisis de dos décadas y resurgir con mayor firmeza. Quizás no esté a favor de la teoría, pero sí de la práctica.

_¿Pero qué sucederá con los bloques militares? Necesitarán una reestructuración para ajustarse al nuevo modelo económico. –preguntó El Genovés.

_Nadie más preparado para contestar esa pregunta que usted mismo. –agregó Perius, señalándolo cortésmente con su pipa.

El Genovés se tomó unos segundos para responder. _En ese caso, lo más adecuado sería desarmar momentáneamente el Tratado del Pacífico y al Nuevo Pacto de Varsovia, reiniciar el diálogo Estados Unidos – Brasil, invitar formalmente a China e India a una alianza nueva, eso creará la suficiente incertidumbre como para que al menos Xin acepte acercarse a nosotros. No tengo idea de cómo reaccionará Hassan, más allá de que duplique sus espías. Si tenemos éxito en entablar un diálogo con China, es posible que Hassan y los suyos vengan al menos a saber de primera mano qué es lo que proponemos, a riesgo de quedar en la esquina equivocada del juego.

_Dos décadas de hambre, entiendo.- se lamentó El Cardenal- Un mal necesario...

_Si les parece caballeros, nos reuniremos nuevamente en un sitio a convenir en seis meses. Es pronto, lo sé, pero estamos estructurando un nuevo orden y es mejor estar preparados y atentos.

_Estoy de acuerdo.- secundó León. Los demás asintieron silenciosamente.

_Estoy confiado de tener delante un futuro radiante caballeros. -dijo alegremente Perius- Les estoy agradecido por haber escuchado mis palabras. Será hasta volver a encontrarlos, tan agradable compañía. Adiós.- Perius hizo un saludo, inclinándose levemente. El resto se puso de pie y se dirigió a la salida. Nadie dijo una sola palabra más, ni siquiera cruzaron miradas. Todo estaba dicho. Todos tenían preparadas sus jugadas. Perius fue el último en retirarse, seguido por su escolta. Antes de salir del enorme edificio gubernamental de Washingon D.C., Perius hizo una señal casi inadvertible a uno de los soldados que lo acompañaba, que se quedó relegado tras bambalinas.

El soldado tenía la mirada vacía, fruto de una profunda vejación a su psiquis. Esperó un tiempo, tal como había sido ordenado de antemano. Dio vueltas, aparentemente sin rumbo, hasta que ingresó a una sala vacía. Esperó ahí durante una hora, hasta que una mujer de mirada igualmente vacía entró y le susurró al oído. _Dígale a su maestro que todo salió perfecto, que mi Señor está muy complacido y que continúe con lo pactado.

El soldado asintió, con la mente perdida.

PARTE 29: VIVOS

Vogel Drescher miró hacia arriba. No podía creerlo. Lo que podía observarse, allá, a lo lejos, era la luz de las estrellas. Eso lo distrajo momentáneamente de su situación actual, con una herida profunda en un hombro, y más abajo, una porción de su mano desaparecida, ahora bajo varias capas de vendas. Luego de dos días de encierro, lo que deseaban fervientemente es respirar el aire nocturno, y sacudirse el guano de las suelas. Estaban vivos.

Los cuatro obligados compañeros continuaron el camino ascendente, hasta que dieron con la salida. El horror parecía finalmente concluido. La aventura que ninguno pidió, terminada. Se asomaron fuera. La bóveda celestial estaba parcialmente cubierta. En realidad pocas estrellas se atrevían a brillar esa fría noche. Negros nubarrones se cernían, peligrosos, sobre el castigado suelo. El viento de tormenta los golpeaba.

_Es posible que llueva. –aseguró Dipson– Y que sea lluvia radioactiva, no es conveniente que atravesemos grandes distancias.

_¿No estamos suficientemente alejados? –preguntó Syra, asqueada por la posibilidad real de tener que permanecer, esta vez voluntariamente, en esa condenada cueva.

_De la zona de impacto tal vez, pero las nubes dependen de las condiciones climáticas. Hay que andar con cuidado. –respondió el inglés Dipson– Si el viento sopló en esta dirección...

_Por otra parte deben faltar pocas horas para que amanezca. No estoy seguro de cuánto tiempo necesitaremos para... –MacOwen se detuvo. Todos observaron lo que se acercaba por un camino de tierra. Tres juegos de luces, camiones de algún tipo, transitaban alejándose de la dirección donde había estado el Palacio Aegis.

Syra miró a MacOwen, ya con un sólo par de ojos, para ver si una vez más estaban en sintonía. Así era.

_Lo lamento por los usuarios de esos transportes, pero es una...emergencia. Procuraremos hacer el menor daño posible. –Anunció Liam MacOwen.– Les tenderemos una emboscada, necesitamos uno de esos vehículos.

Los cuatro se desplazaron con toda la agilidad posible hacia uno de los costados del camino, ocultos por unos esqueléticos árboles. Uno de los transportes pasó de largo. Era un camión militar italiano para transporte de tropas, dentro llevaba aproximadamente una docena de hombres armados y con trajes para materiales peligrosos. Sin duda un blanco difícil, dada la situación. Se quedaron inmóviles. El segundo transporte pasó. Era similar al anterior, llevaba en cambio unos ocho o nueve hombres en su interior, con equipamiento similar. Esperaron al tercero. Se trataba de un jeep, con tres personas en su interior. Llevaban trajes y armamento, pero estos tenían inferioridad numérica y estaban últimos. Ese era el blanco. A la señal, Syra y MacOwen saltaron sobre el vehículo, y en instantes habían dejado sin vida a los ocupantes. Dipson y Drescher rápidamente subieron al mismo. Syra tomó el volante y se pusieron en marcha. La corta pausa y las luces enceguecedoras del jeep ayudaron a no generar sospechas. Continuaron de esa forma por varios kilómetros, hasta que una intensa lluvia comenzó a caer. Las oscuras gotas lo teñían todo de corrupción. Al llegar a un estrecho puente, vieron su oportunidad. Apagaron todas las luces y cambiaron de dirección. Los soldados, estupefactos pero más preocupados por sus propias vidas, siguieron camino a través del puente.

Ahora, solos, y tratando de permanecer inadvertidos, continuaron por una carretera. Siguieron algunas horas, hasta que encontraron un poblado parcialmente evacuado. La intensa lluvia continuaba cayendo sobre los últimos habitantes que, con lágrimas en los ojos y apresurados, montaban sus pertenencias en sus automóviles para partir, asistidos por unos policías mal equipados. Nadie notó al jeep fuera de lugar, ni que se detenían en una de las edificaciones, parcialmente desvencijada por la falta de mantenimiento, suficientemente alejada de las preguntas de los últimos en retirarse, ocupados de sus propios asuntos. Estacionaron a cubierto de la lluvia, y finalmente relajados, canibalizaron los cuerpos fallecidos como si fuesen bestias.

Drescher se sintió profundamente apenado de ser conquistado por ese hambre atroz que lo debilitaba y lo empujaba hacia su lado más negro. Miró a sus compañeros, que no parecían preocupados al respecto, o quizás, en paz con sus propios demonios.

La luz del alba subía por detrás de las nubes, amenazando con conquistar el cielo durante varias horas, antes de caer derrotado por la noche nuevamente en la danza eterna.

Exploraron el lugar. El edificio de vieja madera tenía, además de una espaciosa cochera, dos plantas. Tres habitaciones en la superior, y abajo una cocina pegada a una sala grande, con un cuarto pequeño pero acogedor.

_Deberíamos pasar el día aquí. Descansemos, nos hace falta. De noche quizás no llueva, y cada uno podrá continuar viaje donde le plazca. –propuso Dipson, y todos estuvieron tácitamente de acuerdo. Estaban muy cansados para contestar.

Dipson y Drescher se acomodaron en dos de las habitaciones superiores, una contigua a la otra, por si el holandés requería ayuda. Éste último había dicho apenas palabra desde que salieron de la cueva. Se sentía extremadamente inútil, agotado, lastimado y traicionado por sigo mismo. Se preguntó cuánto tiempo requeriría para quedar completo de nuevo. Al menos físicamente, su mente era otra pelea para otra oportunidad. La habitación estaba pobremente amueblada, y la lámpara que colgaba del techo no funcionaba. Poco le importó.

Drescher se acostó en la amplia cama, ayudado por Dipson, con mucho dolor.

_Charles, muchas gracias por tu apoyo. Me hizo falta, de verdad.

_No hace falta agradecer. En este mundo cruel, somos pocos los que estamos dispuestos a dar una mano al prójimo. –observó la media mano de su compañero y lamentó su elección de palabras.

_De todas formas, gracias. Intentaré dormir ahora. Si se van, por favor avísame antes. No quiero quedar solo aquí.

_Seguro, buen día Vogel. Que descanses.

Dipson se marchó, dejándolo solo. Tardó apenas segundos en caer profundamente dormido.

Charles continuó hasta la otra habitación. Ésta tenía una luz que si funcionaba, pero la puerta no cerraba bien y crujía al moverse. Adentro había dos camas pequeñas de una plaza. En una de las paredes había pegadas varias fotografías de un niño y una niña, que jugaban o hacían monerías. En el piso, huérfano, yacía un viejo conejo de felpa al que le faltaba una oreja. El abandono se sentía en el aire, casi tan manifiesto como la humedad en las feas cortinas.

Se sentía enfadado consigo mismo. Luego de tantos años de estudios, su capacidad de curar seguía siendo mínima. ¿Por qué le era tan esquivo ese arte? ¿Tan corriente era que no podía siquiera acercarse a los maestros?

Se paró frente a una de las dos camas con desgano. Miró sus ropas, lo sucias que estaban y lo cansador que se veía quitárselas para dormir con un poco más de comodidad. Dejó su bolso a un costado y decidió lidiar con eso después. Si, después lo haría. Siempre después, pensó antes de dormirse. Todas sus esperanzas estaban en el después. Porque ahora, era inservible.

Syra se quedó varios minutos en el baño de la planta superior, remojando sus cabellos con agua caliente, dentro de una vieja tina, mientras esperaba que se llenara. Estaba algo sucia, pero en comparación con ella, era impecable. Todos los apliques tenían algo roto, o estaban torcidos. Había una toalla blanca con agujeros colgando de una de las paredes, con una leve capa de polvo en la parte de arriba. Una fea mancha de humedad en el techo se hacía más oscura, hasta que finalmente comenzó con timidez a gotear.

Desarmó su traje ilusorio para volver a convertirlo en piel ordinaria, y se sumergió en la tinaja. Permaneció allí, inmóvil, varios minutos, mientras acomodaba sus pensamientos. Recordó todas las veces que estuvo realmente cerca de morir. Pudo contar una decena, hasta se dio el lujo de clasificarlas. Se llevó una mano al cuello, recordando lo cerca que estuvo la última, la filosa mano de Chandresh cerca, muy cerca de terminar el trabajo y rebanarle la cabeza por completo. Se sentía horrible. Pisoteada, derrotada, obligada a depender de nuevo de alguien. Odiaba eso. Odiaba lidiar con gente débil. Pero también con gente más fuerte que ella. La hacían sentir nuevamente esa niñez y adolescencia en la que sólo podía gritar y llorar, mientras algún grupo de bandidos de turno azotaba su pueblo, quemaba las casas y violaba a las mujeres. A ella. Recordó el calor del fuego que la abrasaba, la soledad, la desesperanza. Cuando se prometió que ya no sería así. Necesitaba sentirse fuerte de nuevo, con el control de la situación. Volvió al presente, con su cuerpo bajo el agua tibia. A pesar de todo, una vez más estaba a salvo.

MacOwen se quitó con dificultad sus ropas y se sentó. Tenían agujeros y cortes por todos lados. Eran pertenencias que lo habían acompañado mucho tiempo, ahora debía deshacerse de ellas. ¿Cuántas cosas había dejado atrás? ¿Y cuánta gente amada? Pensó en esos soldados a los que dio muerte. Se disculpó mentalmente con ellos nuevamente. Hizo una señal de la cruz sobre su pecho. ¿Cuántos habían perecido en esos días? Todo por un conflicto entre los *suyos*. Nuevamente los de su *clase* trayendo la discordia. Y él, uno más de *ellos*. Se asqueó por su propia naturaleza. ¿Pedir perdón lo salvaba realmente, o era simplemente un ejercicio mental para sentirse mejor consigo mismo? ¿Era un mecanismo más de supervivencia? ¿De qué servía la fe, sino para ayudar al prójimo?

Se calmó unos minutos, mientras tomaba una ducha en el reducido baño contiguo a la habitación en la planta inferior. Apenas había espacio para que cupiera todo lo que allí había metido, dejando un cuarto de baño funcional pero de difícil acceso y uso. Al menos parecía limpio y en condiciones decentes.

Hubo prójimos a los que ayudar hoy. A su fiel compañero Dipson, al atarantado de Drescher, a la fría Syra. Quizás no merecían la salvación más que las vidas que arrancó con su propio filo, pero él no podía juzgar a un hombre sobre otro. Así como tampoco podía juzgarse a sí mismo. Sólo Dios podía hacer eso. Todos estaban vivos. Gracias a él, en parte.

Salió de la ducha, cansado y ligeramente aturdido por la batalla interna. Miró su espada, ahora llena de barro y sangre. La limpió lentamente con la mente en blanco. La espada era sólo un instrumento, su mano era la ejecutora. La dejó en su vaina a un costado y miró a su alrededor.

Había una pequeña mesa de noche contra un rincón, color rojo, que contrastaba con poco gusto con las paredes todas color verde manzana, al igual que la pequeña cama en el medio. En la única ventana, se escuchaba el repiqueteo de las gotas chocando. En la pared contraria, un conjunto de platos de cerámica eran la única decoración del lugar. Uno de los platos faltaba. En su lugar había un clavo solitario, y una aureola de suciedad que indicaba lo que alguna vez allí estuvo.

Apagó la luz y se recostó en la pequeña cama. Los pies colgaban fuera del colchón, pero no le importó, así como tampoco el frío de la noche. Cerró los ojos, pero no pudo dormir. Lo despabiló el sonido de la puerta al abrirse despacio.

—¿Quién...? ¿Syra?

Syra entró despacio, aún desnuda y mucho más pulposa que de costumbre. Sus senos redondos y turgentes se movían al compás de la seducción, pues no se puede ser una sombra completa sin aprender los artes del amor además de los de la guerra, ambos con sus profundas similitudes. Caminó hasta él sin decir nada, con la mirada encendida de excitación, rendida al deseo de volver a estar en control. En control de un hombre poderoso.

—¿Qué estás...? —quiso preguntar, pero un dedo índice sobre su boca se lo impidió.

Gateó hasta él, se sentó sobre su regazo, y lo besó con pasión y lujuria.

PARTE 30:
DESAMPARO

Lohe tropezó por enésima vez, ahora contra una raíz que salía del suelo. Estaba profundamente distraída de la tarea inmediata de sobrevivir y huir, frente a lo que ocupaba sus pensamientos: qué haría con su súbita libertad y cómo la conservaría. ¿Cuándo irían por ella? Seguramente pronto. Cuanto más lejos esté, quizás más chances de escapar. Pero tenían buscadores, ella los había visto en acción, o más bien, informes redactados por ellos. ¿Cómo ocultarse de un buscador? Si sabían quién eras, podían rastrearte, sin importar a donde se dirija uno.

Continuó caminando, sin un verdadero rumbo. Ya había pasado un día. Su traje y casco afortunadamente la protegían, sin ellos su escape hubiese sido nulo. A la sensación inicial de libertad y alegría, le sobrevino una carga de repentina responsabilidad por sus propios actos. ¿Qué opciones tenía? Se detuvo para sentarse contra un árbol, y se tomó el codo lastimado. El dolor le apretaba de a intervalos, seguramente estaba fisurado, o quebrado. Miro arriba, vio como la luz pasaba suavemente a través del follaje, le pareció extremadamente bello. Una hilera de hormigas llevaban atareadas trozos de hoja hacia su hormiguero, caminando cerca de su cabeza. El tiempo pasaba lentamente en ese bosque, pero aún pasaba. ¿Por qué no habían venido por ella?

Se sentó más derecha, apoyando mejor la espalda contra el tronco, pateando algo de nieve y barro en el proceso. Un buscador probablemente ya la tenía. Quizás ya no quedaban agentes en Francia para destinar en ubicar a una renegada. Quizás ya no le importaba a nadie. Con medio ejército destruido, ¿quién podía interesarse por la última sobreviviente de un equipo fallido? No sólo la sobreviviente, sino la parte del equipo que había causado la derrota. ¿Por qué no pudo con su parte? Sus gemelos habían cumplido. El valeroso Fender, defendiéndolas. La adorable Konnex, reteniendo al monstruo. Ella debía rematarlo, y no pudo. Como regalo, había perdido todo lo que amaba. Hizo una pausa prolongada al llegar a esa parte. Acaso...El Akkadio ¿tenía algo que ver en su repentino deseo de libertad? ¿Ese era el regalo que mencionó antes de derrotarlos? El regalo más cruel imaginable, pensó con tormento.

Se puso en marcha nuevamente. Ya no le parecía tan atrayente su decisión. Pero era tarde para dar la vuelta. Pasaron algunas horas, el Sol comenzaba su declive. Realmente no sabía dónde ir, más que lejos y en línea recta. Se sintió algo tonta luego de golpear el casco contra una rama baja, y rompió un poco su negro estado mental, cuando escuchó un fuerte sonido metálico a sus pies. Un dolor intenso se apoderó de ella haciéndola perder el equilibrio. Tenía una enorme trampa mordiéndole el tobillo izquierdo por encima de su bota. Gritó de dolor primero, y de rabia después. ¡¿Qué le sucedía?! Era una máquina de fracasar. Abrió con esfuerzo la trampa y quitó la pierna de en medio. Intentó ponerse de pie, pero el dolor del tobillo era demasiado. Algunas gotas de sangre comenzaron a deslizarse hacia el suelo. Se reclinó contra un árbol, y gritó nuevamente, de angustia. Se odiaba por no prestar atención, por seguir acumulando malas decisiones. Por dejarse manipular por el asesino de sus hermanos. Por jugarse todo lo que tenía y todo lo que era en un arrojo visceral. Debajo de su casco, algunas lágrimas corrían por sus suaves mejillas. Arriba, hasta el Sol invernal deseaba devorarla. Se sentía fatal, apretada por un desamparo asfixiante. Quizás era hora de renunciar, entregarse.

Hora de rendirse.

Se dejó caer al suelo, definitivamente.

Escucho una voz. Alguien venía. No le importó quién era, no se defendería. Se encomendó a un poder superior, si existía tal cosa. Ahora escuchó unos pasos rompiendo las hojas muertas en el suelo. Era un hombre, un hombre armado. Hablaba francés y no entendía lo que decía.

El hombre se acercó a Lohe, dejó su rifle de caza en el suelo y la ayudó a incorporarse. Lohe lo observó sin detenerse en ningún detalle en particular. No era del ejército de León. Parecía un leñador, o un cazador. Continuaba hablándole, sin entenderle.

_No entiendo lo que me estás diciendo.- le confesó, en alemán.

_¿Alemán? Poco alemán. Yo Antoine.

_Soy Lohe.

Antoine intentó sacarle el casco, pero ella lo impidió bruscamente.

_No, no me lo quites, lo necesito.

_¿Hospital? Vamos hospital. –dijo el cazador en pésimo acento, pero genuinamente preocupado.

_No, no hospital. No hospital Antoine.

_¿No hospital? *Pourquoi*?

_No hospital por favor.

El cazador se quedó perplejo, pensando alternativas. Quería ayudar pero no sabía cómo.

_¿Casa? ¿Mía casa? Cerca.

Quizás pueda ocultarse allí, al menos descansar un poco y poder caminar por sus propios medios. No le pareció mala alternativa. Para una mujer derrotada y sin opciones, mala en absoluto.

_Si, casa. Vamos.

Antoine le ayudó a caminar casi un kilómetro hasta donde se encontraba una camioneta rural que había visto mejores días. La subió y arrancaron. Algunos minutos más tarde llegaron a una pequeña cabaña, metida entre la espesura del bosque, en un claro rodeado de troncos cortados. La cabaña parecía de construcción reciente, tenía un techo a dos aguas, una chimenea, ventanas automatizadas y una sencilla puerta de madera. Afuera, un panel solar rotaba siguiendo la trayectoria del astro, proporcionando de energía a la vivienda. Estacionaron, y el cazador ayudó a la guerrera a entrar en una de las habitaciones de la cabaña, y a sentarla en la cama. Las ventanas estaban opacadas, por lo que accedió a quitarse finalmente el casco. Lo dejó a un costado y miró, ésta vez a mayor conciencia a quien la había ayudado. Era un hombre joven, con barba algo descuidada, nariz prominente, cabello corto y castaño. Sus ojos estaban clavados en ella, y parecía de pronto nervioso y torpe. Se fue y volvió al minuto, trayendo un botiquín de primeros auxilios. Lohe se quitó la bota izquierda, subió la manga del pantalón y vio el daño. Se podían ver claramente las hendiduras de los dientes de la trampa. Antoine limpió la zona con torpeza y dedicación, la desinfectó y la ató con una venda, mientras le continuaba hablando y tartamudeando en francés. La miraba de reojo y le sonreía. Finalmente terminó. Más allá del dolor inicial, no había nada roto y parecía una herida superficial. Aún así, lo tenía hinchado y le daba punzadas moverlo. Se recostó en la cama, exhausta.

_Gracias Antoine.

Antoine sonrió ampliamente, balbuceó algo y se retiró. Volvió pocos segundos después, dijo algo más y se fue. Lohe se quedó mirando al techo acostada, pensando en qué haría ahora, y en los dolores que la acosaban. El cazador volvió, ésta vez con un asistente personal, un modelo civil. Habló suavemente al asistente, y apuntó con éste hacia donde estaba ella.

_Hola, mi nombre es Antoine. –dijo el aparato, en alemán.

Por supuesto, un programa traductor. Una corta sonrisa se dibujó en el bello y cansado rostro de Lohe.

_Hola, mi nombre es Lohe. Gracias por ayudarme.

Antoine llevó el asistente a su oído, y asintió nervioso.

_No hay de qué. Esa trampa que pisaste era mía, lo siento mucho. –contestó, tecnología de por medio. Lohe se quedó en silencio. Antoine continuó– ¿Por qué no querías ir a un hospital?

Lohe lo miró de soslayo. ¿Quería la verdad? No podía decírsela. ¿Por otra parte, para que mentir? Ya estaba derrotada. _Soy de la milicia, y me he escapado. En un hospital me atraparían de nuevo.

Antoine se sorprendió de esa contestación, y se quedó pensativo un momento. _¿Por qué escapaste?

Lohe dejó salir un suspiro. _Porque me tenían prisionera desde que tengo conocimiento, y deseaba la libertad. Ahora ya no estoy tan segura de quererla.

Antoine abrió grandes los ojos. _La libertad es lo mejor que puede tener una persona. -el aparato tradujo desapasionadamente el grito del cazador.

_Quisiera descansar un poco ahora.

_Si claro, que descanse señorita. -Antoine se alejó sonriendo tontamente, casi chocando contra el borde de la puerta al voltear.

Muy extraño, pensó Lohe. Pero al menos era hospitalario. Se quedó inmediatamente dormida.

Lohe caminaba por un campo verde de pastos altos. Tenía puesto un traje gris de entrenamiento. El cielo era color celeste, pero cambiaba de a ratos a uno violetáceo. Ni una nube sobre su cabeza, los pastos le hacían cosquillas en las piernas. Algunas paredes bajas de viejos ladrillos, dispersas por aquí y allá, salpicaban el campo. Miró hacia abajo, y una hilera de hormigas caminaba por su pie, pero no le molestó. Le parecieron simpáticas. Siguió caminando hasta llegar a una pared mucho más alta y de concreto. Quiso saber qué era eso, así que intentó bordearla caminando hacia la derecha, y luego trotando. La pared era muy larga, y nunca llegaba a la esquina. Corrió y corrió hasta que encontró donde terminaba. Era un hangar como los de *Prima-Gestalt,* pero pintado de color blanco como la nieve. No había nadie por ninguna parte. Entró por la enorme, grandísima entrada principal, pero cuando volteó ya no estaba. En su lugar había ahora varias puertas que daban a oficinas. No se preguntó por qué. Había bullicio. Gente caminando apurada de acá hacia allá, doctores y personal, soldados marchando y cantando. Intentó abrir una de las puertas, pero no pudo, tenía llave. Intentó una vez más, haciendo mucha fuerza, pero sólo logró que la puerta se hiciera más grande. Desistió. Siguió caminando entre las personas. Todas eran enormes ahora, ¿o ella era pequeña? Le preguntó a un señor gordo donde estaban sus hermanos, y le indicó un pasillo largo con muchas luces. Caminó por el pasillo y se perdió. No era un pasillo, sino un laberinto de puertas y ventanas, todas enormes. Se puso triste, e iba a romper en llanto, cuando una mano cariñosa se apoyó en su cabeza. Era Fender, pero estaba alto, muy alto, y no podía ver su rostro.

_Vamos Lo, tenemos que romper algo. -le confió.

_¿Dónde está Konny? -preguntó, pero sin obtener respuesta.

El gigante Fender la tomó de la mano y caminaron juntos por un pasillo blanco.

_Aquí tenemos que entrar. Es una misión importante Lo. -le dijo, soltándola y entrando por una puerta negra, enorme y de aspecto aterrador.

_No quiero ir ahí Fen, quiero ver a Konny.- su propia voz le sonó extraña.

_Konny está adentro, necesita de nosotros.- le dijo antes de meterse.

Pasó por el umbral de la puerta, con mucho miedo. Adentro, todo estaba destruido. Había bloques de ladrillos rotos y columnas por miles en el suelo. Parecía que toda una ciudad había sucumbido. Vio a sus gemelos tirados en el suelo, inertes frente a ella. Quiso correr, pero ésta vez no pudo. Miró hacia abajo y vio que tenía una trampa en su tobillo, atada a una cadena. Tiró de la cadena, pero fracasó en liberarse.

_¡Fen! -gritó.- No puedo ir, estoy atrapada.

Tiró de la cadena, estaba fría, y los eslabones hacían un pavoroso sonido chocando unos contra otros.

_¡Konny, ayúdame! -gritó de nuevo, pero nadie respondió.

El cielo comenzó a oscurecerse, y lo cubrió todo. Hasta que sólo quedó ella y su cadena.

_¡Hermanos, no puedo ir! ¡Estoy atrapada! -gritó en vano.

Sintió angustia y deseos de llorar, y la cadena no se soltaba. Una voz horrible la llamó por su nombre. Venía de la oscuridad. No, era la oscuridad.

_Yo puedo liberarte, ¿eso es lo que quieres? –inquirió la maldad.

Lohe no contestó. Tiraba de la cadena, y ésta se hacía cada vez más grande y pesada.

_¿Deseas la libertad? Yo puedo dártela. -aseguró la oscuridad en un tono grave.

Lohe largó en llanto, ya no podía moverse, sólo llegaba con sus manos a limpiarse las lágrimas que corrían hacia abajo.

_Sí.- respondió finalmente- Pero por favor no lastimes a mis hermanos.

_Eso, no puede hacerse.- afirmó el vacío con voz flameante.

Lohe se limpió los ojos, miró hacia abajo y sus cadenas ya no estaban. Su cuerpo era pequeño, muy pequeño. Tenía un vestido largo y azul, como el de la muñeca que había visto una vez y que jamás pudo tener. Se puso de pie, y ahora estaba en un espacio grande, con piso de gris concreto. No había ninguna luz, pero ella podía ver. Adelante, vio un cubo que brillaba. Se acercó caminando muy lento y lo tocó con su manito. Adentro estaba ella, pero no era ella. La otra Lohe era adulta, estaba desnuda y llevaba el pelo largo, muy largo, que flotaba en el éter. Parecía dormida. Le gustó como el cabello dorado flotaba, como un ángel. Notó que Ángel Lohe estaba atrapada en el cubo, y que no podía salir.

Pegó una patada al cubo con su piececito, pero no hizo efecto. Pensó que necesitaba más fuerza. Toda la fuerza para ayudar a Ángel Lohe. No lo advirtió, pero ahora ella misma era adulta. Tomó carrera y arremetió con toda la fuerza de su puño. El cubo no se rompió, sino que simplemente despareció en una bola de luz junto con su alter ego.

_¡Lo logré! –exclamó– ¡Soy fuerte!

La oscuridad volvió a apoderarse de todo, robando su victoria y alegría. Y la oscuridad le habló.

_No, no lo eres. –dijo la pesadilla.

Lohe se despertó sobresaltada, y no reconoció de inmediato donde se encontraba. La habitación continuaba oscura, bajo el techo de troncos de madera impermeable. Se quedó acostada sin pensar en nada durante un largo rato. Había sido espantoso, pero no era la primera vez que soñaba con eso. Ya lo había vivido, pero no pudo recordar cuándo. Miró por la ventana opacada. Afuera reinaba la noche, los grillos y los búhos. Al lado de la cama había una muleta de madera algo astillada, que uso para movilizarse. Salió a los saltos afuera de la habitación, donde encontró al cazador cenando. Éste le sonrió y la invitó a sentarse con un gesto. Accedió, a falta de algo mejor para hacer. El ruido de la muleta contra el piso sonó fuerte en esa atmósfera silenciosa.

_¿Quieres algo para comer? –tradujo.

_No, gracias. –se excusó Lohe.

_Debes tener hambre, muchas horas sin comer.

Era verdad, pero no le servía la comida que había ahí. Recordó que tenía un par de jeringas con ProtePlasm. Si las racionaba bien podía durar una semana. _No te preocupes, ya comeré algo.

Antoine continuó cenando en silencio. La mesa estaba vestida con un mantel rojo, algo desteñido y con lunares blancos. Sobre ella había un vino tinto por la mitad, dos vasos, un plato vacío (para ella, supuso) y otro con un estofado de carne y raíces varias que se veía sabroso. Una bandeja de pan de ayer y una vela nueva completaban el cuadro. Lohe observó toda la escena, revisando cada detalle, mientras se sostenía el codo dolorido. Antoine tomó nuevamente el asistente. _¿Te duele el codo?

Lohe bajó la vista. Todo transcurría en cámara lenta. ¿Desde hacía cuánto no sentía esa paz, de no tener nada para hacer? ¿Nadie a quien obedecer? ¿Nadie a quien destruir? Había cortado los lazos con el mundo, y ahora se encontraba en una pequeña cabaña alejada de todo. Las reglas habían cambiado... ¿Para bien? La oscuridad había hecho desaparecer sus cadenas, exigiendo a cambio el más alto de los precios.

_Si, me lo he lastimado en el bosque.

_Después de la cena veré que puedo hacer por eso.

Observó cómo ardía la cera de la vela. De forma pausada, caían muy lentamente las gotas por el costado, hasta llegar a la base donde se solidificaban. El olor del estofado inundó su olfato. Se le antojó compartir la comida con este hombre, en la paz de ese bosque, a pesar de que no la alimentaría adecuadamente.

_¿Puedo servirme estofado? –preguntó Lohe, embelesada por la magia del momento.

Antoine fue rápidamente a la cocina, le sirvió en el plato y le acercó una cuchara. El estofado tenía buen sabor, y gusto a especias que jamás había probado. El cazador le sonrió, y ella le contestó de la misma manera. Le gustó su sonrisa. Le pareció sincera.

PARTE 31: PROMESA DE UN NUEVO MUNDO

Amelia se miró por enésima vez al espejo, en esta oportunidad con un vestido negro largo con algunas lentejuelas sobre sus pechos y hombros. Le convencía más que el rojo, que vio demasiado revelador, por algún motivo. Sobre la cama había una docena o más de vestidos y prendas varias, y en el piso había otro tanto. Vio el reflejo del desorden que había causado (y que debía de ordenar más tarde) y se desanimó bastante. Pero esa sería una pelea para mañana. Terminó de peinarse sus flamantes bucles, cada uno coronado por una pequeña cuenta brillante. Pasó unos cuantos minutos maquillándose hasta que quedó conforme, se calzó sus zapatos de tacón y repasó los últimos detalles. Miró el reloj en la pared, y se desanimó de nuevo, ¡era muy tarde! Dada la hora, debía ser ese el conjunto final, no había más tiempo para cambios. Se plantó nuevamente frente al espejo y vio su imagen de la manera más imparcial que pudo e intentando calmar su corazón que quería salirse hacia fuera.

No estaba nada mal, nada mal, se veía bastante bien de hecho...no recordaba la última vez que se había sentido bonita. Una leve sonrisa se dibujó en su rostro. Su vida estaba mejorando de a poco, y a pesar de todo. Y era gracias a Kad. Desdibujó la sonrisa con esfuerzo y se comprimió las mejillas con fuerza. Nuevamente su niña interna quería rebelarse. Kad no era buen candidato, ¡basta ya! Pero era indudable que la ponía feliz.

Y a propósito, en cualquier momento aparecería de un salto por la ventana, ya era hora. Se sentó en un rincón milagrosamente sin prendas e hizo una pausa. ¿Qué pasaría esa noche? Kad no había dado muchos detalles, aclarando solo que "iban a cenar con un conocido" y que "se comprara un lindo vestido". Miró el reloj, habían pasado veinte segundos. Exhaló fuerte procurando hacer desaparecer sus nervios. Por otra parte, ¿dónde se podía cenar en público? Hacía dos días que se había impuesto un Estado de Sitio y nadie podía circular pasadas las 19 horas. Excepto que sea alguien importante o del gobierno, claro. Pero Kad no era ninguna de esas. ¿Qué tenía planeado?

Se espantó al escuchar el sonido del timbre. Se levantó confundida y atendió. Por la pantalla vio un hombre alto, vestido de negro, con un sombrero bombín y mirada algo extraviada.

_¿Si? –Preguntó extrañada.

_Estoy buscando a la señorita Alba, llegó su limusina.

¿Qué demonios? _Soy yo...ya...ya bajo.

Una limusina, y con chofer. ¿Quién se daba el lujo de tener un chofer actualmente? Sólo los ricos excéntricos y desconfiados del automanejo. Tomó su cartera y su abrigo y se apuró al ascensor. Afuera la esperaba el chofer, quien la saludó con un leve gesto y la escoltó al vehículo.

_Buenas noches Amelia, hoy viajaremos con estilo. -dijo Kad, sentado en la parte trasera haciendo un ademán para que se siente. Llevaba un ambo azul oscuro, una camisa blanca y una corbata clásica del mismo color que su traje. Fiel a su estilo, no tenía puesto ningún adorno o dispositivo. Llevaba el cabello extremadamente corto.

_Bu-enas noches Kad. -dijo, sonriendo como una quinceañera, mientras se pasaba a su lado y el chofer cerraba la puerta de forma manual. Se quedó en silencio, esperando que diga algo respecto a su imagen. Recogió un mechón y lo llevó detrás de su oreja.

_Hermoso vestido, te ves encantadora.

_G-racias. -tartamudeó. Debajo del maquillaje sus pómulos comenzaron a enrojecerse. Cuando estuvo segura de que saldría una frase entera y sin cortes desde su boca, continuó- ¿A dónde nos dirigimos?

_Una persona que viene de lejos está en la ciudad y quiere hablar conmigo en términos amistosos, así que me invitó a cenar. Encontré conveniente que me acompañaras, siempre que tengas cuidado en cómo te comportas. –el tono amable pero sutilmente alarmante la puso en guardia.

_Me portaré bien Kad, no sé a qué te refieres. –se defendió.

_Lo sé, pero recuerda dos cosas. Hablar sólo si te hacen alguna pregunta, y no mirar a nadie fijamente a los ojos por demasiado tiempo. –le sonrió, con la cordialidad de siempre. Cercano, y a años luz de distancia, como era costumbre.

El vehículo avanzaba sin dificultades. No había tránsito alguno. Las calles, desiertas. El toque de queda era total. Desde el anuncio de una agrupación terrorista nueva y de escala mundial el pánico se había apoderado de todos y no se hablaba de otra cosa. Aeropuertos, rutas, todo cerrado. Las embarcaciones no entraban ni salían de los puertos.

Pasaron por tres controles fuertemente custodiados por militares montados sobre tanquetas. En las tres oportunidades, el chofer presentó unas credenciales y les dejaron paso sin preguntas. Sin duda la persona a quien iban a ver era importante.

_Esta persona con quien cenaremos, ¿es del gobierno? –preguntó Amelia, casi segura sobre la respuesta afirmativa.

_No.

_¿Algún hombre de negocios?

_No. –negó nuevamente Kad.

_¿Cómo es que estamos pasando tantos controles sin problemas?

Kad la miró de soslayo, mientras cruzaba una pierna sobre la otra. _La ley sólo aplica para quienes existen. Los *demás* estamos por fuera. –cerró, con una sonrisa misteriosa, que invitaba a no preguntar más.

La limusina se detuvo frente a un suntuoso edificio. Amelia notó que había varios vehículos estacionados en frente, el lugar estaba activo a pesar de las condiciones imperantes. Claramente, los ricachones llevan otro ritmo de vida. El edificio funcionaba como una torre de oficinas, en cuya terraza había un restaurante de lujo. Bajaron de la limusina y fueron escoltados por una reluciente alfombra roja hacia el interior. Kad le ofreció con caballerosidad su brazo, y Amelia se tomó de él. Le pareció que estaba un tanto más bajo y flaco que la última vez que se vieron, pero eso no tenía sentido. La situación la tensaba, debía ser eso. O los tacones. Subieron por el ascensor rápido hasta el último piso. El lugar estaba casi repleto de personas cenando, como si el mundo girase normalmente en un día cualquiera. Los mozos iban y venían llevando platos con comida. Era uno de esos sitios exclusivos donde ofrecían la novedosa comida gourmet impresa, con presas de carne cultivada con gustos de un centenar de animales y vegetales diferentes, que costaban cuatro o cinco veces más que la tradicional, pero eran moralmente "superiores" por usar proteínas en lugar de animales vivos.

Avanzaron hasta que se toparon con un hombre de cabello largo, muy corpulento y vestido con una sencilla camisa blanca, pantalón negro y zapatos. Amelia hubiese jurado que era el secuaz de algún villano de película de acción. Saludó fríamente a Kad y la ignoró completamente a ella, para guiarlos hacia una de las mesas.

_Akkadio, bienvenido. Gracias por atender a mi invitación. –saludó un hombre elegantemente vestido con un smoking, un moño negro brillante, y numerosas alhajas en sus manos y dedos. Tenía una nariz prominente, el cabello azabache casi hasta los hombros y peinado hacia atrás. Amelia no supo qué pensar, sin dudas era guapo y elegante, pero irradiaba un aura de desconfianza. No le agradó para nada. No pudo determinar su edad, por más esfuerzo que hiciese. Sí pudo determinar que la ignoraba de un modo similar al grandulón de antes.

_Hassan, imagino. Te ves muy diferente, ¿de incógnito? –respondió Kad, de pie frente a su anfitrión, con la misma calma que tendría una tormenta tropical a punto de caer.

_Sin dudas me veo diferente, pero es una nimiedad. Somos lo que somos por dentro, el exterior cambia como la arena de las dunas. Por favor toma asiento.

Kad corrió uno de los sillones de pana morada para que Amelia se siente, y luego se sentó él. Por primera vez Hassan se percató de su presencia.

_Akkadio, ¿quién es la señorita?

_Mi acompañante, espero que no moleste.

_Entiendo. No, no molesta, siempre que se comporte como debe.

¡Amelia estaba por estallar de rabia! ¿Quién era este tipo tan descortés y machista? Miró a Kad y éste le devolvió una orden con la mirada: "no protestes, quédate callada".

_Les recomiendo la langosta con caviar, es exquisita. -continuó Hassan. Hizo un gesto e inmediatamente un mozo se acercó a tomar su orden en su pantalla de doble faz una vez que los recién llegados aceptaron la propuesta. Hassan mismo llenó tres copas de champagne de una marca que Amelia no reconoció, pero que probablemente cueste más que su departamento- Quisiera brindar, por la promesa de un nuevo mundo.

Los tres levantaron sus copas y bebieron un pequeño trago. La bebida sabía a lujo y a estar totalmente fuera de lugar, pensó. ¿Para que la había traído?

_¿De qué quieres hablar? ¿Alguna novedad que quieras contarme desde el otro lado del globo? -Preguntó Kad, mientras se reclinaba hacia atrás y entrecruzaba sus dedos.

Hassan tragó de su copa nuevamente, y la posó con suavidad sobre el mantel de seda. Clavó su mirada sobre Kad con severidad. _Podría decirse que sí. Sabrás que las cosas están cambiando. Me he enterado de un...pequeño percance que sufriste recientemente. Me alegra que estés bien.

Kad se limitó a asentir con la cabeza. Sentado en esa postura, con esa calma y porte, parecía un rey de quien intentaban ganar un favor.

_Son tiempos interesantes, muy interesantes. Quienes se decían nuestros enemigos, han caído. Y nosotros, hemos redoblado fuerzas. Ya estamos en una posición como para aplastarlo todo a nuestro paso. -Hassan provocaba pavor en sus gestos, su tono de voz, las palabras que empleaba. Parecía enfermo de poder- El demonio ha sido derrotado por sus propios esbirros, el mismo grupo que intentó darte caza y que ha fracasado. Eso quiere decir que el destino tiene un plan para ti. Y me atrevería a decir que ese plan me incluye. Nos incluye. La Justicia está de nuestro lado.

Kad levantó una mano, deteniendo la verborragia del anfitrión. _Alguno de tus muchachos debe haberte comentado que no estoy interesado en la politiquería actual. Que Cáucaso haya muerto me sorprendió, pero el rumbo que tome todo el asunto me tiene sin cuidado.

Hassan asintió con cierta amargura. _Oh sí, sí, eso me han dicho. No obstante era mi deber moral invitarte a liderar el cambio, dada tu trayectoria. Pero, si me es imposible, al menos quiero tener la certeza de que no debemos contarte entre los que se nos oponen.

_No me opongo. Hassan, de verdad no me importa. Hagan lo que quieran. Me harté de los juegos de poder hace mucho. Cuando tengas unas centurias más debajo de tu brazo quizás entiendas a qué me refiero.

_Me tratas como un jovenzuelo impertinente, y estoy muy alejado de serlo. –contestó con severidad Hassan– El mundo es de los fuertes, siempre ha sido así y siempre lo será.

_No quería incomodarte, sólo explicar mi punto de vista. –descomprimió Kad.

El mozo llegó con los platos, exquisitamente decorados con una salsa con un brillo dorado. El plato mismo emitía ráfagas de luces de colores al mismo ritmo que la suave música de fondo. Tenía polvo de oro en su mezcla. Se quedaron los tres en silencio, mientras comían. La tensión era insoportable. Insoportable.

_E-está delicioso. –tartamudeó Amelia, atorándose levemente con su bocado. La situación se ponía fea. No sabía dónde posar la vista sin sentir que estaba transgrediendo *algo*. Al menos la comida estaba excelente.

Kad le sirvió champagne en su copa, y le apretó la rodilla en un gesto cuasi paternal de confianza. Le sonrió, asegurándole tácitamente que todo saldría bien. O eso creyó al menos.

_¿Cómo están las cosas en Oriente? –preguntó Kad– Hace mucho que no paso por ahí.

_Excelente. Y eres bienvenido de visitar la región que gustes, en el momento que gustes. Hemos estado ocupados estos años. ¿Es cierto lo que dijiste? –preguntó de pronto– ¿Qué lo de Cáucaso te tomó por sorpresa?

Kad terminó de masticar su bocado y levantó la vista, expectante. _Así es.

_Vaya. Pues una de mis fuentes me hizo llegar un rumor que apuntaba hacia ese final, hace casi dos años ya. Desde entonces hemos estado haciendo preparativos en caso de que ocurriese, y así fue.

_¿Qué tipo de preparativos? Seguro te mueres por contármelo.- disparó Kad con poco tacto.

Hassan le devolvió una mirada dura. _Preparamos un golpe a las finanzas de Occidente, y otro golpe aún peor a su potencial bélico. Para desgracia o fortuna, el segundo no fue necesario. Anteayer una fuente local nos advirtió de una escaramuza en Aegis que culminó en una gran explosión, ahorrándonos el trabajo. También nos dio una pista sobre la mano que provocó ese desenlace. Alguien que conoces bien, me atrevería a decir.

_Si esa fuente indicó que fue Perius, también estoy enterado. –dijo Kad, con poca paciencia para los rumores– Cruzamos caminos hace poco, y me hizo notar que estaba preparando algo grande digno de presenciar. No quiso hablar de ello porque uno de los chicos de Eylem estaba espiándonos, así que sospecho que tuvo que ver en este incidente. –Kad hizo una pausa– Hablando de Eylem, ¿ya la has visitado?

Hassan no contestó, se dedicó durante un minuto a devorar el manjar que se iba terminando frente a él. Se limpió la boca con una servilleta, carraspeó, y continuó. _No, aún no. Pretendo hacerlo en breve. También creo que Perius no está sólo en eso, sino que cuenta con la ayuda de alguien del círculo íntimo de Cáucaso. Muy probablemente de George.

_¿George? ¿Tan lejos han llegado las conspiraciones?

_Occidente está podrido, Akkadio. Por eso hemos venido a purificarlo. Con fuego.

_Es innecesario lo que haces. –acusó Kad con su tenedor– Sabemos que no quieres purificar nada, tan solo destruir lo que hizo Cáucaso, y me parece bien.

Hassan pareció hacer caso omiso de los comentarios mordaces. _Eso es purificar. Eliminar la mancha negra que fue ese engendro.

_¿De qué se trata ese golpe que tienen planificado? –preguntó Kad, con falso interés.

_Hemos estado comprando acciones de empresas vinculadas a León. Un trabajo muy fino y lento. Mañana lunes, en cuanto abran los mercados, las venderemos en masa y provocaremos su derrumbe. Para cuando puedan detenerlo será muy tarde, quedarán en la ruina. Claro, perderemos capital, pero sus pérdidas serán astronómicas.

_Me parece un plan muy simple como para ser efectivo. León no es ningún idiota.

_No, no lo es. Pero mis hombres son implacables y habilidosos, no dejaron cabo suelto en la operación.

_¿Revelarme el plan no es dejar un cabo suelto? –soltó El Akkadio, desafiante.

_Es un gesto de buena voluntad hacia ti. Es mi forma de expresar con palabras el hecho de que no somos un montón de improvisados. Somos el futuro, y todo lo demás será ceniza.

Kad probó un bocado en silencio, y bebió agua para aclararse la garganta. Amelia lo observaba sin saber qué hacer, ni qué decir. La trama que estaba tejida frente a ella, si era cierta, era demasiado grande para tragar. Había estado observando a su alrededor, muchos de los comensales estaban más interesados en la charla de Kad y Hassan que en sus platos, y prácticamente la mitad de los mozos los escrudiñaba constantemente. Una gota caía lentamente por el costado de su copa avanzando zigzagueante, llevada por la omnipotente e ineludible gravedad hacia abajo. Todos ellos eran parte, supo de pronto. Todos esos, los que miraban, estaban en ese juego, sea cual sea. Miró de nuevo a Kad, el estandarte mismo de la serenidad en ese torbellino de miradas. Y ella, en medio, aferrada a su brazo como si fuese el último bastión.

_¿Alguna noticia de Xin? Dadas las circunstancias, bien podría estar pensando en algo similar a lo tuyo.

_Es verdad, y de hecho sí. Hablé con su mano derecha ayer. Está interesado en el rumbo que estamos tomando. No recuerdo la última vez que Xin estuvo abierto a diálogo, deben haber pasado veinte años ya. Tengo la corazonada de que podremos llegar a un acuerdo. En este momento no me interesa China en contra, si pudiese al menos mantenerlos al margen sería grandioso.

Kad levantó una ceja, parecía genuinamente sorprendido. _Así que Xin salió de su escondite, esa es otra que no me esperaba. Este es un año para recordar.

_Es un año para recordar.- secundó Hassan, con un dejo de ironía.

El grandulón se acercó a Hassan y le dijo unas palabras al oído. Hassan asintió lentamente, le dio una breve orden y éste se retiró.

_Perdón por la interrupción, me traen noticias. -pausó, dramáticamente.- Encontramos la base principal de León, y está vacía. No hay nadie defendiéndola, así que la capturamos. No por mucho tiempo ya que vamos a demolerla. Es un símbolo de poder y no debe de permanecer. -Hassan sonrió ampliamente, y levantó de nuevo su copa- Un año para recordar.- repitió con crueldad.

Kad y Amelia salieron del edificio y esperaron unos pocos minutos en silencio a que la limusina que los había traído llegara. El chofer les abrió la puerta cortésmente y emprendieron el viaje de regreso.

Amelia se soltó de su acompañante, y puso algo de distancia física, cuanto podía en el espacio reducido del vehículo. Se dedicó a mirar por la ventana la noche solitaria de la ciudad, y a poner en orden sus pensamientos. Empezaba a formar un cuadro de lo que había sido aquella noche, y tenía miles de preguntas que hacer, pero sabía que "el Akkadio" sólo respondería una, o dos como mucho. Se decidió por la que más ruido le hacía.

_Kad, ¿puedo preguntarte algo?

_Dime. -contestó, sin ningún tono particular de voz. El rey nuevamente estaba en su trono, a cientos de parsecs de ella. De todos. De todo.

_¿Para qué me trajiste contigo? No entendí muchas cosas de esta noche, pero la que sí entendí es que estaba fuera de lugar. Entonces, ¿para qué..?

Kad se volteó para mirarla a los ojos, y eso hizo por unos largos segundos. Exhaló algo de aire y se cruzó de brazos. _Algún día no estaré más, eso es seguro. Pero no quiero irme sin dejar algo, un legado. Tú serás parte de ese legado.

Amelia rió nerviosa, un poco afectada por las burbujas del champagne, y por una súbita tristeza que invadía desde su pecho. _¿Yo, un legado? ¿Qué podría-?

_Cuando te encontré te odiabas a ti y a la vida que llevabas –interrumpió- Así que me tomé la libertad de transformarte en algo que me sirviera. Hasta ahora estás feliz de eso, ¿verdad? -Amelia se sentía pequeña, se limitó a asentir levemente- Continuaré haciendo eso, transformando tu vida en algo que nunca habías imaginado, o soñado, porque no tenías sueños ni esperanzas. No te preocupes, te gustará tu nueva vida- Sonrió, con acartonada bondad.

Amelia agachó su cabeza. Estaba rendida, como una esclava regañada por su amo. ¿Debía luchar contra eso? ¿Debía permitirlo? ¿Cuáles eran sus sueños, sus esperanzas, lo que de verdad quería en esta vida?

_Ahora estás pensando en cuáles son tus anhelos. -la voz grave de Kad interrumpió su hilo de pensamiento- Y mañana, o la próxima semana, pensarás en cuanto de lo que deseas es de verdad tuyo, y cuanto fue puesto ahí por la sociedad que te rodea. Entonces descubrirás que estás vacía, pero con hambre de respuestas. Te ahorraré algo de sufrimiento, ya que tendré las respuestas cuando tengas las preguntas.

¿Tener las preguntas? Preguntas era justamente lo único que le sobraba. Pero no eran las correctas.

PARTE 32: EL PRECIO POR PAGAR

Fisher se sentó en uno de los dos taburetes de la reducida Sala de Comunicaciones 4, se aseguró de que el equipo que necesitaba estuviese andando y en condiciones. Llamar desde su teléfono personal había sido una mala jugada, pensó posteriormente. Si alguien se tomaba el trabajo de investigarlo, podría formar una conexión entre él y Weissman. Ese error ya no se podía deshacer. Al menos ahora, desde una línea segura, nadie sabría qué tipo de vínculo había. Sacó del bolsillo su asistente donde tenía anotado el número de teléfono y marcó. Mientras el equipo se encargaba del llamado y la encriptación se calzó unos auriculares inalámbricos con micrófono, y esperó. Un minuto después, una voz del otro lado lo saludó.

_¿General?

_Weissman, Fisher aquí. Ya hice los arreglos necesarios, así que instruya a su amigo donde debe ir para ser recogido. Por favor anote las instrucciones.

_Cuando guste.   –se notaba ansiedad en su voz.

_Un helicóptero pasará por él hoy a las 2030 GMT+1. Krupp debe estar solo y llevar únicamente un equipamiento de mano. Si lleva más cosas serán dejadas en tierra. Si alguien más aparece con él, el piloto tiene órdenes de no descender.

_Entendido.

_Las coordenadas donde debe estar son: Latitud 49.421356, longitud 11.164853. Es de suponer que cuenta con algún sistema GPS.

_Si...así es. –respondió Weissman mientras tomaba nota.

_Bien. Le recomiendo que no busque esa ubicación a menos que cuente con una conexión segura, o desde un dispositivo público. No hay que escatimar en previsiones.

_Cuento con una conexión segura. Eso es...sudeste de Nüremberg.

_Exacto. Durante el trayecto le será entregado documentación para hacerse pasar por un diplomático estadounidense de escalafón bajo en Alemania con una identidad falsa, si alguien hace preguntas, está "siendo evacuado debido a una amenaza terrorista". Nadie debería pedir más información, ni tampoco darla. –el tono de voz de Fisher era serio y eficiente. Estaba en su salsa con este tipo de misiones. Entrar, operar, salir. Sencillo y matemático– Será llevado a Tel Aviv, donde tomará un avión de línea acompañado de dos agentes de civil en el aeropuerto de Ben Gurión hasta Nueva York, en el vuelo 23444 de AEuropa de las 1810 GTM+3 de mañana.

_¿Un vuelo común? ¿Qué sucede si el aeropuerto se cierra?

_Veo poco probable que ese aeropuerto cierre. Israel se encuentra aún en alerta azul hasta que Estados Unidos emita una superior. Es posible que pase a amarillo mañana, pero lo dudo.

_Supongamos que eso ocurre, ¿qué alternativa hay?

_Los agentes tienen órdenes de quedarse con Krupp hasta que se encuentre a salvo. Pueden quedarse hasta dos semanas, o hasta recibir una contraorden. Esa ciudad es segura.

_General -interrumpió Weissman- Perdone usted mi temperamento, pero hoy ninguna ciudad es segura. En un escenario así, cuanto más lejos mejor. Es por eso que confío en una persona capacitada como usted para cuidarlo activamente.

_Comprendo su postura. Le he dado mi palabra de hacer todo lo posible por cuidar la seguridad de Krupp. Si no fuese posible un viaje en avión, dispondré de una corbeta militar. Tardará más, pero será un viaje seguro.

_Es lo que necesitaba escuchar.

_Una vez en Nueva York, será trasladado hasta Rockaway, una pequeña comunidad cercana, donde se establecerá llamando el mínimo de atención posible. Otros dos agentes comprobarán diariamente durante dos meses que todo esté bien, y que nadie sospeche su verdadera identidad. Le pasarán dinero y mercadería mensualmente para que pueda vivir cómodamente saliendo lo menos posible de casa.

Weissman suspiró profundamente. El plan le agradaba, sonaba concreto. Parece que Krupp finalmente se salvaría. Ahora le tocaba su parte, hacerlo desaparecer hasta la llegada del helicóptero, encontrar un cadáver de la misma fisonomía y enterrarlo. _Me complace su profesionalismo y la energía que ha puesto en esta tarea. Le estoy agradecido General. Para demostrarle mi buena voluntad, le enviaré los datos que prometí en cuanto sepa que Krupp ha salido sin problemas de Israel.

_En ese caso, si todo sale correctamente, sería mañana mismo.

_Así es. Abriré una casilla de datos nueva en un sitio público y subiré la información ahí. Una vez hecho, le pasaré un usuario y una contraseña. Le sugiero eliminar lo antes posible el contenido y cerrar la casilla en cuanto los tenga. De esta forma será difícil de rastrear y dejará un mínimo de evidencia.

_Me parece adecuado. Estaremos en contacto mañana, entonces.

_Hasta mañana, General.

Fisher movió un interruptor con la punta roja en el panel bajo su mano, y la comunicación se cortó. Estaba hecho. Mañana recibiría datos precisos sobre *qué* era Perius, y quizás la forma de destruirlo. Necesitaba analizarlos también. Se tiró hacia atrás en el taburete pero sólo encontró un vacío donde debía estar el respaldo, por lo que vaciló, y se desplazó hasta una pared para apoyar la espalda. Se quitó los auriculares y los arrojó sobre el escritorio. ¿Quién podía ayudarlo en el análisis? Debía ser alguien afuera de la base, ya que no podía confiar en nadie adentro. Era posible que el viejo McCarthy conociera alguna mente brillante. Sacó su asistente del bolsillo y marcó su número.

Nadie atendía. Probó de nuevo varias veces más sin éxito. Era extraño, a esa hora debía estar en su casa a punto de cenar. Buscó el teléfono de su esposa, María, pero dudo en llamarla. Quizás no debía molestarla, ni incluirla en este embrollo. Sopesó pros y contras por un minuto, y finalmente se decidió.

_Hola, ¿María? Soy Carl –dijo animado– ¿cómo va todo por ahí?

_Carl... –alcanzó a decir la dulce esposa de McCarthy, antes de quedarse en silencio.

_María, ¿qué ocurre? –preguntó, ahora preocupado. Pero no obtuvo respuesta– Maria, por favor, ¡respóndeme!

_E-es John...el...Dios mío.

_¿Le sucedió algo a John? ¿Dónde está?

Sólo recibió sollozos de respuesta. Fisher se puso de pie lentamente, esperando la peor respuesta. La Sala de Comunicaciones 4 estaba en silencio casi total. El gas licuado que enfriaba los equipos silbaba suavemente, casi inaudible en el fondo. De nuevo, sollozos. Fisher salió disparado sin cerrar la puerta mientras sostenía su asistente apretado contra su oído y trotaba por el pasillo ignorando a los soldados apostados que lo saludaban. Subió un piso a los saltos por la escalera y continuó por otro pasillo. María al otro lado aún no contestaba sus preguntas.

Llegó a su oficina, arrancó su abrigo del perchero y cerró tras de él. Finalmente, hubo respuesta.

_John...ha fallecido.

Fisher le ordenó a su auto que se estacione. La calle estaba tranquila, con varios vehículos estacionados frente a la casa de los McCarthy. Salió con dificultad con su abrigo en la mano, y posó la otra sobre el techo de su automóvil mientras la puerta se cerraba. Miró hacia la casa, y luego al suelo. No sabía qué decir luego de ir a tocar el timbre. ¿"Johnny ha muerto porque metí la pata"? ¿"Lo siento María"? Estuvo por darle un puñetazo a su propio vidrio pero se contuvo. McCarthy había aparecido muerto luego de caerse de una torre de vigilancia en la base. Los supuestos testigos afirmaron que tropezó y cayó. Todas mentiras. McCarthy nunca subía a las torres, fue empujado, quitado del camino. La cuestión era por qué ¿Qué daño estaba haciendo? ¿O era un mensaje para él? Que estaba solo, y que si pedía ayuda lo lamentaría. Que oponerse al monstruo tenía un precio a ser pagado. Se descubrió caminando lentamente hacia el frente, ya cerca de la puerta.

Detuvo su dedo a centímetros del timbre, paralizado de pronto. Él tenía la culpa, indirectamente. No se atrevía a decírselos. Su orgullo de militar tomó control de la situación, y finalmente apretó el botón. No diría nada, ya que de nada servía. Usaría la muerte de su amigo como recordatorio imperecedero de que debía hilar muy fino, no descuidar ni un paso en su tarea de destruir los planes de Perius. La puerta se abrió, apareció un joven alto con la misma nariz de su fallecido padre con una niña en brazos, ambos con lágrimas en los ojos. Unos pasos detrás, la pequeña y regordeta María salió a su encuentro. Se abrazaron en silencio.

PARTE 33: HERENCIA

Lohe escuchó una orden, de una voz conocida pero no supo exactamente el origen. Se volteó para saber de quién. Era un hombre con lentes y bata blanca, detrás de un vidrio espejado. Era ese lugar donde hacían las interminables pruebas, el cuarto gris con luces de tubo en el techo, con una inscripción amarilla: "03".

_Rompe el siguiente bloque. –ordenó la voz por los parlantes.

_Pero me duele. –le respondió con amargura.

_Hazlo o no recibirán nutrición. –le advirtió la voz, amenazante.

Lohe se miró las manos, estaban llenas de callosidades y marcas. Llevaba puesto un mugriento conjunto gris de entrenamiento. No quería continuar con esto, estaba cansada y quería ver a sus hermanos. Le inquietaba lo que les estuvieran haciendo, sabía que era algo malo. Si alguno de los tres fallaba, todos sufrían. Una ventana se abrió sobre ella y sintió mucho calor, uno abrasador. No quiso levantar la vista hacia el Sol, el Emperador Despiadado.

_¡Me quema! –gritó bañada en luz.

_ Rompe el siguiente bloque. –repetía mecánicamente.

Volteó y vio un pilar de cemento macizo más alto que ella. Le dio un puñetazo con furia. Lo demolió en cuanto lo tocó, cayendo como cenizas dispersas. Una y otra vez, rompía bloques de costumbre.

_Aquí está tu recompensa, sigue trabajando como se te ordena. –una mujer con cabello corto y bata blanca le inyectó el contenido de una jeringa. Todos habían cumplido y se la habían ganado.

Salió por una puerta y bajó unas escaleras empinadas. Miró hacia abajo y saltó. Cayó sobre algunas flores, triturándolas. Crujieron como hojas secas a pesar de estar llenas de colores y vida. Supo que estaba mal hacerlo, pero en verdad no sintió más que apatía. Caminó hasta una melancólica cabaña de madera negra. La puerta estaba abierta, invitando a entrar. Sobre una mesa larga de frío metal, vio varias armas de diferente diseño y calibre. Todas eran de ella, supo, pero podía llevar sólo una por ahora. Cuando pudiera llevarse todas sería invencible. Se acercó y tomó una, la revisó y pensó que era adecuada, la hacía sentir confortable y acompañada. Se dirigió hacia afuera segura y lista. Estaba ahora en un pasillo subterráneo que se hacía progresivamente más oscuro. Volteó detrás, la seguían varios soldados armados. ¡Al fin! reflexionó. Estaban marchando hacia la misión más importante, terminar con Cáucaso. Giraron hacia un pasillo aún más oscuro, ya no se veía nada. De pronto, disparos. Cerró los ojos.

Cuando los abrió de nuevo, estaba atada con cadenas a una pared. La misión fue un éxito, ¿por qué la castigaban? Tiró de las cadenas sin poder zafarse. Odiaba las cadenas. El rigor de los grilletes la socavaba cada vez que cometía errores o desobedecía. La mujer con bata blanca se acercó a ella con unas pinzas.

_Tus hermanos sufrirán por tu desobediencia.

Gritos, eran Konny y Fen, estaban en peligro. Ella también quiso gritar, pero no le fue posible.

Le acercó las pinzas a su cabeza, y metió algo detrás de su oreja. La siguió una sensación horripilante, de tener un cuerpo extraño reptando por su oreja. Todo era horrible. Sacudió sus pies y brazos, pero las cadenas tiraban con mayor fuerza. Sobre sus dedos desnudos y sucios había una hilera de hormigas, trabajando sin cesar, llevando pequeñas hojas hacia abajo entre los pesados eslabones. La mujer desapareció por la puerta. En su lugar entró despacio Fender, con una expresión de temor y desazón. No se movía al caminar, flotaba sobre el piso.

_Hermano, viniste... ¡ayúdame!

_Pequeña, voy a ayudarte. Tienes que ser fuerte por tu cuenta.

_¿Pero cómo? Somos los tres. Siempre hemos sido los tres. Ahora estoy sola. –se le llenaron los ojos de lágrimas al saber que su hermano estaba muerto- ¿Por qué me dejaron sola?

Fender sacó un objeto increíblemente brillante de entre sus ropas. Era un picahielos, similar al que vio anoche en la cocina del leñador.

_Es la única manera Lo, perdóname. –dijo, y la apuñaló. El dolor era insoportable, porque lo estaba haciendo él. No por traición, sino por estar pasándole una responsabilidad que no quería llevar. El puñal entraba una y otra vez dentro de su cuerpo, y cada vez sentía que se quedaba más y más sola, más y más destruida.

_Todo lo que soy tu también lo eres. No te dejamos, estaremos contigo siempre. –dijo con infinita pena, mientras metía el puñal con fuerza contra su cuerpo. _Lo que soy, tú también lo eres.

Lohe despertó sobresaltada, al punto de que casi cae de la cama. Retomó el balance, no sin antes arrojar al suelo un viejo reloj digital que se detuvo cuando su cable quedó estirado al máximo. La habitación estaba totalmente a oscuras.

Afuera, podía escuchar el viento silbando entre las maderas de las paredes. Respiró hondo varias veces hasta tranquilizarse. Sus pesadillas la atormentaban cada vez más desde aquel fatídico día. El reloj en el piso indicaba que eran minutos antes de las cinco de la mañana. El ambiente estaba cálido gracias a una estufa por convección al otro lado del cuarto. Encendió una lámpara y permaneció ahí, sentada, cubriéndose la cara con las manos, intentando recordar todos los detalles posibles del sueño que intentaban escapar con prisa. Su hermano había sido torturado apuñalándolo durante años, entre otras cosas, ¿por qué lo recordó justo ahora, y de esa forma? Su sufrimiento no era nada en comparación. A propósito de sufrimiento...sus dolores actuales ya no la acosaban tanto. Se quitó la venda del tobillo y movió el pie. Sentía tirones en la piel, pero era soportable. Se quitó la del codo derecho e intentó moverlo. Le daba punzadas aunque bastante menos que el día anterior. ¿A qué se debía esa sensación que le pesaba, que debía cargar con las conciencias de sus hermanos, sus anhelos, sus sueños ocultos?

Tomó la improvisada muleta y salió del cuarto intentando no hacer ruido. Antoine estaba durmiendo profundamente sobre una frazada doblada y tapado por otras dos cerca de la mesa del comedor. El comedor no era muy espacioso, lindaba con una pequeña cocina. El cuarto donde estaba ella era bastante grande, y fue destinado a dormitorio y a guardar cacharros de todo tipo contra la pared del fondo. El baño no estaba ausente, aunque sí separado de la vivienda algunos metros, bajo un techo de fibrocemento y tablillas de madera. La vida de ese leñador era muy solitaria, pensó. Vio cómo dormía plácidamente, su mejilla estrujada contra la pequeña almohada. Todo era paz allí, en aquel bosque nevado. Dio la vuelta para volver a la cama, pero se detuvo a la mitad del trayecto. Se tocó detrás de la oreja derecha con la mano de su brazo sano. Entornó sus ojos claros. Sí...podía recordarlo. En algún momento muchos años atrás le implantaron algo ahí. Sospechaba que debía ser algún tipo de dispositivo de rastreo. De hecho el reloj pulsera que destruyó debió ser un sistema secundario por si fallaba el otro, o viceversa. Tenía que continuar moviéndose, no quedaba opción. Realmente lamentó tener que dejar la cabaña y a Antoine, pero la paz era efímera.

Volvió a su habitación a meditar sobre qué hacer. Se sentó en el borde de la cama, pero no podía mantenerse sentada, se sentía inquieta. No estaba segura si despertar a Antoine en medio de la noche, o si esperar a la mañana. Decidió esperar acostada boca arriba, con sus manos golpeando suavemente sobre su vientre y su pie sano sacudiéndolo de aquí a allá, usar ese tiempo para pensar. ¿Y si intentaba quitar el dispositivo? Exploró con sus dedos la zona detrás de sus orejas para notar disparidades. Apretando fuerte detrás de su oreja derecha podía sentir un montículo esférico. Algo artificial. Si hacía una incisión allí, quizás pueda extraerlo y destruirlo, o mejor aún, usarlo para despistar. Tomó la decisión. Fue rengueando hasta su hospedador y se detuvo cerca, sin atreverse a tocarle.

_Antoine, necesito tu ayuda. -dijo, resuelta.

Antoine sacudió un brazo y balbuceó incoherentemente como única respuesta.

_Antoine, despierta.

Finalmente el leñador se incorporó, secándose un fino hilo de saliva que caía por la comisura de sus labios. _*Que se passe-t-il?*

_Perdona que te despierte, pero requiero tu asistencia.

Antoine se tomó un largo minuto hasta que pudo encontrar su asistente, apretar sobre la aplicación correcta y quitarse algo de lagañas de sus ojos. _¿Podrías repetir? No entendí.

_Preciso un cuchillo afilado y soporte.

_¿Un qué?

Lohe encendió la luz del comedor, acomodó una silla donde la luz daba mejor, y se sentó con celeridad. _Tengo un dispositivo de rastreo detrás de mí oreja derecha. Tengo que quitarlo de ahí a la brevedad y deshacerme de él. Lo que necesito que hagas es un corte aquí. -mencionó, trazando una línea imaginaria con el índice- y lo quites. Posiblemente la tarea requiera una tenaza.

Antoine ya estaba de pie frente a ella, con el dispositivo traduciendo en su palma, con una expresión típica de alguien que se muere de cansancio y no puede creer lo que le están diciendo. Lohe entendió la situación perfectamente, así que quiso acelerar la cuestión.

_No estoy bromeando, hay que hacerlo urgente. De hecho ya podría ser tarde.

El francés salió hacia la habitación con mucha pereza, y un par de minutos después volvió bostezando con una caja de herramientas, una navaja y una toalla. _¿Estás segura de esto? Va a doler mucho y podría fallar. - tradujo.

_Muy segura.

El hombre dejó la caja y el dispositivo sobre la mesa del comedor, y pasó la llama de un encendedor por la navaja varias veces, su cuerpo cansado moviéndose automáticamente. No tenía experiencia en medicina, pero vivir solo en el bosque le enseña a uno a hacer muchas cosas diferentes, y no era la primera vez que debía quitar un objeto extraño dentro de una persona. Palpó la zona, notando la esfera. _¿Es eso?

_Sí. Rápido por favor.

Sin mediar más palabra hundió el filo en la piel, la sangre comenzó a emerger cayendo sobre la vieja toalla. Del rostro de Lohe no pudo notarse ninguna expresión en particular mientras era cortada.

Usando la fina pinza extrajo con algo de dificultad una pequeña capsula color morada y la depositó en un pequeño tazón. De la caja de primeros auxilios extrajo un abrochador médico y cuidadosamente cerró la herida sujetando la dermis. Limpió la zona con un líquido antibacteriano y las manchas de sangre con un algodón. Cuando el trabajo estuvo hecho quebró el mutismo. _¿Qué quieres hacer con esto? –preguntó molesto, señalando la cápsula.

_Para ganar tiempo debería llevarla lejos, que se mueva en dirección contraria a mí.

Antoine estudiaba la cápsula sin quitar los ojos de esta. _Voy a ayudarte, pero con una condición. Quiero que me cuentes todo. Por qué huyes y de quién. –quedó esperando una respuesta, sin atreverse mirarla.

Lohe lo pensó unos instantes. No estaba segura de si era correcto involucrar más a este hombre. Odiaría verlo muerto por su culpa, pero en este momento era preciso desembarazarse del rastreador. _De acuerdo, te contaré todo. Pero debemos deshacernos de eso ahora mismo.

_Vamos a la camioneta. –suspiró el francés.

Recorrieron un camino de tierra varios kilómetros, tomaron una ruta solitaria y siguieron un largo trayecto más. Por último estacionaron en una zona descampada al costado de un arroyo. En el cielo solo había nubes y ningún artefacto volador, para tranquilidad de Lohe. Antoine cavó un pequeño orificio en un trozo de poliestireno y metió dentro la infame cápsula. La apoyó sobre el agua a forma de barcaza, y la dejó flotar llevada por la corriente. Ambos observaron en silencio como se alejaba hasta perderse de la vista. Volvieron sobre sus pasos y emprendieron viaje de regreso.

Sentada en el asiento del acompañante, con un abrigo con capucha prestado encima, y sus pulgares tamborileando nerviosamente entre sí, Lohe decidió comenzar su relato. Se lo debía.

_No sé dónde nací, pero me crié dentro de una base. Creo que siempre fue la misma base pero no estoy segura. Se llama *Primera Forma* –indicó el asistente digital traduciendo literalmente– me entrenaron toda mi vida para ser un soldado en una unidad triple, formada por mis hermanos y yo. Se llaman...se llamaban *Defensa* y *Conexión*.

Antoine no emitía palabra, dentro del habitáculo solo se la oía a ella, el eco del asistente y el rugido rítmico del motor eléctrico. _Nos enviaban a misiones especiales, a eliminar blancos nuevo-humanos. –hizo una pausa– Sospecho que no tradujo bien eso. Los blancos no son humanos, son como *yo*.

_¿Que tú no eres humana?

_No.

Antoine se volteó a mirarla. No entendía que podía tener de "no humanidad" su exótica huésped. La veía tan hermosa, con su nariz redondeada, sus ojos azul profundo, una fragilidad que sólo podría tener una mujer fuerte. Se quedó hechizado, contemplando cómo el movimiento de la camioneta hacía rebotar arriba y abajo sus dorados y revueltos cabellos, y sus senos de forma cómica y sensual. Se percató de que tenía una expresión de idiota, por lo que fijó su atención en el camino. _¿No será que...te hicieron creer que no eras humana? Es algo muy cruel.

_El entrenamiento fue muy cruel, eso lo entendí años después luego de hablar con otros soldados de la base. Nos torturaban. Pero más allá de eso, no me equivoco al decir que no somos humanos. Eso es verdad. Cuando arribemos a la cabaña te lo demostraré. –esperó escrutando su vista, esperando una reacción de asco o repulsión. No la encontró– Tres días atrás nos enviaron a una misión y fue un fracaso. Mis hermanos...

La pausa se hizo cada vez más larga. La suspensión del vehículo rechinaba con los pozos de la ruta. _Cayeron en combate. –continuó– Eran lo único que tenía, fuimos siempre los tres. Yo...me desesperé, así que cuando vi la oportunidad, escapé.

_Mis condolencias, Lohe. –mencionó algo fuera de balance. Sin duda no se esperaba una historia así. Se le estrujaba el corazón- No sé qué decirte, es la historia más extraña que he oído. No sabía que en el ejército alemán hacían esas cosas.

_Es una fuerza paramilitar, no depende del gobierno. O casi. Nunca tome conocimiento del trasfondo político, no era mi tarea y nunca nos contaron nada, solo rumores que circulan. Información sin verificar.

_Pero...explícame qué eres entonces.

_No tengo detalles, solo sé que debemos tomar precauciones especiales contra el calor, la electricidad, el fuego, la luz solar excesiva. Somos vulnerables a todas esas. Para alimentarnos usamos ProtePlasm, es un líquido especial pero desconozco su composición. La comida normal no nos nutre lo suficiente para vivir, aunque puede complementar una escasez del líquido.

Antoine hizo una mueca. Lamentó lo que le estaba pasando por dentro. _Uh, ¿y dónde conseguimos eso?

_Tengo dos jeringas aún, no sé de dónde obtener más. Excepto volver. -se quedó un momento mirando por la ventana. Ya amanecía, pero las grises nubes tapaban todo el cielo- Perdón Antoine, yo...no lo pensé bien. No debí involucrarte. Lo siento.

_No lo hiciste, te ayudo porque consideré que era lo correcto. Aún lo creo ¿eh? Es más, ya sé dónde podemos ir para que no nos encuentren. Es seguro. -sonrió.

407

_Es peligroso. No me debes nada, no es necesario que lo hagas, estarías en riesgo.

Antoine rió negando con la cabeza, ya era un poco tarde para eso. La miró a los ojos, vio su propia reflexión en ellos y entendió. Era la segunda vez en su vida que experimentaba eso, sentir el corazón caliente, su estómago flotando en su vientre, las manos temblorosas. Estar enamorado. Así que ya sabía que pasaría: acompañaría a la solitaria y misteriosa joven donde fuera.

Llegaron a la cabaña y salieron del vehículo. Ayudada por Antoine y cubierta por la capucha, se desplazó a los saltos por el camino. Se detuvo frente a un árbol talado del que sólo quedaba el tronco sobresaliendo del suelo. _Te prometí que te demostraría qué soy. Creo que ésta es una forma rápida y efectiva. Aléjate por favor.

Afirmó los pies lo más cómodamente que pudo, respiró profundo varias veces trazando amplios círculos con su brazo sano. Exhaló con un grito, haciendo estallar el tronco de un puñetazo descendente. Las esquirlas volaron en todas direcciones, algunas se clavaron en su mano. Antoine pegó un salto hacia atrás, boquiabierto.

_Para esto me entrenaron. –dijo cuando se disipó el polvo del aire, sacudiendo su abrigo sucio– Incluso con la poca energía que tengo acumulada en este momento, alcanza para destruir esto.

Ganaron su atención las esquirlas de madera en su mano, y las quitó con cuidado. Para su asombro, las heridas empezaron a cerrar. Cuando notó el lento proceso de sanación, este se detuvo. No pudo dejar de pensar en lo que la pesadilla le mencionó: "Lo que soy, tú también lo eres".

PARTE 34: PERFUME DE MUJER

Las cosas no iban bien para Anzhelika. Su última misión -oficial- no había terminado como quería, recibiendo como regalo algo de plomo en la espalda, que si bien distaba de ser mortal, dolió como los mil demonios. Su última misión -no oficial en este caso- había acabado mal, descubierta por León antes de recibir *nada* de información útil para encontrar a esa tal Antoinette Soleil. Batallar contra los leones no era un asunto sencillo y eso lo entendía, pero esto era una exageración. Desde entonces no se había permitido dormir, algo que ahora más que nunca necesitaba. Se observó en el espejo del blanco cuarto de hotel que pagó con una tarjeta robada, desnuda y tal como su cuerpo recordaba ser, sin modificaciones a conciencia. Era un método que desarrolló tiempo atrás para replantear su situación. No estaba segura de que funcionara o no, pero tenía un efecto catarsis que le sentaba bien. Luego de una hora mirándose a los ojos, decidió que estaba bajo mucho estrés, y que se permitiría jugar un rato en su próxima tarea. No era una actitud profesional pero lo necesitaba con urgencia.

Afortunadamente había un rayo de esperanza en todo el asunto. Luego de hacer una búsqueda sistemática de los contactos en el asistente digital del finado Budem Edelstein había encontrado varios candidatos a rastrear, pero uno le llamó la atención. Primero, porque era guapa. Segundo, porque era una ingeniera en sistemas especializada en encriptación de datos, que le venía como anillo al dedo para terminar de leer toda la información que se robó de *Prima-Gestalt*, y si obtenía información muy útil, podría volver con Eylem en mejores términos. Y tercero, porque estaba soltera, era lesbiana y muy liberal. Ese dato no era menor, porque era la base de su plan anti-estrés.

Consistiría en: Entrar, seducir, y salir. Sin trucos. O casi.

La base fundamental sería hacerlo por las buenas. No amenazar, no obligar. Un juego de seducción puro...Eso se oía bien.

Como no iba a recurrir a varias de sus herramientas favoritas, el plan de acción requería investigación previa. Descubrió alguno de los gustos del blanco, y más datos sobre ésta, usando la red social de moda del momento, HapPic. Lika nunca entendió exactamente porqué a la gente le gustaba publicar sus vidas, dejando tantos datos jugosos que podían ser aprovechables, pero no dejaba de producirle regocijo. El sujeto en cuestión se llamaba Erika Persson, sueca, treinta y ocho años, rica, vivía ¿sola? en una casa repleta de lujos, le encantaba vacacionar en la playa (siempre con una compañía femenina diferente). En definitiva se daba la gran vida. Le pareció especialmente interesante una larga serie de fotos, cada cual con su explicación, con una señorita en particular, antigua pareja de la citada. Delgada, sonrisa radiante, rulos castaños, grandes pechos. Erika parecía perdidamente enamorada, al menos por un breve tiempo.

Hizo una apuesta riesgosa. Crearía la mejor versión de esa mujer, mejores curvas, más bonita, pero copiando los aspectos fundamentales. De los videos pudo entender su personalidad básica, así que le bastaba completarlo con algunos datos que seguramente le interesarían. A Erika le gustaba la inteligencia, y con eso no había problema. Aunque también le gustaban las mujeres con rulos, y eso no se podía hacer a menos que usara una fea peluca...Lika podía cambiar el color de cabello en la escala de blanco-rubio-castaño-negro, pero no de forma. Siempre salía lacio con unas ligeras ondas, un truco que se le escapaba siempre. Nada que hacer en pocas horas. Su nueva creación sería rubia con cabello lacio.

¿Qué sucedía si la fulana veía alguien muy parecida a su ex y salía corriendo? Pues perdería mucho tiempo rearmando el plan, o incluso debería recurrir a artimañas *non-santas* y perder el juego que pactó con sí misma, pero si salía bien se ahorraría mucho tiempo y esfuerzo.

Chequeó varias veces los detalles de su nueva apariencia, repasó mentalmente que debía decir y de qué manera. Así que llamó al blanco en cuanto estuvo lista. Simuló ser la directora ejecutiva de una empresa conocida de tecnología y que deseaban sus servicios, concluyendo la video-charla en una cita de domingo por la noche, tal como esperaba. No cualquier cita. El toque de queda obligaba a viajar temprano, y como ningún restaurante o pista de baile estaría abierta, debía ser algo íntimo, cercano, hogareño.

Cuando el domingo 30 llegó, todo estaba preparado. Lika, disfrazada de su nueva encarnación, "Amanda", llevaba un elegante vestido gris, para contrastar, aunque sea levemente, lo fácil que le había resultado a la ingeniera obtener la cita. A ésta parecían gustarle las chicas veloces, pero la enloquecían las difíciles. No había tiempo para eso.

Viajó en taxi hasta el lugar, y cargó el gasto sobre otra tarjeta robada, la cual descartó. No tuvo que esperar, ya que la aguardaban en la puerta, rosa en mano.

Erika era alta, delgada, con facciones algo rectangulares en la nariz y pómulos pero con la quijada redondeada, se notaba su piel bronceada y el cabello muy corto, rapado en la nuca. Tenía apariencia fibrosa debajo de su apretada camisa blanca, y una cordial y expectante sonrisa en su rostro.

_Bienvenida Amanda, luces encantadora en persona, más que por video sin lugar a dudas.

_Muchas gracias Erika, encantada de conocerte. -se detuvo a oler la rosa, con un movimiento estudiado y ejecutado al milímetro. Sin dudas esta velada sería un manual de seducción. Y la clase daba comienzo ahora mismo, con la etapa uno: belleza. Porque todo entra por los ojos.

_Espero no hayas tenido problemas para llegar - mencionó la anfitriona mientras tomaba el abrigo de la recién llegada y lo colgaba de un perchero- Las cosas están muy raras últimamente. No sé qué pasará pero espero que acabe pronto.

La casa de Erika Persson parecía una mansión en miniatura, las cerámicas blancas y negras del piso brillaban con luz neón en sus juntas, a intervalos regulares que seguían el ritmo de la suave música de fondo. Sobre las paredes había poca decoración pero de muy buen gusto. Un cuadro pop dominaba la sala principal, mostrando la figura de una mujer que, arrojando un sombrero de copa hacia atrás, provocaba un efecto de luz simulando la luz del arcoíris moviéndose de izquierda a derecha. Una estantería con varios objetos constituían una colección de los lugares exóticos que había visitado, y es lo que estuvo ojeando Lika antes de contestar con mucha parsimonia.

_No, ningún problema afortunadamente. -dijo por fin. Dado que aún faltaban cuatro horas para el toque de queda y que la tarde estaba nublada y fría, en efecto, no había habido problema alguno.

_Preparé un plato especial para ti, espagueti a la carbonara, espero sea de tu agrado.

_Eso también espero. –soltó con una sonrisa simplemente arrolladora.

El objetivo de la cena era contestar con evasivas y crear un halo de misterio sobre todos los detalles de la vida inventada de Amanda, ya que el insensato llena lo que desconoce de una persona con aquello que más le agrada. El ingenioso engaño que resume la etapa dos sería justamente ese: crear misterio.

_Esto está delicioso, eres una cocinera fantástica. –mintió.

_Me alegro que te guste, ¿quisieras vino blanco? Tengo uno que irá perfecto con la comida.

_Si, por favor. Tu casa es un lugar muy acogedor. Sin duda tienes muy buen gusto...me pregunto si tienes buen gusto en otras...áreas de tu vida.–reveló bajando la mirada por debajo de la cintura de Erika. La etapa tres era la que mejor le quedaba: coqueteo.

_Eso podrá averiguarlo sin dificultad, hermosa dama–contestó riendo al tiempo que destapaba el corcho de su botella– No obstante, me gustaría saber más de ti, hasta ahora conozco increíblemente poco y me resulta desatinado, ¿no crees?

Lika sonrió ampliamente, echándose hacia adelante para revelar algo más de su escote. _Estoy preparada para contarte todo lo que desees. Pero...deberás ganártelo.

Con el final de la cena, daba inicio la etapa cuatro: promesas incumplibles.

_¿Ah sí? –Se sorprendió levemente, llegando a volcar con torpeza una copa vacía– ¿Qué tienes en mente?

_Verás...me han dicho que eres muy buena. La mejor.

_Al menos me pagan como si lo fuera. -bromeó Erika.

_Quiero saber que tan buena es en realidad, señorita Persson. De hecho -continuó, cruzando una pierna- vine especialmente para saber eso, de manera muy personal. -se tomó unos segundos para degustar el vino- ¿Lista para el desafío?

La mujer tomó un trago, dejó la copa y la tomó suavemente de la mano. _Soy toda oídos, acepto.

Lika se levantó de su silla para tomar algo de su cartera y volvió. _Hete aquí. Es un pequeño Airdrive. Dentro encontrarás dos archivos. Uno es una estupidez del trabajo. El otro es un video. Aunque... -se tomó otra sutil pausa para continuar- no cualquier video. Es algo que grabé antes de venir. Antes de cambiarme de hecho. -simuló una risa genuina- es un premio especial para ti. El truco es que ambos están cifrados, y no diré cual es cual.

416

Erika tomó el dispositivo gris claro de memoria que le extendió y se dirigió al equipo de música empotrado en la pared. Dio una orden y la música cambió a algo más apropiado para un desafío. Volvió hacia su computadora de comando centralizado, bajó su pantalla gigante y la curvó levemente hacia ella para tener visión periférica, soltando en el proceso una mirada de ganadora. Finalmente apoyó el Airdrive sobre la mesa, que fue inmediatamente detectado y escaneado.

Lika se detuvo tras ella, acariciando sus hombros. En pantalla aparecieron dos archivos, ambos con una serie de números por nombre, que se veían idénticos. _Aquí están, ¿cuál es cuál?

_No te lo diré bribona, eso haría más sencillo el desafío. Yo empezaría por este.- dijo, empujando la mejilla de Erika con uno de sus senos y apuntando a uno de los ficheros.

Erika se distrajo momentáneamente mordiendo la superficie de su vestido, oliendo su perfume de mujer lujuriosa. _En ese caso...comenzaré con el otro. – mencionó con una gran sonrisa, abriendo varios programas de análisis de encriptación, e ignorando que ambos eran en realidad, el mismo. Al cabo de pocos minutos un informe extenso, casi ininteligible surgió a la vista. La ingeniera pasó un buen rato ojeando el contenido. A medida que leía su rostro se volvía menos alegre, más profesional. _Hay cosas muy interesantes por aquí. De hecho...

Se quedó en silencio tamborileando los dedos mientras continuaba leyendo otro informe de resultados en una ventana gris oscura. _Yo he visto antes esto... -deslizó muy concentrada.

Abrió una ventana negra, escribió unos comandos, y se detuvo un instante antes de ejecutar, con una extraña mueca en la boca.

La ventana quedó quieta unos segundos, y luego una barra de progreso emergió por debajo avanzando con velocidad. _No puede ser, va demasiado rápido.

_¿Qué significa eso?

_La desencriptación se está haciendo en tiempo record. O sea que le acerté en todos los parámetros. Ya conozco ese algoritmo. Esto lo escribió el doctor...como era... Edelstein.

Segundos más tarde, el proceso había terminado.

_Sí. -lanzó, increíblemente seria y perturbada- Tiene que ser de Edelstein. ¿De...de dónde sacaste esto, Amanda?

Lika tomó el control del puntero, ignorando las preguntas de Erika. Se dirigió al contenido del archivo. Trece nuevos archivos habían sido desencriptados a partir del recientemente abierto, uno de video-charla, tres de contabilidad, y otros nueve documentos de texto. Se dirigió inmediatamente a uno de esos, cuyo nombre en alemán era "Ordenes-Plan Cegador-Palacio Aegis". El texto era bastante corto, apenas cinco carillas.

_Amanda, ¿me estás escuchando? –dijo con voz sombría, mientras una gota de sudor caía por su cuello.

Anzhelika no contestó. Sólo se dedicó a leer mientras lamía, psicóticamente, la pequeña gota de transpiración que se deslizaba hacia abajo. _Shhhh. –silenció a su prisionera con un dulce gesto.

Los momentos pasaban, y los planes militares desfilaban en la pantalla. _¿Yo n-no debería estar leyendo esto verdad? –tartamudeó con miedo.

_Probablemente no querida. –tiró, sin otorgarle demasiada atención– Así que...León ordenó limitar el daño...retirarse antes de perder.

_¿Esto es espionaje militar?

_¿Qué tal si te relajas y vas al baño? Mientras copiaré esto. –cerró sin paciencia, acariciando su cabello.

Erika pudo ponerse de pie finalmente, y mientras caminaba escuchó a su captora hablando para sí misma muy concentrada.

Una vez encerrada en el baño, de pie frente a la puerta, Erika ordenó en voz baja. _Computadora, llamar a Edelstein, Budem.

Tras unos instantes, escuchó un teléfono sonando cerca, a pocos metros de ahí. Era el teléfono de Edelstein, sonando dentro de una cartera de dama. _Querida, me he divertido mucho esta noche, espero que me invites de nuevo pronto. –sonó la suave voz de Anzhelika por los parlantes.– Lamentablemente tengo que retirarme, hay algo importante que debo hacer, que debo investigar de inmediato. Gracias por ser tan gentil conmigo. No me esperes– Susurró, y cerró la conversación con el ruido de un beso.

Y así daba inicio a la sexta y última etapa del manual de seducción: desaparecer.

PARTE 35:
DESECHABLES

Golpes y gritos despertaron a Liam McOwen. Se quitó de debajo de las frazadas y se escondió detrás del rugoso marco de la ventana. Limpió levemente el vidrio empañado mientras sentía como el frío de la tarde se colaba en sus huesos. Abajo, varios uniformados de verde oscuro, con chalecos negros, cascos que cubrían sus ojos y armas largas caminaban y daban indicaciones. Estaban peinando el lugar, buscando refugiados. Si era para asesinarlos o rescatarlos, poco importaba, representaban un problema grueso.

Se deslizó por el pasillo hasta donde estaba Dipson, aún dormido sin siquiera quitarse su abrigo o calzado. Tocó su hombro y le hizo una señal para no hacer ruido. _Hay enemigos abajo. Tenemos que salir. –susurró.

_¿Cuantos? –Dipson estaba increíblemente despabilado para haber estado profundamente dormido hacía segundos atrás.

_No sé, quizás una docena o más.

_Hay que ir por los demás. –dijo al tiempo que se ponía de pie- ¿Serán los compañeros de los que matamos?.

_Ve por ellos, voy por mis cosas, estaré listo en un minuto.

Ambos salieron corriendo de la habitación procurando el menor sonido posible.

Para cuando MacOwen estuvo listo, Dipson ya había vuelto.

_Drescher está despierto, no encuentro a Syra por ninguna parte.

MacOwen lo observó con el ceño fruncido mientras terminaba de apretar su cinto. _¿Se fue?

_Quizás. –Dipson se asomó a la ventana para ver. La situación abajo se había puesto tensa. Un soldado había sacado a una mujer con una pequeña en brazos y un niño de la casa de enfrente. El muchacho, de no más de quince años, se liberó del hombre y comenzó a correr calle abajo. Los gritos de la mujer, aparentemente su madre, fueron en vano. Cayó abatido bajo el fuego de un fusil.

_Tenemos que irnos. Ya.

Salieron con celeridad al pasillo, donde el holandés aguardaba apoyado contra una pared, parecía dormido de pie, o casi. _¿Qué sucede?

_Hay soldados abajo, nos vamos. –Dijo MacOwen empujándolo con firmeza hacia la escalera.

_Escuché disparos ¿Y la señorita Syra?

_Parece que se ha ido.

Drescher no pareció sorprendido en absoluto, apenas soltó un poco de aire de la nariz, confirmando lo que pensaba de ella.

Dipson, ya en la planta baja, volvió sobre sus pasos para dar una noticia. _No sólo se ha ido, creo que se llevó el jeep.

_Desgraciada sombra... -el irlandés MacOwen no tuvo mucho más tiempo de quejarse. Lo interrumpió el ruido en la puerta. Se escuchaban varias voces, y luego golpes- _Hacia el garaje, ¡rápido!

El gran garaje estaba construido en madera astillada y suciedad. Donde no había cajas o cacharros, el suelo estaba cubierto de manchas de grasa, aceite de motor y aserrín. En las paredes alguien colgó una bicicleta vieja oxidada, y a un costado una estantería rebalsaba de techo a piso con herramientas varias y tarros viejos de pintura. No obstante, brillaba por su ausencia algún vehículo.

Los tres hombres se apoyaron silenciosamente contra el portón para intentar asestar algo de su situación. Un poco de viento se colaba entre los pequeños vidrios rotos. Por encima, nubarrones negros tapaban el firmamento. _Vogel, asómese por favor. -pidió Charles Dipson. -Vea qué armas traen, ¿las reconoce?

Por la ventana vio dos soldados distraídos, fumando en el medio de la calle, observando como sus compañeros arremetían con un ariete la puerta principal.

_Si, son AGER-25. Por la apariencia general y el hecho de que hablan en inglés diría que son alguna fuerza paramilitar estadounidense. ¿O británica? No, son estadounidenses. No sé qué pueden estar haciendo aquí, pero no será nada bueno.

_Pero... -sólo llegó a decir Charles Dipson.

_No sé si tienen municiones explosivas Charles, por el ruido de recién parecen 5,56 mm estándar...o sea balas comunes. -aclaró- Ese modelo permite muchas modificaciones, así que no es seguro.

El ruido a golpes en la madera fue cambiado por el de madera haciéndose añicos. Los soldados ya estaban dentro.

_¿Qué hacemos? -preguntó Dipson desesperanzado.

_Tendremos que pelear.- soltó MacOwen antes de ser interrumpido.

_¡Hey idiotas! -gritó Drescher en inglés - Dejen de mirar sus pitos y vigilen la esquina, ¡se escapan!

Los hombres afuera saltaron a la acción y miraron hacia la esquina, de pronto alertas, para echarse a correr, algo confundidos y ya sin cigarros.

_¡Vamos ahora! –indicó el holandés.

El trio salió corriendo hacia el lado contrario. Habían apenas hecho cien metros a toda velocidad cuando escucharon una voz de alto. Alcanzaron a refugiarse detrás de un camión de transporte de tropas cuando empezaron los disparos.

_¡Sigamos! –ordenó MacOwen.

_¿Pero a dónde? –preguntó Dipson por lo obvio.

_¡Son balas comunes pero me pueden matar! – suplicó Drescher.

_*Stop shooting*! –Sonó varias veces una desesperada voz dentro de la cabina del camión.

Liam MacOwen abrió la puerta del lado del acompañante y arremetió con su espada contra el flanco del desafortunado conductor, que apenas llegó a quejarse mientras era arrastrado hacia afuera con violencia, para quedar desparramado a un costado. _¡Suban!

_¿Sabe manejar Liam?

A modo de respuesta, el irlandés se acomodó en el asiento del conductor, movió la palanca a la posición "D" y empujó el acelerador a fondo. Cuando el camión empezó a moverse, los disparos se reiniciaron, haciendo varias marcas en el vidrio reforzado. A medida que ganaban distancia los disparos disminuyeron, y terminaron por fin.

Drescher, sentado en el medio de la cabina empezó a reír desaforadamente, golpeando el tablero con su mano sana. _¡No puedo creerlo! ¡Eso fue genial!

Dipson lo miró de reojo, algo preocupado por el estado de salud mental de su compañero. _Podríamos haber muerto ahí.

_Si, lo sé, pero no lo hicimos. Y ya tenemos transporte.

Continuaron a toda velocidad hasta tomar la ruta que salía del pueblo. No se veía nada ni nadie a un lado ni a otro. Y por el momento, nadie atrás tampoco.

_Hacia allá. –señaló el inglés Dipson.– iremos en dirección a la explosión, recomiendo que tomemos hacia la izquierda.

_Esto no termina aquí. –indicó MacOwen.– Van a informar que robamos esto e irán tras nosotros.

_¿Entonces?

_No sé, sigamos hasta donde podamos.

Continuaron por la ruta vacía, cayendo ya la noche. Los nubarrones descargaban su contenido potencialmente radioactivo en algunos tramos, volviendo el páramo en un lugar deprimente, estigiano.

Al costado de la carretera encontraron un vehículo con las luces apagadas. Un hombre uniformado de verde hacía señales para que se detengan. Bajaron la velocidad al acercarse.

_¿Qué hacemos? –consultó Dipson– Podría ser una trampa.

_Pero por otro lado necesitamos deshacernos de este camión. –secundó Drescher.

_Estoy en duda. Opino que sigamos, alguien vendrá por él.

_¿Qué no es ese nuestro jeep? –señaló Vogel apuntando hacia afuera mientras pasaban de largo.

_¡Ustedes! –sonó una voz conocida.

MacOwen frenó de golpe, y los tres se miraron sorprendidos.

_¿Pensaban irse así nada más? –dijo Syra, cambiando lentamente de soldado improvisado a su apariencia más conocida y asomándose por el lado del irlandés.

_Increíble. ¿Qué rayos haces aquí?

_Me quedé sin batería.

_Me refería a porqué estás aquí sin nosotros. –MacOwen estaba de verdad enfadado.

_Anoche dijiste que podíamos irnos después de descansar, y fue lo que hice.

_¡Pero con el auto!

_Yo eh...lo sé, perdón. Sentí que podía haber peligro cerca, y los vi muy cansados para seguirme. -La sombra hacía lo posible por ganarse con palabras a sus ex compañeros, y fallaba al hacerlo, para delicia de Drescher.- Además, voy a Marsella. Dudo que les interese ir allí.

_En realidad no tenemos un destino claro, señorita -indicó con malicia Vogel- ¿qué podría decirnos para convencernos de asistir por esos rumbos?

Syra lo fulminó con la mirada antes de contestar. _Hay un cuartel de Cresta, es la última ubicación donde estuvo Eylem. Quiero presentar mi informe y reagruparnos, ha pasado mucho desde entonces.

Los hombres se miraron entre sí, y decidieron rápidamente. _Iremos. Sube- ordenó Liam.

_Esperen, podíamos cambiar al jeep. Atraería menos la atención. ¿Creen que podamos? -inquirió Dipson.

Afortunadamente el jeep contaba con un motor hibrido, y luego de llenarlo con combustible de los bidones de reserva del camión de transporte, emprendieron la marcha rápidamente.

_Así que Marsella. ¿Qué haremos allí? La verdad no estoy seguro de confiar en Eylem. –dudó MacOwen.

_¿Por qué lo dices?

_León frenó a propósito su ataque con un motivo. Eso es muy extraño, sin hablar del ataque nuclear.

_No creo que Eylem supiera de ese ataque. –indicó Syra.

_¿Y si sabía? Vi quienes estaban en Cresta...nadie lo dijo pero estoy cansado para la hipocresía. Los que fuimos ese día éramos los parias, los que Eylem menos tiene en estima. –continuó Liam, aprovechando el silencio que rodeaba a sus compañeros– Yo he tenido problemas con ella en el pasado, y me ha tratado de fanático y loco.

_Bueno...a mí me ha dicho inútil en más de una ocasión. –confesó Drescher apretándose la mano vendada.

_No creo que me conozca a mí. –aseguró Dipson.

Algunos minutos pasaron. Las gotas de lluvia empezaron a caer sobre el techo, cortando brevemente el silencio.

_Es verdad. –dijo lentamente Syra– Yo también he tenido problemas con ella, por insubordinación. Pero le prometí que no volvería a pasar. Y estuve repasando las tropas presentes,   y...es   verdad...supongo   que éramos...desechables. ¿Pero ese desenlace? ¿A quién le convenía? A nosotros seguro que no, a León tampoco.

_Es una movida Caucasésca. –tiró Drescher al aire.

Los presentes miraron fijamente al holandés. _¿Qué, qué pasa? –preguntó molesto de pronto.

_¿Qué quisiste decir con eso?

_Ah, que es el tipo de cosas que haría un loco como Cáucaso. Borrar de un plumazo a los enemigos sin que nadie sospeche nada. Y con una muestra de poder envidiable. –hizo una pausa al sentir aún las miradas clavadas en él– O sea, he leído de su historia. Ha puesto a pelear bandos desde siempre. Supongo que fingir tu muerte, hacer que se separen en dos grupos y se pongan a pelear para luego retornar es una genialidad digna de él.

_Necesito respuestas. –sentenció MacOwen.

PARTE 36: CAMINO AL DESASTRE

Kad se asomó por su gran balcón y observó orgulloso como la luz de la luna bañaba con su tierna impronta sus campos, regalados por los reyes de Roma y ahora suyos por derecho. Llevaba una túnica blanca y otra encima morada, atada con un fino cordel a la cintura. Sus largos cabellos cobrizos le cubrían los hombros y más allá, y un mechón de éstos estaba trenzado y atado con una pequeña cinta roja. La villa en la que vivía era hermosa, finamente decorada y espaciosa, con pintura nueva, relieves y lo mejor que el dinero podía obtener. Kad había trabajado arduamente por la causa romana, y ésta le había remunerado generosamente. Un sirviente le acercó una bandeja con uvas y una copa con vino, que rechazó cortésmente. Se encontraba completamente feliz, así como estaba. Respiró el aire nocturno y largó sonriente una bocanada.

_¿Dónde estás papá?

Escuchó la vocecita de una niña, llamándolo desde la planta inferior. La niña subió corriendo por las hermosas escaleras de mármol, y se dirigió hacia el balcón corriendo.

_¡Aquí estás papá! –le gritó, casi al oído.

La pequeña abrazó las piernas de su padre adoptivo con mucho cariño, y éste le besó la frente.

_¿Me extrañaste Porpé? No me ausenté tanto tiempo esta vez.

La niña asintió y sonrió mostrando los dientes, y algunos huecos entre éstos. Tenía el pelo negro y largo hasta los hombros, con unas cuantas trenzas a cada lado de la cara, coronadas por cintas rojas. Un par de ojos café, los cachetes inflados y la nariz redonda como una pelotita. Parecía físicamente impedida de dejar de saltar y saltar con una energía infinita.

_¿Y tu hermana?

_Abajo. ¡Vamos a jugar! ¡Vamos a jugar! –repetía.

Porpé arrastró a Kad de la mano hasta abajo, donde esperaban Circe y otra niña, unos pocos años mayor. Circe llevaba una bella y fina túnica blanca ligeramente transparente que revelaba sus hermosas piernas, un género dorado en su cintura y montones de joyas hermosas en sus muñecas. Detrás, una niña le trenzaba el cabello con esmero. Era casi idéntica a su hermana menor, pero con algo más de calma, experiencia y una palma más de altura. Estaba vestida de la misma manera que su madre adoptiva, pero con telas más opacas, bordadas con figuras de animales diversos.

_¡Jano! Podrías haber anunciado tu llegada, me enteré por Refonte. Te extrañamos mucho. –dijo Circe, volteándose a mirar y desarmando en el acto una trenza sin terminar.

_¡Hola papá! –gritó contenta la mayor, Mejai, mientras intentaba rescatar su obra.

_Mis princesas, ¡de qué sirve una sorpresa si voy a echarla yo mismo a perder! Decidí regresar antes de tiempo. –Kad besó con cariño a Mejai en la frente, y con pasión a Circe en los labios.

_Es cierto, nos alegramos mucho. ¿Qué tal te ha ido? –preguntó Circe.

_No tan bien como querría. Los etruscos están sentados sobre una pila de lanzas, y desde ahí arriba quieren negociar. Mañana por la noche hablaré personalmente con los reyes, y veremos qué hacer. –contestó Kad, con un dejo de amargura.

_¿Crees que haya guerra?

_Espero que no. Antes de volver tuve una charla muy amena con Descénidos, y no vi en él una motivación para guerrear. Lamentablemente no es el único con voz entre sus filas.

_Descénidos siempre ha sido una persona honesta y astuta. Una guerra no le conviene a nadie y él lo sabe.

_Así es, pero la gente cambia... -Kad miró hacia afuera por una de las aberturas en la pared apenas debajo del techo. Le preocupaba algo más, en el fondo de su mente, y jamás desatendía una sensación así- ¿Y ustedes, que han estado haciendo? -preguntó, intentando mostrarse algo más animado.

_Fuimos a pasear esta mañana a la ciudad con Refonte y Aramea. -dijo Mejai.- ¡Creo que andan en algo! -mencionó con rubor en las mejillas. Circe y Kad sonrieron con complicidad ante la inocencia de las niñas, y la obvia aventura entre dos de sus sirvientes que ellos permitían tácitamente.

_¿Algo interesante?

_¡Subimos a una torre alta alta! -gritó Porpé.

Kad contempló orgulloso a su nueva familia. Mejai y Porpé eran dos niñas sabinas, huérfanas de la guerra, que Circe y Kad habían adoptado tres años atrás y llevado a vivir con ellos. Kad se sintió especialmente culpable de la situación, ya que había sido Roma, en su eterno afán de expansión, la que había pisoteado la aldea de las niñas, salvajemente quemado sus campos y asesinado a sus hombres. Cuando las mujeres raptadas llegaron en carreta a la ciudad, Circe las vio y las rescató del vendedor de esclavos por unas monedas. Desde entonces, procuraron darles la vida más normal y feliz posible, dentro de las limitaciones. Y sobre todo, nunca pasarles la *sangre*, tal como habían acordado.

Y Circe...habían pasado juntos ya muchos años. Si había algo parecido al amor entre los que son como *ellos*, esto debía de ser. Disfrutaban mucho la mutua compañía y lo que habían logrado. Sin embargo, todas las cosas buenas se terminan. Habían pactado separarse una vez que las niñas crecieran y supieran a ciencia cierta que vivían felices y sin problemas con sus propias familias. Quizás algún día volvieran a encontrarse y a pasar más tiempo juntos. Sólo los Dioses lo sabían.

Un respetuoso carraspeo interrumpió sus pensamientos. Era Refonte, su hombre de confianza en la villa, de pie frente a la sala. Tenía el vientre abultado y las extremidades muy finas para el tamaño de su torso. Llevaba una barba corta sobre su rostro, una amplia frente y una mirada atenta y elocuente. Una simple túnica larga, sandalias y brazaletes de cuero eran su atuendo. Kad asintió con la cabeza, se excusó momentáneamente y fue con él a un lugar apartado.

_¿Algún problema, Refonte?

_Señor, odio interrumpirlo pero ha llegado un jinete desde la ciudad. Viene de parte de Remo y desea hablar de inmediato con usted.

_Entiendo, vamos con él.

Refonte y Aramea eran técnicamente esclavos, pero todos en la casa los trataban como si fuesen libres, y hasta recibían una paga semanal. Ambos reconocían la amabilidad de Kad y le daban a cambio una férrea lealtad.

Los dos hombres se dirigieron a la caballeriza a paso firme, media milla alejada de la casa. El jinete se encontraba adentro, dándole agua a su caballo. Refonte hizo una reverencia, y se retiró.

_Mi señor, mis disculpas por molestarlo. –comenzó el jinete– Traigo noticias del Palacio, el rey Remo quiere discutir lo antes posible la cuestión etrusca. Cree que la situación es grave.

_¿Esta misma noche? –Kad se mostró preocupado.

_Si, ahora mismo de hecho.

Kad preparó él mismo uno de sus animales predilectos, lo ensilló y lo montó. Ambos partieron velozmente hacia la ciudad. El tema se estaba yendo de las manos. La relación entre Remo y Romano soltaba más chispas que una herrería. Era el primer peldaño difícil que enfrentaba Roma y ya amenazaba con hacer tambalear sus cimientos. Los problemas financieros corrían por detrás, acosando a los más pobres que eran víctimas de los terratenientes que cobraban alquileres desmedidos, y esos habían empezado a amotinarse provocando disturbios y pidiendo la cabeza del rey humano títere que estaba sentado en el trono. Más soldados cuidando la ciudad eran menos soldados en el campo de batalla, lo que generaba constantes protestas de Argosio, el Comandante General.

Luego de cabalgar una hora, llegaron a la ciudad. El crecimiento desmedido había dejado a más de la mitad de sus habitantes afuera de los muros, por lo que estos se habían desarmado ladrillo a ladrillo casi por completo, usando ese material para construir más viviendas. Las construcciones estaban desparramadas por doquier dejando apenas lugar para caminar bajo los sucios toldos y cajones con mercadería que atestaban el paso. Los guardias habían obligado a garrotazos muchas veces a dejar limpias las calles de modo que sirvan, para efectivamente, transitar.

Kad y su acompañante cabalgaron hasta el Palacio, pero entraron por un costado en lugar de la entrada principal, donde se anunciaron y les dieron paso. El jinete saludó respetuosamente y se marchó luego.

Kad avanzó por un largo pasillo, apenas iluminado por unas distantes antorchas. Muchas sombras se movían, más de las que le hubiesen gustado, y podía sentir unos invisibles ojos en su nuca. Su llegada no pasaba desapercibida, ni estaba fuera de los planes. El Palacio, tan hermoso y prometedor, había sufrido innumerables cambios de planes, construcciones y remodelaciones siguiendo los caprichos de los reyes verdaderos. Esto se hacía tan regularmente que se había hecho costumbre. El Palacio era la representación en piedra del pensamiento conjunto de Remo y Romano.

Un soldado ataviado de cuero y una espada al cinto le salió al paso, y al reconocerlo lo dejó pasar a los aposentos de Remo. Estaban separados en tres partes, la sala principal, los baños y la última un compartimiento cerrado donde descansaba y guardaba sus efectos más importantes, tesoros reunidos a lo largo de su vida. Cofres de oro, esbeltas estatuas de mármol, finos géneros, el cuarto desbordaba belleza, demasiada quizás, objetos amontonados unos sobre otros. Al final, una figura lo esperaba sentado, solo, en un trono de madera hermosamente tallado. Llevaba una túnica de lino bordada, un cinto de cuero lustroso, y una inusual corona de oro con piedras preciosas. Sostenía en su mano una copa de cobre con algunas incrustaciones de rubíes. La visión era fúnebre.

_Me alegra que hayas aceptado mi invitación, y te pido disculpas por no dejar que hayas descansado como merecías luego de tan larga travesía, pero la cuestión es delicada y requiere urgencia. –saludó Remo, sin moverse.

Kad se acercó hasta donde estaba, e hizo una corta y no demasiado efusiva reverencia. _Si, entiendo la situación, por eso no he dudado en presentarme.

Remo dio un trago a su copa, chasqueó los labios con soltura, tomándose su tiempo. _Y bien, ¿qué noticias traes?

A Kad no le pareció divertida la actitud de Remo. Se limitó a aspirar profundo e intentar acabar pronto.

_Estuve una semana en Curtum, no me permitieron la entrada en Velathri, pero era más que obvio que había una gran cantidad de tropas apostadas allí. Por la cantidad de campamentos diría que ahí tienen el doble de hombres que nosotros, pero bien podría haber sido una farsa para que yo la vea. -Remo dejó escapar un suspiro, entre entretenido y sarcástico, mientras tomaba otro trago- Lamentablemente no tuve ningún vistazo, siquiera fugaz, de sus trirremes. Si noté que sus guardias están bien alimentados, y en buen estado de salud, al menos los que estuvieron cerca de mí. De más está decir que estuve custodiado todo el tiempo.

_¿Qué hay de tu amigo Descénidos? -cortó Remo sin amabilidad alguna.-

_Hasta donde he podido observar, opina que la guerra no vale la pena. Nunca ha dejado de demostrar que es una persona razonable. No obstante, me ha hecho entender que Roma perdería en un conflicto abierto.

_Interesante...¿qué hay de Caprico, hablaste con él?

_Brevemente, es un hombre de pocas palabras y prefirió dejarme con Descénidos. Aún así, me dio la impresión de que espera el momento adecuado para un ataque, una distracción nuestra que convierta su victoria en una gran victoria.

Remo se puso de pie, y se acercó a uno de los bustos que se encontraba a su derecha, sobre una columna pintada de azul, celeste y dorado. Pasó suavemente una mano sobre esta, repasando los detalles de los rizos del cabello. _Caprico es el enemigo real, pero es una ventaja más que una contra. Está desesperado por gloria, y cometerá un error. Hay que intentar que ese error le cueste caro. ¿Qué opinas, Akkadio?

Kad entrecerró los ojos con desconfianza. _Yo pienso que es mejor no ir a la guerra. Roma tiene riquezas, es mejor que las entreguemos a cambio de bienes a arriesgarnos a perderlas. Ellos tienen hierro y trigo, pues comprémosles hierro y trigo. Descénidos cree que si se aplaza este momento de tensión hay chances de que no se produzca ningún conflicto, y yo opino igual.

Remo pareció aburrirse de su estatua, y se movió hacia un jarrón bellamente decorado con líneas anaranjadas y amarillas. Acarició suavemente su superficie unos instantes, antes de hablar. _A veces eres un tanto corto de vista, Jano.

¿Jano? Ahora lo llamaba con el apodo que le dio Circe hace tantos años, y con el mismo que se lo conocía entre los pobladores. Nunca le había molestado especialmente, ya que había usado miles de nombres durante un milenio. Pero dicho por él, sonaba a insulto.

_Te diré que va a pasar. Vamos a ir a la guerra, y Roma no perderá. Ni tendrá la victoria tampoco. No soy un soñador, ni un iluso. Tendremos tantas bajas entre nuestras filas que ya no podremos expandirnos, al menos no al norte. Pero me tiene sin cuidado, seguiremos creciendo tomando las islas al sur. Esperaremos una generación o dos, Argosio entrenará más hombres, construiremos los suficientes trirremes en ese tiempo, y esas islas serán nuestras. Porque un empate para nosotros, es una victoria. Pero para Caprico es una derrota monumental –señaló, con una sonrisa espantosa– Y no sólo eso, sino que luego, le daré muerte. O mejor dicho, le daremos muerte. Cuando vayamos a negociar la paz.

Kad no se esperaba eso, sonaba a los delirios de un borracho, si no supiera que venían de uno de los reyes. ¿Atacar a Caprico en el corazón de las fuerzas enemigas? _Remo, no quiero sonar irrespetuoso, pero no es factible. No lograremos un empate. Perderemos, y no habrá marcha atrás, será el fin de Roma.

Remo se mostró aburrido nuevamente, y comenzó a jugar con un pesado medallón de oro que levantó de uno de sus rebosantes cofres. _Jano, Jano, por favor. Te diré por qué será así, tal como yo lo digo. Porque cuando hables con Rómulas, que será muy pronto, te presentará su retorcido plan. –cruzó su mirada brevemente con Kad, por primera vez desde que entró.– Te dirá que es verdad, que son más que nosotros, y que nos vencerán. Y te dirá también que no hace falta ir a la guerra, sino que hay que entregar la ciudad, dejar que se llene de esos repugnantes cerdos, y que deberemos conspirar desde las sombras. –se sentó nuevamente en su trono, y arrojó con fuerza el medallón contra una pared, con la vista fija en Kad– Eso quiere, y querrá convencerte de ello. Pero basta por hoy, todavía estás verde. Cuando hayas hablado con él y madurado la idea, te volveré a llamar. -levantó amenazante su índice- Y quédate tranquilo sabiendo una cosa. Será su visión o la mía la que se imponga. Ninguna otra. -se sentó nuevamente en el trono- Ahora vete, necesito pensar. -acotó, con un descortés ademán con su mano.

Kad dio la vuelta y se marchó, con las puertas cerrándose a sus espaldas. Nunca se había sentido cómodo con Remo, pero ahora fue de lo peor. ¿Sería cierto lo que dijo de Romano? Era un plan lastimoso...entregar la ciudad sin pelear. Sacudió la cabeza con súbita repulsión. Tenía que contarle todo a Argosio, vino en mano de ser posible.

Se movió por un pasillo diferente al anterior para evitar las miradas indiscretas. Dobló su capa de forma que le sirviera de capucha, y se tapó el rostro con ella. Montó a su caballo y se retiró al galope. Giró por calles poco usadas, pero fue inútil, sentía las miradas, esas miradas, como puñales sobre él. Llegó hasta una taberna oscura que visitaba poco, pero era el lugar que necesitaba ahora. Amarró su caballo, arrojó una moneda al sujeto harapiento sentado en la escalinata y entró. Pidió una copa de vino y esperó. Pronto apareció lo que esperaba.

_¿Qué bella noche, verdad? -dijo un hombre flaco, con media dentadura perdida y el pelo sucio que se le acercó rengueando de una pierna.

442

_Quizás. ¿Sabes quién soy?

_Todos saben, eres Jano el Embajador.

Demasiada fama, no le agradaba para nada. _Posiblemente, ¿quieres ganarte unos céntimos?

El hombre feo le sonrió y asintió firmemente.

Kad le entregó un cobre sobre la palma de la mano, y se la cerró sosteniéndole el puño. _Imagino que también conoces al jefe de la guardia, Argosio.

_Oh, sí, sé quién es. –escuchaba con atención, mientras intentaba sacar su mano.

_Quiero que vayas a buscarlo, debe estar ahora el Tablón Crujiente, o emborrachándose en la taberna que está enfrentada, la del Gallo Torpe.

_Las conozco, sí, sí.

_Excelente, ve y dile que Jano quiere verlo con urgencia, y que te de otro cobre. Protestará, pero debe recordar que me debe dinero de la última vez. Si lo encuentras y viene, te daré otro cobre. –prometió, soltándole la mano.

El hombre con dentadura escasa sonrió ampliamente y salió corriendo calle abajo con una velocidad que un rengo real no podría alcanzar jamás. La copa de Kad llegó finalmente, y la apuró de un trago.

La vela frente a él había ardido casi por completo cuando escuchó una voz familiar a su espalda.

_¡Desgraciado perro, si ya te había pagado todo! –Argosio apoyó su pesada mano sobre el hombro del Akkadio y se sentó a su lado. Pegado como el barro a una rueda venía el mensajero, esperando su tercera moneda. Kad le extendió una y le hizo un gesto para que no los molestara. El desdentado se fue contento.

_No pelado horroroso, me debías aún cuatro platas. Bebes tanto que te olvidas hasta de donde estás parado. Ya te pedí una copa para ahorrarte tiempo.

Argosio echó una risotada y le pegó con un puño a la barra frente a él. _Es posible, estoy muy ocupado y mi memoria falla. Me alegra verte de vuelta y en una pieza, ¿qué tal tu viaje?

_Me ha ido mejor, pero quería que vinieras por otra cosa. Las cosas se van a poner feas, y quiero saber si puedo confiar en ti –Kad no continuó, una figura se había presentado detrás de ellos.

_Akkadio, tengo un mensaje para usted. –dijo la figura encapuchada.

Kad se dio vuelta para verlo, pero no lo reconoció. Observó la reacción de su compañero, que estaba enfadado por tener su conversación interrumpida.

Observó al hombre desdentado, que se encogió con cobardía, y culpa. _¿De quién? -escupió.

_De Romano. -el encapuchado le extendió un pequeño rollo con un sello de cera, que abrió con desgano.

El mensaje pedía que se reuniera de inmediato con Romano en su villa privada. Y que no aceptaría demoras.

_¿Qué harás viejo? -preguntó Argosio.

Kad apretó el mensaje y lo arrojó al suelo. No necesitaba esto ahora. _Ir, deberé contarte mañana.

_Sea lo que sea, cuenta conmigo. Ahora vete, me haré cargo de estas jarras yo solo.

Cabalgó acompañado por el encapuchado hasta la villa de Romano, no faltaba demasiado para el amanecer. La villa era extensa, tenía campos propios, canales de riego, y estaba en una ubicación inmejorable. Le sorprendió la gran cantidad de guardias apostados, ¿qué asesino podría abrirse paso y asestar un golpe fatal contra Romano? ¿Él mismo, quizás?

Un par de ellos, bien armados los detuvieron en la entrada del portón. Parecían mercenarios, bien entrenados y silenciosos. El encapuchado cruzó unas palabras por lo bajo, y les dejaron el paso. Dejaron los corceles en la caballeriza a cargo de un mozo, y el encapuchado le indicó que lo siguiera. Este extraño personaje debía ser de confianza de Romano, pues cumplía un papel más importante que el de simple mensajero, lo seguía de cerca en todo momento, pero ¿quién era? ¿Cómo nunca escuchó de él?

Otro par de guardias en la entrada de la mansión los escudriñaron de pies a cabeza antes de dejarlos pasar. La mansión no era demasiado diferente a la de Kad, lo cual no resultaba sorprendente, ya que había sido obra del mismo arquitecto. Claro que ostentaba detalles propios de la mente del dueño. Las columnas estaban talladas con jinetes portando lanzas y escudos lustrosos, ilustrando un ficticio combate.

El interior de la sala principal estaba alfombrado por completo, el centro de la misma gobernado por una mesa maciza de roble con patas talladas como fieras, y ocho sillones del mismo material y terminaciones, cubiertos por géneros de seda morada. Cuatro antorchas en cada esquina iluminaban taciturnamente el lugar, dando sin embargo una sensación pacífica, de bienestar. El encapuchado lo acompañó por un pasillo amplio, hasta el cuarto más lejano. Golpeó suavemente la puerta, y se escuchó una invitación a entrar. Kad entró, ésta vez solo.

El cuarto era grande, y con las paredes limpias de decorativos, sólo con un luminoso blanco calcáreo. De la pared posterior colgaba apenas un escudo redondo de madera, sin una mota de polvo en su superficie, y un

446

pequeño atril con espadas cortas debajo, y dos ojos de buey que daban al exterior a cada lado. La tenue iluminación provenía de seis pequeños quemadores.

Kad se detuvo frente a su anfitrión. Éste le sonrió con falsa amabilidad, mientras jugaba con el filo de una espada corta en sus manos. Llevaba un atuendo ligero de cuero con hombreras sobre una camisola de lino, y sandalias de tiras finas. Simple, pero refinado.

_Bienvenido Akkadio. Te pido disculpas por llamarte de improvisto, pero la situación es delicada. –mencionó Cáucaso con una frase casi copiada de su par.

Algo estaba fuera de lugar, pero no sabía qué. ¿Era su entorno? ¿Un peligro oculto? Repasó con la vista sus alrededores, pero nada llamó su atención. _No hay necesidad de disculpas, entiendo la cuestión.

_Tengo entendido que has hecho una...escala...en el palacio.

_Así es, Remo me pidió que fuera.

Cáucaso asintió con mucha calma. Se alejó unos pasos, dándole la espalda. Blandió su espada, cortando el aire. Se acercó en silencio al atril, y levantó otra espada.

_¿Te apetece un pequeño duelo amistoso? Algo rápido, a primera sangre.

Kad arqueó una ceja, pero aceptó. Cáucaso le arrojó la segunda espada, que fue atrapada con destreza.

_Algo que siempre admiré de ti -dijo Cáucaso, poniéndose en guardia- es tu capacidad de leer un combate.

Cáucaso le lanzó una estocada, que Kad evitó con un movimiento veloz. Éste dio la vuelta y contraatacó, encontrando el hierro de Cáucaso y haciendo un estruendo.

_No eres el más diestro con una espada, pero tu técnica es perfecta, al menos para ti. El movimiento justo en el momento justo. A nadie más le serviría ese paso extra, esa onza más de fuerza -Soltó un grito mientras lo atacaba tres veces en sucesión rápida, cada una evitada impecablemente. Esta vez no hubo contraataque, simplemente retrocedió varios pasos y cambió de mano su arma- Los años me han convertido obligadamente en un guerrero hábil, en un superviviente. Pero tu capacidad...sin duda tienes talento. Un regalo de los dioses.

Kad se abalanzó haciendo una finta. Donde Cáucasó esperaba un filo, no había nada. En cambio, golpeó con el pomo en su muñeca, deslizando el arma defensora lejos de donde debía estar. Con otro rápido deslizamiento quedó a su espalda, y cortó el antebrazo de Cáucaso casi hasta el hueso. Éste perdió el balance y trastabilló, para cuando volvió a ponerse en guardia, halló a Kad agazapado apuntándolo elegantemente con su espada al cuello. El combate había terminado.

_¡Me has vencido! Excelente combate, me venía bien el ejercicio. -El brazo de Cáucaso ya estaba cerrando la herida, dejando una leve cicatriz, de color oscuro. Éste dirigió su atención al proceso hasta que quedó finalizado, cuando envainó su hoja- Si tuviera tu talento...y la sanación milagrosa de Remo, sería imparable ¿verdad?

_Gracias por los halagos, Romano. -Kad no pudo ocultar del todo un tono socarrón, mientras dejaba la espada prestada en el atril- Cada cual tiene sus herramientas, para intentar pasar una noche más con vida.

_Sin dudas. Ahora bien, ¿qué novedades traes de Etruria?

Kad comentó nuevamente sus experiencias e impresiones en tierra etrusca, para un Cáucaso que escuchaba atentamente, con sus brazos cruzados y su espalda contra la pared.

_Un enfrentamiento abierto es una locura, no saldremos bien parados. -dijo Cáucaso, con una trucada preocupación.

_¿Cuál es la alternativa? -preguntó Kad, con cierta agresión, sabiendo a grandes rasgos la respuesta, que se hizo esperar. Durante un momento, el concierto de ensordecedores grillos se apoderó del ambiente.

_Dime Akkadio, ¿sabes que tienen de especial los etruscos? ¿Qué es eso que los hace crecer, ser tan aguerridos, incluso más que nosotros?

Kad se tomó un momento, sorprendido por esa pregunta.
_No, no lo sé.

_Yo tampoco. –acotó. Se separó de la pared y comenzó a caminar lentamente por el cuarto con una mano en el mentón– Pero quiero saberlo. –el tono de voz se volvía severo– Qué es lo que poseen, por qué, cómo. Quiero tomarlo para mí. La plebe de Roma no me apetece ya, son unos haraganes inútiles. –dijo ahora con furia, mirándolo intensamente a los ojos– Ellos piensan que regalaré Roma, que se apoderarán de ella y la convertirán en su ramera. Que piensen eso, no podrían estar más equivocados.

La caminata de Cáucaso simulaba ser frenética y apasionada. _En su lugar –continuó– yo me apoderaré de todos ellos. Los convertiré en mi fuerza laboral, en mis esclavos. Y lo mejor de todo es que jamás lo sabrán. Cuando crean haber tenido la victoria perfecta, habrán obtenido en cambio la derrota perfecta. Quizás sepa algún día porque eran mejores que los romanos, o no. Me tiene sin cuidado. O quizás, los dioses me indiquen un pueblo superior, y pierda el interés en jugar con sus almas. –la energía que irradiaba Cáucaso era brutal, majestuosa, magnífica, trastornada– Roma no es una ciudad, es un Imperio. ¿Qué me importa perder una ciudad, si obtendré a cambio los medios para conquistar diez? ¿Entiendes Akkadio, lo que Roma es? –hizo una pausa tan sublime, que el propio mundo se detuvo- El Imperio eterno.

Kad no supo qué creer o dejar de creer. Cáucaso era sin dudas un genio. Una parte importante de él estaba ahora de acuerdo con ese proyecto megalómano. Afortunadamente la parte más cuerda se mantuvo escéptica. Por desgracia, el ataque psicológico no estaba terminado.

_Hay otra cuestión de peso, colega. –el cambio de ritmo de Cáucaso fue notorio- Hay insurgentes en Mesonia.

_Eso no lo sabía, ¿Cuántos son? –a Kad poco le importaba, tenía la mente ocupada debatiendo el mejor curso de acción. La cuestión no le gustaba en absoluto. Quizás lo mejor sea llevarse sus cosas, a su familia y empezar de nuevo en otro lado. Lamentó que su orgullo no le permitiera dejar su propio proyecto romano librado a la voluntad divina. Sabía que al final de cuentas iba a quedarse. Al menos un tiempo más. Sólo un tiempo más.

_Uno o dos centenares apenas, pero es en un pésimo momento. Están detrás de nuestras líneas y frustran cualquier tipo de plan. Pero creo tener una solución doble. Le pediré a Remo que negocie personalmente con los insurgentes. Los tendrá comiendo de su mano en unas pocas horas. Y además, será un acercamiento entre él y yo, después de demasiado tiempo. Lo que me permitirá –

acotó con una mueca cómplice- ir a Curtum y hablar con Caprico, le llenaré de halagos y jugaré al perdedor. Luego vendrá el segundo acto, pero no hay que adelantarse. -terminó, con una amplia y espectral sonrisa- ¿Vendrías conmigo?

_Seguro, Romano. -¿Ambos reyes saliendo de la seguridad de la ciudad? Demasiado raro.

_Pero por lo pronto, descansa, cuando la Luna esté llena partirás. Disfruta de tu familia mientras tanto. -terminó Cáucaso con una sonrisa.

Algún plan que aún no dilucidaba se estaba cocinando. Debía por lo pronto seguirles la corriente, y aceptar viajar nuevamente. Tenía que hacerlo él mismo, salvar a Roma de la locura de estos reyes. No había camino seguro en esta travesía, solo uno al desastre.

PARTE 37: TAMBORES DE GUERRA

_Al fin te encuentro. -dijo Kad entrando a una tienda de campaña recientemente levantada, a apenas dos leguas de Mesonia, un pequeño poblado al sureste de la ciudad. Afuera, en el poblado, algunas fogatas cortaban el cielo de la tarde, y una turba hacia relampaguear unos improvisados tambores de guerra.

_No estoy precisamente escondido, perro. Aunque creo que llegas en mal momento, pronto tendremos que entrar y habrá una matanza.-respondió el Jefe de la guardia, el enorme Argosio. Éste estaba prestando más atención a afilar su espada que a contar las tablillas de arcilla con los informes de tropas y de potenciales insurgentes que reposaban sobre una cruda tabla con caballetes- dudo que quieras participar.

_De eso justamente quería hablar –comenzó, mientras se quitaba una pesada capucha y recogía su enorme capa, que lo protegía de los dañinos rayos diurnos- Los reyes están ahora discutiendo este tema, y si todo sale como lo planeado, Remo vendrá por aquí personalmente a intentar calmarlos. Hasta puede que convenza a algunos para marchar bajo tus órdenes.

Argosio levantó la vista de su arma para mirar sorprendido a su compañero. _Maldita sea, ¿por qué me entero de esto ahora? ¿Cuándo vendría?

_Puede ser en cualquier momento, si usan una carroza con techo para que pueda salir de día.

_Sería la mejor solución, Remo es de lo más convincente.

_También quería contarte otra cosa. Hay...inconsistencias extrañas con ambos reyes.

_¿Como cuáles?

_Hasta hace un año atrás podía decir, sin equivocarme, que los cuatro estábamos trabajando por Roma. Hoy no lo sé. Me has visto, anteayer estuve reunido con los dos. Romano quiere entregar la ciudad para evitar la pelea, y Remo quiere un conflicto abierto con los etruscos.

Argosio se mantuvo en silencio un momento, asegurándose de que la espada estuviera perfecta. _Mira viejo, te voy a comentar algo. Coincido en que algo va raro, y no me gusta lo que me dices. Quiero confiar en ti, pero ahora vienes aquí contando locuras. Antes de que te vayas de viaje, me dejaron un papiro. -se levantó de su banco y se acercó a Kad, y le atizó con su hoja en el hombro derecho.- El papiro decía que me cuide de ti, que estabas conspirando con el enemigo.

Kad se irritó y bruscamente retiró el brazo del militar lejos de él. _¿Cómo me dices eso a mí?

_Ya sé que vas a decir, perro. No le creo a ese estúpido papiro. Te conozco hace muchas vidas y sé que quieres trabajar por la bonanza romana. Pero no me vengas con sandeces. Tanto Remo como Romano son astutos, y no quieren perder. Lo que me dijiste recién implica derrota en uno u otro sentido.

_Es lo que me dijeron. Te doy mi palabra de honor.

Argosio exhaló fuerte. _Entonces no sé qué más decirte. No permitiré ni una ni otra, y te pido que tú tampoco lo permitas.

_En eso estamos de acuerdo. -Kad iba a voltear, pero volvió sobre sus pasos- ¿Quién sospechas fue el autor del nefasto papiro?

_Ni idea, puede haber sido cualquiera. O no tan cualquiera...hay algunos nuevos por aquí, ¿los viste?

_Si te refieres a los encapuchados que parecen mercenarios, sí. Los he visto. Pensé que estaban bajo tu comando.

_No, no lo están. No sé quiénes son, llegaron hace cinco días y aún no hacen nada útil. Los he hecho seguir. Y *portan la sangre*, desconozco si todos pero al menos la mayoría.

_¿Quién les paga?

_Buena pregunta, no he tenido tiempo de averiguarlo aún. Como sabrás he estado ocupado –dijo señalando con el pulgar en dirección a Mesonia.

Kad apoyó la espalda contra uno de los postes, con la barbilla en alto y mirada preocupada. Se tomó un momento antes de hablar. _En otro orden de cosas, Remo me pidió que vuelva a Etruria y hable con Descénidos. Quiere que los distraiga mientras prepara las cosas aquí y marcha contra ellos. Voy a ir, pero a plantear un pacto comercial que nos sea útil. No lo discutí con ellos porque en mi opinión están dementes. El problema es si a mi regreso Roma espera a sus puertas entonces mis esfuerzos serán inservibles.

_Ya veo Akko...no puedo prometerte que no marcharemos, pero sí que la retrasaré a luego de tu regreso. Si vuelves con una alternativa como esa, puede ser lo que necesitamos, haciendo que la balanza se incline hacia la cordura.

Kad se acercó a la tabla a revisar, sin mucho énfasis, algunas de las tablillas de arcilla. Tomó una al azar y la sacudió con intriga _Esto me huele muy mal Argo...Creo que están tr–

Iba a continuar hablando, diciéndole que sospechaba que alguien intentaba sabotear la ciudad, pero fue interrumpido por dos soldados que se metieron de pronto en la tienda. _¡Jefe! ¡Los centinelas han visto jinetes etruscos! –dijo uno.

_Un grupo de avanzada, al oeste. –certificó el segundo.

_Mierda, mal momento, ¡mal momento!– lamentó de pésimo talante Argosio, pasando una mano por su cabeza.

_¿Alguna carroza ha venido de la ciudad? –preguntó Kad con agobio.

_No, señor. Pero han llegado órdenes del Rey Ancus Marcius para el Embajador Jano. –indicó el primer soldado extendiéndole un papiro a Kad, refiriéndose al hombre que hacía las veces de monarca para la plebe.

_Tendré que destinar una centuria de hombres al oeste. Quizás más. –refunfuñó el Jefe de la guardia– No tengo tanta gente.

_Tengo una solución, Argo. –afirmó Kad mientras leía el documento– Iré yo. Aquí dice...que Descénidos podría llegar hoy con una comitiva, en cuyo caso es mejor que los reciba. Lo extraño es que nada me mencionó al respecto cuando fui...y suponiendo que no sea él, si me prestas cincuenta buenos hombres a caballo les haré frente, o veré qué intensiones tienen.

Argosio sonrió, como en los mejores días. _Eso me gusta. Te daré diez, holgazán.

_Treinta, grandulón feo.

_¡Hecho!

En pocos minutos Kad y treinta jinetes bien armados partieron al encuentro del grupo de avanzada etrusco. Cabalgaron una hora con el Sol de la tarde apenas oculto tras los montes y las primeras estrellas asomando sus majestades sobre sus cabezas, hasta que dieron con ellos. Ninguno se acercó ni hizo señal de parlamentar. Lejos de ello, continuaron avanzando en su dirección, blandiendo sus armas en alto y soltando gritos de guerra.

_¡Prepárense para pelear! ¡Fórmense!-ordenó Kad, desenvainando su hoja.

Con los jinetes en formación de flecha, avanzaron con audacia. Los cincuenta y cinco jinetes etruscos rompieron su formación a último momento y se dividieron en dos para flanquear al grupo romano, tardando demasiado, para infortunio de tres de los jinetes de la retaguardia que cayeron atravesados por las lanzas. Pronto el grupo estuvo rodeado. Los etruscos del flanco izquierdo galoparon a toda velocidad procurando romper las escasas filas, logrando siete bajas, mientras que los del flanco derecho hicieron una finta y se detuvieron de golpe para confundir a sus adversarios.

_¡No se den vuelta, avancen! -ordenó señalando hacia el bando derecho, y luego hacia dos de sus jinetes más cercanos- ¡Ustedes dos, a mis lados!

Los hombres de Kad, con éste cuidando sus espaldas, continuaron galopando enfrentándose al grupo etrusco derecho, que sin velocidad ni dirección debido a la finta fallida, fueron atravesados raudamente, apenas tres lograron escapar y ya no volvieron. Al mismo tiempo, el líder de la avanzada enemiga, al frente del flanco izquierdo dio la orden, y se abalanzaron sobre Kad y su pequeña escolta. Éste los pilló bajando de su caballo y haciéndolo correr paralelamente a la formación recta del enemigo, que al intentar esquivarlo tardaron unos segundos valiosos. Ya de a pie y con espada en mano, tomó carrera y perpetró un salto inhumano hacia delante, pasando por encima y volteando al primer jinete que se acercó sin compañía a sus lados, derribándolo de su montura de un placaje y destruyendo su cuello en el proceso. El sorprendido líder etrusco, juzgando mal la resistencia que podía ofrecer tan sólo un hombre, ordenó que lo cercaran, ignorando a los escoltas que se defendían en cerrado combate uno a uno con todas sus fuerzas. Kad cercenó el brazo de un atacante y destruyó el yelmo y el cráneo de otro en dos rápidas embestidas. Un tercero enterró su metal en el hombro de Kad, sólo para ver volando su mano delante de sus ojos y ser desmontado en un santiamén. El líder del grupo gritó una orden, y los jinetes se dieron a la fuga, apenas veintiuno sobreviviendo en total.

Enfadado, Kad reventó el corazón del soldado manco que se retorcía en el piso, y dejó al otro caído a sus hombres.

Su herida ya había cerrado, dejando una leve cicatriz morada visible a través del agujero en sus ropas.

Ordenó rematar a los heridos, y que despojen los cuerpos de cualquier objeto de valor, cuando divisó algo curioso. Caminó hasta un pequeño bolso de cuero curtido tirado recientemente en el campo. Dentro había solamente un pergamino. Poco había escrito sobre éste, apenas una orden de investigar el oeste de Roma, y de un conteo de tropas a atacar por el norte: veinte centurias a caballo, diez centurias con picas, veinte centurias de arqueros. Esos números eran el doble de los que disponía en total las fuerzas romanas. No había mención a más nada, ni de trirremes. Pero más lo preocupaba otra cosa, la forma sospechosa en que esa información había llegado a su mano.

_Recojan sus cosas y volvamos, ¡andando! –gritó. Aún así, eran datos preciosos para dejar de informarlos.

Un poco más de una hora después Kad y su grupo avanzaban a galope hacia el palacio de los reyes, pero su avance quedó impedido. Una multitud se había amontonado sobre la angosta calle a arrojar piedras y a gritar pidiendo comida, insultando el nombre de Marcius. En seguida notó que el aire en ese lugar estaba cargado de humo gris. A lo lejos, dos focos de incendios devoraban los techos de paja y tela, y se escuchaban las voces de alarma de los guardias. La ciudad comenzaba a convulsionarse. Dos soldados pasaron al trote por su lado, y los detuvo para indagarlos.

_¡Alto! ¿Qué está sucediendo en la ciudad?

_Agitadores, Embajador Jano. Están llamando a revelarse.

_Reprímanlos –ordenó- Aquí corre oro etrusco, detengan a esos charlatanes e interróguenlos, que suelten quien les está pagando.

_¡Sí señor! –dijeron al unísono.

Supuso que el camino hacia el palacio se haría más difícil, y decidió cambiar rumbo hacia las afueras, y ver si Argosio aún continuaba en la tienda de campaña cercana a Mesonia. Ordenó a su grupo que busquen agitadores y apaguen los incendios, y se fue a grupas.

Cabalgó en sentido inverso, esquivando comerciantes y campesinos. Un hombre en harapos quiso impedirle el paso y sacó una pálida daga entre sus ropas. Fue saludado por Kad con una certera patada en la mandíbula, y continuó viaje. Ya en los suburbios había menos personas y animales, por lo que continuó a velocidad. Cerca de un pozo de agua reconoció varios de los hombres de confianza de Argosio con antorchas en la mano, organizando la reprimenda de los insurgentes. Al verlo llegar lo recibieron con respeto, y le indicaron que el Jefe estaba por llegar. Ni hubo bajado de su caballo que lo vio llegar al frente de una veintena de jinetes desde el sur.

_¡Perro! Lamento no poder quedarme a que me cuentes tus andanzas, la ciudad está por arder.

_Si, lo he visto, me temo sean agitadores etruscos. Seré breve. La avanzada nos atacó pero fue derrotada, Descénidos no estaba entre ellos. Creo que su líder me reconoció y por eso se fueron. No obstante, dejaron esto en el camino. Me parece altamente sospechoso. -le gritó montado sobre su bestia, y cuando estuvo cerca le extendió el pergamino. Argosio ordenó un alto mientras leía el contenido.

_Si esto es real estamos en severa desventaja. -resopló- Lo único que nos quedaría es llevar a todos los hombres a su encuentro. Aún estamos a tiempo de tomar el monte y asaltarlos con flechas por sorpresa. La altura sería lamentablemente nuestra única ventaja.

_¿Y si es falso?

_Es muy arriesgado dejarlo a la casualidad -dijo con una mueca- Roma ya no tiene muros altos, así que una posición defensiva es inútil con nuestros números, van a masacrarnos. Enviaré tres grupos de centinelas al este y al suroeste y al noroeste. Si vienen en trirremes por el Tíber, los veremos.

_¿Que sucedió en Mesonia?

Argosio renegó con la cabeza, amargado. _Fue un desastre. Remo no apareció, no hubo negociación, sólo sangre. Los agitadores hicieron un excelente trabajo allí, para su desgracia.

Kad se quedó mirándolo, juzgando silenciosamente la matanza.

_Entiende, no podía darme el lujo de destinar a nadie allí, ¡estamos cortos de brazos!

_Está bien, comprendo -acusó bajando la vista- Te acompañaré, pero con una condición.

_La que sea, Akkadio.

_Destina diez hombres a mi casa para cuidar de mis niñas y de Circe. Tengo un presentimiento oscuro al respecto.

_Tendrás que conformarte con cuatro.

Casi setecientos jinetes romanos llegaron con celeridad al monte Quirinal, algunas leguas al norte de la ciudad, y mil seiscientos soldados, entre piqueros, arqueros y espadachines de a pie marcharon detrás. Otros pocos debieron quedarse atrás para asegurar que haya una ciudad a su regreso. Formaron líneas, con Kad y Argosio en el centro discutiendo tácticas, y esperando alguna señal de las antorchas de los centinelas. Los estandartes romanos de las tropas a pie venían acercándose cada vez más, a buen ritmo. Los minutos pasaban y aún nada.

_¿Y si es una trampa? -preguntó Kad, ataviado con una armadura de cuero reforzada con placas metálicas, un casco con una pluma roja y una espada al cinto.

_Silencio perro. Ya te entendí la primera vez, ¿querías que desoyera esa información que me diste? -acalló el Jefe de mala gana. Llevaba un atuendo similar, pero con un escudo redondo de fuerte madera y un emblema rojo en su pechera.- ¡Causto! Ven aquí. -ordenó a uno de sus capitanes de confianza, que se acercó hasta que éste pudo hablarle al oído- ¿Qué se sabe de los reyes? Los verdaderos.

_Aún nada. He enviado un centinela a la ciudad y aún no regresa.

_¡Mil demonios! ¡Nos estamos jugando el futuro de Roma y ellos no están para pelear! Está bien, regresa a tu fila, que tus hombres no se distraigan. Si hay una señal quiero que sean los primeros en cabalgar.

_¡Sí, señor! -afirmó el Capitán Causto.

Un murmullo generalizado entre los soldados se oyó desde las filas posteriores. Kad y Argosio cabalgaron para tener mejor vista. Hubiesen preferido no ver. La ciudad estaba en llamas, siendo éstas peores en el oeste, pero expandiéndose al resto. Gritos y alaridos pidiendo venganza se multiplicaron entre las tropas. Muchos jinetes rompieron filas para cabalgar hacia Roma. Los capitanes procuraban mantener la endereza con poco éxito. Un hombre a caballo cabalgaba en sentido inverso, hacia la colina, vociferando a los cuatro vientos y portando una antorcha. Cuando estuvo suficientemente cerca, su mensaje finalmente se entendió: Los etruscos, están quemando y matando a todos, repetía una y otra vez.

Ambos *portadores de la sangre* se miraron, y sin mediar palabra avanzaron hasta el centinela.

_¿Qué es lo que pasa allá? –inquirió Kad, exclamando para que su voz sea oída en el bullicio de fondo.

_Los etruscos avanzan sin oposición, entraron por el oeste, ya tomaron el puerto y el barrio bajo, y quizás más.

Argosio se inclinó en su caballo y lo tomó del hombro con firmeza, colérico. _Tu eres uno de los hombres de Epestu, ¿no? Dime una cosa, ¿conoces a los reyes fundadores?

_¿A Rómulas y Remo? Por supuesto. –el centinela estaba sensiblemente confundido por la pregunta, lejana a la situación crítica que atravesaban.

_¿Has visto a alguien parecido allá?

_Pero los fundadores han de ser viejos decrépitos, si es que viven, ¿qué tiene que ver con esto?

_Ellos no envejecen, soldado. Y has visto las caras de los fundadores en los frescos del palacio. Así que dime, ¿has visto a alguno de ellos hoy?

El soldado se lo pensó un momento, y contestó. _Ahora que lo recapacito, es posible. Un hombre seguido de una escolta de unos veinte encapuchados a caballo fue al encuentro de los etruscos, me pareció un bastardo de Rómulas, por su parecido al antiguo rey.

_Entonces si era un bastardo, pero uno que entregó la ciudad. –querelló Kad con fuego en sus ojos– Hay que volver, urgente. –sentenció, arreando a su animal a toda velocidad.

PARTE 38: CENIZAS

Kad y Argosio, seguidos por el ejército marcharon hacia la ciudad capturada, ingresando por el lado norte. No obstante no había resistencia a la vista. Pocos pobladores circulaban, la mayoría se había atrincherado en sus casas, o escondido en los callejones. Cabalgaron delante de los soldados a pie y se adentraron hacia el centro. Un reducido grupo de soldados les salieron al paso y presentaron sus respetos.

_¿Dónde está el Capitán Epestu? –escupió Argosio.

_Embajador Jano, Jefe Argosio, han sitiado el palacio y ya deben haber entrado. Epestu fue muerto, no sé quién ha quedado a cargo.

_¿Alguno ha visto a Rómulas, el rey fundador?

Los hombres se miraron extrañados, y no contestaron.

_Bah, ¡inútiles! Vamos al palacio, ¡todos, marchando! –ladró Argosio.

_Argo, voy a desviarme, necesito saber cómo están Circe y las niñas. –anunció volteando su montura.

_¡Akko, ahora no es momento! La ciudad está siendo capturada. –señaló haciendo un ademán con su mano, señalando el humo que subía al cielo.

_¡Lo sé! –gritó furioso.

_Estarán bien, esto es más importante. Te necesito allá viejo. –dijo, procurando calmarse.

_No, no es más importante. Volveré en cuanto pueda.

Argosio lo insultó cruelmente hasta que éste no pudo escucharlo.

Kad cabalgó veloz sin encontrar antagonismo. La villa estaba apartada, en la zona sureste de la ciudad, y Kad confiaba en que aún nadie había llegado allí. Al llegar, se alegró de que no hubiera visto siquiera una señal de enfrentamientos, avanzó sonriente hacia la caballeriza, y bajó sin atar a su bestia, arrojando su casco con descuido.

Abrió la puerta de madera y entró corriendo. Las velas y antorchas estaban apagadas, apenas entraba la luz de las estrellas y el cuarto creciente de la Luna. Nadie a la vista. Continuó y subió la escalera hacia el primer piso con agilidad. Un bulto se encontraba tirado en el suelo. Era una persona, encapuchada, con tres flechas clavadas en su frente, aparentando un alfiletero. Tropezó con una daga que brillaba suavemente. Se agitó al ser pateada, rascando el suelo con un sonido espantoso.

Mercenarios. Asesinos.

Los mismos que escoltaban a Cáucaso. Kad se desesperó. Revisó la primera habitación rápidamente sin encontrar nada fuera de lugar. Salió para revisar una segunda, cuando, en la oscuridad, divisó algo que lo arrojó de rodillas.

La mortecina luz de la Luna que entraba por la ventana se reflejaba cruelmente sobre dos cuerpos que se encontraban mutilados, con cortes y perforaciones, como reces en el matadero. Se arrastró dentro de la habitación, tambaleante. Sujetó la cabeza de la dulce Mejai. Sus ojos hinchados y fuera de sus órbitas, producto de un fuerte golpe, habían llorado sangre. Viles manchas de líquido vital profanaban todo su delicado vestido. La tomó en brazos y la depositó cuidadosamente en el catre. No pudo cerrar sus párpados al pasarle la mano. Volteó y se desplazó, muy lento, hasta el cuerpo de su hermanita, Porpé. Su cabeza colgaba de su cuello, unido por apenas un deforme jirón de piel. Se encontraba completamente bañada en sangre. Pisó el charco que se extendía en todas direcciones, provocando un sonido apagado y triste. La levantó y la acostó al lado de los restos mortales de Mejai, procurando que su cabeza quede sobre los hombros, y sus párpados cerrados. Acomodó las cuatro inocentes manitos sobre sus pechos. Sentado a un costado del catre, acarició los rojos cabellos de sus hijas adoptivas por última vez.

Se asomó a la ventana dejando sus huellas de sangre en el marco. Debajo pudo ver que habían varios cuerpos extraños tendidos en la hierba. Volteó un instante eterno para echar un vistazo final a sus pequeñas, éstas por siempre perdidas en la mansa e implacable paz de la muerte. Saltó hacia abajo y tardó en ponerse de pie. Revisó los cuerpos con desgano. El más cercano a la pared era de Refonte, cuyo rostro había sido destrozado por el filo de varias dagas. Algo más lejos reconoció a Aramea, abatida con sus miembros enroscados, y sin vida. Otros tres no pudo reconocerlos, eran encapuchados. Todos llevaban flechas clavadas en sus cuerpos y cabezas, éstas últimas resultando letales. Siguió una línea imaginaria formada por los cuerpos de los invasores, adentrándose en sus campos. Un destello de luz llamó su atención, era de un brazalete de oro. No habían venido por joyas, ya que no eran ladrones. Eran verdugos, queriendo en cambio despojar de vida a su familia, a su hogar. Los restos de Circe yacían tendidos boca abajo sobre la maleza, que se mecía con el plácido viento, al lado de un arco de fina confección que había sido pisoteado hasta quebrarlo. La cabeza de su amante no estaba. No se atrevió a tocarla. Tan sólo se puso en cuclillas y se columpió sobre sus puños, enfermo de ira.

Volvió sobre sus pasos y subió a su caballo, cabalgando a toda velocidad hacia el centro. No fue difícil notar que Circe había puesto la mayor resistencia que pudo, sola. Y que ningún guardia había ayudado. Que Argosio le había fallado. No notó sin embargo que una figura se escabullía por las sombras, llevando noticias de los eventos transcurridos.

Llegando a las cercanías del palacio, Kad observó con extrañeza que los soldados etruscos no sólo no atacaban a la población, ni a él, sino que estaban repartiendo joyas, estatuillas y otros objetos de valor, el botín obtenido del palacio. La multitud agolpada vitoreaba el nombre de un tal Tarquinio.

Reanudó galope, pero hacia la villa real de Cáucaso. Continuó sin obstrucción, quizás porque nadie lo reconocía o porque ya no tenía importancia. Roma había caído.

La villa real estaba extrañamente desierta pero con luces encendidas, ningún encapuchado a la vista. Un hombre apostado en la ventana se metió dentro al verlo. Desensilló y avanzó enérgico a la puerta principal. Entró sacudiendo la misma con toda la violencia de su pie derecho, haciendo saltar la pequeña vara de bronce que hacía de cerradura. Dentro, cuatro soldados se sorprendieron y se pusieron en guardia. Evidentemente no esperaban problemas.

_Jano, ¿qué hace usted aquí?

_Sólo díganme dónde está Romano y pueden irse. –dijo con increíble serenidad.

_Dentro, pero no tenemos permitido dejar pasar a nadie.

_Primer y último aviso, o no respondo de mí. Váyanse ahora. –amenazó Kad, espada en mano.

Los soldados se dispusieron en fila, desfallecientes de miedo, cerrando el paso a los aposentos de Cáucaso.

Sin perder un instante, Kad aplastó con su cuerpo contra la puerta a los dos soldados centrales, tomándolos por el cuello y arrojándolos al suelo. Eso le granjeó recibir dos puñaladas por sus flancos, que ignoró por completo. Cortó la garganta de uno de los soldados a pie, y sin derrochar impulso, giró sobre sus talones y cercenó las arterias del cuello al segundo. El cuerpo del soldado herido de muerte cayó contra la pared, haciendo caer una de las antorchas, desparramando cenizas en todas direcciones. Los dos soldados en el suelo gritaron de pánico, y tan sólo atinaron a escapar.

Kad, sangrando por sus lesiones y omitiendo el polvo de las cenizas en el aire y los últimos gritos apagados de los hombres tendidos, abrió la pesada puerta de roble, esquivando las piernas del caído que aún se retorcían como tentáculos de pulpo.

Dentro aguardaba Cáucaso, con una espada corta en cada mano, en pose defensiva.

_¿Qué demonios estás haciendo? Se supone que estés batallando al enemigo –gritó Cáucaso con furia.

_¿Que qué hago? –Kad se detuvo, gigante, ocupando entero el umbral de la puerta, produciendo una espectral sombra hacia adentro– Vengo a darte muerte.

_¿Qué? ¿Por qué? –inquirió nervioso– ¿Remo te envía?

_Mi mujer y mis niñas han sido asesinadas por los encapuchados que te siguen. Los he visto con mis propios ojos. Tú...tú lo ordenaste. –lanzó desafiante.

Cáucaso arqueó una ceja y bajó levemente su postura defensiva, procurando bajar los ánimos. _¿Esos encapuchados? Son mercenarios que contrató Remo, responden a sus órdenes.

_Es tarde para engaños, los vi cuando vine anoche, aquí mismo –declaró, cubierto de sangre y totalmente quieto, sin postura alguna de combate, su espada firmemente aferrada a su mano

_Akkadio, me declaro culpable de haberte engañado, pero no de lo que piensas. Era un engaño necesario para que los etruscos cometan un error y–

_¡Silencio! –cortó tajante.

_¡No, espera! –lo detuvo, casi suplicando– Es la verdad, hemos fingido que estábamos peleados, mientras yo hacía preparativos fuera de la ciudad, Remo se quedó aquí y se hizo pasar por mí. Intercambiamos lugares.

_¡Embustero! Estuve anoche con ambos, no llevaban máscaras y pude verlos perfectamente -terminó de decir, y se abalanzó con furia desatada.

El rey se defendió del ataque con ambas armas y brincó hacia atrás, sólo para saltar nuevamente tras otro ataque, quedando peligrosamente cerca de la pared. Escapó a un costado, recibiendo un tajo en su brazo. Kad se quedó quieto, mirando la herida provocada. Cáucaso, al notar la pausa en el duelo y la atención que prestaba a su corte, lo observó mientras cerraba, dejando una cicatriz detrás.

_Remo no deja cicatrices al cerrar las heridas, necesariamente debes ser Romano. Es el fin de las mentiras, farsante.

_¡Espera, no! -gritó Cáucaso simulando desesperación mientras esquivaba hacia un lado un ataque. Kad dio varias zancadas hacia adelante para cerrar distancias y acometer con su espada, fallando el golpe. Recibió en cambio una puñalada detrás de su axila derecha, que le hizo perder el balance.-En ese caso, Akkadio, te enviaré con tu falsa familia que tanto amas -sentenció.

Cáucaso cambió de compostura a una agresiva, y embistió doblemente a su retador, sin lograr conectar contra sus carnes. Lanzó luego tres ataques feroces, clavando su espada profundo en la cintura por debajo de la armadura del Akkadio, levantándolo un pie y medio con tremenda fuerza, arrojándolo hacia atrás.

Kad, usando la pared a sus espaldas se impulsó y de una media vuelta atacó con su arma, trazando un arco descendente. Cáucaso expuso a propósito su hombro izquierdo, donde la espada de Kad penetró y se quedó bloqueada, para sorpresa de éste. Mientras luchaba por arrancarla de su aprisionamiento, Cáucaso descargó varios sablazos contra los brazos de su rival, produciendo sendos cortes. Cuando el Akkadio finalmente pudo quitar su arma de la espalda del rey, éste soltó las suyas al suelo, que chillaron contra la piedra, y lo asió fuertemente con sus manos. Las venas de los brazos del rey se hincharon descomunalmente y reventaron, pero la sangre, en lugar de caer, formó finas fibras rojas que comenzaron a filtrarse, forzadamente, por las heridas de su contrincante. Kad soltó un agudo grito de dolor, sintiendo de pronto su torso siendo paralizado de a poco, sus brazos, hombros y luego pecho estrujándose, siendo devorados desde dentro. Su corazón bombeaba fuerte, casi saliéndose hacia fuera, mientras resistía esta invasión interna. Con fuego en sus ojos, Kad lo sujetó por los codos, procurando asestarle un cabezazo, pero estaba demasiado lejos para lograrlo. Kad totalmente acorralado se sacudía inútilmente, sus brazos se sentían tan débiles que soltó su arma.

_Esto terminará pronto, tu fuerza terminará siendo mía. - sentenció Cáucaso, burlón.

Kad saltó y se afirmó con sus piernas alrededor de la cintura del rey, acercándose lo suficiente para borrar la triunfal sonrisa de Cáucaso con un implacable testerazo, logrando hundir en su brutalidad, su hueso frontal, enviando a ambos contendientes hacia abajo. Cáucaso, caído de espaldas en el suelo, se arrastró como pudo lejos de su enemigo mientras procuraba reacomodar su cráneo golpeando fuertemente sus sienes. Luego de varios intentos, el hueso se reacomodó y dejó de clavarse en su materia gris, permitiéndole ponerse de pie con dificultad.

Kad usó la poca fuerza restante de sus manos para quitarse los restos de las fibras que colgaban de sus brazos, soltando sangre por las heridas que no cerraban.

_Estúpido Akkadio, ya enviaré a matarte. –lanzó dificultosamente Cáucaso mientras emprendía tambaleante hacia afuera, chocando contra una de las paredes en el proceso.

_¡Cobarde! –insultó Kad, pudiendo tomar su arma del suelo y partiendo en su persecución.

Un error, dada su afectada vista, llevó a Cáucaso a perder el equilibrio y tropezar contra un escalón, dándole suficiente tiempo a Kad para llegar hasta él. Sin poder incorporarse a tiempo, fue abordado con una patada que quebró una de sus costillas. Cáucaso simuló un gran dolor, pero al acercarse su adversario, alargó inhumanamente su brazo, y con sus afiladas uñas cortó severamente el cuello de Kad, que al recular cayó de bruces. El rey romano se puso de pie dispuesto a escapar, y pasó exhausto sobre el cuerpo de uno de los soldados.

Escuchó pasos detrás y volteó, para encontrar a Kad ya casi sobre él, sangrando profusamente por la garganta, espada en mano, lanzando un implacable ataque cuádruple apuntando a diferentes alturas. La cuarta ofensiva de la serie no pudo ser esquivada ni detenida, y de afuera a adentro cercenó la pantorrilla del hombre, quedando colgada de manera grotesca como el peso de un péndulo. Cáucaso, abatido, se derrumbó al suelo, donde los otros caídos yacían. No dispuesto a rendirse, tomó la espada corta del fallecido y la apuntó a su enemigo.

Kad azotó con saña la espada con la que Cáucaso se protegía como podía, procurando éste recobrar el miembro perdido manteniéndolo fijo en su lugar, hasta que un golpe en su mano provocó que soltara su principal amparo, dejando indefenso al rey y con dos de sus dedos menos. Inmediatamente, Kad apoyó una rodilla aplastando su pecho y lo tomó por sus cabellos sin mediar palabra. La sangre que brotaba de su garganta cayó sobre el ojo izquierdo del derrotado, obligándolo a cerrarlo.

Cáucaso, tomándolo por el cuello y clavando sus pulgares en las heridas, sintió el aliento de la muerte llegando a él. _¡No! ¡Te daré lo que quieras! –llegó a gritar, antes de que su cabeza rodara lejos.

PARTE 39: DIVIDE Y REINARÁS

Kad, apenas recuperado, manchado aún de su sangre, la de enemigos y amados por igual, subió a su bruto y cabalgó presuroso hacia la villa de Remo. Su sed parecía no estar saciada. Un grupo de soldados romanos pasaron por un costado, clavando sus miradas en él, pero sin atreverse a detenerlo.

No llegó a la villa de Remo. Argosio le salió al paso antes, liderando un grupo numeroso pero maltrecho de soldados, la reconquista había sido un corto fracaso. _Akkadio, debo hablar contigo. Ahora. –gritó.

_Te sigo. –respondió un Kad, cuyo corazón y mente se habían templado al fuego del sufrimiento.

Ambos cabalgaron a una distancia prudencial uno del otro, hasta una de las plazas principales. La plaza estaba relativamente intacta, con su hierba pisoteada y arrancada, pero con sus bancos de piedra en pie, así como los árboles. Por las calles corrían los pobladores y algunos soldados. Muchos cargaban bolsas con granos y harina recientemente saqueadas de los graneros del rey, mientras continuaban vitoreando al salvador, el generoso rey etrusco Tarquinio.

Finalmente ambos desensillaron y se acercaron hasta estar a diez pasos de distancia. Se quedaron mirándose fijamente a los ojos, rota toda confianza. Una tenue burbuja de mutismo y quietud se dibujó alrededor de ambos hombres, mientras fuera reinaba el caos y las corridas, el fuerte contra el débil. Finalmente Kad destruyó la calma.

_Argosio –escupió– Circe ha sido muerta. Mejai y Porpé, ambas muertas. Ninguno de tus hombres las protegió.

Argosio tardó en responder, apretado por su propio odio, con un nudo en la garganta. _Lo lamento.

_Ordenaste a tus soldados que se fueran.

_No ordené eso. –se defendió en voz baja.

_¿Qué ordenaste entonces?

_Que...se marcharan si consideraban que la zona estaba tranquila.

Kad se tomó unos instantes antes de continuar. _Cuando te necesité, me fallaste –sentenció con amargura.

_Nos superan en número, ¿qué querías que hiciera, eh? Mira a tu alrededor. Yo hice algo por remediarlo. Tú en cambio estabas ocupado con tus jueguitos, o con tus conspiraciones.

_¿Conspiraciones?

_Me informan que fuiste por la cabeza de Remo. ¿Por qué lo mataste? ¿Por venganza? ¿O fue para quedarte con el oro etrusco tu solo, traidor?

Kad lo miró extrañado. _Fui por la vida de Romano, y la tomé. Sus encapuchados fueron los perpetradores del crimen de mi familia.

_Has enloquecido –remarcó con tristeza– quien estaba en la villa de Romano, era Remo. Se ocultó ahí cuando la ciudad fue tomada. Los encapuchados respondían a él. Y lo puedo afirmar porque hasta hace apenas un momento he estado con Romano y hablé con él. Me explicó varias cosas.

_Eso es imposible, mientes. –negó Kad.

_No miento, simplemente te has vuelto loco de remate. Un loco peligroso.

Kad avanzó dos pasos más y lo enfrentó gritando de rabia. _Y qué fue lo que te dijo el supuesto Romano, ¿eh? ¡Idiota insolente, desgraciado! Mi familia está muerta, era lo único que te pedí.

_¡Pedazo de estiércol! te diré que me contó –contestó Argosio, encendido de ira– Me dijo algo que tiene sentido, que fabricaste ese pergamino para engañarnos, para que aleje a mis hombres de la ciudad, y así permitir el paso de las tropas, tal como era el plan del desquiciado de Remo. Que ambos estaban complotados con

Descénidos para entregar la ciudad a Etruria, y que todo lo hiciste por sucias riquezas.

_¡Eso está mal! El que planeó eso es Romano, quien ahora está muerto. -se defendió Kad apuntando con su espada a su ex compañero.

_Dices que está mal pero todo concuerda. Ya no puedo confiar en ti.

_Imbécil, me dices eso a mí luego de fallarme. -insultó con su arma en alto.

Argosio lo miró con profundo desprecio. _Te diré que haremos –cortó de pronto, con los brazos cruzados– y vas a aceptarlo sí o sí. Esta guerra, si se puede llamar guerra, está perdida. Son más que nosotros, están mejor organizados y aquí estamos dispersos. Así que vas a subirte a ese potro, vas a cabalgar hasta la villa. Te seguiré detrás. Vas a hablar con Romano, y luego te irás a cobrar tu sucio oro. Nadie quiere volver a verte por estos lares.

Kad, envuelto en una insana furia, subió a su corcel y montó a grupas hacia la villa, seguido de cerca por Argosio. Llegando a los campos anteriores a la morada, los soldados se dispusieron a evitar el paso, pero se corrieron al ver la señal de la mano levantada de su Jefe. Kad desmontó y enfiló hacia la entrada. Los soldados que flanqueaban la puerta lo observaron con profundo rencor en sus ojos, habiéndose ya rumoreado su traición, pero no se interpusieron. Kad entró, siguió por el pasillo más alumbrado hasta una enorme sala, perfectamente iluminada.

Las paredes de la resplandeciente sala estaban decoradas con figuras de jinetes y mujeres con cántaros, las columnas pintadas de un cándido azul con detalles amarillos, preciosos jarrones de lustroso brillo de varios y vivos colores adornaban con sapiencia y estilo uno de los rincones. El mobiliario, sillas y sillones, estaban forrados en finos géneros, encimados por almohadones. Todo brillaba, todo era hermoso. En el centro y dominando el lugar, aguardaba Romano con una hermosa copa de cobre llena de vino. Estaba vestido con una ligera túnica de lino, sin decoraciones, sus pies descalzos, sentado con sus piernas cruzadas una sobre la otra, pues un Rey no requiere joyas, ni corona. Saludó a Kad con un cordial aunque corto gesto con la cabeza. Se lo veía majestuoso, eterno, omnipotente.

A su lado, sentado casualmente sobre las escalinatas y portando atavíos de guerra, un hombre de tez oscura, cabello negro y corto lo seguía con la mirada, una de victoria total. A sus pies reposaban un casco de bronce, un bolso de cuero y una copa. De su cintura colgaba una espada curva. Era Caprico, el Comandante etrusco.

_Akkadio, finalmente llegaste. Déjennos solos, por favor gentileshombres –pidió a los soldados presentes, romanos y etruscos por igual– ¿Deseas tomar algo, traidor?

Kad no respondió, se quedó de pie, con mirada confundida ante el retorno de un difunto.

_Parece que no... -cerró el rey cuando se retiraron los guardias, tomando un sorbo de su copa- No te invitaré a sentarte porque esta será una reunión breve, debo atender asuntos más importantes con el caballero aquí presente. -dijo, señalando a Caprico.

_Nos vemos nuevamente, Akkadio -saludó sin un dejo de amabilidad Caprico. Su voz era ronca, producto de una herida en su cuello que nunca pudo cerrar adecuadamente, centurias atrás.

_Como sabrás Roma ha perdido -continuó Romano, con una voz grave que hacía eco consigo misma- Ya había perdido desde hace tiempo, antes incluso de tus intrigas con Descénidos, antes de las locuras de Remo que nos hubieran matado a todos. -maravilló, trazando un amplio círculo con la copa, sin que una sola gota de vino saltase- Afortunadamente...ya te has encargado del demente de mi ex compañero y co-gobernante, eso me han narrado.

_Y afortunadamente también, Descénidos ya ha pagado con su vida sus conspiraciones. -rió Caprico.

Kad levantó su filo amenazador, salpicando con la sangre de sus victimas del día. _Yo te di muerte, hace instantes atrás, ¿cómo es que estás aquí?

Caprico y Cáucaso se miraron, con curiosidad. _Evidentemente la locura es contagiosa, Akkadio. -dijo el etrusco en un tono burlón.

_Sin dudas, amigo Caprico. Este hombre ya ha perdido su buen juicio. -lamentó el rey.

_¡Basta de idioteces! ¿Qué hechicería es ésta? -gritó con enfado Kad.

_Te diré que ha ocurrido, y espero que en tu insania lo entiendas. -continuó Romano.- En un acto de traición, quizás justificado o no, has asesinado a uno de tus reyes, Remo. No sé por qué lo has hecho, acaso has confundido uno con el otro y en realidad buscabas mi cuello. Ya poco importa, de no haberlo hecho tú, yo mismo hubiera ido mañana a expirarlo. -tomó una jarra cercana, y vertió vino en dos copas, ofreciéndole la segunda al Comandante de Etruria- De hecho...me gusta más así, sirviendo yo mismo justicia sobre Remo, el rey fundador que buscaba nuestra aniquilación -asintió resuelto- así será contado. Tu presencia en la historia de Roma no es necesaria.

_Tú...ustedes...lo planearon todo -Kad hacia oscilar su espada de un *monstruo* a otro- su ambición es enfermiza. No buscan gloria ni dominio, sino desahuciar, someter, destruir por el sólo placer de poder hacerlo. Me repugnan.

_El sentimiento es mutuo, Akkadio -desestimó Romano con zozobra en sus ojos- no conoces tu papel en...-hizo un ademán, buscando el término correcto- esta obra teatral. Te contentas con salir de aventuras y hacer lo que tu corazón dicte, sin ver que esto es una historia sobre el poder, donde los ganadores se reparten el mundo. No tienes madera para eso, por ende, tu personaje sobra, o es peón de quien protagoniza. Nosotros en este caso. -cerró, mirando a Caprico, que contestó con una sonrisa cómplice- Sé que piensas, Akkadio. Quieres vengarte por haber sido usado, pero por otra parte si peleas contra nosotros, perderás. Y aunque logres una victoria, será breve. Pues saldrás maltrecho y fuera esperan muchos soldados. También está Argosio, de cuya gracia has caído y no tendrá problemas darte remate -dijo con una enorme sonrisa.

Caprico sacó su sable de la vaina, pero fue contenido por Romano. _No hace falta, no hará nada -se puso de pie, radiante, para acercarse a Kad. Se acercó hasta que la punta de la espada quedó a menos de una palma de su cuello- No hará nada porque sabe que morirá si pelea, y en el fondo...no le importa Roma, ni nosotros, ni nadie. Sólo le importa él. Es egoísta en extremo.

Cáucaso, de pie frente a Kad donde solo éste podía verlo, cambió su rostro lentamente al de Argosio, hecho que fue recibido con una expresión de confusión total, retrocediendo. _Lo sé porque lo conozco como si fuera su mejor compañero -dijo la copia de Argosio- o mejor aún...-cambió nuevamente, imitando la fisonomía del propio Akkadio, riendo -lo conozco como si fuera yo

mismo. Ahora vete, infame. Tus servicios ya no son útiles
–escupió el demonio con desprecio, adoptando el rostro
de Remo– tengo aquí mismo todo lo que necesito. –Robó
nuevamente el rostro del difunto Romano, y volvió a su
asiento junto a Caprico.

Kad, resopló de cólera y frustración ante la escena, más
luego procuró calmarse exhalando lentamente el lóbrego
aire de sus pulmones. Envainó despacio su arma y se
acercó a la puerta. Dio la vuelta, resuelto, para encarar a
los conjurados antes de marcharse. _Quizás tengas razón,
que se trata de una lucha de poder. Que ésta es una
historia sin héroes, sólo villanos. En ese caso, seré un
villano para ti también.

Salió de la casa y volvió a rodearse de oscuras miradas.
Argosio, aun montado, levantó su mano en señal de no
moverse. Kad avanzó caminando hasta él.

_Hemos sido engañados, hechizados. –soltó Kad ante la
desagradable mirada del Jefe de la guardia, respondiendo
con una similar– Han querido dividirnos.

_Y lo lograron, sin dudas. Como dije antes, no deseo
volver a verte. Y si lo hago, enterraré mi filo en tu
pescuezo. –lastimó, con su mano aun alzada.

Kad se quedó mirando con tristeza, quizás desazón, a su antiguo compañero, ahora mortal enemigo. _Yo tampoco lo deseo, y pesa sobre ti la misma amenaza.

Volteó, pero no encontró a su caballo. En cambio, un soldado de talante rabiosa se acercó y le entregó otro, descansado y robusto. Kad lo montó y cabalgó lejos, para no volver.

PARTE 40: CONOCIMIENTO ES PODER

Carl Arthur Fisher se detuvo un momento para abrir su paraguas. No porque le molestara mojarse con la lluvia que había empezado a caer, sino para poner un poco de distancia entre la viuda de McCarthy y su hijo Freddy, que marchaban ahora unos pocos pasos delante de él. Detrás del grupo que cargaba el féretro hacia su lugar de descanso final, estaba su esposa Carmen, una mujer baja, de rulos rubios, pómulos saltones, brillantes y tristes ojos celestes. Algo más adelante, tomada del codo de la viuda, avanzaba su hija Lara, una joven de caderas anchas, que había heredado los ojos y nariz de su madre, y la quijada de su padre. Fisher, mirando el panorama, se sentía avergonzado y sofocado.

Culpable.

Hubiera preferido caminar sobre vidrios con los pies descalzos que sobre ese lugar. El domingo gris amenazaba con teñirlo todo de tristeza. Detestó hondamente el hecho de que lloviera, parecía un cliché asqueroso de una mala película de guerra. El cementerio, un lugar arbolado con pastos color verde apagado y tumbas de todos los tamaños y formas en granito, mármol y acero se extendía en todas direcciones.

Luego de un largo trayecto sobre las baldosas de cemento, la comitiva llegó al lugar de descanso final del guerrero. Se congregaron alrededor de un pequeño palco, donde un hombre de traje negro ayudó a un anciano sacerdote de escaso cabello cano a subir, mientras sostenía un paraguas sobre su cabeza. Mientras éste repasaba sus notas y probaba el micrófono, la multitud, unas treinta personas, iba acallándose aguardando el inicio del servicio.

_Damas, caballeros, camaradas de armas, colegas, familiares y amigos, estamos aquí reunidos para honrar y celebrar la vida del General John Aaron McCarthy. – empezó el religioso.

Incluso ahora, Fisher había preferido mantener una prudente distancia de su familia y la de su gran amigo. Los paraguas tapaban sus expresiones, pero al menos sabía que no lo estaban mirando a él. Excepto alguien.

_Una muerte lamentable, sin dudas –dijo con lentitud Thomas Hendrich, acomodándose a la izquierda de Fisher, que hizo todo lo posible para ignorar el comentario– Pero hay muertes que tienen un propósito. Todos los soldados mueren por uno, por su nación.

Fisher miró a sus costados. Hendrich estaba vestido de negro de pies a cabeza y llevaba también un paraguas. A su otro costado, y simulando no prestar atención había llegado el lacayo personal del susodicho, Ashton. Comenzó lentamente a hervir de ira, y apretó sus puños hasta el punto de hacerse daño. Pero no dijo nada.

_Claro que -continuó Hendrich- uno no deja de preguntarse...-casi susurró en su oído, sin mirarlo- ¿cuántos más? ¿Cuántos sacrificios son suficientes?

_...fue donde conoció a quien sería su esposa, Maria Elizabeth Cohen, y quien sería la madre de su único hijo, Frederick McCarthy. -hablaba el sacerdote.

_Eso depende de nosotros, Carl. Nosotros, quienes tenemos poder de decisión. -engatusaba Hendrich.

Fisher ya no pudo contenerse. _En ese caso, ¿por qué no decide irse al infierno de una vez?

Hendrich sonrió fugazmente. _Porque quiero presentar mis respetos, y además tengo órdenes -volteó a mirarlo a los ojos, para recibir a cambio una mirada encendida y llena de odio- que son básicamente hablar con usted, y aportarle información para que entienda. Por favor -pidió llevándose una mano al pecho- no malinterprete nuestras intenciones. Tan sólo queremos lo mejor para nuestro país, igual que usted.

_Trabajar para un monstruo no es lo mejor para nadie, salvo para él.

_Comprendo su postura, pero se equivoca, le faltan datos para poder tener el cuadro completo. Voy a revelarle algo interesante -dijo en voz baja, mirando al estrado- Sabemos que ha mantenido contacto con alguien. De Alemania.

Fisher entornó los ojos y dejó caer levemente su quijada.

_No esté sorprendido Carl, no nos subestime. Hemos estado siguiendo sus movimientos. Es usted un gran estratega pero sus medidas de seguridad contra el espionaje pecan de ser muy básicas.

_¿Qué carajo quiere de mí? -insultó lo más bajo que pudo, consiguiendo algunas miradas reprobatorias en las personas cercanas. Su mujer lo reprochó en silencio. No le importó.

_...una intachable carrera militar, donde cosechó tanto galardones como amistades - se escuchaba por los parlantes.

_No es lugar para discutir estos menesteres, ¿qué tal si nos alejamos un poco? Tengo algo que ofrecerle que le aseguro le será de interés.

Luego de meditarlo unos segundos, Fisher siguió al Jefe de inteligencia hasta debajo de un pequeño techo sobre un mausoleo a varios metros de allí. Las gordas gotas golpeaban la chapa haciendo un escándalo.

Hendrich desajustó levemente su corbata luego de cerrar su paraguas. _Verá Fisher, conocemos a su contacto. Se llama Matthias Weissman, y no es lo que usted cree. Él también es un no-humano, ¿lo sabía?

Por la reacción del General, no tenía idea. Hendrich continuó. _No sólo eso, sino que es parte de una de las facciones de las que le hablé. Esa facción está buscando hacerse de los resortes de poder que usted tanto teme, con esas ramificaciones de terror que solo Dios sabe dónde terminan. Comprenderá...está negociando con un potencial enemigo de este país.

_Lo que haya hablado o no con él no le importa -se defendió Fisher- no es una cuestión de seguridad, ni una amenaza. Fue algo entre privados.

_¿De verdad cree que no representa una amenaza? Todo lo que venga de una u otra facción, o lo que queda de ellas, es peligroso. Para eso planeamos su fin. Le aconsejo acercarse al lado correcto, General. Al nuestro.

_¿Al que mata a sus propios soldados? Va a negarlo Hendrich, pero yo sé que tuvo que ver en la muerte de McCarthy. Así que, ¿por qué no lo acepta de una buena vez, y me dice que mierda quiere?

_No hay nada que aceptar, eso fue tan solo un accidente. Pero sobre lo otro...hete aquí. El señor Perius me ha pedido especialmente que le acerque sus palabras. Quiere que se reúna con él.

_Jamás. -cerró Fisher.

_Se reúna con él -remarcó nuevamente- porque va a ofrecerle ponerse a sus órdenes.

Fisher lo miró extrañado, dentro de su odio visceral, fuera de balance ante esa frase. _¿Quién? ¿el monstruo a mis órdenes?

_Si desea llamarlo monstruo, allá usted. Pero si, eso mismo.

_¿Qué trama? -preguntó confundido.

_Como le dije, es una muestra de buena voluntad. Quiere que usted, a partir de ahora, sea la cabeza de las operaciones, y él mismo cumplirá con lo que le pida. ¿Lo ve?

_Es una trampa.

_Todo lo contrario. Es el mejor gesto que puede tener. Si acepta, dígame dónde y en qué momento quiere reunirse con Perius.

Fisher se tomó un momento largo, mirando la grama verde oscuro que crecía descuidadamente en un florero de bronce a su lado. Una leve mueca salió a flote antes de contestarle. _Muy bien. Me reuniré con él, en el lugar que le indique. Hoy a última hora me comunicaré con usted, para que se lo transmita.

_Bien -sonrió acartonadamente Hendrich- me alegra su postura. Espero su llamada entonces.

Hendrich hizo un formal saludo militar, y fue hasta donde se encontraba Ashton, le dijo algunas palabras al oído, y ambos partieron por el camino de baldosas. Fisher volvió cerca del palco, donde había estado antes. Estaba maquinando algo nuevo. Lo que Hendrich no sabía es que su colega....no-humano...le había enviado un montón de datos cifrados sobre las investigaciones en un laboratorio secreto, y ya las había traducido gracias a un programa gratuito -y anónimo- en internet. No era perfecto, pero se entendía. No podía esperar a llegar a un lugar tranquilo y leerlo por completo. Sabía que tenía información precisa sobre resistencia y comportamiento a varios estímulos. Puntos débiles. ¿Y si encontraba el punto débil adecuado? ¿Y si planteaba un encuentro en un lugar controlado? Si por esas casualidades, ese condenado monstruo, ¿caía en una trampa? Esa información era poder. Palpó con cuidado la pantalla enrollable en su bolsillo, la clave de todo.

No, no podía esperar.

En cuanto las formalidades del encuentro terminaron, dejó a su esposa e hija en su casa y, con una excusa barata, salió nuevamente. Se dejó llevar por el automanejo al otro extremo de la ciudad, y lo programó para que diera algunas vueltas antes de quedar estacionado, en un pequeño esfuerzo por despistar. Entró y se sentó en un café poco concurrido, cuyas mesas estaban separadas con tabiques, otorgando cierta privacidad. Allí comenzó a leer cuidadosamente todo el material traducido a la par del referencial, en aquellos casos en que tenía dudas con las palabras. Salteó la mayor parte de los gráficos de rendimiento, estadísticas, fichas de variaciones porcentuales insignificantes en varias temáticas diferentes, mientras tomaba notas en papel de todo lo que se le ocurría. De ahí saldría la respuesta que necesitaba. Con el correr de las horas y varios cafés cortados luego, suspiró profundo, y se dedicó a terminar el paso final, y quizás más arduo: ordenar sus notas en algo coherente.

Exhausto, se levantó a estirar las piernas, salir un momento afuera y telefonear a casa avisando que ya volvería muy pronto. Tomó impulso y regresó a paso firme a su improvisado escritorio de trabajo. Repasó lentamente su segundo block de notas, ahora ordenado en temas.

La primera parte la había destinado a todo aquello que confluyera o hiciera mención a elementos que él ya había leído en el informe estadounidense, y más adelante, aquellos que tuvieran que ver tangencialmente. El informe de Weissman confirmaba muchas de las hipótesis presentadas en el crudo que había repasado con su difunto amigo.

El tema del código activado era el principal. Lo llamaban "código de control", pero no entendió por qué. Sin duda quedaba más profesional que simplemente "código basura". Métodos eficaces de contagio, entre los que contaba una centena de formas similares de transmisión por sangre, por injertos de tejidos y de qué parte del cuerpo procedían, considerando las de menor probabilidad, no demasiado llamativamente, las escamas de piel, saliva y otros líquidos corporales. A propósito, brilló por su ausencia cualquier tipo de mención a la reproducción sexual, como si se diera por entendido que no es posible. Quizás era parte de otros informes no incluidos. Misteriosamente existía un componente egoísta en el contagio, sin éste no había manifestación alguna en los portadores. El componente, no obstante, se podía suplir presentando al sujeto de pruebas a un peligro de muerte, en cuyo caso aumentaba la probabilidad de manifestación. Era muy notable el hecho de que, al menos en parte, convertirse en monstruo era una decisión voluntaria de alguien que desea todo para sí, o posee un ferviente sentido de supervivencia.

Un apartado, algo descolocado del resto, informaba sobre los problemas que las condiciones climáticas otorgaban a las "tropas". Lo del calor y la radiación solar no lo sorprendió, pero si el hecho de que ya no hablaba de experimentos sino de tropas de combate. Lamentablemente el informe era un escaneo en papel cuyas fechas (entre otras cosas) habían sido tachadas con un marcador, evitando su lectura. Ahí mismo mencionaba otras debilidades manifiestas, pero no las describe, lo que le resultó extraño. Además, consideraba el desempeño de estos regimientos en condiciones extremas, como el desierto, junglas, e incluso zonas radioactivas.

La siguiente parte la dedicó a las anotaciones más interesantes sobre experimentos en los sujetos de prueba (que volvían a ser sujetos en lugar de tropas, aunque no sabía si era antes o después del apartado anterior) en cuanto a exposición a diversos patógenos y cómo los organismos la combatían. El listado era inmenso, en la mayor parte de las infecciones con bacterias, esporas y parásitos, los resultados indicaban, con mayor o menor grado, una diferencia sustancial contra un humano ordinario. Las diferencias eran menores en cambio frente a virus o químicos dañinos.

Y aquí es donde sus anotaciones llegaban a un brete. El informe catalogaba tres tipos diferentes de sujetos de prueba: los "contagiados", quienes habían sido expuestos previamente al código de control, y otros dos que le costó mucho comprender. A uno lo anotó como "acelerados", cuya explicación encontró sentido mucho más adelante. Y el otro era "humano superior", una incógnita que dejó para el final. Los "acelerados" eran bastante mejores en comparación a los "contagiados", e inicialmente no entendió a qué se debía la diferencia. Pero todo eso era eclipsado por los "superiores", cuyos resultados eran...inauditos. Superaban con creces, en todas las categorías, a los otros dos tipos. Fisher se rascó nuevamente la ceja, tal como lo había hecho cuando lo leyó por primera vez, maldiciendo por dentro, ya que sospechaba que el desgraciado demonio de Perius bien podría encajar en la descripción.

Continuando con sus notas, comenzó con aquello que era nuevo. Había un largo archivo sobre las bondades de cierto suero especial al que denominaron Proteplasm en su nueva versión estandarizada, una tal P-R17, largamente superadora de la anterior, P-R14, que ofrecía dosis extra concentradas para que cualquier *nuevo hombre* (que rápidamente entendió como un sinónimo de no-humano) se alimentara sin depender de otras fuentes externas. Se preguntó dónde se conseguiría ese químico, y que propiedades podría explotar a su favor. Recordó que sus compatriotas habían incursionado en la fabricación de sueros para alimentar a estos engendros, pero no llegaron tan lejos en su investigación. Ésta línea de búsqueda por el momento pasaría a segundo plano.

Releyó la siguiente sección de notas: en las que había recopilado todo lo referente a estos "acelerados". Según pudo rescatar, haciendo uso más del sentido común que de los datos científicos, eran diferentes en cuanto habían sido expuestos a un tipo de células diseñadas... ¿fagocitarias? que cambiaban (o devoraban quizás, la terminología no era clara) más rápidamente células normales a...no-normales. Eso disminuía sensiblemente los tiempos de conversión y ofrecía resultados de manera más rápida.

Luego, Fisher llegó a la parte más desconcertante. Estos extraños *superiores*, *Überlegener mensch*, en su terminología original, no eran contagiados, sino que, según pudo dilucidar, ya tenían todas las propiedades innatas, o habían nacido así más bien. La causa era obviamente manipulación genética de embriones que, útero artificial mediante, habían logrado construir bebés con las mismas capacidades que tendría un adulto *avanzado*, término que no entendió del todo pues lo daban como sobreentendido, pero que a todas luces parecía indicar un monstruo de la talla del que él mismo conocía. Otro largo apartado hacía mención esporádicamente a diferentes métodos con los que, extrañamente, no sólo no se intentaba mejorar a estos individuos sino por el contrario, limitarlos lo más posible. ¿La razón? Difícil de determinar. La única causa aparente de ello era la composición original de los embriones, que derivaban de dos misteriosas entidades: los sujetos *alfa* y *beta*, cuyas características fueron censuradas una y otra vez a lo largo de los documentos. Y sólo una vez mencionó a un sujeto *gama*, en un contexto totalmente diferente, que daba a entender una necesidad táctica. La cantidad de signos de interrogación que dibujó al lado de estas anotaciones era exagerada.

Otro punto fuerte de dudas eran las alusiones a una unidad de élite llamada *Punta de Lanza*, cuya composición parecía ser pura y exclusivamente de *superiores limitados*, aunque no decía limitados en qué manera. El informe arrojaba temerariamente la propuesta de no limitarlos, creando una versión mejorada, llamada tentativamente *"Hellebarde"* (o traducido, Alabarda), siendo éste el camino más fácil al objetivo principal de todo el asunto: la creación del ser definitivo. Sobre el destino de estas recomendaciones, nada indicaba. De todas formas, las conclusiones eran asoladoras. Ésta gente había finalmente dado con su súper soldado, y ya estaban probando sus combinaciones más efectivas. Temió tener éxito en destruir un monstruo, sólo para que luego siete más tomen su lugar, como si se tratase de la cabeza de una Hidra, y él un casi-heroico Hércules. Tamborileó los dedos sobre la mesa, sin encontrar conclusión satisfactoria a ese terrible escenario, por lo que continuó.

Debajo de todo, escribió sus propias conclusiones, para ver si ahora, algunos minutos luego y ligeramente más sabio, coincidía en cuanto a qué hacer. La dificultad de plantar un ataque con explosivos era extremadamente alta. Si el mismo monstruo no se percataba de la existencia de material detonante, alguno de sus seguidores lo haría, dejándolo en serios problemas. Lo mismo ocurría si se decidía por alguna trampa incendiaria. Electrificar el piso ¿o una puerta? tampoco parecía opción. Descartados de plano estaban cualquier uso de armas de fuego, puesto que solo podría llevar una pistola oculta que no levantara sospechas por su tamaño, lo cual reducía enormemente su capacidad ofensiva. Además, dudaba del efecto que una miniatura de plomo tendría contra una aberración centenaria...o milenaria tal vez.

Entonces, llegó una idea a mitad de sorbo de su taza. Repasó sus notas frenéticamente, hasta dar con la frase. Y allí estaba. ¡Claro! Tan difícil de detectar, tan poderosa a la vez. Radiación.

Algo que ni siquiera debía estar presente...invisible, indetectable, mortífero. ¡Sí! Eso funcionaría. Una suave sonrisa comenzó a esbozarse lentamente en el rostro de Fisher.

Debía tomar todos los recaudos necesarios pero era posible. Trazó varios cursos de acción, enumerando posibles lugares para plantar el artefacto.

No cualquier artefacto: un Emisor de Microondas de Alta Potencia, que estaba guardado en el área de Armas Especiales de la Base. La potencia de las microondas, y su capacidad de ser concentradas en un área limitada lo hacían perfecto. No hacía ruido, no producía luces, no nada. Podía transportarlo él mismo con un carro. Instalarlo en las cercanías, e incluso permanecer en la misma habitación que su blanco sin temor a quedar calcinado.

El monstruo, tal como sabía, era particularmente débil a altas dosis de energía, por lo que debería tener en él un efecto mayor (y más rápido) que en cualquier otro. Unos instantes de duda, en que se quede absorbiendo la radiación, sería todo lo que necesitaba. Y el mismo se encargaría de que se quede quieto, explotando otra de sus debilidades, su lengua. Pregunta a pregunta, palabra a palabra, creyendo tener el partido comprado, Perius encontraría su fin. Y cuando ya haya absorbido suficiente, no habría vuelta atrás.

Volcó todo el peso de su espalda contra el respaldo, feliz de verdad. Al fin tenía un plan.

PARTE 41: REBELIÓN

No fue hasta que Syra quedó finalmente conforme en las medidas de seguridad para aproximarse a la derruida base de Cresta, en Marsella, que finalmente entraron. Primero ella, seguida detrás por Vogel Drescher, Liam MacOwen y Charles Dipson. No se divisaba siquiera un alma, vigilando la puerta, o dentro de la mansión. El frío de la noche se atrevía a colarse por los agujeros en los vidrios, silbando furiosamente y provocando que las persianas chocaran entre sí, de tal manera que hasta el más irreligioso creería espontáneamente en fantasmas y el más allá.

Syra se detuvo a pocos pasos de la reforzada puerta trampa que daba al sótano, algo vacilante.

_¿Qué sucede? –susurró Vogel.

_No estoy segura de que clave anunciar. Es un...momento delicado el que estamos pasando. –masculló como respuesta.

Los cuatro se miraron unos instantes, dubitativos.

_¿No existe alguna genérica? –consulto Dipson.

Syra se puso en cuclillas, tomó el aro de metal de la puerta trampa y lo sacudió tres veces, luego dos, luego dos más, produciendo ecos por todo el edificio.

Segundos pasaban sin novedad alguna. Vogel volteó a ver a MacOwen, quien simplemente se encogió de hombros. Un minuto entero había pasado, cuando el irlandés finalmente se decidió a apoyar una mano sobre el hombro de la Sombra, pero, antes de poder indicarle de probar una alternativa, una serie de golpes tenues se escucharon abajo. Tres golpes rápidos, luego otros tres más espaciados.

_Sí, soy yo, maldición. Abran de una vez. –soltó Syra, sensiblemente irritada por la situación– ¿Quién está ahí? ¿Silfo? Abre ya.

Acero contra acero oxidado chillaron en protesta mientras la puerta era levantada, y la silueta de una cabeza asomó recortada entre la negrura del fondo. _Tenía que asegurarme, ya sabes cómo son las cosas. –dijo la silueta de Silfo.

_Si tanta pasión sientes por la seguridad, hubieras esperado a que termine la secuencia, idiota. – Insultó Syra con particular familiaridad.

_¿Y ellos que? –señaló la silueta.

_Vienen conmigo. Ayudaron en la defensa de Aegis. - Syra se giró para mirar de reojo al holandés- *Algunos* de ellos ayudaron. -rectificó.

De uno en uno, los recién llegados bajaron al pobremente iluminado pasillo del sótano de Cresta, siguiendo a Silfo, un hombre de ancho porte, calvo, hinchada musculatura, pantalones largos y remera creados de su propia piel endurecida, aunque con botas reales.

_Espere, Silfo -suplicó MacOwen.-Antes de seguir, tenemos que saber, ¿está aquí Eylem?

Silfo se detuvo en seco, y apoyando un puño contra la pared respondió, espaciando extrañamente sus palabras, con cansancio. _No...ella...no está. Y ese es el mayor problema, justamente ahora.

_¿Qué saben del asunto en Aegis? -consultó Dipson.

_Que fue muy mal, que murieron todos. Estábamos discutiendo eso, pasen. -invitó, abriendo la puerta frente a él.

Dentro de la habitación sur, sentados sobre cajas, muebles destartalados y cualquier objeto parecido a una silla, se encontraban siete Sombras en silencio, inspeccionando aquellos que habían entrado. El humo de los cigarros llenaba la tercera porción más alta del lugar. Silfo se sentó sobre dos cajas apiladas, tomó su cigarrillo, e indicó con un gesto de su mano al cuarteto que tomen asiento, en inexistentes lugares.

_Buenas noches, lamentamos interrumpir su reunión. -saludó Vogel.

_No es molestia, llegaron justo a tiempo. Tengo mucho para preguntar. –dijo una voz en el fondo, la que Anzhelika consideraba su voz ordinaria, sin alteraciones.

_Que bien, nosotros también. –aseguró el irlandés MacOwen.

Las columnas de humo seguían subiendo al techo lentamente, siendo, por el momento, lo único que se atrevía a moverse en la tensión fastidiosa que reinaba. Drescher sintió como tantas veces antes, esa inexplicable sensación que recorría su espina que lo obligaba a actuar en momentos de tensión para procurar descomprimirla. _Damas, caballeros, tenemos mucho para hablar, ¿qué tal si comienzo? –dijo, con una carismática sonrisa.

_Adelante. –sentenció cortante una Sombra sentada sobre un banco cerca de la puerta, con un cigarro colgando despreocupadamente de sus labios. Llevaba el cabello corto color rojizo, con una tupida barba del mismo color, y un sobretodo negro que le llegaba hasta los talones.

_Sepan que la del Palacio Aegis fue una de esas batallas que, por siempre, definen el espíritu, templan la mente y el cuerpo en la lucha encarnizada. –Vogel Drescher hizo un pausa en su discurso, mirando a su alrededor y leyendo el fastidio generalizado. Nadie tenía deseos de escuchar eso. Decidió, en cambio, ir en pos de una versión ultra corta, sin detalles, ni odas a la bravura- ...Bueno dejaré los detalles para otra oportunidad. Lo que sí importa -apuntó- es que cuando llegaron las tropas de León lo hicieron por aire, notamos que usaban armamento "poco adecuado" para combatirnos, incluquiso señalar pero no pudo continuar, dos Sombras comenzaron a protestar a los gritos, siendo acallados por otros tres con igual tono.

_¡Basta ya! -pidió Lika por cuarta vez, siendo efectiva finalmente.- Ya sabemos sus opiniones, queremos escuchar los hechos.

Vogel carraspeó para limpiar su garganta. _Continuando, luego de que lográramos escabullirnos del enemigo, fue cuando sobrevino lo peor. El ataque nuclear.

_¿Cómo es eso de que se escabulleron, eh? -preguntó con impaciencia Silfo.

_Hay una serie de cavernas subterráneas debajo del Palacio, gracias a las cuales pudimos zafarnos de la situación. -acotó Liam MacOwen.

_Volvamos al punto. -indico una Sombra sentada a la derecha de Lika, una mujer de tez extremadamente blanca, cabello azabache hasta los hombros y el ceño eternamente fruncido.- ¿Quién demonios soltó la bomba?

_No, ese no es el punto, Ginebra ¡sino si Eylem sabía o no que ocurriría! –Acuso la Sombra andrógina sentada en el rincón occidental sentado, ataviada con una chaqueta de cuero repleta de cinturones, un gorro de lana y un nervioso puñal que volaba entre sus dedos.

Los gritos volaron caóticos en todas direcciones, como aviones de papel en un torbellino. De pronto, un ruido seco a tablas rotas detuvo todas las voces. Decenas de objetos, pequeños y medianos, comenzaron a danzar en el suelo dando tumbos contra los pies de los presentes. Todos observaron, algo atónitos, como MacOwen volvía a envainar su enorme espada luego de destruir de un sólo golpe una de las repisas cercanas en un acto visceral, que discrepaba completamente con su calmada voz. _Suficiente señores. Éste desborde no debe continuar.

Una pieza de una ametralladora, que había caído sobre la única mesa que ocupaba el centro del lugar, flameaba rebelde un pequeño resorte con un tornillo en la punta, produciendo un singular sonido metálico.

Dipson levantó una mano, en respetuosa señal de pedir la palabra. _Veo que no nos estamos poniendo de acuerdo en las interpretaciones, pero si el oído no me falla, he podido determinar dos vertientes principales. Una que defiende acérrimamente a Eylem, entendiendo que no expondría a sus elementos adrede, para conseguir un premio, difuso aún, cosa que no tendría sentido. -algunas cabezas asintieron- La otra que acusa a Eylem de alguna especie de pacto con León, aunque no entiendo en que se basa.

_Es simple. -dijo Lika sacudiendo un asistente personal.- Robé esto de una de las bases principales de León, *Prima-Gestalt.* Luego de algún esfuerzo logré desencriptar los archivos. -Esperó unos segundos, para ganar dramatismo.- Y aquí tengo los resultados.

_¿Pero cómo saber si son reales? -adjuntó Ginebra Annet con un tono burlón.

_Eso ya lo preguntaste. -escupió otro, un hombre delgado sentado en el suelo contra una pared, de ojos profundos color café, una gruesa campera negra y gris, y aparentemente la única Sombra que se atrevía a usar calzado color blanco.

_Aún no me lo responde. Además dijo que entrar y salir fue fácil. Podrían haberlo plantado a propósito.

_Se lo que dije, Ginebra. -acotó Lika.- Si, dije que fue relativamente fácil para alguien de mi nivel, pero la seguridad no estaba mal. No obstante fue sospechoso. -se tomó un momento para dejar su dispositivo en la mesa y hacer una mueca.- De todas maneras es tema para otro momento, lo importante es el contenido.

_¿Puedo verlo? –pregunto Syra antes de tomar el asistente. Se topó con un archivo abierto extremadamente largo, lo suficiente para arquear una ceja.– No leeré todo esto ahora. ¿Qué dice?

_Que fuimos traicionados. –acusó Silfo.

_Es un análisis estratégico de la avanzada contra nosotros, informando del uso y tipo de armas. Se limitaron a propósito. –explicó Anzhelika.

_¡O sea que quisieron hacernos menos daño! –grito la Sombra andrógina.

_¿Por qué habrían de hacer eso? –gritó encendida al tiempo que se levantaba una mujer, de cabello corto y enrulado, facciones redondeadas y un vestido largo extremadamente escotado.

_Tranquilos, por favor. –pidió Liam– De hecho nosotros, tras el combate, nos planteamos exactamente eso, para llegar a una conclusión similar.

_Bien, bien...supongamos que es cierto. Que León y sus hombres se limitaron a propósito, ¿para qué hacerlo? No indica nada más que una mala decisión de su parte. –dijo Ginebra con voz ronca.

_No lo sabemos, pero que Eylem haya desaparecido indica algo. Es innegable. –agitó Silfo.

_¿Hicieron una Búsqueda de su presencia? –preguntó Lika.

_Si –aseguró Ginebra.- Ya la busqué. Está en algún lugar al este de Francia. Se mueve de manera de que se me hace difícil saber dónde. Es a propósito, obviamente.

_Hablando de eso...Si te doy un nombre y una fotografía, ¿podrías encontrar a una persona?

Ginebra la miró extrañada. _Posiblemente, ¿tiene algo que ver con esto?

_No, es personal. Me debes un favor... –Dijo Lika con una sonrisa cómplice.

_¡Volvamos al tema por favor! –indicó la Sombra de barba roja.

_Creo que es extremadamente sospechoso el accionar de Eylem. De hecho me niego a cumplir sus órdenes hasta que el asunto se esclarezca. –sentenció la Sombra andrógina apuntando amenazadoramente con su navaja.

_Estoy de acuerdo –secundó el hombre de campera- Mí lealtad en este momento es hacia Cresta.

_O lo que queda de ella. Es decir, nosotros. –lamentó Silfo señalando con un círculo a los presentes- Incluidos ellos supongo. –agregó, apuntando con el dedo a MacOwen, Drescher y Dipson.

_Pienso igual, ¿qué hay de ustedes? –disparó Lika, haciendo un ademán con la cabeza a quienes aún no se proclamaban.

Tras unos segundos de duda, la Sombra de vestido largo levantó su mano. _De acuerdo. Entiendo su postura y aunque no me agrade nada todo el asunto, concuerdo en que todos nos merecemos una explicación. Una *buena* explicación. -indicó especialmente.- Y hasta no tenerla, coincido con ustedes, no seguiré órdenes de nadie.

Una especie de acuerdo tácito comenzaba a entretejerse en las miradas de los presentes. Continuando con Syra que dio su apoyo, fue secundada por todos los demás. Ginebra fue la última en hablar. _Si todos están de acuerdo, yo deberé estarlo también. Somos un equipo. Y también quiero una explicación.

_Ahora que estamos de acuerdo, ¿qué hacemos? –consultó en general la Sombra de barba rojiza.

_Espiar. –sentenció Silfo.

Liam McOwen empujó lentamente a Drescher hacia afuera de la habitación alejándolo unos pasos, se acercó a su oído y susurró. _Vogel, por favor ten precaución de no decir nada respecto a lo que mencionaste en el camino de regreso aquí.

_¿Qué, exactamente? –murmuró el holandés mirándolo fijamente.

_Lo que dijiste de Cáucaso. Que puede seguir con vida.

Un puñado de minutos más tarde, mientras en el sótano aún se discutían los pasos a seguir, bajo un solitario y descompuesto farol cerca de la entrada de la mansión, Ginebra se acercaba caminando con soltura a pesar de las bajas temperaturas.

_¿Qué es ese favor que debo devolver, eh? –consultó la Buscadora.

Lika le extendió una fotografía. _Esto.

_¿Quién es?

_La malnacida que cayó sobre Lykaios. –pronunció con rencor mientras se quitaba los mechones de cabello que habían ido a parar sobre su rostro por el viento.

Ginebra bajó la vista hacia la foto. Era una de archivo militar. Debajo de ésta, escrito a mano se encontraba un nombre: Sargento Antoinette Soleil. Volvió a mirar a Lika, esperando una respuesta de porqué se tomaba la molestia. No obstante, comprendió sin necesidad de preguntar. Posó su mano sobre la fotografía y cerró los ojos. _Dame unos minutos para concentrarme.

PARTE 42: UNA JAULA ARCOIRIS

El Astro GT era un automóvil particular. Le permite a su usuario ser controlado por voz y sin importar la distancia, dado que se acopla perfectamente a un asistente personal. Entre las órdenes incluye interacción con otros dispositivos con simulación de presencia humanoide. Básicamente, uno puede pedirle que salga de su garaje, viaje al otro extremo de la ciudad, pague automáticamente por víveres en el supermercado o donde sea y vuelva a su casa. Lo único que no puede hacer era meter las cajas y bolsas en el baúl por sí solo. Pero el hecho de ser un receptáculo móvil de permisos para usar cuentas bancarias, acceso a viviendas, a artículos reales era sin duda revolucionario. No porque no existiera la tecnología, sino por el *concepto*. Una máquina diseñada para operar por sí sola en un mundo humano. La empresa que lo fabricó fue realmente audaz.

Tras la explosiva burbuja de las cryptomonedas en 2028 y luego en 2033 la abrupta caída de los créditos hipotecarios en todo el mundo, la economía global se había vuelto increíblemente conservadora, y levantaba su cabeza tan lentamente como podía, intentando mantener en mano la mayor cantidad de oro posible, histórico refugio del valor. Productos innovadores eran la excepción más que la regla. Industrias con un futuro prometedor, como la minería espacial o la robótica, habían quedado congeladas por tiempo indefinido. Pues, como los economistas dicen ahora, se puede crear valor simplemente no saliendo a buscar más, haciendo abuso de la escasez artificial.

Pero el Astro era el vehículo ideal para una persona como el Comandante Matthias Weissman, quien detestaba usar a sus hombres como cadetes de poca monta. Quien ponía su vida en riesgo por otros merecía respeto, y se aseguraba de que quienes estuvieran a su cargo así lo sintieran y supieran. Eso no había cambiado en su vida normal, ni en la *otra*. A pesar de haber sido *convertido* hacía casi un siglo, nunca pudo (ni había querido) acostumbrarse a una vida nocturna. El trabajo debía hacerse por la mañana temprano. Su propia debilidad a la luz solar no era obstáculo, alcanzaba con dejar opacas las ventanas.

Y es por eso que el GT era una herramienta fundamental. Y ese día por la mañana, un lunes totalmente alejado a uno normal, se dejó llevar por su máquina a la torre Waldorf IV en el centro de Berlín, donde aguardaba la persona que podía responder a las preguntas que se negaban a abandonar su cabeza, Beatrix Virtanen. La Buscadora favorita de León...y la suya.

Nunca se interesó en profundidad por ese arte arcano de encontrar personas mediante artilugios mágicos, incluso tras tener demostración empírica de que no eran charlatanerías. O en realidad, que sí lo eran, excepto de un selecto grupo de seres con especial talento, cuyas predicciones eran anomalías estadísticas. No había dos iguales, cada cual contaba con un método diferente y diversos grados de efectividad, pero definitivamente marcaban un rumbo confiable. Algunos usaban péndulos, otros rituales, otros sacrificios, pero el mecanismo era similar. Algún dato sobre el buscado permitía al Buscador localizar una pista de su paradero.

Beatrix Virtanen era especial incluso en ese selecto grupo, dado que era además una talentosa Vidente, y era extremadamente frecuente que sus predicciones sobre eventos futuros se cumpliesen. De hecho su porcentaje de eficacia era bajo por las medidas que se tomaban para modificar los desenlaces de sus visiones.

El Astro frenó en el estacionamiento del subsuelo del edificio y así se lo indicó la voz de su computadora de a bordo al Comandante, cortando su hilo de pensamientos. Al salir, se encontró con su escolta, dos soldados de las fuerzas paramilitares de León, uniformados de azul y negro, quienes lo saludaron y acompañaron al ascensor. Uno de ellos marcó el botón de Recepción, explicándole al Comandante lo que éste ya sabía, que debía someterse a un escaneo de campo eléctrico antes de seguir, sistema rutinario que él mismo había ayudado a establecer junto a su colaborador y fugado General Krupp. Sistema que, de haber sido correctamente ejecutado en *Prima-Gestalt*, le hubiera ahorrado enormes dolores de cabeza.

Una vez arribado, lo invitaron a chequear sus datos biométricos, huellas dactilares, retina y contraseña secreta y medir el campo eléctrico que su cerebro generaba al tipearla para confirmar que era quien prometía ser. Luego de los saludos de rigor fue conducido a otro ascensor por detrás de los de uso público, con acceso a los pisos del cuarenta en adelante.

Es extraño, pensó Weissman, que el destino es como una suave ventisca que empuja lento pero parejo a los hombres. Tiempo atrás había decidido, algunos años tras su *cambio*, que los asuntos del corazón habían pasado a segundo plano. Que una pareja era algo necesario para procrear, y luego no era efectiva ni deseable. Que una vez completado el ciclo de su vida normal (la media global de esperanza de vida, ¿unos noventa años?) podía dedicarse 100% a su pasión, la estrategia. No obstante, aquí estaba, acercándose metro a metro a una mujer que su mente no deseaba ver, pero sus emociones sí. Irónicamente, fue su propia mente la que había pactado con el corazón, dado el momento, con una artimaña trapera pero efectiva: información que necesitaba. En persona.

Un sonido anunció la llegada y las puertas se abrieron. Fue saludado por dos guardias de seguridad, no soldados sino agentes de una empresa privada propiedad de León. También estaban bajo sus órdenes a pesar de ser civiles.

_Buenos días Comandante, hora extraña para una visita. –saludó con respeto y afecto uno de ellos, de campera satinada con un enorme logo de *Securitas* en el hombro.

_Buen día. Sí, posiblemente.

_La señorita Virtanen no suele estar disponible por la mañana, ¿cómo lo logró? –preguntó el otro con algo de comicidad.

_Moviendo algunas influencias, por supuesto. –cerró algo cortante, aunque con amabilidad. En otras condiciones hubiese preferido continuar la charla con sus hombres, pero no contaba con el tiempo.

_Pase por favor, ya anunciaremos su presencia. Tome asiento en la entrada, la señorita estará con usted cuanto antes. –dijo el más alto de los dos, mientras tomaba el teléfono. Tras abrirle la puerta con dos llaves magnéticas, le permitieron el paso.

Entró en un salón deslumbrante, decorado al capricho de su residente (o prisionera, últimamente). Los pisos destellaban suavemente con los colores del arcoíris, filtrando su suave luz hasta el techo abovedado y la multitud de plantas con hermosas flores, la mayor parte diseñadas genéticamente, que salpicaban el lugar con vida.

Era, sin duda, una fusión impoluta entre un hogar y un jardín. La jaula perfecta. Tras deleitar su vista con el entorno, tomó asiento en un confortable sillón de terciopelo blanco cerca de la puerta y agradeció silenciosamente no ser tan irremplazable como Virtanen.

Conseguir una entrevista con ella no había sido sencillo, dejando de lado sus sentimientos encontrados. Primeramente: si deseaba usar sus servicios había canales oficiales a ese fin. Y no era el caso, ni remotamente porque Segundo: no tenía nadie en particular a quien seguir a excepción de las Personas de Interés que eran monitoreadas a diario, y las predicciones de importancia eran comunicadas en cuanto ocurrían. Y tercero: todas las comunicaciones eran grabadas, y lo que él necesitaba, era necesariamente extraoficial y cuanta menos constancia de los hechos, mejor. Su propia llegada al edificio Waldorf IV ya era demasiada exposición y surgirían sospechas. Afortunadamente, los hechos recientes justificaban (aunque no holgadamente para su inquietud) su presencia.

Algunos minutos pasaron, quizás la cantidad ideal para hacerse esperar, cuando apareció. Beatrix estaba igual que cuando se conocieron, hacía décadas atrás. Delgada, de largas y elegantes piernas apenas cubiertas por el paño de su vestido negro, un abdomen plano que caía justo debajo de sus delicados pechos. Hombros angostos acariciados a penas por su corto cabello castaño que coronaban un rostro de redondeados pómulos, hoyuelos en sus mejillas y afinado mentón. Unos filamentos de su Aumento Ocular (la tecnología biónica que había dado el tiro de gracia a los anticuados anteojos, para quienes pudieran pagarlo) sobre sus ojos marrones brillaban tenuemente cada vez que la intensidad de la luz del piso cambiaba de espectro, incidiendo de manera distinta sobre cada nanotubo de carbón.

Una enorme sonrisa se dibujó, por costumbre, en los finos labios de la mujer. _Matthias, que gusto.

Weissman olvidó de pronto lo que había pensado decir de antemano. _Gracias, es...un placer. –salió de su boca, traicionándolo.

Beatrix juntó sus manos y con suavidad tomó asiento a una distancia *perfecta* entre ellos, teniendo en cuenta tantos factores que una supercomputadora hubiese tardado al menos medio segundo en calcular.

_Gracias por atender mi petición especial, Beatrix.

_No hay de qué, siempre estaré para ayudarte. Así lo prometimos, ¿no es verdad?

Weissman sintió su corbata de pronto apretada y tuvo que desajustarla. _A–así fue. Intentaré ser breve.

_No es necesario –respondió con dulzura– ¿puedo ofrecerte un té?

El militar hizo un gesto en negativo con la mano, recompuesto. _No, simplemente explicaré las razones de mi visita.

Virtanen sonrió tristemente. _Antes de que empieces, quiero saber algo.

La quietud comenzó a filtrarse entre ellos, encerrados como estaban en la jaula arcoíris. _¿Recuerdas el primer dibujo que te hice? –dijo. Ambos quedaron en silencio, mirándose fijamente– No nos conocíamos bien. Aquella vez, te pedí que confiaras en mí.

_Por supuesto que lo recuerdo. Te he pedido disculpas por esa ocasión, muchas veces.

_Lo sé. Pero luego de eso –tras una larga e incómoda pausa, agregó– años después... ¿en algún momento confiaste *realmente* en mí?

Matthias Weissman suspiró copiosamente. _No me quedó alternativa, ¿o sí? Tus capacidades son evidentes.

_Eso nada tiene que ver con la confianza.

Weissman bajó la vista, rendido. No saldría de esta batalla indemne. No hubo chance, realmente. _Beatrix, la confianza no fue nuestro problema. Confié, y aún lo hago.

_Todavía guardo ese dibujo que me devolviste, ¿sabías?

Un sudor frío bajó por la espalda del Comandante al sentir el golpe bajo. _No. No sabía.

_Cuando hago un dibujo una pequeña parte de mi queda impregnada en el papel. Eso lo entendí hace relativamente poco. –se puso de pié con serenidad, fue hasta una de las paredes y tras tocar un panel, una estantería oculta fue revelada sin sonido alguno. La mujer tomó de allí una carpeta de dibujo y volvió a su sitio. Le extendió una de las últimas hojas, un dibujo a mano alzada de una joven de rodillas (y llorando) en una habitación. Parecía haber sido dibujado hacía mucho tiempo atrás. _¿Habías visto esta persona alguna vez?

_Si, es...¿Diana Monseratti? La esposa del presidente lituano que fue secuestrada por una célula terrorista. No sabía que te habían pedido buscarla.

_No lo hicieron, simplemente lo hice. ¿Ves ese cuadro tras la mujer? –preguntó señalando un enorme mural, muy detallado sobre un jardín de rosas con una cabaña en la pradera. Esperó a que Matthias asintiera– Ese cuadro no existe. Cuando encontraron a Diana en el sitio que vi, la habitación era tal cual la dibujé, excepto por el mural de la pradera. Eso vino de mi misma. No es el único caso, en la mayor parte de mis dibujos, veo las escenas tal cual son, excepto por un detalle, grande o pequeño, que está fuera de lugar. Algunos me dijeron que eran visiones de las cosas como podrían haber sido, como quizás sean, otros que eran deseos de la persona a la que yo Buscaba. Pero no. Son mis propios deseos. Eso es lo que creo.

Weissman no podía dejar de apreciar el nivel de detalle de la ilustración. _¿Eso es lo que quisiste decir con que una parte de ti queda en tus obras?

_Sí. Con...el dibujo que hice sobre tu hermano ocurrió lo mismo. -Matthias dejó el papel sobre su regazo, intentando que su ira, su nostalgia y su amargura no atacaran por su retaguardia- Lo siento, en realidad fue mi culpa. Todo este tiempo.

_No. No lo fue. Estaba enterrado exactamente donde habías dicho. Llegamos tarde por complicaciones de logística. No te confiero siquiera un gramo de culpa en esa operación. Diste mucho más de lo que esperábamos. -Soltó, orgulloso de su pragmatismo militar.

_Gracias, pero si fue mi culpa. Atrasé la operación. Las vías de tren que dibujé no existían, pero *yo* quería que existieran. -el silencio incómodo fue llenado por un dúo de lágrimas avanzando como conquistadores por las mejillas de la mujer.- y quizás no lo sabes pero hace pocos años atrás, esas vías fueron construidas, en el lugar que yo había visto.

Weissman podía sentir como la artillería enemiga impactaba fieramente sobre su cuartel. _Habías...¿habías visto el futuro?

_Resultó ser mi primera predicción...

_Entiendo. -dijo, sin entender realmente. Requeriría un largo rato más para procesar esa información. Le devolvió el papel, tragando con dificultad.- Beatrix, yo...creo que ha sido un error venir.

_Quizás. Aún no sé a qué viniste, para serte franca.

_Por la operación del Palacio Aegis. –mencionó levantándose y acomodándose el saco.

_Oh, ya veo. No pude hacer nada por ello, ¿verdad? –ella también se levantó, pero su figura estaba empequeñecida.

_Si, ¿pero por qué?

Beatrix se tiró hacia atrás en su sillón para contemplar el techo sobre su sien. _No lo sé, Matthias. No vi nada.

_Fue una catástrofe, con repercusiones importantes.

_No me malinterpretes, entiendo que un evento así debería haberlo predicho. Espera. –Fue hacia la pared y tocó otro panel. Ésta vez tuvo que pasar un escáner de retina y una huella dactilar antes de que se revelara una estantería, de la cual extrajo otra carpeta de dibujo.– Ésta fue mi visión sobre ese hecho. –anunció, extendiéndole una hoja.

La ilustración parecía una vista aérea del Palacio, pero éste estaba fragmentado, había piezas del mismo flotando en lugares insólitos. Todo parecía gravitar hacia un enorme pozo negro. Al prestar mayor atención, algunas figuras podían distinguirse en ese pozo negro. Rostros adoloridos, miembros incorpóreos, pena, aflicción.

_Incluso sabiendo el desenlace, no podría relacionar el hecho con tu dibujo. Es muy críptico, lejano a tu estilo.

_Así es. No pude ver. Sencillamente eso.

_¿Y nada más?

Beatrix dejó su calmada melancolía para ponerse tensa. _Yo... –quedó callada tras unos largos segundos– por favor no se lo comentes a León. O a nadie, ¿sí?

_No diré nada.

_Yo...yo sentí que alguien estaba evitando que viera, a propósito –Matthias frunció el ceño, en profundo malestar ante la sorpresa– Sentí que alguien ponía un velo frente a mí, que me oscurecía todo. No podría explicar quién, ni cómo.

_¿Por qué no quieres decir nada? –Weissman estaba genuinamente preocupado.

_No lo sé, siento que no será bueno para mí conocer la verdad. Por favor, ¡no lo comentes!

_No lo haré. Pero me deja intranquilo, podría ser un arma enemiga en actividad de la cual no sabemos nada.

_¿Vas a investigar verdad? –el miedo era tangible en su contemplación inquisidora.

El militar dio un paso al frente pero se detuvo en seco, impedido de ir a consolar a quien fuera tan especial para él, una vida atrás. _Investigaré, sin ponerte en riesgo. Lo prometo.-dio media vuelta para irse, pero se giró de nuevo.-¿Puedo pedirte a cambio no divulgar algo?

_S-sí. Lo que quieras.

_Es algo pequeño, y juro no molestarte más. ¿Te acuerdas de Alex Krupp?

_Creo que sí, era amigo tuyo.

_Si, es un colega muy allegado. En el improbable caso de que alguien te pida buscarlo, por favor reporta que lo has visto muerto. –Beatrix abrió los ojos, llenos de melancolía y culpabilidad, para seguir a Weissman con la mirada mientras se aproximaba caminando hacia la salida- ¿Es factible? –preguntó extrañado por la reacción.

A toda respuesta, Virtanen asintió mansamente sin quitarle la vista de encima.

Una leve, pero real sonrisa apareció finalmente en los labios del hombre que se marchaba. _Gracias, Beatrix.

La puerta se cerró sola tras Weissman, a quien le sorprendió que los guardias no estuvieran atentos. Caminó hasta el mostrador de seguridad y se quedó mirando la pantalla. _¿Sucede algo?

El guardia más cercano volteó a verlo apenas un segundo antes de explicar, absorto. _Han caído las bolsas de todo el mundo, dicen que comenzó por culpa de accionistas de Cynatech. Se extendió por todos lados y hay revueltas en las principales ciudades.

El otro guardia giró para ver la reacción del Comandante, quien no terminaba de captar el alcance de tan severo ataque que habían recibido, al corazón mismo del imperio de León. _Nuestra empresa es parte de ese grupo -dijo con resignación el hombre, limpiando el sudor bajo la gorra- ...creo que nos hemos quedado todos sin trabajo.

PARTE 43: COLAPSO

La ansiedad es una cosa realmente curiosa, y no se trata solamente de morderse las uñas. Uno la reconoce casi enseguida y pronto descubre, si se tiene algo de introspección, que no sirve para nada. No obstante deshacerse de ella es más que complicado. Ese era el suplicio que estaba pasando Amelia Alba por aquella mañana del lunes al final de octubre. Apenas había estado pudiendo dormir por esa sensación, agradable por cierto, de que su vida estaba dando un giro positivo. Lo de intentar controlar la ansiedad no era nuevo para ella, pero querer hacerlo porque era lo correcto, sí. Ahora tenía nuevo trabajo y nuevas responsabilidades. La noche anterior fue especialmente ardua. Por un lado, la extraña velada con ese sujeto raro conocido de Kad, el tal Hassan, donde participó de una charla donde no entendió nada. O más bien no quiso entender. No tenía miedo de que fuese peligroso porque Kad no la arriesgaría porque sí. ¿O si lo haría? Era poco factible, como mínimo. Por el otro, como todas las noches y cuando tenía un rato libre, se dedicaba a practicar la hipnosis. Buscó en internet cientos de páginas dedicadas a ello, y procuraba enfocar lo que aprendía mediante el método que le explicó Kad, que consistía en auto engañarse e intentar darse cuenta de las sensaciones que tenía. Eligió, a consejo de él, algo sencillo: hipnotizarse para olvidar su odio hacia los duraznos. Realmente los detestaba. Esa piel peluda, el carozo ennegrecido y horriblemente acanalado tocando la pulpa roja, siempre le daba la idea de que estaba comiendo un animal vivo. Los primeros días no entendía bien qué estaba haciendo, simplemente se miraba en un espejo y se decía que le encantaban los malditos duraznos, con cero avance. Con el correr de la semana, fue descubriendo poco a poco pensamientos chocantes de favoritismo y demonización de esa fruta. A raíz de ello había cambiado de táctica, silenciando sus pensamientos anti-durazno, reforzándolos cada vez que aparecían con palabras amables, suaves, de perdón hacia el objeto de conflicto. El hecho de que comprara unos en el mercado y que estuviese dispuesta a tenerlos en la heladera era un avance extraordinario. Existe, en lo profundo de la mente, un espacio donde se puede escribir y borrar a voluntad. Escribir o borrar allí no es sencillo, pero ahora que sabía de ese espacio, era cuestión de dar con el método adecuado. Estaba comprendiendo las bases, y Kad la felicitó por ello antes de dejarla en su departamento. Vaya...toda su vida rondaba alrededor de él. Es peligroso andar así, pensó.

Otra cosa curiosa...es cómo uno se acostumbra a ver soldados apostados casi en cada esquina, o tanquetas en el tránsito como si fuesen un ómnibus más. La sensación de tensión de los primeros días del toque de queda se había pasado, para dejar paso a una de "ya volverá todo a la normalidad". Llegando al edificio de Sinolta, empujó hacia el fondo todos los asuntos personales que la acosaban, puso la cara más profesional que le salió y entró. Estaba muy al tanto de que no se había ganado ese puesto, pero pretendía merecerlo con esfuerzo y dedicación. Saludó a su compañera a quien se había vuelto muy cercana desde su llegada, Roxana. Se podría decir que eran como el día y la noche, ella se sabía huraña y frecuentaba poco a sus amigos, que por cierto, ya no lo eran. Siempre le había costado abrir su costado más profundo con la gente. En cambio Roxana era siempre vibrante y con una palabra de aliento a punto de salir volando de su lengua. Le agradaba mucho. Quizás, si todo sale bien en su nueva vida, ¡podía contar nuevamente con una amistad!

Inmediatamente detrás de ella apareció recién llegado el señor Ruberte, gerente de recursos humanos de la empresa, a quien saludó con una amplia sonrisa. Él era como el día y la noche también, pero en su caso, consigo mismo. Amelia sabía, o al menos tenía noción, de que pasaba con él, por lo que observar su comportamiento sirvió también para su práctica de hipnosis. Del primer día, donde se lo veía desenfocado, algo eufórico, y que veía "buenas ideas" en todos lados, fue transcurriendo por una etapa de silencio, donde costaba extraerle una palabra incluso al hacerle preguntas relacionadas al trabajo. Tras su etapa silenciosa, pasó a otra cabizbaja, levemente depresiva donde lo encontró más de una vez dudando de cosas que había hecho o dicho, teniendo que certificar con Roxana y Amelia si había o no pasado tal o cual evento. El viernes antes del fin de semana, antes de salir, le había dicho que "a pesar de todo estoy conforme con tu trabajo", que hubiese descolocado a cualquier recién llegado a un puesto nuevo, pero que ella relacionó rápidamente con un cambio de parecer a medias respecto a la "buena idea" de contratarla. No le daría motivos para arrepentirse. Por el momento le gustaba estar allí, y comenzó con sus tareas matinales sin preámbulo. Le costó hacerlo, ya que la distraían algunas personas trotando por el pasillo hacia la sala general. Levantó la vista, por curiosidad, solo para toparse con la mirada atónita de Roxana.

_¿A dónde van todos corriendo?

_Ni idea. ¿Algo habrá pasado?

Un rostro conocido se asomó por la abertura de la puerta. Era un muchacho de veintitantos...¿cómo es que no le preguntó su edad? Alto, delgado, guapo. Todos le decían Frik, por sus pecas quizás, pero en realidad se llamaba Federico, Federico Galo. Había sido extra extra amable con Amelia, al punto en que le pareció que estaba coqueteando. O que quizás hablaba así con todas, o que coqueteaba con todas. Aún no tenía la autoestima suficientemente alta como para comprar la idea de que le gustaba a *alguien*. No obstante allí estaba, mirándola fijamente a los ojos, apenas dirigiéndole un vistazo fugaz a su compañera Roxana. Dirigiéndole la atención a *ella*.

_¡Buenos días! ¿Cómo va todo por aquí? –saludó Frik lleno de energía.

_E–excelente, ¿y tú?

_Muy bien, me preguntaba por qué no estaban en la Sala principal y vine a echar un vistazo.

_¿Qué anda sucediendo ahí? –intercaló Roxana.

_¿No vieron nada? –consultó sorprendido mientras acariciaba su barbilla– Un escándalo en las bolsas asiáticas, se trasladó a las de aquí, y se contagió a todas partes. ¡Es el caos! –gritó bromeando.

Algunos más pasaron por el pasillo rápidamente por detrás de Frik. _Ve a ver y luego me cuentas –le dijo Roxana–Terminaré con esta planilla y voy.

Amelia y Frik salieron hacia la Sala, un espacio enorme de paredes blancas, piso que semejaba tablas de madera, y grandes ventanales hacia la avenida principal. Dentro, todos estaban agolpados alrededor de tres pantallas en el mismo canal de noticias, con un reportero lanzando preguntas a un economista reconocido, un tal Viggliani. Tenía mal talante.

_Frik, al fin. –lo saludó una mujer– Y tú debes ser la nueva chica de Ruberte, un gusto. –La mujer era bastante ancha, tenía el cabello rizado y quizás demasiado corto para la forma de su cabeza, con mejillas regordetas y coloradas. Ojos azules resplandecientes, que hacían juego con su sonrisa semi–permanente.

_Amelia, ella es Guadalupe, trabaja en contaduría. –y con una mueca burlona, acotó luego– bueno, también trabaja como mi madre.

Guadalupe tendió su mano hacia Amelia con una risa contagiosa. _¡Bienvenida!

Vaya, aún no tenía nada con Frik y ya había conocido a su madre. Tomó ese último pensamiento con pinzas y lo zambulló con velocidad hacia el tacho mental de basura a velocidad vertiginosa.

Tras los saludos de rigor, Amelia se dispuso a prestar atención a las noticias. Los carteles rojos de "Alerta" y "Último Momento" sin dudas ayudaban a generar un entorno de pánico. Algunos de los concurrentes hacían chistes, otros lanzaban pronósticos negros sobre el futuro.

_Amelia, parece que has llegado en un momento complicado –acotó Guadalupe mientras negaba con la cabeza.

_¿Sinolta también cotiza en bolsa?

_Así es. Pero eso no sería tan malo. La peor noticia es que ya han nombrado a varias empresas que han caído duro, algunos de nuestros principales clientes. Si bien la sacamos barata, recomponernos será complicado.

_Nunca me gustó el nuevo sistema de Bolsa, luego pasan cosas como esta. –acotó Frik cruzado de brazos.

_¿Qué nuevo sistema? –preguntó Amelia.

_El de la OMC. –aclaró Frik, pero al ver cierto desconcierto en el rostro de Amelia, continuó– Todos los países de la Organización Mundial de Comercio se comprometieron hace algunos años a un montón de cosas, entre ellas mantener el mercado de acciones abierto las veinticuatro horas del día, todos los días. Eso causa que los flujos de dinero sean parejos, pero también los hizo más volátiles. Ha habido caídas, como siempre, pero esta es tremenda.

_Veinticinco por ciento en pocas horas, a nivel global. –Explicó Guadalupe– Eso no se ve desde el año '33.

Amelia se sintió desplazada, no por sus interlocutores, sino por ella misma. Le daba miedo, a veces, admitir todo aquello que no sabía y creía que a su edad debía saber sobre el funcionamiento del mundo. Era otra de las cosas que quería cambiar de sí misma. _¿No volverá a levantarse como siempre? Después de todo son ciclos, ¿no?

_Seguramente, ¿pero cuánto tardará, eh? ¿Y qué lo causó?

Amelia repasó en su mente los eventos de la lujosa y surreal cena, y se le escapó una frase al aire. _Unos tipos de medio oriente, vendieron acciones masivamente.

Guadalupe y Frik la miraron con sorpresa. _¿Cómo sabes eso? -consultó el joven.

_Un...un rumor que escuché. -evadió, prefiriendo guardarse todos, todos los detalles.

El clamor de fondo fue creciendo, varios gritos de sorpresa fueron lanzados por el aire, acompañando las imágenes en la pantalla. Una turba comenzó a atacar con piedras al reportero obligándolo a huir. El drone que lo filmaba tomó altura rápidamente mientras seguía capturando imágenes. Carros antimotines llegaron lanzando chorros de agua fría a los manifestantes, consiguiendo a cambio una lluvia de cascotes. Debajo de los eventos, el cartel rojo cambió a otros distintos: "Anuncian miles de despidos" y "Empresas quebradas". Los tres se miraron, queriendo ser optimistas pero sin lograrlo.

Ruberte apareció en la Sala con el ceño fruncido, la corbata hacia un costado y transpiración bajando por su espalda. _Damas y caballeros, estoy atento a las noticias y entiendo su preocupación. Pero solo hay una forma de mantener Sinolta a flote y eso es con trabajo duro. Todos a sus oficinas por favor, trabajemos por todos nosotros. -anunció con grandilocuentes gestos de sus manos.

Mientras la muchedumbre se dispersaba a sus puestos, Amelia saludó rápidamente y se marchó. Frik estaba por hacer lo propio, pero su madre se lo impidió. _¿Dónde vas tan apurado?

_A trabajar, ¿dónde más?

_¿Y qué piensas hacer con esa chica?

Frik rió y se plantó con los brazos en jarra. _Ni idea, ¿a qué viene?

_A que me parece un buen partido. Y teniendo en cuenta que mañana es feriado por el día de Todos los Santos podrías invitarla a salir.

_Es justamente lo que estaba pensando. -sonrió el joven.

PARTE 44: IMPOSTOR

_¡Pero qué grata sorpresa! –saludó animada la figura en la pantalla- ¿A qué debo este honor?

_Buenos días, George, espero no molestarte en tu...descanso. –respondió calmadamente León frente a la gigantesca pantalla que pendía del techo de su aún más gigante oficina. Estaba vestido con un elegante traje a rayas negras y grises, camisa blanca impoluta y una corbata roja de material refractario, con un rubí en el lazo.

_Querido León, no descanso desde hace un milenio - exageró George. Tenía el pelo extremadamente corto, rapado a los costados, su tez semejaba un bronceado caribeño, que combinaba perfectamente con sus astutos ojos y su sonrisa radiante. Estaba vestido con una remera sencilla color azul, con un logo de Penta, la marca de ropa para hombre de mayor renombre mundial del momento- Eso de dormir es para la gentuza.

_Es cierto. Aún así gracias por responder.

_¿En qué puedo ayudarte? –dijo mientras unía sus manos bajo el mentón, aguardando.

León levantó levemente una de sus cejas antes de responder. _Imagino estás al tanto de las desventuras financieras del día.

_¿Desventuras? Caray compañero, hoy he perdido mucho dinero. Pero tú, amigo mío, tú te has fundido - dijo con un vozarrón George, motor impulsor de Estados Unidos desde su misma creación, verdadero padre fundador de América, tras su separación de su antiguo socio, el propio León, con quien tuviera tantas disputas por el control, siempre bajo Cáucaso, de los resortes de poder de Occidente.

_Es verdad que he perdido mis principales activos. - respondió sin subir ni un ápice su tono.

_Los que estabas necesitando para pagar a tus milicias, y mantener apretado bajo tu puño una Europa convulsionada, sin mencionar que es el territorio y poder que necesitas para justificar tu asiento en el Consejo que tan amablemente ha reformado Perius. –dijo George con una amplia sonrisa repleta de carismáticos dientes– Yo diría que estás en problemas. ¿Necesitas un préstamo?

_No, pero gracias por la oferta. Lo que quería pedirte es el cierre temporal de las operaciones de bolsa bajo tu control, hasta que la situación se calme.

_¿Todas ellas?

_Todas.

_Oh, bueno. Esta situación podrá calmarse, pero eso no transformará las acciones de tus empresas de basura a dinero.

_Limitaría mis pérdidas aproximadamente un dieciocho por ciento, siempre que se haga de inmediato. Lo cual me da curiosidad, ¿por qué no lo has hecho aún? Estás perdiendo fortunas.

_Compañero mío, ¡has dado en la tecla! No las he cerrado aún porque aproveché la situación para un pequeño experimento, ya que este tren se había desbarrancado.

_Un experimento costoso, sin dudas. –señaló León.

_Muy, pero útil. Hey, no creas que alguien está ganando con todo este desastre. El responsable de montar este ataque está pagando fastuosas cantidades para provocarte un gran daño. ¿Te digo quién fue?

_Si vas a apuntar hacia Hassan, ya me he dado cuenta.

_¿Y no sospechaste nada hasta hoy? –George fingía estar sorprendido.

_Para ser franco, no. Ha hecho muy bien los deberes.

George chasqueó los labios, en negativa. _¿Vas a tomarte revancha? Te vendría bien un préstamo –acotó, burlón.

_Lo haré a su tiempo. ¿Podrías decirme en qué consiste ese experimento?

_Verás...amigo...te contaré una historia –comenzó George, tirándose hacia atrás en su sillón rodante con las manos entrelazadas en su vientre, meciéndose de izquierda a derecha mientras relataba– George y León han sido socios mucho tiempo. Han tenido sus diferencias, claro, pero la relación se mantiene...entre sus márgenes. George sabe, hace mucho mucho tiempo, que León es un ser codicioso, que detesta perder, al contrario de su compadre que cree que, a veces, se debe perder para ganar sabiduría, experiencia. Conocimiento. –hizo una pausa melodramática– Conocimiento, por ejemplo, de que León jamás estaría tan calmado en una situación al límite, como ésta.

León escuchaba impasible, sin posibilidad de distinguir siquiera una mínima expresión que lo delatara.

_No creas que no aplaudo esta...nueva faceta tan tranquila. Tan zen...de León, una que siempre le he recomendado. Que se tomara las cosas con tranquilidad, pero simplemente no está en él.

_No te comprendo ¿Me estás acusando de algo?

_¿Acusaciones? No. En todo caso felicitaciones. Tu imitación es excelente. De primerísimo nivel. Mi única crítica es que según veo, nunca tuviste oportunidad de presenciar al verdadero León en una situación donde pierde tanto y tan rápido. Sino sabrías cómo reacciona: Con furia, gritando desaforadamente. –George hizo un ademán con sus puños en alto, simulando estar enojado– Qué habrá sido del buen León...nunca lo sabremos, ¿no es así?

_Te perdí el hilo, no entiendo de qué hablas, pero espero que dejes las ridiculeces de lado, no estoy de humor para esto.

_¡Bah! –desestimó George– amigo...no lo tomes así. En cuanto al cierre de los mercados, despreocúpate. En unos veinte minutos ya estará todo inoperable por al menos unas cuarenta y ocho horas. En cuanto al otro tema, parece que mi experimento ha sido un éxito. Así que, extraño, nos estaremos viendo en unos seis meses para la reunión del Consejo. ¡Hasta pronto! –cortó comunicación George, dejando por una milésima de segundo su enorme sonrisa en la pantalla.

León ordenó a la computadora un apagado total y suspiró profundo.

_Lo sabe. –dijo una voz desde detrás.

_Lo sospecha. Era un riesgo necesario para detener las pérdidas. ¿Las cajas de seguridad en Suiza están siendo retiradas?

_Olvida las malditas cajas...todo esto ocurrió por tu fijación con el Akkadio. –acusó la voz– Hemos estado persiguiéndolo en lugar de prestar atención a nuestro blanco principal. ¿Podríamos dejarlo ya de una buena vez? Ese Akkadio no quiere nada.

_No. No puedo. –negó León.

El Genovés se puso de pie de un impulso. _¿Qué? ¿Por qué no?

_He tenido un sueño sobre él.

El Genovés se quedó en silencio, parecía sopesar sus opciones. _No me has dicho nada de ese sueño.

El impostor de León también se puso de pie, y se dirigió cansadamente hacia una jarra con agua, para servirse en una hermosa copa de cristal finamente esculpida. _Es el final de uno que ya conoces. Tras trepar por los pilares del Consejo, llego hasta la cima de la torre, y traspaso el techo usando mi brazo convertido en lanza. Así, mi Punta de Lanza destruye a mis enemigos, y llego al cuarto lleno de oro y luz.

_Si, lo recuerdo perfectamente.

_He...obviado una parte. –León hizo tiempo bebiendo el agua lentamente– Ese cuarto de oro y luz tiene una puerta tallada. Una enorme puerta gris, recubierta de escenas espantosas, enfermedad, putrefacción, de muerte. Esa puerta no me deja avanzar, sé que representa al Akkadio.

_¿Y qué sucede luego? –preguntó el Genovés, atrapado por el sueño premonitorio.

_No lo sé. El sueño da fin ahí mismo. Conmigo frente a la horrible puerta gris.

El Genovés caminó despacio hacia la ventana. _Nada que hacer entonces. Continuaremos el plan tal como venía. Luego nos dedicaremos a reconstruir nuestro capital. En todo caso, habría que acelerar todo. No podremos mantener andando la maquinaria bélica por mucho más sin dinero. Hay que acertar el golpe ahora.

_Concuerdo. –cerró León, pensativo– Excepto...habrá un pequeño cambio de planes. Alguien que ya no nos sirve.

PARTE 45: FUGITIVOS

No es coincidencia que la naturaleza del tiempo sea una de las más esquivas para la ciencia y la filosofía. No es lineal, ni pretende serlo. Fluye de manera caprichosa, incluso para dos testigos ubicados uno al lado del otro, el mismo evento transcurre de manera distinta, única. Y ahí, mientras Antoinette Soleil corría velozmente a su posición adecuada, justo detrás de un macizo árbol desde donde tenía control sobre la principal entrada a aquella pequeña y solitaria cabaña en el medio del bosque, es que se puede sentir como los segundos se estiran descomunalmente. Hasta la propia respiración suena alienada, extranjera de nuestros propios pulmones, fuerza desconocida que atraviesa garganta y faringe. ¿Cuál es el principal motivo de este cambio de fluir? ¿El miedo quizás? ¿Saber que ahí dentro está el tercio más mortífero de un arma creada tras décadas de experimentación para acabar a seres extraordinarios? ¿La posibilidad latente de que ella o alguno de sus tres agentes perezca?

Quizás nuestro entendimiento del tiempo es completamente erróneo. Quizás se puede tomar un segundo, secuestrarlo y estirarlo como si se lo metiese en una máquina de tortura medieval. Quizás somos ignorantes, simplemente. Y luego ocurre otro hecho, tan simple como una voz saliendo del auricular, que acaba de ser transferida mediante ondas de radio y descodificada justo para su oído, que provoca otro cambio antojadizo en el fluir. _Todos en posición. -escuchó la voz de su compañero Ramírez, apostado a pocos metros detrás de ella, enfundado en un sobrio traje negro de combate igual al de Soleil, que los protegía de fuerzas externas en extrema violentas, como balas, o rayos de sol matutino.

_A mi señal -dijo finalmente, sintiendo como el tiempo se volvía algo más normal. Faltaba poco y estaría frente a frente con la desertora y su huésped. Un pensamiento fugaz fue con la mala suerte del huésped, un leñador cuya capacidad de sobrevida se acercaba peligrosamente a cero. No porque fuese estrictamente necesaria su muerte, sino porque estaba en el lugar menos indicado.

Es una cosa curiosa la muerte. Es un vacío que nos arrastra hasta él, pero tan sólo prestando mucha atención es que se siente su fuerza tirándonos hacia el abismo. Pudo sentir un leve tirón en su mente, que hilaba palabras que en otra situación hubiese considerado cobardes. _Ramírez, al frente, gane acceso y enfile por la izquierda, seguiré por la derecha. Armstrong, detrás de mí.- pensándolo bien, en esta situación también las consideraba cobardes- Usen fuerza letal. -ordenó.

Fuerza letal. Era la orden que había recibido del mismo León, cambiando el propósito mismo de su misión allí en Francia. Estaba al tanto de los problemas que atravesaba toda la organización, la gallina de los huevos de oro había sucumbido. Así que el gran jefe no quería dejar cabos sueltos: Lohe no sería apresada, sino aniquilada, lo que hacía su trabajo de pronto bastante menos difícil. Chica lista si las hay, el truco del localizador flotando río abajo les había costado tiempo valioso. No se podía perder más.

Un trueno sonó delante de ella, tras una ráfaga a quemarropa de la escopeta de Ramírez contra la cerradura de la puerta, señal para los otros dos de correr. El cuarto agente, Weins, quedó apostado cubriendo la única ventana suficientemente grande para que pase una persona, aguardando un escape. Tres, cuatro, cinco estallidos en el interior, y luego silencio. Una gota gigante de sudor bajó por la frente de Weins, esperando. Con el polvo aun volando por doquier, llegó una transmisión de una cadena de palabras inesperadas: _Despejado...no hay nadie aquí.

Soleil, Armstrong y Ramírez salieron, caminando con una mezcla de desilusión y alivio.

_¿Qué hacemos? –consultó Weins.

_Había huellas en el barro, las vi mientras nos aproximábamos. –acotó Armstrong.

_¿Serán recientes?

Investigaron las huellas en el barro, hundiendo los dedos en las paredes para ver que tanto resistían. Parecían frescas.

_Se nos escaparon...¿cómo supieron? –protestó Ramírez.

_Aquí Sargento Antoinette Soleil, el pájaro no está en el nido. Procederemos a seguir huellas de vehículo desconocido. –avisó por radio a la central.

_Proceda. –devolvió fría la voz del otro lado.

_¿Alguna idea de que puede ser? –tradujo mecánicamente al francés el anticuado asistente personal de Antoine.

_No. La camioneta es vieja, no tiene sistema de diagnóstico a bordo, solo dice que no anda, lo cual ya estamos enterados. –respondió el leñador abanicando el humo blanco que salía sin parar del compartimiento de baterías. Detenidos en un camino de tierra, Lohe bajo la sombra de un roble y Antoine intentando quitarse algo del humo que se escabullía hacia sus ojos, eran invadidos por los sonidos del bosque invernal. Algo de nieve se había derretido ese día y había convertido la tierra en barro, que actualmente bañaba de salpicaduras el chasis y las botas de ambos.

_Tendremos que caminar. –se lamentó Lohe.– ¿Podrías fijarte en el mapa qué hay cerca de aquí?

Antoine asintió y cambió de traductor a mapa en la pantalla y tras una breve consulta informó, programa mediante. _Hay una...estación de servicio a unos seis kilómetros de aquí. Hice bien en no alejarme demasiado de las rutas principales, si sirve de consuelo. A ver...momento. Es de CPF, no sé si estará operativa.

_¿Qué son esas siglas?

_Conglomerado Petrolero Francés. No sabía que seguían existiendo. –dijo mientras echaba un último vistazo a la camioneta, con algo de recelo.

_No sé qué es.

_Una empresa de la época de la pelea por la energía en Francia. Cayó en desgracia cuando los lobistas impulsaron la energía nuclear y los motores eléctricos. Ganó la Unión Europea contra los "patriotas" locales, digamos.

_No sabía nada de eso.

_Es en aquella dirección. –indicó mientras tomaba del vehículo su abrigo, metía una pequeña caja con municiones en su mochila y tomaba su rifle de caza– Estarás bien? No está nublado como ayer.

_Mientras me mantenga tapada resistiré, vamos. –expresó antes de emprender la larga caminata, palpando con los dedos sus preciadas jeringas de ProtePlasm en el bolsillo.

_No muchos recuerdan lo del Conglomerado, pasó hace quince años. –comenzó el leñador, colgándose el arma al hombro– Pero a mí me tocó en especial, ya que mi tío trabajaba en CPF. A todos los empleados les regalaban un auto último modelo con motor a combustión para apoyar la industria decadente del petróleo. Me lo regaló a mí, fue mi primer auto. Tuve que convertir el sistema al año siguiente cuando la empresa perdió la batalla de la energía y se vino un aluvión de autos eléctricos. El precio del petróleo se fue por las nubes al caer la producción y se hizo imposible mantener un auto a nafta. –hizo una pausa para hacer una mueca y rascarse la nariz, compungido– Lo siento, te estoy aburriendo.

_No, ¡está bien! No me aburre para nada. –Lohe no sabía exactamente cómo seguir, le interesaba escuchar sobre el mundo. Decidió hacer lo más sencillo, contar la verdad.– De hecho me gusta escuchar sobre las cosas que pasan. O pasaron. –aclaro. En la milicia no nos decían casi nada. Todo era entrenamiento.

_Entiendo. A propósito, ¿Qué nombre tiene esa milicia?

_No tiene nombre.

_Que extraño. ¿Apoyan alguna causa?

_Nos dijeron que era mejor para mantener el nivel de secretismo necesario para operar abiertamente. Y...la única causa que apoyamos son los deseos del líder, se llama León.

549

_¿Sólo León? ¿No tiene apellido?

_No que yo sepa.

Antoine sonrió tristemente. Le parecía increíble que pasaran cosas así en el mundo occidental al día de hoy. Se preguntó si lo que le estaba contando era cien por ciento reales, o si llevaba una parte importante de barniz color mentira. La miró a los ojos mientras caminaban. Si le estaba mintiendo era excelente, una engañadora profesional. No le pareció tal. Prefería creer que era una chica en problemas, y que él estaba ayudando. Los minutos pasaban, y Antoine podía sentir como acrecentaba la distancia entre ellos con un muro de silencio construyéndose ladrillo a ladrillo. Después de todo, eran apenas dos extraños en circunstancias extrañas. Por eso oír su voz lo tomó por sorpresa.

_¿Qué hacías...? Es decir, ¿por qué vivías solo en el bosque? –Lohe misma no entendió el porqué de su torpeza comunicativa.

_Oh. –esa pregunta...

Tragó saliva mientras repasaba las respuestas que tenía preparadas en caso de que alguien la hiciera. No le convenció ninguna, lamentablemente. Sin respuesta para dar, se dedicó a describir los recuerdos tal como se abalanzaban a la mente. _Tres años y ocho meses atrás me casé con una mujer. El matrimonio no duró mucho, como podrás ver. –tapó su melancolía con una sonrisa pasajera- Tuvimos una pequeña niña, la llamamos Geraldine. Era muy hermosa, le encantaba reír. Ella... -tuvo que hacer una pausa, debido a un repentino nudo que parecía haber sido disparado a su garganta- Ella, enfermó mucho. Un tipo raro de leucemia.

_¿Qué es leucemia? - preguntó con inocencia.

_¿No sabes? Es un tipo de cáncer que ataca la médula y la sangre. No respondió a los tratamientos...yo quería recurrir a una medicina experimental, pero mi esposa no. Peleamos, peleamos mucho. Igualmente, viéndolo hacia atrás, creo que ya era demasiado tarde. -se quedó callado mientras el asistente terminaba de traducir su última y lastimosa frase.

_¿Murió? Lo siento.

_Luego de eso decidimos no estar más juntos. Yo en particular quise alejarme de todo. Así estuve casi un año y medio solo, para poder pensar y estar en paz.

Lohe lo miró fijamente, con algo de culpabilidad en la mirada. _Lamento haber llegado a molestarte, Antoine.

_¡Oh no! ¡Por favor no! No es molestia. Yo... -no pudo decirlo. Por lo que quedó callado y dejó que los ladrillos de silencio se cementaran unos con otros nuevamente.

Una hora y media más tarde, se encontraban cerca de la gasolinera. El lugar estaba aún operando, sirviendo combustible fósil a los lugareños con equipamiento de campo que, por algún motivo, aún se negaban a pasarse a motores eléctricos. Quince años después de la batalla, los combustibles habían abaratado lentamente para acomodarse a la escasa demanda.

_¿Te parece si voy solo? –consultó Antoine– Podría ser peligroso si te ven.

Lohe lo pensó brevemente y estuvo de acuerdo. _Afirmativo. ¿Me dejas el arma?

Mientras veía al hombre alejarse, se resguardó a la sombra de un pequeño altar de ladrillos en honor a San Benito, decorado con carteles de varias formas y tamaños con inscripciones religiosas y agradecimientos. Se frotó el tobillo con esmero. A pesar de estar ahora parcialmente curado tras el evento de ayer, le seguía doliendo. Había intentado varias veces más intentar replicar el efecto de sanación que había experimentado, sin éxito. Esperaba poder contar con más tiempo para practicar. Pero, ¿eso llegaría a suceder alguna vez? ¿Debía ser una fugitiva por siempre?

Si la encontraban, era seguramente por culpa de los Buscadores...esos inentendibles seres que solo conocía por reportes y datos relevantes a sus misiones, pero nunca frente a frente. Eran como un mito, un enemigo invisible. ¿Acaso debía eliminarlos a todos? Exhaló profundamente mientras se acomodaba aún más debajo de su capucha. Imposible. Casi tanto como ir tras León. ¿Tanto la querían de vuelta? Se sentía incompleta, e incapaz de lograr nuevamente la completitud.

Un movimiento capturó su atención. Llegaba a la gasolinera una minivan negra con vidrios polarizados, como las que usan en la milicia cuando quieren pasar desapercibidos. Lohe se escurrió rengueando entre las sombras para tener un mejor ángulo, rifle en mano.

Alguien bajó del auto. Un hombre alto, vestido con un traje negro de negocios, un amplio sobretodo, un sombrero ridículamente grande y lentes de sol, protección estándar de *neomensch* de la milicia. Parecía ser el conductor. Por reglamento y lógica, los vehículos en servicio llevaban un conductor debido a la necesidad de hacer maniobras evasivas y de persecución en caso necesario, debía tomar decisiones para una cantidad de casos difícil de programar. La sospecha estaba confirmada. ¿Era imposible despistarlos, acaso?

Puso una rodilla en el piso y montó el rifle, procurando hacer el menor ruido posible. Desde donde estaba apostada, tenía ahora un buen ángulo de tiro del conductor, pero no era conveniente disparar hasta no saber cuántos venían en la minivan, y confirmar si realmente la estaban siguiendo, o si era casualidad. Quizás podían evadirlos. Dentro de la estación, donde vendían víveres y artículos de caza, solo encontrarían a un hombre a pie y nada que indicara que estuviera implicado con ella. El hombre de negro se asomó dentro del vehículo, dijo algo que no llegó a escuchar, tomó el cable que pendía al costado del cargador, eligió el enchufe más adecuado a su modelo, y lo enchufó al conector externo de la minivan. Aún no había movimientos raros, nada delataba su disposición. El hombre de negro buscó algo en sus bolsillos, y extrajo un paquete de cigarrillos, que aparentaba estar vacío. Golpeó con los nudillos la ventanilla, señaló su paquete vacío, se giró y comenzó a caminar en dirección a la estación. Lohe lo seguía con la mira, aunque más preocupada por los misteriosos ocupantes del vehículo. El apretón del hambre hizo su aparición, recordándole que en la minivan bien podría hallar más jeringas para ayudar a su escape.

Antoine salió finalmente, y sin prestar atención pasó por al lado del hombre de negro. Y cometió un error de novato. Miró fijamente la minivan por demasiado tiempo, antes de simular estar distraído. El hombre de negro se detuvo con la manija de puerta de vidrio en la mano, siguiendo a Antoine con la mirada. El dedo en el gatillo de Lohe, rígido como un metal, dio un pequeño espasmo. El hombre marchó tras Antoine unos pasos, y le gritó para llamar su atención. Éste no solo no se dio vuelta, sino que comenzó a caminar más aprisa. Lohe deseó intensamente poder advertirle el desastre que estaba por provocar. Otro grito, que provocó la aceleración del asustado leñador. El hombre de negro metió la mano en su sobretodo, extrajo una pistola y le apuntó a la espalda. El sonido del disparo tronó con furia.

Antoine cayó de rodillas, su corazón detenido de pronto.

PARTE 46: ESPANTO INMORTAL

"Cuando la meta que impulsa a una persona es tan poderosa como a aquel al que se debe derribar, se debe de hilar fino. Extremadamente fino. De manera de que parezca que el género que se teje es para beneficio del soberano. De esa forma no sospecha, sabiendo que el esfuerzo, la dedicación, las lágrimas, la sangre derramada, todo es en su beneficio. Cuando en realidad, es todo lo contrario. Pero, no se puede hacer todo solo. Necesariamente se debe recurrir a la fuerza de los demás. Se les debe convencer con buenos argumentos, con presentes, con buena voluntad, con una sonrisa. Nunca con amenazas. Porque esos a los que conviertes en aliados, son tus pilares, pilares sobre los que reconstruirás más tarde. Porque una rebelión contra el soberano engañado, por más despistado que esté, siempre deja caos y destrucción. "

Las enseñanzas que le había dejado hacía tantos años atrás el Gran Mecantro se habían grabado a fuego. Asi de sabio lo creia Hassan, quien por aquel entonces todavía usaba su nombre de nacimiento: Aslín. Y aún llevaba el cargo de Virtuoso de la Lealtad de Sargón, ese Rey de Nada, Gobernador de la Pestilencia y la Podredumbre, Portador de Sangre nefasta y corrupta, Usurpador de Assur. Qué arrepentido estaba Hassan de haberle dado muerte a su maestro, y una tan impropia de una mente tan maravillosa, para quedar al servicio del moribundo Sargón, ya hacía casi diez años. Miró al cielo nocturno de las afueras de la vieja Jerusalén con infinita nostalgia. Tragó con dificultad, para sumergirse nuevamente en los recuerdos.

"¿Y qué se debe hacer con aquellos que no quieren prestar sus fuerzas voluntariamente? No hay que enojarse con ellos por ser leales, o por tener miedo al cambio. La ira no lleva a nada útil, solo al desperdicio. Lo que se debe hacer con aquellos endurecidos que no responden a los buenos tratos del mundo real, es ofrecerles mejores tratos del mundo de las ilusiones. Que crean que están peleando por su Señor, cuando en realidad han sido puestos a colisionar con otros endurecidos, timados, engañados para pelear unos con otros. Déjalos que porten los estandartes que ellos prefieran, pero que combatan para ti."

Las palabras no dejarían nunca su cabeza, ni que pasen mil, dos mil años.

Volteó a ver a su alrededor. Nunca se cansaba de medir su dignidad mediante la cantidad de hombres que comandaba. Flanqueado a izquierda y derecha, cientos de soldados marchaban, ya acostumbrados al hecho de que con un *espanto inmortal* como General, se marchaba de noche y se descansaba de día. Habían aprendido a tenerle respeto, a entender que su condición estaba muy lejos de ser un impedimento, para convertirlo en un ser legendario. Estar alejado del Dios del Sol Elagabal no terminaba de afectar al *espanto*, cuyo nombre se habían ganado a fuerza de periplos, de astucia, de recorrer, de vivir. De pisotear a sus enemigos con raudeza y crueldad, apoyado en centenares de años de experiencia en batalla. A fuerza de fuerza.

Observó a su derecha a Kamek, quien se había convertido en *amigo*, si es que existe tal cosa, e hizo lo posible para ocultar su desdén. Kamek era un buen hombre, honesto y honorable, cualidades que lo pondrían en su contra algún día. Era demasiado leal al Emperador. No le gustaba la idea de tener que matarle, aunque el hecho de que portara la *retorcida sangre* del linaje de Sargón era una contra importante.

Porque el linaje de Sargón se debilitaba con el paso de las centurias, mientras que un *espanto* al contrario, se hacía más fuerte día con día. Su fama como guerrero implacable se había difundido por todo el mundo civilizado, alimentado por los charlatanes y borrachos, pero alimentada al fin. La caravana de Aslín el Virtuoso era gigante, digna de la posición que se había ganado como el Más Leal entre los Leales, el Gran Leal, el Cazador de Traidores. Eso le había puesto rápidamente en contra a los otros cuatro Virtuosos, y a muchos personajes influyentes en el Palacio de Nínive, pero era un costo por el que estaba dispuesto a pagar, puesto que le había concedido un valor incalculable: la popularidad en el Imperio, y más allá de las fronteras.

La enorme comitiva avanzó hasta quedar detenida a las puertas de la ciudad, de manera de que los pobladores temieron estar bajo sitio. Pero pronto suscitaron rumores de que el visitante de la noche era el *Bendecido* Aslín y los temores se convirtieron en reyertas aisladas. Las puertas se abrieron para dejar paso a la guardia personal que lo acompañaba.

Tras las puertas esperaba un apretado grupo de monoteístas, cada cual adornado por cuentas de oro y piedras preciosas, túnicas recién confeccionadas, barbas enredadas como raíces y ceños fruncidos. Su llegada a la ciudad era como mínimo, controversial.

_Bienvenido seas gran Virtuoso, enhorabuena tus pies tocan Tierra Santa.

Hassan se tomó su tiempo en silencio, molestando a propósito, para mirar a su alrededor. _Agradezco sus atenciones -finalmente dijo, remarcando las palabras- honorables gentileshombres. Por favor, sólo estoy de paso y pretendo movilizar a mis hombres mañana al anochecer. Les imploro no tomen a mal mi corta visita a su hermosa ciudad, que mi predicamento tiene que ver con la estrechez de tiempo y no con su falta de hospitalidad, nada más lejos de eso.

_Entendemos, no es problema. –Cerró la cabeza del grupo el breve pero aun así protocolar saludo, fanfarria necesaria hacia un hombre de la posición de Aslín, como representante del Emperador verdadero de Assur, Sargón I. Tras los saludos de rigor individuales para los que no tenía paciencia, y el consabido rechazo a los ofrecimientos de hospedaje nocturno tras el arduo viaje, lo condujeron a su destino: La Sede.

Pasó a caballo escoltado por sus soldados y rodeado por los lugareños por los lugares más humildes, donde la carencia era mayor. Las miradas sobresalían entre las viviendas precarias, con caras de hambre y enfermedad. Kamek se acercó cabalgando a su lado, y le habló lo más leve que pudo.

_Aslín, estamos dando vueltas inútilmente. He visto donde queda La Sede y no estamos acercándonos.

Hassan lo miró, de pronto alerta. _¿Es eso verdad? – preguntó intentando ver a lo lejos a través de los pobres techos de mugrosa tela y paja.

Kamek levantó su mano y la procesión se detuvo.

_¿Sucede algo? – consultó con inocencia el guía.

_¿Por qué pasamos por aquí? No es el camino más corto. – rezongó Kamek.

_Estimados, hemos tomado el camino que consideramos más seguro, donde los habitantes te son más fieles y demuestran más su afecto. –manifestó con diplomacia y mentiras la cabeza de la delegación– otros lugares están habitados por gentiles, y no puedo asegurar su bienestar en aquellos lares.

Kamek y Hassan intercambiaron miradas, y tras gesticular amargamente, asintieron y dieron señal de continuar. Hassan prefirió continuar callado el resto del tramo. Le pareció evidente que querían mostrarle lo pobres que eran. Porque pensaban que había venido a algo que no era. Sonrió ampliamente, había ganado de pronto una carta importante.

La procesión llegó hasta una avenida ancha cercada de puestos ricos de comerciantes. Al final de esta, frente a una hermosa fuente de agua de roca, que olía a flores del desierto, se encontraba el Templo, lugar donde se practicaba La Sede, una congregación de patriarcas de las tribus hebreas, quienes ostentaban el dominio local. Tras decidir ir sólo, dejando a Kamek a cargo de los guardias, fue ingresado a pie al Templo con pompa y ritualidad, algo que secretamente deleitaba a Hassan, quien procuraba mantener la frente en alto y disimular.

Las luces de las velas del Templo formaban figuras fantasmagóricas sobre toda superficie en la que el ojo dejaba de posarse. El mismo aire que se respiraba dentro no parecía normal, sino que parecía provenir de los pulmones de alguna deidad. Antes de bajar a la sala de La

Sede, se encomendó a Nin-Karrak para que proteja sus sueños más íntimos, y le permita llevarlos adelante.

Dentro aguardaban cuatro hombres, cuyas reacciones al recién llegado fueron heterogéneas. El lugar era una sala formada de un mismo bloque de piedra tallada y hábilmente pulida. Seis columnas equidistantes sostenían el cielo raso carente de cualquier decoración. En las paredes se podía apreciar escrituras en hebreo que Hassan no comprendía, y en su orgullo desmedido, tampoco le interesaba entender.

Quien se veía algo más animado entre las sombras danzarinas se puso de pie para recibirlo. _¡Aslín! Benditos mi ojos al volver a verte, toma asiento por favor. –invitó sin mucha convicción.

_Gracias Felías, gentileshombres. No me atrevo a entretenerlos demasiado en los asuntos de la ciudad, así que abusaré poco de su tiempo para seguir viaje hacia occidente. –dijo protocolarmente, ya que entre los seres centenarios una de las mayores faltas de educación era hacer perder el tiempo al prójimo *a propósito*.

No recibió más respuesta, ni el eco en las paredes de la Sede penetraba la mudez reinante. Hassan arrastró a propósito la silla contra el suelo haciendo el mayor escándalo posible, hasta finalmente quedar cercado de aquellos patriarcas.

Hassan los miró uno por uno, devolviendo sus miradas desafiantes, sabiendo exactamente qué ocurría. Si su paso por la ciudad le había enseñado algo, era cuál era el antídoto exacto para un veneno de ésta clase. Sonrió ampliamente y golpeó las manos contra la gruesa mesa central. _Señores, señores míos. No he venido aquí a cobrar tributos, todo lo contrario. He venido a perdonar. A ayudar.

Sus palabras tuvieron un efecto inmediato en las facciones de los presentes, que se relajaron sensiblemente.

_Sé de la injusticia de la que son víctimas –continuó– y mi presencia es para darle a cada cual lo que merece. Ni Jerusalén, ni su pueblo, merecen este trato indecoroso y despótico.

_Aslín...perdónanos por favor. Te hemos recibido con frialdad y en cambio resultas ser un aliado de oro. –se disculpó quien parecía ser el más anciano– Déjanos que te sirvamos como se debe. ¡Que traigan vino y dátiles! –ordenó girando hacia la puerta principal.

_Señores no, no es necesario. Mi deber es hacia ustedes, Hezekias –respondió al patriarca anciano– y no al revés. Deseo escuchar lo que tengan que decir, que llegará a oídos de Sargón o quien deba escuchar.

_Tememos un ataque de Assur. De hecho ver tus columnas aproximarse nos pareció signo seguro de una arremetida. –se quejó el patriarca a su derecha.

_No temáis. Mi ejército es para mí protección, no pretendo hacer aquí lo mismo que a Merodach en Babilonia. -mencionó Hassan deliberadamente, para recordar la victoria militar que más honores le había brindado- Lo juro por Shamash dios de la justicia, o me condene aquí mismo.

_Nuestros centinelas nos han informado que hay movimientos sospechosos en Nínive, que temen la muerte de Sargón, y con ello la inestabilidad del imperio. -se lamentó Felías.

_No sabemos si tomar eso como un signo positivo o negativo, podría distraer a Assur de sus ansias de conquista hasta que pongamos en orden nuestro comercio, o propiciar nuestra ruina rápidamente. - dijo otro.

_Calma por favor. -intentó callar Hassan levantando su mano.

_Un nuevo emperador podría iniciar una campaña salvaje. - alegó el patriarca a su izquierda.

_Sargón no va a morir. -garantizó Hassan.- Está muy enfermo, como lo ha estado desde que tengo conocimiento de él. Nada indica que su estado vaya a cambiar, los dioses no lo quieren así. Es por eso que me tomo el esfuerzo de venir en persona a resolver los obstáculos que tengan enfrente. Me son valiosos aliados y requiero su apoyo.

_Lo tienes, Aslín -aseguró Hezekias- tan solo necesitamos una temporada de buenas cosechas para estabilizar el crecimiento de la ciudad. Eso implicará contar con la cantidad óptima de hombres resguardando las fronteras, y nos permitirá serte útiles a tus propósitos. Sé que pretendes formar una alianza grande que grite a los cuatro vientos tu nombre, y que con esa fuerza en tus espaldas, marches victorioso al Palacio de Nínive para reemplazar al moribundo emperador.

Hassan asintió lentamente, algo curioso de cómo su plan había sido correctamente leído. _Eso es correcto, en parte. No me malinterpreten. Deseo la prosperidad de mi Imperio, es por eso que entiendo que requiere un hombre fuerte a su cargo. Lejos han llegado las conspiraciones de Serencal y Sennacherib, no hacen más que desestabilizar con tal de ponerme palos en la rueda.

El asunto de esos dos hombres en realidad era la razón del sonambulismo de Hassan. Tras la muerte de Amterié -sobrino del Virtuoso de la Generosidad, el inmensamente rico Rettla-, un joven honesto e inteligente, pero sin dudas mal apodado "Sargón II", había provocado un pequeño vacío de poder por haber sido uno de los favoritos tanto de Sargón como de su hombre de confianza número uno, Serencal. Sin embargo esa muerte había provocado una reacción que terminó poniendo a los más influyentes del Imperio en contra de Hassan. Las conspiraciones desembocaron así en el ascenso de uno de los familiares más lejanos y poco conocidos de Sargón, el tal Sennacherib, que velozmente se convirtió en favorito de casi todos, incluyendo el propio emperador, y que había demostrado tenacidad y astucia.

Hassan sabía que las animosidades hacia el eran en parte era por considerarlo un extranjero, pero mayormente por ser un *espanto*. Le temían por su capacidad, así como veían en él sus propias debilidades, puestas en manifiesto como si se tratase de un espejo. Ese frente interno fue lo que en definitiva obligó a Hassan a buscar aliados fuera, quienes consideraba suficientes para aplastar la capital y hacerse de la corona. Al retornar, habría conseguido la potencia e impulso adecuados. Más incluso. Quienes le temían pronto agacharían la cabeza y besarían sus pies. Hassan se relamía al pensar la sagacidad de su plan.

_Excelente, por Gibil que encenderé la ciudad si hace falta para conquistarla. Me confío a Nin-Karrak para que guarde mi vida y las suyas hasta la hora señalada. –cantó Hassan con alegría.

No obstante, nadie respondió a sus comentarios. Los patriarcas se observaban entre ellos, impacientados. _Extranjero, estas paredes no están para blasfemar a tus anchas. –advirtió Hezekias.

Hassan se volteó confundido. _¿Qué?

_Estás en La Sede, blasfemar al Dios Único –recalcó– Jehová, es un crimen.

566

Hassan perdió todo dejo de alegría, sus ojos se volvieron sombríos. Se levantó de su silla lentamente y de forma amenazadora. _¿Blasfemias? ¿Qué ridiculeces son esas? Los dioses no son blasfemias, son los poderes divinos que controlan este mundo y el otro.

Hezekias y dos de los hombres se pusieron de pie en respuesta.

_Señores míos, ¡por favor! –intercedió Felías de un salto tirando hacia atrás su asiento– No llevemos esto más lejos. No estamos aquí para discutir temas religiosos, sino terrenales.

Hassan mantuvo la vista sobre los ojos iracundos de Hezekias sin pestañear siquiera. Mascullando, el patriarca finalmente se sentó, seguido de los otros. Con un gesto de su mano, invitó silenciosamente al extranjero a tomar asiento. Tras unos instantes de rebeldía, accedió.

_Ciertamente, no estamos para hablar de religión. –acordó Hassan– Y volviendo al tema anterior, ¿cuento o no con el apoyo de La Sede?

Las miradas volaban encendidas en todas direcciones, con más duda que certeza. Finalmente, se formó un acuerdo tácito, y Hezekias habló. _Si, cuentas con el apoyo y bendición de La Sede. ¿Qué pasos siguen, Aslín?

Hassan asintió, confiado. _Es simple. A mi regreso enviaré un hombre con noticias de mi campaña e instrucciones. Dependiendo de cómo sea el avance de mi caravana, ustedes enviarán escritos a las ciudades de Tarso, Hama, Damasco y la propia Nínive, expresando su completo y total apoyo a mi persona en una coalición Santa contra la corrupción de la capital. Deberá ser redactada como una amenaza, pero no como una declaración de guerra. En cada uno de esos lugares ya tengo personas que están con nuestra causa, y harán lo propio. Si los tiempos son respetados, mi retorno a Nínive será conjuntamente con rumores encendidos de un apoyo masivo de todo el mundo civilizado, mi aparición será imparable. Esa misma noche pretendo ejecutar mi plan y eliminar a todos mis enemigos acérrimos al mismo tiempo, los demás se rendirán prontamente. Tras eso...me haré del control de Assur, y con él recompensaré sus esfuerzos. –Los presentes escuchaban atentamente, sin perder palabra– Como apreciarán, si se respeta mi plan, ni Jerusalén ni otros deberán enviar hombres al combate, aunque si prepararlos, para que los espías vean que el avispero ha sido sacudido. Ni un alma quedará impasible en este Imperio.

_¿Qué pasa si algo falla? –intercedió un patriarca.

_No fallará. He acumulado apoyos por doquier. Estoy muy seguro de nuestra victoria.

_Otorgarte nuestro apoyo abiertamente nos pone en una situación complicada si las cosas no van como propones.

_Quizás, pero no más de lo que están ahora. Recuerden que no han pagado tributo, y se supone que soy yo quien debía cobrárselos. Que yo sepa no me llevaré ni un saco en cuanto apoye un pie lejos de aquí. –los presentes asintieron, entendiéndose en franca insurrección al Emperador-

_Una última consulta –intercedió Felías- ¿para que pasar por Egipto? Está lejos como para ofrecer la celeridad que tu plan requiere.

_Porque es el reino que pretendo sea mi frontera occidental, mientras pacifique internamente necesito paz con ellos, y que contengan las incursiones de bandidos y bárbaros.

_De acuerdo. Está pactado entonces.

Tras la tensa reunión, Felías y Hassan caminaban a solas bajo el velo nocturno, trazando círculos alrededor del aljibe de roca. Decenas de hombres asirios reposaban, siguiéndolos con la mirada, expectantes del último tramo de las negociaciones.

_¿Sabes cuál es mi temor, Aslín? Si algo sacude los cimientos de Nínive tu plan se vuelve impracticable. -dijo Felías, caminando lentamente a su lado.

_¿Cómo qué?

_En este mismo momento los Virtuosos y sus aliados deben estar conspirando para lograr ganarte. Conocen tu plan, conseguir apoyos de las ciudades y cercar al centro. Pero si el centro cambia, también tus acciones deben hacerlo. Y desde una ciudad los cambios se producen más rápido que en una docena. Tu juego necesariamente es más lento.

_Entiendo –dispuso Hassan– no obstante son cobardes. Mi popularidad sigue en aumento, intentar defenestrarme sin evidencia se les volverá en contra. Y al alojar temor en sus corazones, no se atreverán a artimañas que realmente me afecten. Felías, por favor no divulgues, pero he trazado planes para la conquista militar de Nínive. Y ni siquiera requiero un gran ejército a mis espaldas. Sé dónde y de qué manera plantar desinformación y falsedades, los tendré peleando entre sí, y antes de darse cuenta de qué está pasando ya será demasiado tarde.

_Piensas en todo, Virtuoso.

_Un hombre atento vale por setenta.

_Sin dudas. –sonrió el patriarca.

_Por otra parte, tus camaradas son un tanto...belicosos con los asuntos celestiales. ¿Qué, todos los descendientes de Enoc son así?

Felías borró el regocijo de su rostro. _Algo de razón tienes. Te seré franco, mi gente da importancia en demasía a los textos sagrados y a Jehová, mas ese camino no lleva a nada. Nuestra estirpe ya nunca más será lo que fue.

_¿De qué manera? –consultó Hassan con verdadera curiosidad.

_En tiempos de Enoc, nuestro pueblo vivía largas vidas, más que cualquier *inmortal* asirio, más fuerte y digno que cualquier *espanto*. Sin ánimo de ofender –aclaró– pero el día era nuestro tanto o como la noche. No obstante, la sangre se fue diluyendo. Los esfuerzos por contenerla parecen haber sido en vano. Las leyes por evitar los matrimonios con gentiles, inútiles. La sangre de Judá se ha debilitado, de ser leyendas entre los hombres, a lo que somos ahora.

_Lamento no conocer a fondo la historia de tu gente, Felías.

Felías asintió amargamente. _Está bien. Y lo que es peor, nuestro celo por defender nuestra descendencia nos ha granjeado la enemistad de otros pueblos, quienes nos miran con espina. El mal es doble, entonces.

_¿Y qué tiene que ver con sus textos sagrados?

Felías apoyó una mano sobre su hombro, poniéndolo inmediatamente incómodo. _Aslín, escúchame con atención, porque lo que estoy por decirte es la verdad de este mundo. Las religiones, las creencias, los dioses...todo eso no es más que el dominio del hombre sobre el hombre. Son instrumentos de control, para controlar sus pensamientos, sus corazones, y en definitiva sus acciones.

Hassan, se detuvo, sacudiendo la mano de Felías con fuerza. _Cuida tus palabras, judío. Porque lo que acabas de decir es la verdadera blasfemia. Entiendo que ustedes desconozcan a los dioses, tomando sólo uno, pero negar la existencia de todos y cada uno de ellos, atribuyéndoselo a un propósito de dominio es una tontera, por decir lo mínimo.

_No son tonteras, Aslín, te lo digo no para lograr tu odio, sino para que hagas uso de esto para tu propósito, ya que de la prosperidad de tu reino nos nutriremos también nosotros, tus aliados. Pero es la verdad. Ha sido así desde el comienzo de los tiempos, lo es ahora, y lo será siempre. Lo sé porque la practico. La practicamos -corrigió- Nuestros métodos se refinan era tras era, con ofertas de cosas ficticias, atribuyendo propiedades mágicas a tal o cual persona, a tal o cual objeto para obtener veneración, para obtener temor si osaran ir en contra de nuestras leyes, todo en pos del control pues los corazones de los hombres son maleables, y traicioneros. Tu reinado será inestable, al principio. Necesitarás una herramienta poderosa para mantenerlo unido. Te la estoy ofreciendo como muestra de amistad.

Hassan observó de pies a cabeza al hombre, perturbado. _Es hora de que me vaya. -escupió.

PARTE 47: EL ORÁCULO DE MEMPHIS

La vida sabe a nada cuando dudas de todo. ¿Cómo construir nuevas experiencias cuando los cimientos de tu alma están tambaleantes? Así se sentía Hassan, cabalgando a paso de hombre cerca de Memphis, bien dentro de territorio egipcio, última parada en su recorrida oficial como embajador del putrefacto Sargón, y última también de sus maquinaciones para conquistarlo todo. "La religión no es otra cosa que una herramienta de dominación": casi podía escuchar las palabras de Felías resonando en su cabeza, tal como habían sido dichas diez días atrás en Jerusalén.

Las luces de las antorchas de los hombres a caballo a su alrededor se posaban sobre un magnífico monumento, una torre de piedra con la figura de un faraón, pintado de vivos colores, y adornado con esmero y gracia. En sus manos llevaba un doble cetro, cuyos símbolos ahora se le escapaban, y no corría tras ellos. No era el primero con el que se topaba la caravana. En otras circunstancias hubiera disfrutado del fino arte de los artesanos, deseosos de agradar a sus dioses. Ahora, navegando en aguas desconocidas en los confines de su corazón, era imposible.

Dioses.

Ya había perdido la cuenta de cuantos había. Pecado fatal olvidar a aquellos cuyo poder nos controla, cuya mirada nos juzga, cuyas órdenes silenciosas nos guían. ¿Había, acaso, cientos de ellos? En sus largas noches de fogatas, y sus disertaciones oculto de los rayos del Sol, muchas veces había discutido y discurrido la verdadera naturaleza de los dioses, con muchas personas de diversos orígenes e ideas. Sobre qué deseaban, quienes eran. Contado y escuchado miles de historias. A veces, logrando acuerdos si tal o cual dios eran en realidad el mismo, dadas las leyendas que se contaban, sus características, su esfera divina, su personalidad, para solo cambiar el nombre por lo que los mortales los conocían. Otros se parecían, pero cambiaban en sus leyendas. Quizás por ayudar, o ser muy temperamentales contra el héroe, otras por haberlo abandonado a su suerte, pero hacían dudar si era la misma deidad, o dos diferentes. Hassan miró hacia arriba, y se preguntó cuántos tenían poder sobre su corazón y sus pensamientos erráticos. ¿Una decena? ¿Una centena?

Y visto así, no podía dejar de sentir que todo era absurdo. Que el viento sopla porque tal es la naturaleza del viento. Que los campos se vuelven fértiles porque el limo del río las acaricia. Que el fuego quema porque ese es el deber del fuego. Que las vidas van y vienen porque así es la ley del mundo. Y que sirve tanto para los perros, las ovejas, los pájaros y los hombres. Todos por igual, sin magia oculta detrás. Que jamás existió dios alguno, o que si lo hizo hace tiempo abandonó los cielos. Y volteo para ver a su alrededor, rodeado de hombres dispuestos a matar para protegerle, y aun así sintiéndose solo. Inexorablemente solo. Cobardemente solo. Solo como nunca antes se sintió.

Pasaron por una pared inscripta, seguramente cantando alabanzas a tal o cual líder local. ¿Acaso toda construcción, todo monumento, toda piedra puesta sobre piedra por el hombre no sirve a otro propósito que dominar la voluntad del hombre?

Su caballo se detuvo, quizás hermanado por su pesado corazón. Detrás, aquellos encargados de llevar las carretas con regalos sigilosamente le rodearon y siguieron avanzando. Todos esos metales preciosos y finos lienzos, llevados legua tras legua con el único propósito de doblegar la voluntad de los líderes egipcios con regalos. Porque si hay algo que los egipcios aman, más que a sus faraones y sus dioses, es al oro. Llegando incluso al punto de profanar tumbas a sabiendas de la nefasta maldición que cae sobre sus cabezas. El oro también, era un instrumento de dominación. Y de eso estaba totalmente seguro.

Kamek le distrajo, moviendo un brazo frente a su vista. Le costó enfocarse en ese hombre al que había aprendido a llamar amigo.

_¿Qué te sucede?

_Nada, estoy bien.

_¿Seguro? No escuchaste la alerta? –pregunto Kamek.

Hassan giró la cabeza frenéticamente en búsqueda de pistas sobre algo importante que haya pasado. Rápidamente se fijó en lo rígidos que se habían puesto todos en la caravana, y que a lo lejos, varios puntos luminosos se acercaban a ellos. Kamek se alejó hacia el frente, y con calma ordenó que se preparen para recibir hostiles. No obstante, la docena de recién llegados cabalgaban tranquilamente, e hicieron señales de paz. Era la escolta oficial, bastante tarde acudiendo a sus tareas. Hassan no se detuvo a pensar las consecuencias y causas políticas de esa demora. No estaba de humor para ello. De hecho, se saltó de mala manera la pompa y el protocolo de los saludos de rigor, y se contentó con dejar a su caballo avanzar. Para su fortuna, Kamek había tomado el rol de cabecilla en su lugar, y su rudeza había sido prontamente olvidada.

Una hora más tarde, se encontraban frente a frente con las majestuosas puertas de la ciudad, cuyos colores apenas podía adivinar tras la engañadiza luz de las candelas. Éstas se abrieron, al tiempo que sonó un dueto de cuernos, entonando una melodía de bienvenida.

Al contrario de otras ciudades, Memphis dejaba de existir de noche. Nadie comerciaba, nadie caminaba, nadie asomaba sus narices. Ni siquiera pudo distinguir si algún curioso salía entre sus cortinas a espiar a su comitiva. Nada. Por un momento se le ocurrió pensar si la ciudad estaba habitada solamente por almas silenciosas, sombras y guardias de escolta.

Al llegar a la plaza principal, fueron invitados a esperar. A su alrededor, muy por encima de sus nubes negras, eran cercados por gigantes columnas de un bello color ámbar brillante. Hasta la arena bajo las pezuñas de las bestias se sentía suave y delicada. Y frente a ellos, un enorme palacio, casi tan alto como ancho, dominado casi absolutamente por una escalinata tallada con maestría, que se alzaba hasta el cielo, con puertas a sus costados que se extendían hasta donde el ojo no llegaba. Y bajando por éstas, una figura solitaria.

Kamek bajó de su caballo, y palmeó suavemente los cuartos traseros del caballo de Hassan.

_Y bien Aslín, ¿vas a decirme que te sucede? Alguien está viniendo a recibirnos y quiero estar enterado antes.

Hassan seguía con la vista la pequeña figura que se acercaba, evitando a propósito cruzarlos con aquellos que lo escudriñaban. Bajó del animal lentamente, para ganar tiempo. _Me han tocado una fibra sensible –soltó finalmente, con la esperanza de ser dejado a solas. Pero eso no ocurrió.

Kamek levantó una ceja tan alto como pudo. _¿El gran Aslín tiene fibras sensibles? Difícil de creer, amigo.

_Si, lo sé. Es algo que me he traído de nuestra estadía en la Judea.

_¿Y qué cosa vendría a ser?

_Un cargamento de dudas. Sobre los dioses. –hizo una pausa, que solo sirvió para aferrar aún más al asirio a la respuesta que se hacía esperar– Sobre si existen, o si son una herramienta, no muy diferente a un cincel. Que en lugar de esculpir la piedra, esculpe los corazones de los hombres.

El asirio se quedó mirándolo, muy callado, y pronto buscó a su alrededor, pasando la vista por cada recoveco, procurando encontrar inspiración en aquella tierra extranjera.

Egipto era especial. Uno de los pocos reinos de importancia donde reinaba un mortal. Y no solo de nombre, como era común, sino en la práctica. El faraón, amo y señor de Egipto, era un dios en sí mismo, y era peligroso dudar de los dioses en una tierra gobernada por uno.

Los faraones eran seres extraordinarios. Habían sido elegidos por lo más sagrado de estas tierras. Eran más que elegidos, eran descendientes de dioses. Pero, por capricho divino, o para desdicha de esos hombres, a cambio habían pagado el precio de una vida corta. Una vida humana, o menos aún. Y esto alimentaba las conspiraciones palaciegas más monstruosas, que socavaban el reino desde su base. Lo único que evitaba el colapso total era el Sacerdocio de Horus, cuyos miembros eran *destinados*, o, como les decían en otros lugares, *portadores de la sangre*, *tocados*, *espantos*, o algunas veces, *demonios*. Algunos de ellos incluso eran *inmortales*, tal como aquellos del linaje de Sargón, tal como Kamek. Y en los sacerdotes de Horus se refugiaba Egipto cuando el reino sufría, y sufría mucho. Uno de los temas que había salido en sus discusiones con Aslín era cómo y por qué el Sacerdocio no se había hecho con el poder definitivamente, o por qué permitía la inestabilidad. No habían llegado a un acuerdo en las razones, pero si a investigar al respecto, buscar una debilidad y explotarla.

Kamek pasó su mirada por una bella estatua de Amón, que parecía penitente al otro lado de la plaza, encontrando finalmente la inspiración que necesitaba. _Pero, ¿de qué hay que dudar amigo? –le dijo a Hassan algo más animado que antes– mira a tu alrededor. ¿A qué otra cosa podrían estar destinados tan hermosos monumentos, tan fino arte, tanta devoción, sino a aquellos que nos trascienden? En todo el mundo y aquí, el hombre intenta ganar el favor de otros, cierto es, pero más aún de los dioses, quienes nos vigilan y guardan. Sino dime, Aslin, ¿a qué otra cosa podrían estar destinadas semejantes obras?

Hassan se encogió de hombros, algo aturdido pero interesado de pronto en las palabras de Kamek. _¿A la vanidad? –soltó de pronto.

Kamek no pudo contener una carcajada, habiendo sido tomado por sorpresa. _Más de una, sin temor a equivocarme, es obra de la vanidad del poderoso, pero no es el común, sino la excepción. No debes de preocuparte. Todos vemos en duda nuestras creencias en algún momento de nuestras largas vidas, tal es la naturaleza del hombre. Pero los dioses nos conocen mejor que nosotros mismos, conocen los bueyes con los que aran sus tierras. Anímate, has el intento.

Hassan miró al frente, ya reconociendo la figura solitaria que bajaba los infinitos peldaños. _De acuerdo, haré el intento. Tenemos faena pendiente.

_Bienvenidos sean. –sonó grave y potente la voz a lo lejos. Por su atavío ceremonial, sus cuentas de metales y piedras preciosas, su paso y porte, y el hecho de aventurarse solo a recibir a los forasteros armados hasta los dientes indicaba que no podía tratarse de otra persona: El Sumo Sacerdote de Horus, Ankh *el eterno*. Tenía el pelo corto y blanco como la nieve, sendas arrugas moldeaban su impasible rostro, de afeites impecables. Era el segundo

Sacerdote de Horus, sucesor del primero, aquel cuya leyenda le otorga el haber sido fundador de Egipto, entre otros secretos más y mejor guardados. Y si algo le sobraba a Ankh, eran secretos.

_Ustedes, caballeros, han de ser Aslín, Virtuoso de la Lealtad, y Kamek, descendiente del Gran Sargón. Bienvenidos, bienvenidos sean.

Ambos hombres mencionados saludaron con cuidado protocolo, seguidos detrás por cada hombre de la caravana.

_Sumo Sacerdote Ankh, agradecemos su gesto. Hemos traído presentes para el Faraón.

_Sus presentes serán aceptados con honor y devueltos con hospitalidad y altísima gratitud. ¿Harían el favor de seguirme, señores míos? –dijo al tiempo que dibujaba una reverencia en el aire– Mis hombres escoltarán a los suyos para darles de comer y beber, y ofrecerles merecido descanso tras el viaje. Y yo mismo me encargaré de ofrecerles lo propio, si así me lo permiten sus majestades.

Ante semejantes palabras, los invitados tan solo atinaron a aceptar las dádivas con una sonrisa.

Siguieron al Sumo Sacerdote por la décima cuarta puerta a la derecha, pasando por varios y hermosos salones, hasta llegar a lo que parecía ser el templo personal de Ankh. Era más bien modesto, decorado con tonalidades rojas en sus paredes, frases que no llegaron a comprender, y la estatua.

La estatua medía lo que tres hombres uno encima de los hombros del otro. Su enorme cabeza de halcón contenía poderosos ojos, cuyo brillo indicaba la presencia de algo divino, de algo sobrecogedor. Era la estatua de un dios. De Horus. En su mano izquierda sostenía un cetro, y su mano derecha estaba extendida, llegando al centro del salón, de cuyo puño apretado bajaba un paño carmesí, claro símbolo de la sangre divina. Debajo, con su muñeca atada al paño, se doblaba la figura de un hombre, de rodillas ante la divinidad en perpetuo sometimiento, receptor del regalo de los dioses.

Al ver lo maravillados que estaban sus invitados, Ankh ofreció una breve explicación. _Todos los sacerdotes somos descendientes de Horus, de alguna u otra forma. Ustedes mismos, también son descendientes, pues portan su sangre.

Hassan miró de soslayo a Kamek, sabiéndose diferente. La sangre que corría por sus venas no era la misma. La de él le había obligado a escaparle al Sol, mientras que la del asirio lo había condenado a una muerte tan lenta como irreversible. Se preguntó si habría alguna diferencia con la regalada por Horus a los sacerdotes. O si todo era una fábula.

_Y como *portadores* de su sangre, son bienvenidos a estos aposentos –continuó.

_Gracias nuevamente, Sumo Sacerdote. Si no es inconveniencia –dijo algo dubitativo Kamek– ¿puedo consultarle algo?

_No es inconveniencia para nada. –mencionó con una enorme y cordial sonrisa el hombre en pie más poderoso de aquel reino.

_Es sabido que los faraones son descendientes de los dioses, ¿es esto similar a lo que ocurre con *nosotros*?

_Entiendo la duda. Es similar, sí. Pero distinto. En las Sagradas Escrituras se indica claramente que aquellos que *porten la sangre* no deben liderar, pues...nuestras motivaciones –recalcó– pueden ser egoístas, y que solo aprendemos a ofrecernos al prójimo tras muchas vidas, vidas que se nos han regalado a cambio de ese servicio. Los faraones son descendientes de Amón–Ra, Aquel que Es Lo Alto, cuyo regalo fue el de liderar a los hombres, a cambio de vidas cortas. Pues si vivieran muchas vidas, desviarían los propósitos divinos y los confundirían con los propios.

_Nos hemos preguntado largamente, y por favor corríjanos si hemos pisado en terreno que no nos es permitido –secundó Hassan– por qué Egipto es azotado por terribles conspiraciones, teniendo tan digno pilar sobre el que sostenerse en el Sacerdocio. –mencionó apuntando gentilmente a Ankh.– ¿La razón entonces son las Escrituras?

Ankh asintió. _Así es. Si me permiten una inconfidencia, sabía que este tema habría de ser tocado, tarde o temprano. Elegí entonces que fuese temprano, para que mis señores puedan entender mejor el alma egipcia.

Ambos extranjeros se miraron, y asintieron con una sonrisa melancólica. Con tan profunda creencia, sería cercano a lo imposible fomentar el ascenso del Sacerdocio al poder real, otra de las posibilidades que habían discutido en el camino, posibilitándoles ganar un poderoso aliado. Dado que ese poderoso aliado se contentaba con ser el pie del reino en lugar de la cabeza.

_Los dioses no lo permitan –se adelantó Kamek– pero, ¿qué sucedería si de pronto el Faraón Shabako cayese enfermo y no hubiera un digno heredero, siendo su hijo aún pequeño? ¿No se sumiría el reino en el caos? ¿No se conjurarían las tinieblas con el ascenso de una persona harto preparada y sabia como el Sumo Sacerdote de Horus?

_Sin dudarlo, mi muy apreciado invitado. Afortunadamente eso no ocurrirá, mis deberes no entrarán en conflicto por un escenario de esas características. Shabitko le sucederá pacíficamente.

_¿Cómo asegurarlo? –pregunto extrañado Hassan.

_Porque así lo ha confirmado el Oráculo de Memphis.

_Oh...he escuchado leyendas sobre el Oráculo y el Templo de Apis-explicó Hassan- pero no podría separar certeza de falsedad. ¿Quién es el Oráculo?

_No es solo una persona, en este momento son dos. Es un cargo que se pasa de sacerdote a sacerdote. A aquellos que estén preparados y presenten rasgos y potestades inequívocas. En este momento la Sacerdotisa del Oráculo está preparando a su sucesora tras predecir que sus propias potestades están cercanas a desvanecerse. La joven que la sucederá ha demostrado un encanto y talentos inusitados. Si lo desean, puedo presentarles, se encuentra en este palacio ahora mismo. Siendo mis invitados, pueden incluso consultarle.

_Sería un gran honor. –saludó el asirio, y acotó luego- ¿Podrá ser ahora mismo? Pretendemos que nuestra estadía sea corta y volver a nuestros deberes en Assur.

Ankh sonrió mostrando su dentadura perfecta. _Claramente. Síganme por favor.

El Salón del Oráculo era muy diferente, sus pisos estaban íntegramente alfombrados, al igual que la pared más al sur. La pared más al norte estaba dominada por una enorme escultura de un escarabajo, en cuyo lomo había un ojo gigantesco, igual al que habían visto en la estatua de Horus. El escarabajo brillaba como el oro, pues estaba revestido de una gruesa capa de ese metal. Destellaba congraciado de su propia existencia, un hito en la artesanía. A la derecha del escarabajo había un gran toro, representación de Apis, de cuyos cuernos colgaban docenas de collares de piedras preciosas y plata. Delante del toro, una mesa de piedra tallada hasta el cansancio, que era tan lisa que hasta un suspiro resbalaría de ésta. Sobre esa mesa se hacían los conjuros sagrados. Hassan notó que había una almohada de piedra sobre la misma, no pudiendo dejar de pensar que desentonaba con el lugar. De hecho, otras cosas también lo hacían. Había algunos lienzos desparramados en el suelo, como si alguien desordenado los hubiese dejado allí. No, no dejado. Alguien desordenado *vivía* allí. ¿Qué clase de persona podía tratar con ligereza un recinto sagrado? Los lienzos eran ropas coloridas de mujer. Una mujer joven.

_Aquí llega. –anunció Ankh.

Hassan volteó.

Y quedó maravillado ante la figura que entraba. Sus túnicas parecían flotar por arte de algún hechizo, al tiempo que sus alhajas resonaban como el corazón de un genio del desierto. Las caderas de la joven mujer se mecían suavemente, como el viento del oasis. Y esos ojos, parecían sobrenaturales, negros como noche cerrada.

Cuando se detuvo frente a Kamek y Hassan, hizo una larga y trabajada reverencia, y se corrió finalmente el velo. Era la sacerdotisa, sucesora del Oráculo: Eylem.

PARTE 48: UNA TORMENTA DE ARENA

Las noches del desierto sin duda son difíciles de soportar. La arena es traicionera, y las tormentas pueden ir y venir sin apenas aviso. Pero dentro de un palacio se hace mucho más llevadero. Sobre todo con buena compañía. O a opinión de Hassan, la mejor compañía posible. Había pasado con ella los últimos cinco días, y pensaba que no se hartaría jamás. Las charlas a la luz de las velas, el contacto de su piel, el efecto mágico de su mirada. Eylem le parecía la mujer perfecta. Se preguntó si era ella un regalo de los dioses, pero no entendía por qué razón le entregarían uno así en el momento de mayores dudas. ¿Sería acaso para que volviera a confiar en ellos, justamente?

Dejó de soñar despierto y se sentó en la cama. Algunos de los velos que colgaban de ésta la surcaban, volaban como poseídos por almas melodiosas. Su olfato se llenó de incienso y el inconfundible aroma del buen aceite quemándose. Y dibujó una enorme sonrisa. Por la única ventana de sus habitaciones, donde era hospedado con lujos, entraba una suave y seca brisa, y casi podía percibir la presencia del omnipotente Nilo. Su nueva y mejor amiga no estaba a su lado. La buscó debajo de la cama, detrás de los muebles, entre las cortinas, pero no estaba. Se asomó por la ventana para mirar debajo. Su sonrisa se borró de pronto. Debajo, mirando hacia él estaba Kamek, quien incluso a la distancia se podía percibir las llamaradas que salían de sus ojos. Hassan le gritó que esperara a que se arropara y bajaría a intercambiar unas palabras con él, pero no recibió respuesta alguna.

Ya vestido, salió a la negra noche que ya se había adueñado del cielo hacía varias horas. Buscó a su compañero hasta encontrarlo apoyado casualmente contra una columna, fumando cannabis en una sencilla pipa de madera. No le dedicó siquiera un saludo.

_Entiendo que estás molesto por algo, pero no sé exactamente por qué.

Kamek dio varias pitadas rápidas para evitar que se apagara la hierba, y soltó una bocanada de humo al aire.

_Las negociaciones con Ankh han resultado alentadoras. -se defendió Hassan- Ha aceptado una alianza con Assur, y proteger nuestra frontera de las incursiones.

Kamek encendió una pajilla en la antorcha que colgaba a pocos pies sobre sus cabezas, y la usó para darle renovada vida a su pipa. Hassan comenzaba a dudar si sus conversaciones con Ankh se habían filtrado, o si aquel mismo le había contado las verdaderas motivaciones de su visita. Si, asegurar un aliado, pero no para Sargón, sino para él, a cambio de fastuosos regalos en metálico. Pero de haberse enterado de eso no estaría tan tranquilo, lo hubiese acusado directamente. Quizás solo sospechaba.

_Dime, Aslín...¿no crees que ya es momento de retirarnos? Los hombres están intranquilos. Tu y yo recibimos trato de príncipes, pero ellos no. Comen las raciones que les dan, porque las nuestras se agotaron o están próximas a hacerlo. Vamos a necesitar aprovisionar o llegaremos hambrientos.

Hassan se relajó. _Si es por alimentos creo que nuestro buen anfitrión podrá ofrecernos una solución. El último tramo racionaremos para llegar a término sin necesidad de pasar hambre, ya seguros en nuestras fronteras. - Mintió Hassan, a sabiendas de que no había lugar seguro en las fronteras del Imperio para él ni nadie que lo siguiera, pero siempre podía recurrir al robo.

_Yo creo que no nos dará nada más que migajas o pan rancio cuando termine contigo.

_¿Qué significa eso?

_Que pareces no darte cuenta que te han plantado una espía -y añadió luego, mirando debajo del cinto de Hassan- o si tú la has plantado a ella.

_Eylem no es una espía, es-

_Es una sacerdotisa de Horus–le interrumpió– por ende una discípula de Ankh, uno de los hombres más astutos de estas tierras, quien te ha mostrado exactamente lo que querías para que sueltes todo lo que sabes.

Hassan se tragó la sarta de palabras lascivas que tenía para ofrecerle, pero se detuvo a pensar. Sin dudas había tocado temas espinosos en sus largas conversaciones con la mujer. Y era verdad lo que Kamek insinuaba, tanto ella como Ankh eran astutos, y podrían sacar más de una conclusión con lo que él había elegido hablar, para completar aquello que había elegido callar. Y para alguien que está tejiendo el hábito mortuorio de Emperador, es un error garrafal.

_Y ahora ves tu error, "Gran Aslín". –soltó con ironía el asirio.

Hassan buscó con la mirada la Luna, y entendió que era tarde para abandonar el lugar. Tendría que ser la siguiente noche. _Voy a darte algo de razón, amigo Kamek. He soltado la lengua de más, y es mejor marcharnos cuanto antes, aunque tan solo sea para cortar un mayor daño.

Kamek soltó otra bocanada mirando el astro en lo alto, y asintió pesadamente. _¿Al menos te ha dicho tu futuro? –le preguntó con sarcasmo.

Cuando Eylem regresó a las habitaciones del Virtuoso de la Lealtad, Hassan se encontraba recogiendo sus pertenencias en un cofre para que pasaran por él. Llegó caminando hacia él sin hacer ruido y acarició su cuello y espalda. _¿Qué haces mi amor? ¿Ordenando tus cosas?

Hassan quería estar molesto, pero sinceramente no podía. _No. Es que nos marchamos.

Eylem abrió grandes sus de por sí enormes ojos, con sorpresa y un casi infantil desencanto. _¡Oh no! ¡Y de manera tan repentina! ¿Por qué? ¿Qué ha sucedido?

Hassan la tomó del rostro con agresividad, pero ella no hizo nada para defenderse, simplemente se quedó inerte bajo el yugo de sus dedos firmes.

_¡Porque tú! –comenzó gritando, pero bajando de tono palabra tras palabra– eres alguien que me escucha, y luego lo transmite a otros. A Ankh en particular, y eso no está bien. –Hasta él mismo comprendió lo tonta que se escuchaba su frase.

_Perdona, mi vida –le balbuceó como pudo con su boca apretada entre los dedos, con un tono juguetón– Pero Ankh es Sumo Sacerdote, debe saber que ocurre con sus huéspedes, ¿no?

Hassan la soltó y pegó un puñetazo al colchón de plumas, que obviamente no hizo ruido ni resultó amenazante en lo más mínimo. _No...no entiendes...me has estado espiando, haciéndome preguntas certeras sobre el poder militar que tengo, sobre mis mandamases y aliados.

Eylem apoyó una de sus manos suavemente sobre el puño cerrado de Hassan. _Amor mío, no te he obligado a nada. De hecho hasta hemos discutido tácticas en el campo de batalla, ¿es eso compartirte secretos militares egipcios? Yo creo que no. Es simplemente charlar.

Hassan se sintió de pronto desarmado. Ni la ira que había intentado formar lo acompañaba. Solo le quedaba un inmenso amor por esa mujer que lo había seducido para robarle sus secretos. Nada más le quedaba confesarle lo que tenía dentro. Aquello que era un verdadero regalo de los dioses, el corazón enamorado de un *espanto inmortal*. _Me has seducido para robarme mis cosas. –se trabó al armar sus palabras– Es decir, mis secretos. Los de Assur.

Eylem esbozó la sonrisa más grande que el hombre haya visto alguna vez. _No. Te he seducido porque me gustaste. Pero... –comenzó a decir, con su radiante sonrisa disminuyendo poco a poco– ahora que tienes la oportunidad única de hacerte con mi corazón, te marchas sin más. ¿Tienes alguna idea de lo raro que es el amor genuino entre *portadores de sangre*? Estoy haciendo un esfuerzo enorme por mostrarte mi mejor sonrisa, porque por dentro siento que se apaga mi fuego.

A Hassan se le formó un descomunal nudo en la garganta. _Y-yo lo...lo siento, mi amada. Es que estoy en un momento muy delicado de mi vida, por cosas que no te he contado aún.

_Ni lo harás.

_¡No! O quizás sí. No lo sé. Tú antes que nadie más debería saber qué momento vivo. Me has dicho que has visto mi futuro.

Eylem asintió con una mezcla de encanto infantil y malestar.

_¿Y bien? Porque cuando hablamos de eso me dijiste que no estabas de humor.

_Y te lancé una almohada.

Hassan rió, y se odió a sí mismo por haber sido derrotado tan impunemente. _Y me lanzaste una almohada.

Eylem se giró de pronto para enfrentarlo cara a cara. _De acuerdo, te diré tu futuro. Como regalo de despedida.

Hassan asintió varias veces, con una mueca divertida en su rostro. _Soy todo tuyo, ¿qué debo hacer?

_Nada. Déjame concentrarme. –le ordenó cerrando sus ojos.

Por debajo de su respiración se podían escuchar los conjuros mágicos destinados a Apis, para que le provean la clarividencia de ver el futuro, con ese toque de teatralidad que Eylem tenía para las cosas que eran medio en broma y medio en serio. De pronto, apretó la mano del hombre para llamarle la atención.

_¡Oh! Veo tu destino, mi noble señor. –abrió un ojo para espiarlo, y al ver que Hassan la estaba observando lo cerró rápidamente– Te veo conquistando al mundo, poniéndolo de rodillas ante ti. Te veo derrotando a tus enemigos que están muy cansados para darte pelea, y resultan pisoteados como insectos bajo tus pies.

Hassan reía con ganas, pues había olvidado, temporalmente, de que fuera de aquellas paredes debía nuevamente usar una máscara. Una que probablemente nunca más pudiera quitarse. _¿Y eso es todo? ¿Obtengo el mundo entero así sin más? –preguntó bromeando.

_No, no momento. Veo algo más. Mmmmm... –expresó mientras sacudía su cabeza de aquí para allá, como llevada por algún misterioso poder– Veo...que una hermosa mujer será tu ruina. Lo perderás todo. Así que cuídate de las bellas doncellas, ¿eh? –le dijo mientras golpeaba su cabeza con una almohada.

Hassan respondió con otra almohada, y ambos rieron y gozaron de su compañía, quizás por vez última.

Al cerrar la tarde de su sexto día de estadía, la caravana asiria ya se encontraba lista para salir, aguardando la orden del Virtuoso. Éste se había desviado para despedirse de su amada, para impaciencia de todos, pero tanto o más para Kamek.

Eylem y Hassan se encontraban abrazados detrás de un gran jarrón bellamente adornado, que yacía en una de las esquinas de un largo pasillo, lejos de los ojos de sirvientes y soldados.

_No vas a volver, ¿verdad? –preguntó la mujer con lágrimas cayendo por sus mejillas.

_Si, lo haré. En cuanto logre mi cometido.

_¿Y cuál es ese cometido?

_Me apena, pero no puedo decirlo.

_Entonces bésame y vete.

Hassan no lo pensó dos veces, y besó apasionadamente a la dueña de su corazón.

Ya afuera, y con sus sentimientos encontrados, dispuso la caravana a salir. Si todo salía bien, pronto volvería como Emperador de Assur, y la tomaría como esposa, contra el deseo de cualquiera que se ponga en su camino. Le alivianaba el alma saber que su victoria estaba cerca, tan solo debía estirarse a cosechar el fruto de su labor de hormiga. Escuchó que algunos hombres gritaban por él, así que levantó su mano para que le encontraran.

_¿Quién me llama?

_Yo señor, soy sirviente del Sumo Sacerdote –se presentó un joven muy delgado corriendo en su dirección–. Me ha pedido encarecidamente que vaya a su encuentro pues tiene una noticia importante que darle.

Hassan no tuvo que desplazarse demasiado para encontrar a Ankh. Estaba aguardándolo al borde de la majestuosa escalinata del Palacio de Memphis, con el velo nocturno asomándose en el horizonte.

_Sumo Sacerdote –saludó efusivamente el *espanto*–. Me han dicho que tiene una noticia para mí.

La mirada de Ankh le provocó un escalofrío que le recorrió toda la espalda. Ya la había visto en muchas oportunidades. Era como la mirada de fría y falsa compasión que se echa a un enfermo de lepra, o al castigado a muerte que se arrepiente a último momento cuando ya es demasiado tarde.

_Ha llegado un mensajero asirio buscándote. Lamento haber tenido que torturarlo porque no quería revelarnos nada que no sea a ti. Muy noble muchacho.

Hassan no daba crédito a sus oídos. _¿Qué? ¿Torturaste a uno de mis mensajeros? ¿A qué se debe este atropello? ¡Y decírmelo sin vergüenza a mi propia cara!

Ankh levantó su mano para detener la verborragia del enfadado hombre. _Guárdate eso, por favor. Sargón ha muerto, no sé cómo ni por qué. Pero Sennacherib se ha hecho con el trono y es el nuevo emperador de Assur, con amplio apoyo local. Ha salido un ejército, aparentemente hacia Jerusalén, para cobrar tributo o destruirlos por insubordinación. Y eso no es todo, sino que ahora de tu cuello cuelga una recompensa. Eres un paria, Aslín.

Hassan se quedó petrificado. Su ira cesó de empellón, todos sus pensamientos se perdieron, hasta sus latidos se detuvieron en un instante que parecía no tener fin. Si se pudiese despojar a un hombre de todo aquello que no fuese su cuerpo y arrojarlo a un negro pozo, eso mismo es lo que ocurría con él.

_No me interesa esa recompensa -continuó el Sacerdote- aunque confieso que es más que interesante. Aunque sólo sea por el hecho de que soy tu anfitrión y me preocupa la seguridad de mis huéspedes. No obstante, en el momento en que cruces el umbral de la ciudad serás como cualquier otro. Estás advertido de no volver a estas tierras, al menos hasta no...resolver tu situación. Ahora, vete. Que los dioses se apiaden de tu alma y te concedan buen viaje. -Le dijo, para inmediatamente darle la espalda y dirigirse al Palacio.

Los despojos de Hassan caminaron hasta su caravana, donde varios cientos de hombres lo esperaban. Uno de sus capataces le pidió instrucciones, pero solo encontró el silencio.

Siguió avanzando hasta pasar las puertas de la ciudad, seguido a cierta distancia por los confundidos soldados asirios. Kamek bajó de su caballo y corrió hasta Hassan para asirlo de los hombros. _¡Hey! Aslín, ¡despabila! ¿Qué sucede? ¿Qué te ha dicho Ankh?

Hassan levantó la cabeza para mirar sin ver a su compañero, y soltar las pocas palabras que podía hilar. _Que Sargón ha muerto, que soy un paria. Que he llegado tarde a ser Emperador por quedarme aquí con Eylem.

De pronto Kamek hirvió de cólera y desconcierto. _Me dices que mi Señor ha muerto, ¿y hablas de ser Emperador? ¿Qué sandeces estás hablando? ¡Contesta!

Hassan tomó de los brazos a quien llamó alguna vez amigo, y le contestó con una sinceridad brutal. _Yo quería ser Emperador, sí. ¡Porque Sargón era una bola moribunda e inútil! Todos gobernaban en su lugar. Toda tu sangre es vil, ¡y debería terminar cuanto antes! ¡Maldición!

Se escuchaban algunas voces enfurecidas de los asirios de la caravana, algunos sacaron sus sables del cinto. Y eso mismo hizo Kamek. _Tienes hasta que cuente diez antes de que te corte la cabeza y se la dé a los perros. -le gritó, mascullando su ira.

No hizo falta contar. Hassan dio la vuelta y se marchó. Solo.

PARTE 49:
RENDICIÓN TOTAL

El nuevo centro de mando de Cresta, dispuesto en el más escondido y olvidado búnker, estaba extremadamente oscuro, montado en algún sótano perdido a las afueras de Jesenice, en Eslovenia. Sobre el sótano, una triste cabaña contra la ladera de la montaña se erguía, tocada apenas por un serpenteante camino de tierra. El viento no solo soplaba, sino que estaba empeñado en quitarles los techos a toda construcción de la zona, que eran pocas y fornidas.

La descolorida pintura era apenas marcada por la humedad y varias familias de hongos que crecían en sus superficies, cuyo sitio preferido era debajo de los tirantes de cemento del techo que flotaba de a ratos dejando pasar enormes bocanadas de aire frío. Afuera, una camioneta gris escondida a medias se mecía por el rugido tormentoso, junto a un par de árboles sin hojas. La escena misma se quejaba, temblaba. Tiritaba.

En ese triste sótano, tan sólo una persona estaba apostada, frente a una pantalla de computadora sobre una mesa de madera, tamborileando los dedos uno contra el otro, aguardando. Excepto por algunos iconos estándar que quedan tras una instalación limpia de un sistema operativo descargado de algún sitio ilegal, estaba todo negro, cuyo único movimiento eran los puntos que separaban las horas de los minutos, 14:34 de aquel sombrío lunes 31 de octubre de 2050.

Y todo, absolutamente todo, estaba cubierto por el polvillo del descuido.

La persona parecía perdida en sus propios pensamientos, con un rostro joven pero sin jovialidad, con marcas no de edad sino de paso del tiempo, sin arrugas de vejez sino de experiencia, unos ojos que parecían sobrenaturales, como noche sin luna, que no estaban opacos por la oscuridad del lugar, sino que habían perdido su brillo día tras día, año tras año, capa bajo capa de sufrimiento, una encima de la otra. Era Eylem, la líder de una facción en ruinas, Cresta.

De pronto, su rostro se iluminó y el brillo de la pantalla resplandeció con estridencia, rebotando con morbosidad en todo el pequeño lugar. De los parlantes salía un sonido que simulaba ser una llamada telefónica. Y en el medio, una figura anónima. Y esa figura anónima llevaba un cartel, que irónicamente rezaba como etiqueta: "YaSabes QuienSoy".

Eylem observó con lo que parecía ser una calma infinita ese chasco de nombre, oyendo ese sonido burlón que martillaba haciendo eco en las deslucidas paredes de piedra gris y moho. Y dejó que sonara, impasible.

Y cuando la llamada estaba próxima a terminar automáticamente, presionó el botón verde.

_Te has tardado en responder. –dijo el rostro en la pantalla.

_Estaba ocupada. Llamas en mal momento.

Hassan rió, acariciándose la barba suavemente. Parecía haber puesto empeño extra en animar unos ojos cafés altamente expresivos, un rostro amistoso, un cabello rico y negro brillante como el petróleo. En cada uno de sus dedos llevaba un anillo, todos de oro, cada uno adornado por una enorme piedra preciosa de diferente color y matiz. _¿Ocupada buscando empleo? Entiendo que es hoy una jornada difícil para muchos, que se han quedado sin fuente de ingresos. Pero una persona de tu talento no tiene por qué temer, *bonami*, encontrarás enseguida, antes de lo que crees.

_No estoy de humor para chistes baratos, y no estoy buscando empleador, Hassan. –respondió seriamente la mujer con sus brazos cruzados.

_¿No? Puedo preguntar entonces...¿en que se ocupa la líder del grupo más mortífero de Europa?

Eylem no respondió de inmediato, parecía que iba a hablar, pero se tragó sus palabras y bajó la mirada. Respiró hondamente antes de seguir, con un dejo de amargura. _En recoger los pedazos de lo que alguna vez fue mi orgullo, mi labor hace siglos. Tu seguramente más que nadie sabes el esfuerzo que implica forjar un grupo unido y con un propósito.

_Sin dudas, querida.

_Y más que nadie debes saber lo que es perderlo en una batalla.

_Me ha sucedido.

Eylem entrecerró sus ojos, mirando fijamente a la cámara que tomaba su imagen y la transmitía al escondite del hombre fuerte de Medio Oriente, y que estaba apuntando su arma contra la frente de todo Occidente, demandando rendición absoluta. _Tu trabajaste para Cáucaso, y sabes cómo es.

_Trabajé *con* Cáucaso, nunca *para* él. Eso es lo que nos diferencia, querida.

_Da igual. Entiendes lo que es que tu esfuerzo sea una pieza en el tablero de otro, que se puede intercambiar en cualquier momento en una partida que no entiendes, porque proviene del cerebro más brillante y más aterrador del mundo.

Hassan asintió levemente con la cabeza, a la espera del torrente de emociones que venía del otro lado de la línea.

_Cuántas veces creí que estaba loco...o que lo hacía por simple maldad, por desprecio a...a todos y todo. No obstante, me demostraba que sus planes tenían un propósito. Siempre fue así, siempre estaba cuatro pasos adelantado a cualquiera. Bailábamos en la palma de su mano.

_Pero ya no está, mi querida. El terror ha terminado.

_Ya no está. –cargó con amargura– Es difícil vivir casi toda tu vida dentro de un puño y luego sentir que se suelta.

_Eso si lo entiendo. –asintió el rostro amable de Hassan, que continuaba acariciando sus suaves barbas.

_Cuando siento esta repentina libertad, veo que quien ha aflojado el puño pretende imponerme otro. Maldito hijo de perra. Eso no iba a ocurrir. Y peleé. Y tramé, y planifiqué para vencer a aquel que había demostrado ser mejor que...– se detuvo para tragar saliva– ¡mejor que el dueño del mundo! –dejó un breve espacio, para respirar un par de veces.– Quizás pretendí demasiado.

_No. Has hecho bien, Eylem. He seguido tu. De hecho, estuviste muy cerca de derrotar a León. –Hassan echó a reír– Me fue tan, pero tan fácil darle el golpe de gracia a sus núcleos de poder que ni pude creerlo en un principio. Pero claro, era de esperarse teniéndote como enemiga.

_León no está derrotado. De hecho, Hassan. –dijo con ira, señalando el medio de su nariz– No has terminado de vencer a nadie. Ese sabandija aún está allá afuera, planeando. Me enteré de que ha ido a Norteamérica a negociar con George y Perius, los que nos metieron una bomba en el trasero. ¡Con ellos! ¿Puedes creerlo? No sé exactamente a que llegaron, pero han intentado repartirse el planeta.

_Estaba al tanto. Los cinco Virtuosos de Cáucaso, reunidos en Congreso, repartiéndose el mundo, en nombre del difunto líder, porque el supuesto sucesor no desea nada. Ah, y Perius, ese viejo canalla. –cerró con ironía. Y aguardó una cantidad de tiempo tan precisa que se podrían coordinar relojes atómicos para finalmente decir: _Y no te invitaron.

Eylem se hundió en su silla de mimbre. La postura de sus brazos cayó, así como su mirada, y aparentemente su voluntad de seguir. _ ¿Qué quieres?

_Alguna vez me dijiste que gobernaría el mundo.

_Lo recuerdo.

Hassan rió con ganas. _También dijiste otras cosas, pero ambos sabíamos que eras una farsante. De todas formas, quiero que estés conmigo en mi hora del triunfo. Tienes razón en algo, estoy ganando el juego pero aún no se termina. En los próximos días debo dar el cierre definitivo, debe ser muy pronto. Y es por ello que te he llamado.

_¿Por qué yo? Hay grupos de mercenarios preparados y dispuestos. Yo no lo estoy, y mi grupo menos.

_Sí que lo están, ustedes sólo necesitan la motivación adecuada. Entiendo que cortarle el pescuezo a un león será de su total agrado, siendo una tarea a la que pondrán su mayor esfuerzo. Y además...no me interesan esos otros grupos. –El agraciado e iluminado rostro fabricado de Hassan se acercó con gracia casi divina a la cámara, para que lo tome en todo su esplendor– Me interesas tú.

Eylem esbozó una triste sonrisa mientras miraba el vacío sobre su cabeza. _¿Otra vez con eso? Déjalo ya. Han pasado milenios.

Hassan negó, con una sonrisa plena. _No lo dejaré. Es el destino. Debemos estar juntos.

_No digas más por favor.

_En ese caso seguiré cuando nos veamos en persona.

_¿En persona? –preguntó con burla.

_Piénsalo fríamente, tienes diez segundos...es lo que durará la siguiente oferta, ¿lista? –Hassan cruzó los dedos de sus manos, mostrando su decena de hermosos anillos frente a él– Cresta renacerá, fuerte como nunca, será mi brazo armado en Europa. Todo el continente bajo tu control. Te proveeré armas, reclutas. Recuperarás todo, y más. Tendrás la libertad de hacer y deshacer a tu gusto. Si las cosas marchan bien, te encomendaré todo Occidente.

Pero debes estar conmigo, ahora. Responder mis órdenes, luchar mis luchas. Lo primero es enterrar a León, a George y a los demás. Que no quede nadie. Y entonces...reconstruiremos. –extendió sus manos, como un profeta ante su pueblo. Te toca, mi querida Eylem.

Eylem pasó sus manos por la frente, quitándose los cabellos cortos que habían caído sobre ésta.

Se secó la transpiración seca que la invadía, cerró sus ojos y exhaló.

Dejó que el ruido de las chapas contra el viento gobernara la situación.

Y cuando su interlocutor estaba por declarar el final del plazo, declaró: _Acepto, pero... –Indicó con el dedo índice desafiante- con una condición. No me obligarás a nada, en lo personal.

Hassan sonrió con la sonrisa más genuina que le había salido en siglos. _Hecho. Deberíamos cerrar este trato en persona. ¿Sería estúpido preguntar dónde estás?

Eylem levantó su mentón, sacudida de pronto. _Lo es. Lo que no sería estúpido es que me indicaras donde será el encuentro. Y espero que sea en un lugar neutro, donde nadie moleste. Y hago hincapié en eso, que nadie nos moleste.

_Bien. Estoy totalmente de acuerdo con tu observación. Debes estar cerca de Francia todavía. En ese caso creo que Grecia sería lo más adecuado. Ha sido territorio neutral desde hace suficientes años, y no presentará problemas moverse ni llegar al lugar. -Al no encontrar oposición, continuó.- Más precisamente Atenas, aprecio mucho la arquitectura del lugar. Hay que disfrutarla ahora, antes de que desaparezca. Y más bien pronto que tarde, ¿mañana por la noche te parece bien? ¿Harás a tiempo?

Eylem asintió, algo ausente. _¿Y exactamente dónde?

_Eso me toca definirlo a mí. -cerró sonriente-Te enviaré la posición exacta tres horas antes del encuentro, es tiempo más que suficiente para que puedas presentarte. Sola.

_Ahí estaré.

_Sin trampas Eylem, por favor. Mis hombres estarán cerca, preferiría no tener que advertirte, pero eres una mujer...especial.

_No son necesarias las advertencias.

_Mucho mejor. Hasta entonces. -hizo unos giros con su dedo frente a la cámara, bajando hasta el botón que finalizó la amable charla de rendición total.

Eylem quedó nuevamente encerrada en la oscuridad casi plena, tamborileando sus dedos, dando la apariencia de estar completamente sumida en sus pensamientos, dejando que la mansa luz del monitor se cuele por sus poros.

Tras largos minutos, abrió un pequeño cajón bajo la mesa de madera, y revolvió entre la docena y media de teléfonos diferentes hasta extraer uno. Era un viejo modelo de teléfono celular, de finales del siglo XX, y marcó el único número que figuraba en la agenda.

_Que esté todo listo, el encuentro será en Atenas. – decretó.

PARTE 50: TENSIÓN SUPERFICIAL

Lohe se puso de pie, observando el cuerpo caído en el suelo. Durante un instante se quedó quieta, sin saber cómo continuar.

_¡Antoine! –le gritó con fuerza– ¡*Renne*!

El leñador se levantó aturdido, mirando hacia atrás y echó a correr como pudo. Cuatro figuras en traje de combate y bien armados descendieron rápidamente de la minivan, y tras unos pocos segundos de deliberación, salieron en formación tras Antoine, saltando por arriba del conductor que había caído desplomado de un tiro en la sien. Un disparo sacudió el aire, obligando a los agentes a cubrirse. Pronto desencadenaron la represalia. Las municiones explosivas zumbaban en el aire para hacer trizas lo que tocaban. Trozos de astillas llenaron el aire cerca de Antoine, que había echado a correr a toda velocidad.

_*Hier*! –le gritó Lohe quitando la vaina servida y cargando la próxima. Cuando Antoine estuvo cerca se incorporó. El hombre la tomó de la mano mientras gritaba incoherencias, y fue tal la sacudida que casi la hace tropezar. Correr así de la mano dificultaba inútilmente las cosas, por lo que sacudió su brazo con bronca para soltarse. Antoine redujo su velocidad y la miró, con sorpresa y repentino desengaño en sus ojos. Estaba enfadada con él por la forma poco profesional con la que se había comportado, pero recordó que era tan solo un civil al que se le estaba exigiendo mucho.

_Lo siento, confía en mí. -le pidió, sin saber si el poco alemán que manejaba el agitado hombre alcanzaba a reconocer esa frase.

Antoine no respondió, y su mirada no reveló entendimiento ni confusión. Lo que sí hizo fue apuntar con el dedo hacia su derecha. Lohe volteó, y vio a lo lejos lo que parecía un galpón, quizás abandonado.

Corrieron en esa dirección. Sospechosamente, las ráfagas de tiros se habían detenido, y al girar hacia atrás, sus perseguidores no se veían por ninguna parte.

Llegaron con tanta velocidad que frenaron al golpearse las espaldas contra el muro externo. El galpón era una construcción rectangular de cemento y humedad, rodeado por un terreno baldío, con chapas, restos de materiales de construcción y un camino que se abría entre las montañas de porquería. Tenía pocas ventanas, todas cerca del techo de chapas rotas de fibrocemento por donde apenas pasaba un brazo, y una sola abertura de doble puerta que ocupaba casi la totalidad de la parte angosta del rectángulo. Un enorme candado colgaba de las cadenas que circulaban varias vueltas sobre las manijas de las puertas. Lohe asomó la cabeza en la esquina. Los perseguidores no aparecían.

_*Entrer*? –preguntó Antoine sosteniendo el candado entre las manos.

La mente de Lohe funcionaba de prisa. Si no estaban a la vista podía indicar que estuviesen posicionándose en abanico para cerrar las salidas. Alternativamente, podrían haberse separado para cubrir terreno, y esconderse les daría valioso tiempo. Tenerlos separados también le otorgaba cierta ventaja. No obstante, si sabían dónde estaban y esperaban refuerzos, entrar en el galpón sería su sentencia.

_*Ja*. –afirmó finalmente Lohe.

Se ubicó delante del candado con cuidado, midió el movimiento correcto dando varias vueltas con su pierna sana, concentró sus fuerzas y de una patada descendente quebró el oxidado candado, haciendo un ruido tan distintivo que podría haber sido una onomatopeya. La puerta izquierda se negó a abrirse, la derecha en cambio cedió arrastrándose por el suelo. Entraron y cerraron el portón con un oxidado pestillo al piso. Las únicas fuentes de iluminación eran la multitud de agujeros que salpicaban el resguardo, cuya luz caía irregularmente provocando más sombra que visión sobre las cajas desvencijadas, equipamiento obsoleto de todo tipo, herramientas en mal estado, latas de todos los tamaños, bajo una fina y pareja capa de fino polvo, que se tentaba a volar a la menor intervención.

Lohe inconscientemente analizó el mejor lugar para esconderse y contraatacar, pero en la condición actual, un sólo rifle de acción a cerrojo con municiones ordinarias, contra el poder superior enemigo de las *Lichtbogen II,* las chances de salir con vida eran pocas. A menos que...

Volteó a evaluar al asustado leñador. Si lo usaba como carnada aumentaban sus posibilidades de tomar por sorpresa al primer agente que ingresara, y quizás le otorgara una sobre el segundo. Pero Antoine moriría en el proceso. La lógica indicaba que haga uso de un activo a disposición. Pero no podía. Simplemente estaba mal abusar de la persona que la ayudó hasta ahora. La antigua Lohe hubiese actuado diferente, pensó.

Le gritó lo más calladamente que pudo y le indicó un lugar para agazaparse detrás de unas cajas apiladas. Ella tenía otro lugar donde ir.

Afuera, Soleil seguida de tres agentes rodearon el viejo galpón. Mediante señas discutieron la mejor ruta para ingresar, poniéndose rápidamente de acuerdo en que la entrada principal era suicida. En cambio, abrirían un hueco en la pared posterior con una granada de mano, meterían dentro una lacrimógena y le disparían a cualquier cosa que tosiera. El agente más delgado del grupo, Weins, se dispuso tras el tronco de un árbol cerca de la entrada principal para evitar un escape, mientras que Soleil y la agente Armstrong esperaban a que Ramírez arrojara la granada a su señal.

Soleil bajó su mano y el corpulento agente soltó la granada, causando voladura de chapas, ladrillo hueco y cemento en todas direcciones. Ramírez estaba por lanzar la lacrimógena, cuando los tres se distrajeron por el sonido de un motor eléctrico acelerando al máximo.

_¡Cuidado! –gritó Armstrong, disparando hacia el peligro.

El automóvil atravesó la montaña de chapas casi volando los metros que lo separaban del galpón, atravesando con violencia y velocidad. Embistió primero a Armstrong, que resultó aplastada bajo una de las ruedas, y dejando a Ramírez y a Soleil temporalmente sobre el destruido parabrisas, para ser expulsados inmediatamente al frenar de golpe, ya dentro de la edificación. Ambos cuerpos cayeron como muñecos de trapo en el medio del galpón, desparramando cajas, armas, objetos varios y pedazos de material de la edificación que habían volado por la granada y por el choque del auto. La puerta del conductor del bólido rojo se abrió, y desde la nube de humo y polvo surgió una figura, cuya primera acción fue tomar uno de los rifles cuadrados que había caído a un lado, y apuntarlo contra los caídos.

Soleil salió gateando como pudo para esconderse detrás de un barril, extrayendo su pistola de la funda, tratando de bajar sus pulsaciones y tomándose de sus costillas rotas. Se quitó el casco en un intento inútil de mejorar su respiración. El otro agente derribado intentó mover su voluminoso cuerpo pero recibió un tiro explosivo que casi le cercena limpiamente la pierna derecha. El miembro quedó adherido por una fina tira de piel y tela reforzada, flotando en un charco de sangre que se hacía cada vez más ancho. Entre sus gritos de dolor, la figura que había ingresado se puso en cuclillas usando la puerta del auto como escudo.

_Nadie se mueva. –sonó firme la orden de una ex sombra de Cresta, Anzhelika. Ésta retiró el cartucho de su rifle apropiado, comprobando que la información del pequeño display era correcta, quedaban tan sólo dos municiones.

No obstante la advertencia, y notando que su posición táctica era ahora irrelevante tras los últimos eventos, Lohe se dejó caer desde la viga del techo, rodando inmediatamente hacia la ilusoria seguridad del espacio entre estanterías de hierro, empujando en el proceso al shockeado Antoine.

_¿Dónde está Antoinette Soleil? –demandó saber Lika en alemán, suponiendo que sería el idioma que más probablemente entenderían soldados de León– Al que me diga le dejaré marcharse. Tú; la que saltó del techo. ¿Quién eres?

_No es de tu incumbencia. Y si te retiras ahora te dejaré marchar. –amenazó Lohe apuntando el rifle de caza en su dirección.

Lika ignoró sus propias palabras lanzadas en su contra. _No pareces ser quien busco. La que está detrás del barril, ¿quién eres?

_¿¿Qué mierda te importa?? –Le gritó Soleil envuelta en furia y el dolor de cada respiración– ¿¿Y quién carajos eres??

_Tan sólo una sombra vengativa. –contestó con calma Lika, apuntando hacia ella.

_¡Ella es Soleil! –delató Lohe viendo una nueva posibilidad, poner un enemigo nuevo contra un enemigo viejo.

_Maldita perra... –masculló Soleil, apuntando como pudo en dirección a Lohe, pero sin atreverse a soltar disparo– Ella es agente de León, de una división secreta contra blancos de alto perfil. Vas a estar más interesada en ella que en mí.

_¿Es eso cierto? –preguntó la sombra.

_Ya no tengo nada que ver con León. Por eso todos esos tipos han venido aquí, a atraparme.

El agente caído intentó incorporarse, y en un acto poco pensado influido por el torrente de químicos que el traje inyectaba en sus arterias, alcanzó a sacar su pistola de la cartuchera, para recibir un disparo en el cuello de parte de la fugitiva, y una ronda explosiva en el medio del pecho de parte de Lika. Éste cesó sus movimientos permanentemente.

_¡Ramírez no! -alcanzó a gritar Soleil, en vano. Se apoyó mejor contra los barriles, procurando disminuir el dolor de las costillas que pulsaba horriblemente. Una gran gota de sudor había bajado hasta su mentón, pero se negaba a caer hasta no haber alcanzado masa crítica, para romper la tensión superficial.- Esto...esto no tiene que terminar mal. -se lamentó profundamente, sabiéndose en una posición débil, mal armada y cada vez con menos aliados. La palabra debía de convertirse en su escudo mientras buscaba una salida que no sea con los pies para adelante. Miró al agente en el suelo, desangrándose e inconsciente, y supo enseguida que esto *ya* estaba terminando mal- Podemos irnos todos a casa, nadie tiene que morir hoy.

Lika miró de soslayo hacia el hueco por donde atravesó el automóvil, a la agente que había sido aplastada y ya no se movía, luego al que ella misma reventó. _Algunos ya lo han hecho.

_¡Hey, Lohe! -gritó Soleil- Mira, no tengo nada contra ti. En lo personal. -mintió- Sólo cumplo órdenes, ¿sabes? Diré que no vale la pena ir por ti. León tiene cosas más importantes en que pensar que una fugitiva. Si matas a esa sombra te prometo que te dejaremos tranquila y además te compartiré un secreto.

_¿Es una broma verdad? –se extrañó Lohe– ¿Qué secreto?

_Sobre tus hermanos.

_Momento... ¿qué hermanos? –preguntó Lika, sospechando de pronto que se trataba de *esa* división secreta, la que había encontrado en los archivos de *Prima-Gestalt*, Punta de Lanza. Lo que implicaba ser extra precavida.

_¿Qué podrías saber de ellos que me interese? Ya han muerto. –dijo sorprendentemente fría– Además no tengo nada contra esta sombra. De hecho, me hizo un favor al cargarse a esos agentes tuyos. Menos trabajo para mí.

_No, no no. Verás...he aquí una nueva oferta. Enfréntala y deja que me escape. No hace falta que la mates, solamente que la distraigas, ¿sí? Y te diré algo que *realmente* –enfatizó– quieres saber de ellos.

_¿Por qué mejor no dejas de decir idioteces? –acusó Anzhelika– Ella no hará nada extraño, se irá tranquilamente sin molestar mientras tú y yo arreglamos diferencias.

_¿Qué diferencias? No tengo idea de quién eres. –protestó Soleil.

_La que vino a terminarte por haber matado a Lykaios.

_¿Y quién demonios es ese?

_¿No recuerdas? Te enfrentó hace unos días en Barcelona.

Soleil hizo algo de memoria, buscando conexiones. _¿Barcelona? ¿Ese tipo en la terraza?

_No sé exactamente dónde. Pero tú y un tal Chambeaux lo mataron.

_No, no fui yo, ¡fue él!- Se desligó la agente.

_Parece que tienen cosas que discutir...nosotros nos vamos. –dijo Lohe tirando de la camisa de Antoine para que esté atento al momento oportuno para correr.

_¡No te vayas! –Soleil intentaba que el equilibrio momentáneo de poderes no tambaleara en su contra- Tengo un tercer hombre afuera. Te disparará si sales, está bien armado. -Y ella deseaba fervientemente que así fuera, y no hubiese corrido al vehículo a llamar por refuerzos.

_Sabré qué hacer cuando lo vea. -ninguneó Lohe.

_¡Espera! Tus hermanos...¡están vivos! -gritó con todas sus fuerzas Soleil.

Lohe bajó su arma, con confusión en sus ojos. _¿Cómo que vivos? Los vi fallecer frente a mí.

_Si, lo sé. Pero los he visto con vida, ayer.

_¡Deja de mentir!

_No es mentira, ¡digo la verdad, carajo! De acuerdo, de acuerdo...yo...no los vi personalmente, ¿sí? pero me lo han contado. Pero si quieres saber quién me lo dijo, debes defenderme.

Viendo que una potencial amenaza estaba dudando si atacarla o no, Lika intervino. _No vas a creer eso. Está mintiendo, obviamente.

_Tú cállate.

_Oblígame.

_¡Basta! -se estremeció Lohe- Esto es absurdo. Yo solo quiero irme en paz.

_Concuerdo con eso -secundó Soleil- podemos actuar como gente civilizada.

_Yo no vine a retirarme en paz. -amenazó Lika.

_Esto es lo que vamos a hacer. -organizó Lohe, cansada y aturdida- Voy a cubrirte hasta que tomes tu casco y hagas una llamada a tu hombre afuera. Vas a ordenarle no disparar. A nadie. Luego vendrás en mi dirección y saldremos juntas. Si me traicionas te volaré la cabeza de un puñetazo. Y sabes que puedo hacerlo.

_¡De acuerdo! –respondió Soleil rápidamente poniéndose el casco y abriendo comunicación radial.

_¿Piensan que avalaré eso? –preguntó con ironía la sombra.

Soleil aprovechó las circunstancias para pensar un nuevo plan. _Sargento al habla. Weins, deme su posición. –llamó susurrando.

_En el vehículo, pidiendo refuerzos. ¿Situación?

Se había ido, pero no era tan malo. _Al menos dos hostiles. Necesito extracción inmediata. Presta atención...

_No creo que tengas alternativa. –indicó Lohe.

_Si tengo. He aquí mi oferta. Entre las dos matamos a Soleil, y nos vamos a casa. Si ya no estás en el equipo de León no te considero una enemiga.

_Tentador, pero no te conozco y no sé si cumplirás. Eres parte de Cresta, famosos por hacer lo que haga falta, sin consideración de las promesas dadas.

Lika soltó una falsa carcajada. _Quizás, quizás. Pero yo también soy una especie de fugitiva, una renegada más bien. Ya no estoy en Cresta, ni quiero nada con Eylem.

_¿Por qué no?

_Porque sospecho que ha estado cooperando con León en lugar de enfrentarlo como se debe.

_¿Eres independiente entonces?

_Más o menos. Quienes estábamos en contra de Cresta nos estamos organizando. Estás invitada a participar si deseas. Te vendría bien tener aliados, dado que van a seguir persiguiéndote. Piénsalo bien.

_Ya hablé con mi agente. Le ordené no disparar. ¡Y tú no lo hagas! –aclaró Soleil– ¿Estás lista? Voy hacia allá, pero dime si estás lista.

_Momento –cortó Lika– estoy hablando con la señorita. Por otra parte no hay seguridad de saber lo que le dijiste a tu agente. Puede ser una trampa.

_Es una oferta interesante, pero deberá esperar. Ahora necesito sacar de aquí a ésta persona. –anunció Lohe.

_¿A quién?

Una mano se asomó despacio al lado de la fugitiva. El hombre tan sólo atinó a sonreír y saludar. _*Bonjour.*

_¿Es ese tu novio?

_No sé qué es esa palabra.

Nuevamente el sonido de un motor eléctrico acelerando se oyó en la lejanía, y se hacía más intenso segundo a segundo.

_Espero no importunarlas -interrumpió Soleil- pero mi taxi ya llegó. Y Ramírez -agregó dirigiéndose al agente caído en el medio del galpón- lo siento.

El estruendo del impacto los sacudió a todos, con la minivan negra conducida por Weins chocando furiosamente al automóvil de Lika, desplazándolo hacia adelante y cubriendo con su carrocería acorazada a la sargento, aplastando sin misericordia en el proceso el cuerpo de Ramírez y el tobillo de Anzhelika. Soleil no perdió el tiempo y se lanzó de un salto hacia la puerta del acompañante que se abrió para ella. El conductor dio marcha atrás al vehículo, no sin antes recibir la última ronda explosiva con la que contaba la sombra, que astilló el parabrisas y destrozó la capota, pero sin llegar a afectar la maquinaria.

_¡Maldita sea! -insultó Anzhelika desplazándose rengueando a la máxima velocidad que podía hacia el auto rojo, sentándose en el asiento y procurando cerrar la torcida puerta, ésta rebotando y volviendo a la posición abierta. Las luces del tablero del auto chillaban como un árbol de navidad indicando que se había provocado daño crítico, y que era peligroso utilizarlo. Un fino humo blanco comenzó a salir de la zona de baterías, confirmando que ese automóvil no se movería ni cien metros.

Lohe salió de su escondite indicándole con señas al leñador para que se quede. Se montó el arma al hombro y caminó lentamente con las palmas hacia adelante hasta quedar al lado de la renegada. Miró el tablero con cuidado antes de hablar. _No podrás perseguirlos en esto.

Lika pegó un golpe fuerte al volante con tal violencia que se quebró los dedos. _Ya lo sé. ¡Mierda! Se me escapó.

_Y estás herida.

Lika volteó a verla con cara de pocos amigos. _Me di cuenta. Gracias por las observaciones. -fijó su atención en las heridas de las manos y piernas, y para curiosidad de Lohe éstas comenzaron a cerrarse y reformarse, tal como ella tanto deseaba poder hacer.

_¿Qué vas a hacer? -le preguntó con calma, procurando bajar el nivel de tensión que vivían.

_Podría robar otro auto pero no pasan muchos por estos lares. Llevarán mucho tiempo de ventaja. -salió del auto completamente recuperada y volvió a intentar cerrar la puerta, sin éxito- No es tan grave, la ubiqué una vez y puedo hacerlo dos. Aunque quedaré debiendo un favor...

_¿Dispones de un buscador?

_Sí. -afirmó mientras registraba el suelo en búsqueda de armas o municiones- Una temperamental buscadora. Es parte del grupo que te dije antes.

_¿Y es verdad que podría unirme?

Lika se irguió para observar a Lohe, no esperando ese repentino interés. _Depende. Si realmente eres de Punta de Lanza debías ser un elemento interesante para incorporar.

Lohe suspiró profundo. _Lo era. Sólo quedo yo.

Lika volvió al vehículo, recogió una pequeña mochila del asiento trasero y salió, cerrando la puerta de una patada. Ésta rebotó por tercera vez.

_Quisiera conocerlos. -añadió- También debo pedir un favor entonces, a esa buscadora.

Lika no estaba muy segura de si dejarla acompañarla, si había hablado de más, si era una elaborada trampa o acaso una buena oportunidad. Se dejó guiar por el instinto femenino.

_De acuerdo... -dijo afirmando con la cabeza varias veces- ¿Y a quién quieres encontrar?

_Al Akkadio.

PARTE 51: REDUCIDO A CENIZAS

Los nervios se estaban comiendo lo último que quedaba de sanidad en la mente de Carl Fisher. Repasaba en su cabeza el plan una y otra vez. El subsuelo de la base militar estaba extrañamente frío aquella tarde invernal de lunes. El día en que Perius moriría.

Se secó la transpiración que no dejaba de recorrerle las partes de la cabeza donde solía tener cabello años atrás. Observó el pañuelo humedecido bajo la moribunda iluminación de aquella pequeña sala que era como su oficina adjunta desde que el monstruo se apropiara de su base. Y ésta vez sería más que una oficina cualquiera, sería testigo directo de la destrucción de un monstruo milenario que ha recorrido la tierra desde la antigüedad. Y sería reducido a cenizas por sus propias manos. O más bien, por la máquina que había depositado al otro lado de la pared, en el cuarto contiguo. La noche anterior, aprovechando la ausencia del engendro y sacando a relucir su posición, se encargó de quitar a toda guardia y entrometido del subsuelo entero, dejándolo para maniobrar a gusto, y al cobijo de la soledad. Empujo el emisor de microondas desde el laboratorio hasta la otra ala. El aparato a pesar de contar con ruedas era extraordinariamente pesado, y se resistía poderosamente a ser arrastrado a su ubicación estratégica, pero lo hizo sin chistar ni dudar. Y esa posición había sido calculada y recalculada hasta el hartazgo, porque ese plan debía de ser perfecto. Palpó el control remoto que la activaría en el bolsillo de su saco, para asegurarse de que estaba donde debía. Requería apenas un minuto para meterle al monstruo una dosis de energía tal que no pudiera compensarla, tal como indicaba en los documentos que había recibido de su gran y fallecido amigo McCarthy al que vengaría, y de aquel que cooperó con él, el extraño Weissman. Volvió a mirar la hora. Ya casi era tiempo.

Se levantó de golpe en un arrojo impulsivo, a reacomodar milimétricamente el escritorio que debía separar su propio cuerpo del haz letal de microondas, su propia silla para que estuviera ubicada exactamente frente a la víctima, y la silla de ejecuciones, destinada al monstruo. Se arrepintió de usar "víctima" en sus planteos estratégicos. Perius no era ninguna víctima. Era enemigo, de él, de la libertad de su país. Del mundo.

Y así como había sido entrenado tantos años, el enemigo debía ser destruido. Volvió a sentarse. Apenas logró entrecruzar los dedos cuando fue sorprendido por la única puerta del lugar abriéndose. Asomó medio cuerpo adentro uno de sus soldados. O más bien ex soldados, los que habían recibido un lavado de cerebro por parte del alienígena.

_General, el señor Perius ya ha llegado, estará aquí en breve. –dijo la monótona voz del hombre, para salir nuevamente.

El momento de la verdad había llegado. Había un elemento que no había pensado, donde recibirlo. ¿Sentado? ¿De pie frente a la puerta? ¿Cambiaría en algo el resultado? Se paró y sentó varias veces mientras luchaba en vano contra la intranquilidad, gobernante despiadada de sus neuronas. Pero ya era tarde. De pronto pudo percibir una poderosa aura que lo envolvía. Fisher no era creyente, pero desde la llegada a su vida de seres extraordinarios, no le dejaban otra opción que mantener una mente abierta. Y ahora no podía sacudirse esa poderosa sensación de que él estaba llegando. Él.

La puerta se abrió nuevamente. Por detrás del vidrio glaseado se observaba una figura imponente, perfectamente recortada.

_Perdón por la demora, Carl. –Sonó la melodiosa y grave voz del caballero– ¿Puedo tomar asiento?

Fisher se quedó inmóvil y sin habla. Esa poderosa aura lo estaba anulando. Le parecía tan real, de pronto, como la luz que generaban los bombillos, como el zumbido de las computadoras de la sala de atrás. Tan real como sus propias manos. Esa aura omnipotente que le causaba pánico.

_Carl, ¿te encuentras bien? Quizás deba venir en otro momento. –dijo con una enorme y cordial sonrisa el monstruo milenario. Estaba vestido con un caro y elegante traje negro brillante, una camisa blanca como la nieve, un delicado moño negro con vetas grises, unos zapatos espectaculares, un gemelo de platino coronado por un lapislázuli en cada puño. Para la ocasión se había fabricado un pomposo bigote y perfeccionado un corte de cabello peinado hacia atrás, que brillaba saludablemente bajo la majestuosa luz de la sala.

_Y-yo... –alcanzó a decir, sin poder terminar la frase.

_No hay problema, será en otra ocasión.

Fisher finalmente si vio liberado de la terrible aura que lo mantenía prisionero. _¡No! -gritó- No será necesario. Me...me encuentro bien. Perdón por...mi actitud. Tome asiento, por favor.

_Oh! -exclamó complacido Perius- eso está mucho mejor. ¿En esta silla, verdad?

_Sí. Sí. -afirmo con la cabeza varias veces, indicando con un gesto en la mano que se siente. Fisher no entendía qué estaba pasando.

Perius avanzó unos pasos y posó ambas manos en el respaldo de la silla. _Así que en...esta silla. De acuerdo.

Los segundos pasaban y el monstruo seguía de pie, incinerándolo con la mirada, como si pudiera escudriñar los más oscuros secretos de su alma parado allí, a dos metros de él.

Finalmente se giró y tomó asiento, cruzó una pierna por encima de la otra y apoyó su hermoso bastón en su regazo. _Amigo mío...tenemos tanto de qué hablar. Quisiera empezar por lo más obvio, agradecerle haber escuchado mi oferta, disculparme por la tosquedad de la gente que trabaja para mí, y afirmarle que le tengo en alta estima, amigo Carl. -El acto había comenzado, por enésima vez.

Fisher apenas consiguió asentir ante las palabras amables y aterradoras.

_Le he invitado para que charlemos, como hombres de bien. Debo reconocerle algo. Es usted extremadamente astuto. Me gusta eso. Es el tipo de cualidad que me gusta que tenga la gente que me rodea. Ah, pero eso no es todo. Es usted además un pilar de honestidad, y de lealtad. He dicho que le tenía en alta estima, me he quedado corto, lamento. -Perius se inclinó hacia adelante, corrigiendo levemente la curvatura derecha de su perfecto bigote negro.

Fisher estaba inmóvil. Sentía que su plan se venía a pique pero no entendía cómo ni porqué. Quería presionar el botón del control remoto en su bolsillo pero sentía que una cuerda lo mantenía prisionero. Estaba en su maldito bolsillo, pero no podía llegar a él. Ni siquiera tenía que sacarlo, solo necesitaba meter la mano. Maldiciones, solo un dedo bastaba. Pero ahí estaba, incapacitado, como un conejo en la ruta alumbrado por los faroles de su destino.

_Es además un hombre de talento militar –continuó el demonio– y es uno de particular peso específico en estos tiempos que vivimos. No cree..? Oh... –sonrió de pronto el elegante monstruo.

Algo vibró suavemente en algún lugar cercano. Fisher no pudo determinar qué. Obviamente no era la máquina, ya que no la activaba aun. Tampoco las computadoras de la otra sala, aunque no sabía suficientemente de ellas como para descartarlas.

Esa sensación tan potente de inmovilidad cesó poco a poco. Fisher movió un pie, luego el otro, y ambas manos, que pudo bajarlas hacia su cintura. Se sentía más libre. Era momento. Llevo una mano dentro del bolsillo, y presiono el botón del arma definitiva. Ahora debía distraerlo un minuto.

_Me ha comunicado Hendrich que quiere ponerse a bajo mi mando. ¿Por qué? –a medida que hablaba Fisher se recomponía.

_Tal como le he dicho, su talento militar es de mi interés. No crea que no poseo el propio, amigo Carl. Después de tanto tiempo se aprende una cosa o dos del campo de batalla. Lo que me hace falta es actualizarme, ¿sabe? Un curso rápido sobre armamento moderno, qué cosas son útiles, cuáles no. Estrategias que no conozco por no haber participado en algún conflicto en al menos...¿cincuenta años? Y las cosas avanzaron rápido en ese entonces. -Perius le regaló una sonrisa magistral.

_¿Sabe que ponerse a mi mando implica que le daré órdenes?

_Estoy al tanto, obviamente. Y acepto las consecuencias de mis palabras.

_¿Y acatará usted como si se tratase de personal militar, y no un civil? -La mirada de Fisher había cambiado como el día de la noche, se sentía al mando nuevamente, su plan marchando como fue calculado. Faltaba el azote final a la bestia.

_Acataré sus órdenes como un soldado raso.

_En ese caso, acepto. Mi primer orden será que libere de su control mental a todo el personal de esta base.

_Ah...Carl...créame que sabía que ese sería un requisito. Continúe por favor.-intercedió divertido.

_El segundo, no volverá a pisar Estados Unidos. Elija otro país como centro de operaciones, éste le está vedado.

_Me duele esa segunda orden, pero la acataré. ¿Qué más? -Perius movía el pie de manera juguetona.

_Como tercer medida...- Fisher estaba por abrir la boca, cuando se le ocurrió lo obvio: el minuto ya estaba casi pasado y no ocurría nada. Se quedó callado, mirándolo a los ojos durante varios segundos más.

_¿Y bien?

Fisher comenzó a transpirar profusamente. Su plan no estaba funcionando. No tenía forma de ver el cañón de microondas del otro lado disparando contra la bestia, pero debía de ver sus efectos a este ritmo. Y no había sucedido nada.

Perius sacudió una de sus manos frente a la vista del militar. _Sabía que no se encontraba bien. ¿Gripe quizás?

_No...yo... –Fisher no sabía qué hacer. El pánico se iba apoderando de cada sección de su mente. Tuvo que resistir conscientemente el impulso de salir corriendo hacia afuera.

_Mi-amigo-Carl-Fisher. –Cada palabra del caballero era remarcada cuidadosamente, mientras llevaba su cabeza hacia atrás, en un gesto grandilocuente de victoria cantada– Espero no equivocarme en mi diagnóstico. Como sabrá, así como sucede en el expertise bélico, uno no pasa tanto tiempo de pie sin conocer algún truco de medicina. Por eso espero no pifiar en mi observación al decir que...usted no tiene gripe, Carl. Lo que usted tiene es un severo caso de plan fallido.

Los ojos de Fisher casi se saltan de sus órbitas. Su labio inferior comenzó a temblar.

_No se ponga tan tenso. Vera...¿le importo si fumo? –soltó al paso, mientras extraía una pipa y un recipiente decorado en motivos hindúes con tabaco fino– No sé qué trama tenía usted preparada para mí, pero evidentemente ha fallado.

Perius llenó la pipa con tabaco, y uso un encendedor de plata para llevar fuego a su vicio. Dio un par de bocanadas al aire sobre su cabeza, procurando quizás no molestar a su anfitrión. _No es su culpa –agregó señalándolo con la pipa– a un niño le es muy difícil sorprender a su padre. Mmmm...quizás eso sonó demasiado complaciente. Mis disculpas Carl. Lo que quiero decir es, no lo conozco directamente, más que nuestros cortos diálogos desde que llegué de visita, días atrás. No obstante le entiendo. Le conozco, Carl. Decir que más que usted mismo sería soberbio, pero... –mostró una sonrisa perfecta antes de continuar– está muy cercano a la realidad. Cuando llegué aquí, hoy, sentí algo extraño, amigo mío. Sentí que había peligro. Y uno no pasa con la cabeza sobre los hombros tanto tiempo desconociendo ese tipo de sensaciones. Así que le pedí amablemente a uno de mis seguidores que chequeara las inmediaciones mientras yo concurría aquí. Sí, podría haberlo hecho yo mismo, pero hubiese llegado tarde a la cita. –se detuvo a darle otra pitada a su pipa.

_Y mi cautela parece haberse topado con algo de verdad –continuó mientras soltaba humo al hablar– Mi muchacho ha encontrado algo, lo ha desactivado, sea lo que sea, y me lo ha comunicado. –expreso sacando un pequeño asistente personal del bolsillo, el aparato que había vibrado minutos atrás.- Ahora que la partida ha concluido, ¿sería tan amable de decirme de qué se trataba?

Fisher cerró los ojos, derrotado. Totalmente vencido. ¿Cómo se puede pelear con un monstruo así? Le sobrepasaba en tantos ámbitos diferentes que ni siquiera podía contarlos. Pero lo que en ese momento le parecía más espectacular e injusto, era esa armadura inderrotable, inquebrantable de su sexto sentido. El monstruo había adquirido tal instinto de supervivencia que podía olfatear una trampa desde lejos, quizás desde antes de que fuese armada. ¿Cómo se puede derrotar algo así? Era simplemente imposible.

Derrota. Derrota total. Una última lucha se desarrollaba en el interior del General, por no soltar una mísera lágrima. Casi la pierde también.

_Carl, por favor no se ponga mal. Es difícil ganarme, no es para desconsolarse. Venga...venga por favor, cuénteme que ha planeado para mí. -El tono paternal y dulce del monstruo le sabía a insulto. Y lo era, en un sentido tan sutil y armonioso que era para ovacionar de pie.

Fisher tragó saliva varias veces, levantó la frente para evitar nuevamente entrar en llanto, y hablo. _He dispuesto una máquina de microondas para freírle. Y he fallado.

_¡Vaya! Qué inventiva. No sé qué potencia puede tener ese aparato pero es posible que hubiera funcionado. Tiene usted puntos extras por su imaginación. -le dijo en tono amistoso- Bien, ahora que esta parte de la charla está cerrada, volvamos al tema principal. Me ha pedido que abandone este lugar, y dije que estaba dispuesto a hacerlo. No he tenido aún su contraparte, ¿en qué va a ayudarnos?

Fisher lo miró con infinita tristeza, temiendo ser el juguete del demonio durante los próximos minutos, y luego un cadáver. _¿Qué desea de mí?

_Ya le dije, que se una a nosotros voluntariamente.

_No comprendo. -la frase estaba dirigida al hecho de ser usado como juguete, más que a la sentencia anterior.

_Es sencillo. Tenemos una guerra en puerta. Otra guerra, es decir. El ataque que ejecutamos estuvo bien pero fue solo una pieza en el tablero. Falta el siguiente movimiento.

_¿Guerra contra quién?

_Contra un sujeto llamado León, y su compañero, un tal Genovés. Han estado tramando a espaldas del Consejo y eso no está bien.

_No entiendo nada. -la confusión de Fisher era total.

_No hace falta entrar en detalles ahora, amigo Carl. Le pediré a Hendrich que prepare un dossier con la información que necesita. Por ahora diremos que el Consejo es el último estandarte del orden, y es mi interés preservarlo. Y que León y El Genovés lo integran, o lo hacían, no es seguro aún. Lo que sí lo es, es que están jugando en contra. Entre otros pecados, han intentado asesinar a un buen compañero mío. Pero quizás el más imperdonable, es que han causado la caída de un gran líder para apropiarse de su trono. Lo cual no sería...tan grave...si no fuera porque este León, además, no es León. Aún no sabemos a ciencia cierta quien ha ocupado su lugar y lo personifica, ni hace cuánto tiempo. ¿Me sigue?

El General solo asintió, con los ojos clavados al suelo.

_Y la peligrosidad de este ignoto es que posee algún tipo de...arma secreta, cuya naturaleza desconocemos. Pero sabemos que tiene un efecto muy peculiar, evitar los ojos indiscretos sobre algún evento. Cuando desee atacar, no lo veremos venir hasta que sea tarde. No nos quedaremos de brazos cruzados y empujaremos la investigación lo mejor posible.

Perius hizo una pausa para observar detenidamente a su destruido interlocutor, haciendo una mueca compasiva. _Carl...Carl...quizás sea mejor dejar todo esto para más adelante. Tiene mucho que digerir de lo acontecido hoy. Tan solo recuerde: No puede vencernos, así que le pido encarecidamente que no pierda su tiempo y coopere.

PARTE 52: UN FINAL FELIZ

Las cosas iban geniales para Amelia. Desde que había cruzado caminos con ese ser lleno de misterios, había salido finalmente de ese profundo pozo en el que la vida la había arrojado. Y podía comprobar cómo su situación rápidamente mejoraba día tras día. Esa sensación tan poderosa de crecer, evolucionar, aprender, mejorar, en definitiva...de ganar...se estaba haciendo adictiva. Ya nunca más se dejaría caer en los caminos negros de su propia alma. Piedra a piedra construiría su propio destino. De la mano de su nuevo mentor, el extraño y querible Kad.

Aquella mañana de martes era especial también. Despertó con mucha energía, acomodó toda la habitación en tiempo record, desayunó sus cereales favoritos repletos de azúcar extra, se vistió con la ropa que había preparado la noche anterior, felicitándose a sí misma por esa técnica efectiva que debía repetir de ahora en más y que le permitió tener más tiempo para concentrarse en su maquillaje (¡que quedó perfecto!), y salió caminando con vivacidad por las calles al encuentro de un nuevo componente en su vida: las citas.

No es que fuera la primera vez que salía con alguien, pero tuvo que hacer memoria para recordar las veces que lo había hecho, y el resultado que su cerebro le brindaba de esos encuentros no era nada positivo. Se planteó si alguna vez había estado con alguna persona que le gustase de verdad, o si siempre la habían elegido a ella porque se veía fácil, o deprimida, o sabiendo que diría que sí sin mucha insistencia.

Nunca más.

Nunca más permitiría pensarse tan bajo, de pisotearse su autoestima, o permitir que otros lo hagan. ¡Ella tenía valor! Hubiera corrido a tatuárselo, pero tendría que ser en otro momento. Quería llegar temprano a su cita con el chico alto, apuesto y de ojos amistosos del trabajo a quien pocos llamaban Federico.

Tras caminar varias cuadras llegó a su plaza favorita, donde estaba la Fuente Mágica de Montjuic. Siempre le gustó el show de lásers, agua y música, porque le ayudaba a no pensar. Ahora le gustaba porque podía disfrutarla de verdad, sin estar sosteniendo la puerta por donde insistían en colarse sus demonios. No tuvo que esperar mucho, pronto llegó su compañía.

Almorzaron en un bonito lugar, y comprobó que tenía un nuevo magnetismo. ¿Quién le había sonreído tanto antes de su cambio? ¿Quién había actuado tan nervioso por decirle que estaba guapo? Nadie. Quizás Frik era un sujeto particularmente tímido, pero francamente no le pareció. No, no era tímido. Estaba más bien *intimidado*. Le dijo que estaba nervioso de no perder su oportunidad con ella. Le pareció muy tierno.

Caminaron unas cien vueltas alrededor de la plaza, hablando de todo y todos. De cómo el mundo parecía venirse abajo, de cómo los tanques hacían fila en los semáforos como si se tratasen de autos en hora pico, de cómo el terrorismo había puesto de cabeza a los gobiernos, de cómo las marchas de protesta se multiplicaban por todo el mundo, de cómo el color naranja la favorecía, de cómo los pájaros cantaban. De cosas serias, de tonterías. Pero a pesar de las risas, la gente a su alrededor sufría. Algunos habían perdido ya sus vidas en las protestas. Las cosas se estaban poniendo muy turbias allá afuera. Amelia se planteó si acaso la única que estaba pasando un buen momento era ella. Incluso si Sinolta cerraba y era despedida, tenía un interesante fondo de ahorro, cortesía de su amado mentor.

Y todavía le quedaba un deseo. No estaba segura de que pedir, pero estaba casi segura de que si pedía la Luna, Kad se la conseguiría de alguna forma u otra. No pudo dejar de comparar a Frik con él, aunque supiera que no había comparación. El muchacho a su lado tenía veintiséis (finalmente le preguntó) y la ingenuidad que hacía juego, y en definitiva era una persona ordinaria, aunque carismática y que la hacía reír mucho. Tenía linda sonrisa, le gustaba cómo la miraba. No era particularmente su tipo, para eso le faltaba musculatura, algunos tatuajes extra y un aro en la nariz, pero...esta era la nueva Amelia. Y tras muchas risas y coqueteos, el muchacho le dijo que quería besarla, y ella aceptó. Dejó flotar su cabello al viento invernal, esbozó la más grata de las sonrisas, y se besaron. Era el principio del resto de su vida. Era su final feliz.

Las cosas iban fatales para Crista. Desde que se había cruzado caminos con ese ser milenario lleno de horror y olor a muerte, había entrado a un profundo pozo, aquel que con mayor o menor habilidad había esquivado desde que nació y *renació*, pero que ya no había podido evitar su influencia gravitatoria imparable. Sus tratos con ese difunto agente de Cresta cuyo nombre ni siquiera había descubierto habían resultado en nada. Ese tarado que se daba tantas ínfulas, haciéndose llamar Sombra, finalmente había estirado la pata, cortesía de alguien del bando de León. De hecho la misma organización Cresta parecía haber desaparecido de pronto. Y en definitiva sólo le habían aportado un poco de dinero con el que malvivir, incumpliendo el trato de palabra.

A partir del toque de queda tras el ataque terrorista con armas atómicas, cazar se había vuelto una tarea imposible. Demasiado peligro. Si veían a alguien agazapado hundiéndole un cuchillo a algún desgraciado en un oscuro callejón le hubiesen disparado, sin pensarlo dos veces, cualquiera de los cientos de militares que patrullaban sin descanso las noches europeas. El hambre le recordó su imponente presencia, efecto de depender de comida ordinaria que poco la alimentaba pero que mucho costaba. Así los pocos ahorros que tenía fueron menguando. Sus engaños tuvieron que ir haciéndose más arriesgados, y sus desgraciados proveedores se habían puesto más mezquinos.

Y ahora se encontraba allí, despertando en una pocilga que el dueño llamaba "habitación de hotel". Se levantó del asco que tenía por cama, pateó con furia algunos de los envoltorios de plástico de alimentos procesados varios, e inmediatamente se puso a contar si sus pertenencias seguían en el mismo lugar donde las dejó. Escuchó golpes afuera en la habitación conjunta. Gritos, insultos. Alguien que era echado a la fuerza, por alguna razón que no le interesaba. Un disparo la puso alerta. Se escuchó una voz horrenda recriminando a alguien por haber agujereado el techo. Tenía que irse de ahí, pero sus movimientos eran lentos. Estaba cansada...tan cansada de pelear contra gigantes y de perder siempre.

Qué injusto era todo.

Se apretó fuerte la cara con las manos, intentando sin éxito exprimir todo el odio y la tristeza contra ese mundo hijo de puta que la mantenía arruinada. No tenía ni tiempo ni ganas de ponerse maquillaje, ni de usar su roñoso pañuelo de mala suerte. Echó sus pocas cosas adentro de una espaciosa cartera, se miró las pronunciadas ojeras en el espejo roto del asco de baño, y echó un vistazo afuera por la ventana. Ya caía la tarde y era el momento de salir. Salir a intentar ganarse el sustento como fuese, con artimañas, trampas, engaños, para quitarle a alguien adinerado los medios para poder sobrevivir una noche más.

Detestaba salir con la luz del día aún en el aire, la hacía sentir insegura. A cualquiera le ocurriría lo mismo si el mismísimo cielo quisiera hacerte daño, porque no había lugar seguro para ella en ningún sitio. Pero no le quedaba otra, porque pasadas las 19hs cualquier persona afuera de cuatro paredes era detenida. Tenía poco tiempo para intentar ganarse alguna moneda, alguna tarjeta, algún bolso con o sin dueño. Eligió una esquina que le pareció adecuada, tendió una manta, acomodó su larga pollera gris al sentarse, y extrajo su herramienta primordial: su mazo de cartas de tarot. Por costumbre la primer tirada era hacia ella misma, mientras miraba de reojo a su alrededor, sopesando sus posibilidades de timar aquí o allá. Miró sus cartas y se aferró a la primera sensación que le produjo. La Emperatriz, El Mago y la Rueda de la Fortuna se le antojaron algo esquivas, pero iban de la mano de algún nuevo negocio o empresa para sacarla de su infinito suplicio, un componente ¿mágico?, ¿especial? en esa reversión, y un tinte marcadamente femenino. Así que por hoy, estaría prestando atención a las mujeres que pasaran cerca.

Tras una hora y algo más de tirar las cartas a algunos transeúntes y de pillar alguna billetera, se mudó a otro sitio antes de levantar sospechas. Tendió su manta bajo un farol, se secó algunas lágrimas que le producía el viento frío, y esperó. No quedaba mucho para hora señalada. A lo lejos, vio venir a una joven. Iba bien vestida, y caminaba alegre. Eso no era poco notorio en las épocas que corrían. Ya más cerca, notó también que sonreía. Con *ese* tipo de sonrisa de alguien a quien todo le va bien. Eso indicaba dinero.

_Hola hermosa joven,   ¿quisieras conocer hoy que te aguarda el destino? –le dijo mientras la evaluaba más de cerca y mezclaba las barajas. La chica tenía olor a perfume nuevo y a éxito. Una clara candidata.

_Si, por qué no... –contestó Amelia, demasiado feliz como para descubrir un eventual timo.- ¿cuánto me costaría?

_Me gusta tu energía, es radiante, ¿sabías? Por eso te propongo lo siguiente: si tu destino se revela como algo alentador, me pagarás mi tarifa habitual de cinco euros, pero si sale algo que no es tan bueno, será gratis...además estarás advertida para poder cambiarlo. ¿Qué te parece?

_De acuerdo –respondió extrayendo un billete, revelando en el proceso que había varios más acompañándolo, para delicia de la gitana.- ¡Espero sea algo positivo! –irradió brillante, poniendo el valioso papel en un pequeño cofre de madera decorado con perlas plásticas frente a la mujer.

_Excelente, esa actitud positiva es importante...aquí vamos –Crista mezclaba con eficiencia y energía, pensando cómo se haría del resto del dinero.- Ahora corta el mazo, donde gustes, las siguientes tres barajas indicarán tu futuro- mencionó extendiéndole el mismo. Tras cortar, pasó varias veces su mano sobre las cartas de manera exagerada, para extraer una tras otra, apoyando tres cara arriba en la manta. Se habían revelado El Emperador, El Mago y la Rueda de la Fortuna para curiosidad de Crista, cuya sensación inicial era que todas apuntaban a una persona, y una conexión con ella misma– Ésta carta...es El Emperador, indica que te cruzarás con una figura masculina, muy atrayente y que cambiará tu vida. Veo que será central en tu futuro cercano, parece arrastrar con mucha fuerza.

_Oh, eso no es sorpresa. Ya sé quién es.

_Ya veo, ¿entonces es una persona de tu presente?

_Sí. Tiene que ser Kad.

Crista sacudió su sonrisa y dejó caer levemente sus manos. _¿Quién será él?

_Es un hombre que me he encontrado hace poco. Me ha ayudado muchísimo en todo. Le debo mi vida, prácticamente.

Crista no sabía qué pensar, pero sabía que tenía poco tiempo para hacerlo. ¿Kad, el Akkadio? ¿Ese viejo monstruo ayudando a alguien? ¿Y a una cualquiera? Debe estar jugando con ella, la pobrecilla. No obstante... no parecía nada miserable.

Todo lo contrario, la miserable era ella, y a la "pobrecilla" se la veía floreciente, magnifica. ¿Qué significaba? ¿Acaso los rumores eran falsos? ¿No era un desquiciado salvaje? Ella misma había sentido ese poder asfixiante y atroz, no podían ser simplemente supersticiones. El Akkadio era una bestia. Pero ahora dudaba de qué clase. Y más importante, ¿cómo iba a ganar algo de allí? Podía sentir su propia Rueda de la Fortuna comenzando tímidamente a girar ¡Necesitaba información! _¡Me encanta eso! ¿Sabes qué significa? Que es algo destinado. Por cierto, me llamo Crista, ¿cómo te llamas? -le consultó, mostrando la sonrisa más afectiva que le salió entre la envidia y la desesperación.

Una hora más tarde, Crista se encontraba detrás de una columna de alumbrado, procurando que ni su sombra sobresaliera. Había conseguido muchos datos jugosos, pero ningún billete extra. Si iba a sacarle algo a esa chica no serían unos mugrientos euros, sino un premio mucho más grande. Si sus cartas estaban en lo cierto, ésta era su empresa relacionada a una mujer: seguirla, sacar el mayor provecho, huir lejos. En ese orden.

La vio caminar hasta un mendigo y darle algo de dinero, luego a comprar comida y chucherías de colores. La vio saludar alegremente a algún conocido, jugar con amor con el perro de algún vecino, para luego subir a un departamento. Afortunadamente daba a la calle, así que anotó de inmediato cuál era, debajo de todas las cosas que había venido aprendiendo de ella.

Allí, oculta tras el frío y la oscuridad de la noche, su turbada mente se atrevió a imaginar un cambio para su vida. Era arriesgado, pero debía intentarlo. Miró hacia abajo, notando las manchas en las mangas de su campera, y se percató que no sentía los dedos de los pies, poco protegidos por las botas cuyas suelas se habían despegado a medias.

Crista entendió que ya estaba terminada. Fue franca consigo misma: ella no valía nada y tenía poco para perder.

Observó hacia arriba, como un niño asomado al cristal de una tienda de juguetes a la que no puede entrar. Como un enfermo observando el hospital donde podrían salvarlo si pudiese pagarlo. Como...un alma en pena que se le cierran las Puertas del Cielo.

Allá arriba, las Puertas de su Cielo quizás la esperaban, si tan solo pudiera llegar a ellas y desplazar a esa feliz imbécil del camino. Haría cualquier cosa por lograrlo. Se mordió el labio inferior, resuelta.

Matar. Destruir. No importaba ya.

PARTE 53: OCULTOS EN LA OSCURIDAD

La Luna llena se había presentado como testigo en el cielo nocturno para aquel excepcional encuentro, acompañada de las estrellas visibles que brillaban a pesar de la contaminación lumínica. Sentada tranquilamente en un banco de piedra con sus piernas cruzadas se encontraba Eylem, con sus brazos extendidos por sobre el respaldo, mirando las vastas alturas. Llevaba una gruesa campera violeta y un sombrero de lana, no porque los necesite sino que era más fácil tenerlos que recrearlos usando biomasa para pasar por una civil común y corriente. Todo lo demás había sido recreado mediante su piel endurecida y texturada simulando ser ropa, tal como era su costumbre.

El lugar elegido por Hassan para aquella cita obligada era la Plaza Monastikiri de Atenas, recientemente renovada tras ser vendida a una empresa árabe dedicada a la construcción. Todo estaba en venta en Grecia desde hacía varios años, desde que fue expulsada de la Unión Europea. Y los países de Medio Oriente, en su frenesí inversor al verse acabado el negocio petrolero, se habían hecho de montones de activos, sobre todo allí y en Sudamérica. Los gobernantes griegos desde ese entonces habían hecho malabares con sus cuentas públicas intentando inútilmente volver a ser aceptados, para diversión de los que detentaban el verdadero poder. La ironía era que tras los últimos eventos, la propia Unión estaba próxima a desaparecer. Todos los países, sueltos a sus destinos, volverían a ser lobos solitarios buscando carroña y quizás guerra.

Alrededor de Eylem no había mucho, algunas columnas altas de terrones de césped aún sin ubicar, filas de baldosas esperando ser colocadas, algunas antiguas construcciones de piedra, otras más nuevas de aluminio y vidrio con comercios cerrados. El toque de queda también había sido implementado por las autoridades locales, pero era simplemente impracticable. La cantidad de efectivos de las fuerzas armadas, incluso combinadas, no alcanzaban a cubrir siquiera la capital, y la mayor parte habían sido destinadas a fortalecer la frontera marítima con África y procurar que ningún bote con indeseados alcanzara las costas. No obstante, las calles de la ciudad estaban casi vacías a aquellas horas. Sólo algunos borrachos e inconscientes se atrevían a deambular, despreocupados del peligro que corrían, o por el contrario, ofreciendo aún más peligro ocultos en la oscuridad.

Los grillos dejaron de ser la única compañía de la mujer, cuando ésta observó una figura aproximándose. Por la forma de caminar solo podía tratarse de alguien: Hassan.

Las luces de los faroles alumbraban el andar de su porte triunfal. En sus mejores galas, llevaba un ambo negro confeccionado a medida debajo de un elegante sobretodo gris, y zapatos de brillante cuero. Al cuello una corbata negra con fluorescencias rojas y amarillas. Ya a la distancia se podía observar el juego de luces que provocaban las joyas de sus anillos al ser golpeadas por las luminarias. Había adoptado la misma apariencia de la última vez que se habían comunicado, pero en persona el efecto era muy distinto. Lo acompañaba un aura señorial incomparable, una que no se puede transmitir por medios digitales. La misma plaza parecía cambiar de color a su paso.

Cuando estuvo ya cerca se paró frente a ella con movimientos medidos, dedicándose a observarla exhaustivamente. Eylem, debajo de su gorro que le redondeaba el rostro haciéndola parecer más inocente de lo que era, lo miraba hacia arriba con ojos expectantes, dando casi la apariencia de un venado esperando el zarpazo final. Pasaban el tiempo y el diálogo frente a frente que habían esperado tanto tiempo no se producía. La tensión de mil años separados, de millones de cosas por decirse, de centenas de encuentros sexuales frustrados, de décadas de truncas historias compartidas se incrementaba instante a instante. Segundo a segundo.

_Estás hermosa. –rompió el silencio finalmente el recién llegado, regalando una amplia sonrisa del calibre que sólo un campeón mundial podía tener.

_Gracias. Tú estás más apuesto que de costumbre, buen trabajo en esas modificaciones. –le retrucó, pero con tal sutileza que parecía un cumplido. Su lenguaje corporal cambió, cruzó los brazos y recogió sus piernas, procurando ocupar el mínimo lugar posible.

_¿Puedo tomar asiento? –preguntó él recibiendo a cambio un gesto afirmativo.

Sentados uno al lado del otro observando los astros, daba la sensación de que era un encuentro romántico, de no ser por el entorno, el futuro próximo tambaleante del continente, y los inalcanzables pensamientos dentro de sus cabezas.

_Me alegra que hayas venido sola.

_¿Y cómo sabes que vine sola?

_Porque tengo a algunos de mis hombres controlando el sitio desde antes que te mencione donde sería. Además, tengo uno en particular que tiene un sexto sentido increíble. Y si yo mismo tuviese una mala sensación, simplemente no estaría aquí.

_Que listo.

_¿Esperabas menos?

Eylem sonrió mirándolo de reojo. _No. Y bien, ¿qué viniste a decirme?

_Quiero saber qué quieres.

_Tantas cosas... -parecía comenzar, pero se quedó en silencio, sopesando quizás sus pensamientos- quiero poder liberarme. De aquello que me tiene atada.

_Mi querida Eylem -Hassan chocó sus palmas para resaltar sus palabras- yo no estoy aquí para aprisionarte a nada. Te ofrecí Europa entera, podrás hacer lo que desees.

_Pero me dijiste que debería pelear tus batallas.

_Y yo las tuyas. Es justo, ¿no crees?

_Nunca pelearías mis batallas, Aslín. -le replicó con su nombre de nacimiento.

_Ya no soy ese. He cambiado.

_Francamente me da igual que nombre uses, por dentro eres el mismo.

Hassan abrió los brazos, y se observó hacia abajo. _¿Te parece que no he cambiado? Mírame bien. Han pasado más de dos milenios y he aprendido tanto que no puedo ser el mismo. Sencillamente es imposible.

Eylem por primera vez se mostró irascible, apuntándolo groseramente con el índice. _Eres el mismo degenerado, que pretende sentirse el héroe de la historia, cuando lo único que has hecho es intentar conquistar y arrasarlo todo y pisotearlo todo.

_¿Me estás acusando de querer gobernar el mundo? -Soltó una carcajada falsa- Todos los *nuestros* lo hacen. Tu amado Cáucaso, el que más.

_Pero ni él ni ningún otro pretendió pasar por el bueno. Al contrario.

_Yo soy justo. Trato a las personas con justicia dándoles lo que merecen. ¿Cómo no es eso ser bueno?-Hassan levantó el tono de voz- Y por ello soy diferente. Por ello soy mejor.

_Eres un farsante, Hassan. Por eso me abandonaste, por eso tus planes fracasan, porque no se puede construir un futuro de verdad con mentiras.

_Mujer, ¿qué broma es esta? ¡Fuiste el perro rastrero del hombre más mentiroso y manipulador de todos los tiempos!

_Hipócrita además farsante. Me acusas de ser perro rastrero, pero robaste descaradamente sus ideas, copiaste la más grande y genial de sus mentiras, usar la religión como dominación de masas. Y aún lo haces.

_La idea no fue de él, la tomó de otro y la mejoró. ¿Qué tiene de malo usar ideas de otro, si son buenas? -se defendió con un gesto violento con la mano- También aprendí estrategias de él, en nuestros muchos conflictos. Retuve sus territorios cientos de años, por si no lo recuerdas, gracias a mi capacidad. Sus cruzadas fueron su fracaso.

_Las perdiste, al final. Te echaron de Europa a puntapiés. Siempre fuiste un segundón en esta historia.

La mirada de Hassan desprendía fuego. _El perdedor al final fue él, ya que alguno de sus perros terminó mordiéndole la mano. Y yo sigo aquí, para-

_Lo sé. -interrumpió, mirándolo con ojos sobrecogedores- Fuimos nosotros quienes le dimos muerte.

Hassan iba a continuar, pero se quedó callado. _¿Cómo? ¿Quiénes?

Eylem se puso de pie para enfrentarlo. Soltaba vapor por la boca como un dragón vengativo. _León y yo. Hace sesenta años que tramamos este plan, para terminar definitivamente con las guerras entre los *nuestros*. Entre todos los pueblos. Para ello era necesario terminar con Cáucaso en primer medida, aquel cuyas tramas han llevado a incontables conflictos. Y ocurrió ahora porque nos enteramos hace poco de que él tenía un plan, uno para desaparecer por un tiempo y esperar a ocurriera una matanza por el poder entre los grupos, para luego reaparecer y fomentar el crecimiento del que ganara, para años más tarde inventar un nuevo conflicto, como siempre hizo. Nos cansamos de eso, había que actuar. Aprovechamos ese plan para atacarlo, y destruirlo de una buena vez.

_Pero...ustedes...León y tú son enemigos acérrimos. -el hombre parecía genuinamente confundido.

_Yo también soy una farsante, Hassan. Y confieso que lo he sido siempre. De hecho...todo mi trabajo se basó en enseñar el arte del engaño, de vivir en y para las sombras. Ahora...hoy...es momento de que sepas la verdad, porque no habrá segundas oportunidades -lo miró fijamente a los ojos, hablando despacio para que cada palabra se clave en él- nunca te he amado. Nunca, ni cuando era una inocente muchacha. Te tenía cariño, sí, pero no amor. Quería que cumplieras tus sueños, y tus sueños te hicieron mi enemigo. Pero incluso ese cariño se esfumó hace tiempo. Y hoy, que eres el siguiente en la lista de personas que evitan una paz duradera, he sido yo la que planificó tu deceso.

Hassan estaba enmudecido, inerte. Apenas su mandíbula se atrevía a algún mínimo movimiento.

_Porque contigo vivo -continuó la mujer- nunca habrá paz. Te hemos hecho salir de tu escondite, haciéndote creer que habías ganado. Cuando en realidad has caído en una trampa.

Hassan se levantó por instinto más que por conciencia de lo que ocurría, envuelto en furia. Tomó a la mujer por el cuello, pero ésta se zafó con un arrebato veloz y le propinó un codazo en la frente, haciéndolo caer de rodillas al suelo.

Desde detrás de las columnas de terrones, saltaron tres figuras armadas envueltas en trajes negros de combate. Corrieron con celeridad y profesionalismo impecable la corta distancia que los separaba del blanco, lo rodearon y dispararon una docena de ráfagas de municiones explosivas de sus rifles cuadrados. Los impactos sacudieron a Hassan uno tras otro, desgarrando su tórax, haciendo añicos sus brazos, destruyendo sus piernas, y haciéndole volar la oreja izquierda.

Eylem levantó una mano para detener el fuego. Los uniformados cambiaron de posiciones, dos a cada costado de la víctima, y uno por detrás, quien tenía la tarea de ejecutarlo.

_Esperen, por favor. –Eylem se puso en cuclillas frente al derrotado Hassan, y aguardó unos dramáticos instantes antes de continuar– No te das una idea de lo difícil que fue todo, los sacrificios que hemos hecho, los años de dedicación para este momento. El trabajo de hormiga necesario para infiltrar a nuestros agentes entre los tuyos, incluyendo a tu amiguito psíquico que no te ha advertido de nada. Nasser es uno de los agentes que planté entre tu gente. Y León preparó además un truco para que nadie pudiese ver este desenlace, ni siquiera tú, aunque no sé cómo lo logra. –sacudió su cabeza en descreimiento– Te veo aquí y aún no lo creo.

Hassan continuaba sangrando, mirando fijamente a los ojos a su captora. Jadeaba y temblaba. Su cuerpo no estaba haciendo ningún esfuerzo por recuperarse, pues el mismo Hassan estaba rindiéndose activamente. Parte, por su orgullo hecho pedazos. Parte, por el aplastante ataque empático al que era sometido. Parte, por su corazón pisoteado. _Yo...te amo Eylem. –dijo con un hilo de voz.

_Lo tuyo no es amor, Hassan. Es obsesión. –el rostro compungido de Eylem se relajó lentamente– Hace...mucho tiempo atrás te precaví que una mujer causaría tu ruina. Has hecho caso omiso, insensato. – Eylem bajó su mano, señalizando el fin. – Adiós.

La agente a espaldas de Hassan plantó firmes sus pies, trazó dos amplios círculos con sus brazos, acompañados de rítmicas flexiones de sus músculos. Y en un movimiento relampagueante, le propinó un puñetazo de semejante violencia que pulverizó el cuerpo del hombre. Restos de carne y pedazos de órganos salpicaron a todos los presentes, dejando un humeante círculo rojo y negro en el suelo.

Eylem se quedó de pie, sucia aún de la carne y sangre carbonizadas del hombre que decía amarla. No apartó la vista del lugar de descanso final de Hassan.

_Blanco neutralizado. –sonó en alemán la voz de un agente Fender, apuntando todavía al pozo que alguna vez fue una amenaza.– Equipo de limpieza requerido. Extracción de Punta de Lanza en noventa segundos.

Los otros dos agentes se relajaron visiblemente. Una agente Konnex se colgó el arma al hombro, se quitó el casco, y les sonrió a sus hermanos. _Lo han hecho genial, felicitaciones.

_Muy buen trabajo manteniéndolo a raya, Konny. – felicitó Fender– y una tarea impecable hermanita. Nuestra primer misión salió perfecta.– indicó quitándose el casco y sonriendo a la tercera agente.

Una agente Lohe apoyó una rodilla en el suelo, drenada de energías. Se quitó su casco, lo apoyó en el suelo y se peinó hacia atrás sus cortos cabellos. _¡Gracias! –exclamó contenta por el éxito.

PARTE 54: UNA NUEVA ERA

Matthias Weissman se despertó sobresaltado, con esa inexplicable pero agobiante sensación de que algo no estaba bien. Sentado en su cama, intentando que su cuello deje de dolerle, se puso a verificar mensajes en su asistente personal. Sólo descubrió un sospechoso vacío. Aparentemente nada había ocurrido desde su visita a Beatrix el día anterior. Nada. En un mundo convulsionado, en una batalla contra Cresta, contra Hassan, y ahora contra la alianza impía entre George y Perius. Decidió asearse mientras ponía en orden sus pensamientos. No podía, por más que lo intentase, sacudirse la sensación de tener algo mordiéndole los talones. Aun semi desnudo le ordenó a su computadora apagarse por completo, mientras extraía una pequeña laptop desde dentro de un fondo falso del cajón. La encendió y se conectó a una red segura –o lo que él entendía como lo más seguro que se podía tener, dadas las circunstancias– Revisó una a una las casillas de correo clandestinas que mantenía ocultas de la milicia. En una de ellas encontró un nuevo correo. Era de Beatrix, enviado unos treinta minutos atrás. Era extremadamente corto, y provenía de su cuenta oficial, por lo que su propia casilla estaba ahora comprometida. No entendió porque ella se había expuesto así, hasta que lo abrió y entendió. El mensaje decía: HUYE DE AHÍ AHORA.

Su cuerpo se movió solo, sus ojos encontraron en una fracción de segundo los objetos que debía llevarse consigo. Pero su mente necesitaba respuestas. ¿Qué había sucedido? ¿Estaba relacionado a lo que encontró sobre el "Velo" que mencionó cuando la visitó? Que esa arma estaba al servicio de León y no del enemigo, confundiendo a los propios en lugar de a los demás. Se vistió en cuestión de un minuto con lo primero que encontró disponible, rescató algo de dinero escondido en uno de los spots del techo, tomó su asistente personal oficial, uno alternativo y otro que tenía oculto bajo una baldosa floja en la cocina. Encendió el horno y arrojó dentro todos los aparatos, menos uno de los asistentes. Tenía un mensaje nuevo, de su amigo viviendo secretamente en Estados Unidos, el General Alex Krupp. No había texto ni imágenes, sólo un audio. Se llevó confundido el aparato a su oreja, y apretó Iniciar.

Tras algunos segundos de silencio, escuchó su inconfundible y lamentable voz: Matthias...van a matarme, estoy seguro. Están ahí afuera, no tengo armas aquí. ¡No quiero morir!

En los siguientes nueve segundos tan sólo se podían escuchar algunos ruidos de fondo, y el llanto de desesperación de su amigo. El mensaje había sido enviado hacía cuatro horas. Era obvio que Krupp ya no estaba con vida, y el siguiente sería él.

Encajó a la fuerza algunas pertenencias dentro de una mochila, se calzó unos lentes negros y una gorra, y salió de su departamento hacia el ascensor de servicio. No vio a nadie en el pasillo. Descendió hasta el subsuelo y caminó lo más rápido que pudo a la barrera. Saludó secamente al guardia de la garita y siguió sin mirar atrás. Ya era de día, la ciudad se preparaba para comenzar la mañana. Esperó a que pasen al menos dos taxis y detuvo uno, ya que de ninguna manera se subiría al primero que estuviera aguardando fuera. Necesitaba distancia entre él y la torre que servía de comunicación inalámbrica al área. Cuando ya había recorrido varias cuadras, llamó por teléfono, y deseó vehementemente que contestara la voz al otro lado. Y lo hizo.

_¿Fisher es usted? –preguntó casi susurrando Weissman.

La respuesta tardó en llegar, y cuando lo hizo estaba apagada, sin deseo de vida. _Si, ¿qué desea?

_Quiero saber qué ocurrió con Krupp.

_Yo...lo lamento. Krupp ha sido asesinado, no he podido hacer nada.

Algunas venas en el dolorido cuello del Comandante se hincharon. _Me prometió su seguridad, ¡me dio su palabra!

_Lo lamento. No hay forma de ganar este juego, Matthias. No hay forma. Son demasiado poderosos.

_¿Quién lo ha hecho?

_No sé, no quiero saberlo ya. Me he rendido.

Ambos hombres se quedaron callados, sin tener que decir, sus mentes vacías ante el abismo de la derrota.

_Fisher, ¿por qué se ha rendido? Usted es un hombre de fortaleza. -dijo cuándo su mente analítica pudo tomar control.

_Perius...es invencible. Sigo con vida porque me ha tomado de juguete. Tengo familia por la que velar, entienda por favor.

En la mente Weissman se formaban nuevas posibilidades que lo sacarían del apuro. _¿Tengo forma de comunicarme con él?

_Ya no está aquí, ha viajado a España. Pero tengo un número de teléfono que puedo darle.

_Si, por favor.

_Nuevamente, lo siento. Le pido perdón. -lamentó antes de colgar.

Segundos más tarde, recibía un número de contacto. Mientras lo agendaba y llamaba, le pidió al conductor que se dirija a la estación de ómnibus. Los aeropuertos estaban cerrados, y las carreteras estaban bajo vigilancia constante, pero era su mejor opción, siempre que pueda convencer o sobornar su camino de escape. El tono de llamada sonaba una y otra vez, sin alcanzar a nadie del otro lado. Y de pronto...

_¿Aló?

_Es...¿usted Perius?

_¡Intrigante! –sonó animado del otro lado– Así es, ¿con quién tengo el gusto?

Quince horas y un cansador viaje más tarde, Weissman llegaba a las coordenadas que le habían pasado, en algún recóndito restaurante para gente adinerada en la terraza de un edificio en Barcelona, al margen de los conflictos políticos, pero no de los escándalos. Subió hasta arriba, y tras anunciar el nombre falso que incluía el mensaje lo dejaron pasar. Observó a su alrededor, y excediéndose en precauciones prefirió sentarse cerca de la barra. Se quitó los lentes y la gorra, y puso esmero en intentar reconocer a los presentes. El lugar estaba medio vacío, quizás una docena de personas de los cuales un tercio eran mozos. Un grupo de tres en una mesa, un solitario hablando por teléfono contra la ventana, y esos dos. Esos, en un área circular semi cerrada formada por unos altos y elegantes sillones, con una mesa de fibra sintética con detalles de oro y plata en el medio. Algo de humo de una pipa subía hacia el techo. Unas cuantas botellas de licores finos variados los acompañaba. No podía escuchar que decían, pero podía sentir los pelos de la nuca endureciéndose de miedo. Porque esos dos eran *monstruos*. Respiró hondo, apretó los puños, y se dirigió hacia ellos.

_Ah, por cierto, mi estimado compañero...había olvidado advertirte que he vuelto a traer un invitado a una de nuestras reuniones. Desde ya te presento mis disculpas, no obstante puede ser entretenido que lo conozcas. -sonó alegre la voz de un caballero a la antigua sin igual. Vestido de punta en blanco, con un vaso de coñac en su mano derecha y su entrañable bastón con cabeza de dragón en su regazo, seguía al hombre con la mirada.

_¿Otra vez, romano? Ya pasamos por esto días atrás. -le respondió la otra voz, llena de ricos matices, una confianza titánica, una calma envidiable. Kad se había fabricado en cambio un sencillo traje gris con un falso sobretodo negro con la biomasa que había acumulado desde su encuentro con *Speerspitze*. Le dedicó a Weissman una mirada ambigua, entre la aprobación y el desinterés- No te quedes parado muchacho, siéntate. Bebe algo.

_Antes de hablar con nuestro invitado, quiero una respuesta Kad. -siguió como si nada Perius.

_¿A qué cosa?

_A si vas a acompañarme o no.

_¿A ver a Xin-Zu? No lo sé... –pareció dudar.

Perius soltó un grito de asombro. _¡Ah! ¡Pensé que ya te había convencido! Quizás te hace falta una copa más. –rió mientras servía más whisky en su copa.

_Perdón la interrupción, caballeros. –El tono de voz de Weissman era algo errático, intentando aún mantener aplacado su temor.– He venido tal como me ha dicho, señor.

_Sí, sí, me alegro que llegaras en una pieza. Las cosas se pusieron difíciles allá afuera, ¿eh?–le sonrió el caballero– ¿Whisky? –Preguntó retóricamente mientras le servía una medida– Te pondré al corriente, anoche se han cargado con todo y patas al viejo Hassan, así que por fin sabemos que tramaban Eylem y ese que dice ser León. No sabemos cuánto más durará esa alianza ya que ha cumplido su cometido. Lo han hecho bien, para variar. –levantó teatralmente su copa, como una representación de Shakespeare– Por cierto...ser o no ser León...¿de casualidad sabes algo de su verdadera identidad?

_Yo...no. –respondió confundido Matthias– tal como dije tengo información sobre lo que usted llamó "arma secreta", el Proyecto Velo, a cambio de su protección. ¿No fue así? -Hablaba en automático, puesto que en su cabeza reinaba la confusión. Si León y Eylem estaban complotados, habían engañado a todos en un falso conflicto entre ellos, pero entonces ¿por qué había sufrido Krupp por ello? No tenía sentido. ¿Entonces el mismo León había detenido las actualizaciones de seguridad de Prima-Gestalt? Y si fue así ¿para qué condenar a Krupp por ello? ¿Había acaso una guerra oculta dentro del acuerdo entre ellos?

_De acuerdo, me quedaré con eso. Sí, ya te he dado mi palabra, estás a mi cuidado ahora. Y siguiendo con las novedades, mi compañero aquí se unirá a nosotros.

_¿Yo? -rió Kad- aún no he aceptado.

_¡Ah! Pero estás a punto.

_Déjame ver si entendí, compadre. Me prometiste que si me aliaba al "buen George" y a ti formaríamos un nueva era juntos. Bla blá en el medio, yo como líder supremo. ¿Fue así?

_Has dejado varios bla blás importantes en el camino, pero sí.

Kad inclinó la cabeza a un costado. _¿Te aburres con George, verdad? -dijo en tono burlón.

_Si, es un tipo demasiado serio para mi gusto. -se lamentó Perius- Pero volviendo... recuerda que no habrá Consejo, y con él no estarán el Genovés, El Cardenal, Minamoto, ni ese-que-no-es-León. No los necesitamos. Ya no tenemos al aguafiestas de Hassan por aquí, sólo quedaría el amigo Xin-Zu. La era de Cáucaso terminó, y llega la del Akkadio. -exclamó.

_¿Qué hacemos con Eylem? No me cae mal. -preguntó Kad con una mueca.

_A mí tampoco, ya veremos. Probablemente tenga algunos problemas rearmando sus filas por lo pronto, me tiene sin cuidado.

Weissman no podía recordar la última vez que se sintió tan desubicado y perdido en una charla. Se sentía como un niño sentado por error en la mesa de los adultos.

Perius apuró su trago y chasqueó los labios. _Kad, ¿no crees que tu plan de una nueva religión contigo a la cabeza tiene mucho que ver? Necesitarás poder político en algún momento. Los dioses tienen poder, como sabrás.

_Si, lo sé. Ya lo había contemplado...de hecho estás a punto de convencerme. -cerró con una cálida sonrisa.

_¡Lo sabía! Bien, he aquí mi último argumento a favor: será muy divertido. -indicó remarcando sus palabras.

Kad soltó una carcajada, quizás tocado en el punto indicado. _Bien, me convenciste. Estoy contigo y el fastidioso de George. ¿Brindamos?

_¡Excelente! -exclamó el caballero- Vamos muchacho, tú también eres parte ahora, ¿no?

Weissman quiso reaccionar, pero su brazo simplemente fue demasiado lento, y quedó excluido, mirando la apabullante escena que se desenvolvía frente a él.

_Por una nueva era. –brindaron los *monstruos*.

www.ingramcontent.com/pod-product-compliance
Lightning Source LLC
Chambersburg PA
CBHW072006020726
47501CB00006B/1711